insel taschenbuch 4850

Sheila O'Flanagan

Sommerreise ins Glück

Deira hätte es nicht für möglich gehalten, dass sie sich plötzlich allein, mit dem Auto ihres Ex, auf der Fähre von Irland nach Frankreich wiederfindet und ihr Lebenstraum geplatzt ist wie eine Seifenblase.

Grace dagegen wurde von ihrem verstorbenen Mann auf die Reise geschickt, auf eine Schatzsuche, die – so wie es immer war – nach seinen Spielregeln ablaufen soll.

Die beiden so unterschiedlichen Frauen lernen sich auf der Überfahrt kennen, mögen sich sofort und beschließen spontan, die Tour durch die flirrende Sommerlandschaft Frankreichs und Spaniens gemeinsam zu machen. Die Fahrt führt sie nach La Rochelle, Bordeaux, Pamplona und Toledo, wo sie raffiniert erdachte Rätsel lösen müssen, um den Code für den Schatz zu knacken. Unterwegs warten unverhoffte Begegnungen auf Deira und Grace, und je näher sie der Lösung des Rätsels kommen, desto klarer wird für beide, dass das Glück im Leben oft ganz woanders liegt als gedacht.

Die irische Bestsellerautorin nimmt uns mit auf eine sommerliche Reise, an deren Ende nicht nur ein Schatz wartet, sondern das Leben selbst.

Sheila O'Flanagan arbeitete viele Jahre sehr erfolgreich als Börsenmaklerin in Dublin, bevor sie ihre Lust am Schreiben entdeckte. Mittlerweile hat sie zahlreiche Romane veröffentlicht und ist in England und Irland eine gefeierte Bestsellerautorin. Nebenbei schreibt sie eine wöchentliche Kolumne in der »Irish Times«.

Sheila O'Flanagan

Sommerreise ins Glück

Aus dem Englischen von Susann Urban

Insel Verlag

Die Originalausgabe erschien 2020 unter dem Titel
The Women Who Ran Away bei Headline Review, London

Erste Auflage 2021
insel taschenbuch 4850
Deutsche Erstausgabe

Translated from the English language:
THE WOMEN WHO RAN AWAY
First published in Great Britain by Headline Review,
an imprint of Headline Publishing Group

Vertrieb durch den Suhrkamp Taschenbuch Verlag
Umschlaggestaltung: Designbüro Lübbeke, Naumann, Thoben, Köln
Umschlagfotos: Adobe Stock: Haus und Laterne (vulcanus), Zitronen (deira);
Mauritius images: Palme (rod ho/Alamy), Katze (Vira Petrunina),
Bougainvillea (Michelle Chaplow); Stefanie Naumann: Himmel
Satz: Satz-Offizin Hümmer GmbH, Waldbüttelbrunn
Druck: CPI books GmbH, Leck
Printed in Germany
ISBN 978-3-458-68150-2

Die Reise

DUBLIN
RINGASKIDDY
ROSCOFF
NANTES
LA ROCHELLE
BORDEAUX
PAMPLONA
ALCALÁ DE HENARES
TOLEDO
ANDÚJAR
CARTAGENA
GRANADA
N
W
E
S

1. Kapitel

Grand Canal, Dublin, Irland: 53.3309 °N 6.2588 °W

Auch als sie bereits ihr Gepäck im winzigen Kofferraum des Cabrios verstaut hatte, war sich Deira immer noch nicht sicher, ob sie die Sache wirklich durchziehen sollte. Obwohl dies hier der einfache Teil war. Schwierig war es gestern Abend gewesen, als sie in die spärlich beleuchtete Tiefgarage gegangen war und der Augenblick zwischen Hoffen und Bangen, ob sich der Audi automatisch entriegeln würde. Obwohl sie sich pausenlos versicherte, niemand werde von ihr Notiz nehmen, rechnete sie doch damit, dass aus dem Nichts ein Anwohner auftauchen und wissen wollen würde, was zum Kuckuck sie da machte. Doch der einzige Mensch außer ihr, ein von Kopf bis Fuß in Lycra gehüllter junger Mann, war zu sehr damit beschäftigt, die diversen Sicherheitsschlösser und -ketten von seinem Fahrrad zu pfriemeln, um auf Deira zu achten.

Trotzdem war sie enorm erleichtert, als sie am Türgriff zog und das vertraute Klicken ertönte. Als sie sich im Fahrersitz niederließ, stellte sie befriedigt fest, dass sich dieser auf Knopfdruck in ihre bevorzugte Sitzposition bewegte. Sie hatte angenommen, ihre persönliche Einstellung sei gelöscht worden. Anders als befürchtet hing weder ein fremdes Parfum noch ein unbekannter Shampoogeruch in der Luft. Auch überkam sie nicht das Gefühl, jemand hätte ihren Platz eingenommen. Alles war wie immer. Ihr Herzschlag beruhigte sich allmählich. Alles fühlte sich normal an. Einfach. Richtig.

Während sie langsam aus der Garage fuhr, gratulierte sich Deira innerlich, dass sich ihre Laufbahn als Kriminelle so gut anließ.

Da sie im Besitz eines Schlüssels war, konnte es unmöglich eine Straftat sein, wenn sie den Audi nahm, egal, wie andere das sehen mochten. Trotzdem sollte sie es nicht tun. Doch die Phase des Zweifelns lag hinter ihr. Und wie unerwartet tröstlich es war, wieder in diesem Auto zu sitzen – die Sache hatte sich definitiv gelohnt.

Sie knallte den Kofferraum zu und während sie zu den Mews zurückkehrte, den zu Wohnhäusern umgebauten ehemaligen Stallungen, die am Canal lagen, spürte sie, wie ihr die Tränen in die Augen traten und biss fest auf die Zähne, damit keine herabkullerte. Auch wenn sie es absolut satthatte, heulte sie bei der geringsten Kleinigkeit unkontrolliert los und brachte sowohl sich als auch ihre Umwelt in Verlegenheit. Deira wischte sich mit dem Handrücken über die Augen. Und wenn es nur ihrer Haut zuliebe war, sie musste darüber hinwegkommen. Ihr Teint war schon ganz ruiniert vom Salz der endlosen Tränenflut.

Deira warf einen Blick auf die Uhr, die an der Küchenwand hing, und atmete langsam aus. Wenn sie nicht in letzter Minute kneifen wollte, musste sie jetzt los. Nach der ganzen Mühe wäre es die absolute Katastrophe, wenn sie die Fähre verpasste.

Aber statt sich Schlüssel und Tasche zu schnappen, legte sie eine Kapsel in die Kaffeemaschine und machte sich einen Americano, den sie schlückchenweise trank, während sie mehrmals überprüfte, dass auf den Tickets vor ihr wirklich das richtige Datum stand – jetzt bloß nicht am falschen Tag losfahren! Während der letzten beiden Monate hatte sie dermaßen viel Unsinn verbrochen, dass sie sich selbst nicht mehr traute. Deira gingen die Anrufe, die E-Mails und – die absolute Krönung – die theatralische Szene im Büro durch den Sinn und sie schauderte. Zwar hatte man sie zum Narren gehalten, aber sie hatte auch bereitwillig ihren Teil dazu beigetragen. Und das war bitter.

Sie steckte die Tickets zurück in ihre Handtasche. Das Datum war korrekt. Sie war noch nicht völlig schwachsinnig geworden, egal wie andere das sahen.

Sie hatte die vor neun Monaten gebuchte Reise völlig vergessen, bis der eingezogene Betrag ihr Konto in die roten Zahlen geraten ließ. Ihr war erst bewusst geworden, dass sie in den Miesen war, als beim Friseur ihre EC-Karte nicht angenommen wurde. Eine weitere Demütigung. Natürlich war sie in Tränen ausgebrochen.

Es war Gavins Idee gewesen, mit dem Auto nach Frankreich zu fahren; er gestand, dass er unbedingt mit einem schicken Cabrio über solide Autobahnen düsen wollte, ehe ihn die Leute als traurigen alten Sack abstempelten und abfällige Kommentare über seine Potenz machten.

Deira hatte darüber lachen müssen und ihn umarmt.

»Niemand wird dich je für einen traurigen alten Sack halten«, hatte sie ihn beruhigt, »das trauen sie sich nicht.«

Gavin Boyer sah mindestens zehn Jahre jünger aus als siebenundfünfzig. Zwar waren seine Haare – früher noch dunkler als Deiras – mittlerweile fast komplett silbergrau, doch dadurch wirkte er nur noch distinguierter. Er war groß und breitschultrig und auch wenn er um die Taille herum nicht mehr ganz so rank und schlank wie in seinen Dreißigern war, hatte er sich doch seine athletische Figur erhalten. Dafür reichte es, wenn er zweimal die Woche Golf spielte und gelegentlich im Swimmingpool des nahegelegenen Fitnessstudios seine Bahnen zog – was Deira höchst ungerecht fand. »Stoffwechsel«, sagte er stets leichthin, wenn sie sich beschwerte, dass sie, obwohl siebzehn Jahre jünger, schon zunahm, wenn sie eine Kekspackung auch nur ansah. Zu ihrem monatlichen Gang zum Friseur, wo sie sich das zunehmende Grau mit einem Kastanienbraun überfärben ließ, das ihrer natürlichen Haarfarbe einigermaßen nahekam, schwieg er.

Wirklich ungerecht, ging ihr wieder einmal durch den Kopf. Aber das Leben war nun einmal nicht gerecht. Wenn es das wäre, würde sie jetzt nicht mit einer kalt werdenden Tasse Kaffee in der Hand dastehen und sich fragen, ob er ihr die Polizei auf den Hals hetzen würde, wenn er nach Hause kam.

Sie nahm einen Schluck. Kein Grund zur Panik. Er würde ihr die Polizei nicht auf den Hals hetzen, denn ihm würde erst Ende nächster Woche auffallen, dass das Auto fehlte. Selbst für den Fall, dass er sie verdächtigen würde, wäre sie schon über alle Berge und er konnte nichts unternehmen. Interpol schaltete sich wohl kaum ein, wenn es um ein verschwundenes Auto ging.

Sie schüttelte den Kopf. Autodiebstahl. Interpol. Das alles lag ihr so fern. Frankreich war als Urlaub geplant gewesen. Als gemeinsamer Urlaub.

Ursprünglich hatten sie ein paar Tage lang die Bretagne erkunden wollen, dann weiter nach Paris. Wenn er sich schon seinen Traum erfüllte, im offenen Cabrio über die Autobahn zu düsen, hatte sie ihm klargemacht, wolle sie wenigstens sagen können, sie sei in einem Sportwagen durch die französische Hauptstadt gegondelt, während der warme Wind mit ihrem Haar spielte. Auf seinen verdutzten Blick hin hatte sie erklärt, einer der Lieblingssongs ihrer verstorbenen Mutter sei »Ballad of Lucy Jordan« gewesen, ein wehmütiges Lied, in dem einer Siebenunddreißigjährigen, unentrinnbar in ihrem Alltag gefangen, auf einmal klar wird, dass sie genau dieses Erlebnis nie haben wird. Als Deira alt genug war, den Text zu verstehen, hatte sie Mitleid mit Lucy Jordan gehabt und sich gefragt, ob es ihrer Mutter genauso ging. Jetzt näherte sie sich selbst ihrem vierzigsten Geburtstag, war mittlerweile mehrmals in Paris gewesen, aber noch nie mit offenem Verdeck durch die Straßen der Stadt gebraust – und hatte im Grunde auch nie ein besonderes Interesse daran gehabt, bis zu jenem Tag, an dem sie das Cabrio vom Händler abholten.

Bis vor kurzem hätte Deira schon die bloße Vorstellung, eine Frau könne sich mit siebenunddreißig abgewrackt fühlen, in Rage gebracht. Aber inzwischen war ihr klar geworden, dass es nicht nur darum ging, wie man sich fühlte, sondern auch dass manches, was bisher gar nicht so wichtig schien, auf einmal unerreichbar schien. Und das war der Hauptgrund, weshalb sie in den letzten zwei Monaten jeden Tag geweint hatte.

Wieder warf sie einen Blick auf die Uhr. Mit Mühe und Not würde sie es gerade noch rechtzeitig nach Ringaskiddy schaffen. Mit dem Auto brauchte man drei Stunden und sie musste vierzig Minuten vor Ablegen der Fähre am Terminal sein. Wenn sie sich nicht von ihrem Plan verabschieden wollte, musste sie jetzt los. Trotzdem hielt etwas sie zurück. Was genau eigentlich? Die lange Fahrt? Das Wissen, dass sie in einem Wespennest herumstocherte? Die Sorge, was die Leute sagen würden?

»Wenn er anruft, ist das ein Zeichen, und ich bleibe«, sagte sie laut, obwohl sie genau wusste, das würde nicht geschehen. Wenn doch, würde sie panisch das Auto an seinen Platz stellen, bevor er dessen Fehlen bemerken konnte. Schon allein, dass sie mit seinem Anruf rechnete, war ein Zeichen ihrer Schwäche, nicht ihrer Stärke. Und eigentlich glaubte sie ja weder an Zeichen noch an Omen, ob gut oder böse.

Das Leben ist das Leben, mehr nicht, sagte sie oft zu ihrer Freundin Tillie, die eher gewillt war, aufgrund zufälliger Zeichen wichtige Entscheidungen zu treffen. Eine weiße Feder, die durch die Luft schwebte, oder ein Sonnenstrahl, der sich an einem verhangenen Tag zeigte, bedeutete lediglich, dass ein Vogel vorbeigeflogen war beziehungsweise eine Wolkenlücke, nicht mehr, nicht weniger. Dann seufzte Tillie kopfschüttelnd, sie müsse unbedingt mehr auf ihr tiefstes Inneres hören. Aber Deira war ihr tiefstes Inneres nicht ganz geheuer und sie sich keineswegs sicher, ob sie damit in Verbindung treten sollte.

Vielleicht war es ja ein Zeichen von oben, dass ihr Konto von ihr unbemerkt in die Miesen geraten war. Eventuell ja auch, dass sie sich, ohne mit der Wimper zu zucken, das Auto aneignete. Aber vielleicht bedeutete dieses Zeichen lediglich, dass die Sonne am knallblauen Himmel schien und die Fahrt herrlich würde.

Andererseits war es absolut im Bereich der Möglichkeiten, dass auf dem Weg nach Cork etwas passieren könnte, woraufhin sie wieder zu Besinnung kommen und umdrehen würde.

»Auf dem Weg nach Cork gibt es jede Menge Zeichen«, grummelte sie vor sich hin und nahm die Autoschlüssel. »Hauptsächlich solche, die einem die Straßenverkehrsordnung nahelegen.«

Deira hängte sich ihre Handtasche über die Schulter, schaltete die Alarmanlage ein und verließ das Haus.

Mittlerweile war die Morgenluft angenehm warm und das Sonnenlicht funkelte auf dem Wasser des Canal. Deira setzte sich auf den Fahrersitz und ließ das Verdeck herunter. Sie fuhr nur selten offen, schließlich war das hier Irland und jederzeit konnte aus heiterem Himmel eine Sintflut herabstürzen. Und selbst an solch sonnigen Tagen war die gefühlte Temperatur um einiges niedriger als die tatsächliche, also eher nur alle Jubeljahre Cabriowetter.

Aber an diesem Tag war das Wetter optimal.

Vielleicht war das ja das Zeichen.

Deira überlegte, ob sie Gillian anrufen und ins Bild setzen sollte. Aber dann würde ihre ältere Schwester fragen, seit wann sie diese Reise geplant habe und wer mitkomme und warum sie nie davon erzählt habe … Nein, ein Gespräch mit Gill wäre definitiv ein Zeichen, dachte Deira, ein Zeichen, dass ich völlig den Verstand verloren habe.

Sie fuhr los. Fast zeitgleich klingelte ihr Handy. Ihr Herz fing an zu rasen.

»Bist du unterwegs?«, fragte Tillie.

»Seit gerade eben.«

»Du wirst zu spät kommen.«

»Nein, werde ich nicht.«

»Keine Anrufe?«

Deira verneinte.

»Alles wird gut«, sagte Tillie. »Amüsier dich.«

Jetzt fehlte nur noch, dass Tillie sie ermahnte, nichts Unsinniges zu tun, doch als das ausblieb, erwiderte Deira nur, sie werde sich tüchtig ins Zeug legen, was das Amüsieren betraf.

»Das hast du dir verdient«, sagte Tillie. »Ich schicke dir positive Gedanken. Melde dich.«

Deira bedankte sich und legte auf. Sie fuhr den Canal entlang und bog dann in die Naas Road ein. Am Samstagmorgen war der Verkehr nicht besonders dicht und sie beschleunigte. Sie schob sich das Haar, das ihr immer wieder ins Gesicht wehte, hinter die Ohren. Mein Leben ist nicht vergeudet, beschwichtigte sie sich, als ihr erneut Lucy Jordan einfiel, ganz und gar nicht.

Und trotzdem bedauerte sie wieder einmal ihre Entscheidungen, die dazu geführt hatten, dass vom jetzigen Standpunkt aus die letzten dreizehn Jahre ihres Lebens völlig vergeudet waren, auch wenn sie das vor sich selbst herunterzuspielen versuchte. Aber leider biss die Maus da keinen Faden ab. Die Vergangenheit ließ sich nicht ändern – da konnte sie so oft sie wollte mit diesem Auto nach Paris fahren und sich einreden, vierzig sei das neue dreißig. Was geschehen war, war geschehen und das Schlimmste war, dass sie eine Mitschuld trug. Daher war sie wirklich und tatsächlich eine Riesenidiotin.

»Aber woher, du bist keine Idiotin.«

Das hatte Tillie zu Deira gesagt, als diese ihr die Neuigkeiten mitteilte.

»Doch, bin ich«, hatte Deira sie korrigiert. »Eine Idiotin wie viele Frauen, die meinen, ihr Leben sei wunderbar, wobei sie doch nur in dieses Leben reingeraten sind, weil sie den falschen Mann lieben.«

Da hatte Tillie sie umarmt.

Und in Deira hatten Wut und Verletzung einen derart festen Knoten gebildet, dass sie sich vor Schmerz zusammenkrümmte.

Auch jetzt hatte sie wieder dieses grauenvolle Gefühl in der Magengegend. Und diesen Schmerz weiter oben, als ob sie einen Herzinfarkt bekäme. Aber das war nicht der Fall, sie wusste, das war nur die Wut, weil sie zugelassen hatte, sich benutzen zu lassen.

Sie war wütend auf sich, nicht auf ihn.

Sie gab sich die Schuld, weniger ihm.

Aber auch er trug Schuld, und deshalb fuhr sie mitsamt dem dämlichen Auto davon.

2. Kapitel

Ringaskiddy, Irland: 51.8304 °N 8.3219 °W

Grace Garvey befand sich bereits in Ringaskiddy. Sie war am Vorabend aus Dublin losgefahren, denn das hatten Ken und sie immer so gehalten, wenn sie alljährlich mit den Kindern zum Zelten in die Bretagne gefahren waren. Am Vorabend losfahren, in einer Pension in Hafennähe übernachten, ausgeruht aufstehen und man war bereit für die Überfahrt. Wenn man so frühzeitig losfahre, war Kens Credo, müsse man sich nicht den Kopf wegen eventueller Pannen oder sonstiger Hindernisse zerbrechen. Man sei auf alle Fälle pünktlich vor Ort.

Nur einmal hatte Grace eingewandt, wenn sie unterwegs eine Panne hätten, wäre das trotzdem ein Riesenproblem. Kopfschüttelnd hatte Ken gemeint, sie solle nicht immer alles überdramatisieren – obwohl er derjenige war, der in ihrem Jahresurlaub stets ein Drama machte, wenn sich seine bis ins letzte Detail ausgetüftelten Pläne nicht bis aufs i-Tüpfelchen umsetzen ließen.

Grace bemühte sich im Hintergrund nach Kräften darum, dass seinen Plänen nichts in die Quere kam. Ken war sofort gestresst, wenn die Dinge nicht so liefen, wie er sich das vorstellte, was wiederum Grace stresste. Doch offenbar entging ihren Kindern Aline, Fionn und Regan die gespannte Atmosphäre, die in der Woche vor der Reise herrschte. Sie fieberten einzig dem Campingplatz entgegen, der für das jeweilige Jahr ausgesucht worden war, und wollten einfach nur Spaß haben.

Und obwohl sich Ken immer so viel Stress machte, waren die Familienurlaube stets eine fröhliche Angelegenheit und Grace hatte nur schöne Erinnerungen daran.

Sie saß auf dem Bett im Portview House, derselben Pension, in der sie seit langem unterkamen, und klappte den mitgebrachten Laptop auf, Kens Laptop. Eigentlich hatte sie ihn gar nicht mitnehmen wollen, war aber in letzter Minute ins Haus zurückgegangen und hatte ihn geholt. Zwar hätte sie sich die Unterlagen mailen können, aber vielleicht gab es auf dem Laptop verborgene Informationen, die sie eventuell benötigte. Noch hatte sie außer der E-Mail, die sie vor drei Monaten bekommen hatte, nichts entdeckt. Und die brauchte sie nicht nochmals zu lesen. Aber im Besitz des Laptops zu sein, der Ken gehörte, war ihr wichtig.

Unschlüssig betrachtete sie den Ordner mit dem Namen *Die große Hochzeitstagsschatzsuche*, den sie damals, als er die E-Mail gesendet hatte, geöffnet und dann wieder geschlossen hatte, weil sie nicht Teil eines ihr unbekannten Plans sein wollte. Und sie wollte auch nicht von ihm gesagt bekommen, was sie tun sollte. Nicht nachdem er etwas derart Furchtbares getan hatte, was ihren Glauben an ihre gemeinsame Zeit tief erschüttert hatte. Doch jetzt und hier konnte sie sich nicht mehr zusammenreißen.

Sie klickte den Ordner an, der acht Dokumente enthielt:

Nantes

La Rochelle

Bordeaux

Pamplona

Alcalá de Henares

Toledo

Granada

Cartagena

Jedes Dokument war passwortgeschützt. Keines der Passwörter, die ihr eingefallen waren, hatte sich als das erhoffte Sesamöffne-dich erwiesen. Dann hatte sie sich auf *Nantes* konzentriert, das erste Ziel auf der von Ken ausgetüftelten Route, und die Datei mit Daten und Wörtern bombardiert, die für die Familie Bedeutung hatten. Frustriert vom Misserfolg, hatte sie sich *La Rochelle* vorgenommen. Nach drei Fehlversuchen wurde sie informiert, dass nach sieben weiteren das Dokument gesperrt werde. Da hatte sie aufgegeben. Obwohl sie sich nicht sicher war, ob sie den Inhalt der Datei überhaupt sehen wollte, ein gesperrtes Dokument erschien ihr doch zu riskant.

So hatte sie sich wieder *Nantes* vorgeknöpft, bei dem sie offenbar unendlich viele Versuche frei hatte, vielleicht weil es sich um die erste der Dateien handelte. Das wäre typisch Ken. Erst ein leichter Einstieg, um dann sukzessive den Schwierigkeitsgrad zu steigern. Sie konnte geradezu seine Verärgerung spüren, dass sie das Passwort nicht auf Anhieb herausgefunden hatte. Als er die E-Mail abschickte, hatte er gewusst, er würde nicht da sein, um ihr zu helfen. Warum hatte er ihr also keinen Hinweis hinterlassen, um ihr auf die Sprünge zu helfen?

Vielleicht hatte er das doch, dachte sie, und sie war nur zu dumm, ihn zu sehen.

War ihm überhaupt der Gedanke gekommen, sie könnte dieses alberne Spiel nicht mitmachen? Oder hatte er sich in der Sicherheit gewiegt, sie würde tun, was er wollte, egal wie dämlich es war?

Grace klappte den Laptop zu. Sie war zu ausgebrannt, um weiter an den Passwörtern herumzuknobeln. Ihr einziger Gedanke war, den Hafen zu erreichen, ganz als würde Ken neben ihr sitzen und sie ermahnen, nicht zu trödeln. Er hatte stets dafür gesorgt, dass sie genau zweieinhalb Stunden vor Abfahrt der Fähre da waren. Einmal war ihr Auto das erste in der Schlange gewesen, ein höchst befriedigender Triumph für ihn. Grace lag nichts daran, die Erste zu sein, aber die Fähre verpassen wollte sie auch nicht.

An diesem Tag würde das keinesfalls geschehen. Von ihrem Hotelzimmerfenster aus konnte sie das Schiff sehen, groß und weiß vor dem blauen Himmel und dem petrolfarbenen Meer. Es war viel zu früh, um aufzubrechen, egal, was Kens Stimme antreibend flüsterte.

Grace packte den Laptop in ihre kleine Reisetasche und ging nach unten.

Claire Dolan, die Besitzerin des Portview House, fragte lächelnd, ob sie denn jetzt schon loswolle.

»Ich muss das Zimmer ja ohnehin demnächst räumen«, erwiderte Grace.

Claire erklärte, das habe keine Eile und sie könne sich beliebig lange im Salon aufhalten. »Sie kommen ja schon seit Jahren her, aber es ist das erste Mal, dass Sie allein unterwegs sind«, sagte sie. »Lassen Sie sich also Zeit.«

»Alles bestens«, antwortete Grace beruhigend. »Sie brauchen sich keine Sorgen um mich zu machen.«

Ein winziger peinlicher Moment, dann legte Claire kurz einen Arm um Grace' schmale Schulter und drückte sie. »Ich weiß, Sie sind eine starke Frau«, sagte sie behutsam, »aber es war bestimmt nicht einfach. Ehrlich gesagt war ich erstaunt, als Sie das Zimmer buchten. Ich hätte nicht gedacht, dass Sie die Reise allein machen würden.«

»Es war so nicht geplant.« Grace lächelte betrübt. »Meine Freundin Elaine hätte eigentlich mitkommen sollen, doch das Baby ihrer Tochter kam zu früh, daher habe ich ihr energisch zugeredet, sie soll keinen Gedanken an mich verschwenden, sondern zu Megan fliegen. Sie wohnt in Kanada.« Grace zuckte die Schultern, als wäre Kanada Erklärung genug.

»Sind Sie wirklich ganz sicher, dass Sie allein gut zurechtkommen?«, fragte Claire.

Grace nickte. »Absolut«, sagte sie und in ihrer Stimme schwang nicht der kleinste Zweifel mit.

Genau das Gleiche hatte sie zu ihrer ältesten Tochter Aline gesagt.

»Ich bin überzeugt, dass du zurechtkommst«, stimmte Aline zu, die auf dem Heimweg von der Arbeit vorbeigekommen war, um nach ihrer Mutter zu sehen. »Aber die ganze Fahrt, ohne dass dich jemand am Steuer ablöst ... Dad ist bestimmt nicht davon ausgegangen, dass du allein fährst, sondern war der Meinung, einer von uns würde dich begleiten. Vielleicht sogar wir alle drei, wie früher. Du könntest warten, bis sich ein gemeinsamer Termin findet. Ich möchte nicht, dass du dich überanstrengst und es gibt keinen Grund, die Sache zu überstürzen –«

»Ich werde mich nicht überanstrengen«, hielt Grace dagegen. »So lang sind die Etappen nicht. Und du weißt genau, dieses Jahr werden wir keinen gemeinsamen Termin mehr finden. Ich fahre und damit Schluss.«

»Damit forderst du dich ziemlich. Vor allem, weil –«

»Weil was?« Grace' klare blaue Augen blickten streng, als sie ihre Tochter zum zweiten Mal unterbrach.

»Weil du trauerst.«

»Ich trauere nicht!« Das klang ungewollt scharf, und sie sah die Bestürzung im Gesicht ihrer Tochter. »Nun ja, ich trauere, aber ich bin ...« Zu wütend – und vielleicht auch zu schuldbeladen –, um zu trauern, hatte ihr auf der Zunge gelegen, aber das hätte Aline noch mehr aus der Fassung gebracht. »Ich mache die Reise, um alles in Ruhe zu verarbeiten, die Sache abzuschließen«, erklärte sie und wusste, damit hatte sie den richtigen Knopf bei ihrer Tochter gedrückt. Verarbeiten war für Aline höchst wichtig. Vor Fionns und Regans Abreise hatte sie einen Abend arrangiert, an dem sie sich alle trafen, um die Sache mit ihrem Vater zu verarbeiten. Sie hatten in seiner riesigen Bibliothek gestöbert, jeder hatte ein Buch ausgewählt und laut ein Kapitel daraus vorgelesen. Sie hatte Videos abgespielt, die ihn bei allen Schul- und Uniabschlussfeiern zeigten sowie das feierliche Abendessen zu Grace' sechzigstem Geburtstag, bei dem sich die gesamte Familie versammelt hatte und er sie »das Licht seines Lebens« genannt hatte. Und dann hatte sie »My Memory Library« von Sarah Blackstone rezitiert.

Grace hatte die ganze Zeit über gelächelt, war aber nicht wirklich mit dem Herzen dabei, vor allem nicht, weil Aline ein Gedicht vortrug, das Ken als Kitsch abgetan hätte. Ken hatte Gedichte, die sich reimten, nie gemocht. Während ihre Kinder vorlasen und rezitierten, hatte sie an die Woche nach Alines Uniabschluss gedacht, als ihre Tochter sämtliche Lehrbücher in eine große Kiste gepackt und einer städtischen Bildungsstätte gespendet hatte, mit den Worten, dieses Zeug müsse unbedingt aus dem Haus und sie die Vergangenheit hinter sich lassen. Ken war stinksauer gewesen. Sie benötige die Bücher, um zukünftig daraus zitieren zu können, Abschluss hin oder her. Sie hatte Google erwähnt, worauf er leise vor sich hin schäumte. Ken neigte nicht dazu, mit Dingen abzuschließen. Bis er es dann schließlich doch getan hatte.

Aline feierte Geburtstage, Weihnachten und Ostern als Meilensteine ihres Lebens, sprach immer davon, diese Neuanfänge müssten gewürdigt werden. (Eine Tautologie, sagte Ken, und als Aline fragte, was er damit meine, erwiderte er, sie solle das Wort nachschlagen. »Oder googeln, wenn dich das glücklicher macht«, fügte er hinzu.) Auch wenn ihr Musik- und Lyrikgeschmack sich unterschied, waren sich Aline und Ken ähnlicher, als ihnen bewusst war, sinnierte Grace. Beiden quoll das Selbstbewusstsein nur so aus den Knopflöchern, beide waren der Meinung, sie allein wüssten, was richtig und falsch war. Beide überlegten nie, welche Auswirkungen ihr Handeln auf andere hatte, erwarteten stets, dass sich alle ihrem Willen unterwarfen.

»Ich mache mir deinetwegen Gedanken.« Aline unterbrach Grace' Erinnerungen. »Wir alle. Wir wollen nicht, dass dir etwas passiert.«

»Es passiert ständig etwas«, entgegnete ihre Mutter, und Aline sah noch konsternierter drein. »Aber ich werde bestens zurechtkommen. Ehrlich gesagt, mache ich mir um euch drei mehr Sorgen.«

»Es ist eine schwierige Zeit, aber ich habe es verarbeitet«, meinte Aline. »Fionn und Regan ebenfalls. Bei dir bin ich mir da nicht sicher, Mum.«

»Doch, doch. Wirklich«, log Grace.

»Mir wäre es lieber, wenn Elaine mitkäme.« Aline zweifelte an den Worten ihrer Mutter.

»Mir auch«, sagte Grace, obwohl das wahrscheinlich auch gelogen war. »Doch sie hat momentan Wichtigeres zu tun. Ich werde schon zurechtkommen. Außerdem«, fügte sie hinzu, »werde ich euch von unterwegs immer auf dem Laufenden halten. Und ihr könnt mir erzählen, was sich bei euch so tut.«

»Ja, das ist eine Möglichkeit.«

»Ich werde bestens zurechtkommen«, wiederholte Grace.

Sie würde ihrer Tochter nicht auf die Nase binden, dass sie die Reise unbedingt allein machen wollte. Das hätte Aline nur noch mehr verletzt. Und wie die ganze Familie war sie genug verletzt worden. Nachdem Grace sich einmal zu diesem Urlaub entschlossen hatte, würde sie nichts und niemand davon abbringen. Trotz einiger anfänglicher Bedenken freute sie sich darauf, in Frankreich von der Fähre zu fahren und ihr eigenes Ding zu machen, zumindest im Rahmen des Spielraums, den ihr das von Ken festgelegte Programm mit seinen Vorgaben ließ.

»Du konntest es einfach nicht lassen«, murmelte sie. »Ich muss mich immer noch nach deinen Vorstellungen richten.«

Bisher hatte sie sich nie eingestanden, wie sehr Kens Manie, immer bestimmen zu wollen, sie belastete. Besonders die durchgeplanten Urlaube.

Ihr Berufsleben war vom Kalender, von Zeitplänen bestimmt worden, weshalb es eigentlich die reine Freude hätte sein müssen, ihm die gesamte Organisation zu überlassen. Aber er wollte nie fliegen, denn dabei hätte sie die Oberhand gehabt, schließlich war sie jahrelang Purserin gewesen. Zudem hätte sie die eine oder andere Vergünstigung herausschlagen können. Aber das wollte er nicht. Von Fähren hatte sie hingegen keine Ahnung.

Auch wenn es dabei immer ziemlichen Stress gab, hatte Ken ein Händchen dafür gehabt, Urlaube zu planen und organisieren. Die Kinder liebten die Überfahrt mit der Fähre und die Freiheit, die sie auf den Campingplätzen in Frankreich hatten. Sie fanden das Leben im Zelt oder im Wohnmobil herrlich, genossen das einfache Leben. Daher hatte sich Grace den Wünschen der Mehrheit gefügt, auch wenn sie sich gelegentlich über sich selbst ärgerte, weil sie sich so wenig einbrachte.

Sich den Wünschen der Mehrheit zu fügen, darin war sie immer gut gewesen.

Jetzt ging sie durch den buntblühenden Garten der Pension und sah aufs Meer hinaus. Mittlerweile stand die Sonne höher und das Wasser hatte eine tiefdunkelblaue Farbe angenommen. Es war der perfekte Tag für eine Überfahrt. Ein perfekter Reisetag.

3. Kapitel

Von Dublin nach Ringaskiddy: 268 km

Deira fuhr die Strecke von Dublin nach Ringaskiddy in einem Rutsch durch und reihte sich gleich am Hafen in die Schlange der wartenden Autos ein. Seit ungefähr einer Stunde durfte man aufs Schiff, aber trotzdem waren noch ziemlich viele vor ihr. Aus ihrem Auto konnte sie schon die ersten Passagiere sehen, die auf dem Oberdeck herumspazierten, Farbkleckse, die sich vom Weiß des Schiffes abhoben.

Ein Seufzer der Erleichterung entfuhr ihr, als sie ihr Ticket vorzeigte und auf die Fähre gewinkt wurde, hatte sie doch halb damit gerechnet, dass sie angehalten und zu einem Verhör durch die Gardaí gezerrt würde. Offenbar war die Hafenaufsicht nicht alarmiert worden, und die anderen Reisenden waren viel zu sehr damit beschäftigt, ihre fahrbaren Untersätze auf die Fähre zu befördern, um Deira überhaupt wahrzunehmen. Allerdings warf der eine oder andere Herr hinterm Steuer eines bis unters Dach vollgeladenen Autos, Wohnmobils oder SUVs in ihrer Nähe einen neidischen Blick auf Deiras schickes Cabrio.

Nachdem sie den Audi vorschriftsgemäß abgestellt hatte, begab sie sich zum Passagierdeck, ließ die Aufzüge, vor denen Familien mit Kindern, Gepäck und Buggys warteten, links liegen und nahm die Treppe. Was sie, bis sie endlich Deck 8 erreicht hatte, bereute, denn sie war weitaus weniger fit als in ihrer Vorstellung. Deira schnaufte kurz durch, schritt dann auf der Suche nach ihrer Kabine durch den mit Teppich ausgelegten Korridor.

Glücklich gefunden, drückte sie die Tür auf.

Vor der Buchung hatten Gavin und sie Stunden auf der Webseite der Fährgesellschaft verbracht, virtuell sämtliche Kabinen und Decks begutachtet, daher wusste Deira, was sie erwartete. Dennoch war sie erleichtert, dass die von ihnen ausgewählte Kabine – jetzt ihre Kabine – hell und luftig war sowie genügend Platz für Bett, Tisch und zwei Stühle hatte und man sich trotzdem noch umdrehen konnte. Außerdem hatte sie einen eigenen kleinen Balkon. *»Cruise-ferrying«* nannte das Fährunternehmen sein Angebot, und Deira musste zugeben, dass die Kabine beinahe so gut war wie jene, in der Gavin und sie bei ihrer einzigen richtigen Kreuzfahrt logiert hatten. Die hatten sie anlässlich ihres dreißigsten Geburtstags unternommen, der einerseits erst gestern gewesen, andererseits mehr als ein Jahrzehnt her zu sein schien. Deira erinnerte sich noch bestens daran, wie aufregend alles gewesen war – der Flug nach Barcelona – dort legte der Riesenkahn zu seiner Mittelmeerreise ab –, die Übernachtung in einem schnieken Hotel und am Morgen darauf die Fahrt mit dem Taxi zum Hafen. Erinnerte sich an die Euphorie, mit dem geliebten Mann unterwegs zu sein. Es war ein märchenhafter Urlaub gewesen, einer der schönsten ihres Lebens.

Und jetzt befand sie sich auf einer Kreuzfahrtfähre, die in Ringaskiddy ablegte. Diesmal allein.

Sie machte die Balkontür auf und trat ins Freie. Der Wind wehte ihr das Haar ins Gesicht, sie strich es sich hinter die Ohren. Weit unter ihr sah sie die gewaltigen Trossen, mit denen das Schiff am Kai vertäut war. Arbeiter in Signaljacken liefen dort hin und her und schrien einander Informationen zu. Auf einem Grashügel hinter der nur für die Passagiere freigegebenen Zone saßen viele Menschen, die zum Schiff hochstarrten und gelegentlich winkten. Ob sie wohl Bekannten zuwinkten oder einfach nur, weil das Schiff kurz vorm Ablegen war? So oder so ein hübscher

Anblick, fand Deira. Ein netter Gedanke, dass völlig Unbekannte ihr vielleicht eine schöne Reise wünschten.

Unter ihren Füßen vibrierte es; in den Tiefen des Schiffsbauchs erwachten rüttelnd die Motoren. Dieselgestank vermischte sich mit dem Geruch von Teer und salziger Meeresluft. Kreischend zogen riesige Möwen ihre Kreise. Die Arbeiter begannen die schweren Trossen loszumachen. Die Vibrationen wurden stärker. Die Menschen auf dem Grashügel winkten. Und dann bewegten sie sich, langsam und schwerfällig entfernten sie sich vom Ufer und Irland, fuhren hinaus aufs offene Meer.

Natürlich dauerte es noch, bis sie das offene Meer erreichten, erst musste das Schiff durch den Hafen und den breiten Kanal, der zum Meer führte, manövriert werden. Aber sie hatten abgelegt. Niemand konnte sie jetzt noch zurückhalten. Deira hatte es geschafft.

Ihr Handy klingelte und sie ließ es vor Schreck beinahe ins Wasser fallen.

»Wo bist du denn?«, fragte Gillian. »Als ich dir vorhin eine Nachricht schrieb, bekam ich diese vorgefertigte Antwort ›Bin im Auto, kann gerade nicht ran‹.«

»Ist was passiert?« Deira dachte sofort an Gavin und spürte, wie sich ihr Magen zusammenzog.

»Ich möchte dich um einen Gefallen bitten«, sagte Gillian. »Bex fährt morgen nach Dublin. Sie hat diese Woche ein Vorstellungsgespräch für ein Sommerpraktikum und hofft, dass sie einige Tage bei dir unterkommen kann. Ihre Freundin Lydia begleitet sie.«

Deira unterdrückte ein Stöhnen. Ihre neunzehnjährige Nichte, die gleichzeitig ihre Patentochter und Gillians Älteste war, kam oft in die Hauptstadt, immer in der frohgemuten Annahme, ihre Tante hätte während ihres Aufenthalts ein freies Bett für sie. Kam

Gill nach Dublin, spekulierte sie gleichfalls auf das Gästezimmer ihrer Schwester. Und obwohl Deira Bex mochte und sie meist gern um sich hatte (bei Gill war das nicht immer der Fall), machte es sie wahnsinnig, dass die beiden stets kurz vor knapp mit ihrem Anliegen herausrückten, ganz so als hätte Deira kein eigenes Leben.

Was in Gills Augen wahrscheinlich auch der Fall war, vor allem derzeit.

»Tut mir leid, das geht leider nicht«, sagte Deira und beobachtete die vorbeigleitende smaragdgrüne Küste, »ich bin nämlich unterwegs.«

»Unterwegs? Wohin?«, fragte Gill. »Davon hast du bei unserem letzten Telefonat gar nichts erwähnt.«

Du bist nicht meine Aufpasserin, ich muss dir nicht über alles Rechenschaft ablegen, dachte Deira, riss sich aber zusammen und verkniff sich eine entsprechende Bemerkung.

»Da war ich mir noch nicht sicher«, erklärte sie ihrer Schwester, »aber schließlich habe ich mich doch entschlossen.«

»Wohin?«, wiederholte Gill hartnäckig.

»Frankreich.«

»Frankreich! Wann bist du los und wann kommst du zurück?«

»Ich bin eben erst aufgebrochen«, antwortete Deira, »und in knapp einem Monat wieder zu Hause.« In Wahrheit würde sie schon in drei Wochen wieder daheim sein. Aber das musste sie Gill nicht auf die Nase binden.

»In einem Monat!« Gill kreischte geradezu. »Wie um alles in der Welt kannst du einen Monat lang freinehmen, Deira O'Brien?«

»Weil ich jede Menge Resturlaub habe«, erwiderte Deira.

»Ach so.« Kurzes Schweigen, ehe Gill wissen wollte, in welchem Hotel sie sei.

»Ich bin die ganze Zeit unterwegs.«

»Mit wem bist du unterwegs? Und wo genau in Frankreich gondelst du herum?«

»Ich reise allein«, sagte Deira, »und ich lasse mich einfach treiben.«

Gills Erwiderung ging im Tuten des Schiffhorns unter.

»Was war das denn?«, fragte sie.

»Das Schiff«, sagte Deira.

»Das ... was für ein Schiff?«

»Ich bin auf der Fähre.«

»Aber ... ich dachte, du bist am Flughafen. Fliegst du denn nicht nach Paris?«

»Nein, ich setze nach Roscoff über.«

»Warum das denn?«

»Warum nicht?«

»Niemand fährt allein mit der Fähre nach Frankreich.«

»Ich schon.«

»Herrgott, Deira, hast du den Verstand verloren?« Zwar war Gills Wortwahl derb, aber ihre Stimme klang jetzt weicher. »Schon klar, die letzte Zeit war nicht einfach für dich, aber das ist doch noch lange kein Grund, wegzurennen.«

»Ich renne nicht weg«, erwiderte Deira, »ich mache Ferien.«

»Warum hast du dir nicht was richtig Hübsches ausgesucht, vierzehn Tage Strandurlaub beispielsweise?«, wollte Gill wissen. »Ich bin mir sicher, es hätte etwas Tolles gegeben, vierzehn Tage all inclusive auf den Malediven oder was in der Art. Du kannst dir das schließlich leisten. Oder etwa nicht?«, hakte sie nach. »Hast du Geldsorgen?«

»Ich mag Strandurlaub nicht«, erklärte Deira. Was nur zum Teil stimmte. Eine Woche Strand mit einem schönen Bücherstapel war durchaus nach ihrem Geschmack. Zurzeit würde sie jedoch noch mehr Nichtstun die Wände hochtreiben. »Und finanziell geht's mir gut.« Was, auch wenn die Abbuchung der Reisekosten ihr Konto kurzfristig in die Miesen getrieben hatte, der Wahrheit entsprach.

»Hast du was von Gavin gehört?«

Deiras Herz schlug schneller. »Nein. Wieso?«

»Ich dachte nur«, sagte Gill. »Aber wenn wir mal ehrlich sind –«

»Ich möchte nicht über Gavin reden«, unterbrach Deira sie. »Ich mache jetzt Urlaub und er ist der Letzte, an den ich denken oder über den ich reden will.«

»Du hättest mir sagen sollen, was du vorhast«, sagte Gill.

Dann hättest du mich daran hindern wollen. Aber auch das sprach Deira nicht aus.

»Ich schicke dir eine Nachricht, wenn ich angekommen bin. Gleich habe ich keinen Empfang mehr, wir erreichen demnächst das offene Meer.«

»Melde dich jeden Tag«, trug Gill ihr auf.

»Wenn es möglich ist«, sagte Deira.

Und sie beendete das Gespräch.

Deira suchte den Shop auf, wo es bereits von Passagieren wimmelte, die sich mit französischem Wein und hochprozentigen Angeboten eindeckten. Sie erstand lediglich Adapter für ihre Autoscheinwerfer, damit deren Licht auf die rechte Straßenseite gelenkt wurde. Das nenne ich mal auf die Pauke hauen, murmelte sie, als sie ihren übersichtlichen Einkauf bezahlte. Ich weiß echt, wie man das Leben genießt.

Anschließend machte sie sich auf zum Selbstbedienungsrestaurant, wo es laut war und hoch herging, und stellte fest, dass dies so ziemlich der allerletzte Ort war, an dem sie sich aufhalten wollte. Der Anblick einer Mutter, die gleichzeitig einem Kleinkind den Löffel in den Mund schob, während sie einem winzigen Baby die Brust gab, machte sie schwindelig.

Deira drehte sich um und stieß beinahe mit einem Mann zusammen, der ein volles Tablett trug.

Er entschuldigte sich.

»Nein, es war meine Schuld.«

Mit einem Nicken nahm er ihre Entschuldigung an und ging weiter.

Bist du allein hier, fragte sie sich und sah ihm nach. Bist du derjenige, welcher? Er war attraktiv, wenn auch nicht spektakulär, aber durchaus geeignet.

Hör auf, ermahnte Deira sich, hör einfach auf damit. Sie steuerte auf das Restaurant am anderen Schiffsende zu, wo man bedient wurde. Auch hier gab es erstaunlicherweise eine Warteschlange, bis ihr aufging, dass der gewiefte Fährpassagier sich so schnell wie möglich an die Futtertraufe begab und Shopping und alles andere auf später verschob.

Als sie schließlich an der Reihe war, fragte sie die junge Französin, die eine Liste in der Hand hielt, ob sie einen Tisch für eine Person haben könne.

»Bis acht Uhr ist nichts frei, Madame«, lautete die Antwort.

Deira hatte zwar keinen Hunger, aber bis acht Uhr war es noch lang hin. Da es im Selbstbedienungsrestaurant wahrscheinlich den ganzen Abend über rappelvoll sein würde und sie sich etwas Ruhe und Frieden verdient hatte, reservierte sie einen Tisch und ging zurück in ihre Kabine, wo sie sich einen Tee machte. Dann legte sie sich aufs Bett und schloss die Augen.

Völlig desorientiert wachte Deira auf, hörte und spürte zwar das Stampfen der Motoren im Schiffsbauch, wusste jedoch nicht, worum es sich handelte. Es dauerte kurz, bis sie sich erinnerte: das

Auto, die Fahrt, die Fähre – und dass sie für acht Uhr einen Tisch reserviert hatte. Sie warf einen Blick auf ihre Armbanduhr. Es war sieben Uhr dreißig.

Sie stand auf und machte sich in ihrem kleinen Badezimmer frisch. Dann schlüpfte sie dankbar in das Jeanskleid, das sie in letzter Minute in ihre kleine Reisetasche gepackt hatte, denn ihre weiße Bluse war von der unerwarteten Siesta völlig zerknittert. Ein zweites Paar Schuhe hatte sie nicht mit, aber ihre Keilsandaletten passten gut zum Kleid. Sie fuhr sich mit der Bürste durchs dunkle Lockenhaar, legte pfirsichfarbenes Lipgloss auf und duftete sich mit *Grapefruit* von Jo Malone ein.

Ein prüfender Blick in den Spiegel – reichte das aus oder sollte sie die bleichen Wangen und die dunklen Augenringe unter einer Schicht Make-up verbergen? Deira hatte sich nie groß geschminkt. Für die Arbeit richtete sie sich immer adrett her, aber für ein gepflegtes Aussehen reichte in aller Regel eine getönte Tagescreme und Wimpertusche, die ihre grünen Augen betonte. In ihren Jugendtagen hatte Gill häufig bemerkt, Deira sei diejenige, die in Sachen Aussehen das bessere Los gezogen habe. »Schön bist du nicht«, pflegte sie zu sagen (nur für den Fall, dass ihre Schwester eingebildet werden sollte), »aber mit deinen schwarzen Haaren und der samtigen Haut siehst du ein bisschen wie die sprichwörtliche irische Heckenrose aus. Mehr als einen Klecks Nivea brauchst du nicht.«

Das war gewesen, als keine von ihnen mehr als einen Klecks Nivea benötigt und Gill bei ihrer kleinen Schwester die Mutterrolle übernommen hatte. Auch den Vater und ihren Bruder hatte sie bemuttert, obwohl Peter fünf Jahre älter war und von überhaupt niemandem bemuttert werden wollte.

Aber Gill war unerbittlich. Sie war die älteste Tochter und hatte deshalb das Sagen. Als sie jünger war, hatte Deira ihre Schwester als übertrieben fürsorglich empfunden. Später kam sie auf den Gedanken, dass Gill von Natur aus herrschsüchtig war. Sich in Deiras Leben einzumischen, hatte sie jedenfalls in vollen Zügen genossen.

Beim Tod der Mutter war Deira zehn gewesen, Gill fünfzehn und Peter neunzehn. Peter hatte noch ein Jahr lang daheim gewohnt, ehe er nach London ging, wo er bei einem Bahnunternehmen unterkam. Es war der ideale Arbeitsplatz für ihn – er war schon immer verrückt nach Zügen gewesen. Einige Jahre sahen sie überhaupt nichts von ihm, als aber die Billigfluglinien auf den Markt drängten, kam er öfter nach Hause. Dann heiratete er seine damalige Freundin Sarah. Noch immer kam er regelmäßig mit ihr und den Kindern Tyler und Sian nach Irland. Deira hatte ihn Anfang des Jahres gesehen; bei seinem letzten Aufenthalt war sie allerdings zu sehr mit einer bevorstehenden Ausstellung beschäftigt gewesen und ein Treffen nicht zustande gekommen.

Er hatte ihr eine Nachricht geschickt, als er die Sache mit Gavin mitbekam. Es gehe ihr gut, schrieb sie zurück, worauf er mit einem Daumen-hoch-Emoji antwortete. Seitdem hatte sie nichts mehr von ihm gehört.

Deira selbst kehrte nur selten nach Galway zurück und wenn, hielt sie sich lieber im Zentrum auf als bei Gill am Stadtrand. Ihre Schwester kam jedoch jährlich mindestens ein halb Dutzend Mal nach Dublin und übernachtete immer in Deiras Häuschen am Grand Canal. Das hatte zu Spannungen zwischen Deira und Gavin geführt, der wissen wollte, warum ihre Verwandtschaft nicht im Hotel unterkam wie andere Menschen auch. Wie kamen die bloß auf die Idee, es sei völlig in Ordnung, sich jedes Mal, wenn sie nach Dublin kamen, bei ihnen häuslich niederzulassen? Brüstete sich Gill nicht ständig damit, wie hervorragend ihr Mann Bob verdiene? An dieser Stelle zwinkerte er Deira stets zu, worauf sie lachen musste, denn Bob arbeitete wie Gavin und sie bei einer Lebens- und Rentenversicherung, aber im Gegensatz zu Gavin, der dem Vorstand angehörte, war er im mittleren Management steckengeblieben.

Von ihren Erinnerungen überwältigt, sank Deira aufs Bett. Damals waren es Gavin und sie gegen den Rest der Welt gewesen, zumindest hatte es sich so angefühlt. Jetzt hatte sich die Achse ihrer Welt verschoben. Und ihre Schwester, auch wenn sie sich bisher die markigen Worte »ich hab's dir ja gesagt« verkniffen hatte, klopfte sich innerlich bestimmt selbstzufrieden auf die Schulter.

Deira blieb kurz mit geschlossenen Augen sitzen und kämpfte mit den Tränen. Dann richtete sie sich kerzengerade auf, fuhr sich nochmals mit der Bürste durchs Haar und verließ ihre Kabine.

Sie war nicht in Urlaub gefahren, um tiefbetrübt in der Vergangenheit herumzustochern. Sie war hier, um an ihre Zukunft zu denken. Auch wenn diese momentan wenig erfreulich aussah.

4. Kapitel

Von Ringaskiddy nach Roscoff: 580,2 km

Im Restaurant wurde Deira an einen Zweiertisch in der Nähe des Panoramafensters beim Achtersteven geführt. Fast alle Plätze waren belegt. Die meisten Gäste schienen Iren zu sein, die gerade ihren Urlaub angetreten hatten. Deira, die normalerweise stets geflogen war, wohin die Reise auch ging, hatte nicht geahnt, dass viele Menschen das anders handhabten, auch wenn Gavin und sie bei der Buchung der Reise gewitzelt hatten, sie müssten endlich einmal ihren CO_2-Abdruck verringern. Die Speisekarte in der Hand, die ihr der Kellner gereicht hatte, überlegte sie, ob sie zukünftig nicht öfter auf diese Weise reisen solle.

Die Auswahl der Gerichte war durchaus appetitlich, auch wenn Deira sich nicht erinnern konnte, wann sie das letzte Mal etwas auswärts gegessen oder Hunger gehabt hatte. Was zumindest den Vorteil eines dramatischen Gewichtsverlusts hätte haben sollen, doch bedauerlicherweise bezog sich ihre Abstinenz in Sachen Nahrungsaufnahme nicht auf die allabendlichen zwei Gläser Wein mitsamt einigen Stückchen Schokolade. Nervennahrung, alles beides.

Als Vorspeise würde sie einen Salat vom Büfett nehmen, anschließend den kurz angebratenen Thunfisch von der Karte. Das Büfett war dermaßen reichhaltig, dass bei manchen sämtliche Zurückhaltungsdämme brachen und sie sich ihre Teller mit Fleisch, Meeresfrüchten, Salat, Käse und knusprigem Brot vollhäuften. Deira konnte geradezu hören, wie Gavin ihr zumurmelte, ein Büfett bringe im Menschen immer das Tier hervor. »Ein Gedrängel, als ob sie nie in ihrem Leben wieder etwas zu beißen bekämen«, hätte er gesagt. Denn genau das sagte er immer, wenn sie gemeinsam unterwegs waren und die heiße Schlacht am Frühstücksbüfett beobachteten. »Da verliert man wahrlich den Glauben an die Menschheit.«

Sie pflichtete ihm dann meistens bei. Sie pflichtete ihm meistens bei – weshalb die Leute oft sagten, sie seien ein tolles Paar.

Deira stellte eine kleine Schüssel mit Garnelen auf einen Teller, tat sich noch Salat auf und ging zu ihrem Tisch zurück. Aus ihrer Handtasche holte sie ihr iPad, machte es zwar an, klickte jedoch auf keine der Apps, sondern starrte während des Essens einfach nur in die Ferne.

Unvermutet stand der Kellner erneut neben ihr und Deira überlegte kurz, ob sie sich wohl zu großzügig am Büfett bedient hatte, registrierte dann aber die Frau neben ihm. Groß und anmutig, eindeutig älter als Deira, doch ihr feines Gesicht ließ sie fast alterslos erscheinen. Das halblange, silbergraue Haar war modisch geschnitten und sie trug ein blau-weiß gestreiftes T-Shirt, weiße Chinos und Espadrilles, gewissermaßen die Uniform der älteren Frauen auf dieser Fähre. An ihrem Hals glänzte eine Türkiskette. Die Frau sah so elegant aus, dass Deira sie sofort für eine Französin hielt.

»Dieser Tisch«, sagte der Kellner zur Französin.

»Ich hatte doch einen Einzeltisch reserviert«, wandte Deira ein.

»Leider reservieren wir keine Einzeltische«, entgegnete der Kellner. »Sie werden sich diesen teilen müssen.«

»Wenn ich Sie störe …« Die klare Stimme der Frau war zurückhaltend, sie sprach mit irischem Anklang.

»Ich … na ja … nein …« Deira schob ihr iPad zur Seite.

»Vielen Dank.« Die Frau setzte sich, der Kellner nahm ihre Bestellung, ein Glas Chablis, auf und ging.

»Tut mir leid, wenn ich Sie störe«, sagte die Frau. »Aber das kommt auf Fähren ständig vor, dass sie einem jemanden an den Tisch setzen. Alle wollen nämlich zur selben Zeit essen.«

»Schon in Ordnung«, meinte Deira, der eine weitere Unterhaltung erspart blieb, weil der Wein für ihre Tischnachbarin und ihr Hauptgang aufgetragen wurden.

Während des Essens widmete sie sich ihrem iPad, auf dem sie das Buch öffnete, das sie letzten Monat angefangen hatte. Normalerweise war sie nach vierzehn Tagen mit einem Buch durch, aber in letzter Zeit hatte sie Konzentrationsschwierigkeiten und obwohl der Stil süffig war, schweiften ihre Gedanken nach wenigen Seiten ab. Der Roman war ihr von Tillie empfohlen worden, die ihr inspirierende Lektüre nahelegte; er handelte von einer Frau, die einen schweren seelischen Schock erlitten hatte und auf der Suche nach ihrer inneren Mitte zu einer Andenwanderung aufgebrochen war. Deira war sich nicht sicher, ob ein seelischer Schock für ihre in letzter Zeit getroffenen Entscheidungen verantwortlich war, auch wenn die Tatsache, dass sie in einem guten Restaurant das köstliche Essen lustlos auf dem Teller hin und her schob, Bände sprach. Offenbar hatte sie ihre innere Mitte noch nicht wiedergefunden. Ich bin oberflächlich, sinnierte sie. Viel zu sehr auf materielle Dinge und leibliche Genüsse fixiert. Aber – und bei dem Gedanken musste sie automatisch lächeln – immerhin eine Autodiebin. So ganz gewöhnlich war sie dann doch nicht.

Die Frau gegenüber las ebenfalls, hatte ein abgegriffenes Exemplar von Hemingways *Fiesta* aus ihrer Handtasche geholt und auf dem Tisch liegen lassen, als sie zum Büfett ging. In ihrem ersten Collegejahr hatte Deira als Abschlussarbeit ihres Seminars über englische Literatur eine Analyse von Hemingways bekanntestem Werk verfasst – der nonchalante Antisemitismus sei schockierend, befand sie, die Figuren unsympathisch, die Dialoge gestelzt. Ihr Dozent hatte sie wohlgefällig betrachtet und geäußert, wenn sie erst einmal selbst ein Meisterwerk verfasst habe, dann sei sie eventuell in einer Position, einen Klassiker des 20. Jahrhunderts in Bausch und Bogen in die Pfanne hauen zu dürfen. Sie habe die Aufgabe gehabt, einen kritischen Essay über *Fiesta* zu schreiben, hatte Deira entgegnet, keine Lobhudelei. Hemingways angebliches Meisterwerk strotze nur so vor Chauvinismus und darauf hinzuweisen, sei ihr gutes Recht.

Der Professor hatte damals gelacht, er möge Menschen, die ihren Standpunkt verteidigten, auch wenn dieser völlig falsch sei, deshalb werde er die Arbeit gut benoten, auch wenn er diametral entgegengesetzter Meinung sei, und zwar in allen Punkten. Dieser Zwischenfall war ein Wendepunkt für Deira gewesen; bis zu ihrem Schlagabtausch mit dem Dozenten war sie eine schüchterne, zurückhaltende Studentin gewesen. Doch seit diesem Tag war sie jemand, der für sich selbst einstehen konnte, wurde sicherer in ihrem Auftreten. Dieses Selbstbewusstsein hatte sie lange begleitet, doch plötzlich war ihr diese innere Starke abhandengekommen. Vielleicht würde sie mit dieser Reise ihre innere Mitte allmählich zurückgewinnen.

Ihre Tischnachbarin blätterte während des Essens in ihrem Buch, legte es, nachdem sie mit ihrem geräucherten Lachs fertig war, aber zur Seite. Sie sah hoch und bemerkte, dass Deira sie beobachtete.

»Schon komisch, wenn man sich so wortlos gegenübersitzt, auch wenn die meisten von uns, die einen Einzeltisch wollen, nicht zu den Leuten gehören, die sich sofort mit Wildfremden anfreunden«, bemerkte sie. »Trotzdem ist es unhöflich, wenn man nicht einmal weiß, mit wem man zusammensitzt. Ich heiße Grace. Grace Garvey.«

»Deira O'Brien.«

Bei näherer Betrachtung schätzte Deira Grace auf Mitte fünfzig, eventuell etwas älter. Doch ihre Haut war glatt und nahezu makellos, als jüngere Frau musste sie eine echte Schönheit gewesen sein. Genau genommen war sie immer noch schön.

»Sind Sie schon einmal auf diesem Schiff mitgefahren?«, fragte Grace.

Deira schüttelte den Kopf. »Mein erstes Mal.«

»Bei mir ist es das zehnte, vielleicht sogar das elfte Mal.« Grace lächelte. »Als meine Kinder noch kleiner waren, haben wir das jedes zweite Jahr gemacht.«

Deira blickte sich um, als könnte Grace' Familie gleich aus dem Nichts auftauchen.

»Dieses Jahr bin ich allein unterwegs«, sagte Grace.

»Ich auch.«

Es war eine Erleichterung, dass sie nicht als Einzige allein reiste. Der Anblick der vielen Familien an Bord war für Deira besonders schwierig. Denn wenn die Dinge anders gelaufen wären, wenn sie selbstsicherer gewesen wäre, hätte sie zur unbeschwerten Menge derjenigen gehört, die nach Frankreich zum Zelten fuhren. Sie hätte ihre Kinder in die endlose Warteschlange im Selbstbedienungsrestaurant gescheucht in der bangen Hoffnung, sie würden sich benehmen, anders als die entspannten französischen Eltern, deren Kinder offenbar tadellose Tischmanieren hatten. Deira wusste, ihre Sprösslinge wären nach Gavin und ihr geraten, nicht zu bändigen. In diesem gediegenen Umfeld hätten sie keine Minute still gesessen. Die reinsten Quälgeister.

Nein, unterdrückte sie diesen Gedanken. Ihre Kinder wären vielleicht lebhaft gewesen, aber keine Quälgeister. Dafür hätte sie gesorgt.

»Wohin geht's bei Ihnen anschließend?«, fragte sie Grace, die ihren Salat aufgegessen, aber den Hemingway noch nicht wieder aufgeschlagen hatte.

»Ich fahre nach Südspanien, nach Cartagena.«

Erstaunt sah Deira sie an. »Ab Roscoff? Ganz allein? Das müssen mindestens zweitausend Kilometer sein.«

»Siebzehnhundert«, erklärte Grace. »Aber es werden noch ein paar mehr, weil ich diverse Abstecher machen möchte. Und Sie?«

»Ursprünglich wollte ich nach Paris fahren, doch seit ein paar Stunden bin ich mir nicht mehr ganz sicher, ob ich das wirklich machen soll.«

»Ich hatte immer zu viel Manschetten, in Paris Auto zu fahren«, meinte Grace. »Ich hätte es trotzdem wagen sollen, denn jetzt fehlt mir der Mumm erst recht.«

»Wenn ich ehrlich sein darf, Sie sehen aus wie eine Frau, die alles bewerkstelligt, was sie sich in den Kopf setzt«, sagte Deira.

Grace lächelte. »Vielen Dank fürs Kompliment.«

»Wahrscheinlich ist das Autofahren in Europa für Sie gar kein Problem, nachdem Sie diese Reise schon fast ein Dutzend Mal unternommen haben.«

»Ich habe mich dabei nur zweimal hinters Steuer gesetzt«, klärte Grace sie auf. »Und weiter als La Rochelle kam unsere Familie nicht. Meistens fuhr mein Mann, der traute meinen Fahrkünsten nicht so recht.«

Deira war um eine Antwort verlegen. Grace' Stimme hatte einen Unterton gehabt, der vermuten ließ, dass sie sich nicht gern zur Beifahrerin degradieren ließ. Wo wohl der Ehemann momentan war? Doch sie fragte nicht nach.

Der Kellner trug Grace' Hauptgericht auf (sie hatte sich ebenfalls für den Thunfisch entschieden) und räumte Deiras Teller ab. Deira bestellte Kaffee und ging auf Dessertsuche zum Büfett. Aus reiner Gewohnheit ließ sie die leckeren Schokoladentörtchen sowie die verschiedenen Käsekuchen links liegen und nahm stattdessen Obstsalat und Joghurt.

Grace war inzwischen in ihr Buch vertieft und sah nicht hoch, als Deira sich setzte. Wahrscheinlich hätte die andere ebenso gern einen Einzeltisch gehabt wie Deira. Und dennoch war es nett gewesen, sich mit jemandem zu unterhalten. Zudem verströmte Grace' ruhige, melodische Stimme etwas Tröstliches, ihre Gelassenheit wirkte beruhigend. Deira konnte sich gut vorstellen, wie diese Frau entspannt in einem Auto quer durch Frankreich und Spanien fuhr. Sie hatte keine Ahnung, wie lange so eine Reise dauern würde, aber ganz sicher länger als die gut sechs Stunden von Roscoff nach Paris. Deira hatte sich die Strecke zur französischen Hauptstadt angesehen, nachdem Gavin die Fähre gebucht hatte, und sich gewundert, warum er keine nach Calais ausgewählt hatte. Paris lag nicht einmal zwei Autostunden von Calais entfernt. Seine Begründung lautete, er wolle die Route Cork nach Roscoff nehmen, weil die Überfahrt das letzte Mal ganz wunderbar gewesen sei, und er wolle das mit ihr gemeinsam nochmals erleben. Da war sie verstummt, denn sie sprachen nie von seinem Leben vor ihr. Als er mit Marilyn verheiratet, Teil einer Familie gewesen war – Vater, Mutter und zwei gemeinsame Kinder.

Deira hatte nie vorgehabt, Teil seines Lebens zu werden.

Und doch war es so gekommen.

Eine Zeitlang war es das Beste, was ihr je passiert war.

5. Kapitel

Dublin, Irland: 53.3498 °N 6.2603 °W

Sie war fünfundzwanzig gewesen und seit fast einem Jahr bei Hagan's Fine Art Gallery and Auction Rooms beschäftigt, als Gavin Boyer hereinkam. Er stach ihr sofort ins Auge, ein großer, selbstsicherer Mann mit pechschwarzem Haar, der die sorgfältig inszenierten Kunstobjekte ignorierte und zielstrebig auf den Mahagonischreibtisch zustrebte, hinter dem sie saß. Er nannte seinen Namen und wollte Kevin Hagan sprechen.

»Mr Hagan ist heute nicht im Haus.« Obwohl Gavin kurz angebunden gewesen war, blieb Deira höflich. »Er ist in London. Kann ich ihm etwas ausrichten?«

»Er kann nicht in London sein, wir haben einen Termin«, sagte Gavin.

»Tut mir leid, Mr Boyer, er ist wirklich in London und wenn Sie einen Termin mit ihm vereinbart haben, hat er wohl das Datum verwechselt.« Deira wusste, dass sie recht hatte, warf aber trotzdem einen Blick in ihren Computer. »In seinem Kalender ist nichts eingetragen.«

»Ich hätte ihm eine Bestätigung schicken sollen«, sagte Gavin verärgert. »Er ist ein hoffnungsloser Fall.«

Deira schwieg, stimmte aber im Stillen dem attraktiven Mann zu, der vor ihr stand. Kevin *war* ein hoffnungsloser Fall, was Termine betraf, vor allem, wenn er sie selbst vereinbarte. Wenn es um Kunst und Antiquitäten ging, achtete er auf das winzigste Detail, bei allem anderen war er ein Schussel.

»Der früheste Termin, den ich Ihnen anbieten kann, ist Montagnachmittag – falls Ihnen das etwas bringt«, schlug sie vor.

»Dann eben Montag.« Er lächelte unvermittelt und sah gar nicht mehr wie ein alter Griesgram aus. Alt war er ohnehin nicht, ging Deira durch den Kopf, während sie den Termin blockte. Älter als sie jedoch auf alle Fälle. Wahrscheinlich Ende dreißig, Anfang vierzig.

»Wenn Sie schon einmal hier sind, möchten Sie sich die Galerie ansehen?«, fragte sie. »Wir haben einige großartige neue Arbeiten hereinbekommen. Sie können sich selbstverständlich auch die Auktionsposten ansehen.«

»Ich schau mich kurz um«, sagte Gavin. »Auch wenn Kevin das nicht verdient hat.«

Deira beobachtete hinter ihrem Computer, wie er durch die Galerie streifte, vor manchen Gemälden stehen blieb, andere links liegen ließ. Vornehm sah er aus, fand sie, und Ahnung hatte er auch, denn er widmete den besseren Künstlern mehr Zeit, sah sich die Gemälde eingehend an. Sie lächelte, als er eines ihrer Lieblingsbilder studierte – Mutter und Kind, die auf einer Bank am Flussufer saßen und leuchtend orangefarbene Regenschirme über ihren Köpfen hielten.

»Ist das nicht entzückend?« Mit einer Broschüre ging sie zu ihm hinüber. »Das ist von Thelma Roache. Wir haben noch mehr Werke von ihr, alle sehr leuchtend, voller Leben.« Sie drehte sich um und zeigte auf ein anderes Bild. Eine Frau rannte auf einen Zug, eine smaragdgrüne Tasche über der Schulter, ihr gelber Mantel war aufgesprungen.

»Absolut.« Gavin nahm ihr die Broschüre aus der Hand, sah aber weiterhin unverwandt das Bild von Mutter und Kind an.

»Mir gefällt der Kontrast zwischen den farbintensiven Regenschirmen und der Umgebung«, erklärte Deira. »Und dass das Gemälde so fröhlich wirkt, obwohl der Fluss so dunkel und deprimierend aussieht.«

»Ist das Ihre fachliche Interpretation?« Er hörte sich belustigt an.

Sie warf ihm einen verlegenen Blick ob ihrer unverhüllten Begeisterung zu. Doch der Mann musterte sie interessiert.

»Weniger fachlich als persönlich«, gab sie zu. »Ich mag Thelma Roache und finde, sie sollte bekannter sein. Wir stellen ihre Werke erst seit kurzem aus, aber sie ist phantastisch. Sie ist schon älter und eine Frau, wahrscheinlich ist sie deshalb weniger anerkannt. Sie malt seit den Siebzigern.«

Gavin sah erstaunt drein.

»Aber Frauen bekommen gemeinhin weniger Aufmerksamkeit als Männer«, sagte Deira, »egal, wie gut sie sind.«

»Frauen im Allgemeinen oder Künstlerinnen im Besonderen?«

»Frauen im Allgemeinen und Künstlerinnen im Besonderen.«

»Sind Sie sich da sicher?«

»Ich habe mich unter anderem damit in meiner Abschlussarbeit befasst.«

»Sie haben Kunst studiert?«

»Kunstgeschichte und Neuere Literatur«, erklärte sie. »Mein Bruder meinte, der Abschluss sei nichts wert, doch damit habe ich diesen Job bekommen.«

»Wollen Sie nicht lieber selbst als Künstlerin oder Schriftstellerin tätig sein?«

Sie schüttelte den Kopf. »Ich kann die Arbeit anderer einschätzen, aber ich kenne meine künstlerischen Grenzen. Ich finde gern für Menschen Gemälde, die zu ihnen passen. Oder gestalte Ausstellungen mit – ein guter Weg, die Schönheit der Kunst – ob Gemälde, Skulpturen, Schmuck oder Bücher – vielen Menschen nahezubringen.«

»Haben Sie viele Ausstellungen organisiert?«

»Bisher nur eine. Aber die war der Knaller. Wir haben alle Gemälde verkauft.« Sie strahlte ihn an.

Da er nichts erwiderte, fragte sie sich, ob sie den Bogen überspannt hatte, doch er sagte nur, er komme am Montag zu seinem Termin mit Kevin und sie sei dann hoffentlich auch da.

Nachdem er gegangen war, kam Deira die Galerie seltsam leer vor.

Kevin kehrte voller Begeisterung über unbekannte Künstler aus London zurück und entschuldigte sich, dass er seinen Termin mit Gavin Boyer versemmelt hatte.

»Mir war nicht bewusst, dass das ein verbindliches Treffen war«, erklärte er. »Aber alles in Butter, ich habe mit ihm telefoniert und er nimmt's mir nicht übel.«

Er saß in seinem Büro, als Gavin am Montagnachmittag Punkt vier Uhr die Galerie betrat. Deira brachte ihnen Kaffee und Kekse und gab dann weiter die Objekte für die anstehende Auktion antiker Schmuckstücke in ihren Rechner ein.

Hinterher erzählte Kevin ihr, Gavin spiele mit dem Gedanken, selbst Kunst auszustellen.

»Was? Er ist ein Konkurrent?« Deira war sprachlos.

»Keineswegs«, beruhigte Kevin sie. »Er ist Vorstandsmitglied einer Lebens- und Rentenversicherung. Sie wollen sich mehr in der Stadt engagieren und Kulturevents unterstützen.«

Sie verzog das Gesicht. »All diese Konzerne machen einen auf nett, während sie uns doch am liebsten ausquetschen wollen wie die Zitronen.«

»Vielleicht.« Kevin grinste. »Trotzdem lohnt es sich, dass wir uns reinhängen. Die Solas Life ist kürzlich in ein neues Gebäude gezogen, wo es offenbar einen Raum gibt, der sich für Ausstellungen eignet. Er denkt auch an historische Retrospektiven, sei es über verschiedene Aspekte der Stadt, große Musiker oder Schriftsteller. Als Erstes stellt er sich jedenfalls eine Kunstausstellung vor, und wir sollen ihm ein Konzept unterbreiten.«

»Das ist spannend«, musste Deira zugeben.

»Genau genommen hast du ihn schon auf eine Idee gebracht. Ihm haben die Bilder von Thelma Roache sehr gut gefallen. Er möchte ausschließlich Maler*innen* präsentieren.«

»Oh«, machte Deira.

»Er meinte, du seist so geknickt gewesen wegen der geringen Anerkennung für diese Frauen, dass du deine Uniabschlussarbeit darüber verfasst hättest.«

»Geschlechterungleichheit in der Kunst«, korrigierte Deira ihn, »nicht nur in der Malerei. Du solltest es besser wissen, du hast sie ja gelesen.«

»Jedenfalls hast du schlafende Hunde geweckt.« Kevin ließ nicht durchblicken, ob er ihre Arbeit, um die er sie nach dem Vorstellungsgespräch gebeten hatte, tatsächlich gelesen hatte. Leise keimte in ihr der Verdacht auf, dass er sich die Mühe gespart hatte. »Na, dann hopp an die Arbeit. Er redet von ungefähr zwanzig Bildern, aber du musst dir natürlich zuvor den Raum bei Solas Life ansehen.«

»Ich soll die Ausstellung kuratieren?«

»Klar, warum nicht«, sagte Kevin vergnügt. »Schließlich bist du hier diejenige mit den Knallerideen.«

Deira machte die Organisation der Ausstellung riesigen Spaß; die Zusammenarbeit mit Gavin Boyer verlief viel problemloser als gedacht. Der Raum in dem Versicherungsgebäude, das in der Dawson Street lag, eignete sich ideal und Gavin befürwortete ihre Vorschläge. Am Abend der Vernissage dankte er ihr in seiner Rede vor den versammelten Gästen überschwänglich. Wider Willen fand Deira ihn charmant und fühlte sich geschmeichelt. Es tat gut, für eine Arbeit, die man liebte, gelobt zu werden, besonders wenn das Lob in Anwesenheit von Kulturminister und wichtigen Unternehmerpersönlichkeiten geäußert wurde. Hoffentlich würden sich diese Leute daran erinnern, dass Hagan's Gallery die Bilder zur Verfügung gestellt und die Ausstellung kuratiert hatte, ging ihr durch den Kopf, während sie ein Glas Weißwein in der Hand hielt, der mittlerweile viel zu warm war.

»Deira, ist das nicht herrlich?« Thelma Roache, die in einem himbeerfarbenen Samtkleid umwerfend aussah und ihr normalerweise offenes Haar zu einem eleganten Nackenknoten geschlungen hatte, ergriff ihren Arm. »Vielen, vielen Dank, dass Sie meine Arbeit vorgeschlagen haben. Möglichst viele Leute sollen mein Werk sehen und in einem Versicherungsgebäude herrscht mehr Kundenverkehr als in einer Galerie.«

»Gavin – Mr Boyer – hat seinen sämtlichen Kunden diesen neuen Raum für Kunst und Kultur eindringlich ans Herz gelegt«, sagte Deira. »Aber er steht nicht nur den Kunden offen, jeder hat Zutritt. Bestimmt wollen viele Menschen die Ausstellung sehen.«

»Das wäre natürlich mein größter Wunsch.« Thelma strahlte sie an. »Ich bin keine so arrivierte Malerin, dass ich nicht noch immer davon alpträume, in meinem Dachkämmerlein zu verhungern. Zu wissen, dass meine Bilder gesehen werden, ist eine große Sache für mich.«

»Sie werden sich bestimmt verkaufen«, versicherte Deira ihr, »auch die Ihrer Kolleginnen.«

Die Ausstellung beschränkte sich auf Objekte vierer Malerinnen, die Deira ausgesucht hatte, nicht nur weil sie ganz unterschiedliche Kunstrichtungen verfolgten, sondern auch aufgrund der intensiven Farben und der Lebendigkeit ihrer Bilder. Mit ihren siebzig Jahren war Thelma die älteste der Künstlerinnen. Deira schritt nochmals bewusst durch den Raum, selbst ganz entzückt über die wunderbare Präsentation der Werke, voller Stolz, dass sie zu der Ausstellung beigetragen hatte.

»Tolle Arbeit, Deira.«

Jetzt stand Gavin Boyer persönlich neben ihr. »Ein großer Erfolg.«

»Nicht wahr?« Sie strahlte ihn an. »Und wissen Sie, was mir am meisten gefällt?«

»Was denn?«

»Dass all diese Werke zum Alltag der Menschen gehören werden, die Ihr Gebäude betreten. Dass die Kunst einfach da ist und sie sich nicht zu einem Gang ins Museum, in eine Galerie aufraffen müssen, um sie zu sehen. Anfangs war ich übrigens durchaus misstrauisch, was Ihre Motive für die Ausstellung betrifft«, fügte sie hinzu, »doch jetzt bin ich wirklich froh, dass ich meinen Teil dazu beitragen konnte.«

»Darüber bin ich ebenfalls froh«, sagte er. »Ich habe noch nie jemanden getroffen, der so voller Enthusiasmus für seine Arbeit ist.«

»Ach, bestimmt gehen alle bei Solas ihrer Arbeit genauso enthusiastisch nach«, entgegnete sie.

Gavin lachte über den Skeptizismus, der in ihrer Stimme mitschwang. »Sie sind eine grauenvolle Lügnerin«, sagte er. »Aber egal wie wenig enthusiastisch sie sich ihrer Arbeit in der Versicherung widmen, von den Kunstwerken werden jedenfalls alle begeistert sein.«

In diesem Moment trat eine schlanke Dunkelhaarige in einem eleganten Shiftkleid zu ihnen, die von zwei Mädchen im Teenageralter in Jeans und T-Shirts begleitet wurde.

»Meine Frau Marilyn«, stellte Gavin vor. »Und meine wunderbaren Töchter Mae und Suzy.«

Mittlerweile wusste Deira, dass Gavin vierzig war und seine

Frau nach der Geburt der zweiten Tochter aufgehört hatte zu arbeiten. Die müssen ganz jung geheiratet haben, dachte sie, während sie die Mädchen begrüßte, die beide offenbar lieber woanders gewesen wären.

Sie unterhielt sich kurz mit Gavins Familie, bis einer seiner Vorstandskollegen kam, der sie dem Minister persönlich vorstellen wollte. Das bin ich jetzt, dachte sie stolz, als sie sich von Marilyn Boyer verabschiedete. Eine Frau, die man dem Minister vorstellt.

Von nun an geht's bergauf.

Zwei Wochen später betrat Gavin die Galerie und verkündete, sie gingen nun gemeinsam mittagessen.

»Das geht nicht«, widersprach sie. »Ich habe jede Menge zu tun.«

»Alles bereits mit Kevin geregelt, der ist einverstanden«, entgegnete Gavin. »Ich möchte mich bei Ihnen richtig für alles bedanken.«

»Ich habe nur meinen Job gemacht, mehr nicht«, sagte Deira. »Es hat mir Freude bereitet.«

»Und nun können Sie die Früchte Ihrer Arbeit mit Freude genießen, gemeinsam mit mir«, sagte Gavin. »Es ist ein Arbeitsessen.«

Deira war bisher noch nie bei einem Arbeitsessen gewesen. Gelegentlich hatten Kevin und sie in der kleinen Sandwichbar um die Ecke gegessen, während sie sich über eine bevorstehende Auktion unterhielten, aber ein richtiges Mittagessen war etwas ganz anderes.

»Ich spreche es trotzdem mit ihm ab«, sagte sie und rannte die Treppe zu Kevins Büro hoch.

Ihr Chef hatte noch immer keinerlei Einwände und versicherte, er werde auf alles ein Auge haben.

»Ganz bestimmt?«, fragte sie.

»Glaubst du etwa, ich kann auf meine eigene Galerie nicht aufpassen?« Er zog eine Augenbraue hoch.

»Ich traue dir durchaus zu, dass du ein Bild um ein paar hundert Euro billiger verkaufst, wenn du der Meinung bist, jemand hat sich darin verguckt«, gestand sie, worauf er lachen musste.

Gavin öffnete die Tür der Galerie, legte ihr die Hand auf den Rücken und führte sie nach draußen. »Ich habe einen Tisch im Saddle Room reserviert«, verkündete er.

Deira sah überrascht drein. Der Saddle Room im Shelbourne Hotel war eine Dubliner Institution. Sie hatte dort noch nie gegessen, genauer gesagt war sie so gut wie nie im Shelbourne, das mindestens ebenso eine Institution war. Dazu reichte ihr Geldbeutel nicht. Wenn sie doch nur etwas Eleganteres angezogen hätte als dieses geblümte Kleid mit dem V-Ausschnitt und die Ballerinas. Aber das war ihr üblicher Arbeitsdress.

Der Oberkellner begrüßte Gavin mit einem Nicken des Wiedererkennens und führte sie zu einem Zweiertisch in einer ruhigen Ecke des Restaurants. Von dort aus konnte man den Raum beobachten, ohne dass man selbst beobachtet wurde, und Deira war beeindruckt, als sie Eamon Dunphy, den Sportexperten, an einem Tisch entdeckte, während Bono, leicht erkennbar an den gelbgetönten Gläsern seiner Sonnenbrille, zu einem anderen Tisch geführt wurde.

»Das ist ja der reinste Promiauflauf«, murmelte sie Gavin zu, der lachend sagte, dies sei eines seiner Lieblingsrestaurants.

Der Saddle Room war viel zu kostspielig, um zu Deiras Lieblingsrestaurant zu werden, aber sie ließ sich gern von ihm die Spezialitäten der Speisekarte erklären, hatte auch nichts dagegen, als er eine Flasche Wein bestellte, die zu ihrem Lamm passte.

Sie würde ohnehin nur ein Glas trinken, schließlich wollte sie nicht angesäuselt zur Arbeit zurückkehren.

»Also, erzählen Sie mir ein bisschen mehr von sich«, forderte er auf, als der Kellner verschwunden war.

»Sie wissen alles, was es zu wissen gibt«, lautete ihre Antwort. »Die letzten paar Wochen haben wir uns schließlich oft genug unterhalten.«

»Wir haben uns über die Ausstellung unterhalten«, widersprach Gavin, »und weniger über Sie. Wo stammen Sie her? Ihrem Dialekt nach nicht unbedingt aus Dublin.«

»Aus Galway«, sagte Deira. »Aber ich lebe seit Collegetagen hier.«

»Würden Sie gern wieder zurückgehen?«, wollte Gavin wissen.

»Nach Galway? Nein.« Deira klang höchst entschieden.

»Haben Sie Familie in Dublin?«

»Nein.« Deira klang jetzt weniger heftig. »Aber ich bin glücklich hier. Ich sehe hier meine Zukunft.«

»Bei Kevin Hagan?«

»In nächster Zeit ja.«

Der Kellner trat mit Deiras Vorspeise, gegrillten Garnelen, an den Tisch.

»Wow, das sieht ja phantastisch aus«, sagte sie. »Bis jetzt hatte ich keinen Hunger, aber bei dem Anblick läuft mir das Wasser im Mund zusammen.«

»Gut.« Gavin lächelte. »Aber zurück zum Thema – wo sehen Sie sich in fünf Jahren? Immer noch in Hagan's Gallery? Oder ist das für Sie lediglich ein Sprungbrett? Haben Sie andere Pläne?«

»Nanu, das hört sich ja geradezu nach Vorstellungsgespräch an!« Deira drückte eine Zitronenhälfte über ihren Garnelen aus und sah dann auf, weil Gavin schwieg. »*Ist* das ein Vorstellungsgespräch?«

»Vielleicht«, gab er zu.

»Ich möchte nicht bei einer Versicherung arbeiten«, sagte Deira. »Keine Ahnung, wie Sie auf diese Schnapsidee kommen.«

»Das ist mir völlig klar«, bestätigte Gavin. »Mir schwebt etwas ganz Anderes vor.«

Es stellte sich heraus, dass die Solas eine Abteilung gründen wollte, die für das soziale Engagement des Unternehmens zuständig sein sollte, und Deira sollte die Leitung übernehmen, sich nach Projekten umtun, die zum Firmenimage und -ethos passen würden. Und sie wäre ebenfalls für den Kunst- und Kulturraum im Gebäude in der Dawson Street verantwortlich. Natürlich müsse sich die nächste Ausstellung grundlegend von der aktuellen unterscheiden, aber da falle ihr garantiert etwas ein. Solas wolle sich als Unternehmen positionieren, das die irische Kultur pflege und fördere. Er wisse niemand, der das besser umsetzen könne als Deira.

»Ich bin mir nicht sicher, ob ich dafür qualifiziert bin«, wandte sie ein.

»Sie sind mehr als qualifiziert«, erklärte er.

»Trotzdem ...«

»Sie sind ein Lichtblick in einer höchst langweiligen Branche«, sagte er. »Wir hätten Sie liebend gern in unserem Team.«

Dann erwähnte er das Gehalt, das Doppelte, was sie bei Hagan's Gallery verdiente, und Deira wusste, ihre Entscheidung war bereits gefallen.

Sie war für diesen Job wie geschaffen.

Ende des Jahres hatte sie eine zweite Ausstellung organisiert – Fotografien irischer Städte. Die Fotos waren teils schwarz-weiß, teils farbig; manche zeigten bekannte Wahrzeichen wie die Christ

Church Cathedral oder Galways Spanish Arch, andere hingegen gaben Einblick in das Alltagsleben einer Stadt. Am liebsten mochte Deira das Foto, auf dem eine Frau abgebildet war, die aus einem Café kam, in der einen Hand einen Pappbecher, in der anderen ein Sandwich, und der Wind zauste ihr Haar.

Sowohl die Gemälde- als auch die Fotografieausstellung hatten gute Presse bekommen; Deira war interviewt worden und die Überschrift lautete »Die junge Frau, die Geschäft und Kultur zusammenbringt«. Als der Artikel erschien, hatte Gillian ihr übers Handy gratuliert und Deira die Nachricht gespeichert, denn ein Lob der älteren Schwester war rar und daher doppelt wichtig.

Während der Weihnachtsfeier teilte Gavin ihr mit, Solas sei mehr als zufrieden mit ihrer Arbeit und der damit verbundenen Aufmerksamkeit in der Öffentlichkeit. »Wir wollen alle etwas bewegen«, sagte er, »und Sie haben uns gezeigt, wie man das macht.«

Mittlerweile kannte sich Deira zu gut in der Unternehmenswelt aus, um jedes seiner Worte für bare Münze zu nehmen. Aber der Gedanke, etwas zu bewirken, gefiel ihr und das sagte sie auch.

»Und das ist tatsächlich der Fall«, versicherte Gavin. »Sie haben das Unternehmen verändert und mich ebenfalls.«

»Inwiefern?« Deira nahm einen Schluck aus ihrem Glas. Solas hatte für die Feier eine Hotelbar gemietet, die Getränke waren kostenlos und Deira hatte den dumpfen Verdacht, dass sie dieses Angebot eventuell zu eifrig in Anspruch genommen hatte. Aber warum auch nicht, schließlich war Weihnachten.

»Durch Sie habe ich einen anderen Blick auf die Dinge bekommen«, erwiderte Gavin. »Wie ich meine Arbeit angehe. Und mein Leben.«

»Wie das?«

»Durch Ihre Anwesenheit. Ihre positive Einstellung gegenüber allem und jedem hat mich verändert«, sagte er. »Bisher habe ich immer nach Begründungen gesucht, warum manches nicht machbar ist. Jetzt suche ich nach Möglichkeiten, wie sich Dinge umsetzen lassen.«

Sie lachte. »Freut mich, dass Sie mich für so optimistisch halten.«

»Ich halte Sie für ganz reizend«, sagte Gavin.

Solche Aussagen lagen am Alkohol, der in Strömen floss, das war Deira klar. Und es lag auch am Alkohol, dass sie den Kopf an seine Schulter lehnte und ihm versicherte, er sei ebenfalls eine ganz reizende Person und der Tag, an dem er Hagan's Gallery betreten habe, habe ihr Leben komplett verändert. Dafür sei sie ihm dankbar.

»Wir sind uns gegenseitig dankbar.« Er legte den Arm um Deira und drückte sie an sich.

»He, ihr Turteltauben!« Derek Coogan von der Innenrevision kam zu ihnen herüber. »Keine Sorge, was immer auf der Weihnachtsfeier passiert, bleibt unter uns.«

Deira setzte sich kerzengerade hin. »Auf dieser Feier passiert gar nichts«, sagte sie. »Wir waren bloß kurz sentimental.«

»Sagt wer?« Derek, der sich eindeutig häufig an der Bar bedient hatte, fing an zu lachen.

Deira stand auf und ging. Es war spät und wahrscheinlich ein guter Zeitpunkt, heimzugehen. Sie holte ihren Mantel an der Garderobe und trat vor die Tür.

Es regnete in Strömen.

»Ich habe ein Taxi bestellt«, Gavin stand hinter ihr. »Soll ich dich mitnehmen?«

Verblüfft drehte sie sich um.

»Wenn du weggehst, taugt die beste Party nichts«, sagte er, als der Wagen vor ihnen hielt.

Das ist keine gute Idee, ging Deira durch den Kopf, aber das Taxi wartete, und wer weiß, wann das nächste kam. Also stieg sie ein.

Noch bevor sie die Hauptstraße erreichten, küsste er sie.

6. Kapitel

Keltische See: 51.5499 °N 7.9756 °W

Der Kellner, der ihren Kaffee vor sie hinstellte, brachte Deira wieder in die Gegenwart. Grace, die ihr Buch aufgeschlagen mit dem Rücken nach oben auf dem Tisch hatte liegen lassen, suchte sich gerade einen Nachtisch am Büfett aus. Sie war mit dem Hemingway zur Hälfte durch, aber man sah dem Buch an, dass es schon mehrmals gelesen worden war. Deira überlegte, ob *Fiesta* wohl Grace' Trostbuch war. Wenn, dann war Grace' Geschmack um einiges literarischer als ihrer. Deiras Trostbuch gehörte nicht zu den großen Klassikern, die sie am College studiert hatte, sondern war ein Romantic Thriller, der ihrer Mutter gehört hatte und von Deira erstmals als Teenager verschlungen worden war. *Das Jahr auf Valmy* spielt Ende der Fünfziger und die Hauptfigur ist eine junge Frau, die als Gouvernante nach Frankreich geht. Während sie sich um den Neffen eines Grafen kümmert, gerät sie in tödliche Gefahr. Deira fing den Roman an einem regnerischen Nachmittag an, war fasziniert vom noblen Ambiente und den Intrigen, völlig gefesselt von der verzwickten Lage und den romantischen Verstrickungen der Heldin. Sie hatte nie verstanden, weshalb über Liebesromane die Nase gerümpft wurde, wenn doch auch im wahren Leben die Liebe mit all ihren Facetten, Freuden und Problemen eine so große Rolle spielte. Das erwähnte sie allerdings ihrem Dozenten gegenüber nie, der wäre schon von der bloßen Vorstellung entsetzt gewesen, dass eine seiner Studierenden las, was er als Schundliteratur abtat.

Deira seufzte. Lange Zeit war der Aspekt, dass ihre Liebesbeziehung zu Gavin verboten und deshalb im Geheimen stattfinden musste, durchaus reizvoll gewesen. Ein klein wenig kam sie sich sogar wie die Heldin in ihrem eigenen Roman vor. Schuldbewusst hatte sie sich stets eingeredet, sie helfe ihm lediglich durch eine schwere Zeit. Er erwähnte häufig und ausdauernd, wie schwierig Marilyn sei. Wie sie vor den Mädchen seine Autorität untergrabe. Deira hatte sich nicht in ihn verlieben wollen, aber es war unausweichlich gewesen. Genauso wie ihr Zusammenziehen, obwohl Gillian entsetzt nach Dublin gehastet war, um ihr etwas Verstand einzutrichtern. Doch Deira hatte ihrer Schwester deutlich gemacht, die Zeit, in der diese sich in ihr Leben einmische, sei ein für alle Mal vorbei, sie sei jetzt alt genug, um ihre eigenen Entscheidungen zu treffen. Die nicht schlimmer sein könnten, als jene, die Gillian ihr aufgezwungen habe.

Alt genug schon, aber keineswegs klug genug, sinnierte sie, stand auf und stieß fast mit Grace zusammen, die mit ihrem Nachtisch, einem großen Stück Pavlova, zum Tisch zurückkehrte.

»Entschuldigung!« Deira wich blitzschnell aus.

»Gute Reaktion.« Grace lächelte. »Einen schönen Urlaub noch.«

»Ihnen auch«, sagte Deira. »Passen Sie auf sich auf.«

Sie verließ das Restaurant und blieb vor dem kleinen Barbereich stehen. Nachdem sie beim Abendessen nur Wasser getrunken hatte, verspürte sie plötzlich das Bedürfnis nach einem Glas Wein. Aber die Bar war gerammelt voll, es gab keinen freien Platz, daher ging Deira zum Promenadendeck und trat in den frischen Wind hinaus. Fröstelnd zog sie den Reißverschluss ihrer Jacke bis zum Kragen hoch. Dann sah sie zum Himmel, der fast dunkel war, nur der Horizont prangte spektakulär in Rosa- und Goldtönen, während die Sonne sich langsam dem Blick entzog.

Hypnotisiert vom rhythmischen Stampfen der Fähre, beugte sie sich über die Reling und fragte sich, was Gavin wohl im Moment machte. Im tiefsten Innersten hoffte sie, dass er das Vorgefallene bereute. Gern hätte sie geglaubt, dass er sich schämte. Doch das war eher unwahrscheinlich. Schließlich hatte er Marilyn, Mae und Suzy für sie verlassen. Und es hatte ihm rein gar nichts ausgemacht.

»Natürlich bedauere ich, dass die Beziehung mit Marilyn gescheitert ist«, sagte er am Tag, als sie zusammenzogen. »Aber Deira-Darling, unsere Ehe stand schon seit Jahren auf der Kippe.«

Was sie ihm glaubte. Seit sie Marilyn auf der Vernissage begegnet war, hatte sie sich gefragt, wie es um die beiden stand. Damals war ihr Gavins Frau unnahbar erschienen und gänzlich desinteressiert an einem Erfolg des Abends. Sie hatte unbedingt früher gehen wollen und die Töchter mitgenommen. Gavin war enttäuscht gewesen.

Ich war vielleicht der Auslöser, aber nicht der Grund, sagte Deira sich immer wieder. Die Beziehung war schon brüchig, als ich ihn kennenlernte. Aber Gavin und sie verband keine flüchtige Liaison, dreizehn gemeinsame Jahre waren wohl Beweis genug, dass es eine ernsthafte Beziehung gewesen war.

Marilyn und Gavin ihrerseits waren zwanzig Jahre zusammen gewesen. Sie hatte damals richtig geraten, er hatte jung geheiratet.

Sie beugte sich noch weiter über die Reling.

»Alles in Ordnung?«

Die Männerstimme hinter ihr klang so besorgt, dass sie sich sofort aufrichtete.

»Klar«, sagte sie und drehte sich um.

Wenn er nicht mit irischem Anklang gesprochen hätte, hätte Deira den Mann vor ihr für einen Franzosen gehalten. Die Art, wie er seine alte Lederjacke, die verwaschenen Jeans und abgewetzten Turnschuhe trug, verriet einstudierte Lässigkeit. Sein dunkles, welliges Haar war ein wenig zu lang, ein wenig unfrisiert, aber es stand ihm.

War er vielleicht derjenige, welcher? Die Frage schoss ihr durch den Kopf, kaum hatte sie ihm geantwortet. War es vielleicht Schicksal, dass sie ihn hier traf? Was würde Tillie dazu sagen?

Deira wusste es ohnehin schon, denn obwohl Tillie davon nichts erwähnt hatte, als Deira von ihrem Vorhaben erzählte, sagte sie mehrmals: »Tu nichts Unüberlegtes. Triff keine überstürzten Entscheidungen.«

Sie kniff die Augen zusammen. Der Wunsch, sich nicht ständig diese eine Frage zu stellen, sobald sie einen Mann kennenlernte, war einer der Gründe für ihre Reise. Um physisch und psychisch aus ihrem Trott herauszukommen. Und trotzdem war sie immer noch dieselbe alte, trauerkloßige Deira. Gavin hätte über ihre Gedankengänge herzlich gelacht.

Der Fremde entschuldigte sich. »Ich dachte, Ihnen sei schlecht.«

»Mir geht's gut, vielen Dank.«

»Ich wollte Sie nicht stören.«

»Ihre Hilfsbereitschaft war trotzdem sehr freundlich.«

»Heute Abend ist das Wasser etwas kabbelig«, sagte er. »Manchen Leuten bekommt das nicht. Außerdem wäre das die falsche Seite, sich zu übergeben. Der Wind kommt von Westen.«

»Igitt.« Bei der Vorstellung musste sie unwillkürlich lächeln. »Machen Sie diese Überfahrt öfter?«

»Früher ja«, antwortete er. »Und immer mit Begeisterung. Und Sie?«

»Für mich ist es das erste Mal«, sagte sie.

»Fahren Sie anschließend noch weit?«

Das war wohl eine der üblichen Fragen, die man einander auf einer Fähre stellte.

»Ich weiß noch nicht«, erwiderte sie.

»Immer der Nase nach.« Er grinste und strich sich das Haar aus den Augen. »Das gefällt mir. Viel Spaß.«

Die Tür ging auf, und eine Familie polterte nach draußen, die kleineren Kinder kreischten verzückt und tobten unter den wachsamen Augen der Eltern übers Deck.

»Ich gehe lieber mal rein«, sagte Deira. »Nett, Sie kennengelernt zu haben.«

»Gleichfalls«, erwiderte der Mann.

Er nahm ihren Platz an der Reling ein, und Deira ging hinein.

Er war ein Wildfremder.

Er war nicht derjenige, welcher.

Mittlerweile war es drinnen um einiges ruhiger. Deira machte einen Rundgang und stellte fest, dass sich viele der Passagiere in den Aufenthaltsraum am Bug begeben hatten, wo es Musik und Unterhaltung gab, weshalb der Rest der Fähre ziemlich verwaist war. Nachdem sie im Shop aus reiner Langeweile Schokolade gekauft hatte, kehrte sie in die Bar beim Restaurant zurück, wo sie das Glas Wein bestellte, das ihr schon die ganze Zeit verlockend durch den Kopf spukte. Sie fand einen Platz am Fenster, öffnete ihr iPad und klickte die Karten-App an.

Wenn sie bei ihrem Paris-Plan blieb, dabei Autobahn und Schnellstraßen nahm, würde das einschließlich Pausen fünfeinhalb Stunden dauern. Eine Stunde länger, wenn sie über Land fuhr, aber während der ersten paar Stunden auf dem Kontinent war es wohl besser, wenn sie keine Risiken einging und die Hauptverkehrsadern nahm. Sie hatte keine Lust, orientierungslos durch die Bretagne zu irren. Natürlich würde das Navi sie über kurz oder lang zum Ziel bringen, aber Gavin und sie hatten in Italien einmal ein unerfreuliches Erlebnis gehabt, denn das

Navi des Mietwagens hatte beschlossen, sie über geradezu unbefahrbare Nebenstraßen zu ihrem Hotel zu lotsen, obwohl es eine bequeme Autobahn-Alternative gegeben hätte. (Hinterher kamen sie darauf, dass es an ihnen gelegen hatte, sie hatten »Kürzeste Strecke« gewählt. Die Regionalstraßen-Variante war definitiv kürzer gewesen, doch wenn es nach Deira ging, sollte es auch den Auswahlpunkt »Furchteinflößende Straßen vermeiden« geben.)

Sie klickte zweimal, und die App spuckte Hotelvorschläge für Paris aus. Ihr Aufenthalt in der französischen Hauptstadt sollte nicht mit einer nervenden Autofahrt durchs Zentrum auf der Suche nach dem gebuchten Hotel beginnen, daher sah sie sich auch die Vororte an. Wenn bereits ihre Tischgenossin, die augenscheinlich nicht aus der Ruhe zu bringende Grace, Manschetten hatte, durch die Stadt zu manövrieren, würde sie selbst erst recht Probleme haben. Zweimal war sie mit Gavin in Paris gewesen. Am Flughafen hatten sie die Métro zu ihrem schicken Boutiquehotel genommen. Wenn sie etwas außerhalb unterkam, konnte sie anfangs wieder die Métro nehmen, bis sie sich zurechtfand und ins Verkehrsgewühl traute.

Bin ich komplett durchgeknallt, weil ich wegen eines vierzig Jahre alten Songs mit dem Auto durch eine der chaotischsten Städte der Welt kurven will, fragte sie sich. Es gibt doch genug andere Sachen, die ich tun kann, egal wie alt ich bin. Was ist denn bloß mit mir los?

Doch natürlich gab es immer noch die eine Sache, die sich höchstwahrscheinlich nicht mehr realisieren ließ. Die wichtigste Sache der Welt.

Und urplötzlich flossen wieder die Tränen.

7. Kapitel

Von Dublin nach New York: 5.112 km

Grace hatte wie Deira eine Kabine auf Deck 8, die daher ebenfalls über einen Balkon sowie einen kleinen Sitzbereich verfügte. Nach dem Abendessen verbrachte sie etwas Zeit auf dem Balkon, wurde aber vom kühlen Wind nach drinnen gescheucht und saß nun mit dem aufgeklappten Laptop da.

Erneut betrachtete sie die acht Dateien, klickte sie nacheinander an und schüttelte jedes Mal den Kopf, als nach dem Passwort gefragt wurde. Sie war hin- und hergerissen zwischen dem Wunsch, die Dokumente zu knacken, und dem ebenso starken Verlangen, Ken und seine dämlichen Dateien zu ignorieren und ohne weiteres Theater direkt zu ihrer Wohnung in Südspanien zu fahren. Diese lag eine halbe Stunde Autofahrt von Cartagena entfernt, dem Namen des letzten Ordners.

Aber unseligerweise hatte Ken sich in ihren Gedanken festgesetzt – eine seiner Spezialitäten.

Also starrte sie weiterhin auf den Bildschirm und wandte sich schließlich der Datei »Nantes« zu. Als Erstes hatte sie als Passwort ihr Hochzeitsdatum probiert, das schien ihr am wahrscheinlichsten, doch egal, was sie eingab – Zahlen, Wörter oder eine Kombination aus beidem –, immer hieß es *»Ungültiges Passwort«*. Bei jedem vergeblichen Versuch wurde sie wütender auf ihren verstorbenen Mann, der sich bestimmt ob ihres Versagens die Haare gerauft hätte. Denk nach, hätte er geraunzt. Sein ständiges Credo. Benutz dein Hirn, nicht dein Herz, lautete sein stehender Satz. Hör auf, verrückte, gefühlsbasierte Entscheidungen zu treffen.

Vor allem in den beiden letzten Jahren hatte sie sich sehr angestrengt, keine gefühlsbasierten Entscheidungen zu treffen, auch wenn Ken mit seiner Einschätzung ihrer Vorgehensweise nicht ganz richtiglag. Ihre Entscheidungen waren nie so gefühlsbetont, wie er glaubte. Aber sie waren auch nicht rein vernunftgesteuert. Sie hatte ihm oft vorgehalten, ein Mann wie er, ein Vielleser, sollte mehr im Einklang mit seinen Gefühlen sein. Worauf er stets entgegnete, eben weil er so viel gelesen habe, wisse er um die verheerende Wirkung von Gefühlsduselei. Daher solle sein Leben vernunftgesteuert sein. »Aber nicht nur«, pflegte er lächelnd hinzuzufügen, »denn ich habe schließlich dich geheiratet, Hippolyta, und das war absolut gefühls- und nicht vernunftgesteuert.«

Hatte er es je bereut? Und war Vernunft oder Gefühl für seine letzte Entscheidung verantwortlich gewesen? Wenn sie das nur wüsste.

Sie konzentrierte sich wieder auf die Dateien. Es *musste* eine Kombination geben, die sie noch nicht probiert hatte.

»Du Trottel«, meckerte sie leise vor sich hin, als ihr erneut *»Ungültiges Passwort«* entgegenblinkte, und war sich nicht sicher, ob sie mit sich selbst oder ihrem Mann redete. »Wenn ich das knacken soll, wenn es so wichtig ist, wie du mir einreden willst, warum machst du es mir dann verdammt noch mal so schwer?«

Wahrscheinlich, weil er Rätsel geliebt hatte. Und Codes. Nachdem er sich aus der akademischen Welt zurückgezogen hatte, fing er an, Kreuzworträtsel für eine von ihm abonnierte Fachzeitschrift zu verfassen, und zwar möglichst schwierige. Schließlich seien seine Kollegen nicht auf der geistigen Brennsuppe dahergeschwommen, hatte er verkündet. Seine Rätsel sollten eine würdige Herausforderung darstellen.

»Aber sie zu verärgern, ist bestimmt auch nicht der Sinn der Sache«, hatte sie eingewandt. »Sie sollen schließlich die Kreuzworträtsel doch auch lösen können.«

»Irgendwann ja«, hatte seine Antwort gelautet, »aber nicht auf Anhieb. Ich halte nichts von sofortiger Bedürfnisbefriedigung.«

Ihr war es nie gelungen, eines seiner Kreuzworträtsel vollständig zu lösen. Im Gegenteil, sie jubelte innerlich bereits, wenn sie drei, vier Fragen herausbekam. Nun musste sie acht lösen und war völlig ratlos, wie sie vorgehen sollte.

Wir waren so unterschiedlich, passten wir überhaupt zusammen? fragte sie sich, während sie weiterhin ihr Glück beim Passwortfeld versuchte. Beruhte unsere Ehe eigentlich darauf, dass er superintelligent und ich superdoof war?

Sie hämmerte erfolglos auf die Tastatur ein. Sie wusste, dass sie nicht dumm war. Aber die Intelligenz war bei Ken und ihr unterschiedlich gelagert. Sie war lebensklug. Konnte Probleme und Konflikte lösen. Bekam Dinge geregelt. Seine Intelligenz war intellektueller Art gewesen. Ein großer Unterschied, wie ihr von Anfang an bewusst gewesen war.

Grace Garvey hatte Ken Harrington auf ihrem ersten Transatlantikflug von Dublin nach New York kennengelernt. Sie hatte gerade erst die Zulassung für die Langstrecken erhalten und versuchte angestrengt, ihre Nervosität nicht zu zeigen, während sie die Passagiere mit einem selbstbewussten »Guten Morgen« und einem Lächeln begrüßte, damit sich jeder von ihnen an Bord willkommen fühlte.

Er war ihr aufgefallen, weil er an der Einstiegstür seine Bordkarte nicht parat hatte. Die Bordkarte nicht parat zu haben, war ein sicherer Weg, sich Grace' Unmut zuzuziehen, denn während er oder sie danach kramte, wurde unweigerlich der gesamte Betrieb aufgehalten.

Während er also seine Jacketttaschen durchsuchte, dann die abgenutzte Umhängetasche, die an seiner Schulter hing, ermahnte sie sich zur Geduld. Vielleicht war der Mann durcheinander, niedergeschlagen und die Bordkarte die geringste seiner Sorgen. Aber Ken strahlte keineswegs Verzweiflung aus, sondern gelassenes Selbstbewusstsein, auch wenn ihn die verschwundene Bordkarte leicht aus dem Konzept gebracht hatte. Mit gerunzelter Stirn überlegte er laut, wohin sie verschwunden sein könne, und zupfte sich frustriert am Bart, der im Gegensatz zu seinem dunkelbraunen Haupthaar feuerrot gesprenkelt war.

»Vielleicht steckt sie ja in Ihrer Jeans?«, schlug sie vor.

»Ach Gott, ja! Tut mir leid.« Er streckte ihr die wiedergefundene Bordkarte entgegen. »Bei solchen Kleinigkeiten bin ich nicht besonders gut«, fügte er hinzu.

Sie schluckte die scharfe Erwiderung herunter, eine Bordkarte sei keine Kleinigkeit, und brachte ihn zu seinem Sitzplatz, ehe sie sich der Passagierschlange hinter ihm widmete.

Nachdem schließlich alle eingestiegen waren und das Flugzeug Richtung Startbahn rollte, machte sie ihren Kontrollgang durch die Kabine, ob auch alle angeschnallt waren und die Tischchen hochgeklappt hatten. Passagiere ließen sich in zwei Gruppen einteilen – jene, die sich anschnallten, sobald sie saßen, sich sofort nach dem nächsten Notausgang umsahen und aufmerksam die Sicherheitshinweise verfolgten, und die Rebellen, die sich um nichts scherten und dramatisch seufzten, wenn Grace sie aufforderte, sich bitte anzuschnallen und ihren Tisch hochzuklappen.

Ken Harrington auf Sitzplatz 35D gehörte zur Rebellenfraktion, hatte sich weder angeschnallt noch das Tischchen hochgeklappt, sondern ein großes, gebundenes Manuskript daraufgelegt, das er durch seine schwarzgerandete Brille aufmerksam studierte.

Er reagierte nicht, als sie ihn ansprach, daher musste sie ihm auf die Schulter tippen.

Er sah sie mit großen braunen Augen an, die unter anderen Umständen ihr Herz zum Schmelzen gebracht hätten. Aber sie musste die Kabinenkontrolle abschließen und hatte weder Zeit noch Geduld für rebellische Passagiere.

»Anschnallen«, sagte sie, »Tisch hochklappen.«

»Hä?«

»Anschnallen. Tisch hochklappen.«

»Oh. Ach ja. Entschuldigung.«

»Danke, Sir.«

»Wahrscheinlich sollte ich dankbar sein, dass sich Hippolyta so gewissenhaft um mich kümmert.« Mit einem Augenzwinkern stopfte er das Manuskript in die Sitztasche vor ihm.

Rasch warf sie einen Blick auf ihr Namensschild, obwohl sie genau wusste, dass »Grace Garvey« darauf stand.

»Hippolyta war eine Amazonenkönigin«, erklärte er. »Sie erinnern mich an sie.«

Zu allem Überfluss auch noch ein Klugscheißer, dachte sie.

Das breite Lächeln, das er ihr schenkte, war aufrichtig und diesmal schmolz ihr Herz tatsächlich ein bisschen.

»Tut mir wirklich leid«, sagte er. »Wenn ich in meine Arbeit vertieft bin, bekomme ich leider gar nichts mit.«

»Verständlich«, meinte sie. »Aber Sie müssen den Hinweisen der Crew zuhören. Ist zu Ihrer eigenen Sicherheit.«

»Natürlich, Hippolyta«, sagte er.

»Ich heiße Grace.« Sie berührte ihr Namensschildchen. »Wenn Sie einen Wunsch haben, wenden Sie sich einfach an mich.« Und dann setzte sie ihren Gang durch die Kabine fort.

Mehr oder weniger hatte sie damit gerechnet, dass er sich als einer der schwierigen Kandidaten entpuppen würde, die ständig fordernd die Klingel drückten, aber er war den Großteil der sieben Stunden nach New York in sein Manuskript vertieft. Erst als sie vor der Landung ihren Gang durch die Kabine machte, hielt er sie an und fragte, ob sie während seines Aufenthaltes einen Kaffee mit ihm trinken wolle.

Überrascht sah sie ihn an.

»Natürlich nur, wenn Sie nichts Besseres zu tun haben«, ergänzte er.

»Danke für die Einladung«, erwiderte Grace, die sich mittlerweile wieder gefasst hatte. »Aber die Crew übernachtet nur in New York, wir fliegen morgen zurück.«

»Ich würde Sie gern wiedersehen«, beharrte er. »Vielleicht nach Ihrem nächsten Flug?«

»Ich bin keine Amazonenkönigin«, erklärte sie. »Und ich bezweifle, dass ich Ihr Typ bin.«

»Sie sind durchaus mein Typ, aber ich akzeptiere, dass Sie möglicherweise in einer höheren Liga spielen als ich.« Er holte aus seiner Jackentasche eine eselsohrige Visitenkarte und reichte sie ihr. »Ich wäre trotzdem dankbar, wenn Sie die Einladung in Erwägung zögen.«

Sie warf einen Blick auf die Karte. Ganz ohne Zweifel war sie nicht der Typ Frau, an dem Kenneth Harrington B. A., M. A., MPhil (Dublin) Interesse hatte. Und sie war von seiner akademischen Bildung viel zu eingeschüchtert, um Zeit mit ihm verbringen zu wollen.

»Ich wünsche Ihnen einen schönen Aufenthalt in New York.« Grace schenkte ihm ein berufsmäßiges Lächeln, steckte die Visitenkarte ein und wandte sich dem nächsten Passagier zu.

Natürlich meldete sie sich nicht bei ihm. Wahrscheinlich hatte er sich ohnehin nur über sie lustig gemacht. Außerdem hatte man ihr beigebracht, keine wildfremden Männer anzurufen. Deshalb warf sie abends vorm Zubettgehen die Karte in den Hotelzimmerpapierkorb und vergaß Kenneth Harrington BA, MA MPhil (Dublin).

Manchmal fragte sie sich, ob es Schicksal war, das ihn vier Monate später erneut in ihr Flugzeug setzte. Zuerst erkannte sie ihn gar nicht, denn der rotdurchzogene Bart war verschwunden und der zuvor ungebändigte braune Haarschopf war seitlich kurzgeschoren, während sich oben die Locken ringelten. Er sah jünger, moderner aus.

»Hippolyta«, sagte er und streckte ihr seine Bordkarte hin, die er bereits in der Hand hielt. »Sie haben sich nie gemeldet.«

»Herzlich willkommen an Bord, Mr Harrington«, begrüßte sie ihn. »Schön, Sie wiederzusehen.«

»Ihr Schweigen hat mir das Herz gebrochen«, erklärte er.

»Platz 37C«, sagte sie. »Guten Flug.«

Der Flug von New York nach Dublin war ein Nachtflug. Nachdem das Kabinenlicht abgedunkelt worden war und die Passagiere zu schlafen versuchten, drückte Ken die Klingel.

»Ich war mir ziemlich sicher, dass Sie sich nicht melden würden«, sagte er auf Grace' Frage, was sie für ihn tun könne. »Obwohl ich andererseits darauf hoffte. Ich hätte Sie gern ausfindig gemacht, war aber zu nervös. Sie sind so wunderschön. Das gibt Ihnen alle Macht.«

»Ich kann mir nur schwer vorstellen, dass ich Sie nervös mache«, sagte Grace.

»Eine außergewöhnlich schöne Frau ist immer furchteinflößend«, erwiderte er.

Sie musste unwillkürlich lächeln.

»Ich könnte jetzt so tun, als wäre das von mir, aber es ist ein Zitat von C. G. Jung«, erklärte er. »Er meinte auch, dass eine schöne Frau in aller Regel eine fürchterliche Enttäuschung sei.«

»Tut mir leid, wenn ich Ihnen Furcht eingeflößt oder Sie enttäuscht haben sollte«, meinte Grace.

»Ihre Schönheit flößt mir Furcht ein. Einzig enttäuschend ist, dass Sie mich nicht angerufen haben. Und ich würde wirklich gern einen Kaffee mit Ihnen trinken.«

»Ich weiß nicht, ob ich dafür interessant genug bin«, meinte sie.

»Und ob.«

»Werden wir sehen.«

Bevor er ausstieg, gab sie ihm ihre Telefonnummer.

Zwei Tage später rief er an.

Ken Harrington war weniger einschüchternd als erwartet, aber höchst selbstbewusst.

Er sei im Rahmen eines Professoren-Austauschprogramms nach New York gegangen, erzählte er, wo er seine Gedanken über den Einfluss der griechischen Mythologie auf die moderne Literatur vorgetragen habe, während sein amerikanischer Kollege in Dublin über den Einfluss europäischer Literatur auf amerikanische Romanautoren gesprochen habe.

Grace erklärte ihm, ihre Lieblingsautorinnen seien Maeve Binchy und Rosamunde Pilcher und bei beiden finde sich kaum griechischer Einfluss, so dass es für ihn nur wenig zu referieren gebe. Ken meinte, er habe von keiner der beiden je etwas gehört, aber sie solle doch einmal die großen amerikanischen Romanciers lesen. Alles was man über das Leben wissen müsse, könne man bei Fitzgerald, Hemingway und Steinbeck lernen.

»Den *Großen Gatsby* musste ich in der Schule lesen«, sagte Grace. »Ich fand das Buch grauenvoll und alle Figuren ebenfalls. Aber Maeve und Rosamunde schreiben über das Leben und die Liebe, damit bin ich lektüremäßig wohl aus dem Schneider.«

»Ach, Hippolyta.« Ken nahm ihre Hand. »Ich muss Ihnen noch so viel beibringen.«

Dazu gehörte, wie ihr im Rückblick klar wurde, dass sie Sachen zu schätzen begann, die sie nicht unbedingt mochte, und sie verliebte sich in ihn, obwohl er in vielem das genaue Gegenteil von ihr war. Denn unter dem arroganten Intellektuellenfirnis war Ken ein guter Mensch. Selbst wenn er nicht immer die Familie über seine Karriere gestellt hatte, war er trotzdem ein fürsorglicher Vater und treuer Ehemann gewesen. Vielleicht hatte er die Kinder schulisch zu sehr angetrieben und vielleicht hatte er Grace weniger ernst genommen, als ihr lieb war, aber sie rauften sich zusammen. Er fehlte ihr.

Er fehlte ihr vor allem jetzt, weil sie ihn brauchte, um dieses dämliche Dokument zu öffnen.

Es war beinahe halb zwölf und da das Ausschiffen um ungefähr sieben Uhr morgens begann, sollte sie jetzt lieber schlafen gehen. Aber zuerst musste sie noch etwas zu Ende bringen und das ging nur im Schutz der Dunkelheit.

Sie öffnete ihre Reisetasche und holte die Papprolle heraus, auf der Mond und Sterne über einem mitternachtsblauen Meer strahlten. Etwas Passenderes hatte sie nicht gefunden. Sie machte die Balkontür auf und trat hinaus. Draußen war es um einiges kälter und sie spürte, wie sie Gänsehaut bekam.

Fröstelnd lehnte sie sich über die Reling, blickte nach rechts und links, ob jemand zu sehen war. Aber niemand war so blöd, in der Kälte herumzustehen. Sie hielt die Rolle in der rechten Hand und hob den Arm so hoch sie konnte. Es war wichtig, viel Abstand zwischen Objekt und Schiff zu bringen. Dann holte sie tief Luft und warf.

Auf dem gesamten Schiff mahnten Anschläge die Passagiere, nichts über Bord zu werfen. Aber die Rolle war biologisch abbaubar. Ebenso der Inhalt. Daher hatte sie kein allzu schlechtes Gewissen. Wahrscheinlich hatte er sich das anders vorgestellt, aber eine bessere Lösung war ihr nicht möglich.

Sie blieb noch kurz stehen. Tränenlos.

8. Kapitel

Roscoff, Frankreich: 48.7266 °N 3.9858 °W

Deira hatte angenommen, die Schiffsbewegungen würden sie in den Schlaf wiegen, aber das Geschaukel bewirkte das genaue Gegenteil und als um halb sechs die Ankündigung durchs Schiff drang, gleich werde man in Roscoff anlegen, war sie bereits hellwach. Sie hatte sich nach einer kurzen Dusche fertig angekleidet, als ein Steward mit ihrem *continental breakfast* hereinkam und sie war heilfroh, dass die teuerste Kabine auf der Fähre über Frühstücksservice verfügte und sie nicht wieder den aufgekratzten Urlaubern im Restaurant begegnen musste.

Während sie am starken, aromatischen Kaffee nippte, piepste ihr Handy dreimal nacheinander. Sie erstarrte, setzte die Tasse vorsichtig ab und öffnete die Nachrichten.

Alle waren von ihrer Telefongesellschaft, die sie über die Gebühren im Ausland informierte. Deira holte tief Luft. Eigentlich gab es in ihrem Umfeld niemanden, der auf die Idee kommen würde, sich derart früh an einem Sonntagmorgen zu melden, aber das Piepsen hatte sie daran erinnert, dass ihr Handeln Folgen haben würde.

Es war ihr egal.

Sie trank den Kaffee aus, der Hunger war ihr jedoch vergangen, deshalb wickelte sie eines der buttrigen Croissants in eine Papierserviette und packte es in ihre Handtasche. Zwar würde sie auf ihrem Weg an Autobahnraststätten vorbeikommen, aber etwas Proviant konnte nie schaden.

Eine weitere Durchsage informierte die Passagiere, dass sie demnächst zu ihren Autos durften. Abermals nahm Deira lieber die Treppe zum Autodeck, wo bereits viele Leute neben ihren Fahrzeugen standen. Es handelte sich hauptsächlich um junge Familien; die leicht gestressten Mütter hatten ein Auge auf den Nachwuchs, während die Väter überprüften, ob die Dachboxen sowie die Fahrräder am Heck auch wirklich gut befestigt waren. Eine Schwangere mit einem Kleinkind auf dem Arm ging zu einem SUV in der Reihe neben Deira. Sie schnallte den Kleinen in seinen Sitz und rieb sich den Rücken, ehe sie selbst einstieg. Zwei Minuten später kam ihr Mann, reichte ihr eine Flasche Wasser und küsste sie flüchtig auf die Stirn.

Das hätte ich sein können, dachte Deira und betrachtete die Frau.

Das hätte ich sein sollen.

Das hätten wir sein sollen.

Aber dazu war es zu spät.

Ungefähr zwanzig Minuten nachdem die riesigen Türen am Heck geöffnet worden waren und die Ausschiffung begonnen hatte, setzte sich Grace' Fahrzeugreihe in Bewegung. Obwohl es dauerte und man wahrlich Geduld brauchte, hatte ihr seit je gefallen, wie effizient das Ganze ablief. Sie schaltete den Schalthebel des Lexus auf D und rollte los.

Während die Passagiere unter Deck warteten, hatten sich die Schleierwolken allmählich aufgelöst und die Sonne strahlte. Grace nahm ihre Sonnenbrille aus dem Handschuhfach und setzte sie auf, zumindest auf der ersten Reiseetappe Richtung Osten würde sie ins grelle Licht fahren.

Sie folgte den Wagen vor ihr aus dem Hafen hinaus auf die Landstraße, die an schiefergedeckten Backsteinhäusern vorbeiführte. Obwohl es einige Jahre her war, dass sie diese Reise gemacht hatte, gab es immer noch die riesigen Plakatwände der

Supermärkte, die mit Billigwein oder Käseangeboten die Neuankömmlinge zum Kauf zu verführen suchten. Sie erinnerte sich, dass sie einmal auf der Rückfahrt von Saint-Malo Halt gemacht und den Kombi mit diversen Käsesorten und Weinkartons vollgeladen hatten, Merlot (für Ken) und Chablis (für sie).

Grace wurde von Nostalgie überwältigt und umklammerte das Lenkrad. Plötzlich zweifelte sie sowohl an der Reise als auch an ihren Beweggründen dafür. Sie zweifelte daran, ob sie alles allein überhaupt meistern würde. Bisher hatte sie sich eingeredet, dass ihre Tage als Flugbegleiterin die beste Vorbereitung auf das Alleinreisen gewesen waren, aber natürlich war sie damals nicht allein gewesen. Es hatte ihre Crew gegeben. Und Hunderte von Passagieren. Das hier war etwas gänzlich anderes.

Nach etwa einer halben Stunde zerstreute sich der Zug aus Wohnmobilen und Autos mit und ohne Wohnwagen allmählich. Mittlerweile stand die Sonne so hoch, dass ihre Strahlen auf dem Wasser der nahegelegenen Penzé funkelten. Der Anblick der in fröhlichen Farben gestrichenen Boote, die überall am Ufer ankerten, vertrieb Grace' Selbstzweifel. Ken und sie hatten einmal eines gemietet. Sie hatte sich auf dem Wasser nie richtig wohlgefühlt, aber Ken und die Kinder liebten das Segeln und er war im Umgang mit Booten durchaus geschickt. Er zog sie gern mit ihrer Abneigung gegen Wasserfahrzeuge auf, behauptete, Flugzeuge seien das viel gefährlichere Transportmittel, was sie immer mit einer ganzen Latte von Statistiken widerlegt hatte. Wenn er jetzt neben ihr säße, käme er bestimmt mit dem Vorschlag, sie sollten sich ein Boot mieten. Sie konnte beinahe seine Stimme hören.

»Das wäre ein Spaß, Hippo. Die Kinder sind ganz verrückt aufs Segeln. Und dir wird es auch gefallen, wenn du der Sache nur eine Chance gibst.«

Sie beugte sich vor und schaltete das Radio ein. Klassische Musik erfüllte das Auto.

Sie atmete aus.

Entspannte sich.

Deira überlegte, wann sie wohl das Verdeck des Audis öffnen konnte. Ein Blick auf die Temperaturanzeige verriet ihr, dass es trotz mittlerweile wolkenlosem Himmel und strahlendem Sonnenschein draußen nur siebzehn Grad waren, daher wollte sie warten, bis sie an einer netten Raststätte vorbeikam. Oder bis die Anzeige bei zwanzig Grad stand. Was immer zuerst der Fall sein würde.

Sie hatte das Frühstückscroissant in seiner Papierserviette auf den Beifahrersitz gelegt und biss gelegentlich davon ab, während Ortsschilder mit unbekannten Namen an ihr vorbeiglitten. Henvic, Saint-Brieuc, Montauban-de-Bretagne – wie herrlich sich das anhörte. Nach jedem durchfahrenen Städtchen fühlte sie sich freier, war ihr leichter ums Herz, obwohl sich nichts von dem, was sie die letzten beiden Monate bedrückt hatte, geändert hatte. Aber in diesem Moment, um neun Uhr an einem sonnigen Sonntagmorgen, fühlte es sich so an.

Ihr Mobiltelefon klingelte. Sie zuckte so zusammen, dass ihr das restliche Croissant aus der Hand fiel und das Auto auf die andere Straßenseite abkam. Ein riesiges Wohnmobil der Marke Vengeance zischte unter ausdauerndem Hupen an ihr vorbei. An seinem Heck waren drei rosafarbene Kinderräder befestigt.

»Arschloch«, zischte sie. Langsam beruhigte sich ihr Herzschlag wieder.

Sie drückte die Telefontaste am Lenkrad, aber zu spät, der Anrufer hatte bereits aufgelegt. Wichtig konnte es eigentlich nicht sein, beruhigte sie sich, denn sie hatte die Nummer im Display nicht erkannt. Sie brauchte sich also keine Sorgen zu machen. Überhaupt keine. Noch nicht.

Deira erhöhte ihre Geschwindigkeit um zehn Stundenkilometer und schaltete den Tempomat ein.

Entspannt trat Grace in Roscoff die Weiterreise an, ihre Erinnerungen an frühere Fahrten waren glasklar. In den Anfangsjahren war sie fürs Kartenlesen zuständig gewesen, eine ihrer Stärken, auch wenn Ken hin und wieder ihre Anweisungen ignorierte, weil er der Ansicht war, es gäbe einen besseren Weg. Später war das Navi zum Einsatz gekommen, doch auch dessen Vorschläge ignorierte ihr Mann gelegentlich und nahm Straßen, die seiner Meinung nach schneller zum Ziel führten. (Seine Varianten waren nie schneller oder besser gewesen, trotzdem behauptete er stets, seine Route sei die einfachere gewesen.)

Sie verringerte die Geschwindigkeit, um genügend Abstand zu dem vor ihr fahrenden Range Rover zu bekommen. Sie gab sich mit hundert Stundenkilometern zufrieden, obwohl die Geschwindigkeitsbegrenzung bei hundertdreißig lag und sie ständig überholt wurde. Grace wollte nicht zu früh ihr Hotel erreichen, denn vor zwei Uhr konnte sie ohnehin nicht einchecken. Also konnte sie sich genauso gut Zeit lassen und die Schönheit der Bretagne genießen, deren sanfte Hügel und grüne Wiesen sie sehr an Cork erinnerten.

Ken hatte die Bretagne immer gemocht, die Küste mit ihren tiefen Buchten, die natürliche Häfen bildeten und fürs Segeln und anderen Wassersport so wunderbar geeignet waren. Er mochte die bretonische Kultur und Kunst und schleppte in jeden Urlaub, den sie dort verbrachten, etliche Bücher von Jules Verne mit, weil der berühmte Schriftsteller aus dieser Region stammte.

»Ein richtiges Genie, dieser Verne«, pflegte er zu sagen, wenn sie sich auf ihrem Campingplatz niedergelassen hatten. »Bedauerlicherweise war keinem der frühen Science-Fiction-Autoren klar, wie sehr die technologischen Geräte schrumpfen werden. Ihre Roboter waren riesige Apparate mit Drähten und Ventilen statt Mikrochips. Aber trotzdem – was für eine ungeheure Phantasie!«

Während eines Urlaubs begann Kevin, selbst einen Roman zu verfassen. Es handele sich um Betrachtungen über das Familienleben, teilte er ihr mit, eine Aussage, die sie in Sorge versetzte, aber je mehr Zeit er mit Schreiben verbrachte, desto gelassener wurde sie, denn sie hegte gediegene Zweifel, dass er je mit seinem Buch fertig würde, geschweige denn es je zur Veröffentlichung käme. Ein paar Mal fragte sie, ob sie es denn lesen dürfe, aber mit einem Kopfschütteln meinte er, einzig Profis wären qualifiziert, ein Urteil über sein Werk abzugeben. Sie verkniff sich den Kommentar, dass die wichtigsten Kritiker seines Werks dessen Leser wären. Schließlich überließ sie ihn einfach seiner Arbeit, störte nicht, wenn er sich in sein Arbeitszimmer zum Schreiben zurückzog, und gab auch keine Kommentare mehr ab, wenn er dicke Notizbücher in den Urlaub mitnahm, von denen er Seite um Seite vollschrieb.

Es dauerte fünf Jahre, bis der Roman fertig war. Und weitere fünf Jahre, bis er tatsächlich auf den Markt kam.

»Hervorragende Rezensionen«, verkündete Ken im ersten Monat nach Erscheinen, obwohl der Verkauf schleppend lief und aus ihrer Sicht – nachdem sie den Roman endlich hatte lesen dürfen – die Frauenfiguren höchst lebensfern waren.

Aber er hatte sich damit seinen Lebenstraum erfüllt und konnte die Bibliographie auf seiner Webseite mit dem Satz »von der Kritik hochgelobter Autor« schmücken. Wenn Grace über ihn sprach, nannte auch sie ihn einen von der Kritik hochgelobten

Autor. Sie hatten keine Bilderbuchehe geführt, aber sie hatte ihn immer unterstützt. Und ihre Ehe hatte Bestand gehabt.

Was heutzutage nicht viele Paare von sich behaupten konnten.

Manchmal war Beständigkeit genauso wichtig wie Liebe.

Vielleicht wichtiger.

9. Kapitel

Ille-et-Vilaine, Frankreich: 48.1173 °N 1.6778 °W

Nach beinahe zweistündiger Fahrt befand Deira sich schon ganz in der Nähe von Rennes. Sie bog von der N12 auf eine große Raststätte ein. Mittlerweile machte sich bemerkbar, dass sie kaum geschlafen hatte und früh aufgestanden war. Außerdem wollte sie das Cabriodach zurückklappen und musste auf die Toilette. Ein weiterer Kaffee wäre auch nicht schlecht, obwohl sie die Kanne, die ihr auf die Kabine gebracht worden war, ausgetrunken hatte.

Ehe sie das Café betrat, tankte sie. Ein Großteil der Kundschaft bestand aus anderen Passagieren, die mit der Fähre gekommen waren; sie erkannte die Familie aus der Nebenreihe vom Autodeck sowie ein älteres Paar, das gelbe Regenjacken im Partnerlook trug. Viele der Stimmen, die Kaffee und Gebäckstücke bestellten, sprachen mit irischem Anklang. Nachdem sie die Toilette aufgesucht hatte, nahm sich Deira ein Tablett, wählte eine Tarte Tatin aus und bestellte einen großen Americano. Mit ihrer Ausbeute setzte sie sich auf einen der hohen Stühle an der Theke.

Der Kaffee war stark, der Kuchen köstlich. Deira spürte, wie ihre innere Spannung nachließ, und lauschte den Gesprächsfetzen, die um sie herumschwirrten.

»Wir sind beinahe da«, beruhigte ein Vater seinen kleinen Sohn, der ungeduldig wissen wollte, wie lange es noch dauere. »Es wird dir dort ganz toll gefallen.«

»Autofahren ist doof«, sagte der Junge. »Wir sind schon ewig unterwegs.«

»Bald sind wir auf dem Campingplatz«, versprach seine Mutter.

»Ich hasse diesen Urlaub.«

»Du wirst jede Menge Spaß haben«, versicherte sein Vater. »Möchtest du dir was aus dem Automaten holen?«

»Na gut.« Der Gesichtsausdruck des Jungen hellte sich auf.

»Tut mir leid«, wandte sich der Mann an seine Frau. »Sobald wir angekommen sind, darfst du sämtliche Süßigkeiten verbieten. Aber momentan geht's nicht ohne, sonst drehe ich durch.«

Wie Gavin und sie wohl mit einem tödlich gelangweilten kleinen Sohn umgegangen wären? Zwar hätte sie jede Menge Bücher und Spiele zur Unterhaltung mitgenommen, aber eventuell doch auch kapituliert und ihn mit Süßigkeiten ruhiggestellt. Kinder hatten nach einer gewissen Zeit das Autofahren einfach satt. Wahrscheinlich hätte es Tränen gegeben, Streit und Gemaule. Doch irgendwie hätte sie die Situation gemeistert.

Doch es gab keine Kinder, auf die Rücksicht genommen werden musste, und Gavin hatte für diesen Urlaub edle Hotels gebucht. Herrensitze und noble Landgasthäuser, keine Campingplätze. »Ja, ich möchte in die Bretagne«, hatte er gesagt, »aber nicht ohne Komfort. Das mit dem Zelten habe ich einmal gemacht, das reicht. Diesmal nur das Beste. Überlass alles mir.« Und das tat sie. Doch dann hatte er die Bombe platzen lassen und von idyllischen Nächten auf französischen Herrensitzen war nicht mehr die Rede gewesen.

Es tue ihm leid, hatte er gesagt.

Mehr nicht.

Ihre Hand umklammerte den Pappbecher und durch den Druck floss der Kaffee beinahe über. Erneut zwang sie sich zum Durchatmen. Aber die Wut tobte immer noch in ihr, bitter und unversöhnlich.

Sie holte das Mobiltelefon aus ihrer Handtasche. Auf dem Sperrbildschirm war noch die Nachricht mit dem verpassten

Anruf zu sehen und genau in diesem Moment läutete es wieder, dieselbe unbekannte Nummer wie vorhin.

»Ja?« Ihre Stimme klang zögernd.

»*Bonjour!* Ich bin's.«

»Tillie!« Deira seufzte erleichtert. »Von welcher Nummer rufst du denn an?«

»Das ist eine lange, dröge Geschichte, gestern Abend habe ich mein Handy kaputtgemacht und musste mir eins leihen«, erklärte ihre Freundin. »Ich dachte, ich rufe dich mal an, um zu sehen, wie's dir geht. Vorhin habe ich dich nicht erreicht.«

»Du warst diejenige, die mich in aller Herrgottsfrühe angerufen hat?«, rief Deira. »Du hast mir einen Mordsschreck eingejagt – ich hatte keine Ahnung, wer mich da erreichen will.«

»Ich bin früh raus und eine Runde gelaufen«, erklärte Tillie. »Tut mir leid, wenn ich dich erschreckt habe.«

»Ich dachte, es könnte ... ach, keine Ahnung, wer ich dachte, dass es sein könnte«, sagte Deira. »Aber schön, deine Stimme zu hören.«

»Also ... wie geht's dir? Kannst du während des Fahrens reden?«

»Mir geht's bestens. Das Wetter ist herrlich. Und du erwischst mich an einer Raststätte, ich trinke gerade einen Kaffee, wir können uns also unterhalten.«

»Wie lange hast du noch bis Paris?«, fragte Tillie. »Weißt du schon, wo du unterkommst?«

»Noch nicht«, erwiderte Deira. Sie beobachtete eine Familie, die ebenfalls auf der Fähre gewesen war und nun zu ihrem riesigen Wohnmobil stapfte. Einen Urlaub im Wohnmobil hatte sie bisher nie in Erwägung gezogen. Und so würde es bleiben.

Doch zumindest hatten diese Urlauber ihre Unterkunft immer dabei. »Gestern Abend habe ich mir die Empfehlungen auf Trip-

Advisor angesehen. Du weißt ja, Entscheidungen fällen ist nicht meins.«

»Nimm einfach das erste Hotel, das nicht aussieht wie Bates Motel«, riet ihre Freundin. »Nach der ersten Übernachtung kannst du dann immer noch weiterziehen. Schon was von Du-weißt-schon-wem gehört?«

»Nein«, sagt Deira. »Und das bleibt hoffentlich auch so, bis er entdeckt, dass das Auto weg ist.«

»Vielleicht meldet er sich nicht mal dann.«

»Irgendwann kommt er schon dahinter. Verdammt noch mal, Tillie, Gavin wollte diese Reise gemeinsam mit mir machen. Warum sollte ich also nicht das Auto nehmen?«

»Völlig richtig.« Tillie hatte Deiras Plan von Anfang an unterstützt. »Allerdings kam mir ein Gedanke – vielleicht hat er eine Art Webcam-Alarm installiert.«

»Gibt's so was denn?« Bei der Vorstellung, dass Gavin ihre Spur verfolgen konnte, wurde Deira schlecht.

»Keine Ahnung«, antwortete Tillie. »Es gibt dermaßen viele Gadgets, gut möglich also, aber du hättest das Ding bestimmt bemerkt. Jedenfalls habe ich dir heute Morgen meine positivsten Gedanken geschickt und verspreche dir, alles wird gut. Ich bin zu meiner Lieblingsstelle im Wald hinterm Haus und habe dich mit Sonnenstrahlen und guten Gedanken überschüttet.«

»Vielen Dank.« Auch wenn Deira nicht glaubte, dass Tillies positive Einstellung und ihre guten Wünsche die geringste Auswirkung auf ihr eigenes Leben haben würden, war sie ihrer Freundin für die bedingungslose Unterstützung dankbar.

»Ich habe dir gute Gedanken geschickt, dass du glücklich wirst und vielleicht jemanden triffst. Tu aber nichts Unüberlegtes, ja?«

Und voilà – wieder einmal Tillies unvermeidliche Mahnung.

»Wenn sich eine Gelegenheit ergibt, ergreife ich die beim

Schopf«, erklärte Deira. »Viele bleiben mir nicht mehr. Ich bin verdammte neununddreißig, Tillie, stehe geradezu mit einem Fuß im Grab.«

»Stimmt doch gar nicht und das weißt du auch. Du bist eine starke, selbstbewusste Frau –«

»Quatsch!« Deiras Schnauben unterbrach die aufmunternden Worte der Freundin.

»Schon gut, schon gut. Genieß deinen Urlaub«, meinte Tillie. »Aber ... du weißt schon ... pass auf dich auf.«

»Ich könnte mich nach einem Airbnb hier in der Gegend umsehen statt nach einem Pariser Hotel.« Deira wechselte das Thema.

»Wo hättet ihr ursprünglich übernachten sollen?«, fragte Tillie.

»Es war viel die Rede von noblen Landgasthäusern und Herrensitzen«, sagte Deira. »Aber er kam nicht mehr dazu, die Buchungen zu machen. Was sich als Segen herausstellt, denn nun kann ich meine eigene Wahl treffen.«

»Warum vergisst du in diesem Fall nicht Paris und suchst dir etwas Ruhigeres?«, schlug ihre Freundin vor. »Frankreich ist riesig. Es gibt so viele hübsche Orte und du hast doch das Auto, warum also die Chance nicht nutzen?«

»Das hätte ich mir vor der Abreise überlegen sollen«, seufzte Deira. »Es war alles etwas überstürzt.«

»Ich war mal in Marseille«, sagte Tillie. »Es war herrlich. Oder wie wär's mit Lyon? Toulouse?«

»Toulouse liegt an der Südküste, du verwirrtes Huhn«, sagte Deira. »Dorthin brauche ich einen ganzen Tag. Wenn nicht länger.«

»Du hast alle Zeit der Welt«, erinnerte Tillie sie. »Es gibt keinen Grund, weshalb du nicht dorthin fahren solltest. Oder irgendwo anders hin. Du könntest eine Bildungsreise machen.«

»Eine Bildungsreise?« Deira lachte.

»Du hast fast drei Wochen Zeit«, sagte Tillie. »Die würdest du doch so oder so nicht komplett in Paris verbringen. Ich weiß, du verdienst ordentlich, aber am Ende des Urlaubs wärst du pleite. Denk nur an all die schicken Läden!«

Deira lachte. »Wahrscheinlich hast du recht.«

»Cannes ist auch immer eine Option«, überlegte Tillie weiter. »Das liegt ganz in der Nähe von Marseille. Du könntest dich mit der Hautevolee vergnügen, dich unter Schauspieler und Jachtbesitzer mischen.«

»Meine Güte, stimmt, momentan findet das Filmfestival statt«, sagte Deira. »Was allerdings bedeutet, dass alles ausgebucht ist oder jenseits meiner finanziellen Möglichkeiten. Aber vielleicht schau ich trotzdem vorbei.«

»Mach das Beste aus deinem Urlaub. Bleib positiv«, riet Tillie. »Und lass die Dinge einfach auf dich zukommen.«

»Bis sich mir die Polizei dank Gavins geheimer Webcam an die Fersen heftet.«

»Hätte ich doch bloß nichts gesagt«, jammerte Tillie. »Aber bestimmt geht alles gut. Du wirst eine tolle Zeit haben.«

»Du bist eine gute Freundin«, sagte Deira. »Tut mir leid, dass ich in letzter Zeit etwas ... etwas distanziert war.«

»Was ich dir kein bisschen übelnehme«, sagte Tillie. »Du hast einfach Abstand gebraucht. Und mehr Abstand als Frankreich geht ja fast nicht. Also mach das Beste draus.«

»Ich bemühe mich.« Deira blickte sich um. Die meisten Leute, die sie auf der Fähre gesehen hatte, waren mittlerweile weitergefahren; die meisten Neuankömmlinge waren französische Familien.

»Melde dich auf alle Fälle wieder und fahr vorsichtig«, sagte Tillie.

»Mach ich. Und nochmals danke.«

Ihr Kaffee war mittlerweile kalt. Deira bestellte sich einen zweiten und setzte sich wieder; sie nahm das iPad zur Hand und studierte erneut die Karte. Es gab jetzt zwei Möglichkeiten. Entweder nach Paris fahren, wie sie ursprünglich vorgehabt hatte, oder nach Süden, Richtung Bordeaux; dort konnte sie sich Tillies Vorschläge durch den Kopf gehen lassen, Toulouse, Marseille, Cannes. Ihre Freundin hatte recht, wie weit entfernt diese Städte auch liegen mochten, sie hatte jede Menge Zeit.

Bei näherer Betrachtung fiel ihr auf, dass Toulouse, Lyon und Marseille ein großes Dreieck bildeten und Toulouse an derselben Autobahn lag wie Bordeaux. Sie konnte nach Bordeaux fahren und von dort aus weiter. Tatsächlich gab es in der Richtung noch ein paar andere hübsche Städte, die sie besuchen konnte. Beispielsweise La Rochelle. Oder Biarritz. War Biarritz in den Sechzigern nicht ein Tummelplatz der Reichen und Schönen gewesen? Vielleicht hatte es sich einen Rest des alten Glanzes bewahrt? Vielleicht fand sie dort, was sie suchte.

Genau, dachte sie, Planänderung. Auf nach Süden.

Sie stand auf, nahm ihre Handtasche und den Pappbecher und strebte, immer noch beflügelt von der Macht des positiven Denkens, dem Ausgang zu.

Die Macht des positiven Denkens hielt nicht besonders lange an.

Zwei Sekunden später lag sie bäuchlings auf dem Boden, ihr Kaffeebecher trudelte über den Fliesenboden des Cafés. Wie war das passiert? Gerade noch war sie auf die Automatiktür zumarschiert und im nächsten Augenblick raste ihr der Boden entgegen.

»Haben Sie sich verletzt?«

Zum Glück war es eine Stimme mit irischem Akzent, die an ihr Ohr drang, als sie sich vergeblich auf den Rücken zu drehen versuchte.

»Ganz langsam.« Der Besitzer der Stimme kniete sich neben sie. »Es hat Sie ordentlich hingeschlagen.«

Sie erkannte den Mann. Mit ihm hatte sie sich am Vorabend auf der Fähre unterhalten.

Hatte es etwas zu bedeuten, dass sie ihn wiedertraf? War es ein Zeichen?

Als sie sich aufrappeln wollte, schoss ihr ein stechender Schmerz in die Seite.

»Ganz langsam«, wiederholte der Mann.

»Was ist passiert?«

»Sie sind gestolpert«, sagte er. »Es geschah wie in Zeitlupe. Zuerst schienen Sie in der Luft zu schweben, bis Sie dann mit einem gewaltigen Rums auf den Boden knallten. Und leider haben Sie den Sturz nicht rechtzeitig mit den Armen abgebremst. Sie können von Glück sagen, dass Sie nicht direkt mit dem Gesicht aufgekommen sind.«

»Damit haben Sie wohl recht.« Deira, die sich mühsam in eine sitzende Position manövriert hatte, zuckte zusammen und massierte sich sanft die Seite. Neben dem Mann standen mittlerweile einige Angestellte des Cafés, darunter eine junge Frau, auf deren Namensschild »Chantelle« stand, die sie auf Englisch fragte, ob sie ärztliche Hilfe benötige.

»Nein, vielen Dank«, sagte Deira. »Alles in Ordnung.« Aber sie zuckte erneut zusammen.

»Das war ein übler Sturz«, sagte der Mann.

»Es lag nichts auf dem Boden, worüber Sie hätten stolpern können.« Chantelle, die offenbar die Managerin des Cafés war, sah nervös aus.

Der Mann zuckte die Achseln. »Vielleicht gab es ja doch an der Stelle eine kleine Pfütze.«

»Wir nehmen das sehr genau«, sagte die junge Frau. »Wir wischen ständig durch.«

»Keine Sorge«, sagte Deira zu Chantelle, »ich werde Sie nicht verklagen. Es war einfach ein Missgeschick.«

»Kann ich Ihnen einen neuen Kaffee bringen?«, fragte Chantelle.

Deira lehnte dankend ab.

»Sie sollten aber etwas zu sich nehmen«, riet der Mann. »Ruhen Sie sich ein paar Minuten aus, ehe Sie wieder ins Auto steigen.«

Deira überlegte kurz, nickte dann. »Einen Tee, bitte.«

»Schwarztee?«

»Hätten Sie Pfefferminztee?«

»Klar.«

»Das ist jetzt genau das Richtige, danke schön.«

Sie mühte sich auf die Beine, der Mann half ihr und führte sie zu einem Tisch. Die kleine Menschenmenge, die das Geschehen beobachtet hatte, zerstreute sich. Deira atmete tief aus und ließ sich langsam auf einen der Plastikstühle sinken.

»Sind Sie auch wirklich nicht verletzt?«, fragte der Mann.

»Das wird schon wieder«, sagte Deira.

»Hilft das?« Er hielt ihr einen Streifen Nurofen hin, den er aus der Gesäßtasche seiner Jeans gezogen hatte.

Deira wollte schon ablehnen, Schmerztabletten seien überflüssig, da belehrte sie ein bohrender Schmerz in der Seite eines Besseren. Nachdem Chantelle, die ihr neben dem Pfefferminztee auch ein Erdbeermacaron – »geht aufs Haus« – hingestellt hatte, gegangen war, schluckte Deira zwei Tabletten.

»Egal, was sie sagt, da muss was auf dem Boden gewesen sein.« Der Mann sah misstrauisch aus.

»Ich habe nichts gesehen«, sagte Deira. »Da es mich auf den Bauch gelegt hat, war ich vermutlich bloß schusselig und bin über meine eigenen Füße gestolpert.«

Er lachte. »Sie sehen gar nicht wie ein Schussel aus.«

»Ich habe durchaus gelegentlich Schusseltage.« Sie nahm einen Schluck Tee und spürte, wie die Verspannung in den Schultern nachließ.

»Haben Sie sich mittlerweile entschieden, wo die Reise hingeht?«, wollte er wissen.

»Nach Bordeaux«, sagte sie.

Er sah besorgt aus. »Das sind noch fünf Stunden. Das ist eine lange Fahrt, vor allem, wenn man Schmerzen hat.«

»Kennen Sie die Strecke?«, fragte Deira.

»Ich bin sie einige Male gefahren«, antwortete er. »Eigentlich eine ganz nette Strecke, aber denken Sie dran, die Franzosen fahren auf der Überholspur dicht auf und erwarten, dass man sofort aus dem Weg geht. Auf den Autobahnen kennen die kein Pardon.«

Deira lächelte. »Ich werde aufpassen. Fahren Sie auch in diese Richtung?«

Er schüttelte den Kopf. »Nach Paris.«

Wenn ihr Sturz ein Zeichen gewesen war, sollte sie vielleicht die Idee mit Bordeaux sausen lassen und auf ihren ursprünglichen Plan, nach Paris zu fahren, zurückkommen. Und vielleicht könnte sie abends ihren Retter in der Not auf ein Glas Wein treffen. Denn diese Wiederbegegnung musste doch etwas bedeuten. Oder nicht?

Er stand auf.

»Wenn es Ihnen tatsächlich gut geht, würde ich jetzt losfahren.«

»Mir geht's viel besser«, erklärte sie. »Ehrlich. Und vielen Dank, dass Sie sich um mich gekümmert haben.«

»Nicht der Rede wert«, sagte er. *»Au revoir.«*

»Au revoir«, wiederholte sie, während er sich bereits zum Gehen gewandt hatte.

Ihr Blick folgte ihm durch das Café, hinaus auf den Parkplatz. Er schloss einen mittelgroßen, roten Lieferwagen auf und stieg ein.

Es war kein Zeichen gewesen.

Auch er war nicht derjenige, welcher.

Nach einer weiteren Viertelstunde setzte sie sich ebenfalls ins Auto. Als Deira im Café wieder allein gewesen war, hatten ihre Hände angefangen zu zittern und sie war plötzlich um einiges wackliger beieinander als noch wenige Minuten zuvor, als sie getönt hatte, es gehe ihr gut. Das Zittern kam vom Kaffee, redete sie sich ein, nicht vom Schreck. Aber sie ließ sich mit dem Aufbruch Zeit.

Mit einer Grimasse ließ sie sich vorsichtig auf dem Fahrersitz nieder. Für eine Frau, die sich früher einmal viel auf ihre Effizienz und Kompetenz eingebildet hatte, stellte sie sich aktuell in beiderlei Hinsicht als rechte Versagerin heraus. Wenn Gavin hier wäre, hätte er sie ausgelacht. Aber er war nicht da.

Deira drängte die Tränen zurück, die in letzter Zeit so leicht flossen, ließ den Wagen an und gab im Navi als Ziel Bordeaux ein. Die Stadt war beinahe fünfhundert Kilometer entfernt, und der (immer noch namenlose) Mann von der Raststätte hatte recht gehabt: Die Fahrt würde ungefähr fünf Stunden dauern. Hoffentlich hielt die Wirkung der beiden Schmerztabletten so lange an.

Sie fuhr wieder auf die Fernstraße und war so gedankenverloren, dass sie zusammenzuckte, als das Navi verkündete, Deira müsse die Ausfahrt Richtung Nantes und Küstenstraße nehmen. Die unvermittelte Anweisung ließ sie erneut an ihrer Entscheidung zweifeln. Paris oder Bordeaux. Bordeaux oder Paris. Vielleicht war der Mann, den sie auf der Fähre und im Café getroffen hatte, *doch* wichtig. Vielleicht spielte er aber auch gar keine Rolle für ihre Zukunft. Vielleicht war sie drauf und dran, den nächsten Riesenfehler zu begehen. Paris oder Bordeaux. Bordeaux oder Paris.

Im letzten Moment nahm sie die Ausfahrt, zum großen Ärger des uralten Renaults hinter ihr, dessen Fahrer ihr ausdauernd nachhupte.

Es gibt keine Zeichen und kein Mann ist für meine Zukunft wichtig, ermahnte sie sich. Ich fahre nach Bordeaux.

Zudem treffe ich vielleicht dort den Mann, denjenigen, welchen. Nach und nach sah sie immer weniger Autos mit irischem Kennzeichen; wahrscheinlich verbrachten die meisten ihren Urlaub im Norden der Bretagne. Am vernünftigsten wäre gewesen, in der Bretagne zu bleiben, sinnierte Deira. Doch jetzt hatte sie sich die Westküste in den Kopf gesetzt. Normalerweise hätte ihr eine fünfstündige Autofahrt nichts ausgemacht – sie war oft von Dublin nach Galway und zurück gefahren, für die Strecke brauchte man ungefähr so lange wie von hier nach Bordeaux –, doch trotz der Tabletten wühlte der Schmerz in ihrer Seite und ließ sie müde werden.

Ungefähr vierzig Minuten hinter Rennes machte sie an einer Tankstelle die nächste Pause. Nach dem angenehm klimatisierten Auto war es in der Sonne erstaunlich heiß. Deira ließ sich die Knochen durchwärmen in der Hoffnung, dass dies ihren armen geprellten Rippen ein wenig half.

Sie vertrat sich die Beine und setzte sich dann an einen der groben Holztische auf der Grünfläche hinter der Tankstelle. Sitzen war kein Problem. Wenn sie saß, tat ihr nichts weh.

Deira holte ihr Handy heraus.

Ein verpasster Anruf von Gillian, ungefähr zu der Zeit, als sie ihre erste Pause gemacht hatte. Gill hatte ihr eine Nachricht aufgesprochen, obwohl Deira ihr immer sagte, sie solle lieber eine schreiben, das sei viel praktischer. Vor dem Anhören zögerte sie kurz, wollte eigentlich gar nicht wissen, was ihre Schwester mitzuteilen hatte.

»Hi«, sagte Gillian. »Es gibt eine kleine Änderung, was Bex' Aufenthalt in Dublin betrifft, die möchte ich kurz mit dir besprechen. Da ich dich aber nicht erreiche, hoffe ich, es geht in Ordnung. Nachdem wir über ihre Übernachtung bei dir gesprochen hatten, bekam sie einen Anruf, ob sie auch schon morgen früh zum Vorstellungsgespräch kommen könne. Deshalb fahre ich sie selbst nach Dublin und da ich deinen Hausschlüssel habe, hast du hoffentlich nichts dagegen, dass wir heute bei dir übernachten. Genieß deinen Urlaub. Tschüss.«

Deira trommelte mit den Fingern auf den Tisch, wählte dann Gills Nummer.

»Hallo«, sagte Gillian. »Mein Anruf ist direkt auf deine Mailbox gegangen, daher habe ich angenommen, dass du keinen Empfang hast.«

»Ich habe kurz auf einer Raststätte angehalten und gerade deine Nachricht abgehört.«

»Ah, gut.«

Ein kurzes Schweigen trat ein. Offenbar hatte ihre Schwester nicht so schnell mit einem Rückruf gerechnet.

»Ich bin etwas überrascht«, sagte Deira.

»Ich musste rasch eine Entscheidung treffen«, erklärte Gill. »Bex will diesen Job unbedingt. Sie liegt mir pausenlos mit diesem Vorstellungsgespräch in den Ohren. Ich habe mir im Internet mehrere B&Bs und Hotels angesehen, aber die Preise in Dublin sind mehr als unverschämt, und es kam mir wie eine

Verschwendung vor, so viel Geld auszugeben, während dein Haus leer steht.«

»Und was ist mit ihrer Freundin?«, fragte Deira.

»Lydia konnte sich heute auch schon freimachen«, sagte Gillian.

»Ihr wollt also alle drei bei mir wohnen?«

»Das ist doch viel sinnvoller, als in ein B&B zu gehen«, erklärte Gill.

Glaubt meine Schwester wirklich, dass es völlig in Ordnung ist, wenn sie einfach über mein Haus verfügt, fragte sich Deira. Oder bin ich jetzt zu empfindlich?

»Mir ist schon klar, dass die Sache aus deiner Warte nicht besonders prickelnd ist«, räumte Gillian ein, als Deira ausdauernd schwieg. »Aber diese Stelle ist wichtig für Bex – und schließlich ist sie deine Patentochter.«

»Geht es nur um heute Nacht?«

»Na ja, Bex und Lydia haben gehofft, dass sie ein paar Tage in Dublin verbringen können«, sagte Gillian. »Sie wollten sich mit Freunden treffen, shoppen gehen, du weißt ja, wie's ist. Wahrscheinlich gehe ich selbst eine Runde shoppen.«

»In diesem Falle würdet ihr wann zurückfahren?«

»In ein, zwei Tagen«, sagte Gillian. »Aber nur keine Sorge, wir hinterlassen dein Haus in tadellosem Zustand.«

»Ich habe nur ein Gästezimmer«, wandte Deira ein. »Und das willst du dir bestimmt nicht mit zwei Neunzehnjährigen teilen.«

»Ach, ganz einfach, ich nehme dein Schlafzimmer«, sagte Gill. »Das macht mir nichts aus. Schließlich sind wir Schwestern.«

Das Pochen in Deiras Rippen wurde zu einem stechenden Schmerz, als sie scharf Luft holte.

»Ja, aber –«

»Sieh es außerdem unter dem Sicherheitsaspekt, es ist gar

nicht schlecht, wenn etwas Bewegung in deinem Haus zu sehen ist.«

Deira wusste, sie würde bei dieser Auseinandersetzung mit ihrer Schwester verlieren. Wie immer.

»Na gut, aber in Zukunft musst du mich vorher fragen«, beharrte sie. »Ich hätte das Haus während meiner Abwesenheit vermieten können.«

»Hast du aber nicht.«

»Nein, aber …« Deira verstummte. Es war zwecklos, diese Unterhaltung fortzusetzen.

»Wir werden viel Spaß haben«, sagte Gillian. »Amüsier du dich auch schön. Fahr vorsichtig.«

Ohne ein weiteres Wort beendete Deira das Gespräch. Ihre Rippen schmerzten heftiger denn je.

10. Kapitel

Loire-Atlantique, Frankreich: 47.1987 °N 1.6537 °W

Obwohl sie konstant mit lediglich hundert Stundenkilometern unterwegs war, kam Grace viel zu früh im Hotel an. Das *Atlantique* mit Blick auf die Loire war klein, aber reizend – sie und Ken waren schon einmal dort abgestiegen, weshalb er es wohl wieder gebucht hatte. Das Gebäude bestand aus zwei Teilen: einem alten Haus, in dem sich Rezeption, Restaurant und Bar sowie die Luxussuiten befanden, und einem kleinen modernen Flügel mit dem Großteil der Zimmer. Ken, der zum ersten Mal in seinem Leben verschwenderisch gewesen war, hatte eine der Suiten für sie gebucht.

Grace parkte den Lexus, schlenderte, den kleinen Rollkoffer hinter sich herziehend, zur Rezeption. Bis das Zimmer fertig sei, dürfe sie gern das Gepäck bei ihr lassen, bot die junge Rezeptionistin an, und die Hotelanlage nutzen. Es gebe einen Swimmingpool und ein Café, falls sie gern einen kleinen Imbiss hätte.

Grace bedankte sich und steuerte das Café an, wo sie Tee und eine Tarte bestellte. Das war der Nachteil, wenn man mit dem Auto reiste, dachte sie, man snackte mal hier, schob sich mal dort eine Kleinigkeit in den Mund. Während der Zeit als Flugbegleiterin hatte sie ständig den Druck verspürt, schlank und attraktiv bleiben zu müssen, selten zwischen den Mahlzeiten gegessen. Diese Gewohnheit hatte sie beibehalten. Außer wenn sie mit dem Auto unterwegs war. Bestimmt der Grund, weshalb sie nach jedem Urlaub mehr auf die Waage brachte.

Dankbar nippte sie am Tee und klappte Kens Laptop auf. Immer noch standen die Dateien, die sie aus dem Ordner »Hochzeitstagsschatzsuche« verschoben hatte, in Reih und Glied auf dem Desktop. Warteten weiterhin auf das richtige Passwort. Drängten sie weiterhin, sich Kens Wünschen zu fügen. Und sorgten weiterhin dafür, dass sie sich noch blöder vorkam als sonst.

Grace schloss die Augen und rieb sich den Nasenrücken. Ihr verstorbener Mann zog immer noch die Strippen, obwohl der Großteil seiner Asche, wie von ihm gewünscht, in der Keltischen See verstreut worden war. Der Rest befand sich im Kofferraum des Lexus, wo er bleiben würde, bis Grace Spanien erreichte. Wahrscheinlich war es ein wenig respektlos, diesen Überrest bis dahin im Auto zu lassen, aber sie hatte ihn nicht in ihren Koffer packen wollen. Immerhin hatte sie mit dem Argument, sie müsse Kens Wunsch nachkommen, ihre Kinder von der Notwendigkeit ihrer Reise überzeugt.

»Du könntest mit der Asche nach Murcia fliegen und dort ein Auto mieten«, schlug Regan vor, als Grace von ihrem Vorhaben erzählte. »Echt, Mum, glaubst du, Dad hätte erwartet, dass du mit der Fähre übersetzt und die ganze Strecke fährst? Allein?«

»Du bist allein in Argentinien«, erinnerte Grace sie.

»Ja, aber das ist was anderes.«

»Eigentlich nicht«, sagte Grace. »Jedenfalls ist diese Reise kein Problem für mich.«

»Sicherlich nicht«, sagte Regan, »aber wirst du überhaupt Freude daran haben?«

Das war eine ganz andere Frage. Auf die Grace immer noch keine Antwort wusste. Ebenso wie bei den Passwörtern.

Bevor sie die Raststätte verließ, immer noch ergrimmt, dass Gill und Bex einfach so über ihr Haus verfügten, hatte Deira das Cabriodach heruntergeklappt. Auch wenn es nicht nach Paris ging, war die Fahrt mit offenem Verdeck eine Freude. Und wenn ihre Seite nicht so geschmerzt hätte, hätte sie es sehr genossen; die Sonne stand hoch am Himmel und es war herrlich, über die Straßen zu sausen, ohne dass man von der Umwelt isoliert war.

Aber bei jeder Bodenwelle durchzuckte sie ein messerscharfer Schmerz. Ob sie das noch lange durchhalten würde? Wenn sie doch nur an der Raststätte angehalten hätte, an der sie vor zehn Minuten vorbeigekommen war, aber nein, sie hatte ja unbedingt weiterfahren müssen. Sie brauchte so schnell wie möglich eine Ruhepause, auch um zu überlegen, wie es weitergehen sollte.

Das nächste Schild zeigte ein *aire* an, was wahrscheinlich entweder ein Rast- oder Campingplatz war. Sie setzte den Blinker, fuhr von der Schnellstraße ab und stellte ihren Wagen unter einem Baum ab. Das raschelnde grüne Laubdach bildete über dem leeren Picknicktisch, an dem sie sich niederließ, einen natürlichen Sonnenschutz. An anderen Tischen aßen Familien, etwas weiter weg tobten Kinder, spielten zwischen zwei Wohnmobilen und einem SUV mit großer roter Dachbox Fangen.

Deira erinnerte sich an die Zeit, als sie mit ihrer besten Freundin Cecily Fangen gespielt hatte, die zwei Häuser von ihrem Elternhaus entfernt in Galway gewohnt hatte. Deira verbrachte so viel Zeit wie möglich bei Cecily, dort roch es immer nach Selbstgebackenem und Mrs Donnelly war stets daheim. Manchmal malte sie sich Situationen aus, die dazu führten, dass Mrs Donnelly sie adoptieren musste. Wenn sie bei ihrer besten Freundin wohnen und ihren Dad am Wochenende besuchen könnte, wäre das viel besser, als ständig von Gillian herumkommandiert oder von Peter ignoriert zu werden. Ihr Dad bemühte sich nach Kräften, aber er arbeitete viel, machte oft Überstunden, verließ morgens in aller Frühe das Haus und kam nicht vor sieben Uhr abends heim. Und obwohl sich Deira sicher war, dass Dom O'Brien seine Kinder liebte, war er vor dem Tod ihrer Mutter kein Vater gewesen, der mit anpackte, und daran änderte sich auch danach nichts. Seine Beziehung zu ihnen war immer distanziert gewesen, selbst jetzt als Rentner – er lebte in einem kleinen Bungalow in Spiddal – suchte er kaum den Kontakt zu ihnen. Von der Sache mit Gavin wusste er nichts. Sie hatte es ihm nicht erzählt. Er hätte ohnehin nichts Sinnvolles beitragen können.

Energisch verdrängte sie ihre Probleme und klickte auf ihrem Handy Google Maps an. Die Umkreissuche ergab wenig überraschend, dass sich innerhalb von dreißig Minuten kein Hotel erreichen ließ. Auch wenn man die Autos auf der Schnellstraße vorbeizischen hören konnte, das hier war plattes Land. Das nächste Hotel lag in einem Vorort von Nantes. Sie stellte fest, dass es dort noch freie Zimmer gab, und buchte sofort. Hoffentlich war bis zum nächsten Morgen der Schmerz abgeklungen, damit sie ihre Reise nach Bordeaux fortsetzen konnte.

Natürlich nur, wenn man sie nicht vorher festnahm, weil sie ihr eigenes Auto gestohlen hatte.

Grace hatte Passwortsuche Passwortsuche sein lassen und lieber *Fiesta* zu Ende gelesen, auch wenn der einzige Grund für die Lektüre darin bestand, dass es ihr passend erschienen war, auf die Reise eines von Kens Lieblingsbüchern mitzunehmen. Vor Jahren hatte sie es auf einen ihrer Campingurlaube mitgenommen, aber mittendrin mit der Begründung abgebrochen, alle Figuren seien ihr herzlich unsympathisch.

»Das ist geradezu eine Manie von dir, dass du die Figuren in den Büchern, die du liest, sympathisch finden willst«, sagte Ken.

»Was ist daran falsch?«, begehrte Grace auf.

»Bei großer Literatur geht es nicht immer um Sympathieträger«, sagte Ken. »Und Hemingway hat schließlich den Literaturnobelpreis gewonnen.«

»Vielleicht gab es zu seiner Zeit keine besseren Bücher«, gab Grace scharf zurück. »Doch mittlerweile ist die Auswahl größer. Außerdem«, fügte sie hinzu, »habe ich alles über ihn gelesen, und er scheint selbst kein besonders liebenswerter Mensch gewesen zu sein.«

»Bei einem Genie muss man Zugeständnisse machen«, meinte Ken.

»Warum immer nur bei männlichen Genies?«, wollte sie wissen. »Weshalb können sich Männer wie die Axt im Walde benehmen, und wir lassen es ihnen durchgehen, Frauen jedoch müssen zurückhaltend und gelassen sein, damit sie nicht als hysterisch abgetan werden, egal wie genial sie sind?«

»So ein Urteil würde ich nie fällen.«

»Nicht bewusst«, murmelte sie.

»Was soll das heißen?«

Grace schwieg. Sie wollte keine Auseinandersetzung mit Ken vom Zaun brechen, bei der sie unweigerlich den Kürzeren ziehen würde. Denn das führte stets dazu, dass sie sich in Widersprüche verstrickte und ihm schließlich zustimmte, auch wenn sie eigentlich anderer Meinung war. Es war nicht leicht, mit einem Collegeprofessor verheiratet zu sein, der einem das Wort im Munde umdrehen konnte, wenn ihm danach war.

Doch jetzt hatte ein Satz ins Schwarze getroffen. Vielleicht hatte Ken recht gehabt, und der alte Ernest war nicht ganz so übel, wie sie anfänglich gedacht hatte.

»Du nimmst dich ja doch immer mit, egal wohin du gehst.«

Versuchte sie, vor sich selbst davonzulaufen, überlegte Grace. Oder wollte sie vor Ken davonlaufen? Ein Ding der Unmöglichkeit mit seinem aufgeklappten Laptop auf dem Tisch vor ihr und seiner Asche im Kofferraum. Verdammt, er hatte das alles geplant. Bis ins kleinste Detail. Und er hatte sie verraten. Egal, was andere sagen mochten, Grace wusste, sie hatte recht. Hatte alles in Bausch und Bogen verraten, was sie beide verbunden hatte. Er hatte sich von ihr befreit und trotzdem konnte sie nicht loslassen. Sie war hier und tat, was er von ihr verlangte – wie immer.

Männer waren Schweine.

Auch jene, die man liebte.

Besonders jene, die man liebte.

11. Kapitel

Nantes, Frankreich: 47.2184 °N 1.5536 °W

Das Navi lotste Deira zu ihrem Hotel am Stadtrand. Das einzig Besondere war der Blick auf den Fluss, konstatierte sie, aber das machte nichts, schließlich war es lediglich ein Boxenstopp für die Nacht. Ein Boxenstopp, der offenbar beliebt war, denn vor dem Hauptgebäude gab es keinen einzigen freien Parkplatz mehr, daher musste sie ihr Auto unter einer hölzernen Pergola um die Ecke abstellen.

Sie zuckte zusammen, als sie ihren großen Koffer und die kleine Reisetasche aus dem Kofferraum hievte. Zwar blieb sie wahrscheinlich nur eine Nacht, aber sie musste sich umziehen und da es, je weiter sie nach Süden fuhr, immer wärmer würde, wollte sie am nächsten Tag etwas Luftigeres anziehen.

»*Oui, madame,* Sie haben übers Internet gebucht«, sagte der Rezeptionist, als Deira vor den Empfangstisch trat. »Tut mir leid, aber Sie sind zu früh dran.«

»Kein Problem«, entgegnete Deira, »ich setze mich einfach irgendwohin, bis mein Zimmer fertig ist.«

Sie stellte ihr Gepäck ab und ließ sich vorsichtig in ein Sofa sinken, das in der Nähe der Fenster stand. Ein Blick rundum verriet ihr, dass sie Glück gehabt hatte, auf die Schnelle noch ein Zimmer zu bekommen, denn im Hotel herrschte reger Betrieb. Gerade hatte sie sich mit ihrem iPad ins Hotel-WLAN eingeloggt, da hörte sie ihren Namen. Deiras Herz schlug einen dreifachen Salto, in ihren Ohren rauschte vernehmbar das Blut. Doch es war eine Frauenstimme, kein wutgeifernder Gavin, der dank Tillies imaginärem Webcam-Tracker ihren Aufenthaltsort herausgefunden hatte.

»Was für eine nette Überraschung.« Vor ihr stand mit einem erstaunten Lächeln Grace Garvey. »Ich dachte, Sie wollten nach Paris.«

Auch Deira freute sich über das Wiedersehen mit Grace, hatte allerdings angenommen, dass ihre Fährbekanntschaft zügiger unterwegs sein würde. Andererseits war sie vielleicht wie Deira selbst nicht besonders in Eile.

»Kurzfristige Planänderung«, erklärte sie. »Und jetzt muss ich sozusagen gezwungenermaßen hier übernachten.«

»Ah so?« Grace sah sie fragend an.

Während Deira die Geschichte ihres Missgeschicks an der Raststätte in groben Zügen erzählte, wurde Grace ganz Mitgefühl und setzte sich zu ihr.

»Wie schrecklich«, sagte sie. »Lädierte Rippen tun ekelhaft weh. Haben Sie schwere Prellungen?«

»Gesehen habe ich nichts«, erwiderte Deira, »aber wenn ich mich recht entsinne, sind die normalerweise innerlich.«

Grace nickte. »Haben Sie Medikamente genommen?«

»Ein paar Schmerztabletten.«

»Ich habe Arnika dabei«, sagte Grace, »ich bin mir zwar nicht sicher, ob das bei geprellten Rippen hilft, aber schaden wird's auch nicht.«

»Ich kann unmöglich –«

»Und ob!« Grace holte aus ihrem Rollkoffer eine große Kosmetiktasche, die ein kleines Sortiment an Schmerztabletten enthielt, Desinfektionsspray, Pflaster, Magentabletten, Antihistaminika, Augentropfen sowie ein halb Dutzend kleiner Cremetuben.

»Hier.« Deira, die mit einer Mischung aus Verblüffung und Verwunderung Grace' solide Reiseapotheke musterte, bekam eine der Tuben in die Hand gedrückt.

»Ich bin keine eingefleischte Hypochonderin, aber ich packe

stets für alle Eventualitäten«, erklärte Grace. »Stammt noch aus der Zeit, als wir mit den Kindern gereist sind. Was schiefgehen kann, geht schief, aber bei Kindern kann das Meiste mit einem bunten Pflaster und einem Eis geheilt werden.«

Deira lachte und hielt sich dann schmerzerfüllt die Seite.

»Behalten Sie die Arnikasalbe«, sagte Grace. »Ich benutze sie mittlerweile kaum noch, aber seit der Geburt meines Sohnes gehört sie zur Grundausstattung und ist automatisch mit dabei. Fionn war ein absoluter Wildfang und ständig verletzt. Wenn es einen Baum gab, von dem er herunterfallen konnte, er fand ihn. Wenn es einen Stein gab, an dem er sich den Kopf aufschlagen konnte, er fand ihn. Er war die wandelnde Katastrophe. Wahrscheinlich ist er das heute noch, aber das ist nicht mehr mein Problem.«

»Bestimmt gibt es in der Nähe eine Apotheke, wo ich mir selbst eine Tube kaufen kann«, sagte Deira.

»Bestimmt«, pflichtete Grace ihr bei. »Aber warum wollen Sie sich das antun? Wenn Sie allerdings unbedingt in die Stadt wollen, das Zentrum liegt fünf Kilometer entfernt.«

»Später vielleicht«, sagte Deira. »Im Moment möchte ich mich eigentlich nur hinlegen.«

Grace nickte. »Machen Sie ein Nickerchen, sobald Ihr Zimmer fertig ist.«

»Nachmittagsschläfchen liegen mir eigentlich nicht«, gestand Deira.

»Wird Ihnen aber guttun«, sagte Grace. »Das stärkt die Geisteskräfte.«

»Ich bin mir nicht sicher, ob ich überhaupt noch Geisteskräfte habe. Wenn ich besser aufgepasst hätte, wäre ich erst gar nicht ausgerutscht.«

»Unfälle passieren nun mal.«

»Ich weiß, aber in letzter Zeit ziehe ich die geradezu magisch an.« Das stimmte tatsächlich. Seit der Trennung von Gavin war Deira ungewöhnlich schusselig. Und dämlich. Und vergesslich. Als hätte er sie nicht nur sitzenlassen, sondern auch einen Teil von ihr mitgenommen, so dass sie nicht mehr richtig funktionierte.

»Haben Sie generell Schlafprobleme?«, fragte Grace.

»Um Himmels willen, nein, überhaupt nicht.« Unvermittelt fürchtete Deira, Grace wäre Ärztin oder Krankenschwester und fühlte sich genötigt, eine kostenlose Diagnose zu geben. »In letzter Zeit ging's bei mir drunter und drüber, das war's aber auch schon. Deshalb bin ich etwas daneben.«

In diesem Augenblick kam der Rezeptionist herüber und teilte ihnen mit, dass ihre Zimmer in Kürze fertig seien.

Unentschlossen sahen die Frauen einander an, Grace ergriff als Erste das Wort und überraschte Deira mit der Frage, ob sie mit ihr zu Abend essen wolle, schob aber sofort hinterher, das sei nur ein Vorschlag, den Deira keineswegs annehmen müsse. Deira überraschte sich selbst mit der Antwort, sie habe keine Pläne, ein gemeinsames Abendessen sei eine gute Idee.

»Sehen wir uns hier so gegen halb sieben?«, fragte Grace. »Dann überlegen wir, was wir anstellen.«

»Sehr schön.«

Deira blickte Grace nach, die durch das Foyer schritt. Groß. Schön. Selbstbewusst. Verheiratet, Kinder. Möglicherweise Enkel.

Sie hätte gern mit ihr getauscht.

Grace war überrascht, als sie ihre Tischgenossin vom Vorabend im Hotelfoyer gesehen hatte, aber noch mehr durch ihr eigenes Verhalten; statt ungesehen an ihr vorbeizuhuschen, hatte sie gegrüßt. Was nun den Vorschlag eines gemeinsamen Abendessens betraf – was war nur in sie gefahren? Sie war niemand, der mit

Vorschlägen aufwartete. Gewöhnlich wartete sie darauf, dass diese an sie herangetragen wurden. Außerdem war diese Autoreise kein Unternehmen, bei dem sie mit neuen Bekanntschaften gerechnet, geschweige denn welche gesucht hatte. Und Deira mit ihrem düsteren, ständig besorgten Gesichtsausdruck versprach keinesfalls einen fröhlichen Abend.

Aus welchem wirren Impuls heraus habe ich das bloß getan, überlegte sie. Da komme ich leider nicht mehr heraus.

Normalerweise war Grace kein impulsiver Mensch. Im Laufe der Ehe hatte sie ihre jugendliche Spontaneität verloren, war bedächtiger geworden, eine Frau, die sorgsam Für und Wider abwog, ehe sie Entscheidungen fällte, die sie dann durchzog. Sie hatte gelernt, auf jene Fähigkeiten zu bauen, die sie sich während ihrer Zeit als Flugbegleiterin im Umgang mit Menschen angeeignet hatte. Wie viele Passagiere, deren Hirn, sobald sie die Kabine betreten, nahezu aussetzt, hatte Ken angenommen, jemand würde alles für ihn klären.

Doch am Ende war es ihr nicht gelungen, das Allerwichtigste zu klären.

Sie hatte ihn im Stich gelassen.

Das würde sie sich nie verzeihen.

Und ihm auch nicht.

Sobald Grace allein in ihrer Suite war, holte sie den Laptop heraus, arbeitete sich durch eine ganze Liste denkwürdiger Daten, Namen, Zahlen, aber keine Kombination gab das erste Dokument frei. Schließlich versuchte sie es mit Zufallstreffern, hämmerte wütend auf die Tastatur ein.

Ungültiges Passwort.

Ungültiges Passwort.

Ungültiges Passwort.

»Verdammt!«, rief sie. »In der Hölle sollst du schmoren. Ich mache nicht mehr mit, du kannst mir gestohlen bleiben.«

Energisch klappte sie den Laptop zu, verließ wütend die Tür hinter sich zuknallend das Zimmer.

Deira war eingeschlafen, kaum hatte sie sich hingelegt. Als sie aufwachte, hatte sie leichte Orientierungsprobleme. Ein Blick auf ihr Handy verriet, dass es später Nachmittag war und obwohl ihr die Seite immer noch wehtat, fühlte sie sich um einiges besser. Sie duschte ausgiebig, was den Schmerz in ihren Rippen abklingen ließ. Anschließend schlüpfte sie in eine Baumwollhose, zog ein T-Shirt an, schluckte zwei Paracetamol und ging nach unten.

Noch schien die Sonne, daher machte sie einen kleinen Spaziergang über das Hotelgelände. Bis auf den Fluss in der Ferne gab es jedoch nicht viel zu sehen, daher setzte sie sich an einen der Tische und holte ihr Handy heraus. Keine verpassten Anrufe oder Nachrichten von Gill; Deiras Home-Alarm-App hatte allerdings eine Mitteilung geschickt, dass der Alarm vor zwei Stunden abgestellt worden war, die drei waren also in ihrem Haus eingetroffen. Wieder stieg Ärger in ihr hoch, weil Gillian sie in diese Lage gebracht hatte. Und Unbehagen bei der Vorstellung, dass ihre Schwester in ihrem Bett schlafen würde. Einerseits hatte Gill recht, es war völlig einleuchtend, dass sie Deiras Schlafzimmer nutzte. Doch eigentlich war es nicht nur Deiras Schlafzimmer, sondern immer noch das gemeinsame Schlafzimmer von Gavin und ihr, egal, was vorgefallen war. Und dass Gill dort übernachtete, war befremdlich. Außerdem – bei dem Gedanken schauderte sie –, selbst wenn Gill keine kriminaltechnische Durchleuchtung von Deiras gesamten Hab und Gut vornahm, würde sie trotzdem die Schubladen der Schlafzimmerkommode aufziehen, die Kleider im Schrank begutachten und den Inhalt des Badezimmerschränkchens untersuchen. Das würde sie sich nicht verkneifen können.

Ich hätte energischer auftreten müssen, dachte Deira. Ich hätte nein sagen müssen.

Im Berufsleben hatte sie keinerlei Probleme, nein zu sagen oder den Leuten klipp und klar zu verkünden, weshalb sich eine Idee nicht umsetzen ließ. Doch sobald Gill den Mund aufmachte, wurde Deira unweigerlich wieder zur kleinen Schwester, die sich nicht durchsetzen konnte.

»Jetzt ist es ohnehin zu spät«, murrte sie vor sich hin. Sinnlos, weitere Gedanken daran zu verschwenden.

Sie öffnete Instagram und scrollte sich durch Fotos, die Bilder vom ländlichen Frankreich zeigten, aber Gills Verhalten ging ihr einfach nicht aus dem Kopf. Sie legte sich zurecht, was sie Gill beim nächsten Wiedersehen vor den Latz knallen würde, gleichzeitig war ihr bewusst, dass sie die ganze schöne Rede bis zum nächsten Wiedersehen vergessen haben würde. Ärgerlicherweise fielen ihr die rechten Worte immer erst ein, wenn es zu spät war.

Ein Schatten fiel auf das Handydisplay und Deira sah auf. Als sie Grace erkannte, warf sie einen erschrockenen Blick auf die Uhr ihres Mobiltelefons – beinahe schon halb sieben.

»Unglaublich, wie viel Zeit man mit diesem Gerät verplempern kann«, sagte sie. »Mir war nicht klar, dass es schon so spät ist.«

»Mein Magen hat mich ans Abendessen erinnert.« Grace lächelte sie an. »Aber wenn Sie beschäftigt sind …«

»Nein, nein, ich habe nur die Zeit verdaddelt.« Deira steckte das Handy weg und schob den Gedanken an Gill beiseite. »Haben Sie schon einen Plan? Wollen Sie hier oder in der Stadt essen?«

»Es ist schon einige Jahre her, dass ich in Nantes war«, erwiderte Grace. »Damals entdeckten mein Mann und ich ein nettes Restaurant am Fluss. Mit dem Auto sind es ungefähr zehn Minuten.«

»Ich übernehme gern das Fahren«, erklärte Deira. »Als ich hier angekommen bin, hatte ich höllische Schmerzen, aber jetzt geht's mir viel besser und ich wüsste gern, wie sich meine Seite bewährt.«

»Wenn es Ihnen nichts ausmacht«, meinte Grace. »Aber ich würde auch fahren, kein Problem.«

»Nein, ich übernehme das.«

Die beiden Frauen gingen zu Deiras Wagen.

»Netter Schlitten«, konstatierte Grace angesichts des Audis.

»Ich weiß.« Deira klang spröde, aber gleich darauf gab sie zu, er fahre sich gut, der Schlitten. Ob Grace die Adresse des Restaurants habe, damit sie diese ins Navi eingeben könne.

»Ich habe mir die Lage auf Google Maps angesehen«, erwiderte Grace. »Ich lotse Sie.«

Es war schön, wenn jemand neben einem im Auto saß, fand Deira. Natürlich kam sie gut allein zurecht, aber es war schön, sich unterhalten zu können. Und Grace war gesprächig, dennoch keine Quasselstrippe, erzählte von ihrem letzten Aufenthalt im *Hotel Atlantique,* als sie gemeinsam mit ihrem Mann auf dem Rückweg von ihrer Ferienwohnung dort Halt gemacht hatte.

»Dann haben Sie nicht nur Campingurlaube gemacht, sondern sind auch so von Dublin nach Spanien gefahren?«, vergewisserte Deira sich. »Sie müssen wirklich eine begeisterte Autofahrerin sein.«

»Ich sitze gern hinterm Steuer«, bestätigte Grace. »Aber keiner von uns war scharf darauf, durch unbekannte Städte zu kutschieren. Deshalb nahmen wir meistens ein Hotel außerhalb.

Eigentlich macht mir das Fahren in der Stadt gar nichts – mit Ausnahme von Paris, wohlgemerkt«, fügte sie hinzu, »es geht mir ums Parken. Die meisten Hoteltiefgaragen müssen in den Fünfzigern für diese winzigen Citroëns gebaut worden sein, nach denen die Franzosen so verrückt waren. Ich erinnere mich, dass ich einmal sage und schreibe zwanzig Minuten gebraucht habe, um in Bordeaux aus einem Parkhaus herauszukommen. Ich war mit den Nerven am Ende.«

»Ich habe vor, nach Bordeaux zu fahren«, sagte Deira. »Sie müssen mir unbedingt sagen, wo dieses Parkhaus liegt, damit ich es meiden kann.«

Sie erreichten die Vororte von Nantes; Grace stellte die App lauter, damit Deira die Richtungsanweisungen hören konnte. Einige Minuten später hielt sie vor einem schmalen Gebäude, dessen Fenster eine blau-weiß gestreifte Markise zierte. *La Belle Mer* verkündete das altmodische Schild darüber.

»Das ist ja mal geschickt«, bemerkte Deira, als sie wenige Meter davon parkte. »In Dublin wäre es der reinste Glücksfall, wenn überhaupt Parkplätze in der Nähe des Restaurants vorhanden wären.«

»Nantes ist zum Glück nicht so groß.« Grace warf ihr einen Blick zu. »Machen Sie das Verdeck nicht zu?«

»Klar.« Deira drückte auf den Knopf.

»Wie cool«, sagte Grace. »Vielleicht sollte ich den SUV eintauschen.«

Die beiden stiegen aus und betraten das Restaurant, das so elegant war wie in Grace' Erinnerung. An den hellblauen Wänden hingen Kohlezeichnungen von Booten und Schiffen, ein Dutzend Tische war entzückend mit glänzendem Besteck und blinkenden Gläsern gedeckt. Ungefähr die Hälfte davon war besetzt, leise Gespräche waren zu hören. Eine junge Frau führte sie zu einem freien Tisch in der Ecke und brachte ihnen einen Brotkorb, dazu eine Auswahl an Olivenölen.

»Das ist entzückend.« Deira sah sich begeistert um. Zum ersten Mal, seit sie Dublin verlassen hatte, kam es ihr vor, als wäre sie auf einer Urlaubsreise anstatt – was immer diese Reise nach Frankreich auch sein mochte. Und zum ersten Mal seit zwei Monaten hatte sie auch Hunger. Sie nahm ein Stück Brot und tunkte es in Olivenöl. »Danke, dass Sie mich gefragt haben, ob wir gemeinsam essen gehen«, sagte sie zu Grace. »Das ist so viel besser als im Hotel.«

»Danke, dass Sie angenommen haben«, entgegnete Grace. »Ich gehe auch lieber auswärts essen.«

Die letzten Worte kamen zögernd und zum ersten Mal schien Grace' gelassenes Selbstbewusstsein zu bröckeln. Deira sagte nichts, denn in diesem Augenblick kam die Bedienung mit einer Tafel, auf der die Tagesgerichte standen, und erkundigte sich nach ihren Getränkewünschen.

Deira nahm keinen Wein, da sie noch fahren musste, aber Grace bestellte zur Ente, für die sie sich beide entschieden hatten, ein Glas Chablis. Nachdem sie einen Schluck genommen hatte, sah sie Deira an und fragte, ob ihr das Alleinreisen gefalle.

Deira tunkte ihr Brot wieder ins Olivenöl und biss ab. Einen Augenblick lang glaubte Grace, sie würde nicht antworten und wünschte, sie hätte die Frage nicht gestellt. Doch dann machte Deira den Mund auf.

»Es war nicht geplant, dass ich allein unterwegs bin, aber ich habe mich von meinem .... meinem ... Lebensgefährten getrennt.« Sie widmete sich ihrem Stück Brot, damit Grace nicht die Tränen sah, die ihr wieder einmal in den Augen standen.

»Das tut mir leid.«

»Ach, das ist vorbei«, sagte Deira, obwohl sie das keineswegs so sah. »Ich brauche Abstand, und wir wollten sowieso nach Frankreich, daher ...«

»Immerhin werden Sie bei Ihrer Fahrt durch herrliche Gegenden kommen, das wird bestimmt schön. Bordeaux haben Sie schon erwähnt. Haben Sie sich schon entschieden, wo es sonst noch hingeht?« Grace redete, als sähe sie nicht, wie Deira mit den Tränen kämpfte.

»Noch nicht«, Deira bemühte sich um Festigkeit in der Stimme. »Vielleicht plane ich die Reiseroute später noch. Aber nachdem ich den ursprünglichen Plan über den Haufen geworfen habe, werde ich die Reise beenden, wo sie ursprünglich beginnen sollte: in Paris. Und Sie?«

»Meine gesamte Tour ist bereits festgelegt worden«, sagte Grace. »Ich habe keinerlei Einfluss darauf.«

»Nanu.« Verblüfft sah Deira sie an. Von Anfang an hatte Grace wie eine Frau gewirkt, die immer und alles im Griff hatte. Sie war gefasst und von einer für Deira unerreichbaren Gelassenheit. Und dennoch ließ der seltsame Unterton in ihrer Stimme ahnen, dass diese scheinbar tiefenentspannte Frau ebenfalls Probleme haben könnte.

Diesmal war Grace diejenige, die sich ihrem Brot widmete. Sie schnitt eine Scheibe in schmale Streifen, die sie auf ihrem Teller anordnete, sie hatte sich im Griff, daran gab es kein Zweifeln. Doch unter der Oberfläche brodelte es.

»Wahrscheinlich könnte ich die Route ändern, wenn ich wollte.« Als Grace aufsah, waren ihre blauen Augen gelassen wie zuvor, als hätte sich Deira das Zittern in ihrer Stimme nur eingebildet. »Aber rein theoretisch soll ich auf dieser Reise einer vorgegebenen Route folgen. Auch wenn mir nicht ganz klar ist, weshalb.«

Deira hielt die sich ihr aufdrängende Frage zurück, denn die

Bedienung kam mit ihren Tellern. Als sie dann schließlich nachhakte, ließ sich Grace mit der Antwort Zeit.

»Es ist ziemlich schräg«, sagte sie. »Wenn ich Ihnen das erzähle, denken Sie, ich bin nicht ganz bei Trost.«

»Nein, bestimmt nicht.« Deira war sich sicher, dass Grace ihr, was Durchgeknalltsein betraf, nicht das Wasser reichen konnte. »Wollen Sie darüber reden? Sie müssen nicht. Wir können auch gern das Thema wechseln.«

Grace sprach nie mit Wildfremden über ihr Privatleben. Sie wollte weder be- noch verurteilt werden. Aber spielte es eine Rolle, wenn Deira dies tat? Schließlich würde sie diese Frau nie wiedersehen.

»Es ist ja nicht so, als ob Sie mich je wiedersehen würden«, sprach Deira Grace' Gedanken aus. »Aber ich möchte Sie nicht bedrängen, also reden wir von etwas anderem.«

»Meine Tochter redet mir immer wie einem alten Gaul zu, ich solle mich öffnen«, gestand Grace. »Sie hält es für gut, wenn man sich mitteilt.«

»Ist es manchmal auch«, stimmte Deira zu. »Aber es gibt so etwas wie einen gesteigerten Mitteilungsdrang, ja geradezu -zwang – denken Sie bloß daran, was manche Leute so auf Social Media posten.«

Grace lächelte. »Ich bin nicht bei Social Media unterwegs.«

»Ich auch nicht.« Deira schenkte sich Wasser nach.

»Ich erzähle es Ihnen«, sagte Grace. »Wenn es Sie nicht stört.«

»Überhaupt nicht.«

»Also … ich fange ganz am Anfang an.«

»Als ich meinen Mann heiratete, war ich zwanzig«, begann Grace. »Ich war Flugbegleiterin und lernte ihn auf einem Flug kennen.

Damals hießen wir Stewardessen – Saftschubsen lautete eine weniger freundliche Bezeichnung. Mir war das herzlich egal«, fügte sie hinzu. »Damals war es ein glamouröser Beruf. Außerdem wurden wir gut bezahlt und es gab phantastische Sonderzulagen, Freiflüge, Vergünstigungen. Nach unserer Heirat arbeitete ich noch ein paar Jahre, aber wir wollten Kinder und es wäre schwierig gewesen, wenn ich weiterhin um die Welt geschwirrt wäre und in zehntausend Metern Höhe Getränke serviert hätte.

Also hörte ich auf und wurde fast umgehend schwanger. Ich bekam drei Kinder und obwohl mir das Berufsleben fehlte, war ich zu Hause glücklich. Kens Karriere entwickelte sich bestens, und ich fand es gut, dass ich ihn unterstützen konnte.«

Sie machte eine Pause, trank einen Schluck Wein. Ob sich Grace mit der Entscheidung schwergetan hatte, den offenbar geliebten Beruf aufzugeben, überlegte Deira.

»Jedenfalls lebten wir ziemlich glücklich vor uns hin«, fuhr Grace fort. »Ken kletterte die Erfolgsleiter empor. Die Kinder entwickelten sich zu anständigen Menschen – zumindest rede ich mir das gerne ein. Natürlich gab's die eine oder andere Krise, aber im Großen und Ganzen sind sie wohlgeraten. Aline, meine Älteste, ist verheiratet und hat einen kleinen Sohn. Fionn arbeitet als Ingenieur bei einem Technologiekonzern in China und Regan erfüllt sich derzeit ihren Traum und arbeitet in Argentinien auf einer Poloranch.«

»Hört sich an, als hätten sie's im Leben geschafft«, sagte Deira.

»Zumindest sind sie glücklich«, meinte Grace. »Das ist die Hauptsache. Als Regan fünfzehn war, fand ich es an der Zeit, nicht mehr nur Hausfrau und Mutter zu sein und fing wieder mit dem Fliegen an, da erfahrene Kräfte gesucht wurden. Ein paar Jahre später hatte Ken einen Herzinfarkt.«

»Ach, Grace, das tut mir leid.« Nachdem Grace von ihrem Mann bisher in der Vergangenheitsform gesprochen hatte, ging Deira davon aus, dass der Infarkt tödlich gewesen war.

»Er erholte sich.« Grace sprach mittlerweile immer schneller. »Anschließend wurde er geradezu ein Sportfanatiker. Nach dem Infarkt standen ausschließlich Aktivurlaube an – Segeln, Skifahren, Wandern ... wir haben sogar ein paar Etappen des Jakobswegs absolviert. Er legte Wert auf biologisch angebaute Lebensmittel, aß nichts, was industriell verarbeitet war, trank täglich mehrere Liter Wasser. Alles war bestens, bis er letztes Jahr stürzte. Und dann kurz darauf völlig unerwartet nochmals. Schließlich ließ er sich breitschlagen und suchte einen Arzt auf. Der diagnostizierte eine Motoneuronerkrankung.«

»O nein«, sagte Deira voller Mitgefühl. »Daran litt Stephen Hawking, oder nicht? Ich habe den Film über sein Leben gesehen. Der war grandios.«

»Er litt an einer Form dieser Krankheit«, bestätigte Grace. »Ken und ich hatten den Film auch gesehen und als uns Kens Diagnose mitgeteilt wurde, dachte ich ... jeder war erstaunt, was Professor Hawking trotz seiner Krankheit alles erreichte. Natürlich würde bei Ken die Erkrankung anders verlaufen, aber ich dachte, vielleicht könnte es helfen, dass beide Akademiker sind. Beide Professoren. Ein dummer Gedanke. Er lachte mich aus.«

»Es war bestimmt schwierig.«

»Sie wissen ja, wie es ist.« Grace seufzte. »Man will positiv sein, spricht über all die schönen Sachen, die man gemeinsam unternehmen kann. Man bemüht sich enorm.«

Deira nickte.

»Aber Ken wollte nicht positiv denken. Er hatte eine Scheißwut auf das Leben. Auf seinen Körper. Auf mich.«

»Wieso auf Sie?«

»Weil ich plötzlich in seinen Augen mehr wert war als er«,

sagte sie. »Er war immer die treibende Kraft der Familie gewesen. Alle unsere Aktivitäten wurden um seinen Zeitplan, seine Arbeit, seine Veröffentlichungen, seine Genialität herumgestrickt. Ich war seine Stütze. Selbst als ich wieder für die Fluggesellschaft arbeitete, musste meine Arbeitszeit auf seine abgestimmt werden.«

»War er denn so genial?«, fragte Deira.

»Er war mit Sicherheit ein brillanter Wissenschaftler«, antwortete Grace. »Ich denke oft, dass er mich geheiratet hat, weil ich nie eine intellektuelle Herausforderung für ihn sein würde. Ich war hübsch und machte mich gut an seiner Seite, aber ich hatte nicht die Bücher gelesen, die er gelesen hatte, nicht studiert, was er studiert hatte. Ich war ... dekoratives Beiwerk.«

»Aber er hat Sie bestimmt trotzdem geliebt.«

Ich liebe dich, Hippolyta. Das hatte er am Tag ihrer Hochzeit gesagt. Wie glücklich er sich schätze, dass jemand wie sie jemand wie ihn liebte. Später hingegen sagte er ihr nur selten Liebesworte. Tief in ihrem Innersten war sie überzeugt, dass sie von dem Augenblick an, als er sie auf dem Flug nach New York gesehen hatte, einen Pokal darstellte, den er unbedingt gewinnen wollte. Er mochte sie geliebt haben, aber *wen* hatte er geliebt? Grace Garvey? Oder die Frau, die er als Ehefrau gewählt hatte? Diese Frage hatte sie sich mehr als einmal gestellt. Eine endgültige Antwort darauf hatte sie nie gefunden.

»Wahrscheinlich, wir waren fast vierzig Jahre verheiratet«, sagte Grace. »Obwohl ich mir nicht sicher bin, ob wir damals so viel Wert darauf legten, dass Männer ihre Frauen genauso liebten, wie die Frauen ihre Männer lieben sollten. Man lernte jemanden kennen, verstand sich gut, man wollte Sex, man schloss den Bund fürs Leben.«

»Meinen Sie das im Ernst?« Deira blickte sie zweifelnd an.

»Na gut, nicht nur wegen Sex«, räumte Grace ein. »Aber damals war es wichtig, dass man verheiratet war. Wirklich. Und Ken spielte definitiv in einer anderen Liga als ich.«

»Aber vielleicht spielten Sie in einer höheren?«

Grace lächelte. »Genau das hat er einmal gesagt, aber nein. Er war der kluge Kopf, ich der –«

»Ebenfalls ein kluger Kopf«, sagte Deira. »Und eine Schönheit, das sind Sie immer noch.«

»›Gut abgehangen‹ lautet der Begriff, den ich kürzlich gehört habe«, sagte Grace. »Aber in jungen Jahren war ich einigermaßen attraktiv. Damals gehörte gutes Aussehen zu den Einstellungsanforderungen der Luftlinien«, fuhr sie fort. »Jedenfalls führten Ken und ich über lange Zeit eine gute Ehe. Doch nach der Diagnose wurde es schwierig.«

»Haben Sie sich getrennt?« Deira stellte sich vor, dass eine Trennung besonders grauenvoll sein musste, wenn einer der Ehepartner eine tödliche Krankheit hatte.

»Natürlich nicht«, sagte Grace. »Das hätte ich nie getan. Ich sagte zu Ken, wenn er nur noch eine bestimmte Zeitspanne zu leben habe – die Prognose lautete zwei bis fünf Jahre –, sollten wir uns die so schön wie möglich machen. Ich schlug diese Reise vor. Bis dahin hatte immer er unsere Urlaube geplant, und ich stellte mir vor, wir hätten einerseits Zeit für uns, und andererseits hätte er mit der Planung eine Aufgabe. Offenbar gefiel ihm dieser Vorschlag, denn er fing richtig Feuer. Er werde alles organisieren, alles planen, unsere Kabine buchen, die Unterkünfte in Frankreich und Spanien, einfach alles. Wir müssten natürlich öfter anhalten, denn sonst wäre es für ihn zu stressig. Nächsten Monat hätten wir Hochzeitstag gehabt, daher nannte er den Urlaub die große Hochzeitsrundreise. Ich glaubte, ihm läge viel daran.«

Sie verstummte und nahm wieder einen Schluck Wein.

»Dann verschlimmerte sich sein Zustand. Nicht eklatant, aber spürbar. Ken sagte, die Reise falle flach, denn bald sitze er im Rollstuhl. Und wenn schon, sagte ich, wir machen die Reise trotzdem, er könne sich schonen, denn ich würde die ganze Zeit fahren. Wahrscheinlich war das ein Fehler. Er warf mir vor, die Chefrolle gefalle mir ein bisschen zu gut, ich ertrüge ihn nur noch, das sei klar, und je eher er tot sei, desto besser.«

»Das muss für Sie beide schrecklich gewesen sein.«

»Er war frustriert, was ich ihm nicht verdenken konnte. Ich fragte, wie weit er mit der Planung sei, denn er hatte viel Zeit damit verbracht. Alles unter Dach und Fach, gab er mir zur Antwort. Alles sei gebucht, sämtliche Informationen befänden sich in seinem Laptop. Ich sagte, ich würde mich schon ewig auf diesen Urlaub freuen und ihn unter allen Umständen durchziehen. Das war als Ansporn für ihn gedacht.«

Sie trank ihr Glas Chablis aus, und kurz schien es Deira, als würde sich Grace ein zweites bestellen. Stattdessen jedoch schenkte sie sich Wasser aus dem Krug ein, der auf dem Tisch stand.

»Gesunde Menschen verbringen viel Zeit damit, Kranken zu erzählen, sie sollten gefälligst positiv denken. Kämpfen und nie aufgeben. Das ist echt überheblich von uns. Jeder mit einer chronischen Krankheit hat das Recht, negativ zu denken. Stattdessen werden sie mit Geschichten überschüttet, wie andere trotz ihrer Krankheit Großes vollbracht haben. Sie sollen sich ein Beispiel an denen nehmen, die den Himalaya bestiegen, eine große Spendenaktion organisiert oder eine glänzende Karriere hingelegt haben wie Stephen Hawking. Schon allein das Gerede davon überfordert die meisten.«

Deira nickte langsam.

»Doch allmählich freundete sich Ken wieder mit der Vorstellung an, dass wir die Reise gemeinsam machen«, erzählte Grace weiter. »Er wurde ganz enthusiastisch, verbrachte mehr Zeit denn je am Computer – er ›optimiere alles‹ – und sagte sogar, hoffentlich könne er noch selber fahren. Ich unterstützte diese Idee, aber um ehrlich zu sein, ich hätte nicht einmal im Traum daran gedacht, ihn hinters Steuer zu lassen. Doch ich wollte ihn nicht aufregen, daher sagte ich nichts. Auf einmal war er ganz eifrig. Ich war begeistert. Und erleichtert. Und dann, in der Woche darauf, als ich zum ersten Mal seit Monaten abends weg war, stieg er in unser Auto und fuhr damit vom Howth Pier.«

Deira sah sie völlig entsetzt an. Obwohl sie Grace' Worte genau gehört hatte, dauerte es, bis diese richtig bei ihr ankamen.

»Er ist natürlich ertrunken.« Grace klang wieder ruhig und gefasst, erzählte weiter, ohne Deiras Reaktion abzuwarten. »Es gab keine Möglichkeit, ihn zu retten. Wenn ich mehr auf dem Quivive gewesen wäre, hätte ich eventuell mitbekommen, was er plante. Ich hätte ihn eventuell davon abhalten können.«

»Vielleicht war es ja ein Unfall«, wandte Deira ein.

»Das wollten alle gern glauben«, erwiderte Grace. »Einschließlich mir. Aber Ken wäre so ein Unfall nicht passiert. Das weiß ich genau. Er hat es getan, weil ... weil er nicht mehr mit mir leben konnte und mir nicht mehr zutraute, dass ich ...« Sie verstummte. »Ich war seine Frau und ich war nicht fähig, ihn davon abzuhalten.«

»Sie dürfen sich nicht die Schuld geben«, sagte Deira.

Grace wusste nicht, wie oft sie diesen Satz gehört hatte.

»Es gibt Phasen, da habe ich das Gefühl, er *wollte*, dass ich mir die Schuld gebe«, verriet sie Deira.

»O nein, Grace, das wollte er bestimmt nicht. Wahrscheinlich konnte er nicht mehr klar denken.«

»Ken war stolz auf die Klarheit seines Denkens«, sagte Grace.

»Er hatte keine Geduld mit Menschen, die, wie er es nannte, die Dinge emotional überfrachten.«

Deira wählte ihre nächsten Worte sehr sorgfältig.

»Sie sagten, er war Akademiker wie Professor Hawking. War er Physiker?«

»Nein«, sagte Grace. »Er lehrte englische Literatur.«

»Professor Ken Garvey«, sagte Deira nachdenklich.

Grace schüttelte den Kopf. »Professor Kenneth Harrington. Nach der Heirat habe ich meinen Mädchennamen behalten, alles andere hätte bei der Arbeit zu viel Aufwand bedeutet. Und dann ... also, wenn ich mit der Familie unterwegs war, hieß ich Harrington, war ich allein, Garvey.«

»Professor Harrington war einer meiner Dozenten für englische Literatur im College«, sagte Deira völlig überrascht. »Mein Hauptfach war Kunstgeschichte und Englisch eines meiner Nebenfächer. Jetzt weiß ich auch, warum mir Ihre Geschichte bekannt vorkommt. Ich hatte damals in den Nachrichten von dem Unglück gehört und war sehr betroffen. Es tut mir so leid, Grace, mir hätte das vorhin schon klar sein sollen, aber ... damals hielt ich sein Ertrinken für einen schrecklichen Unfall. Ich wusste nicht ...«

»Letztlich wurde es als Unglücksfall eingestuft«, erklärte Grace. »Er fuhr nicht besonders schnell und es war dunkel, daher gingen sie davon aus, dass Ken die Situation falsch eingeschätzt hatte. Ken hat nie in seinem Leben etwas falsch eingeschätzt.« Sie schüttelte den Kopf. »Ich hätte nie damit gerechnet, auf dieser Reise eine seiner ehemaligen Studentinnen zu treffen.«

»Wir haben uns schon einmal getroffen«, erklärte Deira. »Nur für ein paar Sekunden. Auf einem Empfang im College, keine Ahnung mehr, was der Grund war. Aber dort hat er Sie mir vorgestellt.«

»Daran kann ich mich nicht erinnern.« Grace schüttelte bedauernd den Kopf.

»Warum sollten Sie?«, meinte Grace. »Ich erinnere mich ja auch nur noch vage. Damals hatte ich schon ein bisschen was intus. Wahrscheinlich gar nicht schlecht, dass Sie sich nicht mehr an mich erinnern. Als Studentin war ich ziemlich pampig und womöglich grässlich unhöflich.«

»Ken mochte es, wenn seine Studierenden aufmüpfig waren. Außerdem würde ich mich bestimmt an Sie erinnern, wenn Sie unhöflich gewesen wären.«

»Manchmal erzählte er von Ihnen«, sagte Deira. »Er nannte Sie Amazing Grace.«

»Was?« Grace' Stimme zitterte stärker als je zuvor.

Deira bat um Entschuldigung. »Ich wollte Sie nicht aufregen.«

»Haben Sie nicht.« Grace trank einen Schluck Wasser, stellte das Glas anschließend sehr vorsichtig ab. »Er hat mich nie Amazing Grace genannt, zumindest nicht in meinem Beisein.«

»Er sagte immer, Ihre Literatureinschätzung sei sehr scharfsinnig«, erzählte Deira. »Er meinte, Sie würden selbstgefälligen Unsinn verabscheuen.«

»Das hat er gesagt?« Grace sah sie ungläubig an. »Er hat mich oft ausgelacht, weil ich Maeve Binchy mochte.«

»Er hat nie gelacht, wenn er im Seminar über Sie sprach«, sagte Deira. »Nie.«

Grace schüttelte langsam den Kopf. »Ich wünschte, er hätte mir das gesagt.«

»Vielleicht sagt man dem Menschen, der einem am nächsten steht, nie, was man wirklich denkt«, sagte Deira. »Selbst wenn es ein Lob ist.«

»In Kens Fall vor allem, wenn es ein Lob ist. Er ... Ach, das spielt ja jetzt keine Rolle mehr. Er ist tot.«

»Hat er ... hat er einen Brief hinterlassen?«, fragte Deira

»Nicht die Art Brief, die Sie meinen«, erwiderte Grace. »Deshalb konnte die Polizei ja auch von einem Unglücksfall reden. Aber er hatte mir eine Mail geschickt mit der Anweisung, wenn ihm etwas zustoße, sollte ich den geplanten Urlaub antreten, es mir gutgehen lassen sowie seine Bitte erfüllen, einen Teil seiner Asche ins Meer zu verstreuen und den Rest in der Nähe unserer Ferienwohnung.«

»Sie unternehmen diese Reise also, weil Sie seinen letzten Wunsch erfüllen wollen«, resümierte Deira.

»Um ganz ehrlich zu sein, ich weiß nicht genau, warum ich die Reise mache«, erwiderte Grace. »Ich finde den Gedanken schrecklich, dass er noch aus dem Grab heraus mein Leben dirigiert. Es war schlimm genug, als er lebte.« Sie verzog das Gesicht. »Das klingt respektlos, aber er hat uns verlassen. Mit Absicht. Deshalb sollte er uns – mich – in Ruhe lassen.«

»Und trotzdem machen Sie die Reise. Haben Sie seine Asche tatsächlich ins Meer gestreut?«

Grace erzählte ihr, wie sie die Rolle über Bord geworfen hatte. »Ich wollte es erst nicht tun, weil ich Angst hatte, jemand könnte mich sehen. Aber ... aber seine Wünsche ignorieren, das kann ich nicht. Was die Reise betrifft – er hat so viel Zeit und Mühe in die Planung gesteckt. Er ... er hat sich außerdem eine Beschäftigungstherapie für mich ausgedacht. Hat mir Hinweise hinterlassen, dämliche Rätsel, die ich lösen soll. Was verflucht typisch für Ken ist.«

»Er wollte Sie bestimmt nicht verärgern«, sagte Deira, »ganz offensichtlich wollte er, dass es eine schöne Reise für Sie wird.«

»Ich war mordswütend, als die Polizei zu uns kam und mir erzählte, was passiert war. Die wussten, dass es kein Unfall gewesen war, egal, was der Coroner sagte. Die Garda, die mir die

Nachricht überbrachte, war reizend, aber ich spürte, dass sie mich innerlich verurteilte. Sie war wohl der Meinung, es sei meine Schuld, weil ich es zugelassen hatte. Aber ich hatte doch keine Ahnung, was er vorhatte. Wahrscheinlich ist das sogar noch schlimmer. Natürlich hätte sich seine Lage immer mehr verschlechtert, was für ihn natürlich eine grässliche Vorstellung war. Aber ich dachte trotzdem, dass wir noch viel gemeinsame Zeit vor uns hätten. Die ich auch benötigte, um das alles zu verdauen. Die Kinder empfanden das genauso. Als er die Diagnose bekam, blieben Fionn und Regan im Ausland. Er wollte nicht, dass sie seinetwegen alles stehen und liegen ließen, und wir waren uns einig, der Sommer wäre die beste Zeit für ihren Besuch. Obwohl sie über FaceTime in Kontakt blieben, sahen sie ihn nicht mehr, bevor er starb und sie waren zutiefst verletzt und getroffen. Wenn er doch nur etwas gesagt, mir gegenüber eine Andeutung gemacht hätte ... Wenn er seinem Leben ein Ende machen wollte, hätten wir vielleicht ... Ich hätte mit ihm gemeinsam nach Möglichkeiten gesucht, recherchiert. Ich hätte ihm geholfen. Nicht beim Suizid«, fügte sie eilig hinzu. »Aber ich wäre für ihn da gewesen. Der Weg, den er wählte, war für uns alle der schlimmste.«

»Wie ich vorhin sagte, vielleicht konnte er nicht mehr klar denken«, sagte Deira. »Vielleicht hielt er diesen Weg für die beste Lösung. Ich will damit natürlich nicht sagen, dass er recht hatte. Aber unter den Umständen –«

»Diese Umstände verursachten jede Menge Probleme«, konstatierte Grace, »praktischer Art für mich, emotionaler Art für uns alle. Ich sollte um ihn trauern, aber ehrlich gesagt, ich tue mich schwer, ihm zu verzeihen. Und ich tue mich schwer, mir zu verzeihen.«

»Seien Sie nicht so hart zu sich«, sagte Deira. »Sie haben getan, was Sie konnten.«

Grace schwieg.

»Wenn Sie wütend sind, dass er diese Reise organisiert hat, hilft sie Ihnen denn dann überhaupt bei der Bewältigung?«

»Ich weiß es nicht, verdammt noch mal.« Grace wirkte verunsichert. »Es war jedenfalls kathartisch, als ich die Röhre mit seiner Asche von Bord warf. Aber der Rest befindet sich noch in Gesellschaft von Koffer und Warndreieck hinten im Auto. Was mich wahrscheinlich zu einem gefühllosen Monster macht – die Asche des Ehemanns im Kofferraum zu lassen.«

»Ganz bestimmt nicht«, widersprach Deira. Sie lehnte sich über den Tisch und drückte Grace' Hand. »Ich mochte Professor Harrington. Er war sehr verständnisvoll, zumindest, was seine Studierenden betraf. Sicher erwartet er nicht von Ihnen, dass Sie ihn in der Handtasche spazieren tragen.«

Die Blicke der beiden Frauen trafen sich, und Grace unterdrückte ein emporsteigendes Lachen.

»Ich konnte es nicht fassen, als ich die Nachricht von seinem Tod sah«, fuhr Deira fort. »Und wenn ich Ihnen irgendwie helfen kann, sagen Sie es mir bitte. Schließlich sind wir alte Bekannte, auch wenn sich keine von uns beiden an die Begegnung erinnert.«

»Das Gespräch mit Ihnen hat mir geholfen«, sagte Grace. »Ich habe zum ersten Mal ... eigentlich habe ich nicht ... es ist schwierig. Die Leute wissen nicht, was sie sagen sollen. Die Freunde wissen nicht, wie sie sich verhalten sollen. Sie kamen zum Begräbnis, äußerten die üblichen Floskeln und dann tauchten sie ab. Sie wollten sich nicht mit seiner Krankheit auseinandersetzen und noch weniger mit der Art, wie er gestorben war. Sie wissen nicht, was sie sagen sollen, deshalb verstummen sie ganz. In den letzten Monaten habe ich mich wie abgeschnitten von der Welt gefühlt.«

»Wie geht es mittlerweile Ihren Kindern?«, fragte Deira.

»Fionn und Regan gingen einen Monat nach dem Begräbnis zurück nach China beziehungsweise Argentinien«, erklärte Grace. »Wir sprechen alle paar Tage miteinander und oberflächlich betrachtet, scheint es ihnen gut zu gehen. Aber wie kann ich mir da sicher sein? Aline hatte sich an dem Nachmittag gemeldet, an dem es passierte, weil sie und ihr Söhnchen mit Ken facetimen wollten. Ken liebte Declan, und natürlich begreift ein Zweijähriger die Auswirkungen einer solchen Krankheit nicht, daher ging er ganz normal mit seinem Großvater um. Wir bemühten uns alle, normal mit ihm umzugehen, aber ihm war es schon zu viel, dass wir von seiner Krankheit überhaupt wussten. Aline gab sich die Schuld, weil ihr nichts aufgefallen war.

Ich habe zu ihr gesagt, wenn sie sich die Schuld gibt, trage ich ihrer Logik nach noch mehr Schuld, denn ich habe mit ihm zusammengelebt. Nach der Beerdigung bestand sie auf einem speziellen Abschiedsabend für ihn. Trotzdem bin ich sicher, dass sie immer noch darunter leidet.«

»Es muss sehr schwierig sein.« Deira konnte nachvollziehen, dass die Leute es nicht einfach fanden, mit Grace über das Vorgefallene zu sprechen. Außer Plattitüden fiel ihr auch nichts ein.

»Es ist, wie es ist.« Grace setzte sich kerzengerade hin. »Weil ich mich völlig atypisch bei Ihnen ausgeheult habe, ist unser Abendessen weitaus weniger unterhaltsam geworden als geplant. Dafür kann ich mich nur entschuldigen.«

»Es war ganz richtig, dass Sie mir alles erzählt haben«, sagte Deira. »Und es war ganz richtig, dass Sie es einer fast Wildfremden erzählt haben, denn manchmal ist es einfacher, sich einem Unbekannten anzuvertrauen als jemandem aus dem engsten Kreis. Und vielleicht hilft es auch, dass ich bei Ihrem Mann studiert habe. Ganz klar, dass es für Sie und Ihre Familie schwer ist, dieses Trauma zu bewältigen, aber ich jedenfalls habe ihn als guten Menschen in Erinnerung. Vielleicht dachte er, so wäre es einfacher für Sie, auch wenn er sich irrte.«

»Sie sind sehr lieb«, sagte Grace. »Gibt es etwas, was Sie mir anvertrauen mögen? Im Gegenzug sozusagen.«

Deira lächelte. Sie hätte sehr wohl etwas zu erzählen gehabt. Aber ihre Geschichte war so viel kleiner, selbstsüchtiger, deshalb würde sie den Mund halten.

12. Kapitel

Loire-Atlantique, Frankreich: 47.1987 °N 1.6537 °W

Nach dem Essen fuhr Deira sie zurück ins *Atlantique*, wo sie sich zwei weitere Schmerztabletten einwarf. Sie beschloss, sich in den Garten zu setzen; Grace ging direkt auf ihr Zimmer und setzte sich ans Fenster, immer noch fassungslos, dass sie einer Wildfremden ihre Geschichte erzählt hatte. Sie war nie ein Mensch gewesen, der sich anderen anvertraute, machte lieber alles mit sich selbst ab. Nie hatte sie mit jemandem über ihre Ehe gesprochen, nie gestanden, dass Ken ihr manchmal Minderwertigkeitsgefühle einflößte. Im Großen und Ganzen hatte ihre Ehe für sie funktioniert. Sie waren ein gutes Team gewesen. Waren beneidet worden. Und das hatte ihr gefallen.

Trotzdem hatte sie sich bei Deira O'Brien alles vom Herzen geredet. Warum nur? Deira war nicht gerade der warmherzige, aufgeschlossene Typ, dem man sich gern anvertraute. Im Gegenteil, sie war eher distanziert. Lag es daran, überlegte Grace. Hatte sie sich gerade deshalb Deira mitteilen können, weil sie keine der Frauen war, die einen in den Arm nahmen und sagten, man solle sich tüchtig ausheulen? Grace fühlte sich bei Menschen unwohl, die fanden, man solle permanent sein Herz auf der Zunge tragen. Sie zog es vor, ihr Herz nicht auszuschütten, die Dinge für sich zu behalten.

Es war sehr überraschend gewesen, dass Deira eine ehemalige Studentin ihres Mannes war, aber noch mehr, was sie über ihn erzählt hatte. Und was er über sie selbst gesagt hatte. Denn Ken war ebenfalls kein Mensch gewesen, der sein Herz auf der Zunge trug. Der Kosename »Amazing Grace« ging ihr nicht aus dem

Sinn, beruhigte und verdross sie gleichzeitig. Wenn ihr verstorbener Mann tatsächlich fand, dass sie so *amazing*, so erstaunlich war – und zwar so sehr, dass er es seinen Studenten gegenüber erwähnte –, dann hätte er es doch auch ein einziges Mal zu ihr selbst sagen können. Hatte er das ernst gemeint, als er seinen Studierenden sagte, sie könne selbstgefälligen Unsinn nicht ausstehen? Und hatte er in der Öffentlichkeit tatsächlich so warmherzig über sie geredet, wie Deira angedeutet hatte? Wie gern sie diese Worte von ihm gehört hätte. Im Laufe ihrer Ehe war Grace zur Überzeugung gekommen, dass Ken sie eher tolerierte als liebte, sie die Unterlegene in der Beziehung war. Sein Intellekt hatte sie immer eingeschüchtert, sie war sich stets seiner beeindruckenden akademischen Ausbildung bewusst gewesen, wohingegen sie nicht einmal ein College besucht hatte. Sie hielt ihre Gefühle auch deshalb unter Kontrolle, weil sie sich vor ihm nicht lächerlich machen wollte. Jetzt fragte sie sich, ob ihn das alles weniger beschäftigt hatte als sie.

Wenn er sich ihr doch mehr anvertraut hätte. Wenn sie sich in diesen letzten Monaten doch nur näher gewesen wären. Wenn er doch nur hier wäre, damit sie über all das mit ihm reden könnte.

Sie betrachtete die Dokumente auf dem Laptop und gab wieder einmal wahllos Buchstaben und Zahlen ein.

Ungültiges Passwort.

Ihr kam ein Gedanke und sie versuchte es mit »Amazing Grace«, leider ein weiterer Fehlversuch. Dann gab sie von leiser Hoffnung beseelt »Maeve Binchy« ein. Einen jubilierenden Augenblick lang glaubte sie, endlich richtig geraten zu haben, denn der kleine bunte Ball auf dem Bildschirm fing an, sich zu drehen, doch dann kam wieder die Information *Ungültiges Passwort*.

Da klappte sie den Laptop zu und ging damit nach unten.

Deira saß an einem der Tische im Garten, ein Glas Wasser vor sich. Überrascht sah sie Grace an.

»Sie sagten, Sie würden mir jederzeit helfen«, sagte Grace und setzte sich neben sie. »Vielleicht können Sie mir jetzt helfen.«

»Natürlich. Wie?«, fragte Deira.

»Ich hatte vorhin erwähnt, dass er mir einige Rätsel aufgegeben hat.« Grace erzählte von den passwortgeschützten Dokumenten und ihren vergeblichen Versuchen, sie zu öffnen. Deira lauschte verblüfft.

»Sie waren seine Studentin«, schloss Grace, »Sie kennen ihn von einer anderen Seite, haben daher bestimmt andere Ideen.«

»Hat er Ihnen denn keine Anhaltspunkte hinterlassen?«, fragte Deira. Sie war fassungslos, dass der Professor für seine Frau eine makabre Schatzsuche vorbereitet hatte, deren Rätsel sie nach seinem Tod lösen sollte. »Ob es sich um Zahlen handelt oder Wörter oder irgendetwas anderes?«

»Nein.« Grace führte ihre vergeblichen Versuche auf, auch »Amazing Grace« habe sie ohne Erfolg versucht. »Ich frage mich, ob er je etwas zu Ihnen gesagt hat, was ein möglicher Hinweis sein könnte?«

»Das College ist über fünfzehn Jahre her!«, rief Deira. »Völlig unmöglich, dass ich etwas Sinnvolles beisteuern kann.«

»Aber vielleicht erinnern Sie sich an etwas, was er gesagt hat, besondere Vorlieben oder Abneigungen …«

»Grace, da die Dateien von Ihnen geöffnet werden sollen, hat er an etwas gedacht, das für Sie von Bedeutung ist«, betonte Deira, »nicht für mich.«

»Natürlich, Sie haben recht.« Grace klang niedergeschlagen. »Ich weiß nicht, was ich mir dabei gedacht habe.«

»Stecken wir trotzdem die Köpfe zusammen.« Deira schob ihr Glas zur Seite und beugte sich vor. »Haben Sie eine Ahnung, wie lang das Passwort ist? Ein vierstelliges ist natürlich viel leichter zu knacken als etwas langes wie ›Amazing Grace‹.«

Grace schüttelte den Kopf.

»Lassen Sie mich mal probieren.« Deira tippte auf der Tastatur herum. »Ich glaube nicht, dass es mehr als vier Zeichen sein können. Der Cursor scheint jedenfalls nicht weiterzugehen.«

»Ja, aber ...« Grace zog eine Grimasse. »Mir kam es anfänglich auch so vor, aber ich dachte, das Passwort sei trotzdem länger. Webseiten zeigen einem schließlich nicht immer an, wie viele Zeichen nötig sind.«

»Mag sein, aber hier handelt es sich um ein internes Dateipasswort und ehrlich gesagt, glaube ich nicht, dass es wie Fort Knox gesichert ist. Das schränkt die Suche zumindest schon mal ein.«

»Es gibt trotzdem eine gewaltige Anzahl von Passwörtern mit vier Zeichen«, sagte Grace. »Sonst könnte man jedes Mobiltelefon im Handumdrehen knacken.«

»Stimmt«, gab Deira zu. »Aber denken wir mal scharf nach. Der Professor *wollte*, dass Sie dahinterkommen. Deshalb hat er kein allzu schweres Passwort gewählt.«

»Ich habe jede erdenkliche Kombination wichtiger Daten probiert, die mir eingefallen sind«, sagte Grace. »Geburtstage, Jahrestage ... o Gott!« Sie wurde bleich und zog den Laptop zu sich her. Sie tippte eine Kombination ein, seufzte dann erleichtert auf, als das bekannte *»Ungültiges Passwort«* erschien. »Einen Moment dachte ich, er hätte seinen Todestag genommen.« Sie schlug die Hände vors Gesicht.

Deira schwieg. Zum ersten Mal erlebte sie, dass Grace' Gelassenheit versagte – selbst im Restaurant, als sie ihre Geschichte erzählte, hatte sie sich ganz und gar im Griff gehabt.

Grace atmete tief durch und sah Deira an. »Entschuldigung. Alles in Ordnung.«

»Grace?«

»Nein, ehrlich.« Ihre Stimme war fest. »Machen wir weiter. Andere Ideen?«

»Könnte es eventuell mit den Orten zu tun haben, die Sie auf Ihrer Reise ansteuern?«, überlegte Deira laut, die sich fragte, ob Grace' scheinbare Gelassenheit angesichts eines tragischen Unglücks eine Bewältigungsstrategie war oder sie zu den emotionslosesten Menschen gehörte, die ihr bisher begegnet waren. »Nantes. La Rochelle. Bordeaux ...«, fuhr sie fort, »verbinden Sie mit diesen Orten etwas Besonderes?«

Grace schüttelte den Kopf. »Nur, dass wir dort schon einmal waren, mehr nicht«, sagte sie. »Was den Rest betrifft, ich war weder in Pamplona noch in Toledo oder diesem Ort namens Alcalá de Henares. Ken war, kurz bevor er krank wurde, auf einer Vortragsreise in Spanien, und obwohl ich mich nicht genau daran erinnern kann, wo genau er war, handelt es sich wahrscheinlich um diese Städte. In Pamplona war er definitiv mehrmals. *Fiesta* gehört ... gehörte zu seinen Lieblingsbüchern und er war einmal wegen des Stierlaufs dort. Er rannte selbst nicht mit«, fügte sie hinzu, »sondern hockte in den Cafés am Marktplatz, trank Wein und fühlte sich wie Hemingway.«

»Den Roman haben Sie auf der Fähre gelesen«, fiel Deira ein.

»Wie gesagt, Kens Lieblingsbuch. Ich fand es bedeutungsvoll, den Roman auf dieser Reise zu lesen. Ehrlich gesagt, hätte ich lieber eine Rosamunde Pilcher zum zweiten Mal gelesen.«

Deira lächelte beim Gedanken an die hitzige Diskussion, die sie mit Professor Harrington über ihre kritische Abhandlung über Hemingways bekanntesten Roman geführt hatte. Dann wandte sie ihre Aufmerksamkeit wieder dem Laptop zu.

»Alcalá de Henares ist der Geburtsort von Cervantes«, bemerkte sie.

»Cervantes?«

»Dem Autor von *Don Quijote*«, sagte Deira.

»Ja klar, natürlich. Ich weiß, wer das ist. Ken hatte in seinem Arbeitszimmer eine alte Ausgabe.« Grace nickte. »Er fand den Roman genial.«

»Stimmt. Ich erinnere mich an eine seiner Vorlesungen über Cervantes, sehr fesselnd.« Deira wickelte sich eine ihrer Locken um den Zeigefinger, sah Grace nachdenklich an. »Er liebte Cervantes und er liebte Hemingway und die beiden Städte, die einen Bezug zu diesen Schriftstellern haben, stehen auf Ihrer Liste.« Unverwandt blickte sie auf den Bildschirm vor sich. »Auch Science-Fiction-Klassiker liebte er«, sagte sie langsam. »Ray Bradbury. Arthur C. Clarke. Philip K. Dick und Jules Verne.« Sie sah Grace an. »Jules Verne wurde in Nantes geboren.«

Aufgeregt erwiderte Grace ihren Blick. »Er nahm immer ein Buch von Verne mit, wenn wir nach Frankreich fuhren. Das erste Passwort muss mit ihm zu tun haben, meinen Sie nicht auch?«

Sie googelte Jules Verne auf ihrem Handy.

»Er ist am 8. Februar 1828 geboren«, sagte sie. »Das wäre doch einen Versuch wert.«

Deira tippte für die Datei *Nantes* 0802 ein und erhielt prompt die Information *»Ungültiges Passwort«*.

Dann tippte sie das Jahr ein.

»Oh, mein Gott«, sagte sie, »Volltreffer!«

»Echt jetzt?« Grace betrachtete den Bildschirm und fing an zu lächeln. »Wir haben's geschafft«, sagte sie. »Sie haben's geschafft. Vielen Dank.« Sie las das Dokument durch, sah dann Deira an. »Aber was, verdammt noch mal, soll das bedeuten?«

»Es ist der Hinweis für ein weiteres Passwort. Mehr weiß ich auch nicht.«

13. Kapitel

Loire-Atlantique, Frankreich: 47.1987 °N 1.6537 °W

Herzlichen Glückwunsch, Hippo, lasen sie. *Für das nächste Passwort brauchst Du nicht bis zum Mittelpunkt der Erde zu reisen, aber doch hinab in die Tiefe. Wie tief reiste er – hier brauchst Du nur die erste Zahl. Du brauchst auch die Anzahl der Bullaugen des Atlantiks (oder sollte ich* Atlantique *sagen?); wenn Du beim Relaxen die Augen offen hältst, findest Du sie. Schließlich musst Du noch ein Foto von der Tür des Ortes machen, der sein ist, und dieses hochladen; den Link findest Du am Ende dieser Nachricht. Wenn Du alles richtig hast, bekommst Du die letzte Zahl für diesen Hinweis sowie einen Brief, den Du bis zum Schluss aufbewahren musst. Denke logisch und Du findest die Antwort. Denke ebenfalls daran, dass von nun an die Anzahl der Passwortversuche eingeschränkt ist. Für diesen weiterführenden Hinweis hast Du zehn. Geh vorsichtig vor.*

»Eigentlich sind es nur noch sieben«, bedauerte Grace, »ich habe es vorhin ein paarmal versucht und bekam die Nachricht, sieben Versuche seien noch übrig. Deshalb habe ich aufgehört.«

»Aha.« Nachdenklich betrachtete Deira den Bildschirm.

»Was zum Teufel meint er?«, fragte Grace. »In welche Tiefe? Ist *Atlantique* ein berühmtes Schiff? Müsste ich wissen, wie viele Bullaugen es hat? Und von welchem Ort spricht er? Das ergibt alles keinen Sinn.«

»Wir müssen nur lange genug nachdenken«, sagte Deira. »Damals in meinen Collegetagen veranstaltete Professor Harrington für uns Studis literarische Schnitzeljagden. Die Hinweise waren ganz ähnlich. Erinnern Sie sich daran?«

»Ehrlich gesagt, habe ich keine Ahnung, was genau er an der Uni trieb«, sagte Grace. »Wir sprachen selten über seine Arbeit. Ich habe ihn nur gelegentlich zu Veranstaltungen begleitet und eine Schnitzeljagd war garantiert nicht darunter.«

»Sie waren so ähnlich aufgebaut wie die literarischen Kneipentouren für Touristen in Dublin«, erklärte Deira. »Nur klapperten wir keine Pubs ab, sondern trafen uns am Schluss in einem. Auf dem Weg dorthin mussten wir die verschiedenen Hinweise finden. Alle Hinweise zusammen ergaben einen weiteren zu einem Buch, einem Autor oder irgendwas Literarischem. Alle Studierenden, die das Rätsel lösten, durften ihren Namen in einen Topf werfen, aus dem dann der Gewinner gezogen wurde, der ein signiertes Exemplar von einem der Lieblingsbücher des Professors bekam. Es war eher ein Gesellschaftsspiel, keine bierernste Sache. Wir hatten viel Spaß.«

»Sieht ganz so aus, als ob er genau das Gleiche hier veranstaltet«, stimmte Grace zu. »Aber ich weiß nicht, wie ich hinter die Hinweise kommen soll. Oder ob die Reihenfolge eine Rolle spielt. Wahrscheinlich, denn er bezieht sich auf die von ihm vorgegebene Route. Er hat die Hotels bereits gebucht, morgen Abend soll ich in La Rochelle sein, daher habe ich nur noch heute Nacht und morgen früh, um diese verflixte Tür zu finden, die ich fotografieren soll. Viel Zeit bleibt mir also nicht.«

»Bei den Schnitzeljagden, die er für uns organisierte, musste man definitiv die Reihenfolge einhalten, es sei denn, man hatte viel Glück beim Raten«, sinnierte Deira. »Wenn man einen Hinweis gelöst hatte, erhielt man das Passwort für den nächsten und so weiter. Alle Hinweise ergeben am Schluss einen Sinn.«

»Herrgott noch mal!« Grace ließ sich auf ihrem Stuhl zurückfallen. »Wie kam er nur auf das schmale Brett, dass ich die Hinweise lösen kann. Er war von uns beiden das Literaturgenie, nicht ich. Vor seinen Studenten hat er mich vielleicht Amazing Grace genannt, mir sagte er allerdings oft, ich sei eine Amazone. Deshalb nannte er mich Hippo, die Abkürzung für Hippolyta, die Amazonenkönigin.«

»Sehr gut. Ich dachte mir schon, das könnte ein weiterer Hinweis sein.« Deira grinste. »Da hätte ich selbst draufkommen können. Der Professor verpasste vielen Studenten Spitznamen aus der griechischen Mythologie. Trotzdem ist es geradezu ein Hohn, Sie Hippo zu nennen. Sie sind eine Sylphide.«

»Er kürzte Hippolyta ab, als ich schwanger wurde und wie ein Ballon aussah«, erklärte Grace. »Und irgendwie blieb der Name hängen.«

»Nicht sehr nett«, rutschte Deira heraus.

»Nettigkeit war keine von Kens herausragenden Eigenschaften«, sagte Grace. Dann zuckte sie die Achseln. »Das ist jetzt gemein von mir. Er wollte nicht unfreundlich sein, ihm kam nur nie in den Sinn, dass seine Worte verletzend sein könnten. Nicht dass er mich damit verletzt hätte«, fügte sie hinzu. »Bei jeder meiner Schwangerschaften stellte ich das riesigste Nilpferd in den Schatten.«

Vergeblich versuchte Deira, sich Grace, die schlanke Frau neben ihr, in einem anderen Format vorzustellen.

»Jedenfalls müssen wir herausfinden, was er hier sagen will«, unterbrach Grace nach einer Weile das unbehagliche Schweigen.

»Der erste Teil versteht sich von selbst«, sagte Deira langsam, »beim Rest hingegen bin ich ratlos.«

»Versteht sich von selbst?« Grace warf ihr einen perplexen Blick zu. »Dann sind Sie mir meilenweit voraus, denn ich habe keinen Schimmer, was das bedeuten soll.«

»Also, ich bin mir ziemlich sicher, dass es im ersten Teil immer noch um Jules Verne geht«, erklärte Deira. »Verne schrieb sowohl

Reise zum Mittelpunkt der Erde als auch *Zwanzigtausend Meilen unter dem Meer*. Wahrscheinlich ist 2 die Antwort darauf, wie tief er reiste, da es die erste Ziffer von zwanzigtausend ist.«

»Gut, das leuchtet mir ein.« Grace nickte. »Was ist mit den Bullaugen? Hieß das Schiff in *Zwanzigtausend Meilen unter dem Meer Atlantique*?«

»Genau genommen war es ein U-Boot«, sagte Deira. Nachdenklich schloss sie kurz die Augen. »Es hieß nicht *Atlantique*, sondern *Nautilus*. Er könnte auch ein Buch über ein Schiff namens *Atlantique* geschrieben habe, aber ob das tatsächlich der Fall war, weiß ich nicht.«

»Ich habe keine Ahnung«, sagte Grace. »Ich habe Verne nie gelesen, ich mag Sci-Fi nicht.«

»Heute fällt das kaum unter Sci-Fi«, sagte Deira. »Ich meine mich erinnern zu können, dass sein erstes Buch in den 1860ern erschien. Vergessen wir kurz das Buch.« Stirnrunzelnd las sie nochmals das Dokument. »Der nächste Teil des Hinweises bezieht sich auf die Tür des Ortes, der sein ist. Ob es sich wohl um sein Haus handelt – vor der Tür könnte eine Erinnerungstafel angebracht sein. Was meinen Sie?«

»Das ist es bestimmt!« Grace' Augen leuchteten. »Sie haben echt Begabung für diese Art Rätsel, Deira.«

Deira öffnete den Internetbrowser. »Begabt vielleicht, aber ich lag trotzdem falsch«, sagte sie, nachdem sie gegoogelt hatte. »Vernes Haus steht in Amiens bei Paris. Aber …«, ihre Finger flogen nur so über die Tastatur, »es gibt ein Museum in Nantes. Das Musée Jules Verne.« Sie gab bei Google Maps die Adresse des Museums ein. »Mensch, das ist ja ganz in der Nähe unseres Restaurants.«

»Tatsächlich?« Grace rückte näher, um den Stadtplan zu betrachten.

»Schauen wir es uns mit Street View an«, sagte Deira.

Street View bot einen hervorragenden Blick auf die Straße. Mit dem Cursor drehte Deira die Ansicht so lange, bis ein kleines weißes Gebäude erschien, dessen Fenster mit roten Backsteinen umrandet waren.

»Musée Jules Verne«, las Grace die Inschrift des Schilds vor, das neben der Tür an der Wand angebracht war. »O Gott, Deira, Sie haben den Hinweis geknackt.«

»Drücken wir uns die Daumen«, entgegnete Deira. »Sie müssen nur noch ein Foto von der Tür machen und hochladen. Wahrscheinlich muss das Schild mit drauf. Und dann vergleicht irgendein Programm das Foto mit dem, das der Professor hochgeladen hat.«

»Aber wie konnte er ...?« Grace' Stimme klang stockend. »Als er das letzte Mal dort war, war er gesund. Er konnte doch damals gar nicht wissen, dass er eine Schatzsuche für mich organisieren würde.«

»Wahrscheinlich hat er damals die Tür fotografiert und später kam ihm dann diese Idee«, meinte Deira. »Ich bin erstaunt, dass er so viel Computererfahrung hatte. Früher benutzte er ein dickes, fettes Filofax und spazierte mit haufenweise Ordnern durchs College, die mit gefühlt Hunderten von Post-its gespickt waren.«

»Oh, er war ganz technikverrückt«, sagte Grace. »Computer und Internet würden die Recherche vereinfachen, sagte er. Obwohl mir nicht klar war, dass er gewieft genug war, um ein Programm aufzusetzen, das Fotos vergleicht. Oder dass er Dateien verschlüsselt hat. Ich wusste auch nicht, dass er das Jules-Verne-Museum aufgesucht hat. Aber wahrscheinlich hat er das bei einer unserer Reisen gemacht, ohne mir etwas zu sagen. Ich war der Meinung, er hätte während seiner letzten Monate viel Zeit mit den alten College-Unterlagen verbracht, die auf seinem Laptop gespeichert waren«, fügte sie hinzu. »Ich dachte, er begibt sich auf eine nostalgische Reise in die Vergangenheit, und wäre nie auf die Idee gekommen, dass er Schatzsuchen austüftelt. Wahrscheinlich habe ich meinen Mann überhaupt nicht gekannt.«

Deira schwieg, lächelte sie jedoch mitfühlend an.

»Der Teil mit *Atlantique*.« Grace riss sich zusammen, ihre Stimme klang fester. »Vielleicht gibt es im Museum ein Boot, das *Atlantique* heißt?«

»Möglich«, antwortete Deira. »Am besten grübelt jede noch ein bisschen vor sich hin. Gemeinsam kommen wir schon noch dahinter. Ganz bestimmt.«

Grace bewunderte diese Zuversicht. Und hoffte, dass Deira recht hatte.

Bevor Grace zu Bett ging, meldete sie sich über FaceTime bei Aline, berichtete von der ruhigen Überfahrt, von ihrer problemlosen Weiterreise nach Nantes. Sie erwähnte, dass sie mit Deira O'Brien abendessen gegangen sei, einer netten Frau, die sie auf der Fähre kennengelernt habe.

»Freut mich, dass du ein bisschen Gesellschaft hast«, sagte Aline, die im Pyjama und mit untergezogenen Beinen auf dem Sofa hockte. »Ist diese Deira in dieselbe Richtung unterwegs wie du?«

»Sie fährt morgen nach Bordeaux weiter«, sagte Grace. »Sie wollte gar nicht in Nantes Halt machen, aber sie hatte einen kleinen Unfall und wollte danach nicht mehr so lange hinterm Steuer sitzen. Ein Glück für mich, denn sonst –« Sie unterbrach sich. Aline wusste zwar, dass sie mit Kens Asche unterwegs war, doch die Schatzsuche hatte Grace mit keinem Wort erwähnt.

Rein oberflächlich betrachtet, mochte es sich wie ein amüsantes Spiel ausnehmen, das sich ihr verstorbener Gatte ausgedacht hatte, damit sie auf der Reise nach Cartagena Unterhaltung hatte (und am Ende winkte sogar irgendeine Belohnung), aber Grace vermutete insgeheim, dass noch eine andere Motivation dahintersteckte. Und den Gedanken wollte sie ihrer Tochter nicht mitteilen. Obwohl Aline durchaus Ideen haben könnte, wenn es um weitere Hinweise ging. Schließlich wäre Deira nicht mehr da, wenn es an den nächsten ging.

»Denn sonst was?«, hakte Aline nach.

»Sonst hätte ich wahrscheinlich allein im Hotel gegessen und es war nett, in ein Restaurant zu gehen.« Grace beschloss, die Sache mit der Schatzsuche noch eine Weile für sich zu behalten.

»Du fährst aber auch bestimmt vorsichtig, Mum?«, sagte Aline. »Ich weiß, du hast dir die Reise in kleine Etappen aufgeteilt, aber trotzdem ist es viel Fahrerei für eine Person.«

»Alles bestens«, entgegnete Grace. »Die Reise tut mir gut.«

»Trotzdem hätte ich dich gern begleitet.«

»Du hast genug zu tun mit Mann, Kind und Arbeit«, sagte Grace. »Du hättest die Zeit unmöglich erübrigen können.«

»Freilich, aber ...«

»Bitte mach dir keine Sorgen um mich, Aline«, sagte sie. »Ich rufe dich morgen aus La Rochelle an.«

»Ich kann mich erinnern, als wir damals in den Ferien dort waren. Es war wunderbar.«

Es war der letzte Familienurlaub gewesen, bei dem alle mitgekommen waren, und obwohl die damals siebzehnjährige Aline überhaupt nicht begeistert gewesen war und tönte, sie wäre mindestens genauso gern allein zu Hause geblieben, war es schließlich einer der schönsten Urlaube gewesen, den sie in Frankreich verbracht hatten.

»Ja, das stimmt«, sagte Grace. »Doch ich musste heute in aller Herrgottsfrühe raus und bin ziemlich erledigt, daher gehe ich jetzt ins Bett. Wir sprechen morgen wieder.«

»Gute Nacht, Mum«, sagte Aline. »Hab dich lieb.«

»Ich dich auch«, erwiderte Grace.

Sie legte das Handy auf den Nachttisch, schlüpfte ins Bett und schlief zum ersten Mal seit Monaten sofort ein.

14. Kapitel

Loire-Atlantique, Frankreich: 47.1987 °N 1.6537 °W

Grace war im Tiefschlaf, als ein lauter, hartnäckiger Ton sie aufschreckte. Es dauerte einen Moment, bis sie begriff, dass es nicht ihr Mobiltelefon war, sondern der Hotelfeuermelder. Sie schlüpfte in ihre Schlappen, die neben dem Bett standen, öffnete die Tür und betrat den Flur, wo schon andere Gäste Richtung Notausgang strebten. Grace schnüffelte, roch aber keinen Brandgeruch und hielt das Ganze bereits für einen Fehlalarm, da war von draußen ein heftiger Knall zu hören, gefolgt von einem schrillen Entsetzensschrei.

Grace bekam Herzklopfen, blieb aber ruhig, sogar als die Frau hinter ihr versuchte sich vorbeizudrängeln.

»So geht es auch nicht schneller«, sagte sie mit der beherrschten Stimme, die sie in ihren Jahren als Flugbegleiterin oft eingesetzt hatte. »Keine Panik, jeder kommt rechtzeitig ins Freie.«

Verblüfft sah die Frau sie an, hörte aber angesichts Grace' ruhiger Autorität auf zu schubsen und folgte ihr brav die Treppe hinunter durch das Foyer in den Garten.

Die Holzpergola, die einen Teil der Parkplätze überdachte, stand in Flammen, die bereits zum efeubedeckten Hotelgebäude hinüberzüngelten. Allmählich griff das Feuer über und das grüne Laub loderte, die Nachtluft füllte sich mit Rauch, die Flammen schlugen hoch.

»Putain de merde!«, brüllte ein Mann hinter ihr.

Grace verstand die Worte nicht, aber die Bedeutung war völlig klar. Auch wenn sich der Brand momentan auf den neuen Hotelflügel beschränkte, bestand die Gefahr, dass sich das Feuer rasch ausbreitete. Ihr fiel Kens Laptop ein, der sich noch in ihrem Zimmer befand, und sie wünschte, sie hätte genug Geistesgegenwart gehabt, um ihn mitzunehmen. Aber das Credo aller Fluggesellschaften, im Notfall alles zurückzulassen, saß tief.

Eine Sirene kündigte die Ankunft der Feuerwehr an, bejubelt von den Hotelgästen, von denen die meisten das um sich greifende Feuer mit einer Mischung aus Sorge und Faszination beobachteten. Begleitet von ermunternden Beifallsrufen richteten die Feuerwehrleute ihre Wasserschläuche auf den Brand. Der Rauch verfärbte sich dunkler. Asche stieg empor und fiel auf die Zuschauer, von denen einige zu husten anfingen. Grace' Augen brannten.

Eine Frau neben ihr schrie nach ihrem Mann, während zugleich ein Mann nach »Amélie« rief. Kurz darauf fanden sich die beiden unter dem Applaus der Menge. In Grace' Augen benahmen sich die meisten recht hysterisch. Ja, dem Hotel hatte Gefahr gedroht, doch die Feuerwehr schien die Lage unter Kontrolle zu haben, und auch wenn immer noch dicker Rauch in der Luft hing, war das Feuer gelöscht. Soweit sie erkennen konnte, war das Gebäude nicht beschädigt, die Pergola hingegen fast vollständig zerstört und die darunter geparkten Autos waren durch das brennende Holz und das Löschwasser schwer in Mitleidenschaft gezogen. Glücklicherweise hatte sie einen Parkplatz vor dem Hauptgebäude gefunden. Da fiel ihr Deiras Cabrio ein, dann Deira selbst und sie sah sich nach ihr um. Doch die Menschen wuselten immer noch durcheinander, es war schwierig, jemanden zu erkennen.

Die Feuerwehrleute bildeten weiterhin eine Absperrkette um den Brandherd, auch als klar war, dass das Feuer vollständig gelöscht war, doch nach einiger Zeit durften die Gäste das Hauptgebäude wieder betreten, wo der Manager sie in die Lounge führte und ihnen mitteilte, sämtliche Zimmer müssten erst überprüft werden, ehe sie dorthin zurückkehren dürften.

»Deira!« Endlich hatte Grace ihre Bekannte entdeckt. Deira stand in Jogginganzug und Fleecejacke barfuß am Fenster zum Garten. »Alles in Ordnung?« Als Deira nicht antwortete, ging sie zu ihr hinüber und wiederholte ihre Frage.

»Mein Auto«, sagte Deira. »Ich muss zu meinem Auto.«

»Ich glaube nicht, dass man in nächster Zeit in die Nähe der Pergola darf«, meinte Grace. »Zudem ist das Auto ja die geringste Sorge, viel wichtiger ist, dass Ihnen nichts passiert ist.«

»Das Auto ist meine größte Sorge!« Deira war kreidebleich, ihre grünen Augen angstverschattet. »Ihm darf nichts passiert sein.«

»Bestimmt ist alles in Ordnung«, log Grace. »Kommen Sie, trinken Sie einen Kaffee. Oder eine heiße Schokolade, was auch immer die gerade verteilen.«

Deira folgte ihr schweigend. Im Café war alles belegt, daher marschierte Grace zur Hotelbar, wo es zwar keinen freien Platz mehr gab, man sich aber auf den breiten Fensterbänken niederlassen konnte.

»Ich hole Ihnen was«, sagte Grace in der Annahme, dass Deira unter Schock stand. »Rühren Sie sich nicht von der Stelle.«

Einige Minuten später kam sie mit zwei Gläsern Weinbrand zurück.

»Für die heiße Schokolade musste man länger anstehen«, erklärte sie. »Daher fand ich, wir sollten das Beste nehmen, was zu kriegen ist.«

»Ich trinke normalerweise keinen –«

»Ich auch nicht«, fiel Grace ihr ins Wort. »Nehmen Sie trotzdem einen Schluck. Es ist ein ziemlich anständiger Cognac.«

Deira tat wie geheißen und verzog das Gesicht. »Anständig hin oder her, ich trinke Weinbrand nur heiß mit Zitrone und Honig und auch nur, wenn ich erkältet bin.« Doch ihre Stimme klang fester und Grace fand, dass sie nicht mehr ganz so zerbrechlich wirkte.

»Mir schmeckt das Zeug auch nicht besonders«, gab sie zu, »aber hey, in der Not frisst der Teufel Fliegen.«

Deira lächelte schwach und nahm einen zweiten Schluck.

»Geht's besser?«, fragte Grace.

»Was ist eigentlich passiert?« Deira antwortete mit einer Gegenfrage.

»Keine Ahnung«, sagte Grace, »ich habe geschlafen, als der Alarm ertönte.«

»Das Auto ist garantiert ruiniert.« Deira begann mit den Zähnen zu klappern. »Ich bin am Arsch.«

»Ihre Versicherung wird dafür aufkommen«, sagte Grace beruhigend.

»Selbst wenn, er bringt mich um«, brachte Deira heraus.

»Wer?«, fragte Grace.

»Mein Lebensgefährte – ehemaliger Lebensgefährte«, erklärte Deira. »Alle glauben, das Auto gehört mir. Aber er hat den Kredit dafür aufgenommen.«

Grace sah sie verwirrt an.

»Also, ich habe das Darlehen fürs Haus aufgenommen«, sagte Deira, »er den Kredit fürs Auto. Für das ich allerdings die Versicherung zahle. Die auch Feuerschäden abdeckt. Aber gilt das nur, wenn das Auto von selbst in Brand gerät? Was ist mit Schäden durch ein fremdes Feuer? Fällt das auch darunter? Und wenn es sich um einen Totalschaden aufgrund eines Feuers handelt, wie viel zahlen die? Die Gesamtsumme? Ich weiß es nicht. Ich weiß nur, dass Gavin ausrasten wird.«

»Gavin ist Ihr ehemaliger Lebensgefährte?« Grace hielt sich an den verständlichsten Teil von Deiras Gestammel.

»Ja.« Deira vergrub das Gesicht in den Händen. »Ich wusste, es war ein Fehler, ich wusste es. Ich habe nach einem Zeichen gesucht. Aber es gab keins.«

Grace verstand nicht alles, was die junge Frau von sich gab, aber sehr wohl, dass diese zutiefst verstört war. Deshalb legte sie ihr, ungeachtet ihrer Lebenseinstellung, sich nicht in anderer Leute Gefühlswirren einzumischen, den Arm um die Schultern und drückte sie leicht an sich, wie sie das auch bei ihren Kindern getan hätte. So verharrten sie eine Weile, die Grace wie eine Ewigkeit vorkam, denn als sich Deira aufrecht hinsetzte, war ihr Arm fast eingeschlafen.

»Entschuldigen Sie vielmals«, sagte Deira, ihre Stimme klang auf einmal kräftig und ruhig. »Ich weiß nicht, was da in mich gefahren ist. Mir geht's wieder gut.«

»Da habe ich so meine Zweifel«, sagte Grace. »Offensichtlich ging es in Ihrem Leben ordentlich turbulent zu und dieser Zwischenfall heute Nacht hat noch zusätzlich –« Sie unterbrach sich und lächelte Deira schief an. »Ich wollte sagen ›Öl ins Feuer gegossen‹, aber das ist wohl mehr als unpassend.«

Deira lachte. Zittrig zwar, aber sie lachte.

»Was passiert ist, lässt sich nicht mehr ändern«, sagte sie. »Ich muss irgendwie damit fertig werden.« Sie nahm einen weiteren Schluck von dem Hochprozentigen. »Obwohl ich nicht glaube, dass mir das gelingt, wenn ich noch mehr davon trinke. Es schmeckt scheußlich.«

»Mal sehen, ob ich jetzt heiße Schokolade ergattern kann«, sagte Grace. »Bleiben Sie sitzen.«

Deira gehorchte, rutschte in der Fensternische ein Stück nach hinten, damit sie ihre Knie hochziehen und das Kinn darauflegen konnte. Von welcher Seite man es auch betrachtete, die Situation war komplett vermurkst. Natürlich war immer klar gewesen, dass

Gavin hinter ihren Autodiebstahl kommen würde, doch sie hatte gehofft, noch ein paar Tage Verschnaufpause zu haben, ehe sie sich tatsächlich seinetwegen Sorgen machen musste. Und selbst wenn er schließlich dahinterkam, dass das Auto gar nicht gestohlen, sondern sie es quasi entführt hatte, würde er lediglich einen Tobsuchtsanfall bekommen – nichts richtig Schlimmes also, denn das war nicht neu. Nicht in letzter Zeit. Unterbewusst hatte sie befürchtet, er würde durch merkwürdige kosmische Mächte sofort spüren, wenn das Auto von seinem Tiefgaragenplatz unter der Wohnung verschwunden wäre, sie verdächtigen und ihr Polizei und/oder die Gendarmerie auf den Hals hetzen, doch nichts dergleichen war passiert. Außerdem hatte sie sich innerlich für diese Situation gewappnet und einen Monolog einstudiert. Doch für den Fall, dass nach ihrem Diebstahl das Auto ein Raub der Flammen würde, hatte sie keinerlei Antworten parat.

»Hier.« Grace kehrte mit einer großen dampfenden Tasse heißer Schokolade zurück. »Trinken Sie das. Und dazwischen immer mal wieder einen Schluck vom Cognac.«

Deira bedankte sich. »Sie sind richtig krisenfest.«

Jemand von der Hotelbelegschaft kam in die Bar und verkündete, die Feuerwehr habe die Zimmer kontrolliert und freigegeben.

»Sie können wieder in Ihre Betten zurück«, sagte der Mann, »wir bitten um Entschuldigung für die Unannehmlichkeiten.«

»Unannehmlichkeiten finde ich ziemlich euphemistisch«, konstatierte Deira, die Hände wärmesuchend um die Tasse gelegt.

»Es wurde niemand verletzt, das ist die Hauptsache«, entgegnete Grace. »Alles andere kann ersetzt werden.«

»Sie haben recht. Nur ...«, Deiras Stimme bekam einen Sprung, »nur Menschen nicht.« Betroffen zuckte sie angesichts Grace'

Gesichtsausdruck zusammen. »Tut mir leid. Tut mir so leid. Was bin ich bloß für ein unsensibles Trampel. Ich wollte nicht ... der Professor ...«

»Sie haben recht«, sagte Grace. »Menschen können nicht ersetzt werden. Damit habe ich mich abgefunden – seit dem Tag, an dem er starb. Was Ihre Lage betrifft, wenn Sie mir erzählen mögen, was vorgefallen ist, höre ich sehr gern zu. Wenn Sie sich erinnern, ich habe Ihnen heute Abend selber die Ohren vollgejammert – was mir erstaunlich guttat. Vielleicht würde es Ihnen auch guttun, wenn Sie sich aussprechen.«

Deira schüttelte den Kopf. »Ein andermal.«

»In Ordnung«, sagte Grace.

Sie blieb weiterhin neben Deira sitzen, allerdings fielen ihr allmählich die Augen zu.

»Ich muss ins Bett«, sagte sie. »Kann ich Sie allein lassen?«

»Klar.« Deira schenkte ihr ein dünnes Lächeln. »Machen Sie sich um mich keine Sorgen, Grace. Mir geht's gut.«

Doch in Wahrheit war ihr furchtbar elend zumute.

Kein bisschen müde, blieb sie in der Nische sitzen, starrte ins Leere und ließ wie schon so oft die letzten paar Monate Revue passieren. Sie spintisierte vor sich hin, was sie hätte sagen oder tun sollen, aber alles änderte nichts am Ergebnis, das blieb immer dasselbe.

Gavin hatte sie verlassen.

Und zuvor hatte er sie belogen.

Sie würde ihm nie verzeihen.

Sich selbst auch nicht.

Es war beinahe vier Uhr, es wurde allmählich hell, da fand Deira, sie hätte jetzt genügend Bettschwere. Sie warf absichtlich keinen Blick nach draußen auf den Schaden, den das Feuer verursacht hatte. Das reichte auch noch nach dem Aufwachen. Grace hatte recht, es waren nur materielle Güter. Kein Grund, sich damit zu belasten. Morgen (oder vielmehr später) war noch genügend Zeit, sich den Kopf zu zerbrechen.

Mittlerweile war die Bar geschlossen und die meisten anderen Gäste hatten sich auf ihre Zimmer begeben. Nach dem wilden Durcheinander vor wenigen Stunden noch lag das Hotel nun still und friedlich da.

Deira stellte die leere Tasse und das halbvolle Branntweinglas auf die Bartheke, war schon auf dem Weg nach oben, als sie sich nochmals umdrehte. Warum war ihr das nicht schon eher aufgefallen? Die Hotelbar war, ähnlich dem Restaurant, in dem Grace und sie zu Abend gegessen hatten, mit maritimen Elementen dekoriert. Von der Decke hing ein Netz, in dem sich grüne und rote Glasbojen verfangen hatten.

Signalflaggen zierten die Wand und auf einem langen Bord stand ein Holzschiff, darunter ein Chromschild, auf dem *Atlantic Lady* stand. In den Rumpf waren fünf Bullaugen eingelassen.

Das war doch sicherlich die Antwort auf den Hinweis des Professors? Ein Schiff namens *Atlantic Lady*. Hinter der Bar. Ein Ort, den Grace nach Meinung des Professors garantiert zumindest einmal aufsuchen würde. In einem Hotel, das *Atlantique* hieß.

Der erste Hinweis hatte sie zur Zahl 2 geführt. Das hochgeladene Foto würde die nächste Zahl ergeben. Dann noch die 5 für die Bullaugen und Grace konnte das nächste Dokument öffnen und dem Schatz entgegenreisen, den ihr verstorbener Mann ihr hinterlassen hatte. Doch wenn das Passwort dort ebenfalls wieder aus vier Zeichen bestand, fehlte eines. Vielleicht ergab das hochgeladene Foto ja eine zweistellige Zahl. Oder der erste Hinweis war 20 und nicht 2. Immerhin hieß der Roman Zwanzigtausend Meilen unter dem Meer. Sie würde mit Grace darüber sprechen, später, jetzt brauchte sie erst einmal dringend ein paar Stunden Schlaf.

Deira erwachte um neun Uhr, schlug die Augen auf und war sofort hellwach. Sie sprang kurz unter die Dusche, warf sich in Jeans und T-Shirt und rannte nach unten. Rauchgeruch hing in der Luft. Sicherheitshalber bereitete sie sich auf das Schlimmste vor, bevor sie die Schäden an ihrem Auto begutachten ging.

Sie war nicht die Einzige, die sich den Schaden ansah, den das Feuer angerichtet hatte. Zwar war der Brandabschnitt noch abgesperrt, dennoch hatte sich ein kleines Grüppchen in der Nähe versammelt. Die meisten machten entweder Fotos oder redeten aufgeregt in ihr Handy. Deira schob sich an ihnen vorbei. Und stöhnte beim Anblick ihres Autos.

Auch wenn das Cabrio nicht das ausgebrannte Wrack war, das sie sich in schönster Alptraummanier vorgestellt hatte, sah es doch keineswegs nach einem in nächster Zeit fahrtüchtigen Vehikel aus. Die Lackierung hatte Blasen geworfen, war teilweise von der Hitze der Flammen versengt, eine Holzlatte der Pergola hatte sich durch das Stoffverdeck gebrannt und war auf den Fahrersitz gefallen, der gleichfalls in Brand geraten war. Nur das schnelle Eintreffen der Feuerwehr hatte noch größeren Schaden verhindert, aber Deira war klar, dass das Innenleben nun auch noch vom Löschwasser mitgenommen war. Der Mechanik hatten die mehreren tausend Liter, die mit Hochdruck auf den Wagen geprasselt waren, bestimmt auch nicht gutgetan.

Sie blieb einige Minuten stehen, doch da es nichts Sinnvolles zu tun gab, ließ sie den deprimierenden Anblick hinter sich und ging ins Hotel. Das Frühstück wurde im Café serviert. Deira bediente sich am Büfett, nahm zwei Croissants und einen großen Kaffee.

»Deira!« Grace, die mit einer Tasse Kaffee vor sich an einem Fenstertisch saß, winkte ihr zu. Trotz des nächtlichen Dramas sah sie hellwach und ausgeschlafen aus, trug ein schlichtes weißes T-Shirt und eine kornblumenblaue Caprihose, dazu eine breite Silberkette mit blauem Anhänger.

»Hi.« Deira stellte geräuschvoll ihr Tablett auf den Tisch. »Wie geht's?«

»Gut. Und Ihnen?«

»Abgesehen davon, dass mein Auto wahrscheinlich ein Totalschaden ist, geht's mir blendend«, sagte Deira.

»O weh.« Grace sah sie mitfühlend an. »Was wollen Sie jetzt machen?«

»Kaffee trinken«, antwortete Grace. »Danach bin ich möglicherweise in der Lage, mich dem Grauen zu stellen.«

»Gute Idee.«

»Andererseits jedoch«, Deira kippte Milch in ihren Kaffee und lächelte unvermittelt, »habe ich eventuell unseren Hinweis geknackt.«

»Ist das Ihr Ernst?«

»Ja.« Deira erklärte, wo sie das Schiff mit den Bullaugen gefunden hatte und dass die erste Zahl, anders als anfänglich gedacht, womöglich 20 und nicht 2 lautete.

»Das würde ja bedeuten, dass ich nur noch die Eingangstür des Museums fotografieren muss«, sagte Grace.

»Wenn ich recht habe.«

»Das haben Sie bestimmt!« Grace strahlte sie an. »Mache ich gleich heute Morgen. Mögen Sie mitkommen?«

»Ich muss abwarten, wie es mit dem Auto weitergeht«, bedauerte Deira, »unter anderem unbedingt die Versicherung anrufen. Ansonsten liebend gern.«

»Ich fahre in ungefähr einer Stunde los«, sagte Grace. »Wenn

Sie bis dahin wissen, wie's in Sachen Audi weitergeht, melden Sie sich einfach bei mir. Wenn ich nichts höre, fahre ich allein los. Ich gebe Ihnen meine Nummer.« Sie holte ihr Handy heraus, und sie tauschten ihre Daten aus. Dann ging Grace auf ihre Suite, Deira blieb zurück und frühstückte.

15. Kapitel

Loire-Atlantique, Frankreich: 47.1987 °N 1.6537 °W

Deira schenkte sich gerade noch eine Tasse Kaffee ein, da klingelte ihr Handy, woraufhin sie beinahe die Hälfte verschüttet hätte. Erneut sorgte sie sich, dass Gavin durch geheimnisvolle Kräfte erfahren hatte, was dem Wagen zugestoßen war. Als sie ihr Mobiltelefon aus ihrer Handtasche holte, stellte sie jedoch erleichtert fest, dass Gillian ihr eine Nachricht geschrieben hatte.

Wollte nur sagen, in deinem Haus ist alles bestens. Übrigens gut, dass wir vorbeigekommen sind, im Kühlschrank war noch Milch! Außerdem habe ich deine Pflanzen gegossen. Und die Bettwäsche zusammengelegt und aufgeräumt, deine Unterwäsche ebenfalls. Ich lass noch eine Maschine laufen, bevor wir heimfahren. Tolles Wetter heute.

Deira seufzte.

Sie hatte ganz vergessen, dass in dem winzigen Hauswirtschaftsraum neben der Küche frischgewaschene Bettwäsche, einige BHs und Höschen trockneten. Natürlich war ihrer Schwester das aufgefallen – obwohl sie überhaupt keine Veranlassung hatte, diesen Raum zu betreten. Und dann hatte Gillian auch noch ihre Unterwäsche aufgeräumt ... Deira versuchte krampfhaft, den Gedanken zu verscheuchen, dass Gill wahrscheinlich in der Kommode gestöbert hatte und dabei nicht nur auf die Spitzenwäsche gestoßen war, die Deira oft trug, sondern auch auf das von Gavin und ihr gern benutzte Sexspielzeug.

Sie schauderte, würdigte die Nachricht aber keiner Antwort. Stattdessen trank sie ihren Kaffee aus und stand auf.

So gern sie sich auch gedrückt hätte, sie musste an der Autokatastrophe dranbleiben, ging daher hinaus ins helle Sonnenlicht. Das Wetter wurde minütlich schöner, die frühmorgendlichen Wolken hatten sich verzogen, der Himmel war strahlend blau. Die Sonne war angenehm warm, und es wehte nur ein schwaches Lüftchen.

Die Polizei hatte die Absperrung rund um den Parkplatz aufgehoben, endlich konnten die Hotelgäste ihre Fahrzeuge begutachten. Das Cabrio hatte es am schlimmsten von allen erwischt. Als Deira die Tür öffnete, floss das Wasser ihr schon über die Füße. Die Bedienungsanleitung im Handschuhfach war völlig durchnässt. Doch immerhin fand sie die Telefonnummer für internationale Notfälle. Sie rief dort an und der Mann war zwar voller Mitgefühl, wies jedoch darauf hin, da kein technischer Schaden vorliege, sei das Unternehmen nicht dafür verantwortlich.

»Aber wir können den Wagen zum nächsten Vertragshändler abschleppen lassen«, bot er an. »Für die Kosten kommen allerdings Sie auf. Hoffentlich deckt Ihre Versicherung das ab.«

Deira bedankte sich und rief bei der Versicherung an. Nachdem sie sich eine gefühlte Ewigkeit mit einem Sprachdialogsystem herumgeschlagen hatte, landete sie endlich bei einer menschlichen Stimme. Der Herr von der Versicherung war zwar von nicht nachlassender Freundlichkeit, Deira hatte jedoch das Gefühl, dass er ihr die Geschichte, von einer brennenden Pergola habe es Feuer auf ihren Wagen geregnet, nicht abnahm.

»Sie können gern ein Online-Formular ausfüllen«, erklärte er. »Bevor wir jedoch die Schadensforderung bearbeiten können, benötigen wir den Bericht einer Werkstatt. Für mich hört es sich allerdings so an, als wäre das Hotel für den Schaden verantwortlich.«

Typisch Versicherung, dachte sie. Versuchen die Verantwortung immer auf andere abzuwälzen.

»Was ist mit einem Ersatzwagen?«, fragte sie.

»In Frankreich ist das nicht möglich.« Schon beim bloßen Gedanken hörte er sich völlig erschüttert an.

Damit hatte sie natürlich gerechnet. Ohne Auto saß sie jedoch in Nantes fest. Das zwar eine tadellos nette Stadt war, jedoch kaum das touristische Highlight des Landes. Warum hatte sie nicht auf ihre innere Stimme gehört, die beharrlich flüsterte, diese Reise sei ein Fehler? Und warum hatte sie sämtliche Zeichen, die ebenfalls in diese Richtung deuteten, ignoriert? Warum war sie nicht nach Paris gefahren?

Und wie zum Teufel sollte sie Gavin das Ganze erklären?

Während sie auf den Abschleppwagen wartete, setzte sich Deira an einen der Tische, die vorm *Atlantique* standen, und schrieb Grace eine Nachricht. Als diese wenige Minuten später aus dem Hotel kam, fasste Deira ihre Neuigkeiten kurz zusammen.

»Wie lange müssen Sie warten?«

»Ich weiß es nicht.« Deira sackte in sich zusammen. »Ich hätte wissen müssen, dass diese Reise in einer Katastrophe endet.«

»Wieso denn das?«, wollte Grace wissen. »Das Feuer ist doch nicht Ihre Schuld.«

»Es war von Anfang an klar, dass irgendein Unglück passieren wird«, sagte Deira.

»Warum?«, wiederholte Grace.

»Spielt keine Rolle.« Deira schüttelte den Kopf. »Fahren Sie gleich nach La Rochelle weiter?«

»Ich muss noch das Foto vom Museum machen«, erinnerte Grace sie. »Wollen Sie wirklich nicht mitkommen?«

»Ich weiß nicht, wie lange es dauert, bis der Abschleppdienst kommt. Aber teilen Sie mir mit, wenn Sie das Foto hochgeladen haben. Ich wüsste zu gern, ob es funktioniert.«

»Mach ich«, sagte Grace. »Bis später.«

Sie winkte Deira im Vorbeifahren zu. Ein wenig nagten Gewissensbisse an ihr ob ihrer Erleichterung, dass Deiras Auto zu Schaden gekommen war und nicht der Lexus. Denn damit hätte ihre gesamte Reise auf dem Spiel gestanden. Da Ken den Terminplan durch die Hotelbuchungen vorgegeben und die Anzahl der möglichen Versuche für jeden Hinweis beschränkt hatte, hätte Grace es ihm auch zugetraut, wenn die Schatzsuche selbst zeitlich begrenzt gewesen wäre. Sie sah vor ihrem geistigen Auge, wie sich die Dateien im Laptop in Luft auflösten, wenn sie die Antworten nicht rechtzeitig herausfand ganz wie bei *Mission: Impossible.* Sie war immer noch völlig ratlos, warum sich Ken diese Expedition ausgedacht hatte. Oder wann. Sie konnte nur hoffen, dass sie nach des Rätsels Lösung ihren verstorbenen Mann etwas besser kennengelernt haben würde.

Aber darauf würde sie nicht wetten.

Als sie zwei Stunden später zurückkam, wartete Deira immer noch. Grace hatte ihren Ausflug zum Museum genossen, in dem Manuskripte und Bücher sowie Modelle einiger der Maschinen gezeigt wurden, die in Vernes Romanen auftauchten.

»Es gab auch ein kleines Schiff«, erzählte sie. »Soweit ich sehen konnte, hat es keinen Namen. Für den Fall der Fälle habe ich die Bullaugen gezählt. Achtzehn Stück. Möglicherweise sind dies die beiden Ziffern, nicht die 20 von *Zwanzigtausend Meilen*, obwohl das heißen würde, *Atlantic Lady* wäre falsch, dabei fühlt sie sich für mich ganz richtig an.«

»Zu viele Möglichkeiten, zu wenig Versuche.« Deira runzelte die Stirn.

»Ich weiß.«

»Haben Sie das Foto gemacht?«

Grace nickte und präsentierte es auf ihrem Handydisplay. »Ich hole den Laptop und lade es sofort hoch«, sagte sie.

Der Anstand trieb Deira fast dazu, Grace zu sagen, sie müsse die Datei nicht in ihrer Anwesenheit öffnen, doch da sie vor Neugier brannte, ob sie richtig geraten hatten, hielt sie den Mund.

»Da, sehen Sie nur.« Grace stand auf und deutete Richtung Hotelauffahrt. »Da kommt Ihr Abschleppwagen.«

»Hoffentlich. Ich hatte schon befürchtet, die hätten mich vergessen.«

Aber Grace hatte recht. Der Mann vom Abschleppdienst bugsierte das Cabrio auf sein Fahrzeug und teilte Deira mit, der Vertragshändler werde sich bei ihr melden. Sie sah dem Abschleppwagen nach, der auf die Hauptstraße rumpelte, und ging zum Tisch zurück, wo Grace mit dem aufgeklappten Laptop saß.

»Und, hatten wir recht?«, wollte sie wissen.

»Ich habe auf Sie gewartet«, sagte Grace.

»Gute Güte, Sie sind ja geduldig. Ich hätte mich nicht zusammenreißen können.«

Die beiden Frauen warteten, während das Foto hochgeladen wurde. Grace trommelte mit den Fingern gegen den Tisch. Nur langsam bewegte sich der Fortschrittsbalken.

Ihr Foto wurde erfolgreich hochgeladen, wurden sie informiert. *Bitte warten.*

»Was jetzt?«, überlegte Grace laut. »Ob ich wohl –«

Sie verstummte, als eine weitere Nachricht auf dem Bildschirm auftauchte.

Herzlichen Glückwünsch. Ihr Foto stimmt überein. Die letzte Zahl lautet 3.

»Probieren wir es mit 2 für den Roman, 18 für die Bullaugen im Museumsschiff und der 3?«, wollte Deira wissen. »Oder mit der 20 für den Roman, 5 für die Bullaugen in der Bar und der 3?«

»Bei dem Schiff im Museum bin ich mir nicht hundertprozentig sicher«, gestand Grace. »Ich habe achtzehn Bullaugen gezählt, aber vielleicht habe ich eines übersehen. Und wie gesagt, es hatte keinen Namen.«

»Wie viele Versuche haben Sie noch?«

»Sieben.«

»Genügend also.« Deira nickte aufmunternd. »Nur zu.«

Grace tippte die Zahl 2183 ein.

Ungültiges Passwort.

Grace zog eine Grimasse. »In dem Fall muss es also 2053 sein.«

Ungültiges Passwort.

»Wo haben wir uns denn geirrt?«, fragte Grace.

Deira schüttelte nachdenklich den Kopf. »Ich versteh's nicht. Ich war mir sicher, das muss die richtige Zahl sein. War an diesem Schiff sonst noch irgendwas, das uns in die richtige Richtung führen könnte?«

Grace schloss die Augen und rief sich das Miniaturschiff vor Augen. »Oben befanden sich drei kleine Würfel, die auf jeder Seite ein Bullauge hatten«, sagte sie, die Augen noch immer geschlossen. »Auf dem dritten Würfel – den ich für die Brücke gehalten habe – befand sich ein weiterer Würfel mit einem Bullauge auf einer Seite und zwei auf der anderen ... oder zwei auf jeder. Vielleicht ist es ja das! Vielleicht hatten die drei Würfel weitere Bullaugen, die ich übersehen habe. Sie standen sehr eng beieinander. Was, wenn sie wie der Brückenwürfel waren und ein weiteres Bullauge auf jeder Seite hatten?«

»Also insgesamt zweiunddreißig«, sagte Deira.

»Soll ich einen Versuch opfern?«, fragte Grace.

Deira nickte und Grace gab 2323 ein.

Ungültiges Passwort.

»Herrschaftszeiten!« Grace war aufgebracht. »Was stimmt denn diesmal nicht?«

»Ich weiß es nicht«, sagte Deira.

»Eventuell sollte ich die Zahlen in umgekehrter Reihenfolge eingeben«, sagte Grace, »und mit der 3 anfangen?«

»Uns gehen die Versuche aus«, sagte Deira. »Aber eventuell wäre es einen wert.«

»Nehmen wir uns die erste Folge vor«, entschied Grace. »Bei der waren wir uns am sichersten. Bei diesen zusätzlichen Bullaugen hingegen bin ich mir nicht sicher.«

Sie tippte 3812 ein und als das unvermeidliche *»Ungültiges Passwort«* auftauchte, versuchte sie es mit 3502.

Ungültiges Passwort.

»Scheiße«, stöhnte Deira.

»Was jetzt?« Grace sah sie ängstlich an. »Wir haben nur noch zwei Versuche.«

»Ich weiß nicht recht«, sagte Deira. »Tut mir leid, möglicherweise habe ich uns mit meinem ganzen Gerede über Bullaugen in die Irre geführt. Vielleicht bezieht sich der Hinweis auf etwas ganz anderes.«

»Das kann nicht sein«, erwiderte Grace. »Völlig unmöglich. Ich glaube viel wahrscheinlicher, dass Sie recht hatten und es geht um das Schiff in der Bar. Haben Sie sich bei den Bullaugen eventuell verzählt?«

»Nein«, sagte Deira. »Ich habe das Teil ziemlich lange betrachtet. Es waren fünf. Oh!«

»Oh?«

»Das ist es!«, rief Deira aus. »Das war der Fehler.«

»Welcher Fehler?«

»Versuchen Sie 2103«, sagte Deira.

Grace starrte sie an. »Warum?«

»Die zweite Zahl ist 10«, sagte Deira. »Ich weiß es einfach.«

»Das genügt mir«, beschloss Grace.

Beide Frauen hielten den Atem an, als sie die Zahlen eintippte.

Passwort korrekt.

»Oh!« Sie drehte sich Deira zu. »Sie kluges, ach was, Sie superkluges Mädchen!«

»Zehn Bullaugen«, sagte Deira. »Fünf auf jeder Seite. Mir fiel gerade ein, dass ich nur die eine Seite der *Atlantic Lady* gezählt hatte. Die andere kann man im Barspiegel sehen. Wie blöd von mir, dass ich da nicht gleich daran gedacht habe.«

»Ich finde es genial, dass Sie überhaupt draufgekommen sind.« Grace starrte auf den Laptop. »Und Ihre Genialität ist gleich wieder vonnöten. Denn ich habe keine Ahnung, was das hier soll. Sie etwa?«

Deira betrachtete die Datei mit Namen *La Rochelle.*

»Nein«, sagte sie.

Grace las den Hinweis laut vor.

Bravo, Hippo. Du hast es geschafft. Der Buchstabe I ist Deine Belohnung. Heb Dir diesen Buchstaben bis zum Schluss auf, zusammen mit den anderen, die Du bekommst, wenn Du die restlichen Hinweise knackst. Jetzt zum nächsten. Es ist eine allgemein bekannte Tatsache, dass Georges einige Zeit hier verbracht hat. Wie auch nicht, so schön wie es ist, selbst wenn er manchmal nur die schäbigen Seiten präsentiert. Für die erste Zahl musst Du ein Foto seines Lieblingscafés hochladen. Du benötigst auch die Zahl des Ortes, an dem das Verbrechen stattfand. Dann nenn mir den Tag, an dem Brigitte in Deinem Hotel eintraf. Damit es spannend bleibt, hast Du diesmal nur neun Versuche.

Viel Glück!

»Hilfe!«, sagte Deira. »Keinen Schimmer. Georges. Brigitte. Ein Verbrechen. Ein Café? Wo das Verbrechen vielleicht stattfand? Hat jemand über einen ungelösten Kriminalfall in La Rochelle geschrieben? Ist irgendetwas vorgefallen, als Sie mit dem Professor dort waren?«

Noch ehe Grace antworten konnte, vibrierte Deiras Handy und nahm ihre ganze Aufmerksamkeit in Anspruch, Schatzsuche hin oder her, denn der Anruf kam von der Werkstatt – sie würden sich schnellstmöglich wegen des Schadensberichts melden. Kaum hatte sie aufgelegt, kam der Hotelmanager mit der Bitte, einige Formulare für den Versicherungsbericht des *Atlantique* zu unterschreiben. Sie folgte ihm nach drinnen und unterschrieb den Papierstoß, den er ihr hinlegte, auch wenn sich eine innere Stimme meldete, ob sie nicht lieber einen Übersetzer hätte konsultieren sollen, wozu genau sie hier ihre Zustimmung gab.

»Vielleicht habe ich das Hotel von sämtlicher Verantwortung freigesprochen«, sagte sie zu Grace, als sie zurückkam. »Obwohl er mir versichert hat, es handele sich um die mögliche Haftung des Hotels.«

»Denken Sie positiv«, mahnte Grace. »Es kommt, wie's kommt. Werden Sie noch einige Tage hierbleiben?«

»Ich habe kaum eine andere Wahl«, entgegnete Deira. »Ich sitze ohne fahrbaren Untersatz da.«

»Wie schade, dass Ihr Urlaub nun ruiniert ist«, sagte Grace.

»Nachdem ich es geschafft habe, mein gesamtes Leben zu ruinieren, stört das nun auch nicht mehr groß.« Deira hörte sich gelassen an, aber ihr Gesicht sprach eine andere Sprache.

»Das stimmt ganz sicher nicht«, sagte Grace. »Wenn ich Ihnen irgendwie helfen kann …«

»Alles in Ordnung, ehrlich«, sagte Deira, war aber trotzdem erneut den Tränen nahe. Sie räusperte sich und lächelte. »Ich könnte eine Zeitlang über Ihrem neuen Hinweis rätseln, das lenkt mich ab. Ich könnte Ihnen meine Ideen aufs Handy schicken. Nicht dass ich momentan auch nur eine einzige hätte.«

Ob es wohl an Grace' offenbar unerschütterlichem Optimismus lag, dass sie trotz der Tragödie, die über ihr Leben hereingebrochen war, so gefasst blieb? Wenn ich doch nur einen Bruchteil davon hätte, dachte Deira, doch Gavin hatte ihr den letzten Funken Optimismus geraubt.

»Das wäre toll«, erwiderte Grace. »Aber ich habe es nicht eilig. Wenn Sie mögen, können wir uns noch eine Weile gemeinsam die Köpfe heißrätseln. Wie wär's mit einem Kaffee zur Ankurbelung des Hirns?«

»Kaffee wäre herrlich.«

»Wir sind doch bisher davon ausgegangen, dass es um Schriftsteller geht, die Ken bewunderte«, resümierte Grace, als die Getränke kamen. »Vielleicht kommen wir der Sache auf die Spur, wenn wir ›La Rochelle Schriftsteller‹ googeln.«

Der oberste Suchtreffer war ein Schriftsteller namens Pierre Drieu La Rochelle, der offenbar sein gesamtes Leben in Paris verbracht hatte.

»Der Professor schrieb Georges, nicht Pierre«, wandte Deira ein.

Grace änderte die Suche auf »Georges Schriftsteller La Rochelle«.

»Ja, natürlich!«, rief sie aus. »Georges Simenon! Den mochte Ken auch sehr. Da hätte ich gleich draufkommen müssen.«

Deira nickte. Sie hatte nicht nur Jules Verne gelesen, sondern auch etliches von Simenon, allerdings nichts mehr seit dem College.

»Von ihm stammen die Maigret-Krimis«, sagte sie. »Ich habe sogar die Fernsehserie gesehen. Das Verbrechen muss mit einem seiner Bücher zusammenhängen, meinen Sie nicht auch? Vielleicht ist das Café fiktiv, vielleicht existiert es in La Rochelle tatsächlich. Erinnern Sie sich, ob der Professor etwas erwähnt hat, als Sie dort waren? Oder könnte es sich in dem Hotel befinden, das er für Sie gebucht hat?«

»Es wäre etwas seltsam, wenn mich Ken an einem Tatort unterbringen würde und sei er auch nur fiktiv«, sagte Grace. »Das Hotel heißt *Fleur d'Île.* Wir haben dort nie übernachtet. Auf der Webseite steht nichts von Tatort. Oder Handlungsort eines Krimis.«

»Das halte ich auch für unwahrscheinlich«, meinte Deira. »Die wollen ja nicht damit Werbung machen, dass die Gäste möglicherweise beim Frühstück abgemurkst werden.«

Grace lachte. »Es scheint ein sehr nettes Hotel zu sein. Definitiv besser als die, in denen wir damals mit den Kindern unterkamen. Eigentlich sind fast alle Hotels, die er für mich gebucht hat, nett.«

»Ihr Reiseplan ist höchst detailliert«, äußerte Deira. »Jede Übernachtung steht fest. Kein Spielraum für Abweichungen.«

»Geben Sie zu, Sie finden das seltsam«, sagte Grace.

»Ein wenig«, gestand Deira. »Er will nicht zulassen, dass Sie eigene Wege gehen.«

»Herrgott, Hippo. Überlass das mir. Du weißt doch, dass Organisation dir nicht liegt.«

Deira hat recht, dachte Grace, als in ihrem Kopf die Stimme ihres verstorbenen Mannes erklang. Allerdings hatte es ihr nie etwas ausgemacht, dass er fast immer alles entschied. Es war sinnvoll, dass er die Zügel in der Hand hielt. Deira war voreingenommen – wie so viele heutzutage –, kannte ihr und Kens Leben nicht. Grace und Ken hatten sich in einer Zeit getroffen, da waren die Dinge noch einfacher.

»Ich mag es, wenn man für mich plant«, erklärte sie. »Eine Sache weniger, um die ich mir Sorgen machen muss.«

Deira nickte, konnte sich jedoch nicht des Eindrucks erwehren, dass Professor Harrington ein wahrer Dinosaurier gewesen war, was die Behandlung seiner Frau betraf. Im College hatte sie über seine Einstellung zu Frauen nicht groß reflektiert, sie hielt ihn für einen altmodischen Menschen. Damals hatte sie seine Begeisterung für männliche Autoren sowie seinen chauvinistischen Standpunkt eher amüsant gefunden. Doch damit leben zu müssen, war sicher anstrengend.

Sie zog den Laptop zu sich und tippte »Simenon Café« ein.

»Voila!«, rief sie aus und drehte den Computer, damit Grace die Seite sah. *»Café de la Paix«*, las sie vor. »Simenon war dort *habitué*.«

»Damit haben Sie im Grunde genommen schon zwei Teile gelöst«, sagte Grace. »Der Tatort muss aus einem seiner Krimis sein und das Café haben Sie auch gefunden. Sie können Kens Denkweise viel besser nachvollziehen, als ich je in der Lage wäre. Ich wusste von Simenon. Einer seiner Romane stand auf dem Lehrplan, als ich zur Schule ging. Mir ist schon klar, das ist über vierzig Jahre her, trotzdem hätte ich den Bogen schlagen müssen.«

»Sie wären schon noch dahintergekommen.«

»Ken hat diese gesamte Schatzsuche für mich organisiert«, sagte Grace, »aber wenn Sie nicht gewesen wären, wäre ich völlig planlos nach La Rochelle weitergefahren. Jetzt weiß ich, dass ich zum *Café de la Paix* gehen und ein Foto machen muss – immer angenommen, Ken meint genau dieses Café. Und dann muss ich wohl eines seiner Bücher lesen, weiß aber nicht welches.«

»Er konnte schlecht davon ausgehen, dass Sie das Gesamtwerk lesen«, bemerkte Deira. »Vor allem nicht an einem einzigen Abend. Zudem noch auf Französisch. Es muss sich um etwas Offensichtlicheres handeln.«

»Einen Titel?«, schlug Grace vor.

Deira klickte auf einen Link, der zu Simenons Büchern führte, und scrollte nach unten. Plötzlich hörte sie auf.

»The Crime at Lock 14«, las sie vor.

»Und wieder mal kommt sie mit der Lösung an.« Grace strahlte Deira an.

»Teamwork«, meinte diese. »Wir haben den Großteil vom La-Rochelle-Hinweis schon gelöst, bevor Sie überhaupt dorthin fahren. Das Foto des Cafés wird Ihnen die erste Zahl verraten, gefolgt von der 14 des Buchtitels. In Ihrem Hotel muss es etwas geben, was mit Brigitte zusammenhängt, mit welcher auch immer.«

»Es handelt sich bestimmt um die Bardot«, sagte Grace. »Sie muss dort mal übernachtet haben.«

»Jetzt haben Sie Zeit, die Stadt zu genießen, statt sich den Kopf zu zerbrechen«, sagte Deira. »Ist La Rochelle nett?«

»Sehr hübsch, vor allem abends. Eine fröhliche, lebendige Stadt.«

»Also nicht direkt Maigret-Ambiente.«

»Haben Sie den auch in Ihrem Seminar über englische Literatur durchgenommen?«, fragte Grace.

Deira schüttelte den Kopf. »Aber Professor Harrington ermutigte uns, möglichst breitgefächert zu lesen. Er mochte den schlichten Stil von Simenon.«

»Ähnlich wie der Hemingways?«

»Ein wenig schon.« Deira nickte. »Der Professor mochte offenbar Autoren, die einen fast journalistischen Stil pflegen. Und die meisten stammen aus einer anderen Zeit oder sie schreiben zumindest darüber.«

Grace nickte. »Obwohl er sich für modern hielt, hatte Ken ziemlich antiquierte Ansichten.«

»Zum Beispiel?«

»Er hasste es, dass ich berufstätig war. Fand, er als Mann müsse alleiniger Brotverdiener sein. Was damals wohl die allgemein herrschende Einstellung war. Aber später, als die Kinder größer waren, fand er es nicht mehr ganz so schlimm, dass ich wieder arbeiten ging. Und obwohl er stolz war, als Aline ihren Uniabschluss in der Tasche hatte, glaubte er wohl nicht daran, dass sie je einer ernsthaften Arbeit nachgehen würde. Damit behielt er allerdings recht. Nach dem College trödelte sie herum und nahm dann einen Job an, der mit ihrem Studium nicht das Geringste zu tun hatte. Ehrlich gesagt, wahrscheinlich war für sie die Mutterschaft immer das eigentliche Ziel und obwohl sie momentan Teilzeit arbeitet, hört sie bestimmt auf, sobald das zweite Kind kommt. Bei Regan liegt der Fall ganz anders. Sie liebt ihren Beruf und war ohnehin stets diametral entgegengesetzter Meinung als ihr Vater.«

»Mir kam er tatsächlich altmodisch vor«, gestand Deira. »Auf nette Art allerdings. Andererseits wirke ich wahrscheinlich auf meine Nichte und deren Freundinnen genauso altmodisch, egal, wie ich mich selbst wahrnehme.«

»Im Vergleich zu mir sind Sie der reinste Grünschnabel.« Grace lachte.

»Aber die besten Jahre meines Lebens habe ich trotzdem verschwendet.«

»Deira!« Grace starrte sie an. »Wie können Sie das bloß denken? Die besten Jahre liegen noch vor Ihnen.«

»Nein.« Deira lehnte sich im Holzstuhl zurück und massierte sanft ihre Seite, die wieder zu pochen begonnen hatte. »Natürlich sagt man das gern. Glaubt gern, dass es stets etwas gibt, wofür es sich zu leben lohnt. Aber ich habe alles versaut. Und es gibt kein Zurück.«

»Was ist denn passiert?«, wollte Grace wissen.

»Ich habe einem Mann vertraut. Und das war das Dämlichste, was ich je getan habe.«

16. Kapitel

Von Nantes nach La Rochelle: 136 km

»Reden Sie es sich von der Seele«, sagte Grace. »Ich habe Ihnen meine Geschichte erzählt, nun müssen Sie mir Ihre erzählen.«

Deira zögerte. »Sie ist aber so ganz anders als Ihre.«

»Darf ich das bitte selbst beurteilen?«

»Nein, ganz im Ernst –«

»Herrschaftszeiten, Deira! Erzählen Sie schon.«

Deira holte tief Luft, schilderte Grace dann, wie sie Gavin kennengelernt hatte.

»Natürlich hatte ich wegen Marilyn und der Mädchen ein schlechtes Gewissen«, sagte sie. »Ich wollte nicht, dass ihr Verhältnis zum Vater leidet und ermunterte ihn, die beiden so oft wie möglich zu sehen, aber ich war hundertprozentig überzeugt, dass seine Ehe am Ende war und Gavin und ich für immer glücklich sein würden. Ich hatte noch nie jemanden so geliebt wie ihn.«

Grace nickte.

»Wir waren im siebten Himmel«, fuhr Deira fort. »Anfänglich war es im Job etwas komisch, aber das gab sich. Keiner der Kollegen störte sich daran und mit der Zeit veränderte sich unsere berufliche Beziehung ohnehin. Das Unternehmen investierte mehr in sein soziales Engagement und ich war für diesen Bereich vollumfänglich verantwortlich, wohingegen sein Schwerpunkt sich tatsächlich auf Renten verlagerte, daher kamen sich Berufs- und Privatleben nicht in die Quere. Wir machten beide Karriere und alles war großartig.«

»Ein *power couple*«, konstatierte Grace.

»Gelegentlich ging mir das auch durch den Kopf«, gestand Deira. »Wir kauften ein Häuschen in der Nähe des Grand Canal, wir gingen auf viele Veranstaltungen, lebten ein ziemlich aufregendes Leben.«

»Sie hatten einmal erwähnt, dass *Sie* das Haus allein gekauft haben«, hakte Grace nach.

»Ich habe das Darlehen aufgenommen, sonst wäre es chaotisch geworden, vor allem, weil sich seine Scheidung so lange hinzog. Wir wollten da nicht auch noch einen Immobilienkauf hineinpacken. Später meinte er, es sei gut und richtig, dass dies mein Haus sei. Das sprach sehr für ihn, fand ich, dafür, dass er ein guter Mensch ist. Ich liebte ihn.«

»Sie waren glücklich«, meinte Grace. »Warum haben Sie nicht geheiratet?«

»Hauptsächlich der Mädchen wegen«, sagte Deira. »Sie fanden die Vorstellung, ihr Vater könnte wieder heiraten, grauenvoll. Wenn es nur um Marilyn gegangen wäre, hätte ich keine Sekunde gezögert, bloß um sie zu ärgern. Sie stellte sich nämlich bei allem furchtbar quer. Mir ist bewusst, dass es schwer für sie war, ehrlich, aber sie ließ nicht locker.«

»Ob sie ihn wohl zurückwollte?«

»Das glaube ich nicht«, sagte Deira. »Aber leicht machen wollte sie es ihm auch nicht. Ständig rief sie an, beschwerte sich, wollte mehr Geld entweder für Mae oder für Suzy – das sei lebensnotwendig, behauptete sie.«

»Das wurde doch bestimmt durch die Scheidungsvereinbarung geregelt?«

»Irgendwann schon«, räumte Deira ein. »Doch davor war sie unerbittlich. Selbst danach stellte sie noch Forderungen, und er wollte einen Streit vermeiden, weil er die Mädchen nicht gegen sich aufbringen wollte.«

»Sie sagten, Ihnen war wichtig, dass er ein gutes Verhältnis zu den beiden hatte. Hat das funktioniert?«

»Mal mehr, mal weniger«, antwortete Deira. »Jetzt läuft es definitiv besser, aber der Weg war steinig. Marilyn wollte zuerst nicht, dass sie zu uns kamen, aber Gavin überzeugte sie schließlich. Die beiden sollten ihn besuchen, wenn ich nicht zu Hause war. Ich ging also öfter zu meiner Freundin Tillie. Manchmal nur für einige Stunden, manchmal übers Wochenende.«

»Das war bestimmt nicht einfach.«

»Anfänglich machte es mir nichts aus, aber mit der Zeit brachte es mich zur Weißglut«, sagte Deira. »Wenn ich heimkam, stellte ich fest, dass bestimmte Dinge nicht an ihrem Platz oder versteckt worden waren. Gelegentlich haben sie den Inhalt meiner Make-up-Tuben in Papiertaschentücher ausgedrückt, die ich dann im Badezimmermülleimer fand. Einmal machten sie eine nagelneue Lidschattenpalette kaputt, die ich idiotischerweise nicht mitgenommen hatte. Einem Paar Prada-Schuhe rissen sie die Absätze ab.«

»O Deira, das ist ja abscheulich!«

»Sie waren wütend«, sagte Deira. »Sie gaben mir die Schuld. Durchaus verständlich.«

»Was sagte Gavin dazu? Was hat er dagegen unternommen?«

»Ich habe es ihm nie verraten«, sagte Deira. »Ich wollte nicht, dass sie meinetwegen stritten. Wahrscheinlich hoffte ich, die Einstellung der Mädchen zu mir würde sich ändern.«

»War das der Fall?«

»Irgendwann schon. Ihre Besuche wurden weniger stressig, und wir verstanden uns einigermaßen, auch wenn wir uns nie richtig nahestanden. Das ist auch mit ein Grund, warum ...« Sie verstummte und schloss die Augen.

Deira rang nach Fassung. Grace kannte die Anzeichen, war sie doch in den letzten Monaten oft genug in der gleichen Lage gewesen, hatte vor Aline, Fionn oder Regan nicht in Tränen ausbrechen wollen. Sie musste stark bleiben, ihrer Kinder wegen.

Auch um ihrer selbst willen. Sie hatte sich die Tränen verkniffen, als die Polizei kam, als sie Kens Leiche identifizierte, bei der Beerdigung. Natürlich half die Wut; nicht zu weinen, wurde ihr Anker, half ihr durch die schwierige Zeit. Wurde irgendwann zum Selbstzweck. Mein Mann lenkte seinen Wagen ins Wasser, und ich habe keine Träne vergossen, dachte sie oft. Und war stolz auf ihre trockenen Augen. Ob es der jungen Frau vor ihr ebenso ging?

Als Deira die Augen wieder aufmachte, bemerkte sie, dass Grace sie ruhig und gelassen betrachtete.

»Entschuldigung«, sagte sie, »mir wurde etwas …«

»Das ist schon in Ordnung«, entgegnete Grace. »Sie müssen es mir nicht erzählen, wenn Sie nicht wollen.«

»Es ist nur so, dass …« Deira rieb sich die Augenwinkel. »Es ist eigentlich albern, nichts Besonderes. Nichts, worüber es sich zu weinen lohnt.«

»Wenn Ihnen nach Weinen zumute ist, weinen Sie ruhig«, sagte Grace. Weinende Menschen vermittelten ihr ein Gefühl der eigenen Stärke, weil sie selbst keine Träne vergoss.

Deira trocknete sich mit einer der Papierservietten, die auf dem Tisch lagen, die Augen.

»Ich liebte ihn und wir waren glücklich. Wie Sie sagten, wir waren ein *power couple*, und wir bekamen die Probleme mit Marilyn und den Mädchen allmählich in den Griff. Alles war idyllisch, bis es um das Thema Familiengründung ging. Um genau zu sein, ich sprach davon. Er hörte zu. Und sagte nein.«

»Rundheraus?«

»Rundheraus«, bestätigte Deira. »Er sagte, er habe bereits eine Familie.«

»Aber Gavin und Sie waren doch auch eine Familie«, protestierte Grace.

»Ich weiß, eine Kleinfamilie. Und als ich ihn daran erinnerte, stimmte er mir auch ohne Zögern zu, aber er könne es den Mädchen nicht antun, mit einer anderen Frau Kinder zu bekommen.«

»Ich verstehe seinen Standpunkt«, sagte Grace. »Aber trotzdem ist so eine Aussage verdammt gefühllos.«

Deira zupfte an der Papierserviette herum. »Nachdem ich meinen Kinderwunsch ausgesprochen hatte, versuchte er, Mae und Suzy mehr in unser Leben einzubeziehen. Er bestand darauf, dass sie mit uns in den Urlaub fuhren und öfter bei uns übernachteten.«

»Aber das ist doch nicht dasselbe wie ein eigenes Baby!«, rief Grace. »Das muss ihm doch klar gewesen sein.«

Deira schüttelte den Kopf. »Seine Kinder, unsere Kinder. Offenbar sah er da keinen Unterschied.«

»Männer sind solche Trottel«, sagte Grace im Brustton tiefster Überzeugung.

»Immerhin verbesserte sich mein Verhältnis zu seinen Töchtern so weit, dass sie meine Sachen nicht mehr demolierten«, meinte Deira. »Gavin war hocherfreut, weil wir uns offenbar alle so gut verstanden.«

»Aber ... aber ... haben Sie ihm denn nicht gesagt, dass Ihnen das nicht genügt?«

Deira schüttelte den Kopf. »Ihm genügten seine beiden Töchter, das war mir klar. Er hatte die beiden nicht verlassen, um mit der ganzen Kindergeschichte noch einmal von vorn anzufangen. Wir seien eben eine andere Art von Familie, sagte er. Eine, die aus zwei Erwachsenen bestehe. Deren Gleichgewicht er nicht durch ein Baby stören wolle. Er hielt mir vor, ich hätte von Säuglingen keine Ahnung, er hingegen sei derjenige mit Erfahrung auf diesem Gebiet. Kleine Kinder würden unser Leben komplett über den Haufen werfen. Man könne sie nicht einfach irgendwann zurückgeben, wenn man sie satthabe.«

Grace zog eine Augenbraue hoch.

»Ich weiß, so formuliert, klingt das egoistisch, doch er meinte es nicht so. Er wollte mir lediglich vor Augen führen, dass unser damaliges Leben mit einem Kleinkind nicht möglich war.«

»Hatten Sie sich denn über dieses Thema nicht schon früher unterhalten? Bevor Sie zusammenzogen?«

»Hätten wir das nur getan. Aber mir kam der Gedanke gar nicht. Ich war so verliebt und dachte wahrscheinlich, das würde sich mit der Zeit einfach ergeben. Zudem waren wir gefühlsmäßig sehr durch seine verdammte Scheidung belastet.«

»Und schließlich waren Sie mit seiner Entscheidung, auf gemeinsame Kinder zu verzichten, einverstanden? Oder nicht?«

»Ich musste klein beigeben«, sagte Deira. »Seine Entscheidung stand unumstößlich fest. Und ... Kinder waren mir bisher nicht wichtig gewesen. Keine Lebensentscheidung, die ich überstürzen wollte. Mein Wunsch nach einem Baby kam eher aus heiterem Himmel. Zudem hatte Gavin recht, was meine mangelnde Erfahrung betrifft. Ich komme aus einem nicht besonders harmonischen Elternhaus. Wahrscheinlich wäre ich als Mutter eine Katastrophe gewesen.«

»Keineswegs«, widersprach Grace. »Sie sind freundlich und liebenswürdig, Sie hätten das bestens geschaukelt. Könnten Sie immer noch«, fügte sie hinzu, »wenn Sie wollen.«

»Ich bin fast vierzig und momentan Single«, sagte Deira. »Außerdem wollte ich nicht einfach nur ein Baby, es ging um ein gemeinsames Kind.«

»Haben Sie sich deshalb getrennt?« Grace' Stimme war voller Mitgefühl.

»Nein«, antwortete Deira. »Ungefähr ein Jahr lang war mein Kinderwunsch sehr stark, aber schließlich habe ich damit abgeschlossen. Fand, Gavin habe recht, wir brauchten kein Kind. Selbst wenn mich seine Töchter in ihrem tiefsten Inneren immer noch für eine böse Hexe hielten, benahmen sie sich mir gegenüber doch anständig. Gavin und ich waren eine Einheit. Ich war glücklich mit unserem Leben, machte meinen Frieden. Außerdem«, fügte sie hinzu, »steckte meine Nichte Bex damals in der Pubertät und kam ständig nach Dublin. Sie übernachtete häufig am Wochenende bei uns. Mit ihr und Gavins Töchtern hatten wir oft das Haus voll junger Leute. Die drei waren ehrlich gesagt recht anstrengend. Was mich wohl auch von meinem Kinderwunsch abbrachte.«

Grace schwieg.

»Na ja, nicht ganz«, korrigierte Deira sich. »Aber wenn sie nicht da waren, meinte Gavin stets, wenn wir ein eigenes Kind hätten, würde es die ganze Zeit bei uns wohnen.«

»Bei eigenen Kindern ist das etwas anderes.« Grace dachte an Aline, Fionn und Regan. Sie war glücklich, dass ihre Kinder ihr eigenes Leben lebten, aber auch froh, weil Aline regelmäßig vorbeikam und die beiden anderen sich wöchentlich über FaceTime meldeten. Obwohl es schön war, dass sie ihre Zeit frei einteilen konnte, fehlte ihr doch manchmal der Trubel von früher, als alle noch daheim wohnten. Noch hatte sie das Thema nicht erwähnt, doch sie spielte mit dem Gedanken, das Haus zu verkaufen, das mit seinen sieben Zimmern und dem einigermaßen großen Garten für sie allein überdimensioniert war. Sie brauchte eine Wohnung, die leicht zu unterhalten war. Jedenfalls wollte sie sich verkleinern, damit sie in ihrem Heim nicht wie eine verlorene Seele herumirrte.

»Mir ist schon klar, dass es mit einem gemeinsamen Kind etwas anderes gewesen wäre«, sagte Deira. »Aber ich schlug mir den Gedanken aus dem Kopf. Stellte mich auf den Standpunkt, dass uns das nicht bestimmt war und kein Problem für mich darstellte.«

»Kam das Thema nochmals auf den Tisch?«, fragte Grace.

»Nicht in den letzten fünf Jahren«, sagte Deira. »Wir waren beide geschäftlich sehr eingespannt. Selbst wenn wir ein Kind gewollt hätten, wäre es zeitlich ein Ding der Unmöglichkeit gewesen. Jedenfalls redete ich mir das ein.«

»Aber?«

»Ich redete mir auch ein, dass Gavin und ich eine stabile Beziehung hatten. Er war derjenige, der diesen Urlaub plante, den Wunsch hatte, mit offenem Verdeck durch Frankreich zu brausen. Er vermittelte mir das Gefühl ...«

Erneut verstummte Deira und trocknete sich mit einer zweiten Papierserviette die Augen.

»Tut mir leid«, sagte sie. »In letzter Zeit bin ich der reinste Wasserfall. Jedenfalls war ich völlig überzeugt, glücklicher als wir könnte man nicht sein. Bis dann Gavin vor sechs Wochen heimkam und verkündete, er werde mich verlassen.«

»Was? Aus heiterem Himmel?«

Deira nickte. »Er erklärte, mit uns stehe es schon seit längerem nicht zum Besten. So habe er sich sein Leben nicht vorgestellt. Wie dann, fragte ich verblüfft, schließlich hatte er mir ständig erzählt, unser Leben sei wunderbar. Er brauche mehr Wärme, mehr Fürsorge, verkündete er.«

»Mehr Fürsorge!«, entrüstete sich Grace. »Herr im Himmel! Er bekam doch bestimmt alle Aufmerksamkeit, die er sich wünschen konnte?«

»Das hätte man meinen sollen«, sagte Deira. »Eigentlich wollte er damit sagen, er brauche jemanden, für den er immer und ständig an erster Stelle kam. Keine Frau wie mich, die sich auf ihre Karriere konzentriert.«

»Meinte er das im Ernst?«

»Offensichtlich bin ich die vernageltste Frau auf Erden, denn ich kam immer noch nicht darauf, dass er eine Affäre hatte. Nennt man das überhaupt Affäre, wenn man den Menschen betrügt, mit dem man ohne Trauschein zusammenlebt? Kurz und gut, er hatte eine andere.«

»Das tut mir so leid«, sagte Grace. »Das muss ein Schlag ins Gesicht gewesen sein.«

»Der eigentliche Schlag ins Gesicht war die Tatsache, dass sie von ihm schwanger ist«, sagte Deira leise.

Grace sah sie mit einer Mischung aus Entsetzen und Mitgefühl an. Ohne nachzudenken, griff sie über den Tisch und nahm Deiras Hand. Deira brachte kein Wort heraus. Von Tillie abgesehen, war es das erste Mal, dass sie jemandem die ganze Geschichte anvertraute. Gillian und ihrem Bekanntenkreis gegenüber hatte sie lediglich verlauten lassen, Gavin und sie hätten sich getrennt. Gillians erste Reaktion war die Frage gewesen, ob jemand anders im Spiel sei, und als Deira gestand, ja, Gavin lebe mit seiner neuen Freundin zusammen, meinte ihre Schwester daraufhin: »einmal Betrüger, immer Betrüger«, eine Redewendung, die Deira wie ein Messer durchbohrte. Denn nun begriff sie natürlich, was in Marilyn damals vorgegangen war, als Gavin sie verließ. Und obwohl sie sich stets mit dem Gedanken getröstet hatte, diese Ehe sei von vornherein zum Scheitern verurteilt gewesen (»wir haben viel zu jung geheiratet«, hatte er oft betont, »wir wussten nicht, worauf wir uns einließen«), konnte ihr niemand das Gefühl ausreden, eine völlige Idiotin zu sein.

»Das ist schrecklich«, meinte Grace.

»Ich nahm es ihm ab«, sagte Deira, »als er sagte, er wolle keine Kinder, damit sich Suzy und Mae nicht unerwünscht fühlten, ich nahm es ihm ab. Als er sagte, er wolle nur mit erwachsenen Menschen in einem Haushalt leben, nahm ich es ihm ab. Als er sagte, er sei glücklich, nahm ich es ihm ab. Ich ließ mich von seinen Worten einlullen, mir meine Wünsche ausreden, weil ich wirklich und wahrhaftig glaubte, ich hätte alles, weil ich die große Liebe gefunden hatte. Wie konnte ich nur so dumm sein? Ich war für ihn da, als er mich wollte, und als er etwas anderes wollte, schüttelte er mich ohne große Umstände ab, wie damals Marilyn.«

Sie löste ihre Hand aus Grace' und griff nach der nächsten Serviette. »Und das Schlimmste ist …« Sie schniefte und schnäuzte sich, »das Schlimmste ist, dass ich meine besten Jahre an ihn verschwendet habe. Die Jahre, in denen die Möglichkeit für mich bestand, ein eigenes Kind zu bekommen. Während er ständig nein sagte, vertrockneten meine Eier, wurden immer weniger, obwohl wir ein Kind hätten haben können. Aber er wollte keines. Nicht damals. Nicht mit mir. Und jetzt mit Afton –«, sie spuckte den Namen geradezu aus, »ist er ›ganz aus dem Häuschen vor Glück‹, zumindest wenn man seiner dämlichen Instagram-Seite glauben darf. Instagram! Früher hat er sich mit so was nie abgegeben. Für ihn war Social Media ›das Fenster zu einer narzisstischen Seele‹. Aber Afton arbeitet in Public Relations und hält ihr gesamtes Leben fotografisch fest, und natürlich ist er jetzt ganz versessen darauf, Bilder seines perfekten Lebens zu posten. Auf einem waren ihrer beider Hände zu sehen, wie sie zärtlich ihre Babykugel umfingen, verdammte Scheiße.« Jetzt kullerten wieder die Tränen.

Grace' Mitgefühl wuchs. Die Leute sagten oft leichthin, man habe noch genügend Zeit für die Familiengründung, man solle erst seine Träume verwirklichen, aber so lief es im Leben nicht.

Es sauste unbemerkt an einem vorbei, bis einem plötzlich auffiel, dass die Polizisten nicht nur jünger aussahen, sondern jünger *waren* und man selbst kein einziges Lied im Radio kannte. Und dass Andere nun die aufregenden Dinge unternahmen, die man ständig aufgeschoben hatte, während man sich stattdessen nun Voltaren auf den schmerzenden Rücken schmierte.

Sie konnte sich nur vage vorstellen, wie tief es Deira schmerzen musste, dass sich ihr ehemaliger Lebensgefährte ihren ureigensten Lebenswunsch erfüllte, allerdings mit einer anderen.

»Es handelt sich nicht um irgendeine Frau«, antwortete Deira auf Grace' Bemerkung, »sondere eine, die fünfundzwanzig ist. So alt wie ich damals, als ich Gavin kennenlernte, und jünger als seine Töchter!«

»Wie gehen die beiden mit der Situation um?«, wollte Grace wissen.

»Mae schickte mir eine SMS, nachdem er mit Afton zusammengezogen war. Jetzt wisse ich, wie es sich anfühle. Aber sie schrieb auch, es täte ihr leid und ihr Vater sei ein Vollidiot.«

»Für die beiden ist es wahrscheinlich auch nicht einfach«, meinte Grace.

»Nein«, pflichtete Deira ihr bei. »Marilyn hat es bestimmt gelassen aufgenommen – sie hat seit einigen Jahren einen neuen Partner. Die Mädchen werden sicher selten die Gelegenheit bekommen, Afton an den Kopf zu werfen, was sie von ihr halten oder ihre Kleider und ihre Schminksachen zu zerstören.«

»Auch wenn sie diese Entwicklung im Leben ihres Vaters grauenvoll finden, gehen sie damit mittlerweile garantiert reifer um«, meinte Grace.

»Das kann ich von mir nicht sagen.« Deira schniefte. »Es ist verflucht deprimierend. Er verdünnisiert sich aus meinem Leben, eine tolle Frau im Arm, und sie bekommt genau das, was ich ihm geopfert habe. Nicht, dass ich je wieder einen Mann in meinem Leben haben möchte, aber ich habe mir meinen Kinderwunsch völlig umsonst verkniffen.«

»Sie sind immer noch jung«, protestierte Grace.

»Keineswegs«, sagte Deira, »jedenfalls nicht, wenn es um meine Eier geht. Was die Fruchtbarkeit betrifft, bin ich ein verschrumpeltes altes Weib.«

»Tut mir leid, dass es so gelaufen ist«, sagte Grace. »Und je älter man wird, desto schwieriger wird es mit Kinderkriegen, das stimmt schon. Aber man weiß ja nie, vielleicht lernen Sie jemanden kennen – und In-vitro ist durchaus eine Möglichkeit.«

»Ich betrachte die Männer und frage mich, bist du derjenige, welcher?«, gestand Deira. »Bist du der Mann, der der Vater meines Kindes sein könnte? Sind deine kleinen Zappelphilippe stark genug, um zu meinen geschrumpften Eivorräten vorzudringen? Könntest du mir ein Kind machen? Noch ein Grund, weshalb ich diese Reise angetreten habe. In der Hoffnung, weit weg von Irland einen Mann zu treffen, der mich schwängert.«

»Oh.« Grace war verdattert.

»Eine absurde Idee, schon klar«, sagte Deira. »Sogar während ich mir diese Fragen stelle, weiß ich um die Absurdität. Kann ich als Mutter, ob nun Single oder nicht, einem Kind überhaupt gerecht werden? Bewältige ich das Leben als Alleinerziehende? Ist mein Wunsch überhaupt statthaft? Ergo schwanke ich zwischen dem Wunsch, mit jedem Mann zu schlafen, den ich sehe, und dem Bewusstsein, eine egoistische Kuh zu sein, die von ihrer dämlichen biologischen Uhr terrorisiert wird. Und In-vitro bringt Frauen in meinem Alter dem eigenen Kind meist auch nicht näher. Würde man gar nicht denken, so fröhlich wie alle Welt darüber redet, angesichts der Fotos älterer Mütter mit ihren herzigen Kindelein. Genauso gut könnten sie einem sagen, man soll sein Luftschloss verlassen und sich einen Hund oder eine Katze anschaffen.«

Grace fehlten die Worte. Sie litt mit Deira mit, die von ihrem Kummer geradezu niedergedrückt wurde. Doch sie hatte leider weder für das körperliche noch das moralische Dilemma, in dem Deira steckte, eine Lösung. In jüngeren Jahren hatte Grace sehr dezidierte Ansichten gehabt, wie eine Familie auszusehen hatte und wie man Kinder erziehen sollte. Mit der Zeit jedoch hatte sich ihr Blickwinkel verändert, war ihre Einstellung weniger radikal.

»Am schlimmsten finde ich, dass ältere Väter als tolle Hechte gelten«, meinte Deira. »Gavin ist siebenundfünfzig. Wenn eine Siebenundfünfzigjährige so viel Dusel hätte, dank In-vitro schwanger zu werden, würde sie entsetzte und angeekelte Blicke ernten.«

Grace nickte. Damit hatte Deira zweifellos recht. »Sie sind aber meilenweit von Ihrem siebenundfünfzigsten Geburtstag entfernt«, betonte sie.

»Trotzdem habe ich die besten Jahre meines Lebens an ihn verschwendet.«

»Nein, das dürfen Sie nicht sagen.« Grace schüttelte den Kopf. »Sie haben einen Bruchteil Ihres Lebens mit ihm verbracht und ganz sicherlich nicht Ihre besten Jahre. Die liegen noch vor Ihnen.«

Deira lächelte dünn. »Das ist lieb von Ihnen, Grace, aber ich bin auf ganzer Linie gescheitert.«

»Das ist doch völliger Quatsch, wenn ich das sagen darf«, meinte Grace. »Sie sind neununddreißig, nicht neunundneunzig. Vor Ihnen liegen noch unzählige gute Jahre. Und wer weiß, vielleicht lernen Sie auf dieser Reise tatsächlich jemanden kennen und alles wird ganz wunderbar und –«

»Ehrlich gesagt, es braucht gar nicht wunderbar zu sein. Männer interessieren mich nicht. Mir geht's nur um den Sex«, erklärte Deira. »Doch momentan habe ich größere Probleme, als schwanger zu werden.«

»Was?«

»Gavin und Afton sind für eine Woche weggefahren«, berichtete Deira, »zu einer Hochzeit in Glasgow. Keine Ahnung, weshalb Hochzeiten mittlerweile eine Woche lang dauern, aber so ist es eben. Jedenfalls sind sie am Freitagabend geflogen. Und ich ...«

Erwartungsvoll sah Grace sie an.

»Ich habe das Auto genommen.«

Es dauerte kurz, bis Grace begriff.

»Den Audi? Das Cabrio? Das ist nicht Ihr Auto, sondern *seins*?«

»Es war *unser* Auto. Das er allerdings beim Auszug mitgenommen hat. Er war der Ansicht, da ich im Haus wohnen blieb, stehe ihm das Auto zu. Sein Anwalt werde sich irgendwann bei mir wegen der Trennungsmodalitäten melden, verkündete er. Ich finde ehrlich gesagt, er sollte keinen müden Cent bekommen. Als ich erfuhr, dass er genau in der Zeit mit Afton wegfährt, in der wir unseren Urlaub geplant hatten, kam mir die Idee, den Audi zu nehmen. Bei dieser Reise ging es hauptsächlich darum, mit offenem Verdeck durch Frankreich zu brausen. Er wolle das tun, bevor er so alt sei, dass ihn die Leute auslachten, erklärte er. Mit einem Sportwagen durch die Gegend zu fahren, ist wahrscheinlich so ziemlich das Einzige, weswegen ältere Männer ausgelacht werden. Ich sagte, er solle keinen Unsinn erzählen, er sei immer noch jung ...« Sie schluckte schwer, brachte kein Wort mehr heraus.

»Vielleicht ist ihm das Auto gar nicht so wichtig«, sagte Grace. »Wie ist mittlerweile Ihr Verhältnis?«

Deira ließ ein freudloses Lachen hören. »Ziemlich im Eimer«, antwortete sie. »Zum größten Teil liegt die Schuld bei mir. Als er mir von Afton erzählte, erlitt ich mehr oder weniger einen Nervenzusammenbruch. Ich folgte ihm zu ihrer gemeinsamen Wohnung und wollte unbedingt Zutritt. In einem Café machte ich ihm eine Szene – er hatte dort ein Frühstücksmeeting und ich kippte ihm seinen Teller samt Würstchen, Spiegelei und Kartoffeln über den Kopf.«

»Nicht schlecht«, murmelte Grace.

»Er wollte eine einstweilige Verfügung gegen mich erwirken«, sagte Deira. »Und ehrlich gesagt, ich kann es ihm nicht verdenken. Die Personalchefin hat es ihm ausgeredet. Sie rief mich zu sich und legte mir, trotz allen Verständnisses für meine Situation, einen Urlaub nahe. Das ist noch so was! Er betrügt mich, wird aber nachsichtig behandelt. Ich hingegen bin diejenige, die für einige Zeit von der Bildfläche zu verschwinden hat. Wobei die Personalchefin nicht unrecht hat«, gab sie zu. »Es tut mir nicht gut, mich im selben Gebäude aufzuhalten. Deshalb war es eine prima Idee, wegzufahren. Und da der Urlaub bereits gebucht war –«

»Wie meiner«, sagte Grace.

»Ach Gott, ja.« Deira nickte. »War mir so gar nicht bewusst – wir sitzen irgendwie im selben Boot. Wobei Sie jegliches Recht der Welt haben, mit Ihrem Auto durch die Gegend zu fahren, wohingegen ich mehr oder weniger eine Figur aus *Grand Theft Auto* bin.«

»Sind Sie bei seiner Wohnung vorbei und einfach damit weggefahren?«, wollte Grace wissen. »Hatten Sie denn einen Schlüssel?«

Deira erzählte, wie sie in den Wohnblock geschlichen war und das Auto genommen hatte. »Und ja, ich habe einen Schlüssel. Bevor er wieder zurückkommt, wollte ich ihm per WhatsApp mitteilen, was ich getan habe. Er wird zwar durchdrehen, kann aber nichts unternehmen. Und jetzt … jetzt habe ich das Auto quasi zerstört.«

»Vielleicht bekommt es die Werkstatt repariert?« Grace bemühte sich um einen optimistischen Tonfall.

»Der Lack ist verbrannt, die Sitze verkohlt und der Innenraum durchweicht. Selbst wenn der irgendwann getrocknet ist, hockt wahrscheinlich der Schimmel drin. Auch das Verdeck muss ersetzt werden, das hat ein Riesenloch. Die absolute Katastrophe, Grace, und alles meine Schuld. Gavin wird total ausflippen.«

»Sagen Sie ihm, er soll sich verpissen«, sagte Grace. »Er hat Sie skandalös behandelt. Soll er doch um sein Auto betteln.«

Wieder lächelte Deira dünn. »Das würden Sie an meiner Stelle garantiert sagen. Sie sind so … erwachsen. So ausgeglichen. Wohingegen ich eine unreife Idiotin bin.«

»Ich bin überhaupt nicht erwachsen«, widersprach Grace, die sich trotzdem über Deiras Einschätzung freute. »Ich versuche bloß mein Bestes.«

»Herrje, natürlich. Was Sie durchmachen mussten, ist viel schlimmer.« Deira war entsetzt, dass sie Grace' Schicksal beinahe verdrängt hatte. »Es tut mir so leid.«

»Sie haben gestern Abend zugehört, als ich meine Sorgen bei Ihnen ablud. Nur gerecht, dass ich mich revanchiere.«

»Was ich eigentlich damit sagen will« – Deira putzte sich die Nase –, »Sie sind unglaublich. Was mit Ihrem Mann passiert ist, ist einfach grauenvoll. Eine absolute Tragödie. Aber Sie … ich möchte nicht sagen, Sie kommen damit zurecht, denn ich kenne Sie nicht und es ist bestimmt immer noch sehr schwierig für Sie. Aber immerhin sind Sie kein schniefendes Häufchen Elend wie ich.«

»Sie sind kein Häufchen Elend«, widersprach Grace. »Sie haben eine beschissene Zeit hinter sich. Sie verdienen eine Auszeit. Und die sollen Sie haben, verkohltes Auto hin oder her.«

»Wahrscheinlich hänge ich hier ewig fest, bis alles geklärt ist«, sagte Deira. »Das war's dann wohl mit meinem idyllischen Frankreichurlaub.«

»Warum wollen Sie hierbleiben?«, fragte Grace. »Sie können ohnehin nichts tun. Das werden die Versicherungen untereinander regeln. Und das Auto kann repariert werden oder auch nicht. Was bringt es, wenn Sie währenddessen hier herumhängen?«

»Was soll ich sonst tun?«, fragte Deira. »Ich habe kein Auto, stecke also hier fest.«

»Aber *ich* habe ein Auto«, sagte Grace triumphierend. »Und eine ausgearbeitete Reiseroute und noch mehr Hinweise, die enträtselt werden müssen. Wie wir bereits festgestellt haben, sind zwei Köpfe schlauer als einer. Warum begleiten Sie mich nicht einfach?«

»Die ganze Strecke? Durch Frankreich und Spanien?« Verblüfft sah Deira sie an.

»Warum nicht?«, meinte Grace. »Ehrlich gesagt, Sie würden mir damit einen Gefallen tun. Meine Älteste denkt, ich bin von allen guten Geistern verlassen, weil ich diese Reise allein unternehme. Wenn ich ihr sage, dass ich eine Begleitung habe, hört sie vielleicht auf, sich permanent Sorgen zu machen.«

»Ach, ich weiß nicht recht ...«

»Wir haben den La-Rochelle-Hinweis noch nicht ganz geknackt«, sagte Grace. »Außerdem tut mir Ihre Gesellschaft gut.«

»Meinen Sie das ernst?«

»Warum nicht?«, wiederholte Grace.

Genau, warum eigentlich nicht, dachte Deira. Warum nicht etwas unternehmen, das noch verrückter war als ihr ursprünglicher Plan, und sich mit einer nahezu Wildfremden auf eine

Schatzsuche begeben, die sich ein Toter ausgedacht hatte? Weil es irre ist, genau deshalb. Meschugge. Das passt bestens, denn du bist ja ebenfalls irre und meschugge.

»Gut.« Sie lächelte Grace an. »Ich komme mit.«

»Wunderbar«, sagte Grace. »Am besten rufen Sie die Versicherung an, teilen denen Ihre weiteren Pläne mit und wie sie Sie erreichen können, und dann verschwenden Sie keinen Gedanken mehr dran.«

»Ich muss es aber Gavin beichten«, rief ihr Deira in Erinnerung.

»Der muss das jetzt noch gar nicht erfahren«, sagte Grace.

»Da haben Sie wohl recht.«

»Dann erledigen wir, was hier noch zu erledigen ist, buchen Ihnen ein Zimmer in La Rochelle und dann nichts wie los, damit wir den dortigen Hinweis gelöst bekommen.«

»Hört sich gut an.« Plötzlich fühlte Deira einen Energieschub. »Ich hole meine Sachen.«

Sie klaubte die tränenfeuchten Servietten zusammen, warf sie in den Abfalleimer und ging packen.

17. Kapitel

La Rochelle, Frankreich: 46.1603 °N 1.1511 °W

Deira und Grace machten sich um vier Uhr auf den Weg nach La Rochelle. Nachdem sie ein weiteres Mal mit der Versicherung telefoniert hatte, war Deira hinsichtlich des Autos positiver gestimmt. Alle schienen die Angelegenheit so rasch wie möglich regeln zu wollen und auch wenn sie nach Jahren in dieser Branche aus Erfahrung wusste, dass sich die Vorstellung einer Versicherung, was unter rascher Regelung zu verstehen war, oft nicht mit der des Kunden deckte, hatte sie doch zumindest einigermaßen vernünftige Gespräche führen können. Ihre Unterhaltung mit Gavin, wann immer diese stattfinden würde, würde voraussichtlich weitaus weniger vernünftig ablaufen. Er würde vor Wut toben, was sie ihm nicht verdenken konnte. Doch sie könne sich nicht ständig über alles den Kopf zerbrechen, erklärte sie Grace, als sie ihr Gepäck in den Kofferraum des Lexus hievte, daher versuche sie, diesen Gedanken für einige Tage zu verdrängen.

»Absolut richtige Entscheidung«, stimmte Grace ihr zu. »Wir wollen jetzt einfach eine gute Zeit haben.«

Allmählich entspannte sich Deira und fand Gefallen an der Idee einiger unbeschwerter Tage. Unbeschwerte Tage waren nicht unbedingt die Motivation für ihre Reise gewesen, aber sie würde sich bemühen, keinen Gedanken an Gavin zu verschwenden, der mit seiner neuen Partnerin genau das Leben lebte, das sie für ihn aufgegeben hatte. Und sie würde auch nicht jeden Mann, der ihr unter die Augen kam, mit der Vorstellung mustern, ob er möglicherweise der Vater des Kindes sein könnte, das sie nie haben würde.

Die Landschaft, durch die sie während der zwei Stunden von Nantes nach La Rochelle fuhren, war flacher und trockener als die sanften Hügel und Täler der Bretagne. Die Felder zu beiden Seiten der Straße waren ordentlich bestellt, viele verfügten über große Bewässerungssysteme. Grace behielt ihre Geschwindigkeit von 100 Stundenkilometern bei, völlig ungerührt, dass sie von alten Peugeots und Citroën-Lieferwagen überholt wurde, die wie auf einer Schnur aufgefädelt schienen.

»Es ist immer das Gleiche«, erklärte sie Deira, als wieder einmal eine dubiose Klapperkiste an ihnen vorbeizog. »Sie sehen einen ausländischen Wagen und ihr Stolz verlangt, den mit aller Gewalt zu überholen, selbst wenn es das Ende ihres Fahrzeugs bedeutet.«

»Gavin hätte sich mit denen sofort ein Wettrennen geliefert«, bemerkte Deira. »Er erträgt es nicht, wenn er hinter jemandem herfahren muss. Von einem quasi prähistorischen Lieferwagen hätte er sich garantiert nicht überholen lassen.«

»Das kann ich gut nachvollziehen«, gestand Grace. »Ken übernahm bei uns die gesamte Fahrerei und war der Meinung, die Fahrt sei Teil des Urlaubs, daher gebe es keinen Grund, wie der geölte Blitz durch die Gegend zu zischen.« Sie lachte unvermittelt. »Fionn anderseits fährt gern sehr zügig. Einmal kam er mit einer Playlist an, deren sämtliche Titel Oden an die Raserei waren, bloß um seinen Vater zu ärgern – mit Erfolg.«

»Fehlt er Ihnen?«, fragte Deira.

»Ken? Oder Fionn?«

»Ich meinte Ken.« Bestimmt hatte Grace die Frage absichtlich missverstanden.

»Jemand, mit dem man den Großteil seines Lebens verbracht hat, wird einem immer fehlen«, erwiderte Grace. »Aber er ist tot. Er hat sich entschieden, vor der Zeit zu gehen. Mir geht es wie

Ihnen, ich bin wütend und durcheinander. Doch ich muss notgedrungen seine Entscheidung akzeptieren.«

Grace umklammerte das Lenkrad, und Deira beschloss, das Thema fallen zu lassen. In diesem Augenblick piepste ihr Handy, eine Nachricht von Tillie.

Hey, hatte ihre Freundin geschrieben, *hoffentlich läuft auf Deiner Reise alles glatt. Musste an Dich denken, als ich heute den 88er Bus sah. Das bedeutet doppeltes Glück. LG!! T.*

Tillie behauptete, in manchen Kulturen sei die 8 eine Glückszahl, aber angesichts ihres bisherigen Pechs, fand Deira, dass sich das Schicksal eher über sie lustig machte.

»Alles in Ordnung?«, fragte Grace, als Deira ihr Mobiltelefon zurück in die Handtasche steckte.

»Ich denke schon.«

»Ich hätte mich erkundigen sollen, ob Sie problemlos ein Hotelzimmer bekommen haben.« Sie warf Deira einen Blick zu. »In La Rochelle war im Sommer immer ziemlich viel los und mittlerweile haben wir fast Hochsaison.«

»Ich habe eine *remise* auf dem Hotelgelände bekommen, alles andere war ausgebucht.«

»Was ist eine *remise*?«, wollte Grace wissen.

»Ein Schuppen«, erwiderte Deira.

»Die stecken Sie in einen Schuppen?« Grace klang entsetzt. »Wie kommen die mit so was durch?«

»Wahrscheinlich ist es ein Nobelschuppen, der durchaus für Gäste geeignet ist.« Deira grinste.

»Ich bitte Sie, mich zu begleiten, und Sie müssen in einem Schuppen übernachten.« Grace gluckste amüsiert.

»Bestimmt wird alles ganz wunderbar«, sagte Deira zuversichtlich.

»Wenn Sie während der Fahrt Musik hören mögen, nur zu«,

sagte Grace, nachdem sie eine Weile schweigend dahingegondelt waren. »Allmählich gewöhne ich mich daran, im Auto Playlists anzuhören. Als die Kinder klein waren, waren es Kassetten mit Kinderliedern oder Kinderreimen. Ken hörte am liebsten Hörbücher, was ich durchaus mag, aber nicht die ganze Zeit.«

»Welche Musikrichtung mögen Sie?«

»Ich bin ziemlich unkompliziert«, meinte Grace. »Allerdings muss ich mich mal ein bisschen weiterentwickeln, denn auf meinem Handy habe ich fast nur ältere Sachen. Normalerweise bevorzuge ich starke Frauenstimmen. Adele. Mariah Carey, in der Richtung.«

»Ich habe eine kunterbunte Mischung, wenn Sie mal reinhören wollen?«, bot Deira an und koppelte ihr Mobiltelefon mit dem Lexus. J.Los volle Stimme erfüllte das Auto mit Schmerz und Herzeleid.

»Vielleicht unter den gegebenen Umständen nicht besonders aufmunternd«, konstatierte Grace, denn als Nächstes kam Adele und hatte noch mehr Herzschmerz zu bieten. »Doch immerhin haben diese Mädels kräftige Lungen, wie meine Mutter zu sagen pflegte.«

Deira lachte.

»Diesmal wohnen wir in Zentrumsnähe«, sagte Grace etwas später, als sie sich La Rochelle näherten. »Die Stadt ist nicht besonders groß und trotz des Verkehrs kein Vergleich zu Paris.«

Sie folgte der Straße, die durch die Felder zu den Vororten der Stadt führte, dachte dabei an das letzte Mal, als sie mit Ken und den Kindern hier gewesen war. Sie konnte hören, wie sie sich auf dem Rücksitz zankten und Ken drohte, wenn nicht augenblicklich Ruhe einkehre, werde er sie am Straßenrand aussetzen. Hätte er womöglich auch, er hielt viel davon, Worten Taten folgen zu lassen. Wenn er etwas androhte, setzte er es auch meistens um, weshalb die Kinder wussten, dass sie beim Vater nicht zu weit gehen durften. Sie hingegen nahm es mit der Disziplin nicht besonders ernst, denn sie musste im Flugzeug ständig mahnen und belehren und wollte das nicht auch noch zu Hause tun.

Als sie zum Hotel einbog, war sie in Gedanken immer noch bei Ken. Im Gegensatz zu etlichen der neueren, irgendwie seelenlosen Hotels mit Meerblick war das *Fleur d'Île* ein großes altes Haus, weiß getüncht, mit rotem Ziegeldach und himmelblauen Fensterläden.

»Das ist entzückend«, sagte Deira, nachdem sie ausgestiegen waren. »Sieht noch hübscher aus als auf der Webseite.«

»Hoffen wir, dass der Schuppen gleichfalls entzückend ist«, meinte Grace.

Daran hatte Deira keine Zweifel. Das Hotelinterieur war bezaubernd, bekam da und dort durch pastellblaue und weiße Akzente maritime Anklänge. An den Wänden hingen Art-déco-Poster von Stränden und Eisenbahnen sowie alte Filmplakate.

Als sie ihren Schlüssel für die Scheune ausgehändigt bekam, sah sie, dass auf dem Anhänger keine Nummer, sondern »Brigitte Bardot« stand. Aufgeregt stupste sie Grace an.

»Sie muss hier übernachtet haben«, sagte sie. »Das ist garantiert die Antwort auf die Frage des Professors.«

Sofort wandte sie sich nochmals an den Rezeptionisten, einen recht gestrengen alten Mann mit tiefen Stirnfalten und einem gewaltigen weißen Schnurrbart.

»Ich wüsste nicht, welche Verbindung Madame Bardot zu unserem Hotel hat«, sagte er. »Ja, wir haben manches nach ihr benannt, aber ebenso nach Madame Deneuve und Madame Binoche. Aber hier gewohnt haben sie nicht. Leider.«

»Sind Sie sicher?«, fragte Grace. »Wir glauben nämlich, dass Miss Bardot doch hier abgestiegen ist.«

»Ich weiß nicht, wie Sie darauf kommen.« Der Rezeptionistenschnurrbart bebte. »Tut mir leid, wenn Sie da einem Irrtum aufgesessen sind.«

»Er muss sich irren«, meinte Deira, als Grace sie durch den Garten zur *remise* begleitete. »Das wäre sonst ein arg unwahrscheinlicher Zufall.«

»Stimmt. Vielleicht weiß jemand anders aus dem Hotel darüber Bescheid.«

Deira öffnete die Tür und trat ein. Die *remise* war im monochromen Stil der Sechziger eingerichtet, alles schwarzweiß, die Stühle weiß, die Teppiche schwarz und an den Wänden Schwarzweißfotografien der Filmlegende.

»Ich finde sie umwerfend«, sagte Grace.

»Eine Wahnsinnsfrau«, bestätigte Deira.

»Ich lasse Sie jetzt allein, dann können Sie Ihrem inneren Sexsymbol Zucker geben. Sollen wir uns in ungefähr einer Stunde treffen, um weiterzurätseln?«

»Passt.«

Grace nickte und ging zurück zum Hotel.

Grace' Zimmer war im Landhausstil eingerichtet, dunkle Holzböden, die Einrichtung edel, die Vorhänge schwer. Sie war überrascht, dass Ken eine solche Unterkunft für sie gebucht hatte. Während all der Jahre, in denen sie gereist waren, hatte er immer etwas Günstiges, Fröhliches gewählt. Er war niemand, der auf Bequemlichkeit Wert legte, meist bekam er seine Umgebung gar nicht richtig mit.

Sie öffnete das Fenster und lehnte sich hinaus. Der Blick vom obersten Stockwerk war atemberaubend, man konnte über die Bäume hinweg bis zum Meer sehen, das an diesem Tag ruhig und azurblau war. Grace bekam gleich gute Laune. Es wäre nett gewesen, hier mit Ken unterzukommen, dachte sie. Sich einmal was im Leben zu gönnen. Sie spürte, wie sie einen Kloß im Hals bekam, und schluckte energisch dagegen an.

Sie würde nicht weinen.

Sie würde nie weinen.

Er hatte ihre Tränen nicht verdient.

Wahrscheinlich hatte er dieses Hotel auf einem seiner Spaziergänge entdeckt, ging ihr durch den Kopf, als sie ihre Kosmetiktasche auspackte. Er war immer gern allein losgezogen, jeden Urlaubsmorgen eine gute Stunde vor dem Frühstück rausgegangen. Also gut möglich, dass er das Hotel gesehen und einen Blick hineingeworfen hatte. Ihr gegenüber hatte er es mit keiner Silbe erwähnt.

Sie hatte ihm oft genug in den Ohren gelegen, sie sollten sich auf Reisen mal was gönnen, daher wusste er, dass dieses Hotel genau nach ihrem Geschmack war. Als er noch am Leben war, hatte er ihren Wunsch ignoriert. Nun, da es zu spät war, begriff sie, dass er ihr tatsächlich zugehört hatte.

Es war immer noch herrlich warm, als sie sich im Garten mit Deira traf, die verkündete, laut ihrer Recherche sei das *Café de la Paix* fünfundzwanzig Gehminuten entfernt.

»Wollen wir gleich los?«, fragte Grace. »Wir könnten im Café was essen.«

Deira nickte und die beiden Frauen gingen die ruhige Straße entlang, die am Hotel vorbeiführte. Immer wieder hatte man einen Blick aufs glitzernde Meer. Es waren viele Menschen unterwegs, Touristen und Einheimische, die ebenfalls den Abend genossen, und unwillkürlich fühlte sich Deira, als sie an einigen jungen Frauen in Shorts und Trägertops vorbeischlenderten, sommerlich und sorglos. Sandsteinfarbene Gebäude flankierten die Straße, die sich kurz darauf zu einer Fußgängerzone verbreiterte. Im Erdgeschoss der Häuser befanden sich oft kleine Kunsthandwerkläden sowie Cafés, deren schwarze Aushängetafeln hübsche Souvenirs oder köstliches Gebäck anpriesen und die Kunden ins Geschäft locken wollten.

Kurz darauf erreichten sie den alten Hafen mit seinem Pflastersteinbelag und den belebten Ständen, die mit bunten Lichterketten geschmückt waren. Hier gab es weitere Straßencafés, die mit den größeren Restaurants um Gäste wetteiferten.

»Ken sagte immer, das sei der malerischste Ort, den er in Frankreich kenne«, meinte Grace, als Deira von Postkartenidylle sprach. »Er liebte La Rochelle.«

»Verstehe ich gut«, sagte Deira, während sie einen Blick auf Google Maps warf. »Also, Grace, unser gesuchtes Café befindet sich ein Stück weit hinter dem Hafen.«

Sie schritten durch den breiten Torbogen eines Turmes mit großer Uhr, gingen weiter, bis die Straße zu einem Platz wurde, in dessen Mitte ein fröhlich-buntes Karussell stand. Quietschend vor Begeisterung drehten sich Kinder unter den Augen ihrer Eltern auf bemalten Einhörnern im Kreis. Beinahe direkt gegenüber lag das *Café de la Paix.*

»Wir haben's gefunden«, sagte Deira, »Simenons Lieblingskneipe.«

Grace betrachtete das Gebäude. Auf ihren Familienausflügen waren sie nie in diesen Teil La Rochelles gekommen, folglich musste Ken diese Gegend ebenfalls allein erkundet haben. Bisher hatte es ihr nie etwas ausgemacht, dass sie weder an seinen täglichen Spaziergängen teilgenommen noch tiefen Einblick in sein Berufsleben gehabt hatte. Doch es war ein beklemmender Gedanke, dass die von ihm allein entdeckten Orte nun als Hinweise bei einer Schatzsuche fungierten, die er lange danach ausgearbeitet hatte. Damals, schließlich war es viele Jahre her, konnte er unmöglich schon an eine Schatzsuche gedacht haben, doch er hatte schon immer ein besseres Gedächtnis für solche Einzelheiten gehabt. Wahrscheinlich weil er an der Geschichte historischer Städte interessiert war – oder zumindest an der Geschichte der Schriftsteller, die dort gelebt oder sich aufgehalten hatten. Daran hatte er sie nie teilhaben lassen. Sie als Ehefrau hatte zu einem anderen Teil seines Lebens gehört.

»Alles in Ordnung?« Deira sah sie an.

»Bestens. Sollen gleich wir das Foto machen?«

»Warum nicht.« Deira nickte. »Achten Sie darauf, dass der Schriftzug des Cafés komplett drauf ist.«

Grace zückte ihr Handy und knipste mehrere Bilder. Nach einem Blick bestätigte Deira, dass sie sich hervorragend fürs Hochladen eigneten.

»Würden Sie bitte auch eins von mir machen?«, bat Grace. »Damit ich für meine Kinder einen Fotobeweis habe, dass ich allein gut zurechtkomme.«

»Wieso? Haben sie daran etwa Zweifel?«, wollte Deira wissen.

»In den Wochen nach Kens Tod hatten wir alle sehr zu kämpfen«, sagte Grace. »Es war schwierig. Wahrscheinlich glauben sie, dass ich mich immer noch schwertue. Immerhin waren wir sehr lange verheiratet, und die Kinder können sich mich nicht ohne ihn vorstellen.«

Wenn Professor Harrington wirklich so ein Kontrollfreak gewesen war, wie es diese Schatzsuche vermuten ließ, die er seiner Frau verordnet hatte, verstand Deira die Sorge der Kinder. Trotzdem war klar, dass, Einfluss des Ehemannes hin oder her, Grace eine sehr unabhängige Frau war. Hatte sie diese Seite ihrer Persönlichkeit vor der Familie verborgen? Oder hatte die während ihrer Ehe im Verborgenen geschlummert? Veränderte man sich unter dem Einfluss eines Mannes, ohne es zu merken? Hatte sie sich durch Gavin verändert?

»Gehen wir rein«, störte Grace ihre Gedanken. »Wir könnten was essen, und ich schicke den Kindern das Foto.«

Das Café war im Belle-Époque-Stil eingerichtet, hohe, reichverzierte Decken, glänzende Holzvertäfelung, goldene Beschläge und große Spiegel. Kugellampen verbreiteten weiches Licht, manche hingen von der Decke, andere waren als Stehleuchten in die Marmortresen eingelassen.

»Sagenhaft«, meinte Grace. »Genauso soll ein Schriftstellercafé aussehen! Ich sehe direkt vor mir, wie Simenon reinkommt, einen Cognac bestellt und sein Notizbuch vollschreibt.«

»Mir geht's genauso«, stimmte Deira zu.

»Was möchten Sie essen?«, fragte Grace.

»Kaffee reicht mir, ich habe keinen Hunger.«

Grace hob eine Augenbraue, bestellte aber zwei Kaffee und für sich ein getoastetes Sandwich, das sich größer als erwartet entpuppte. Sie bot Deira die Hälfte an.

»Die Hälfte von der Hälfte«, sagte Deira.

Schmunzelnd schnitt Grace das Sandwich auseinander.

»Also, nachdem wir nun das Foto haben, geht's um den letzten Hinweisteil. Brigitte, möglicherweise Brigitte Bardot. Sie haben nicht zufälligerweise in Ihrem Nobelschuppen etwas gefunden?«

»Leider nein.« Deira schüttelte den Kopf. »Außerdem ist die Bezeichnung Schuppen ziemlich ungerecht. Meine Unterkunft ist höchst gemütlich. Schon eigenartig, wie sich die Dinge fügen«, sinnierte sie. »Ich hatte mich auf eine weitere Nacht in Nantes eingestellt, in der ich vor Sorge um das Auto kein Auge zumache, und jetzt sitze ich mit Ihnen in diesem entzückenden Café.«

»Die Sache mit Ihrem Auto tut mir leid, aber ich bin froh, dass

Sie mich begleiten«, erklärte Grace. »So macht es viel mehr Spaß.«

»Es ist tatsächlich ein Riesenspaß – zumindest bis Gavin erfährt, wie es um seinen Audi steht.«

»Vielleicht hören Sie ja von der Versicherung, bevor er dahinterkommt«, meinte Grace. »Verdrängen Sie's bis dahin einfach.«

»Das gelingt mir größtenteils sogar ganz gut.«

Nachdem das Sandwich vertilgt war, schlug Deira vor, ins Hotel zurückzugehen und das Rätseln dort fortzusetzen.

Mittlerweile drängten sich noch mehr Menschen um die Stände im Bereich des alten Hafens. Neben Krimskrams und einheimischen Produkten gab es eine ganze Gasse, die antiquarischen Büchern gewidmet war.

Deira liebte Bücherflohmärkte und Antiquariate. Obwohl sie meistens neue Bücher erstand oder sich E-Books herunterlud, fand sie den Gedanken wunderbar, dass bereits gelesene Bücher die Chance auf ein zweites Leben bekamen.

»Kens Bibliothek besteht zum Großteil aus antiquarischen Büchern«, sagte Grace, als sie an den ersten Stand traten. »Schon seine Eltern waren die reinsten Leseratten. Nach ihrem Tod wurde die Sammlung unter den Geschwistern aufgeteilt und dieses Erbe bildete den Grundstock für Kens Bibliothek, die er im Laufe der Jahre ständig ergänzte. Von der Hälfte der Autoren hatte ich nie zuvor gehört, aber wahrscheinlich sind sie recht bekannt.«

»Hatte er viele Geschwister?« Deira nahm die französische Ausgabe eines Agatha-Christie-Krimis in die Hand.

»Zwei Brüder«, antwortete Grace. »Paul war ein gutes Stück älter. Er war bereits tot, als Ken seine Diagnose bekam. Dessie ist zwei Jahre älter und ging vor einiger Zeit in Frührente. Er lebt mit seiner Lebensgefährtin in Spanien, was einer der Gründe war, weshalb wir die Ferienwohnung bei Cartagena kauften. Ständig erzählte er, welch Luxusleben Margaret und er führen. Aber Ken hätte nicht einmal im Traum daran gedacht, dort seinen Lebensabend zu verbringen. Er liebte unser Haus in Irland.«

Während Grace erzählte, hatte Deira ein anderes Buch in die Hand genommen. »Na, wer sagt's denn«, meinte sie, »ein Fall für Monsieur Maigret.«

Das Buch war dunkelgrün, der Titel *Maigret et le Corps sans tête* hellgrün, darunter stand Simenons Name.

»Maigret und die kopflose Leiche«, übersetzte Grace. »Igitt.«

»Hier gibt's eine ganze Sammlung Maigrets«, sagte Deira, nachdem sie den Stand inspiziert hatte.

»Alle auf Französisch?« Grace blätterte durch die »Kopflose Leiche«. Sie verstand zwar einige Bruchstücke, doch das ganze Buch zu lesen, würde ihr Küchenfranzösisch mehr als überfordern.

»Ich befürchte ja«, sagte Deira. »Aber die sind toll, finden Sie nicht?«

»Ist *Lock 14* auch dabei?«, fragte Deira.

»Soweit ich sehe nicht. Aber vielleicht lautet der Originaltitel ja anders?« Deira zückte ihr Handy und begab sich auf die Recherche nach dem französischen Titel. Grace legte den Band zurück und schlenderte zum nächsten Stand weiter, wo eher literarische Romane angeboten wurden.

Deira kam hinzu, als Grace durch eine Ausgabe von *Fiesta* blätterte, die noch älter als ihre war.

»Noch mehr Hemingway?« Deira grinste. »Sie sind ja eine echte Masochistin.«

Grace zog eine Grimasse. »Ich mache einen auf gebildet. Hatten Sie Glück in Sachen Maigret?«

Deira bejahte und wedelte ihr mit einem schmalen Taschenbuch vor dem Gesicht herum. »*The Crime at Lock 14* heißt im

Original *La Charretier de la Providence*, was immer das bedeutet.« Sie reichte Grace das Buch. »*Et voilà*. Bitte schön.«

»Sie haben es gefunden! Haben Sie es gekauft? Wie viel schulde ich Ihnen?«

»Es war spottbillig, vergessen Sie's«, sagte Deira. »Betrachten Sie es einfach als Erweiterung Ihrer Sammlung.«

»Meiner Sammlung an Büchern, die ich nicht lesen werde.« Grace lachte. »Das übersteigt meine Fähigkeiten.«

»Ich glaube nicht, dass irgendwas Ihre Fähigkeiten übersteigt, Grace«, sagte Deira.

Die schüttelte nur lächelnd den Kopf.

In freundschaftlichem Schweigen gingen sie zurück zum Hotel.

Bei ihrer Rückkehr holten sie an der Rezeption ihre Schlüssel. Der weiße Schnauzbärtige war von einer jungen Frau abgelöst worden, die ihnen mit breitem Lächeln einen schönen Abend wünschte.

»Mir sind richtige Schlüssel lieber als diese Karten«, meinte Grace. »Sie sind viel – huch!«

Der Schlüsselanhänger, an dem sie den Schlüssel herumgewirbelt hatte, glitt ihr aus der Hand und klirrte auf den Boden. Ein karamellfarbener Fellwirbel kam angesaust – der große Labrador, der auf einem Sitzsack neben dem Empfangstresen geschlafen hatte, war aufgewacht und dem Schlüssel hinterhergesprungen. Brav trabte er mit dem apportierten Gegenstand zu Grace, obwohl die Rezeptionistin ihn zu sich rief. *»Non, non, Brigitte!«*

Die Hündin schenkte ihr keine Beachtung. Grace und Deira wechselten einen Blick.

»Brigitte?«, fragte Deira, während Grace der Hündin den Schlüssel aus dem Maul nahm und sich bei ihr unter Kopftätscheln zuerst auf Englisch und dann mit einem zweifachen *merci* bedankte.

»Sie heißt tatsächlich Brigitte«, sagte sie zu Deira.

»Unglaublich. Die Hündin …« Deira wandte sich an die junge Frau, die offenkundig erleichtert war, dass die Gäste das unerwartete Hol-das-Stöckchen-Spiel nicht krummnahmen, sondern die sehr mit sich zufriedene Brigitte immer noch streichelten. »Seit wann haben Sie das Tier?«

»Sie war schon da, als ich kam«, erwiderte die Rezeptionistin. »Sie gehört den Besitzern. Sie hat sogar ein eigenes Foto.«

Tatsächlich hing an der Wand hinter dem Empfangstisch ein Foto mit einem Holzschildchen darunter: *Bienvenue Brigitte. 8 Août 2015.*

»Das ist die Antwort«, wandte sich Grace mit glänzenden Augen an Deira. »Der achte August. 8!«

»Irgendwann wären wir hoffentlich auch draufgekommen, aber das war wirklich ein glücklicher Zufall«, sagte Deira. »Wollen Sie gleich den Laptop holen?«

»Und ob«, sagte Grace. »Warten Sie hier.«

Deira fuhr fort, Brigitte zu streicheln, während Grace den Laptop holte. Die Hündin begleitete sie zu dem großen weichen Sofa neben der Rezeption und legte ihren Kopf auf Deiras linkes Bein, während Grace die Datei aufrief.

»Okay«, sagte sie, »los geht's.«

Sie lud das Foto des *Café de la Paix* hoch. Wieder nervenzerreißendes Warten, während der Fortschrittsbalken langsam über den Bildschirm kroch, und nochmals ein Spannungsmoment, bis endlich die Information erschien, das Foto stimme überein. Diesmal lautete die Zahl für das Passwort 7.

Grace schloss den Browser und klickte auf das Dokument. »7148«, sagte sie. »Sind wir uns einig?«

»Nur zu«, meinte Deira.

Grace holte tief Luft, tippte dann die Ziffern ein.

»Passwort korrekt« erschien auf dem Bildschirm, gefolgt von Kens Nachricht.

Bravo, Hippo. Ich bin höchst beeindruckt, dass Du weitermachst. Ich wusste schon immer, dass Du Biss hast. Als Belohnung gibt es den Buchstaben R. Jetzt gönne ich Dir erst einmal eine Pause. Im Dokument Bordeaux gibt es keinen Hinweis, lediglich die Informationen für Dein Hotel. Wir haben dort nie so viel Zeit verbracht, als dass mir hierzu etwas Niveauvolles eingefallen wäre. Doch bevor Du nach Pamplona weiterfährst, möchte ich Dir etwas sagen. Der Klick auf diesen Link führt Dich zu einem Video, das ich aufgenommen habe, an dessen Ende der Hinweis kommt. Bonne chance. *Oder* buena suerte. *Was Dir lieber ist! Ist Brigitte übrigens nicht eine Wucht? Als wir letztes Mal in La Rochelle waren, stolperte ich auf einem meiner Spaziergänge über sie. Da sie mich an Brett erinnerte, folgte ich ihr zu ihrem Zuhause. Ich unterhielt mich sehr nett mit den Hotelbesitzern, deshalb habe ich Dir dort ein Zimmer gebucht. Bis gleich!*

Grace warf Deira, die das Dokument ebenfalls gelesen hatte, einen Blick zu. »Brett war die Hündin, die wir jahrelang hatten«, sagte sie. »Er ist nie mit ihr Gassi gegangen. So wie der Rest der Familie.« Ihr Blick wanderte zurück zum Bildschirm. »Egal, ich sollte jetzt auf den Link klicken.«

»Wenn Sie allein sind«, befand Deira. »Ich gehe in meine *remise*, und Sie können mich anrufen, wenn Sie so weit sind.«

»Okay.« Grace nickte. »Auch wenn ich bezweifele, dass er etwas sagt, was Sie nicht auch hören dürfen.«

»Das spielt keine Rolle«, Deira stand vom Sofa auf, »es ist eine private Nachricht von Ihrem Mann für Sie. Wir haben es ja nicht eilig. Lassen Sie sich Zeit. Bis später.«

Grace nickte wieder, streichelte Brigitte abschließend über den Kopf und ging in ihr Zimmer. Deira sah ihr nach.

Hoffentlich hatte der Professor seiner Witwe etwas Nettes mitzuteilen. Allerdings war sie sich da nicht allzu sicher.

18. Kapitel

La Rochelle, Frankreich: 46.1603 °N 1.1511 °W

In ihrem Zimmer setzte sich Grace in einen der schmalen Sessel und stellte den aufgeklappten Laptop auf ihre Schenkel. Noch hatte sie sich Kens Video nicht angesehen. Wollte sie es sich überhaupt anschauen?

Im Laufe der Jahre hatte es viele Videos mit ihrem Mann gegeben. Für den Abend, an dem sich die Familie zum Erinnerungsabendessen an Ken versammelt hatte, hatte Aline etliche zusammengestellt und spielte sie über den Fernseher ab. Sie zeigten Urlaube, Geburtstage, Weihnachten und andere Familienfeste. Es gab Filmchen, da marschierte er nur zufällig durchs Bild, denn die Kamera war auf etwas anderes gerichtet. Es gab Ausschnitte seiner Vorlesungen, von Gastvorträgen, bei denen seine Liebe zum Thema trotz der gelegentlich drögen Präsentation greifbar war.

Es gab für Grace genügend Möglichkeiten, jederzeit ihren Mann zu sehen und zu hören, wobei die Filmchen den Ken zeigten, den sie ihr Leben lang gekannt hatte. Dieser Clip war etwas Neues. Und sie schwankte, ob sie bereit war, ihren Mann etwas Neues sagen zu hören. Wie sollte sie damit umgehen, dass er heimlich diese Aufnahme gemacht hatte? Vielleicht war dieses Video ja eine einzige Rechtfertigung seiner Tat – Ken, der erklärte, warum er tun würde, was er getan hatte, eine rationale Begründung dafür fand, ihr erklärte, warum er recht hatte. Das wäre unerträglich, war sie doch von höllischen Gewissensbissen gequält worden, hatte sich selbst angeklagt und Mal ums Mal gefragt, ob sie seine Tat hätte verhindern können. Sie hatte diese letzten Monate wieder und wieder Revue passieren lassen, fragte sich, ob sie etwas gesagt haben könnte, was ihn hatte denken lassen, sie wäre ohne ihn besser dran. Hatte sie das im Innersten nicht sogar selbst gedacht? Denn natürlich war Kens Pflege schwierig und anstrengend gewesen. Er kämpfte gegen die Beschränkungen an, die seine Krankheit mit sich brachte, und gegen ihre Bemühungen, ihm zu helfen. Andererseits erwartete er, dass sie sofort alles stehen und liegen ließ, wenn er sie brauchte. Es gab Tage, da war sie verletzt, weil er ihre Hilfe ausschlug, oder frustriert, weil er sie wegschob, und andere, da war sie von seinen Forderungen ganz erschöpft. Es hatte Situationen gegeben, da hatte er nach ihr gerufen und sie so getan, als hörte sie ihn nicht, weil sie einfach nicht die Kraft hatte, sich mit ihm auseinanderzusetzen. Das bereute sie jetzt bitterlich. Ken war schon immer sehr fordernd gewesen, und sie hatte oft so getan, als hörte sie ihn nicht, auch als er noch bester Gesundheit gewesen war. Er hatte stets erwartet, dass sie ihr Leben nach ihm ausrichtete. Er hatte sich nicht anders verhalten, als er krank wurde – und sie auch nicht.

Vielleicht war dies das Problem.

Sie sah aus dem Fenster über den Hotelgarten hinweg zum Meer. War sie eine schlechte Ehefrau gewesen? Wahrscheinlich schon, würde sie sich diese Frage sonst stellen? Und diese Erkenntnis war vernichtend, denn Ehefrau und Mutter zu sein, war ihr Lebensinhalt gewesen. Schließlich hatte sie dafür ihre Karriere geopfert. Auch wenn sie ihren Namen nicht geändert hatte, war sie nicht mehr Grace Garvey, sondern zu Grace Harrington geworden.

Sie holte tief Luft, zögerte noch einmal kurz und klickte dann schließlich auf den Link.

Es war verstörend, ihn auf seinem Bürostuhl zu sehen. Die

Jalousien hinter ihm waren schräggestellt, fast geschlossen, die Schreibtischlampe brannte, warf Schatten auf sein Gesicht. Er sah nicht krank aus. Aber er hatte meistens völlig gesund gewirkt. Nur wenn er sich bewegte, manchmal auch beim Reden, wurde offensichtlich, dass es nicht gut um ihn stand.

»Also, Hippolyta, *chérie*«, sagte er. »Du hast es bis zu meinem Video geschafft. In meiner Nachricht sagte ich bereits, dass ich beeindruckt bin – das bin ich wirklich. Auch wenn offen gestanden die Hinweise nicht allzu schwierig zu entschlüsseln waren und du viele Rateversuche hattest. Ich wollte dir keine unlösbaren Aufgaben stellen. Ist Aline mitgekommen? Ich rechne halb damit und dann wäre die ganze Sache allzu einfach, denn trotz ihres Phlegmas hat sie ein schlaues Köpfchen. Wie du, Grace, auch wenn du es nicht immer nutzt.«

Grace drückte die Pausetaste. Wenn es ihm nur um zweifelhafte Komplimente ging, wollte sie ihm nicht weiter zuhören. Damit hatte er sich während ihrer Ehe schon genug hervorgetan. Er hielt ihr oft vor, sie würde von ihrer Intelligenz keinen Gebrauch machen, um dann hinzuzufügen, das müsse sie auch nicht, denn ihre Schönheit öffne ihr ohnehin jede Tür. Und Frauen, die allzu klug seien, möge er nicht. Nicht dass Frauen nicht klug sein dürften, schob er hinterher, nur würden die Klugen mit ihrer Intelligenz gar so sehr protzen, lautstark darauf hinweisen. Durchdringend und scharfzüngig.

Geprotzt habe ich nie, dachte Grace. Womit denn auch. Nachdem sie abermals tief durchgeatmet hatte, drückte sie auf Play.

»Wenn du das siehst, gibt es mich nicht mehr«, sagte Ken. »Ein seltsames Gefühl, eine Aufnahme zu machen im Wissen, dass sie erst gesehen wird, wenn man selbst tot ist. Es sollte befreiend sein, ist es aber ehrlich gesagt nicht. Andererseits, wenn ich noch da bin und mit dir die Reise mache, wirst du dieses Video nie sehen. Und jetzt habe ich etwas Blödes gesagt, denn ich rede von etwas, das eingetreten sein kann oder auch nicht. Entschuldige diesen unbeholfenen Satz, Hippo. Wenn ich dir einen Brief schriebe, wäre ich weitaus eloquenter. Aber Schreiben fällt mir jetzt schwerer als Sprechen.

Wenn ich zu dir spreche, ist es passiert: Ich bin eindeutig tot. Also weiter im Text. Hoffentlich macht dir die Schatzsuche Spaß und deine Reise unterhaltsamer. Aber es geht nicht nur um Spaß, sondern die ganze Chose könnte für deine Zukunft wichtig sein. Die Buchstaben sind der Schlüssel. Wenn du alle beisammenhast, wird dir ein Licht aufgehen und du kannst den Schatz heben. Hab's schön in Bordeaux, das wir leider nie erkundet haben. Der nächste Hinweis ist für Pamplona. Wenn du den Link am Ende des Videos anklickst, siehst du ihn. Enttäusch mich nicht, Hippo. Enttäusche dich nicht. Viel Glück.«

Das Video war zu Ende.

Grace starrte den leeren Bildschirm an.

Ihn zu sehen, ihn sprechen zu hören, wie er immer mit ihr gesprochen hatte, das Gefühl, dass er eigentlich gar nicht tot war, sondern jeden Augenblick ins Zimmer treten konnte, war verstörend.

Sie hatte ihn aus Liebe geheiratet.

Ihre Ehe hatte fast vierzig Jahre Bestand gehabt.

Er fehlte ihr.

Trotz dieser vierzig gemeinsamen Jahre, war sie sich nicht sicher, ob sie ihn jemals wirklich verstanden hatte.

Deira machte sich Sorgen, wie Grace auf die Worte des Professors reagieren würde. Obwohl sie es sich nicht anmerken ließ und gelassen blieb wie immer, musste es sie tief erschüttert haben, dass Ken ihr eine Videobotschaft hinterlassen hatte. Hoffentlich hatte er ihr etwas Liebes gesagt, herzliche Worte, die Grace halfen, über den Verlust hinwegzukommen.

Wir sind wie zwei versehrte Soldaten, dachte Deira. Humpeln dahin und versichern uns gegenseitig, alles sei bestens, aber in uns drin sieht es ganz anders aus. Sie massierte sich die geprellten Rippen, schlang die Arme um den Oberkörper und schloss die Augen, dachte an Gavin und Afton und ihr gemeinsames Kind, das bald auf die Welt kam. Erneut wurde sie von dem Gefühl großer Ungerechtigkeit schier überwältigt.

Auch was Grace hatte durchmachen müssen, war ungerecht, doch immerhin hatte sie ihr Leben nicht vergeudet. Was auch mit ihrem Mann geschehen war, sie hatte eine Familie gegründet. Sie hatte drei Kinder und einen Enkel, hatte ein Vermächtnis geschaffen. Deira hingegen stand mit leeren Händen da. Und hatte nun obendrein niemanden, der ihr Leben teilte.

Ihr Handy piepste. Nun ja, es gab durchaus Menschen in ihrem Leben, ging ihr durch den Kopf, als sie feststellte, dass Gillians Anruf gleich auf ihrer Mailbox gelandet war. Gill war Teil ihres Lebens. Ein Teil, den sie nicht abschütteln konnte. Sie rief ihre Schwester zurück.

»Oh!« Gillian ging fast umgehend ran. »Ich habe dir eine Nachricht hinterlassen.«

»Habe ich nicht abgehört«, sagte Deira, »sondern gleich zurückgerufen.« Wie ein braves Kind, führte sie im Stillen den Satz fort. Sie rief Gillian immer zurück.

»Ich habe dich in Sachen Bex auf den neusten Stand gebracht«, sagte Gillian.

»Was für eine Sache?«

»Du weißt doch, was ich meine.« Gillian klang gereizt. »Ihr Vorstellungsgespräch.«

»Wie lief's denn?«, fragte Deira.

»Sie ist zur nächsten Runde eingeladen worden. Das zweite Vorstellungsgespräch ist am Donnerstag.«

»Welchen Tag haben wir heute?« Durch die Reise, das Feuer und die Schatzsuche war Deira ihr Zeitgefühl abhandengekommen.

»Montag, du Dummi«, sagte Gillian.

»Du willst mir damit also sagen, dass du bis Ende der Woche in meinem Haus bleibst?«

»Nur die Mädchen«, erklärte Gillian. »Ich muss morgen zurück nach Galway. Ich habe, wie du weißt, noch andere Kinder, um die ich mich kümmern muss.«

Deira schwieg angesichts der unausgesprochenen Andeutung, dass sie nie Ausmaß und Tragweite mütterlicher Pflichten begreifen könne. Jedes Mal, wenn Gill sich über Deiras Kinderlosigkeit ausließ (was sie ziemlich häufig tat), fiel die Bemerkung, es müsse ein herrliches Leben sein, wenn man auf niemanden Rücksicht zu nehmen brauche, man tun und lassen könne, was und wann man wolle. Geradezu egoistisch, wohlgemerkt, pflegte sie hinzuzufügen. »Aber natürlich wirst du nie wissen, welches überbordende Glücksgefühl die Mutterschaft mit sich bringt, welche Liebe man empfindet. Das wirst du nie nachfühlen können. Aber wenn es dein Lebensziel war, dein ureigenstes Ding durchzuziehen, ist dir das bestens gelungen, Deira.« Und sie lächelte im Bewusstsein, eine Stufe der Erfüllung erreicht zu haben, die Deira nie erklimmen würde. Aalte sich nachgerade darin.

Deira hatte mit Gill nie über ihren Kinderwunsch gesprochen. Einmal hatte sie erwähnt, Gavin und sie würden darüber nachdenken, doch nachdem nichts daraus erwuchs, ließ sie Gill im Glauben, sie hätten die Idee fallengelassen. Deira hatte es nicht übers Herz gebracht, ihr zu sagen, dass Gavin dabei die treibende Kraft gewesen war und sie klein beigegeben hatte. Ihre Schwester sollte sie keinesfalls bemitleiden.

Deshalb hatte sie es auch nicht über sich gebracht, zu erwähnen, dass die neue Frau an seiner Seite schwanger war. Sie fühlte sich sowieso mies genug, auch ohne sich mit Gills unvermeidlich harschem Urteil auseinanderzusetzen. Und vielleicht ihrer Aussage, dass Deira das nur recht geschah.

Denn als Deira zum ersten Mal erwähnte, sie ziehe mit Gavin Boyer zusammen, war Gill entsetzt gewesen.

»Er ist verheiratet!«, hatte sie ausgerufen. »Und hat Kinder. *Und* er ist siebzehn Jahre älter als du. Was zum Teufel hast du dir dabei gedacht, dich mit ihm einzulassen?«

»Das hatte ich ja gar nicht vor«, antwortete Deira. »Aber als wir anfingen zusammenzuarbeiten ... da funkte es. Er ist mein Seelenverwandter. Er ist genau der Mann, den ich mir immer gewünscht habe.«

»Er ist verheiratet!«, wiederholte Gill. »Stand das auch auf deinem Wunschzettel?«

»Seine Ehe war schon vor Jahren am Ende.« Wahrscheinlich behaupteten das die meisten verheirateten Männer, wenn sie eine Affäre anfingen, aber in Gavins Fall traf es zu. Er war aus dem gemeinsamen Haushalt ausgezogen, noch bevor es mit ihrer Beziehung richtig ernst wurde.

»Ach, Deira, das endet böse«, sagte Gill. »Er soll sich erst mal scheiden lassen, dann kannst du mit ihm zusammenziehen.«

»Du weißt genau, dass der Prozess momentan immer noch vier Jahre dauert«, sagte Deira. »Hoffentlich ändert sich das demnächst, aber ich werde garantiert nicht vier Jahre lang tatenlos herumsitzen. Er auch nicht. Wir ziehen zusammen, basta.«

»Es ist nicht so sehr die Scheidung«, sagte Gill, »obwohl ich geschiedenen Männern nicht traue. Und ich würde es grauenvoll finden, für jemanden die zweite Wahl zu sein. Aber was mich wirklich stört, ist der Altersunterschied.«

Deira ging nicht auf die Bemerkung »zweite Wahl« ein. Eine völlig unlogische Aussage. Schließlich hatte er Deira vor seiner Eheschließung nicht gekannt, daher gar nicht die Möglichkeit gehabt, sie auszuwählen. Aber wenn eine Ehe nicht funktionierte, war es doch wohl besser, sich das einzugestehen und einen Neuanfang zu wagen, statt sich zu quälen. Sie biss sich auf die Zunge und erklärte Gill, Alter sei nur eine Zahl und bedeutungslos. Worauf Gill höhnisch geschnaubt hatte.

Aber Gill hatte recht gehabt, Alter spielte tatsächlich eine Rolle. Alter war alles. Zumindest wenn man eine Frau war.

»Deira?« Gills Stimme am anderen Ende der Leitung riss sie aus ihren Gedanken. »Bist du noch da?«

»Ja.«

»Dann ist es also kein Problem, wenn Bex und Lydia bis Freitag bleiben.«

Deira seufzte. »Na gut.«

»Du könntest dich gastfreundlicher anhören.«

»Was soll ich noch sagen, sie bleiben ja sowieso.«

»Du bist unmöglich«, giftete Gillian. »Du denkst immer nur an dich, andere Menschen sind dir egal. Das war schon immer so.«

Gavin war mir nicht egal, dachte Deira. Ich machte, was er wollte. Ich lebte mein Leben nach seinen Vorstellungen. Er und seine Kinder waren mir nicht egal, deshalb habe ich ihn an erste Stelle gesetzt und nicht mehr an mich selbst gedacht. Trotzdem scheinen die Leute offenbar anzunehmen, dass ich ausschließlich an mich denke, weil ich nicht geheiratet, sondern Karriere gemacht und keine Kinder habe.

»Sie dürfen gern bleiben«, erklärte sie ihrer Schwester. »Das versteht sich doch von selbst. Es kommt nur etwas unerwartet.«

»So wie deine Frankreichtour. Ohne ein Wort zu sagen, bist du los«, sagte Gill. »Genau das meine ich, wenn ich sage, du denkst immer nur an dich.«

»Es gab niemanden, an den ich hätte denken müssen«, sagte Deira. »Es ist nicht so, als ob ich deine Erlaubnis dazu gebraucht hätte.«

»Es wäre nett gewesen, wenn du mich informiert hättest«, sagte Gillian.

Nur weil du immer noch über mein Leben bestimmen willst, dachte Deira. Dich einmischen willst, wie früher.

»Du, ich muss jetzt los«, sagte sie. »Ich treffe gleich jemanden.«

»Jemanden? Wen? Einen Mann? Sitzt du schon wieder im Sattel? Reicht dir das Zeug nicht, das du in den Schubladen hast?«

Deira spürte, wie ihr die Verlegenheit die Röte ins Gesicht trieb, weil ihre Schwester ihr Sexspielzeug entdeckt hatte. Sie war schwer versucht, einfach aufzulegen, aber damit hätte sie Gill das Gefühl gegeben, einen Treffer gelandet zu haben. Stattdessen bemühte sie sich um einen gelassenen Tonfall.

»Du solltest ruhig selbst mal so was ausprobieren«, sagte sie. »Das Zeug kann durchaus unterhaltsam sein, vor allem, wenn man es gemeinsam nutzt. Und nein, ich sitze nicht schon wieder im Sattel, wie du das so unnachahmlich ausdrückst. Ich reise mit einer Frau, die ich auf der Fähre kennengelernt habe.«

»Und wo fahrt ihr hin?«

»Durch Frankreich logischerweise«, antwortete Deira. »Ich melde mich wieder, okay?«

Diesmal wartete sie Gills Antwort nicht ab, sondern beendete das Gespräch. Zwei Sekunden später piepste ihr Handy. Sie las die Nachricht.

Hey, Deira, danke, dass ich bleiben darf. Du bist super. Kuss, B.

Viel Glück beim Vorstellungsgespräch, schrieb Deira zurück, überlegte aber gleichzeitig, ob es sich um eine Stelle in Dublin handelte und wenn ja, ob Bex damit rechnete, weiterhin bei ihr wohnen zu dürfen.

Es stimmt nicht, dass ich keine Familie habe, ging ihr durch den Kopf, als sie das Mobiltelefon in ihre Handtasche stopfte. Hatte sie sehr wohl. Allerdings nicht die Familie, die sie sich gewünscht hatte.

Später am Abend trafen sich Deira und Grace auf der Terrasse auf einen Drink. Brigitte lag auf den noch warmen Fliesen, und sobald die beiden hinaustraten, kam sie angetappt, legte Grace den Kopf auf die Knie und sabberte fröhlich deren makellose Caprihose voll. Grace kraulte der Hündin die Ohren. Vorsichtig erkundigte sich Deira nach dem Video.

»Ich zeige es Ihnen.« Grace tätschelte Brigitte noch einmal, klappte ihren Laptop auf, den sie mitgebracht hatte, und spielte das Video ab.

Auch wenn Grace der Meinung gewesen war, Ken sähe nicht krank aus, war Deira vom Anblick ihres ehemaligen Dozenten erschüttert, der so viel magerer und grauer war als in ihrer Erinnerung. Andererseits lag ihre Collegezeit schon lange zurück, er hätte sich auch ohne Krankheit verändert. Was sich jedoch nicht verändert hatte, war sein Selbstbewusstsein, sein unbeirrbarer Glaube an die eigene Überlegenheit, eine Haltung, die für Grace verletzend gewesen sein musste. Welche Empfindungen ihn selbst auch bewegt haben mochten, Ken Harrington wirkte in diesem Video, als scherten ihn die Gefühle seiner Frau nicht.

»Alles in Ordnung?«, fragte sie. »Das anzusehen, war bestimmt nicht einfach.«

Grace zuckte die Schultern. »Alles typisch Ken.«

»Wollen Sie die Schatzsuche weiterhin fortsetzen?«, fragte Deira. »Völlig verständlich, wenn Sie sich dagegen entscheiden.«

»Er sagte doch, es könnte für meine Zukunft wichtig sein.«

»Inwiefern könnte das der Fall sein?«, fragte Deira. »Und spielt das tatsächlich eine Rolle? Wenn Sie aufhören wollen, wenn Sie es jetzt gut sein lassen wollen, dann müssen Sie nicht weitermachen.«

»Ich weiß.«

»Könnte es sich um Geld handeln?«, überlegte Deira laut. »Wäre es möglich, dass er … eventuell ein Bankkonto hat, von dem Sie nichts wissen?«

»Gewissermaßen ein Geheimversteck?« Grace schüttelte den Kopf. »Ich wüsste nicht, wie er das angestellt haben sollte. Er war Akademiker, kein Geschäftsmann mit hohen Bonuszahlungen. Kein Gedanke, dass er nebenher so viel verdient oder durch Spesen Reichtümer angehäuft hätte. Außerdem war ihm Geld nicht besonders wichtig. Gelegentlich gerieten wir uns deswegen in die Haare«, fügte sie ein wenig reumütig an. »Ich fand, er könnte sich da mehr ins Zeug legen, aber Ken ging es immer um Wissen und Wissensvermittlung, nicht um Beförderung und Besoldungsstufen.«

»Was könnte sonst wichtig sein?«, überlegte Deira.

»Ich weiß es nicht. Und natürlich besteht die Möglichkeit, dass es für Ken wichtig ist, aber nicht für mich«, sagte Grace. »Wir hatten oft sehr unterschiedliche Prioritäten. Trotzdem fühle ich mich … wahrscheinlich ist ›verpflichtet‹ das richtige Wort, das Rätsel zu lösen, auch wenn er mich eventuell nur an der Nase herumführt. Er hat es immer verstanden, mit meinen Gefühlen zu spielen, mir den Eindruck zu vermitteln …« Sie verstummte und blickte zum Golf von Biskaya hinüber, wo die Sonne allmählich hinter dem Horizont verschwand und das Wasser in flüssiges Gold verwandelte.

»Folgen Sie Ihrem Herzen«, sagte Deira. »Wenn diese Schatzsuche für Sie zu problematisch wird, lassen Sie's bleiben, Grace.«

»Was ich problematisch finde, sind seine albernen Hinweise.« Grace richtete ihren Blick wieder auf Deira. »Wenn er mir etwas wirklich Wichtiges mitteilen wollte, warum hat er es mir nicht einfach gesagt wie jeder vernünftige Mensch?«

»Vielleicht hat er irgendwo eine weitere Nachricht für Sie hinterlassen, für den Fall, dass Sie den Hinweis nicht finden«, sagte Deira.

»Ich habe mit seinem Anwalt gesprochen. Es gibt keinen Umschlag mit der Aufschrift ›Erst öffnen, wenn meine minderbemittelte Frau mit leeren Händen von ihrer Reise zurückkehrt‹«, schnaubte Grace.

»Aber wenn es so wichtig ist, wollte er bestimmt, dass Sie die Nachricht so oder so bekommen«, wandte Deira ein.

»Sollte man meinen. Deshalb glaube ich nicht, dass es wirklich wichtig ist. Und trotzdem ...«

Mitfühlend sah Deira sie an. »Wenn Sie aufhören wollen, ist das eine legitime Entscheidung«, sagte sie. »Er ist nicht mehr da, Grace. Sie sollten jetzt Ihr Leben nach Ihren Wünschen gestalten.«

»Sie sind sehr weise«, sagte Grace, woraufhin Deira ein ungläubiges Prusten unterdrücken musste, so weit war diese Aussage von der Realität entfernt. »Aber wissen Sie was, ich möchte es meinetwegen herausbekommen. Weil ich daran glauben möchte, dass ich das hinbekomme. Außerdem«, fügte sie hinzu, »sind sämtliche Hotels auf meiner Reiseroute bereits gebucht und bezahlt. Ich bin niemand, der etwas bereits Bezahltes verfallen lässt. Wahrscheinlich war ihm das sehr wohl bewusst.«

»Bestimmt könnten Sie das Geld zurückbekommen, entweder von den Hotels selbst oder von Ihrer Versicherung«, meinte Deira.

»Vielleicht«, räumte Grace ein. »Doch bestimmt wäre das ein enormer Aufwand für einen nicht besonders hohen Betrag. Anders als bei Ihrem Auto. Gibt's da übrigens Neuigkeiten?«

»Noch nicht. Wenn ich bis morgen Nachmittag nichts gehört habe, frage ich nach.«

»Bestimmt regelt sich alles«, sagte Grace aufmunternd.

Deira lächelte sie an. »Wir wünschen uns gegenseitig, dass sich alle unsere Probleme in Luft auflösen. Vielleicht sollte sich das jede von uns für sich selbst wünschen.«

»Wenn ich eines im Leben gelernt habe – egal wie beschissen es einem gehen mag, die Phase geht vorüber«, sagte Grace. »Später blickt man zurück und sagt, was für eine schreckliche Woche, ein schrecklicher Monat, ein schreckliches Jahr. Doch man muss sich stets vor Augen führen, dass es sich dabei nur um eine winzige Zeitspanne im Leben handelt. Es ist wichtig, Schlimmes zu relativieren. Und genau so muss ich momentan Kens Schatzsuche relativieren.«

Was einfacher gesagt als getan war, sosehr Grace' Standpunkt auch Sinn ergab. Wahrscheinlich traf das auf alle Schwierigkeiten im Leben zu, die man bewältigen musste. Angesichts ihrer eigenen Lage, wenn man den Brand und seine Folgen außen vor ließ, blieben die dreizehn Jahre mit Gavin, die sie relativieren musste. Und egal, was Grace sagte, diese dreizehn Jahre waren ein Gutteil ihres Lebens, den sie verschwendet hatte.

»Sollen wir uns den Hinweis für Pamplona ansehen?«, fragte Grace. »Ich habe noch nicht draufgeklickt.«

Deira verdrängte sämtliche Kinderwunschgedanken. Sie nickte und Grace klickte den Link an.

Hi, Hippo – Du hast es zum nächsten Hinweis geschafft, der diesmal wirklich und wahrhaftig leicht ist. Wie lautet die Zimmernummer des alten Mannes? Lade für die letzte Zahl Hemingway persönlich hoch – das gesuchte Schild befindet sich an einem seiner Lieblingsorte. Als Belohnung gibt es den Buchstaben P. Und das war's auch schon für Pamplona. Einfacher als dieser Hinweis geht's beim besten Willen nicht. Diesmal hast Du acht Versuche. Viel Glück.

»Bei jedem Hinweis verringert sich die Anzahl der Versuche«, beschwerte sich Grace. »Wenn ich es bis zum letzten Hinweis schaffe, habe ich wirklich ein Riesenglück.«

»Beim letzten Mal haben wir nicht alle Versuche benötigt, und er hat recht, dieser Hinweis scheint tatsächlich einigermaßen leicht lösbar«, stellte Deira fest. »Der alte Mann ist definitiv Hemingway.«

»Ja, das habe ich verstanden.«

»Und es muss sich um das Hotelzimmer handeln, in dem er immer übernachtete«, sagte Deira. »Ich erinnere mich vage, dass im Zusammenhang mit ihm ein bestimmtes Hotel erwähnt wurde, dessen Name mir allerdings nicht einfällt. Aber das müsste sich leicht herausfinden lassen. Und Lieblingsorte – gab es da nicht eine Bar oder ein Café?« Plötzlich lächelte sie. »Was ist das bloß mit alten Schriftstellern und ihren Kneipen? Ob sie dort wohl Hof hielten, darüber schwadronierten, wie genial sie seien, sich in die stolzgeschwellte Schreiberbrust warfen?«

»Wahrscheinlich«, stimmte Grace zu. »Aber es spielt keine Rolle, wer oder wo sie sind, Männer halten sich immer gern für wichtig.« Sie sah vom Laptop auf. »Möchten Sie tatsächlich weiterhin mit mir rätselnd durch die Gegend gondeln, Deira?«

»Und ob!«, lautete Deiras Antwort. »Diese Schatzsuche lässt mich meine Probleme etwas vergessen.«

»Na dann. Sehr schön«, sagte Grace. »Ich weiß übrigens bereits, um welches Hotel es sich handelt – das *Gran Hotel La Perla*, in dem schon ein Zimmer für mich reserviert ist. Ich habe es mir im Internet angesehen und auf der Webseite wird unter den Berühmtheiten, die dort unterkamen, auch Hemingway aufgezählt.«

Deira nickte. »Wenn wir uns weiterhin gemeinsam auf Schatzsuche begeben, sollte ich mir jetzt meine Hotelzimmer entlang unserer Strecke buchen. Ich bin sehr gut darin, Dinge bis zur berühmten letzten Minute aufzuschieben, aber in diesem Fall wäre es besser, zu wissen, wo ich unterkomme.«

»Sehr vernünftig«, sagte Grace. »Der nächste Schuppen könnte unter Umständen weniger adrett sein als Ihre hiesige *remise*! Wenn es geht, buchen Sie sich doch ein Zimmer in meinen Hotels. In Bordeaux ist es ein Ibis.« Sie klickte hier und dort, bis sie die Webseite fand. »Hier.« Sie schob den Laptop zu Deira hinüber, die für den folgenden Tag ein Zimmer buchte. Beim *La Perla* hatte sie weniger Glück, das Hotel war vollständig ausgebucht.

»Es ist wahrscheinlich dank seiner schillernden Historie höchst beliebt«, konstatierte sie. »Vielleicht kann ich aber ein Zimmer in der Nähe ergattern.« Sie änderte die Suche und fand wenige Straßen entfernt eine preiswerte Alternative. Nach Fotos und Gastkommentaren zu schließen, handelte es sich um ein nettes, kleines Hotel, also buchte sie. Dann sah sie sich Unterkünfte in Alcalá de Henares an, wo Ken Grace in einem Boutique-Hotel nahe der Universität einquartiert hatte.

»Morgen ist es zwar ein Ibis, aber ich kann's nicht glauben, dass er sonst überall Boutique-Hotels oder ähnlich luxuriöse Unterkünfte gewählt hat«, sagte Grace, während Deira nach freien Zimmern suchte. »Das *La Perla* ist richtig teuer. Das sieht ihm so gar nicht ähnlich.«

»Er wollte eben gut für Sie sorgen«, schlussfolgerte Deira.

»Nun ja …«

Während Deira mit ihren Hotelbuchungen beschäftigt war, sah Grace hinaus aufs dunkle Meer.

»Okay«, sagte Deira schließlich. »Fertig.«

»Klasse«, sagte Grace. »Heute Abend wollen wir keinen Gedanken mehr an Schatzsuchen oder Ähnliches verschwenden. Wie wär's mit einem Glas Wein?«

»Hervorragende Idee. Bleiben Sie sitzen, ich mach das.«

Und Deira verschwand im Hotel. Grace blieb mit Brigitte zurück.

19. Kapitel

Von La Rochelle nach Bordeaux: 190 km

Am nächsten Tag hatten sie die Hälfte der Strecke nach Bordeaux hinter sich, als Deiras Handy läutete. Es war die Versicherung, die ihr mitteilte, der Audi sei als Totalschaden eingestuft worden. Sie würden einen Vergleich vorbereiten, erklärte der Mann, demnächst werde er ihr weitere Formulare zum Ausfüllen mailen.

»Der Schätzwert wird unter dem tatsächlichen Wert liegen«, sagte sie zu Grace, »aber immerhin besser als nichts.«

»Werden Sie Ihren Ex anrufen und es ihm sagen?«

»Nachdem ich die Formulare bekommen habe«, erwiderte Deira, »die sehe ich mir lieber vorher an.«

Grace nickte und sie setzten die Fahrt größtenteils schweigend fort. Angesichts der riesigen Lavendel- und Sonnenblumenfelder, die intensiv lilafarben und gelb leuchteten, begleitet von Kylie Minogues größten Hits, fühlte sich Deira geradezu beschwingt. Als sie sich der Dordogne näherten, die im hellen Sonnenlicht eher grau als blau wirkte, wurde die Landschaft flacher und die bunten Felder wichen nach und nach Häusern und Gebäuden. Grace fuhr über die breite Brücke der gleichfalls grauen Garonne direkt nach Bordeaux.

»Nachdem es hier keinen Hinweis gibt, der geknackt werden muss, hätten wir auch nach Pamplona durchfahren können«, bemerkte Grace, während sie den Anweisungen des Navis folgte.

»Es wäre eine lange Fahrt geworden«, fand Deira, »und allein noch anstrengender.«

»Wahrscheinlich.« Grace bremste leicht und ließ sich von einem Lieferwagen überholen. »Ich frage mich immer noch, ob Ken tatsächlich davon ausging, dass ich alles allein bewerkstellige.«

»Sie *haben* alles allein bewerkstelligt, bis ich mich drangehängt habe«, bemerkte Deira.

»Stimmt.« Grace schenkte ihr ein Lächeln. »Ich habe mich so an Ihre Gesellschaft gewöhnt, dass ich das fast schon vergessen habe.«

Die beiden Frauen grinsten. Da trat Grace mit einem Schreckenslaut auf die Bremse, denn direkt vor ihnen drängte sich ein Lastwagen auf ihre Spur. »Also wirklich«, sagte sie, »man darf sich keine Sekunde lang ablenken lassen.«

Das Hotel, das Ken für sie gebucht hatte, befand sich in einer ziemlich zugebauten Gegend, verfügte aber über einen eigenen Parkplatz, was laut Grace der Grund gewesen sein musste, weshalb Kens Wahl darauf gefallen war. »Wie schon erwähnt, in ausländischen Städten fuhr er eher selten.«

»Vielleicht fand er, dass Sie darin besser sind als er«, meinte Deira, als Grace den Lexus parkte. »Sie sind eine hervorragende Autofahrerin.«

»Danke.« Grace stellte den Motor ab, sie holten das Gepäck aus dem Kofferraum und gingen zur Rezeption, wo sie eincheckten.

»Würde es Ihnen was ausmachen, wenn wir heute Abend getrennte Wege gehen?«, fragte sie, nachdem ihnen die Schlüssel ausgehändigt worden waren.

»Kein Problem«, meinte Deira. »Bestimmt brauchen Sie einmal eine Auszeit, ohne dass ich Sie belästige.«

»Sie belästigen mich überhaupt nicht«, versicherte Grace. »Aber ich will heute Abend nur noch mit meinen Kindern telefonieren und dann die Beine hochlegen.«

»Ich wollte selbst ein paar Anrufe machen«, sagte Deira, »alles bestens also. Wir sehen uns dann beim Frühstück. Ich wünsche Ihnen einen schönen Abend, Grace.«

»Danke, gleichfalls.«

Als Erstes meldete sich Grace über FaceTime bei Aline, die während des Gesprächs ihrem Sohn Bröckchen vom Abendessen aus dem Haar klaubte. Sie war begeistert, dass ihre Mutter sich offenbar amüsierte, drückte aber gleichzeitig ihre Sorge aus, weil sie sich mit Deira zusammengetan hatte.

»Du bist so vertrauensselig, Mum, und ich möchte nicht, dass du ausgenutzt wirst«, mahnte sie.

Ich habe deinem Vater vertraut, dass er für uns sorgt, dachte Grace. Ich habe darauf vertraut, dass er uns nicht das Herz bricht. Ich werde nie wieder jemandem vertrauen. Sie behielt diesen Gedanken jedoch für sich, erklärte Aline stattdessen, dass Deira eine gute Reisegefährtin sei, sie aber auf der Hut sei, falls diese junge Frau ihr eins über die Rübe ziehen und sich mit dem Lexus davonmachen wolle.

»Du weißt genau, dass ich das nicht so gemeint habe«, sagte Aline.

»Ich wollte dich doch nur aufziehen.«

Kurzzeitig verschwand Alines Gesicht vom Bildschirm, weil sie Declan hinterherjagte, der sich aus ihrem Griff gewunden hatte. »Entschuldige«, sagte sie, »er ist auf die Rücklehne des Sofas geklettert.«

»Ich sehe schon, du hast alle Hände voll zu tun«, sagte Aline. »Ich lass dich in Ruhe.«

»Hab Spaß, Mum«, sagte Aline. »Pass auf dich auf. Und fahr vorsichtig.«

»Mach ich«, antwortete Grace. »Hab dich lieb.«

»Ich dich auch.« Und Aline verschwand, um sich wieder mit ihrem Sohn zu befassen.

In Beijing war es fast Mitternacht, genau die richtige Zeit, um Fionn in seiner WG zu erreichen.

»Gut siehst du aus«, meinte er. »Offensichtlich tut dir die Reise gut.«

»Ich genieße es«, bestätigte Grace wahrheitsgetreu, nicht weil sie ihrem Sohn keinen Kummer machen wollte. »Das Wetter ist grandios und die Fahrt bisher problemlos. La Rochelle war herrlich.«

Einige Minuten lang plauderten sie ungezwungen, und dann berichtete sie von den alten Klassikerausgaben, die sie erstanden hatte, was ihn lächelnd zu dem Kommentar veranlasste, sie sei seinem Vater ähnlicher, als sie ahne. Anders als Aline machte er sich keinerlei Gedanken darüber, dass sie die Reise gemeinsam mit einer Frau unternahm, die sie erst vor kurzem auf der Fähre kennengelernt hatte. Allerdings bat er sie, vorsichtig zu fahren und sich regelmäßig zu melden.

»Aber natürlich«, sagte Grace, »ich sende dir jeden Tag eine Nachricht.«

Zum Abschied sagte sie ihm, dass sie ihn liebhatte, und schwor sich, sie würde nie aufhören, ihren Kindern zu sagen, wie viel sie ihr bedeuteten.

Und welches Glück es war, sie zu haben.

Schließlich meldete sie sich noch bei Regan, die gerade an einem der großen Holztische auf der gefliesten Terrasse der Ranch ein Brötchen vertilgte. Von ihren drei Kindern nahm Regan, die der Zukunft voller Optimismus entgegensah, das Leben am leichtesten, ging Grace durch den Kopf, während ihre Jüngste sie über ihren Aufenthalt in Argentinien auf den neuesten Stand brachte.

»Hoffentlich übertreibst du es nicht«, meinte Grace, als ihre Tochter geendet hatte.

»Ich übertreibe es immer.« Regans breites Lächeln erhellte den Bildschirm. »Aber es macht mir wahnsinnig viel Spaß. Und wie geht's dir?«

Grace erzählte ihr, was sie bereits Aline und Fionn berichtet hatte, und wie ihr Bruder verfiel Regan unwillkürlich in Urlaubserinnerungen aus der Kindheit. Sie stellte auch einige Fragen zu Deira und freute sich, dass ihre Mutter eine Begleitung hatte.

»Bestimmt ist es merkwürdig, Orte zu besuchen, wo man schon mit jemand anders war.« Ihre Stimme stockte.

»Es ist anders«, meinte Grace. »Aber demnächst reisen wir zu unbekannten Orten weiter, da schnappt die Vergangenheit nicht nach mir. Natürlich ist es nicht das Gleiche, weil ihr nicht dabei seid. Ich freue mich, dass ihr so schöne Erinnerungen an die Zeit habt – und dass ihr alle so eigenständig geworden seid.«

»Und du?«, fragte Regan. »Wie kommst du zurecht?«

»Manchmal tue ich mich schwer.« Grace hatte es schon immer am einfachsten gefunden, sich ihrer Jüngsten anzuvertrauen. »Aber mach dir keine Sorgen um mich. Ich komme gut zurecht. Wie geht es dir?«

»Die Pferde helfen«, sagte Regan. »Aber ich wünschte natürlich, es wäre anders gelaufen. Und ich möchte, dass du deinen Frieden findest, Mum.«

»Ich komme gut zurecht«, wiederholte Grace. »Und ich bin immer für dich da, das weißt du, Regan.«

»Ich weiß. Hab dich lieb, Mum.«

»Ich hab dich auch lieb.«

Nachdem sie das Gespräch beendet hatte, streckte sich Grace auf dem Bett aus und schloss die Augen.

Wenn ich schon nichts anderes vorzuweisen habe, dachte sie, dann doch zumindest drei großartige Kinder. Ein wundervolles, kostbares Geschenk von Ken. Für das sie sehr dankbar war.

Deira hatte es sich anders überlegt, sie rief niemanden an. Ursprünglich hatte sie sich bei Tillie melden wollen, dann vorübergehend den Drang verspürt, Gavin alles zu gestehen, am Ende aber zu nichts Lust gehabt. Irland und ihr Leben dort schienen weit weg. Auch die Misere mit dem Audi schien weit weg, als hätten weder der Brand noch seine Folgen mit ihr zu tun. Ein Teil von ihr verleugnete, dass sie mit dem geklauten Auto nach Frankreich gefahren war, als wäre das eine andere Deira gewesen.

Statt also zu telefonieren oder Nachrichten zu schreiben, schlüpfte sie in Shorts, holte ihre Laufschuhe heraus und ging nach draußen. Zwanzig Minuten später war sie am Ufer der Garonne, wo die Menschen durch den Nachmittagssonnenschein spazierten oder in einem der kleinen Cafés Eis aßen. In gleichmäßig flottem Tempo marschierte Deira am Fluss entlang. Während der letzten Jahre war sie sonntagmorgens am Grand Canal entlanggelaufen mit dem Ziel, die berühmten zehntausend Schritte täglich zu erreichen (das sie stets verfehlte, aber der Auslauf tat ihr gut). Seit Gavin die Bombe hatte platzen lassen, war ihr allerdings nicht nach Laufen zumute gewesen. Im Gegenteil, sie hatte das Haus nicht verlassen wollen.

Beim Quai Richelieu spürte sie, wie ihre Energie zurückkehrte, und fand ihren Laufrhythmus. Das hatte ihr gefehlt. Ihr hatte gefehlt, sie selbst zu sein. Deira O'Brien. Eine Frau, die wusste, wer sie war und was sie vom Leben wollte. Eine Frau, die mit ihren Entscheidungen zufrieden war.

Und dann sah sie den Mann auf sich zukommen, einen kleinen Jungen an der Hand, und die geradezu körperliche Sehnsucht überkam sie schmerzhaft, wie jeden Tag, seit Gavin sie verlassen hatte. Der Mann war groß und gutgebaut, mit mokkabrauner Haut, das dunkle Haar ganz kurzgeschoren. Der Stoff seines grauen T-Shirts spannte um die Oberarme, seine Beine in den Shorts waren muskulös. War er derjenige, welcher, überlegte Deira, stellte sich vor, wie sie mit ihm im Bett lag, wie er sich in ihr bewegte, zuerst langsam, dann immer schneller. Konnte er ihren Herzenswunsch erfüllen? Sie konnte geradezu sehen, wie in ihr das Baby heranwuchs, möglicherweise ein wunderhübsches Mädchen, das Pendant zu dem Jungen neben ihm.

Dann winkte der Mann und ließ die Kinderhand los. Der Kleine rannte schnurstracks auf eine große, schlanke Frau zu, die drei Eistüten in den Händen hielt.

»Merci, Maman!«, hörte Deira. Der Mann küsste die Frau, und der Junge stürzte sich auf sein Eis.

Deira, die den Atem angehalten hatte, schnappte nach Luft und schlang die Arme um ihren Oberkörper, als könnte sie sich nicht nur körperlich, sondern auch seelisch stützen. Sie ließ sich auf eine der dem Fluss zugewandten Holzbänke fallen. Mann, Frau, Kind verschwanden aus ihrem Blickfeld.

Sie beugte sich vor, bis ihr Kopf beinahe die Beine berührte. Der Schmerz war schneidend, körperlich, wie eine offene Wunde. Jeder einzelne Tag war ein Kampf mit ihrem Körper, der unablässig nach einem Kind verlangte. Bevor Gavin sie verlassen hatte, hatte sie kaum einen Gedanken an eine Schwangerschaft verschwendet. Jetzt ließ er sich kaum mehr verdrängen. Damals war ihr Entschluss, auf ein Kind zu verzichten, kein reines Nachgeben gewesen, sondern sie hatte Gavin beigepflichtet, ein eigenes Kind wäre ein Fehler, die Beziehung zu seinen Töchtern und

Marilyns unberechenbare Forderungen boten bereits genügend Sprengstoff.

Ein Fehler für wen? Für ihn oder sie?

Wie schon so oft rief sie sich in Erinnerung, dass sie dieser Entscheidung zugestimmt hatte. Sie hatte sich erfolgreich auf ihre Karriere konzentriert. War auf ihrem Gebiet anerkannt. Sie war glücklich gewesen.

Bis er ihr von Afton erzählt hatte.

Jetzt waren nur noch Wut, Bitterkeit und Eifersucht in ihr.

Und sie konnte einfach nicht loslassen.

20. Kapitel

Von Bordeaux nach Pamplona: 289 km

Am nächsten Morgen trafen sich Grace und Deira beim Frühstück. Bei Obst und Croissants gaben sie dem Verlauf des vergangenen Abends einen rosigen Anstrich, keine gestand die Momente der Melancholie, des Zweifels ein. Dann holte Deira ihr Handy heraus und konsultierte Google Maps für die Strecke Bordeaux – Pamplona.

»Wir brauchen etwas mehr als drei Stunden«, verkündete sie.

»Für mich ist diese Strecke neu«, sagte Grace, nachdem sie es sich angesehen hatte. »Sieht aber unkompliziert aus.«

»Wir können uns beim Fahren abwechseln«, bot Deira an. »Meinen Rippen geht's viel besser und ich kann bestimmt eine Stunde hinter dem Steuer verbringen.«

»Sind Sie sich sicher?«, fragte Grace.

Deira nickte. »Ich sitze die ganze Zeit wie die Königin von Saba auf dem Beifahrersitz, während Sie die ganze Arbeit haben«, sagte sie. »Ich möchte mir meine Mitfahrgelegenheit verdienen.«

»Haben Sie bereits«, sagte Grace. »Sie haben mich bei den Hinweisen in die richtige Richtung geschubst. Ohne Sie wäre ich nie so weit gekommen.«

»Doch, bestimmt.«

»Möglich«, räumte Grace ein. »Trotzdem sind Sie von unschätzbarem Wert für mich.«

»Und ich könnte mich noch nützlicher machen, wenn ich fahre«, sagte Deira. »Wann wollen Sie los?«

»Jetzt ist es halb elf. In ungefähr einer halben Stunde?«

»Bestens.« Deira trank ihren Kaffee aus. »Dann mache ich mich mal fertig.«

In ihrem Zimmer putzte sie sich die Zähne, bürstete ihr Haar und verstaute ihre Kosmetiktasche im Koffer. Dann holte sie ihr Handy heraus.

Niemand hatte nach ihr gesucht. Vor einigen Monaten wäre sie entsetzt gewesen – keine Nachrichten, keine Anrufe. Jetzt war sie nur erleichtert. Allerdings würde Gavin am nächsten Tag heimkommen, und sie konnte ihn wohl kaum unvorbereitet auf einen gähnend leeren Parkplatz stoßen lassen. Wenn sie mit dem völlig intakten Audi in Frankreich herumgedüst wäre, dann vielleicht ja. Aber nicht, wenn sie sich mit Grace in Spanien vergnügte, während irgendwo in Nantes ein verkohltes Wrack stand.

Sie holte tief Luft und tippte los.

Grace packte gleichfalls, warf nach getaner Tat ebenfalls einen Blick aufs Handy. Auch sie hatte keine Nachrichten, obwohl sie Aline geschrieben hatte, sie werde sie abends aus Pamplona anrufen. Ein seltsames Gefühl, dass sich die eigenen Kinder um einen Sorgen machten. Sie sollte diejenige sein, die sich Sorgen machte. Aber Kens Tod hatte alles verändert, die Verantwortung auf die Kinder übertragen. Noch etwas, was nahezu unverzeihlich war. Aline, Fionn und Regan hatten ihr eigenes Leben. Sie sollten sich nicht über ihre Mutter den Kopf zerbrechen. Vor allem, wenn ihre einzige Herausforderung im Moment darin bestand, nach Pamplona zu gelangen.

Pamplona.

In diesem Namen schwang etwas für sie mit, anders als bei Bordeaux oder La Rochelle. Möglicherweise weil sie durch ihre Hemingway-Lektüre geradezu die Sonne Navarras auf ihrer Haut und den samtigen Rotwein in ihrem Mund spüren konnte. In

Wahrheit trank sie so gut wie nie Rotwein, aber in dem Roman ging es ständig um Hitze und Wein, so dass sie das Gefühl hatte, bereits dort zu sein. Sie freute sich auf die Stadt, darauf, die Hinweise aufzuspüren. Mittlerweile war sie Feuer und Flamme für die Schatzsuche, selbst wenn das bedeutete, dass Ken immer noch ihr Leben kontrollierte. Zumindest noch ein Weilchen.

Deira machte es Spaß, den Lexus zu fahren, auch wenn dieser Teil Frankreichs landschaftlich langweilig und wenig abwechslungsreich war – fast eine Stunde lang ging es schnurgerade durch einen Pinienwald, der Teil eines Naturparks war. Als sie sich der spanischen Grenze und den Ausläufern der Pyrenäen näherten, wurde das Grün intensiver und die Berghänge vor ihnen waren übersät mit hübschen Landhäusern.

»Sollen wir wechseln?«, fragte Grace, die ein Tankstellenschild gesehen hatte.

Deira hatte nichts sagen wollen, weil sie fand, sie schulde es Grace, so lange wie möglich hinter dem Steuer zu sitzen, aber mittlerweile schmerzte ihre Seite wieder. Kurzum, sie war für eine Pause dankbar.

»Ich fühle mich so nutzlos«, sagte sie, als sie ausgestiegen waren und sich die Beine vertraten. »Normalerweise macht es mir nichts aus, zwei Stunden hinterm Steuer zu sitzen.«

»Geprellte Rippen sind richtig heftig«, meinte Grace mitfühlend. »Vor Jahren ist mir das im Urlaub mal passiert. Ich war die gesamten zwei Wochen zu nichts zu gebrauchen.« Fionn hatte sie versehentlich am ersten Tag mit dem Ruder des Boots getroffen, das sie gemietet hatten. Ihre Prellungen gehörten mittlerweile zum familiären Legendenschatz.

Sie nahm auf dem Fahrersitz Platz, und sie setzten ihre Fahrt durch die Berge fort. Gelegentlich wurde das Auto von niederen Wolkenfeldern verschluckt und sie befanden sich kurzfristig in einer anderen, weniger gastfreundlichen Welt. Doch dies geschah immer seltener und als sie Pamplonas Peripherie erreichten, brannte die Sonne von einem kobaltblauen Himmel.

»Jetzt wird's knifflig«, murmelte Grace vor sich hin, während sie den Anweisungen des Navis folgte. »Hoffentlich sind meine Karten auf dem neuesten Stand.«

Deira hoffte das auch, denn die engen Altstadtsträßchen, durch die sie fuhren, schienen größtenteils Fußgängerzone zu sein, und sie hatte Sorge, die Polizei könnte sich aus dem Nichts materialisieren und sie anhalten. Doch da tauchte vor ihnen ein großer Platz auf und das Navi verkündete, sie hätten ihr Ziel erreicht.

Beide Frauen waren überrascht, wie modern der zentrale Platz Pamplonas war. Deira hatte ihn sich sepiagetönt und quasi einem Hemingway-Roman entsprungen vorgestellt – klein und schmuddelig, umgeben von dunklen und gleichfalls schmuddeligen Bars. Die Wirklichkeit sah anders aus. Die Bars waren tatsächlich vorhanden, obendrein Cafés und Restaurants. Aber sie waren einladend hell und der Platz wimmelte von jungen Leuten in Shorts und T-Shirts, die ihre Rucksäcke abgestellt hatten, um das obligatorische Selfie zu machen.

»Vielleicht liegt's daran, dass Hemingway selbst kein Ausbund an Fröhlichkeit war«, meinte sie, nachdem sie ausgestiegen waren. »Das ist entzückend.«

Grace nickte und wuchtete ihren Koffer aus dem Auto. »Holen Sie Ihren lieber ebenfalls raus«, sagte sie. »Die haben Valet-Service und weiß der Himmel, wo das Auto letztlich abgestellt wird.«

»Was für ein Leben.« Deira grinste.

Sie betraten das kühle Marmorfoyer, wo Grace eincheckte und ihren Autoschlüssel dem Concierge aushändigte.

»Ich habe ein schlechtes Gewissen, weil Sie nicht auch hier

untergekommen sind«, sagte sie. »Als würde ich Sie an einem fremden Ort aussetzen.«

»Mein Hotel ist ganz in der Nähe«, sagte Deira beruhigend. »Kein Grund zur Sorge.«

»Treffen wir uns später und gehen die Hinweise durch?«, fragte Grace.

»Na klar«, antwortete Deira. »Schreiben Sie mir eine Nachricht, wenn Sie bereit sind.«

In ihrem Zimmer – oder genauer gesagt der Suite, die nach Ernest Hemingway benannt war, meldete sich Grace bei Aline, um ihre sichere Ankunft zu vermelden. Sie hielt das Handy am ausgestreckten Arm, damit ihre Tochter einen Panoramablick auf die elegante Umgebung samt Hemingway-Devotionalien werfen konnte. Aline meinte beeindruckt, dass Ken Grace in einem so schönen Hotel untergebracht habe, sei ein Beweis seiner großen Liebe.

War dem so, fragte sich Grace, der einfiel, wie hübsch auch das *Fleur d'Île* gewesen war. War Ken der Ansicht gewesen, dass sie auf sich allein gestellt etwas Besseres verdiente als bei ihren gemeinsamen Reisen? Oder lag es eventuell daran, dass er selbst in dieser Suite übernachtet hatte, als ihn vor fünf Jahren seine Vortragsreise hierhergeführt hatte – in diesem Fall wären seine Gastgeber mehr als großzügig gewesen. Er hatte ihr gegenüber weder seine Unterkunft in Pamplona noch in Alcalá de Henares erwähnt, wo er ebenfalls seinen Vortrag über den Einfluss Hemingways auf die moderne Literatur gehalten hatte. So erfolgreich war er mit seinem Thema, dass man ihn bat, auch noch in Toledo und Granada aufzutreten, die beide Teil der Schatzsuchroute waren. Vielleicht gehörten alle Hotels, in denen er logiert hatte, der gehobenen Kategorie an und hatten in ihm das Interesse für die luxuriöseren Seiten des Lebens geweckt.

Grace ließ ihren Blick durch den Raum schweifen. Ganz eindeutig hatte sie Kens Arbeit und die Hochachtung unterschätzt, die seine Kollegen ihm entgegengebracht hatten.

Sie wandte ihre Aufmerksamkeit wieder Aline zu, die gerade vorschlug, sie sollten sich einmal eine gemeinsame Mädelsauszeit gönnen.

»Warum kommst du im Spätsommer nicht zu mir nach Spanien?«, ging Grace sofort darauf ein. »Vielleicht im September?«

»Willst du etwa bis September dortbleiben?« Aline war entsetzt.

»Natürlich nicht. Ich habe in fünf Wochen eine Kabine auf der Fähre für die Rückfahrt reserviert. Aber ich möchte später nochmal hin.«

»Eigentlich gar keine schlechte Idee«, meinte Aline.

Nach dem Telefonat nahm Grace zwei Paracetamol gegen den sich im Nacken ankündigenden Spannungskopfschmerz, der sich hauptsächlich dem unbequemen Gedanken verdankte, sie könnte Ken und seine Vortragsreisen unterschätzt haben. Was er wohl nach den Vorträgen gemacht hatte? Sie hatte ihn nie gefragt, immer angenommen, alles hätte sich um akademische Inhalte gedreht, die ihren Horizont überstiegen. Hatte es ihn verletzt, dass sie augenscheinlich kein Interesse daran gehabt hatte? Hatte er sie aus diesem Grund hierhergelockt? Um ihr zu zeigen, wie sehr er wertgeschätzt worden war? Um ihr diese Tatsache aufs Butterbrot zu schmieren?

Ihre Gedanken wanderten zu den Hinweisen für Pamplona, die laut Ken leicht zu lösen waren. Er hatte recht. Sie hätte auch ohne Deira gewusst, dass es sich bei dem alten Mann um Hemingway handelte. Das war offensichtlich. Und da Ken ihr das Zimmer des Dichters gebucht hatte, wusste sie die Lösung für den Hinweis bereits. Die Zahl lautete 201. Nun musste sie einzig noch den Lieblingsort fotografieren. Deira und sie waren sich einig gewesen, dass es sich wahrscheinlich um das Café handelte, das in *Fiesta* vorkam – das ganz in der Nähe gelegene *Café Iruña*. In ihrer Suite lagen sogar Infozettel darüber. Kein Problem also, diesen Hemingway'schen Lieblingsort zu finden, ein Foto hochzuladen und den Hinweis noch vor dem Abendessen zu beantworten.

Deira hatte recht gehabt, es gab für Grace keinen Grund zur Sorge, denn in nicht einmal fünf Minuten hatte sie ihr Hotel gefunden. Es war kleiner, als es auf den Fotos der Webseite gewirkt hatte, aber sauber und gepflegt. Ein winziger Aufzug brachte sie in die oberste Etage zu ihrem Zimmer mit Blick auf die Altstadt. Sie stellte ihren Koffer ab und holte das Mobiltelefon aus der Handtasche.

Sie hatte eine Nachricht.

Von Gavin.

Das Herz hämmerte in ihrer Brust, als sie diese öffnete.

Unglaublich, dass Du die Chuzpe hattest, Dich bei mir zu melden. Das grenzt an Belästigung. Und darin hast Du ja Übung. Hör bitte endlich damit auf, Deira. Ich werde mich nicht wieder bei Dir melden. Denk nicht einmal daran, auf diese Nachricht zu antworten.

Langsam atmete sie aus. In der Nachricht, die sie ihm geschrieben hatte, bevor sie losgefahren waren, hatte sie ihn lediglich dringend um einen Anruf gebeten. Das Auto hatte sie mit keinem Wort erwähnt.

Eventuell war das ein Fehler gewesen. Eventuell hatte er an das letzte Mal gedacht, als sie ihn dringend um ein Gespräch bat.

Sie konnte ihm seine Reaktion nicht verübeln.

Es war bei Solas gewesen. Sie hatte an ihrem Schreibtisch gesessen und auf den Computerbildschirm gestarrt, ohne die Abbildungen der Vintage-Kleider wahrzunehmen, die Teil ihrer nächsten Ausstellung mit dem Titel *»Irland – Mode im Wandel der Zeiten«* sein sollten. Die Reaktion derjenigen, die sie um Hilfe gebeten hatte, war überwältigend gewesen. Täglich hatte sie Gavin an ihrer Euphorie teilhaben lassen, der ebenfalls begeistert war. Und dann ließ er die Afton-Bombe platzen, und ihr zog es den Boden unter den Füßen weg.

Anschließend hatte sie ihren Alltag wie in Trance bewältigt. Gavin war zwar ausgezogen, aber sie wusste, er saß Tag für Tag zwei Stockwerke über ihr an seinem Schreibtisch. Manchmal sah sie ihn in den Gemeinschaftsräumen oder der Kaffeeküche lachend im Gespräch mit Kollegen, als hätte er keinerlei Sorgen. Wie konnte er einfach unbeschwert weiterleben, während sie fast an gebrochenem Herzen starb? Doch an diesem Tag kam sie, während sie blicklos auf das Fotos eines Schottenminirocks aus dem Jahr 1967 starrte, der seinerzeit im ländlichen Irland garantiert einen Skandal hervorgerufen hatte, zu der Überzeugung, dass ihr Herz nicht gebrochen war, weil er sie verlassen hatte, sondern weil er sie verlassen und ihr die Möglichkeit auf die Realisierung ihres größten Wunsches genommen hatte, den er Afton ohne mit der Wimper zu zucken binnen kürzester Zeit erfüllt hatte.

Ein eigenes Kind.

Trauer und Wut schlugen angesichts dieser Erkenntnis über ihr zusammen, sie versetzte ihren Rechner in den Ruhezustand, schnappte einige Unterlagen und stand auf. Sie durchschritt das Großraumbüro, ignorierte die verstohlenen Kollegenblicke. Alle wussten über Gavin und sie Bescheid. Die gesamte Firma. Und sie tat ihnen leid, denn die Leute hatten immer Mitleid mit der

Frau, wenn eine Beziehung scheiterte. Man nahm sie fast ausnahmslos als Verliererin wahr – egal, wie oder warum der Bruch erfolgt war.

Im vierten Stock, wo es ruhiger zuging, wandten sich ihr die Köpfe zu. Als sie auf das Eckbüro mit den Glaswänden zuschritt, wo Gavin konzentriert auf seinen Bildschirm sah, war die Spannung mit Händen greifbar.

Kamala, seine Assistentin, schnappte hörbar nach Luft, als Deira die Tür öffnete und eintrat.

»Was zum Teufel willst du?«, raunzte Gavin und hob den Blick von dem Bericht, den er studierte.

»Mit dir reden.« Deira drückte den Knopf, der dafür sorgte, dass die Glaswände undurchsichtig wurden. »Unter vier Augen. Es ist dringend.«

»Es gibt nichts zu reden«, sagte Gavin.

»O doch.« Sie nahm ihm gegenüber Platz und schob die große Glastrophäe beiseite, die er letztes Jahr beim Branchenpreis gewonnen hatte, damit sie sich ungestört ins Gesicht sehen konnten.

Er atmete langsam und hörbar aus, rutschte mit dem Stuhl ein Stück vom Schreibtisch weg. Doch er stand nicht auf. »Ich bin ganz Ohr.«

»Du hast mit Afton geschlafen, obwohl du sie nicht liebst«, sagte Deira.

»Also –«

Mit einer Handbewegung brachte sie ihn zum Schweigen. »Du kannst sie unmöglich schon beim ersten Mal geliebt haben. Es war nur ein belangloser Zwischenfall.«

»Keine Ahnung, was es war«, sagte Gavin.

»Ein belangloser Zwischenfall«, wiederholte Deira. »Machen wir uns nichts vor, du hast immer noch mit mir zusammengelebt. Und hast auch weiterhin mit mir geschlafen. Also ging es dir bei ihr um Sex und trotzdem hast du mir gesagt, dass du mich liebst. Erinnerst du dich noch?«

»Ich verstehe nicht –«

»Aber eventuell täusche ich mich und du hast sie geliebt, obwohl du mit mir geschlafen hast. Vielleicht hast du ja mit mir geschlafen und sie geliebt?«

»Wir können nicht ändern, in wen wir uns verlieben«, sagte Gavin. »Und für diese Unterhaltung habe ich keine Zeit.«

»O doch, es liegt in unserer Hand«, sagte Deira. »Das trifft auch auf dich zu. Es geht darum, wofür man sich entscheidet, Gavin. Du hast dich dafür entschieden, mich sitzenzulassen. So wie du damals Marilyn hast sitzenlassen. Hast du mit ihr noch geschlafen, als du mir versichert hast, es sei vorbei?«

»Das war etwas ganz anderes.«

»Keineswegs. Worauf ich hinauswill – du hast keinerlei Probleme, mit jemandem zu schlafen, den du nicht liebst. Darin hast du Übung.«

»Es tut mir leid, dass ich dir wehgetan habe. Es tut mir leid, dass es so gelaufen ist. Aber dein Auftritt hier ist nur peinlich, Deira. Du musst über die Sache hinwegkommen.«

»Ach, über dich bin ich hinweg«, erwiderte sie. »Definitiv. Darüber mach dir mal keine Sorgen. Ja, ich war wütend und ja, peinlich berührt, dass ich so dämlich sein konnte, aber über dich bin ich hinweg.«

»Was soll also das Ganze?« Er nahm sein Mobiltelefon in die Hand und warf einen Blick darauf. Deira saß schweigend da, bis er es weglegte.

»Ich will etwas von dir«, sagte sie.

»Was?« Er klang argwöhnisch.

»Ich will ein Kind von dir.«

»Hä?« Er sah sie verblüfft an. »Was redest du da?«

»Wir haben festgestellt, dass du sehr gut in der Lage bist, mit einer Frau zu schlafen, die du nicht liebst«, sagte Deira. »Wir haben ebenfalls festgestellt, dass deine kleinen Zappelphilippe gesund und durchsetzungsfähig sind. Schließlich hast du bereits zwei Frauen geschwängert. Und darum geht es mir, Gavin. Ich will ein Kind von dir. Mir ist klar –« Sie hob erneut die Hand, als er sie unterbrechen wollte. »Mir ist klar, dass du weder mit mir noch mit dem Kind etwas zu tun haben willst. Das ist völlig in Ordnung. Aber ich möchte ein Baby und mir diesen Wunsch zu erfüllen, ist schließlich das Mindeste, was du nach der langen gemeinsamen Zeit für mich tun kannst.«

»Du bist nicht bei Trost«, sagte Gavin. »Ich gehe doch nicht mit dir ins Bett, um dir ein Kind zu machen.«

»Warum nicht?«

»Weil das eine völlig absurde Idee ist.«

»Ich wollte schon früher ein Kind und du hast es mir verweigert. Du warst völlig auf unser Leben als *power couple* fixiert und weil meine Liebe größer war als mein Wunsch, eine Familie zu haben, habe ich zugestimmt. Doch all die Jahre wollte ich ein Kind, Gavin, genau in der Zeit, die bei mir ideal für eine Schwangerschaft gewesen wäre. Absurd ist lediglich, dass ich mich deinem Willen gebeugt habe. Mir rennt die Zeit davon. Deshalb musst du mir diesen Wunsch erfüllen.«

»Nein.«

»Tu mir das nicht an.« Deiras Stimme brach. »Lass mich nicht darum betteln.«

»Jetzt hör mir mal gut zu«, sagte Gavin. »Du verlangst was völlig Unmögliches von mir. Ich kann nicht mehr mit dir schlafen. Ich bin in einer Beziehung.«

»Als du mit *ihr* geschlafen hast, warst du auch in einer Beziehung«, hielt ihm Deira vor. »Du hast mit *mir* geschlafen, als du in einer Beziehung warst. Ich sehe nicht, wo das Problem liegt.«

»Ich bin doch kein Zuchtbulle«, rief Gavin. »Ich kann doch nicht einfach –«

»Ich wette doch«, sagte Deira.

»Selbst wenn ich mit dir schlafen würde, will ich nicht, dass du schwanger wirst«, sagte Gavin.

»Du hättest anschließend nichts mehr damit zu tun.«

»Es wäre mein Kind«, sagte Gavin. »Und was du auch von mir denken magst, ich habe immer die Verantwortung für meine Kinder übernommen.«

Damit hatte er recht. Selbst als sie so wütend auf ihn waren, dass sie das Gespräch verweigerten, hatte Gavin den Kontakt zu Mae und Suzy stets aufrechterhalten. Er war ihnen kein schlechter Vater gewesen. Er wäre keinem Kind ein schlechter Vater.

»Du könntest dich so viel oder so wenig einbringen, wie du möchtest«, sagte sie.

»Nein, kommt überhaupt nicht in Frage«, versetzte er. »Afton ist schwanger, und wir werden uns ein gemeinsames Leben aufbauen. Ich werde das nicht für eine Laune von dir aufs Spiel setzen.«

»Das ist keine Laune!«

»Wenn du ein Kind willst, such dir einen anderen Vater«, sagte Gavin. »Ich stehe jedenfalls nicht zur Verfügung.«

Deira saß schweigend da. Sie war sich so sicher gewesen, dass er darauf eingehen würde, sie ihn würde überreden können. Und nun hatte er ihr das Einzige abgeschlagen, worum sie ihn je wirklich gebeten hatte. Diese eine Sache, die er der Frau vor und der Frau nach ihr nicht abgeschlagen hatte. Warum? Was stimmte nicht mit ihr?

Genau diese Frage wollte sie ihm stellen, doch stattdessen entfuhr ihr: »Bist du glücklich?«

»Was?«

»Mit deinem Leben? Mit Afton? Bist du glücklich?«

»Meistens«, erwiderte er.

Seine Antwort war ein Schlag in Deiras Magengrube. Hätte er ja gesagt, hätte sie ihm möglicherweise nicht geglaubt. Aber seine Antwort war ehrlich gewesen, denn niemand war die ganze Zeit glücklich. Er war immer ehrlich gewesen. Außer, wenn er sie betrogen hatte.

Unvermittelt stand sie auf und ging zur Tür.

»Ach, Deira.«

Sie drehte sich um in der Hoffnung, er hätte seine Meinung geändert.

»Das Haus«, sagte er, »ich weiß, es läuft auf dich. Aber es ist immer noch unser Familienheim. Du kannst ruhig dort wohnen bleiben. Aber du musst mir meine Hälfte auszahlen. Das ist nur gerecht.«

Sie spürte, wie sie vor Wut zitterte. Natürlich hatte er recht; er hatte Geld in das Haus gesteckt und Anspruch auf seinen Anteil. Aber wie konnte er es wagen, es als Familienheim zu bezeichnen, wenn sie doch keine Familie waren. Nie eine gewesen waren, nie eine sein würden.

Sie nahm die Glastrophäe und schmetterte sie zu Boden, wo die nadeldünne Spitze abbrach.

»Leck mich am Arsch, Gavin Boyer«, sagte sie und verließ türenknallend sein Büro.

21. Kapitel

Pamplona, Spanien: 42.8125 °N 1.6458 °W

Nach dem Gespräch mit Aline war Grace eingeschlafen und wachte erst um kurz vor halb sieben wieder auf. Sie war überrascht, dass sie so lange geschlafen hatte, aber froh, weil sie sich frisch und munter fühlte. Von Kopfschmerzen keine Spur mehr. Sie nahm ihr Mobiltelefon und sah, dass Deira vor einer halben Stunde eine Nachricht geschickt hatte, ob Grace sie auf eine Erkundungstour durch die Stadt begleiten wolle.

Sie habe verschlafen, schrieb Grace und wollte wissen, wann sie sich treffen könnten, um über den Hinweis nachzugrübeln. Und um etwas zu essen, fügte sie hinzu.

»Café Iruña, 7.30 Uhr«, lautete wenige Minuten später Deiras Antwort.

Grace schickte ein Daumen-hoch-Emoji, stellte sich unter die Dusche und schlüpfte dann in ein hübsches geblümtes Kleid und ein Paar Sandalen, deren Riemchen mit bunten Steinen besetzt waren. Sie frisierte sich und legte wieder die Kette mit dem blauen Anhänger um, nahm einen Stadtplan vom Schreibtisch und verließ das Zimmer.

Auf der Plaza herrschte geschäftiges Treiben, in den Cafés ringsum saßen zahlreiche Touristen. Grace steuerte auf das berühmte *Café Iruña* zu. Sie war viel zu früh dran, hoffte aber, in der Nähe des Cafés eine Hemingway-Statue oder zumindest eine Gedenktafel zu finden. Nachdem sie ein Foto gemacht hätte, wären bereits alle Teile des Hinweises beisammen. Doch obwohl sie den gesamten kleinen Häuserblock abschritt, wies nichts auf den großen Schriftsteller hin.

Sie umrundete einmal die gesamte Plaza, hielt nach allem Ausschau, was auf Hemingway hindeuten könnte, obwohl der Hinweis »bei einem seiner Lieblingsorte« lautete und sie sicher war, dass es sich dabei um das Café handelte. Vielleicht befand sich die Huldigung für Hemingway im Lokal selbst.

Immer noch war es weit vor halb acht und da Grace sich nicht allein vors Café setzen wollte, setzte sie ihren Spaziergang fort, schlenderte durch die schmale Straße, die am Hotel vorbeiführte. Im Erdgeschoss der Häuser befanden sich Geschäfte, eine Mischung aus alteingesessen und neu, darüber Wohnungen mit hölzernen Fensterläden und schmiedeeisernen Balkonen. Grace gefiel, dass die Bewohner des Kontinents häufig in alten Häusern inmitten der Stadt wohnten, in Irland war das mittlerweile eine Seltenheit. Sie selbst war mit ihrem Haus und dem Garten so verwachsen, dass sie nie in einer Stadtwohnung leben wollte, andererseits liebte sie den Trubel, den das Leben in der Stadt mit sich brachte. Auch wenn es ihr ratsam schien, sich zu verkleinern – Haus und Garten waren für sie allein zu groß –, war dies leichter gesagt als getan. Ein Haus war nicht nur ein Bauwerk, sondern verkörperte mit allem Drum und Drin ein Heim.

Sie dachte an ihre Küchenwand, an der sie sorgfältig an den jeweiligen Geburtstagen die Größen der Kinder markiert hatte, und wie die Nachmittagssonne durchs Fenster fiel, was sie jedes Mal aufheiterte. Sie dachte an den von ihr liebevoll gepflegten Garten, an das organisierte Chaos in Kens Arbeitszimmer, das aufzuräumen sie immer noch nicht übers Herz gebracht hatte.

Wenn ich heimkomme, schwor sie sich. Wenn ich heimkomme, packe ich das an.

Grace bog in eine Straße ab, die vermutlich zurück zur Plaza del Castillo und ihrem Hotel führte, musste aber feststellen, dass sie die Orientierung verloren und sich verlaufen hatte. Die Plaza am Ende der Straße, von der sie angenommen hatte, sie sei der Hauptplatz, war viel kleiner, mit einigen schattenspendenden Bäumen und einem Brunnen und einer Bank. Grace setzte sich und zog den kleinen Stadtplan zu Rate, der jedoch nur den Altstadtkern abdeckte und daher keine große Hilfe war. Immerhin wärmten ihr die schräg durch das Laub der Bäume fallenden Sonnenstrahlen den Rücken und eine sanfte Brise machte die Hitze erträglich. Sie faltete die Karte zusammen und schloss die Augen, von einer allumfassenden Ruhe erfüllt wie seit Kens Diagnose nicht mehr. Auch das Schuldgefühl, das auf ihr gelastet hatte, war nicht mehr so drückend. Sie war ganz im Hier und Jetzt und alles war wunderbar.

Sie gab einen langen, tiefempfundenen Seufzer von sich und wünschte, dieser Augenblick würde ewig währen.

Da auf ihre Nachricht nicht gleich eine Antwort kam, hatte Deira beschlossen, einen Spaziergang auf eigene Faust zu unternehmen. Sie war durch viele der Straßen geschlendert, durch die später auch Grace kam, hatte aber auch die Gegend um die Stadtmauer herum erkundigt, wo es einen großen Park gab, in dem sich Touristen und Einheimische gleichermaßen im Schatten breiter Bäume entspannten.

Genau in dem Moment, in dem sie mit ihrem Handy die Stadtmauer fotografierte, summte es. Wie jedes Mal setzte ihr Herz kurz aus, aber es war nur Gillian.

Wollte nur Dir kurz sagen, dass ich wieder zu Hause bin. Vielleicht magst Du Bex viel Glück wünschen.

Deira schnitt dem Bildschirm eine Grimasse. Wieder einmal sagte Gill ihr, was sie tun sollte, und das ärgerte sie, vor allem, weil sie ihrer Nichte bereits eine Nachricht geschickt hatte.

Mit einer gewissen Befriedigung antwortete sie: *Schon geschehen.*

Ein deprimierender Gedanke, dass sich ihre Beziehung seit Jugendtagen nicht weiterentwickelt hatte – eine endlose Reihe bedeutungsloser Kleinkriege um die Oberhand. Es war keiner der beiden Frauen gelungen, sich aus den festgefahrenen Mustern zu befreien, seit Gill als Halbwüchsige die Mutterrolle bei ihr übernommen hatte. Deira hatte nie aufgehört, sich dagegen aufzulehnen, während Gill sich immer noch als Mutter aufspielte. »Und sich in mein Leben einmischt.« Deira klappte leise schimpfend die Handyhülle zu.

Hätte Gill Deira damals in Ruhe gelassen, hätte sich ihr Verhältnis möglicherweise ganz anders entwickelt, wäre weniger ambivalent. Doch sie hatte sich ständig eingemischt, was Deira ihr nie ganz verziehen hatte, da spielte es auch keine Rolle, dass sie das (zumindest in Gills Augen) nur zu Deiras Bestem getan hatte. Es spielte auch keine Rolle, dass Deira später in ihrem Beruf sehr erfolgreich Karriere gemacht hatte. Gillian hatte ihr reingeredet, über ihren Kopf hinweg bestimmt, dabei hätte sie sich einfach nur um ihren eigenen Kram kümmern sollen.

Deira war nie dahintergekommen, ob sich Gill aus angeborenem Snobismus eingemischt hatte oder weil sie Thomas Kinsella und seiner Familie misstraute. Nicht dass ihr Motiv etwas geändert hätte, das Resultat lief aufs selbe hinaus.

Als Deira sich im letzten Schuljahr befand, war Thomas ihr fester Freund gewesen und sie bis über beide Ohren in ihn verliebt. Anfänglich hatte Gillian nichts gesagt, aber mit der Zeit ließ sie flapsige Bemerkungen darüber fallen, wie wenig Burschen, die nicht aufs College gingen und stattdessen an einer Tankstelle arbeiteten, zu einem klugen, hübschen Mädchen passten, das sich jemand viel Besseren angeln könnte.

Deira protestierte, sie würden einander lieben. Gill fragte mit einem Schnauben, ob sie tatsächlich glaube, er sei der Mann, den sich ihre Mutter für sie gewünscht hätte.

»Sie hätte gewollt, dass ich glücklich bin«, hielt Deira dagegen. »Und das bin ich mit Thomas.«

Der war lieb und unkompliziert, an ihm nagte nicht ständig das Gefühl, ungerecht behandelt zu werden.

»Du bist zu jung, um zu wissen, was Liebe und Glück bedeuten«, sagte Gill. »Das ist dein Problem, Deira O'Brien – du glaubst, du weißt alles, dabei hast du keine Ahnung.«

Heutzutage hätte Gill damit nicht ganz unrecht, gestand sich Deira ein, damals jedoch schon. Und doch war es ihr gelungen, sie auseinanderzubringen – ohne dass Deira auch nur geahnt hatte, dass ihre Schwester dahintersteckte. Sie wusste nicht, dass Thomas nicht mehr anrief, weil Gill bei der Tankstelle vorbeimarschiert war und ihm mitgeteilt hatte, Deira werde nach der Schule aufs College gehen, neue Freundschaften schließen, Verbindungen knüpfen, wobei ihr Thomas nur im Wege stehen würde. Sie wusste nicht, dass Gill ihm eingeredet hatte, ein schnelles und sauberes Ende ihrer Beziehung sei für alle Beteiligten das Beste, vor allem für Deira. Sie wusste nicht, dass Thomas, der rücksichtsvolle, liebenswürdige Thomas, sich Gills Worte zu Herzen genommen hatte. Weshalb er sich am nächsten Tag von ihr getrennt hatte. Ohne jegliche Erklärung.

Ja, sie waren damals beide sehr jung gewesen und ja, ihre Beziehung hätte, nachdem Deira ihr Studium begonnen hatte, auch ein natürliches Ende finden können.

Aber als am Tag ihrer Collegeabschlussfeier ihre Schwester nebenbei erwähnte, dieser Tag wäre ohne sie nie gekommen, und mit einem gewissen Stolz kundtat, sie sei dafür verantwortlich, dass sich Thomas von ihr getrennt habe, wurde Deira bleich vor Wut. Und obwohl Gills Eingreifen vier Jahre zurücklag und Deira mittlerweile mit einem anderen zusammen war, konnte sie ihrer Schwester weder verzeihen, dass sie sich eingemischt, noch dass sie ihre Abschlussfeier ruiniert hatte.

Irgendwann war sie darüber hinweg und fand ihr Glück, doch jedes Mal, wenn der Name Thomas Kinsella fiel, spürte sie einen Stich und fragte sich, ob sie, wäre Gillian nicht gewesen, immer noch ein Paar wären. Denn der Name fiel im einen oder anderen Zusammenhang ziemlich häufig. Sein Vater, ein ehemaliger Maurer, war gerade zu dem Zeitpunkt ins Baugewerbe eingestiegen, als Irlands Wirtschaft zu boomen begann. Im Laufe der Jahre hatte Danny Kinsella kleine Grundstücke aufgekauft, die plötzlich teures Bauland geworden waren. Kinsella & Son gehörten mittlerweile zu den führenden Bauunternehmern des Landes. Und Thomas und seine Frau Sinead spielten auf einmal gesellschaftlich eine bedeutende Rolle. Sie tauchten sogar im Promimagazin *RSVP* auf, hatten sich für eine Fotostrecke in ihrem riesigen Landhaus mitsamt den drei goldigen Kindern in Positur geworfen. Deira neidete Thomas seinen Erfolg kein bisschen. Aber in den letzten Wochen hatte sie unwillkürlich immer wieder an ihn und seine Familie gedacht, sich kurz an Sineads Stelle gesehen und sich erneut darüber echauffiert, dass Gillian sich nicht um ihren eigenen Kram kümmern konnte.

Kopfschüttelnd stand sie von der Bank auf. Junge Pärchen schlenderten Hand in Hand durch den Park, und während sie auf den Durchgang in der Stadtmauer zuging, wünschte sie den beiden alles Glück, alle Freude der Welt. Ob sie selbst je wieder ähnliche Gefühle erleben würde?

Gegen halb acht kehrte Grace zum *Café Iruña* zurück. Sämtliche Tische davor waren besetzt und drinnen schien eine Party im

Gang zu sein, aber sie war nicht undankbar, in der Anonymität der Menge verschwinden zu können.

Mit seinen hohen Decken, den Goldverzierungen, dem dunklen Holz erinnerte sie das *Iruña* an das *Café de la Paix* in La Rochelle. Sie stellte sich Simenon vor, fünfhundert Kilometer entfernt an seinem Marmortischchen sitzend, und dachte an Deiras Bemerkung über alte Männer, die in ihren Cafés Hof hielten. Dem Vernehmen nach hatte Hemingway, während er schrieb, gern die eine oder andere Flasche geleert und mit wohlhabenden Expats verkehrt. Simenon hatte sich wahrscheinlich auch gut amüsiert. Offenbar hatten Männer zu jeder Zeit gern die Verantwortung abgegeben und sich einen schönen Lenz gemacht – anders als Frauen. Oder lag es einfach daran, dass Frauen das Leben weniger leicht nahmen? Dass sie sich keinen Spaß zugestanden?

Beim Gang durchs Café entdeckte sie eine lebensgroße Bronzestatue des berühmten Schriftstellers, die sich an der Bar abstützte. Eingedenk Kens Hinweis machte Grace mehrere Fotos und schlenderte zurück zum Eingang, setzte sich dort an einen der hohen Tische neben der Tür. Sie bestellte ein Wasser und wartete auf Deira.

Vor ihrem geistigen Auge sah sie Ken, der hier mit seinen Akademikerfreunden Wein trank, während sie über die Granden der Literatur debattierten. Jeden ihrer Kommentare hätte er mit einer seiner Beobachtungen übertrumpft, stets versucht, der Klügste und Intelligenteste zu sein. Ken hatte sich als gebildeten, kultivierten Mann gesehen, der wusste, wovon er sprach, und dessen Urteil Gewicht hatte. Und offenbar hatten andere seine Einschätzung geteilt, sonst wäre er nie zu dieser Vortragsreise durch Spanien eingeladen worden.

Warum hat er mich geheiratet, fragte sich Grace zum tausendsten Mal, seit er gestorben war, und wahrscheinlich zum millionsten Mal, seit sie ein Paar geworden waren. Warum, wenn ich doch so oberflächlich bin? Jemand wie Deira hätte besser zu ihm gepasst. Jemand, der verstand, worüber er sprach. Der dieselben Bücher mochte. Der sich in der Kunst auskannte – neben Literatur hatte sich Ken auch sehr für Kunst interessiert. Auch Opern mochte er. Das einzige Opernstück, das Grace mochte, war der Chorsatz *O Fortuna*, der einmal bei einer Bierwerbung zum Einsatz gekommen war.

»Huch, Entschuldigung!«

Dieser Ausruf ließ sie herumfahren. Ein Mann mit einem Glas Bier in der Hand war gerade noch so einer großen Gruppe ausgewichen, die ins Café strömte, und dabei gegen Grace' Tisch gestoßen, woraufhin ihr Wasserglas ins Rutschen geriet. Sie erwischte es zum Glück noch rechtzeitig.

»Gute Reaktion«, sagte der Mann. »Nochmals Entschuldigung.«

»Nichts passiert«, entgegnete Grace.

Er musterte sie lächelnd. »Irin?«

Sie nickte. »Wir sind überall.«

»In der Tat. Darf ich mich kurz zu Ihnen setzen? Ich bin später verabredet. Ich hätte nicht gedacht, dass heute Abend so viel los ist. Normalerweise ist es um diese Zeit ruhiger.« Er ließ seinen Blick durch das Café wandern, das mittlerweile fast bis auf den letzten Platz besetzt war, und schüttelte den Kopf.

»Keine Ursache«, entgegnete Grace. »Machen Sie Urlaub oder leben Sie hier?«

»Ich komme gelegentlich her«, meinte der Mann. »Meine frühere Frau stammt aus Navarra.«

Grace lächelte höflich, zückte dann rasch ihr Handy, damit keiner sich gezwungen fühlte, seine Lebensgeschichte auszubreiten. Als sie ein wenig später aufsah, war er ebenfalls mit seinem Mobiltelefon beschäftigt. Erst jetzt fiel ihr auf, dass er ein attraktiver Mann war, dunkles Haar, Bartschatten, schätzungsweise Ende dreißig, Anfang vierzig. Schlagartig wurde ihr klar, dass er ihr Sohn sein könnte.

Warum gehen mir bei Wildfremden oft derartig unpassende Gedanken durch den Kopf, fragte sie sich und konzentrierte sich wieder auf ihr Handy. Was ist bloß los mit mir? Hoffentlich kommt Deira gleich.

Fünf Minuten später wurde ihr heimliches Flehen erhört. Gerade als sie wieder aufsah, betrat Deira das Café. Grace hob grüßend den Arm, und Deira entdeckte sie auf Anhieb.

»Habe ich mich verspätet?«, fragte sie.

»Nein, ich war zu früh dran.« Grace wollte ausführlicher antworten, da stellte sie fest, dass Deira den Mann an ihrem Tisch mit einem erstaunten Ausdruck des Wiedererkennens betrachtete.

»Hallo«, sagte der Mann, der den Blick von seinem Handy gehoben hatte, als Deira an den Tisch trat. »Das muss jetzt aber mal aufhören mit diesen Spontantreffen.«

»Kennen Sie sich?« Grace war überrascht.

»Nicht direkt«, antwortete Deira. »Wir haben uns auf der Fähre getroffen. Und er ... Entschuldigung, ich habe nie gefragt, wie Sie heißen«, sagte sie zu ihm, wandte sich dann wieder Grace zu. »Als ich hinfiel und mir die Rippen prellte, war er mein Retter in der Not.«

»Das war doch selbstverständlich«, meinte der Mann. »Hoffentlich geht's Ihnen mittlerweile besser.«

»Sehr viel besser«, erwiderte Deira. »Dank Grace. Sie gab mir eine Wundersalbe. Offenbar treffe ich auf Reisen nur reizende Menschen. Aber Sie beide ...« Ihr Blick ging von der Einen zum Anderen. »Sind Sie alte Freunde?«

Lächelnd schüttelte der Mann den Kopf. »Vielleicht sollten wir uns endlich mal bekanntmachen: Charlie Mulholland.«

Die beiden Frauen stellten sich ebenfalls vor, dann fragte Charlie, ob er sie auf einen Drink einladen dürfe.

»Ich übernehme das«, sagte Deira.

»Nein, nein, die Runde geht auf mich«, widersprach er.

»Ganz im Ernst, ich schulde Ihnen was«, sagte Deira. »Und Grace sowieso. Was hätten Sie gern?«

Charlie bat um ein Bier, Grace blieb beim Wasser.

Deira gab an der Bar die Bestellung auf, entschied sich selbst für ein Glas Wein und nahm gern das Schälchen mit Nüssen und Oliven entgegen, das der Barkeeper ihr zuschob.

»Also«, fing sie an, nachdem sie es sich am Tisch gemütlich gemacht hatte, »wie kommt's, dass Sie in Pamplona sind? Ich dachte, Sie wollten nach Paris.«

»War ich«, sagte Charlie, »aber es entwickelte sich anders als gedacht, daher bin ich früher als geplant hierhergekommen. Ich bin Dokumentarfilmer«, erläuterte er, als ihn beide Frauen fragend ansahen. »Meine letzte Arbeit war eine Serie über EU-Bürger, die in Irland leben und arbeiten.«

»Oh, ich glaube, eine Folge habe ich gesehen!«, rief Grace. »Die mit der Litauerin, die sich in Tipperary eine Farm gekauft hat, kann das sein?«

Er bejahte erfreut.

»Die Episode gefiel mir sehr«, sagte Grace. »Und die mit dem polnischen Typen, der eine Firma gegründet hat.«

»Danke«, sagte Charlie.

Mit einem entschuldigenden Blick erklärte Deira, sie sehe nur selten fern, werde zukünftig aber nach der Serie Ausschau halten.

»Sie müssen sich wirklich nicht verpflichtet fühlen«, winkte Charlie ab.

»Doch, doch, das interessiert mich«, versicherte Deira. »Woran arbeiten Sie momentan?«

»An der umgekehrten Variante«, erwiderte Charlie, »Iren, die in der EU leben und arbeiten. Mir ist bewusst, dass das Thema der Iren im Ausland schon tausendmal beackert wurde«, fügte er rasch hinzu, »aber mein Schwerpunkt liegt auf den Menschen, die in ihrer neuen Heimat fester Bestandteil des dortigen Lebens, der Kultur geworden sind. Ich bin nach Paris gefahren, um eine Frau zu interviewen, die für einen renommierten Verlag arbeitet. Ihre Lebensgeschichte ist faszinierend. Leider musste sie ins Baskenland zu einer Beerdigung im Familienkreis, und wir mussten den Termin verschieben. Deshalb habe ich mein geplantes Interview mit einem Iren in Bordeaux vorgezogen und jetzt besuche ich Amaya. Meine Exfrau«, ergänzte er. »Ich komme immer her, wenn ich in der Gegend bin. Es stehen noch zwei weitere Interviews in Spanien auf dem Programm, danach geht's wieder retour nach Paris.«

»Das klingt anstrengend«, sagte Grace. »Übrigens waren wir gestern auch in Bordeaux. Wir hätten uns genauso gut dort über den Weg laufen können.«

»Stemmen Sie alles allein?«, wollte Deira wissen. »Ganz ohne Crew?«

Er schüttelte den Kopf. »Mein Ton- und Kamerateam ist schon vorausgefahren.«

»Ich kann gar nicht fassen, dass Sie alles mit dem Auto machen«, sagte Grace.

»Wenn es um abgelegene Drehorte geht, ist das sehr praktisch«, erklärte Charlie. »Nicht jeder lebt in einer Großstadt.«

»War Ihr Team auch auf der Fähre?«, fragte Deira.

»Nein, Dave und Lou sind nach Paris geflogen, wo ich sie am Flughafen abgeholt habe«, sagte Charlie. »Nach dem Interview in Bordeaux sind sie direkt nach Madrid weiter.«

»Hört sich alles höchst aufregend an«, meinte Deira.

»Ist es aber eigentlich nicht.« Charlie grinste. »Aber allemal besser, als jeden Tag im Büro zu hocken.«

Alle drei waren sich einig, dass ein Beruf, bei dem Reisen eine Rolle spielte, einer reinen Bürotätigkeit vorzuziehen sei. Grace gab einige Anekdoten aus ihrer Zeit als Flugbegleiterin zum Besten, Deira sagte, zwar habe sie einen Bürojob, sei aber trotzdem viel unterwegs. Was sie denn mache, wollte Charlie wissen und war von ihrer Antwort überrascht, erwähnte, Amaya habe eine Kunstgalerie.

»Ist das nicht ein Riesenzufall?« Grace sah von Charlie zu Deira. »Zwei Iren, die beide kunstinteressiert sind, treffen sich in einer Bar in Pamplona.«

Charlie lächelte. »Ehrlich gesagt, bin ich kein großer Kunstliebhaber«, gestand er. »Ich bin nur der Paketbote, ich bringe Amaya die Gemälde zweier Künstler – Bernard Boyne und Jennifer Roache.«

Unwillkürlich entfuhr Deira ein kleiner Überraschungsschrei. »Ich kenne Jennifer Roache! Ihre Tante war bei der allerersten Ausstellung vertreten, die ich kuratiert habe. Thelma ist leider vor einigen Jahren gestorben, aber Jennifer ist ebenfalls eine hervorragende Malerin. Mehrere ihrer Gemälde wurden bei einer unserer späteren Ausstellungen gezeigt.«

»Das ist ja unglaublich«, sagte Grace. »Andererseits auch wieder nicht, denn egal, wo man hinkommt, trifft man auf einen Iren, der unweigerlich jemanden kennt, den man auch kennt.«

Charlie nickte. »So ging es mir bei der Recherche für die Serie«, sagte er. »Es gab kaum jemanden, den wir interviewten und der nicht zumindest eine Person flüchtig kannte, die wir ebenfalls kannten.«

»Sie sollten Amayas Galerie aufsuchen, Deira«, riet Grace. »Sehen Sie sich die Arbeiten Ihrer Irin an.«

»Vielleicht mache ich das tatsächlich.«

»Es ist hier um die Ecke«, sagte Charlie. »In der Calle Cortez.« Er holte eine Visitenkarte aus seiner Hosentasche.

Amaya Saez Zubiri, stand darauf, *Galería de Arte.*

»Die Galerie hat bis um zehn Uhr geöffnet«, sagte Charlie. »Sie gefällt Ihnen bestimmt.«

»Ihre Scheidung muss sehr einvernehmlich gewesen sein, wenn Sie für Ihre Exfrau Werbung machen und Gemälde für sie transportieren«, bemerkte Deira.

»Anfangs war's schwierig«, sagte Charlie. »Am Schluss einigermaßen freundschaftlich. Das war einer der Gründe, warum ich mich für Menschen interessiere, die in einem anderen Land leben und arbeiten. Amaya lebte in Irland, als wir uns kennenlernten, wollte aber wieder zurück, je gebrechlicher ihre Eltern wurden. Ich war ziemlich erfolgreich in Irland und wollte nicht weg. Als ich dann doch umzog, geschah es nur widerwillig. Es ist wirklich meine Schuld, dass es nicht funktioniert hat. Ich habe der Sache keine Chance gegeben.«

»Könnten Sie das nicht immer noch?«, fragte Grace.

Charlie schüttelte den Kopf. »Da ist zu viel Wasser den Shannon hinabgeflossen. Außerdem gibt es einen neuen Mann an ihrer Seite.«

»Wie zivilisiert sich das alles anhört.« Deira nahm ihr Mobiltelefon in die Hand. Keine Menschenseele hatte sich gemeldet.

»Wahrscheinlich hört es sich harmloser an, als es war«, sagte Charlie.

»Tut mir leid.« Deira legte ihr Handy weg. »Ich wollte Ihre Trennung nicht bagatellisieren. Wie lange ist das her?«

»Drei Jahre. Kommt mir ehrlich gesagt kürzer vor. Manchmal vergeht das Leben wie im Flug. Und man vermisst Dinge, von denen man es nie vermutet hätte.«

»Haben Sie Kinder?«, fragte Deira.

»Amaya hat einen Sohn aus der Zeit vor unserer Ehe«, sagte Charlie. »Iñaki. Ein toller Junge. Wir halten den Kontakt über FaceTime und so weiter aufrecht, aber es ist nicht das Gleiche.«

Hättest du gern ein eigenes Kind? Einen frischgeschlüpften kleinen Jungen? Einen, den du jederzeit sehen kannst, weil ihr im selben Land lebt? Könnte ich dir ermöglichen. Könntest du mir ermöglichen. Diese Sätze lagen Deira auf der Zunge.

Schon auf der Fähre hatte sie überlegt, ob er derjenige, welcher war. Und jetzt saß er vor ihr und redete völlig freimütig über Kinder. Er wusste, was es hieß, ein Kind zu haben. Vielleicht war ihre Begegnung vorherbestimmt. Ein echtes, wahrhaftiges Zeichen. Zumindest Tillie wäre garantiert dieser Ansicht. Sie würde sie später nach ihrer Meinung fragen.

Grace bemerkte, dass sich Deira gerade in ihrer eigenen Welt befand, und spürte die Verbindung zwischen ihr und Charlie. Tief genug, um feststellen zu wollen, wo der andere stand. Sie hingegen war für diesen Mann unsichtbar. Sie spielte hier nur eine Nebenrolle, während zwischen Deira und ihm eine natürliche, unangestrengte Vertrautheit herrschte, aus der sie ausgeschlossen war.

»Ich habe es vorhin wohl übertrieben.« Sie trank ihr Wasser aus. »Tut mir leid, aber ich muss mich hinlegen.«

»Grace? Alles in Ordnung? Soll ich Sie ins Hotel zurückbegleiten?« Deira betrachtete sie besorgt.

»Nein, mir geht's gut«, sagte Grace. »Ich muss nur ein Weilchen allein sein.« Sie nahm ihre Handtasche.

»Sind Sie ganz sicher, dass Sie nicht –«

»Mir geht's gut«, wiederholte Grace. »Wir sehen uns irgendwann morgen.«

»Aber was ist mit dem –«

Grace war gegangen, ehe Deira den Satz zu Ende sprechen konnte.

22. *Kapitel*

Pamplona, Spanien: 42.8125 °N 1.6458 °W

Zurück im Hotel, kuschelte sich Grace in den gemütlichen Sessel in ihrer Suite. Wie albern, dass sie so überstürzt das Café verlassen hatte, nur weil sie durch die Anziehung zwischen Deira und Charlie irritiert gewesen war. Sie verstand sich selbst nicht. Doch die Vorstellung, dass sie zu alt war, um von einem Mann beachtet zu werden, war schon deprimierend. Sie war an keiner neuen Partnerschaft interessiert, aber für die Männerwelt unsichtbar sein wollte sie auch nicht. Ein niederschmetternder Gedanke, dass ihr – egal wie sehr sie auf ihr Aussehen achtete – niemand, weder Männlein noch Weiblein, auch nur die geringste Aufmerksamkeit schenkte, weil sie nun zu den Heerscharen älterer Frauen zählte, die bestenfalls in die Kategorie »sieht aber gut aus für ihr Alter« fiel.

Sie griff nach dem Laptop und öffnete den Link, um das Hemingway-Foto hochzuladen. Zumindest habe ich diesen Hinweis selbst gefunden, dachte sie, während sie den über den Bildschirm kriechenden Fortschrittsbalken betrachtete, ganz ohne Hilfe von Deira O'Brien. Urplötzlich hatte Grace genug von Deira und ihrer Fähigkeit, Kens Hinweise im Nu zu enträtseln. Sich einzugestehen, dass sie irrational reagierte, verbesserte ihre Laune nicht. Hätte sie doch nicht so unüberlegt diese Frau eingeladen, sie zu begleiten. Sie kannte sie ja kaum, zum Donnerwetter. Das konnte sie gerade noch brauchen, dass die ihr ständig über die Schulter guckte.

Keine Übereinstimmung.

Ungläubig starrte sie den Bildschirm an. Wie konnte das Foto nicht übereinstimmen? Es war Hemingway. Es war einer seiner Lieblingsorte. Es musste richtig sein. Es sei denn, mit genau diesem Foto stimmte etwas nicht. Sie hatte die Statue aus mehreren Blickwinkeln aufgenommen. Vielleicht klappte es ja mit einem anderen.

Ihre Gedanken wanderten zurück zur Bar, während sie ihre Fotos durchging. Schon eigenartig, dass das Gefühl, Charlie Mulhollands Aufmerksamkeit ihr gegenüber habe sich in Luft aufgelöst, sowie Deira das *Café Iruña* betreten hatte, sie so aus der Fassung brachte. Während ihres gesamten Ehelebens hatte sie keinen anderen Mann auch nur angesehen oder überlegt, ob ein Fremder an ihr interessiert wäre. Sie war mit Ken verheiratet und das genügte ihr. Außer Matthew McConaughey tauchte im Fernsehen auf.

Mit geschlossenen Augen versuchte sie sich vorzustellen, Ken wäre jetzt bei ihr. Es war schwierig, sich den Ken von vor der Erkrankung in Erinnerung zu rufen. Schwierig, ihn nicht als schwaches Abbild seiner Selbst vor sich zu sehen. Er war stets ihr Fels gewesen. Und auch wenn er nicht immer für sie da gewesen war, war er doch zumindest immer Teil ihres Lebens gewesen.

Und trotzdem saß sie hier und dachte an einen anderen. Keine erotischen Phantasien, keine unzüchtigen Gedanken, trotzdem dachte sie an einen anderen Mann. Und war eifersüchtig (also wirklich, Grace, ermahnte sie sich, geht's noch?), dass zwischen Deira und ihm sofort eine intensive Verbindung entstanden war.

Sie wählte ein anderes Foto aus und lud es hoch.

Keine Übereinstimmung.

Herrschaftszeiten! Gereizt starrte sie den Bildschirm an. Dieses Foto musste mit Kens übereinstimmen. Sie versuchte es mit einem dritten.

Keine Übereinstimmung.

Sie klappte den Laptop zu und warf sich aufs Bett.

Ihre Kopfschmerzen meldeten sich wieder.

»Hoffentlich geht's ihr gut«, sagte Deira, nachdem Grace aus der Bar gehastet war. »Das sieht ihr so gar nicht ähnlich.«

»Wollen Sie ihr nachgehen?«

Deira schüttelte den Kopf. »Sie hat durchaus Grund, sich gelegentlich seltsam zu benehmen. Ich sollte ihr den Freiraum lassen.«

»Aha.« Charlie sah sie fragend an, aber Deira hatte nicht vor, einem Wildfremden Grace' Privatleben anzuvertrauen. Selbst wenn es ein Fremder war, von dem sie ein Kind wollte. Daher sagte sie lediglich, es handele sich um nichts Dramatisches, Grace werde sich schnell berappeln.

»Würden Sie jetzt gern einen Blick in Amayas Galerie werfen?« Charlie konsultierte seine Armbanduhr. »Ich bin in zehn Minuten mit ihr verabredet und es ist gleich um die Ecke.«

»Ich ... also, das wäre fabelhaft.« Vorhin hatte sie mit dem Gedanken gespielt, am nächsten Morgen vorbeizuschauen, doch da Grace mit der Schatzsuche ausgesetzt hatte und ins Hotel gegangen war, konnte sie genauso gut auch jetzt hingehen. Außerdem wollte sie mehr über den möglichen zukünftigen Vater ihres Kindes herausfinden.

Sie trank aus, rutschte von ihrem Barhocker und folgte Charlie nach draußen und quer über die Plaza. Sie war sich seiner Anwesenheit neben ihr überdeutlich bewusst, seiner Größe, seines kräftigen Körpers – seiner Männlichkeit –, so dicht neben ihr, dass sich ihre Arme beinahe berührten. Ob er wohl gut im Bett war? Nicht dass Technik eine Rolle spielte. Wichtig waren einzig Virilität und tüchtige Zappelphilippe.

Sie sah zu ihm hoch, aber er beachtete sie glücklicherweise nicht. Manchmal hatte sie die Befürchtung, man könnte ihre Gedanken lesen. Wenn Charlie dazu in der Lage wäre, würde er sie für eine Verrückte halten. Wahrscheinlich wäre er damit nicht allein. Doch sie war nicht verrückt, nur verzweifelt.

Charlie bog in eine schmale Straße voller kleiner Läden und Galerien ein und machte vor einem Gebäude mit kastanienbrauner Markise Halt, auf der in Golddruck »Galería de Arte« stand. Im Schaufenster war eine große Landschaft in lebhaften Blau- und Grüntönen ausgestellt. Deira erkannte sofort, dass es sich um ein Werk von Jennifer Roache handelte.

»Wir sind da«, sagte Charlie. »Amayas Galerie.«

Deira atmete tief durch und konzentrierte sich auf das Hier und Jetzt statt auf die konfusen Gedanken, die ihr seit der Wiederbegegnung mit Charlie durch den Kopf wirbelten.

Unter Glöckchengebimmel traten sie ein. Anders als die im Schatten liegende Straße war der Raum sorgfältig ausgeleuchtet, der glänzende Marmorboden verlieh ihm Eleganz.

»Sensationell«, sagte Deira, nachdem sie einen Blick rundum geworfen hatte. Ein zweites Gemälde von Jennifer, eine Seelandschaft, war an prominenter Stelle platziert und entlockte Deira ein Lächeln.

»*Hola* – ach, Charlie, du bist's. Wie geht's dir?« Eine schlanke Frau in Jeans und T-Shirt, das dunkle Haar zum Pferdeschwanz hochgebunden, betrat die Galerie.

»Gut, gut. Entschuldige, falls ich mich verspätet haben sollte. Ich habe dir eine Besucherin mitgebracht.« Er stellte Deira als Bekannte von Jennifer vor.

»Wie schön!« Amayas braune Augen leuchteten. »Es ist wunderbar, jemanden zu treffen, der dieselben Dinge wie man selber schätzt.« Kurz sprach sie darüber, wie begeistert sie von Jennifers Arbeiten sei, und zeigte dann Deira einige der anderen Gemälde, erzählte von ihrem Plan, Künstler aus verschiedenen Ländern auszustellen. Die beiden Frauen fachsimpelten angeregt, Charlie lehnte sich gegen Amayas Glasschreibtisch und beschäftigte sich mit seinem Handy. Da bimmelte erneut die Türglocke, und eine ältere Frau kam in Begleitung eines Halbwüchsigen herein.

»Wie geht's meinem Jungen?« Charlie steckte sein Mobiltelefon ein und umarmte den Teenager, während die ältere Frau Amaya auf beide Wangen küsste.

Charlie, den Arm um die Schulter des Jungen gelegt, stellte ihn als seinen Sohn Iñaki und die ältere Frau als Amayas Mutter vor. Diese lächelte Deira zu, wandte sich dann an Charlie und parlierte mit ihm auf Spanisch. Lachend schüttelte er den Kopf, während Amaya ihm einen belustigten Blick zuwarf.

»Sie wollte wissen, ob wir zusammengehören«, erklärte er Deira. »Ich habe gesagt, wir sind Reisende, die sich immer mal wieder begegnen.«

»Und es war sehr schön, dass wir uns erneut begegnet sind, aber ich muss jetzt los.« Deira fühlte sich unter dem kritischen Blick von Amayas Mutter einigermaßen unbehaglich. »Nett, dass wir uns kennengelernt haben, Amaya. Viel Glück und Erfolg mit Jennifers Gemälden. Ich kann's gar nicht erwarten, ihr von unserem Treffen zu erzählen.«

»Melden Sie sich mal wieder, vor allem, wenn Sie etwas sehen, das mich interessieren könnte«, meinte Amaya. Sie nahm eine der Visitenkarten, von denen Charlie Deira bereits eine gegeben hatte, und schrieb etwas darauf. »Das ist meine private Mobilnummer.«

Deira bedankte sich und verstaute die Karte in ihrer Handtasche.

»Wie lange wollen Sie in Pamplona bleiben?«, fragte Charlie, der sie zur Tür begleitete.

»Nur bis morgen«, antwortete Deira. »Unser Ziel ist Cartagena. Pamplona war einer der festgelegten Stopps auf der Route. Soweit ich mich entsinne, wollte Grace am frühen Nachmittag los.«

»Klingt vielversprechend«, sagte Charlie. »Obwohl es eine Schande ist, dass Sie so bald weiterfahren, man benötigt mindestens zwei Tage, um einen halbwegs umfassenden Eindruck von der Stadt zu bekommen. Sollen wir uns morgen früh treffen? Ich könnte eine kleine Stadtführung für Sie veranstalten.«

Wir könnten uns treffen und miteinander schlafen, dachte Deira. Wir könnten den Vormittag damit verbringen, uns um Kopf und Verstand zu vögeln, bis ich eventuell schwanger bin.

»Ich ... ich glaube, Grace hat bereits etwas geplant«, sagte sie. »Aber vielen Dank.«

»Das ist jetzt meine Visitenkarte.« Sie war etwas ramponierter als Amayas Exemplar, das er ihr im *Café Iruña* überreicht hatte. »Falls Sie irgendwas brauchen, melden Sie sich. Ach, und falls Sie noch einen Tipp für einen netten Zwischenstopp benötigen ...«, er zog eine weitere Visitenkarte aus seiner Hosentasche, »darf ich Ihnen diese Unterkunft empfehlen? Sie gehört einem irischen Ehepaar, das ich für meine Serie ebenfalls interviewen werde. Wenn Sie irgendwie die Möglichkeit haben, übernachten Sie dort.«

Deira warf einen Blick auf die blassgrüne Karte, die eine Zeichnung eines altmodischen Brunnens und die Worte *»El Pozo de la Señora«* zierten. Darunter stand *»Retreat, Relax, Recharge«* und *»Wellness Centre«*.

»Ich bin nicht sicher, ob sich das mit Grace' Reiseroute vereinbaren lässt«, sagte Deira, »ob wir die Zeit für einen relaxten Rückzugsort haben. Aber lieben Dank.«

»Man weiß nie«, entgegnete Charlie. »Eine kleine Auszeit haben wir doch alle gelegentlich nötig.«

Frag mich nochmals wegen morgen früh, bat Deira innerlich inständig. Frag mich und ich sage sofort ja. Keine Ahnung, was mich vorhin davon abgehalten hat.

Doch in diesem Augenblick klingelte sein Handy, und Deira verließ die Galerie.

Sie war ohne ein weiteres Wort gegangen, aus Angst, sich zu blamieren, denn eventuell würde sie laut aussprechen, was ihr durch den Kopf ging. Deira schritt rasch aus, ohne auf Richtung oder Umgebung zu achten, bis sie sich plötzlich auf einer breiten Straße wiederfand und die berühmte Stierkampfarena direkt vor sich hatte. Vor den Toren drängten sich Touristenscharen, Deira ihrerseits war an einer Besichtigung nicht interessiert, machte eine scharfe Kehrtwende und marschierte zurück Richtung Altstadt.

Mittlerweile hatte sie Hunger. Vor einer der vielen Bars blieb sie stehen, setzte sich an einen Tisch und bestellte ein Glas Wein und Tapas. Gerade war sie mit ihrem Abendessen fertig, da kam eine Nachricht von Bex.

Hi, Deira. Ich will Dich nicht beunruhigen, bin mir aber ziemlich sicher, dass ich heute vor dem Haus Gavin gesehen hab. Der stand auf der anderen Straßenseite und hat rübergesehen. Ihr habt euch ja getrennt, deshalb finde ich das arg merkwürdig. Wahrscheinlich ein doofer Gedanke, aber wenn Du mit ihm Schluss gemacht hast und er nicht weiß, dass Du nicht da bist, benimmt er sich da nicht ein bisschen stalkermäßig? LG, B.

Deira las die Nachricht zweimal.

Hatte Gavin nicht erst am nächsten Tag zurückkommen wollen? Offenbar hatte sie sich geirrt. Warum hätte er in der Nähe des Hauses herumlungern sollen? Um zu sehen, ob der Audi davorstand? War er bereits dahintergekommen, dass sie die Diebin war? War sie von den Überwachungskameras in der Garage erfasst worden? Sie hatte zwar keine gesehen, andererseits aber auch nicht bewusst danach Ausschau gehalten.

Wenn er sie für die Übeltäterin hielt, warum hatte er nicht angerufen? Ein Telefonat wäre viel vernünftiger gewesen, als vor ihrem Haus herumzustehen wie ein Stalker, um Bex' Formulierung zu gebrauchen. Warum also hatte er nicht angerufen? Warum trieb er sich vor ihrem ehemaligen gemeinsamen Zuhause herum? Um ihr einen Schreck einzujagen? Dazu gab es keinen Grund. Vielleicht wollte er sich überzeugen, ob das Cabrio davorstand, ehe er sie anrief und lautstark zur Schnecke machte.

Mach Dir keine Sorgen, antwortete sie ihrer Nichte. *Ich ahne, worum es geht. Ich melde mich bei ihm.*

Auch wenn er sie dann definitiv lautstark zur Schnecke machen würde.

Erstaunlicherweise hatte Grace trotz ihrer nachmittäglichen Siesta tief geschlafen, ohne einen der Alpträume, von denen sie immer noch häufig heimgesucht wurde. Direkt nach Kens Tod hatte sie allnächtlich darunter gelitten – Träume, in denen sie neben ihm im Auto saß, ihn zu retten versuchte, dann aber gemeinsam mit ihm ertrank, als das Wasser durch die offenen Scheiben strömte und Algen sich um ihre Körper schlangen. Jedes Mal war sie nach Luft schnappend aufgewacht, mit wild schlagendem Herzen und pochenden Kopfschmerzen. Doch an diesem Morgen hatte sie langsam die Augen aufgeschlagen und war kurz völlig entspannt dagelegen, ehe sie komplett wach wurde.

Sie zog die Vorhänge auf. Der blaue Himmel und die Alltagsgeräusche Pamplonas, die zu ihr hochdrangen, steigerten ihre gute Laune zusätzlich. Während sie duschte und in ihre Reiseuniform aus T-Shirt und Caprihose schlüpfte, dachte sie an Deira und das Eifersuchtsgefühl, das sie am vorigen Abend überfallen hatte. Im hellen Morgenlicht konnte sie fast nicht fassen, dass sie ihrer Begleiterin Jugend, Schönheit und die Aufmerksamkeit eines Mannes verübelt hatte. Warum sollte sie sich daran stören? Überdies hatte Deira ihre eigenen Probleme. Und in Grace' Augen war sie weniger gut gerüstet, um mit den Hürden auf dem Lebensweg umzugehen, als sie selbst. Zwar gehörte Deira nicht der Generation Z an, war aber nicht durch dieselbe harte Schule gegangen wie Grace, der man seit frühester Kindheit eingeimpft hatte, man könne nicht alles haben, was man wolle, und – einer der Lieblingssätze ihres Vaters – auf der Welt gebe es wichtigere Leute als sie. Natürlich gab es wichtigere Menschen, räumte sie ein, aber man war sich selbst stets der Nächste. Der Kniff bestand darin, sich nicht ständig so zu verhalten.

Ihre Kinder hatte Grace mit viel mehr Zärtlichkeit erzogen, als ihren Geschwistern und ihr zuteilgeworden war. Sie hatte die drei so behandelt, als wären sie die wichtigsten Menschen in ihrem Leben – was auch der Wahrheit entsprach. Hoffentlich war sie pädagogisch begabter gewesen als ihre Eltern. Und hoffentlich hatte die behütete Kindheit ihre drei so gestärkt, dass sie sich von den Fallstricken des Lebens nicht aus der Bahn werfen ließen, sich immer geliebt und wertgeschätzt fühlten. Bei Deira war das, so Grace' Eindruck, wohl leider nicht der Fall.

Kurz nach neun betrat Grace den Frühstücksraum. Während sie sich Obst, Kaffee und Croissants nahm, umkreisten ihre Gedanken den noch nicht geknackten Hinweis, der laut Ken einfacher nicht sein könnte. Die Zimmernummer stimmte, so viel war klar. Aber warum stimmte das Foto der Hemingway-Statue nicht mit Kens Vorlage überein?

Sie schenkte sich eine zweite Tasse Kaffee ein und schrieb Deira eine Nachricht, die jedoch ohne Antwort blieb. Ob Deira wohl vergrätzt war, weil Grace am vorigen Abend so überhastet aufgebrochen war? Aber dazu hatte sie keinen Grund, denn sie ahnte nicht, welche unguten Gedanken Grace gehegt hatte.

Mal sehen, ob ich ein Foto von Hemingway machen kann, das passt, schrieb sie nach dem Frühstück. *Das vom Café gestern stimmte nicht. Sagen Sie mir, wann wir uns treffen sollen. Wir könnten so gegen Mittag los, vorausgesetzt, wir haben den Hinweis geknackt. Bis Alcalá de Henares brauchen wir vier Stunden.* Sie packte ihr Handy weg, nahm sich vom Ständer in der Rezeption eine der Broschüren und verließ das Hotel.

Es gab eine Hemingway-Tour, die auf den Spuren des Schriftstellers durch Pamplona führte. Sie überquerte die Plaza und ging den Paseo de Sarasate entlang, eine breite Straße mit gepflasterter *rambla*, wo man sich auf Bänke setzen und plaudern konnte. Hier war ein altes Restaurant bedeutsam, in dem Hemingway oft gegessen hatte und das mittlerweile eine Confiserie war, doch bis auf die Tatsache, dass die Schokolade köstlich aussah, gab es hier nichts Bemerkenswertes. Auch beim nächsten Anlaufpunkt nicht. Allmählich keimte in ihr der Verdacht auf, jeder Laden in Pamplona habe eine Verbindung zu Hemingway gesucht, um die Geschäfte anzukurbeln.

Fünf Minuten später stand sie vor der Stierkampfarena, wo ihr Blick auf Deira fiel, die mit dem Handy fotografierte.

»Was für ein Zufall«, sagte Grace und stellte sich neben sie.

»Hallo.« Deira lächelte. »Gerade habe ich Ihre Nachricht gesehen. Geht's Ihnen besser?«

»O ja«, antwortete Grace. »Und, Deira, es tut mir leid wegen gestern Abend.«

»Was tut Ihnen leid?«, fragte Deira.

»Ich habe Sie einfach mit Charlie sitzen lassen«, sagte sie, »ich –«

»Sie waren etwas erschöpft. Machen Sie sich keinen Kopf. Ich war in der Kunstgalerie. Die ist grandios.«

Grace war fest überzeugt gewesen, dass Deira ihre grundlose Eifersucht bemerkt hatte, und konnte nun kaum glauben, dass ihre Begleiterin nicht wusste, worauf sie hinauswollte. Erleichtert atmete sie durch.

»Was sagen Sie zum Pamplona-Hinweis?«, fragte sie. »Ich bin wie vor den Kopf geschlagen, dass es nicht die Statue im *Iruña* ist.«

»Gehen wir alles nochmals durch«, sagte Deira. »Das Zimmer des alten Mannes –«

»Meine Zimmernummer im *La Perla* – 201«, unterbrach Grace sie. »Das ist kein Problem und so kinderleicht, wie Ken behauptete. Aber ich war felsenfest überzeugt, dass es beim Foto um die Bronzestatue im *Café Iruña* ging. Bei jedem Versuch hieß es: *Keine Übereinstimmung.* Ich bin mit meinen Ideen am Ende.«

»Die Statue wäre am offensichtlichsten, ganz klar«, stimmte Deira zu, »aber Sie wissen, wie akribisch der Professor war. Wenn Ihr Foto nicht übereinstimmt, dann müssen wir umdenken und nach einem Schild suchen, ganz so, wie er es formuliert hat.«

Grace nickte. »Ich hatte gehofft, dass irgendwo eine Tafel mit Hemingways Bild angebracht ist. Das geht bestimmt als besagtes Schild durch.«

»Bei einem seiner Lieblingsorte«, erinnerte Deira sie. »Deshalb fiel mir die Stierkampfarena ein.«

»Und – gibt es ein Schild?«

»Nicht am Gebäude selbst«, erwiderte Deira. »Doch gerade als Sie kamen, habe ich das hier entdeckt.«

Sie legte den Arm um Grace' Schultern und drehte sie, bis sie direkt auf einen großen Granitstein blickte, auf dem *Paseo de Hemingway* stand.

»Herrgott noch mal!« Grace schüttelte den Kopf. »Glauben Sie, das ist es?«

»Es ist sein Name auf einem Schild bei einem seiner Lieblingsplätze«, fasste Deira zusammen. »Hoffentlich stimmt es, denn mir gehen auch die Ideen aus.«

»Haben Sie das Granitdings fotografiert?«, fragte Grace.

Deira verneinte. »Das überlasse ich Ihnen.«

Grace machte einige Aufnahmen, steckte das Mobiltelefon in die Handtasche und betrachtete die Stierkampfarena.

»Ich kann es beinahe riechen«, sagte sie. »Den Sand und das Sägemehl, das Blut und den Schweiß.«

»Ich auch«, meinte Deira. »Sehr stimmungsvoll, das Ganze, aber ein Stierkampf wäre nichts für mich.«

»Lieber Himmel, nein.« Grace schauderte es.

»Sie haben gesagt, der Professor sei wegen des Stierlaufs gekommen. Hat er sich auch einen Stierkampf angesehen?«

»Das weiß ich nicht«, gestand Grace.

»Haben Sie ihn nicht danach gefragt?«

»Nein.« Grace schüttelte den Kopf. »Wir sprachen nur selten über seine Reisen. Und wenn, dann ging es eher um seine Vorträge und die Leute, die er kennenlernte, weniger um das, was er unternahm. Ken ging es immer um Wissen, Bildung und um Menschen. Bestimmt hat er auch das eine oder andere erlebt, aber nie davon erzählt.«

»Wahrscheinlich wusste er, dass Stierkampf nicht Ihre Zustimmung finden würde«, sagte Deira auf dem Rückweg zum Hotel.

»Meine fehlende Zustimmung hätte nichts geändert«, sagte Grace. »Er tat, was ihm gefiel.«

Deira schwieg.

»Nicht auf rücksichtslose Weise«, fügte Grace hinzu. »Ken war eben Ken.«

Im Hotel angekommen, lud Grace Deira ein, sich die Hemingway-Suite anzusehen.

»Das ist ja der Hammer«, sagte Deira, als sie das Zimmer betrat.

»Ich hatte auch überlegt, ob das gesuchte Foto die Büste im Regal hier zeigt«, bemerkte Grace, während sie den Laptop aufklappte. »Aber da bereits die Zimmernummer Teil des Hinweises ist, kann nicht auch noch die Büste gemeint sein.«

»Wenn es mit dem Straßenschild nicht hinhaut, könnten wir es mit der Büste durchaus versuchen«, schlug Deira vor. »Immerhin können wir so viele Fotos hochladen, wie wir wollen, da die Anzahl der Versuche nicht begrenzt ist.«

»Sie haben recht, der Hinweis liegt im Wort ›Schild‹«, sagte Grace. »Ich bin ziemlich zuversichtlich.«

Sie lud das Foto hoch, und beide warteten ungeduldig, bis der Fortschrittsbalken voll war.

Der Bildschirm wurde blasser und dann erschien zu ihrer großen Erleichterung: *Glückwunsch, Foto stimmt überein. Die letzte Zahl ist 3.*

»Halleluja!« Deira riss triumphierend die Arme hoch. »Na, wie haben wir das hingekriegt?«

Lächelnd gab Grace die Ziffern in die Datei *Alcalá de Henares* ein.

Beide sahen sich den nächsten Hinweis an.

Dann einander.

»Himmel, Arsch und Zwirn«, sagte Grace. »Jetzt will er's uns aber zeigen!«

23. Kapitel

Von Pamplona nach Alcalá de Henares: 357 km

»Todas nuestras locuras proceden de tener los estómagos vacíos y los cerebros llenos de aire« – er, der recht hatte, wurde hier geboren. Enhorabuena (Glückwunsch), dass Du so weit gekommen bist. Als Belohnung gibt es den Buchstaben A. Jetzt musst Du ein Foto seiner berühmtesten Figur hochladen – die sich in der Nähe seines Hauses befindet. Außerdem: Wie alt war Schwester Iñez, als sie starb? Es ist einfacher, als Du denkst. Und in welchem Monat folgte ihr Schwester Julia? Sieben Versuche. Viel Glück, Hippo.

»Was um Himmels willen meint er damit?«, fragte Deira.

»Ich habe doch gesagt, er will's uns zeigen – und damit liege ich richtig«, sagte Grace. »Das ist ein Cervantes-Zitat, das er ständig im Mund führte. Es bedeutet, dass unsere Verrücktheit von einem leeren Magen und einem Kopf voller Luft herrührt.«

»Damit könnte er recht haben.« Deira lachte. »Ich treffe die dämlichsten Entscheidungen, wenn ich Hunger habe. Was für ein Glück, dass Sie das Zitat kennen. Also, es muss irgendwo eine Statue geben – oder wie bei Hemingway ein Schild? Aber Schwester Iñez und Schwester Julia? Offenbar Nonnen. Haben Sie eine Ahnung, worauf sich das bezieht? Gibt es in dieser Stadt ein Nonnenkloster, das eine Verbindung zu Cervantes hat?«

»Es gibt definitiv ein Kloster«, sagte Grace. »Aber ich weiß weder, ob es eine Verbindung zu Cervantes gibt, noch ob es ein Nonnenkloster ist.«

»Eventuell mussten Iñez und Julia dafür büßen, dass sie über die Mauern des Nonnenklosters geklettert sind, um mit den Mönchen zu fraternisieren.«

Grace zog eine Augenbraue hoch. »Das war hoffentlich nicht der Grund für ihr Ableben.«

»Das hoffe ich auch. Wir müssen zwar das Nonnenrätsel lösen«, fuhr Deira fort, »aber insgesamt werden die Hinweise leichter, finde ich.«

»Ehrlich?« Grace sah zweifelnd drein. »Wir haben in Pamplona beinahe versagt, obwohl Ken meinte, der Hinweis sei leicht verständlich.«

»Aber wir haben es geschafft«, sagte Deira beruhigend. »Und wir haben nicht einmal sämtliche Versuche benötigt. Wir sind ein super Team.«

»Freut mich, dass Sie das so sehen.«

»Daran gibt's nicht den geringsten Zweifel.«

»Wie schon gesagt, wir brauchen inklusive Pause vier Stunden nach Alcalá de Henares.« Grace konsultierte erneut Google Maps. »Auf direktem Weg allerdings.«

»Und danach dauert's nur noch eine Stunde bis Toledo«, stellte Deira fest.

»Und dann sind es noch dreieinhalb nach Granada.« Grace fügte die Stadt als nächstes Ziel hinzu, gefolgt von der Adresse ihrer Ferienwohnung, die nochmals dreieinhalb Stunden entfernt lag.

»Wir schlagen uns bei den Hinweisen derart gut, dass wir den Rest wahrscheinlich in zwei Tagen lösen könnten«, sagte Deira. »Dann wären Sie schneller in Ihrer Wohnung.«

»Aber wir hätten keine Zeit, um die Städte zu erkunden«, wandte Grace ein. »Ken und ich haben oft davon geredet, durch Spanien zu gondeln und in abgelegenen Orten zu übernachten. Wahrscheinlich hat er deshalb sämtliche Hotels gebucht, um sicherzugehen, dass wenigstens ich diese Reise mache.«

»Genau genommen liegt aber keine dieser Städte besonders abseits«, sagte Deira.

»Stimmt auch wieder«, gab Grace zu.

»Allerdings könnten wir die Reiseroute um einen Abstecher erweitern, wenn Sie nichts dagegen haben.« Der Gedanke hatte sie nicht mehr losgelassen, seit Charlie ihr die Visitenkarte gegeben hatte.

»Wohin?«

Deira holte die Karte aus ihrer Tasche. »Irgendwo zwischen Granada und Cartagena«, sagte sie. »Es liegt gewissermaßen entlang der Strecke.«

»Wie kommen Sie auf diesen Ort?«

Deira räusperte sich. »Ich habe die Karte von diesem Charlie. Er meinte, es sei einen Besuch wert.«

Grace' Blick glitt von der Karte zu Deira und zurück.

»Wird er ebenfalls dort sein?«

»Er will ein Interview mit den Besitzern führen, wann genau, weiß ich allerdings nicht. Ist wahrscheinlich noch ewig hin«, fügte sie hinzu.

»Läuft da was zwischen Ihnen beiden?« Grace legte die Visitenkarte neben sich und gab die Adresse in Google Maps ein, ohne Deira anzusehen. »Ist gestern Nacht was vorgefallen?«

»Nein!«, rief Deira ein wenig zu demonstrativ. »Er ist ein netter Mann, der sich höchst liebenswürdig verhalten hat, und diese Wellnessoase hörte sich gut an. Ich dachte, ein Abstecher dorthin könnte ganz spaßig sein.«

»Und mehr steckt nicht dahinter?«

»Also bitte, Grace. Da ist nichts zwischen uns«, versicherte Deira, die im selben Moment ihre Visionen, wie sie mit Charlie Mulholland schlief, energisch unterdrückte. »Außerdem scheint er noch eng mit seiner Exfrau verbunden.«

»Das würde ihn bestimmt nicht davon abhalten, mit Ihnen zu schlafen, falls Sie das wollen. Wollen Sie?«

»Also bitte!« Deira spürte, wie ihr die Röte ins Gesicht stieg.

»Das ist angesichts Ihrer Umstände eine legitime Frage – soweit Sie mich darin eingeweiht haben.« Aus jedem Wort tropfte Missbilligung.

»Ich … es war ja nur eine Idee«, sagte Deira. »Mehr nicht.«

»Kens Planung lässt uns keine Zeit für einen Abstecher in die Berge, wo dieses Wellnessdings liegt.« Grace drehte den Laptop zu sich.

»Ich habe kein Problem, mich an die Planung zu halten.« Deira warf einen flüchtigen Blick auf Google Maps. »Wir sollten am besten gleich los. Ich muss allerdings noch auschecken.«

»Deira –«

»Schon gut. Alles bestens«, sagte Deira. »In ungefähr einer halben Stunde bin ich wieder da.«

Sie verließ die Suite, ohne eine Antwort abzuwarten.

Als Deira fast vierzig Minuten später wiederkam, stand Grace bereits neben ihrem vor dem Hotel parkenden Auto. Sie öffnete den Kofferraum, und Deira verstaute ihr Gepäck und setzte sich dann auf den Beifahrersitz. Fast umgehend ließ Grace den Motor an und fuhr los.

»Habe ich Sie sehr warten lassen?«, fragte Deira.

»Nein«, antwortete Grace, »die gehen nur davon aus, dass man sofort losfährt, wenn sie einem das Auto hinstellen.«

»Entschuldigung.«

»Kein Problem.«

Doch die Spannung zwischen ihnen war für Deira durchaus ein Problem. Zu leicht kam einem ein falsches Wort über die Lippen. Oder, um genau zu sein, ein falsches Thema, das sie mit ihrem Vorschlag, einen Abstecher einzubauen, aufs Tapet gebracht hatte. Und Grace hatte völlig recht mit der Annahme, dass sie die Wellnessoase mit dem putzigen Namen *El Pozo de la Señora* einzig vorgeschlagen hatte, weil sie Charlie Mulholland wiedersehen wollte. Dass er ihr diese Unterkunft so ans Herz gelegt hatte, bedeutete doch sicher, dass er Interesse an ihr hatte und eventuell mit ihr ins Bett – und falls dem so sein sollte … Warum sollte sie diese Chance nicht ergreifen? Und was ging Grace das überhaupt an? Es stand ihr nicht zu, sie deswegen zu kritisieren. Deira hatte es satt, ständig kritisiert zu werden. Auch Grace und ihre Art, so gelassen durchs Leben zu gehen, als könnten nicht einmal die schrecklichen Umstände, unter denen ihr Mann gestorben war, ihr etwas anhaben, hatte sie satt.

Sie warf einen Blick zu Grace hinüber, aber deren Augen waren unverwandt auf die Straße gerichtet. Wir mögen zwar gemeinsam reisen, aber wir sind doch sehr verschieden, dachte Deira. Und obwohl sie sich bis jetzt wunderbar verstanden hatten, waren sie möglicherweise am Ende ihres gemeinsamen Weges angelangt. Ob sie sich in Alcalá de Henares von Grace trennen sollte? Die Stadt lag ganz in der Nähe von Madrid und bestimmt gab es öffentliche Verkehrsmittel, die einen in die Hauptstadt brachten. Von dort könnte sie heimfliegen und die andere sich selbst überlassen. Aber damit ließ sie die Möglichkeit sausen, mit Charlie zu schlafen. Allerdings handelte es sich um eine sehr hypothetische Möglichkeit, denn natürlich würde Grace keinen Umweg über das Bergdorf machen und damit Deira die Chance nehmen, von einem ihr nahezu Unbekannten schwanger zu werden. In jedem Fall war Grace in einer anderen Zeit aufgewachsen. Sie legte andere Wertmaßstäbe an.

Deira knabberte an einem Fingernagel und überlegte, wie ihre eigenen Werte momentan aussahen. War es richtig, mit einem

Mann, irgendeinem Mann zu schlafen, weil man schwanger werden wollte? Diese Frage hätte sie früher rundweg abschlägig beschieden, aber persönliche Umstände konnten alles verändern. Selbst tiefste Überzeugungen.

Lange war sie der Meinung gewesen, sie habe ihr Leben im Griff, habe alles, was sie sich wünschte. Mittlerweile hatte sie begriffen, dass dies lediglich ein Hirngespinst gewesen war. Und doch hatte ich, als ich mit Gavin zusammen war, alles, was ich mir wünschte. Ich hatte eine Karriere, ein hübsches Heim und einen Mann, den ich liebte. Was ein eigenes Kind betrifft ... vielleicht hat er recht gehabt, es hätte unsere Partnerschaft überfordert. Vielleicht habe ich mir nur vorgemacht, dass ich Karriere, Ehe und Kind bewältigt hätte. Vielleicht hätte ich von Anfang an einen anderen Mann suchen sollen, einen, der ein Kind mit mir möchte – anders als Gavin. Gavin war bereit, mit Afton Partnerschaft und Kind unter einen Hut zu bringen. Aber nicht mit mir.

Sie warf Grace abermals einen Blick zu. Deren verkniffener Gesichtsausdruck erinnerte sie ein wenig an Gillian, wenn diese auf sie wütend war. Liegt es an mir, überlegte sie. Bin ich bei allen der gemeinsame Nenner, was Probleme anbelangt? Müsste ich mich einmal gründlich hinterfragen?

In ihrer Handtasche vibrierte das Mobiltelefon. Deira holte tief Luft. Am Ton erkannte sie, dass es sich um eine Nachricht, nicht um einen Anruf handelte. Sie grub das Handy aus den Tiefen der Tasche und betrachtete die Benachrichtigung.

Gavin Boyer.

Er hatte sich gemeldet.

Endlich.

Sie holte nochmals tief Luft und öffnete die Nachricht.

Wie heißt unsere Autoversicherung?

Das war alles. Kein »hallo«, kein »bitte«, kein »danke«. Nur eine Frage. Und um die kam er nicht herum, denn Deira war diejenige gewesen, die sich um den gesamten Haushaltskram gekümmert hatte. Autoversicherung. Hausratversicherung. Strom- und Gasrechnungen. Grundsteuer. Putzfrau. Alles war von ihr erledigt worden.

Erst jetzt fiel ihr siedend heiß ein, welches Chaos entstanden wäre, wenn er den Namen der Autoversicherung gewusst und dort angerufen hätte, um den Verlust des Wagens zu melden, während die Versicherung bereits den Antrag auf Erstattung eines Totalschadens bearbeitete. Die hätten bestimmt gedacht, es handelte sich um eine eigenartige Betrugsmasche. Sie lachte in sich hinein, aber es war kein fröhliches Lachen. Eher das Platzen der Anspannungsblase, in der sie seit einigen Tagen lebte. Der Tag der Wahrheit war gekommen.

Ruf mich an, schrieb sie zurück.

Sag mir sofort, wie die Versicherung heißt!

Deira überlegte kurz. Sollte sie ihn trotzdem anrufen? Es Sturm läuten lassen, bis er endlich ranging? Nur so konnte sie ihm alles richtig erklären. Textnachrichten waren umständlich, unpersönlich. Wie sollte sie ihm schriftlich vermitteln, warum sie das Auto genommen hatte?

Willst du das Auto als gestohlen melden?, schrieb sie.

»*???*« kam fast umgehend die Antwort.

Weil das nicht zutrifft.

Und woher willst Du das wissen?

Ich hatte den Audi.

Hatte oder hast? Wo ist er jetzt?

Ich bin damit nach Frankreich gefahren, schrieb sie. *Wenn Du Dich erinnerst, wären wir genau jetzt im Urlaub.*

Dazu hattest Du kein Recht.

Tja, Pech.

Scheiße, Deira, ich brauche das Auto. Es könnte einen Notfall geben.

Ich bin mir ziemlich sicher, dass es viele gibt, die einen Notfall ohne Auto durchstehen müssen.

Werd nicht unverschämt.

Ich mein ja nur.

Erinnerst Du Dich noch, wie lange unser Urlaub dauern sollte?

Du bist ein echtes Miststück.

Mag sein. Du musst Dich für die nächsten Wochen ohnehin nach einer Alternative umsehen.

Warum?

Ich habe das Auto nicht mehr.

Wurde es gestohlen!!!!!!!!

Die Ausrufezeichen brachten Deira zum Lachen. Grace warf ihr einen Blick zu und brach das fast einstündige Schweigen.

»Alles in Ordnung?«

»Das ist Gavin«, sagte Deira. »Und wir nähern uns dem entscheidenden Moment. Mit der nächsten Nachricht weiß er Bescheid.«

»Oh.«

Deiras Finger flogen über das Tastenfeld. Eine Minute später klingelte es.

»Hi«, sagte sie und ignorierte ihren beschleunigten Pulsschlag.

»Was redest du da?«, raunzte er. »Ein Feuer. Was für ein Feuer?«

Sie schilderte den Brand.

»Du hast es zugelassen, dass mein Auto – meins, hörst du, Deira, das Einzige, was ich mitgenommen habe – in Flammen aufgeht? Oder hast du es etwa selbst angezündet?« Seine Stimme zitterte vor Wut.

»Natürlich habe ich dein Auto nicht angezündet«, sagte sie. »Es war ein Unfall. Ich habe bereits die nötigen Schritte eingeleitet und die Versicherung kontaktiert. Sie werden den Schaden erstatten. Ich muss nur noch einige Formulare ausfüllen.«

»Das glaube ich alles nicht. Das nehme ich dir nicht ab«, sagte er.

»Was genau?«

»Dass das Auto kaputt ist, glaube ich dir.« Seine Stimme bebte immer noch. »Daran zweifle ich nicht. Ich kann mir allerdings kaum vorstellen, dass du damit nichts zu tun hattest. Unglaublich auch, dass du überhaupt die Dreistigkeit hattest, das Auto zu stehlen. Du weißt, was mir der Audi bedeutet.«

»Dir war in den letzten Jahren auch manches herzlich egal, was mir sehr wichtig war.«

»Darum geht's also – ein Rachefeldzug!«

»Wenn ich mich an dir rächen wollte, hätte ich mir etwas Besseres ausgedacht, als das Auto abzufackeln«, sagte sie, auch wenn in ihrem Hinterkopf die Frage keimte, was das hätte sein können. Und hatte er womöglich recht? Bisher hatte sie die Fahrt nach Frankreich als eine Art Therapie betrachtet, aber vielleicht wollte sie sich insgeheim auch an ihm rächen.

»Ich zeige dich an«, sagte er. »Das Auto läuft auf meinen Namen. Du bist schlichtweg eine Diebin.«

Genau das war ihr auch durch den Kopf gegangen, als sie das Auto entführt hatte. Mittlerweile sah sie das anders.

»Der Audi fällt unter gemeinsame Vermögenswerte«, sagte sie. »Und er stand in der Tiefgarage, obwohl für ihn ein Platz auf der Fähre gebucht war.«

»Das Auto hatte doch keine Ahnung, dass eine Frankreichreise anstand!«, rief Gavin.

»Vielleicht nicht, vielleicht aber doch. Du hast das Auto immer als ›sie‹ bezeichnet«, rief sie ihm ins Gedächtnis. »Hast es Lucy genannt, nach dem Lied.«

»Ich hätte doch nie gedacht ... Herrgott nochmal, ich fasse es nicht, dass ich mich auf eine so hanebüchene Diskussion einlasse«, sagte Gavin. »Ich rufe die Polizei an, basta.«

»Viel Erfolg damit«, entgegnete sie. »Wenn du das tust, werde ich denen sagen, dass du vor meinem Haus herumgelungert hast.«

»Was?!«

»Man hat dich gesehen. Gestern. Vorm Haus. Wie du herumgelungert hast.«

»Es ist mein gutes Recht, mich vor meinem eigenen Haus aufzuhalten.«

»Und es ist mein gutes Recht, mit meinem eigenen Auto loszufahren.«

»Aber das Auto gehört nicht dir, sondern mir.«

»In dem Fall ist das nicht dein, sondern mein Haus.«

»Wie würdest du dich fühlen, wenn ich es abfackelte?«, wollte Gavin wissen.

»Das Haus? Das würdest du nicht tun, denn das wäre Brandstiftung. Und dafür würdest du ins Gefängnis wandern. Wie käme dann die reizende Afton zurecht, so ganz allein auf sich gestellt?«

»Du bist ein komplett durchgeknalltes Miststück, Deira O'Brien. Meine Kumpels haben mich gewarnt, dass du es mir heimzahlen wirst. Ich habe ihnen nicht geglaubt. Jetzt weiß ich es besser. Du hörst von mir. Das letzte Wort ist noch nicht gesprochen.«

Er legte auf.

Deira atmete langsam aus und ließ das Mobiltelefon in ihre Handtasche fallen.

Grace blinkte und nahm die Ausfahrt Richtung Raststätte. Sie fuhr auf einen im Schatten liegenden Parkplatz.

»Alles in Ordnung?« Ihre Stimme klang herzlicher als vorhin.

Deira nickte und brach zu ihrem eigenen Erstaunen in Tränen aus, vergrub schluchzend das Gesicht in den Händen. Grace sah sich das eine Minute lang an, legte ihr dann den Arm um die Schultern und schlug vor, sie sollten sich einen Kaffee holen.

»Wahrscheinlich keine so gute Idee.« Deira schniefte mehrmals. »Momentan benötige ich keinen Koffeinkick.«

»Na gut«, meinte Grace, öffnete trotzdem die Autotür und stieg aus.

Deira tat es ihr nach. Ein Schwall warmer Luft umhüllte sie und sie konnte spüren, wie ihre innere Spannung ein wenig nachließ.

»Vermutlich war er wegen des Autos nicht allzu begeistert«, sagte Grace, während sie auf eine Holzbank zusteuerten, die im Schatten eines großen Baumes stand.

»Ich kann's ihm nicht verdenken«, erwiderte Deira.

»Und wie geht's jetzt weiter?«

»Er will mich bei der Polizei anzeigen. Das war anfänglich meine große Sorge«, ergänzte Deira, »aber viel machen können sie ja nicht. Und ich werde ihm das Geld von der Versicherung sofort überweisen, wenn es eintrifft. Ergo verschwendet er mehr oder weniger seine Zeit.«

»Ich bin froh, dass Sie die Sache pragmatisch angehen«, sagte Grace.

»Ich bin überhaupt nicht pragmatisch.«

»Und ob«, sagte Grace. »Sie haben sich das Auto geschnappt, als er nicht da war. Sie sind damit nach Frankreich gefahren. Sie haben mich getroffen – auch wenn Letzteres ein Zufall war«, fügte sie hinzu, »war es eine pragmatische Lösung. Sie sind beim Lösen der Hinweise pragmatisch vorgegangen. Und jetzt gehen Sie Ihre nächsten Schritte ebenfalls pragmatisch an. Sie haben diesen Mann, Charlie, gesehen, ihn eingeschätzt, Sie wollen auf unserer Reise einen Abstecher machen, damit Sie ihn wiedersehen –«

»Das ist nicht der Grund«, log Deira wieder. »Ich dachte, es wäre eine nette Abwechslung.«

»Bitte!«, sagte Grace. »Verkaufen Sie mich nicht für blöd.«

»Wahrscheinlich ist er ohnehin nicht dort.«

»Und wenn doch?«

»Spielt keine Rolle, wir fahren nicht hin«, sagte Deira. »Ich möchte Sie zu nichts zwingen, was Ihnen widerstrebt. Ich habe nachgedacht, Grace. Wir können uns in Alcalá de Henares trennen, und ich fliege nach Hause.«

»Wenn Sie das wollen.«

»Ist wahrscheinlich das Beste.«

»Wie es Ihnen recht ist«, sagte Grace.

Einen Augenblick saßen sie schweigend da, dann meinte Deira, sie müsse die Toilette aufsuchen.

Während Deira zur Tankstelle ging, stieg Grace ins Auto.

Es tat ihr leid, dass sie die junge Frau erneut verärgert hatte, aber sie konnte einfach nicht anders. Obwohl sie ihr wirklich und wahrhaft sehr leidtat, fand sie Deiras Einstellung hanebüchen. Ja, ihr ehemaliger Lebensgefährte hatte sie übel behandelt, aber das gab ihr nicht das Recht, andere ebenso schlecht zu behandeln. Denn genau das hatte Deira in ihren Augen mit Charlie Mulholland vor. Sie wollte ihn benutzen und das war nicht richtig, was Deira völlig schnuppe war.

Wahrscheinlich veränderte man sich, wenn man erfuhr, dass man von dem Menschen betrogen wurde, der einen angeblich liebte. Sie lehnte den Kopf gegen die Fensterscheibe und fragte sich, ob sie sich durch Kens Verhalten verändert hatte. Denn obwohl sie allein weggefahren war, fühlte sie innerlich kaum eine Veränderung. Sie war immer noch wütend auf ihn. Und trotzdem immer noch stolz auf das Leben, das sie sich gemeinsam geschaffen hatten. Auf ihre Ehe, an der sie gearbeitet hatten. Sie war stolz, dass sie durch sämtliche Höhen und Tiefen hindurch zusammengeblieben waren. Aber vielleicht war das ja nur Trägheit gewesen? Denn sie waren ja einigermaßen glücklich miteinander. Nicht welterschütternd verliebt, aber sie verstanden sich gut. Boten den Kindern ein stabiles Umfeld.

Wären sie zusammengeblieben, wenn sie keine Kinder gehabt hätten?

Diese Frage bohrte sich in ihr Hirn, ließ sich nicht mehr verscheuchen. War Ken wegen Aline, Fionn und Regan bei ihr geblieben? Oder weil er sie tatsächlich liebte?

Sie erinnerte sich glasklar an den Tag, an dem er gestorben war. Als sie heimkam, stand vor dem Haus ein Streifenwagen. Zwei Gardaí stiegen aus und kamen ihr entgegen, ein Mann und eine Frau, beide mit mitfühlendem Gesichtsausdruck. Noch ehe ein Wort fiel, wusste sie, dass etwas Entsetzliches passiert war.

Und seitdem erdrückte sie die Schuld. Denn sie hatte das Haus verlassen, obwohl er sie gebeten hatte zu bleiben. Doch sie hatte unbedingt Melissa auf einen ausführlichen Plausch zum Abendessen treffen wollen. Melissa, mit der sie seit einer Ewigkeit befreundet war. Die einen amerikanischen Hedgefondsmanager geheiratet hatte und in die USA gezogen war. Melissa, die sie seit über fünf Jahren nicht gesehen hatte, wollte sich mit ihr treffen.

»Das ist die einzige Gelegenheit, Mel während ihres Besuchs zu sehen«, hatte sie ihm erklärt.

»Andererseits ist es nicht so, als ob dir mit mir noch viele Gelegenheiten bleiben«, hielt er dagegen.

»Danach widme ich dir meine gesamte Zeit«, versprach sie, küsste ihn auf die Stirn und verließ das Haus.

Es hatte kein Danach gegeben.

Und es war ihre Schuld.

Als Deira zurückkam, hatte Grace die Augen geschlossen. Sie wollte nicht stören, daher setzte sie sich auf eine der Holzbänke, die auf der Grasfläche neben der Tankstelle standen.

Einige Meter entfernt saß eine junge Frau in einem farbenfrohen Hidschab, zu der sich zwei andere Frauen gesellten, und ihr Lachen stieg in die Luft. Deira beneidete sie. Wie freudlos und zynisch ihr eigenes Lachen doch die letzten Monate geworden war. Hoffentlich würde sie irgendwann wieder Spaß am Leben haben, unbeschwert lachen können.

Ob es am Alter lag? Oder war sie einfach nicht mehr fähig, Freude zu empfinden?

Die Fahrertür des Lexus ging auf, und Grace kam zu ihr herüber. »Alles in Ordnung?«

Deira bejahte.

»Entschuldigung, ich bin derzeit nicht ganz im Lot.«

»Schon gut«, sagte Deira, »ich bin momentan ebenfalls nicht in Bestform.«

»Kommen Sie mit?«

»Ich möchte ganz bestimmt nicht an einer Tankstelle ausgesetzt werden.«

»Na, dann los«, sagte Grace.

Deira stand auf und folgte ihr.

Schweigend setzten sie ihre Reise fort.

24. Kapitel

Alcalá de Henares, Spanien: 40.4820 °N 3.3635 °W

Eine Stunde später erreichten sie, Grace saß am Steuer, Alcalá de Henares, eine alte Stadt von so überwältigender architektonischer Schönheit, dass es beiden Frauen beinahe die Sprache verschlug.

»All diese Gebäude sind eindeutig renoviert worden«, brach Deira das Schweigen, während sie den Schildern zu der wenige Minuten vom Hotel entfernten Tiefgarage folgten. »Die sind sensationell.«

Aus der Nähe sahen sie noch sensationeller aus. Die beiden Frauen zogen ihre Koffer durch eine schmale Straße voller alter Häuser mit eisernen Gittern vor den Fenstern und gewaltigen Holztüren. Auf dem Gehweg standen zu beiden Seiten hohe Zypressen und hübsche Blumen.

»Das ist die Universität«, verkündete Grace mit Blick auf das Backsteinschild an einem der Gebäude. »Unser Hotel liegt gleich dahinter.«

Und da stand es – ein ebenfalls renoviertes altes Gebäude, dessen Glastür die Aufschrift *»Hotel Santa Ana«* zierte.

»Ob Santa Ana wohl die beiden Nonnen kannte, die im Hinweis des Professors vorkommen?«, überlegte Deira. »Vielleicht waren alle drei beste Freundinnen, doch sie benahm sich am züchtigsten und wurde heiliggesprochen.«

»Nicht ganz auszuschließen.« Grace stieß die Tür auf.

Es dauerte kurz, bis sich ihre Augen nach der sonnenhellen Straße an das dämmrige Foyer gewöhnten, in dessen Mitte ein Springbrunnen für angenehme Kühle sorgte. Der achteckige Empfangsbereich erstreckte sich über zwei Stockwerke. Im Erdgeschoss führte ein Gang an den unregelmäßigen Backsteinmauern entlang, von dem schmale Korridore abzweigten. Dort lag auch die Rezeption.

Eine Tür ging auf, und ein Mann im dunklen Anzug erkundigte sich, wie er ihnen helfen könne. Grace erklärte, sie hätten zwei Zimmer reserviert, worauf der Rezeptionist seinen Computer befragte und bedauernd sagte, da sie zu unterschiedlichen Zeiten gebucht hätten und das Hotel ausgebucht sei, lägen ihre Zimmer leider nicht nebeneinander.

Er bat Deira, kurz zu warten, führte Grace durch einen langen Flur zu einem weiteren Innenhof. Er öffnete eine altmodische Holztür und schaltete beim Betreten gleich das Licht an, denn das Zimmer ging auf den Innenhof hinaus, die einzige natürliche Lichtquelle. Es war klein, aber entzückend mit dunklen Holzmöbeln und einem vornehmen Himmelbett ausgestattet. Im Kontrast dazu war das Badezimmer modern, mit klaren Linien und von funktionaler Eleganz.

Der Rezeptionist überzeugte sich, dass Grace mit allem versorgt war, und kehrte zur Rezeption zurück, um Deira in ihr Zimmer im ersten Stock zu bringen, das kleiner, aber ebenso hübsch ausgestattet war. Das Fenster ging auf eine kleine Gasse hinter dem Hotel hinaus.

Deira kramte ein wenig herum und schrieb dann eine Nachricht an Grace, ob sie gemeinsam nach der Cervantes-Statue suchen sollten. Sie war nicht sicher, wie sie momentan zueinander standen. Zwar war Grace an der Tankstelle recht freundlich gewesen, lehnte den Abstecher zum *El Pozo de la Señora* jedoch nach wie vor ab. Deira hatte sich noch nicht entschieden, ob sie auf eigene Faust dorthin fahren, weiterhin gemeinsam mit Grace den Schatz suchen oder sich in Alcalá de Henares von ihr verabschieden und nach Hause fliegen sollte. Früher oder später musste sie Gavin gegenübertreten. Vielleicht war früher besser.

Ihr Handy piepste. Sie werde eine kurze Siesta einlegen und sich anschließend wieder melden, lautete Grace' Antwort.

Deira war innerlich viel zu unruhig, um auch nur mit dem Gedanken an eine Siesta zu spielen, ging daher nach unten und trat blinzelnd in den hellen Sonnenschein hinaus. Ziellos schlenderte sie die Zypressen gesäumte Straße entlang und landete schließlich in einem großen Park mit blühenden Büschen und großen Bäumen.

Als sie, wie in den letzten Tagen schon öfter, wieder einmal im Schatten eines Baumes saß, hatte sie unvermittelt das Gefühl, sich außerhalb des eigenen Körpers zu befinden und auf sich hinabzusehen, geplagt von der Frage, wie um alles in der Welt sie hier gelandet war, an einem unbekannten Ort mit einer unbekannten Frau, obwohl sie eigentlich mit ihrer großen Liebe in der Bretagne sein sollte. Wie hatte sich ihr Leben im Laufe weniger Wochen so komplett verändern können? Und wieso herrschte, obwohl Gavin und sie sich einmal geliebt hatten, nur noch Wut zwischen ihnen?

Sie machte einige Fotos und schickte sie Tillie. Ihre Freundin hatte sich täglich gemeldet, wollte wissen, wie es ihr ging und selbst, als sie ihr die Sache mit dem Auto gebeichtet hatte, hatte Tillie weiterhin gutgelaunt ihre Partei ergriffen. Doch trotz der Sonne und der schönen Umgebung fühlte sich Deira losgelöst von allem und sehr allein.

Dieser Ort ist nicht von dieser Welt, schrieb sie unter eines der Fotos. *Ich sollte mich glücklich schätzen, hier zu sein.*

Tillie antwortete sofort.

Genieß den Augenblick. Verlier Dich nicht.

Einfacher gesagt als getan, dachte Deira.

Ihr Handy piepste erneut. Diesmal stammte die Nachricht von Bex.

Hi, Deira. Es gibt ein Problemchen bei Dir. Ich bin heute schon früh los, jetzt zurück und Gavin ist hier.

Hast Du mit ihm gesprochen?

Ja. Ich wollte wissen, was er hier macht, und er sagt, er holt seine Sachen.

Ist er immer noch im Haus?

Ja.

Du auch?

Ich bin draußen. Ich wollte ihn nicht verärgern. Lydia ist bei mir. Ich rufe ihn an. Mach Dir keine Sorgen.

Deira holte tief Luft und scrollte zu Gavins Nummer.

Grace erwachte aus ihrer Siesta und fühlte sich erstaunlich frisch. Sie war sofort eingeschlafen, kaum dass sie sich hingelegt hatte, und wieder war der Schlaf tief und traumlos gewesen. Dafür war sie sehr dankbar, denn in vielen Nächten war sie hochgeschreckt, hatte sich zusammen mit Ken im versinkenden Auto gesehen. Auch im Wachzustand überlegte sie immer wieder, wie es für ihn gewesen sein musste, ob er es sich, als das Wasser ins Auto drang, doch noch anders überlegt hatte? Hatte er Angst gehabt? Hatte er resigniert? Hatte er daran gedacht, wie es mit ihr weitergehen würde? Oder war er erleichtert gewesen, dass er damit nichts mehr zu tun haben würde?

Grace war dankbar, dass das Urteil auf Unglücksfall gelautet hatte und niemand daran zweifelte.

Doch sie, die im Besitz von Kens Laptop war und seine letzte Mail bekommen hatte, wusste, dass das Urteil falsch war.

Da sie auf ihre Nachricht an Deira, wo sie sich treffen sollten, nicht gleich eine Antwort bekam, schlenderte Grace in Richtung Plaza de Cervantes. Ganz in der Nähe entdeckte sie ihre Reisegefährtin, die im Schatten eines Baumes in ein Telefongespräch vertieft war. Sie blieb in einiger Entfernung stehen, wollte nicht in Deiras Privatsphäre eindringen, doch die leichte Brise trug ihr die Worte zu.

»Ich weiß, dass es noch keine rechtlich bindende Vereinbarung gibt«, sagte sie, »schon klar. Aber es kann nicht sein, dass du einfach das Haus betrittst, wenn –«

Deira hörte längere Zeit schweigend zu, sagte schließlich: »Mir ist völlig bewusst, wie problematisch es ist, dass meine Familie sich jederzeit und fast ungefragt im Haus einnistet. Du hast mir das oft genug unter die Nase gerieben. Aber du kannst Bex und Gillian nicht für dein Tun verantwortlich machen.«

Wieder hörte Deira schweigend zu.

»Nimm mit, was du willst. Mir egal. Ich ziehe es vom Versicherungsgeld ab.«

Mit diesen Worten legte sie auf und steckte das Mobiltelefon in ihre Handtasche. Als Grace neben ihr stand, klingelte es erneut.

»Tut mir leid«, sagte sie, »da muss ich ran.«

»Selbstverständlich.«

Deira entfernte sich einige Schritte. »Was?«

»Leg gefälligst nicht auf, wenn ich mit dir rede«, sagte Gavin. »Herrgott noch mal, Deira, du hast dich in ein vollendetes Miststück verwandelt. Der Typ Frau, den wir immer grauenvoll fanden.«

»Den du grauenvoll fandest«, gab sie zurück. »Und wenn ich damals dieser Meinung war, bereue ich es jetzt. Denn wenn eine Frau sich wie ein Miststück benimmt, hat sie normalerweise einen Grund. In meinem Fall bist das du.«

»Sei doch vernünftig«, sagte er, »ich habe ein Anrecht –«

»Deine Anrechte sind mir schnurz«, schnauzte sie. »Räum meinetwegen das Haus aus – aber Finger weg von meiner Kaffeemaschine. Und Bex und ihre Freundin lässt du schön in Ruhe.«

»Du kannst nicht einfach das Geld von der Autoversicherung behalten«, sagte Gavin. »Ich brauche ein Auto. Bei Afton kann es jederzeit mit den Wehen losgehen.«

»Offenbar hast du deine sämtlichen Kenntnisse hinsichtlich Schwangerschaft vergessen«, gab Deira zurück. »Der Geburtstermin ist noch meilenweit entfernt. Es sei denn, du hast mich auch in dieser Hinsicht belogen.«

»Nein, hab ich nicht. Aber der ganze Stress –«

»Jetzt mach mal halblang!« Deira schnaubte verächtlich. »Sie steht keineswegs unter Stress.«

»Natürlich, schließlich ist es ihr erstes Kind.«

Deira biss die Zähne zusammen. »Nimm deinen Krempel und setz nie wieder einen Fuß ins Haus«, sagte sie. »Ich schicke dir den Namen meines Anwalts. Es ist Zeit, dass wir diese Trennung auf eine formelle Basis stellen.«

»Wir brauchen keinen Anwalt«, sagte Gavin. »Es reicht, wenn wir uns wie Erwachsene benehmen.«

»Ach, bitte.« Sie schnaubte erneut. »Ich schicke dir seine Daten.«

Und legte zum zweiten Mal auf.

»Stress?«, fragte Grace, als Deira zurückkam.

»Er hat das eine oder andere mitgenommen, während meine Nichte im Haus war«, sagte Deira. »Ich habe ein richtig schlechtes Gewissen deswegen. Ich wollte keinesfalls, dass sie zwischen die Fronten meines Trennungsstreits gerät.«

Als die beiden Frauen zur Plaza schlenderten, piepste Deiras

Handy erneut, diesmal war es eine Nachricht von Bex; Gavin sei weg, ob sie wieder ins Haus könne.

Natürlich, schrieb Deira zurück. *Es tut mir leid, dass er Probleme gemacht hat.* Bex antwortete, dass Gavin den schicken Wasserkocher mitgenommen habe, die Victorinox-Küchenmesser, die kabellosen Bose-Lautsprecher, den Flachbildfernseher aus dem Schlafzimmer und das abstrakte Gemälde aus dem Wohnzimmer. Und noch ein paar andere Kleinigkeiten, aber das seien die großen Brocken.

»Es ist nicht allzu dramatisch«, resümierte Deira. »Zumindest hat er mir den Gefallen getan und die Kaffeemaschine dagelassen. Sehr entlarvend, dass er das Bild genommen hat, sicherlich nur, um mir eins auszuwischen. Es war von einem Künstler, den ich vor Jahren ausgestellt habe. Alles andere kann problemlos ersetzt werden. Außerdem«, fuhr sie fort, »habe ich diese Messer nie benutzt. Ich koche weder besonders gern noch besonders gut. Alles in allem bin ich froh, dass dieser Teil des Dramas vorbei ist.«

»Ob es wohl Menschen gibt, die in ihrem ganzen Leben noch nie ein Drama erlebt oder Sorgen gehabt haben?«, sinnierte Grace.

»Realistisch gesehen, nein«, antwortete Deira. »Obwohl meine Freundin Tillie unbekümmert durch ihres zu schweben scheint, nur flüchtig von Sorgen gestreift. Wahrscheinlich liegt's an der Einstellung, aber ich werde den Verdacht nicht los, dass sie unter einem Glücksstern geboren ist.«

»Das sagte meine Mutter von mir auch«, sagte Grace. »Immerhin habe ich den Job als Stewardess bekommen, der war gutbezahlt und ziemlich glamourös, einen Mann gefunden, der gut für mich sorgte, und habe drei großartige Kinder.«

»Aber dann wurde Ihr Mann krank und starb.«

»Wir müssen alle sterben«, sagte Grace.

Deira war von so viel Nüchternheit beeindruckt.

»Ich musste vorhin an ihn denken«, sagte Grace. »Jetzt möchte ich mich mit etwas anderem beschäftigen. Sollen wir uns auf die Suche nach der Statue machen?«

»Da müssen wir gar nicht lange suchen.« Deira zeigte auf die Mitte der Plaza. »Der Autor höchstpersönlich.«

»Allerdings brauchen wir kein Foto von Cervantes«, sagte Grace.

»Wie bitte?«

»Bevor ich aus dem Zimmer bin, habe ich nochmals den Hinweis durchgelesen«, sagte sie. »Wir sollen ein Bild seiner berühmtesten Figur hochladen. So steht's da.«

»Sie haben völlig recht.« Deira schüttelte verärgert den Kopf. »Da hatte ich es mal wieder zu eilig. Irgendwo in der Stadt muss es eine Don-Quijote-Statue geben.«

»Na, dann machen wir uns doch auf die Suche.«

Von der Plaza kamen sie in eine Fußgängerzone mit hübschen kleinen Läden. Obwohl Grace den Hinweis so schnell wie möglich knacken wollte, ließ sie sich doch von den Seifen und Cremes aus kleinen Manufakturen ablenken, dem Schmuck und dem verlockenden selbstgemachten Eis, den Souvenirläden mit unzähligen T-Shirts, Baseballkappen und Taschen, auf denen entweder das Konterfei von Cervantes oder Don Quijote prangte. Verwirrenderweise waren auf vielen Gegenständen auch Störche abgebildet, flankiert von Figuren des Vogels in allen Materialien, Größen und Formen.

»Spielten Störche eine große Rolle bei Don Quijote? Daran kann ich mich gar nicht erinnern«, sagte Grace, die eine Zinnversion ins Regal zurückstellte und sich stattdessen für eine Cervantes-Schneekugel entschied, die ihr Enkel bekommen sollte. Für Aline hatte sie bereits eine Seife und eine hübsche Kette erstanden.

»Ich mich auch nicht«, antwortete Deira. »Andererseits ist die Lektüre ewig her, zweites Jahr im College, da kann ich das Adebar-Intermezzo durchaus vergessen haben.«

Sie bummelten durch die Geschäfte, bis sie das Ende der Straße erreichten, wo sich vor einem restaurierten Haus Menschenmengen drängten. Es war wie alle anderen Gebäude in der Altstadt aus hellrotem und cremefarbenem Mauerwerk, hatte das gleiche Terrakottadach und davor einen kleinen blumenbewachsenen Garten. Viel wichtiger aus ihrer Sicht war aber das Schild, das besagte, hier handele es sich um das Cervantes-Museum sowie die höchst beliebte Bronzebank, auf die sich die Touristen zwischen die Statuen von Don Quijote und seinem getreuen Sancho Panza setzten und Selfies schossen.

»Bingo!« Deiras Stimmung hob sich. »Was bin ich froh, dass Sie den Hinweis genau gelesen haben. Es wäre mehr als ärgerlich gewesen, wenn wir das übersehen hätten – im wahrsten Sinne des Wortes.«

»Jetzt müssen wir nur noch warten, bis wir ein Foto von ihm machen können, ohne dass eine Million anderer Leute darauf zu sehen ist«, meinte Grace grimmig.

Es dauerte lange, aber irgendwann gelang ihr ein Foto des Ritters von der traurigen Gestalt. Ob Deira eines von ihr mit der Statue machen könne, bat sie, damit sie ihren Kindern Beweismaterial schicken könne.

»Soll ich ein Bild von Ihnen beiden machen?«, bot eine englische Touristin an, die darauf wartete, bis sie an die Reihe kam.

»Sollen wir?« Grace sah Deira an.

Deira nickte, und sie nahmen auf der Bronzebank Platz.

»Und nochmal eins für die Kinder«, sagte Grace.

»Melden Sie sich denn jeden Tag?«

»Sie machen sich Sorgen um mich«, sagte Grace. »Die Fotos machen sie glücklich. Mit der Zeit wird ihre Fürsorge nachlassen, aber sie müssen sich meinetwegen wirklich nicht den Kopf zerbrechen, denn mir geht es richtig gut.«

»Da sind wir schon zu zweit«, sagte Deira, stand auf und klopfte sich den Staub vom Jeansrock.

Obwohl sie das selbst nicht richtig glaubte.

25. Kapitel

Alcalá de Henares, Spanien: 40.4820 °N 3.3635 °W

Deira war Grace noch immer ein wenig gram und stinksauer auf Gavin, doch Alcalá de Henares wirkte, anders als Pamplona, wohltuend und beruhigend auf sie. Durch die hübsch restaurierten Gebäude – Klöster, Kirchen und die Universität – fühlte sie sich in die alten Bücher und Gemälde versetzt, die sie seit ihrer Kindheit liebte und die eine andere, gemächlichere Art zu leben heraufbeschworen. Ein Leben, in dem man nicht automatisch der Überzeugung war, ein Anrecht auf alles zu haben, was man wollte, sinnierte sie, während sie mit Grace durch die Straßen schlenderte. Weiland zu Cervantes' Zeiten war wenig vom Anrecht auf Glück die Rede. Damals ging es ums Überleben – Zwangsehen, eine Schwangerschaft nach der anderen, die Tatsache, dass man als Eigentum des Ehemanns galt. Unverheiratet zu bleiben, keine Kinder zu bekommen, diese Wahlmöglichkeit hatte es nicht gegeben. Als einziger Ausweg wäre das Kloster geblieben. Und als Nonne hätte man kein Leben geführt, bei dem es um die Erfüllung persönlicher Wünsche ging.

Ihr fiel ein Buch aus Collegetagen ein (apropos, auch der Besuch einer Lehranstalt wäre für sie als Frau im sechzehnten Jahrhundert ausgeschlossen gewesen), in dem es um eine Frau ging, die Nonne wurde, ein Lebensweg, der sie in den Wahnsinn führte. Viele Nonnen im Kloster hatten sich gegeißelt, sich selbst mit Seilen und Ketten geschlagen. Ihre Wunden hatten sich infiziert und die Frauen – alle jünger als Deira – schrecklich gelitten. Manche behaupteten, sie sähen Engel und Heilige an ihrem Bett, viele erklärten, Gott oder die Jungfrau Maria sei ihnen erschienen.

Während der Lektüre ging Deira allmählich auf, dass die Nonnen halluzinierten – ausgelöst entweder durch den Schmerz oder durch einen besonderen Trank, der ihnen verabreicht wurde. Diese Frauen gingen ihr jetzt immer wieder durch den Sinn; viele von ihnen waren von der Familie ins Kloster verbannt worden, manche weil sich kein Ehemann gefunden hatte. Auch wenn ihr eigenes Leben nicht immer einfach war, war es doch tausendmal besser als Zwangsehe oder Verbannung ins Kloster.

»Es gibt keinen Grund, sich zu beklagen«, resümierte sie.

Verdutzt sah Grace sie an.

»Ich habe Glück«, erklärte Deira. »Trotz allem. Ich habe Optionen. Wahlmöglichkeiten. Vielleicht andere, als ich mir wünsche, aber es gibt sie.«

»Was noch lange nicht heißt, dass wir schlechte Entscheidungen treffen sollten«, bemerkte Grace.

»Ist mir bewusst«, sagte Deira. »Und Sie hatten recht, was *El Pozo de la Señora* und Charlie Mulholland betrifft. Wahrscheinlich haben da meine Urinstinkte das Ruder übernommen und nicht mein zivilisiertes Hirn.«

»Ich verstehe Sie durchaus«, sagte Grace, »tue ich wirklich. Ich finde es nur nicht fair gegenüber ...«

Deira nickte. »Ich habe nur das Gefühl ... enorm unter Zeitdruck zu stehen. Als würde ich vor meinen Augen zerfallen.«

»So ähnlich habe ich mich die letzten Monate gefühlt«, gestand Grace.

»Wir sind schon ein Dream-Team«, sagte Deira. »Zwei waidwunde Vögel.«

Grace warf einen Blick zum Himmel hoch. »Störche?«, schlug sie mit einem Nicken Richtung eines hohen Kirchturms vor, auf dem zwei Riesenvögel in ihrem Nest saßen.

»Gute Güte«, Deira sah überrascht drein, »die sind tatsächlich echt. Vorhin habe ich schon mal zwei gesehen und für eine Kunstinstallation gehalten.«

Grace lachte. »Nicht alles ist Kunst. Manchmal handelt es sich um das Leben selbst.«

Deira holte ihr Handy heraus und machte mehrere Fotos. Dann ging sie ihre Fotogalerie durch und gab einen angewiderten Ton von sich.

»Was ist?«, wollte Grace wissen.

»Dieses blöde Haar!« Deira fuhr sich durch die Locken. »Eine absolute Katastrophe. Und überall dieses beschissene Grau.«

»Stehen Sie dazu«, riet Grace. »Habe ich auch getan.«

»Alles was recht ist, Grace, aber Ihr Grauton ist ein bezauberndes Einhornsilber, wohingegen meiner eher Pfeffer nach Ablauf des Haltbarkeitsdatums ist. Und ehrlich gesagt, ich bin noch nicht so weit«, Deira zog eine Grimasse, »innerlich bin ich immer noch brünett.«

»In dem Fall, auf zum Friseur«, sagte Grace.

»Hier?«

»Warum nicht?«

Deira sah auf ihre Armbanduhr. »Dafür ist es doch bestimmt zu spät.«

»Wir sind hier in Spanien«, erinnerte Grace sie. »Die Läden haben noch geöffnet. Und meiner Meinung nach, würden Sie mit etwas kürzerem Haar toll aussehen. Ungefähr kinnlang.« Sie lächelte. »In meiner Zeit als Stewardess bekamen wir Vorschriften, wie wir auszusehen hatten, mitsamt jeder Menge Schönheitstipps. Die ich mir gut gemerkt habe.«

»Kurzes Haar würde mir wirklich stehen?«

»Kürzer«, sagte Grace, »pfiffiger geschnitten.«

Deira zuckte die Achseln. »Okay. Wenn wir an einem Friseurladen vorbeikommen, geh ich rein.«

Keine zehn Minuten später blieben sie vor einem Friseursalon stehen. Deira drückte die Tür auf, und eine junge Frau, das Haar knallorange gefärbt, lächelte sie an.

»Schneiden?«, fragte Deira und machte eine entsprechende Handbewegung. »Und färben?«

Die junge Frau nickte und zeigte auf einen Stuhl.

»Dauert bestimmt eine gute Stunde«, schätzte Deira.

»Ausgezeichnet«, sagte Grace, »das reicht mir hoffentlich, um den Hinweis mit Schwester Iñez und Schwester Julia zu knacken.«

»Okay«, sagte Deira. »Sollen wir uns im Hotel treffen? Oder in einer Bar? Wenn ich schon eine neue Frisur habe, müssen wir auch ausgehen«, fügte sie hinzu.

»Schreiben Sie mir eine Nachricht, wenn Sie fertig sind«, sagte Grace. »Wir treffen uns, wo immer Sie wollen.«

»Mach ich«, sagte Deira, während die Friseurin schwungvoll einen Umhang über sie breitete.

Grace war nicht undankbar für die Möglichkeit, den Hinweis allein zu knacken. Sie hatte eine ziemlich präzise Vorstellung, wie die Antwort zu finden war, wenn auch nicht unbedingt wo. Beschwingt und voller Zuversicht ging sie zurück ins Hotel.

Dort suchte sie sofort ihr Zimmer auf und nahm sich die Infobroschüren vor.

Das Dominikanerkloster Santa Ana wurde 1652 gegründet und ist der heiligen Anna, der Mutter Mariens, gewidmet. Sie ist die Schutzpatronin der unverheirateten Frauen, die schwanger werden wollen, der Großmütter und Lehrer. Einst bot das Kloster Frauen Zuflucht, die sich in schwierigen Situationen befanden. Seine Blütezeit erstreckte sich bis zum Ende des 19. Jahrhunderts, dann zogen die Nonnen in ein anderes Ordenshaus in der Nähe Madrids. Im Lauf der Zeit verfiel das Gebäude, wurde dann aber im Rahmen des Vorhabens restauriert, die Altstadt von Alcalá de Henares zum UNESCO-Welterbe zu ernennen. Heute befindet sich darin ein gemütliches Boutique-Hotel.

Da Ken sie in einem Kloster untergebracht hatte, war sich Grace ziemlich sicher, dass Schwester Iñez und Schwester Julia dem dort ansässigen Orden angehört hatten. Hier im Gebäude musste es Informationen über die Damen geben, sie wollten nur gefunden werden.

Grace klappte die Broschüre zu und ging den Korridor entlang, nicht Richtung Rezeption, sondern sie folgte dem Schild zum Restaurant. Sie landete in einem weiteren, erstaunlich großen Innenhof, der von einem Kreuzgang umgeben war. Eine Seite war dem Restaurant vorbehalten, es gab eine Lounge, in einem dritten Bereich standen Tische und Stühle. Wie in den beiden kleineren Innenhöfen plätscherte auch hier fröhlich ein Brunnen. Gepflasterte Wege unterteilten den Hof in Viertel, die mit Steinplatten ausgelegt waren. In diese Platten waren Steine eingelassen.

Grace sah sie sich näher an.

Es waren Grabsteine, alte Grabsteine, manche datierten fast bis zur Gründung des Klosters zurück. Auch wenn sie nicht jedes Wort verstand, waren es doch offensichtlich Grabsteine der Nonnen, die hier gelebt hatten. Eigentlich hätte ihr unheimlich zumute sein müssen, doch dem war nicht so.

Langsam schritt sie die Steine ab, betrachtete jeden einzelnen. Es gab Marias und Isadoras, Teresas und Anas … Und dann fiel ihr Blick auf das, wonach sie gesucht hatte: Schwester Iñez, die gerade einmal dreiundzwanzig geworden war. Ob Iñez zur Nonne berufen war? Oder war sie von ihrer Familie, die sie loswerden wollte, hierher verfrachtet worden? Vielleicht hatte sie den Mann, den man für sie aussuchte, nicht heiraten wollen. Oder vielleicht schämten sich ihre Eltern aus irgendeinem Grund für sie. Wie eine Dreiundzwanzigjährige das Klosterleben wohl empfunden hatte? War es gelegentlich lustig zugegangen, hatte sie Spaß gehabt? War Iñez jemals durch die Kreuzgänge gerannt oder hatte sich hier im Innenhof auf einen sonnengeschützten Stuhl gesetzt? Hoffentlich. Und hoffentlich hatte die junge Frau nicht allzu sehr leiden müssen, als sie von welcher Krankheit auch immer dahingerafft worden war.

Innerhalb einer Minute fand sie auch Julias Grabstein. Sie war im darauffolgenden Jahr im Alter von fünfundzwanzig gestorben. Ob sie und Iñez befreundet gewesen waren, überlegte Grace. Hatten sie gemeinsam gelacht, Witze gerissen, einander Geschichten erzählt? Und weilten sie, wie die Inschrift auf Julias Grabstein andeutete, nun aller Erdenschwere enthoben im Himmel?

Grace glaubte nicht an ein Leben nach dem Tod, ganz sicher nicht an die Vorstellung eines solchen samt Engeln und Heiligen, wie man es sie als Kind gelehrt hatte. Es ergab für sie keinen Sinn. Aber hier im stillen Innenhof mit seinen Kreuzgängen, fragte sie sich, ob nicht doch etwas daran war. Wenn sie in diesem Fall Ken wiedersehen würde, was würde sie zu ihm sagen? Was würde er zu ihr sagen?

Das war der springende Punkt – die Leute sprachen davon, mit ihren Lieben wiedervereint zu werden, aber was, wenn jene Lieben zu Lebzeiten schreckliche Dinge getan hatten? Was, wenn man nach ihrem Tod eine neue Liebe gefunden hatte? Auf welches Arrangement würde man sich dann in der Ewigkeit einigen?

Der Himmel mitsamt seinen Rätseln musste warten, entschied sie, sie hatte den Hinweis geknackt und musste für die letzte Ziffer nur noch das Foto von Don Quijote hochladen.

Was sie eigentlich jetzt tun könnte, doch da Deira bisher jedes Mal bei der Lösung des Rätsels dabei gewesen war, hatte sie ein schlechtes Gewissen, ohne sie die gesuchten Ziffern einzugeben, auch wenn die Stimmung zwischen ihnen momentan etwas angespannt war.

Grace setzte sich an einen der Tische und bestellte bei dem Kellner, der bereits die ganze Zeit im Hintergrund herumgelungert hatte, ein Wasser.

Dann schrieb sie Deira, sie habe den Hinweis geknackt, und fragte, ob Deira nach ihrem Friseurbesuch ins Hotel kommen wolle oder sie sich irgendwo in der Stadt treffen sollten.

Ungefähr eine Viertelstunde später gratulierte Deira ihr zu des Rätsels Lösung und schlug wiederum die Plaza de Cervantes als Treffpunkt vor.

Mit einem Mal war Grace ganz froh, der Stille der Kreuzgänge zu entkommen.

Die Enthüllung des nächsten Hinweises konnte warten.

Auf der Plaza angekommen, sah Grace sich um; es dauerte kurz, bis sie Deira entdeckte, die winkend neben der Statue stand.

»Sie sehen phantastisch aus!«, rief Grace. »Toller Schnitt.«

»Freut mich, dass es Ihnen gefällt.« Deira sah zufrieden aus. »Ich habe über Ihren Rat nachgedacht und da Sie immer wunderschön aussehen, bin ich ihm vertrauensvoll gefolgt.«

Ihre bis dato über die Schultern fallenden Locken waren jetzt nackenlang und gerade geschnitten. Die neue Frisur ließ Deira viel pfiffiger wirken, ein Hauch Extravaganz umwehte sie nun.

»Für den Pariser Chic fehlen jetzt noch knallroter Lippenstift und eine coole Sonnenbrille«, erklärte Grace. Deira musste lachen. Noch habe sie es nicht bis nach Paris geschafft.

»Im Ernst«, sagte Grace, »roter Lippenstift würde Ihnen ausgezeichnet stehen.«

»Ich trage eher selten Lippenstift«, meinte Deira, »überhaupt so gut wie nie Make-up. Meine Schminkversuche sind meist von bescheidenem Erfolg gekrönt, daher lasse ich lieber die Finger davon.«

»Zu meiner Zeit als Flugbegleiterin durften wir nur zurechtgespachtelt fliegen«, sagte Grace, »aber die Schönheitstricks, die wir beigebracht bekamen, sind wirklich nützlich, vor allem heutzutage, wo ich zweimal so lange brauche, um halb so gut auszusehen. Sie sind naturschön, Deira, und haben tolle Haut. Bei Ihnen braucht es gar nicht viel. Ein wenig Tönung eventuell, Wimperntusche und ein Hauch Lidschatten, um Ihre Augen zu betonen. Dieser Grünton ist ganz außergewöhnlich.«

»Ich habe für Make-up kein Händchen«, gestand Deira.

»Mit Lippenstift kann man nichts falsch machen.«

»Mit Rottönen schon. Keine Ahnung, welcher mir steht.«

»Wer nicht wagt …«

Deira lachte. »Na gut, wenn wir an einer Parfümerie vorbeikommen, werfe ich mal einen Blick rein.«

»In der Straße, durch die wir vorhin gegangen sind, war eine«, sagte Grace.

»Tatsächlich?« Deira sah überrascht aus. »Ist mir gar nicht aufgefallen.«

»Ich habe ein Faible für Parfümerien und Drogerien«, gab Grace zu. »Ich liebe solche Läden. Auf der Fähre habe ich Stunden im Duty-free verbracht.«

»Echt?« Deira runzelte die Stirn. »Aber das Angebot dort war doch äußerst mager.«

»Kommt auf die Interessen an, ich jedenfalls hatte Spaß«, sagte Grace,

Deira lachte. »In diesem Fall, auf in den Spaß!«

Arm in Arm marschierten sie zur Parfümerie, die beträchtlich größer war, als sie von außen wirkte. Grace bugsierte Deira an L'Oréal, Rimmel und Bourjois vorbei zum Chanel-Stand.

»Der hier ist der beste«, sie suchte den Farbton Pirate heraus. »Steht jederfrau und bei Ihnen wird er sensationell aussehen.«

»Da bin ich mal gespannt«, sagte Deira.

»Wusst ich's doch.« Grace nickte zufrieden, nachdem sie mit einem der Wattestäbchen, die am Stand parat lagen, Deira den Lippenstift aufgetragen hatte.

»Gefällt's Ihnen?«, wollte die Verkäuferin, die zugesehen hatte, auf Englisch wissen. »Wir hätten auch eine gute Foundation«, fügte sie hinzu, »mit UV-Schutz. Obwohl, ich sage ja immer, nehmen Sie unbedingt einen Sonnenschutz. Man kann nicht genug auf seine Haut achtgeben.«

»Es geht nur um den Lippenstift«, sagte Deira, als Grace nach einem dunklen Lidschatten griff.

»Probieren Sie den mal.«

»Normalerweise nehme ich immer Nude-Töne«, sagte Deira, »die passen zu meiner Augenfarbe.«

»Aber nicht zu scharlachrotem Lippenstift.«

Ergeben hob Deira die Schultern und ließ sich nicht nur den Lidschatten auftragen, sondern auch einen Hauch Rouge auf die Wangen tupfen.

»Oh«, machte sie, als Grace fertig war. »Das bin ich und doch nicht ich.«

»Eine andere Version von Ihnen«, stellte Grace richtig. »Wenn Ihnen etwas Helleres lieber ist, können wir auch den ausprobieren.«

Sie gab Deira ein Reinigungstuch, damit sie sich Lippenstift und Lidschatten abwischen konnte. Dann trug sie einen anderen Lidschatten auf.

»Das sieht schon eher nach mir aus«, sagte Deira nach einem Blick in den Spiegel. »Aber weniger ... weniger wow.«

»Es braucht nicht immer auf wow rauszulaufen«, sagte Grace, »manchmal hingegen unbedingt.«

»Okay.« Deira lächelte. »Können wir mir wieder ein Wow ins Gesicht zaubern und dann was trinken gehen?«

»Definitiv«, sagte Grace und griff zu Pirate.

Stöhnend und mit ordentlich Kopfschmerzen, mühte Deira am nächsten Morgen ihre Augenlider auseinander, die zusammengeklebt schienen. Sie tippte aufs Handy, um nach der Uhrzeit zu sehen, und stöhnte erneut, denn es war schon nach neun.

Es war nach zwei gewesen, als sie ins Hotel zurückgekehrt waren. Sie erinnerte sich, dass sie kichernd die Schuhe ausgezogen hatte, weil sie auf dem Steinboden so viel Lärm machten. Und sie erinnerte sich, wie sie im Kreuzgang gesessen und in den Nachthimmel gesehen hatten und sich über Schwester Iñez und Schwester Julia unterhielten. Zum nächsten Hinweis waren sie nicht vorgedrungen, denn Grace fürchtete, sie könnte mit zwei Gläsern Wein sowie einem riesigen Gin Tonic intus versehentlich die falschen Zahlen eingeben und kostbare Versuche vergeigen.

Deira hatte den Überblick über ihren eigenen Alkoholkonsum verloren. Sie erinnerte sich, dass sie vor einer Bar auf hohen Stühlen gesessen hatten und Grace eine Flasche Wein bestellt hatte. Aber danach ...

Sie schob die Bettdecke weg und schwankte ins Bad. Der Blick in den Spiegel ließ sie zurückzucken – sie hatte ihren Friseurbesuch vergessen und obwohl sie zweifellos jede Menge getrunken hatte, zierte immer noch Scharlachrot ihre Lippen.

Sie stülpte sich die Duschhaube über die neue Frisur und ließ sich vom heißen Wasser den Nacken massieren. Eine Wohltat. Hinterher ging es ihr besser, aber sie war immer noch ein wenig wacklig auf den Beinen, als sie nach unten ging.

Grace saß bereits an einem der Tische im Kreuzgang, eine Tasse Kaffee vor sich. Sie sah auf, als Deira näher kam.

»Guten Morgen«, grüßte sie. »Wie geht's dir?«

»War ich völlig weggetreten?« Deira zog den Stuhl gegenüber heraus und setzte sich. »Denn heute Morgen bin ich ein zartes Pflänzchen. Unfassbar, dass ich einen Kater habe. Ich hatte seit Monaten keinen.«

»Bis zu den Shots ging's dir gut«, erklärte Grace.

»Shots!« Deira sah ungläubig drein. »Ich trinke nie Shots.«

»Gestern Abend schon«, sagte Grace trocken. »Nach der zweiten Flasche Wein.«

»Haben wir denn nichts gegessen?«, fragte Deira. »Wenn ich was im Magen habe, macht mir Alkohol normalerweise nichts aus.«

»Der Barkeeper hat uns zum Wein einige Tapas hingestellt«, sagte Grace, »doch danach sind wir ganz auf Flüssignahrung umgestiegen.«

»Dann hatte ich eindeutig zu wenige Tapas. Haben wir uns nicht auch mit irgendwelchen Leuten unterhalten?«

»Mit einer Männergruppe«, sagte Grace. »Sie hörten uns Englisch sprechen und wollten sich unterhalten. Sie haben auch die zweite Flasche Wein spendiert, weil unsere leer war, und anschließend die Shots. Aber sie wollten uns nicht absichtlich betrunken machen.«

»Ich habe doch nichts Peinliches gesagt oder getan?«, japste

Deira, als die Erinnerung langsam zurückkam. »Einer hieß Roberto und … der andere Leo, richtig? Unidozenten. Nicht Literatur, sondern …«

»Architektur«, sprang Grace ihr bei.

»Ich kann mich nicht erinnern, wann ich zum letzten Mal so was gemacht habe«, sagte Deira.

»Ich ehrlich gesagt auch nicht.«

»Aber du hast keinen Kater.«

»Tjaha, ich hatte keine Shots«, sagte Grace. »Aber meine geheime Katerwaffe ist das Alter. Normalerweise verkraftet man, je älter man ist, eine durchgemachte Nacht immer weniger, aber seit der Menopause bekomme ich keinen Kater mehr.«

»Du machst Witze.«

»Aber nein«, sagte Grace. »Ich nehme es als ausgleichende Entschädigung für Hitzewallungen und Gedächtnisverlust. Allerdings beschränke ich mich auf zwei Gläser Wein, wenn ich weggehe. Und hinterher vielleicht noch einen Gin Tonic. Abstinenz geht anders. Aber ich habe keinerlei Nachwehen.«

»Du hättest mich bremsen sollen«, sagte Deira.

»Warum?« Grace lächelte. »Du hattest Spaß. Ich übrigens auch.«

Deira stand auf und bediente sich am Büfett beim Obst.

»Ich kann mich erinnern, dass ich viel gelacht habe«, sagte sie, als sie wieder saß. »Das ist schon mal ein Fortschritt.«

»Die Typen kannten Dublin gut«, sagte Grace. »Einer hat dort, während er auf dem College war, als Barkeeper gearbeitet. Er hatte Sinn für unseren irischen Humor.«

»Als er auf dem College war!« Deira starrte sie an. »Jetzt sag bloß nicht, wir haben uns mit Typen betrunken, die gerade mit der Uni fertig geworden sind.«

Grace nahm ihr Handy und suchte nach einem Foto. Es zeigte

sie beide, die den vier Männern hinter ihnen mit Wein zuprosteten.

»Gott sei Dank, wenigstens sehen sie nicht wie Kinder aus«, sagte Deira.

»Schätzungsweise Anfang dreißig«, meinte Grace, »jung genug, um meine Söhne zu sein. Immer noch unbegreiflich für mich, dass ich einen dreißigjährigen Sohn habe. Und eine seiner Schwestern ist sogar noch älter.«

»Wir haben uns länger über Alcalá de Henares und seine Geschichte unterhalten.« Allmählich klarte Deiras Gedächtnis auf. »Und die Störche. Wir hatten eine ausführliche Diskussion über Störche!«

»Weil die Bar *La Cigüeña* hieß, das bedeutet Storch«, erklärte Grace. »Der offenbar mittlerweile zum Wahrzeichen der Stadt geworden ist.«

»Ach ja, genau. Tut mir leid, wenn wir meinetwegen die halbe Nacht durchgemacht haben«, sagte Deira. »Liegt eben daran, dass ich meinen roten Lippenstift und meine neue Frisur ausgiebig ausführen wollte.«

»Mir hat's sehr viel Spaß gemacht«, sagte Grace beruhigend, »So einen draufgemacht habe ich schon seit ewigen Zeiten nicht mehr. Ich habe nur wenige Freundinnen, ich gehörte nie zu den Frauen, die eine Mädelsclique haben, mit der sie ganz eng sind. Natürlich habe ich Freundinnen, aber selbst wenn wir einen draufmachen, bleibt alles in einem gewissen Rahmen. Wahrscheinlich passt es zu Frauen eines gewissen Alters nicht mehr, mit schwerer Schlagseite aus dem Pub rauszutorkeln.«

»Hängt von den Frauen ab«, sagte Deira. »Und vom Pub.«

Grace lachte. »Bist du bereit, den Hinweis zu knacken?«

Deira nickte, und Grace holte den Laptop aus der Tasche, die neben ihr stand.

»Hoffentlich haben wir alles richtig erraten«, meinte sie.

Sie lud das Foto hoch und wurde mit der Information belohnt, es stimme überein und die fehlende Ziffer sei 5. Also gab sie 5236 ein und wartete.

26. Kapitel

Von Alcalá de Henares nach Toledo: 105 km

Schön, dass Du mir auf der Spur bleibst, Hippo. Als Belohnung winkt der Buchtstabe T. Hat Dir Alcalá de Henares gefallen? Ein toller Ort, die Geschichte, die Kultur, die Universität ... Hoffentlich hattest Du genügend Zeit für eine richtige Stadterkundung. Doch weiter im Test, Du musst in Toledo ein Foto unseres schon bekannten Schreibers hochladen. Das reinste Kinderspiel, was meinst Du? Es geht jedoch nicht nur um Literatur, auch ein anderer Künstler hat hier einige seiner besten Werke geschaffen. Wie alt war er, als er starb? Und in welchem Monat? Sechs Versuche – falls Du die brauchen solltest, was bestimmt nicht der Fall ist. Ist kein Hexenwerk!

»Ich frage mich, was die Buchstaben schlussendlich ergeben«, sagte Deira.

»Eventuell noch eine Stadt«, schlug Grace vor. »Die ich auch noch aufsuchen soll.«

»Gut möglich«, stimmte Deira zu.

»Hast du weiterhin vor, mich zu begleiten?«, fragte Grace nebenbei.

Deira zögerte. Sie hatte nicht weiter darüber nachgedacht, ob sie sich in Alcalá de Henares von Grace trennen sollte. Als sie sich gezankt hatten, war es ihr wie die richtige Entscheidung vorgekommen, jetzt jedoch nicht mehr.

»Ich würde mich freuen, wenn du mitkommst«, sagte Grace. »Aber die Entscheidung liegt ganz bei dir.«

»Ich war sauer auf dich, weil du meine Gedanken gelesen hast«, sagte Deira. »Tut mir leid. Wenn du nichts dagegen hast, würde ich gern weiter mit dir auf Schatzsuche gehen.«

»Wir haben es gemeinsam so weit gebracht. Es wäre ein Jammer, ein derart erfolgreiches Team auseinanderzureißen«, erklärte Grace.

Deira lächelte. »Stimmt.«

»Jetzt lasse ich dich erst mal in Ruhe frühstücken. Wir haben's nicht eilig. Bis Toledo ist es ungefähr eine Stunde. Ich mache noch einen Spaziergang durch die Stadt. Auschecken müssen wir um elf. Sollen wir uns dann treffen?«

Deira nickte, und Grace ging auf ihr Zimmer.

Beide seufzten erleichtert.

Während sie in ihren Pfefferminztee starrte, den sie am heutigen Morgen für bekömmlicher erachtete als den üblichen Kaffee, fragte Deira bei Bex an, ob alles in Ordnung sei. Obwohl sie anfänglich sauer gewesen war, dass ihre Nichte ihr Haus als Quartier benutzte, hatte sie doch ein schlechtes Gewissen wegen des Zwischenfalls mit Gavin. Und insgeheim war sie glücklich über Bex' Anwesenheit, denn so konnten Gavin und Afton nicht ihr Haus kapern. Momentan lebten die beiden, wie Deira mitbekommen hatte, in einer Wohnung, die Aftons Eltern gehörte. Wäre sie nicht so stinkwütend auf Gavin, hätte sie es ein klein wenig traurig gefunden, dass ein siebenundfünfzigjähriger Mann in einer Wohnung lebte, die den Eltern seiner achtundzwanzigjährigen Freundin gehörte, doch für Mitleid war in ihrem Herzen kein Platz.

Von Bex kam keine Antwort, deshalb tat sie sich ein wenig bei den Social-Media-Kanälen um und landete schließlich, wie in letzter Zeit so häufig, bei Aftons Instagram-Seite. Normalerweise postete Afton täglich ein halb Dutzend Mal, aber seit vergangener Woche gab es nichts Neues. Ob Gavin sie wohl gebeten hatte, nichts einzustellen, weil Deira keinen Einblick in ihr gemeinsames Leben bekommen sollte? Aus welchem Grund auch immer, auf den Social-Media-Kanälen ihrer Nachfolgerin herrschte Schweigen.

Deira hatte ihren Tee ausgetrunken, schenkte sich Saft nach und schickte Tillie ein Foto des Kreuzgangs. Sie freute sich über die prompte Antwort.

Sieht obercool und meditativ aus.

Deira erzählte ihr von den Nonnengrabsteinen.

Ihre Geister wachen über dich, lautete Tillies Erwiderung.

Deira hatte da so ihre Zweifel. Jedenfalls wäre es erstaunlich, wenn die Geister zweier Frauen, die so jung gestorben waren, anders über sie wachen sollten als mit Abscheu, weil sie in ihrem vorgerückten Alter mit dem Leben so schlecht zurechtkam. Damals, als die Lebenserwartung so viel niedriger war, hätte sie als altes Weib gegolten. Und auch im Hier und Jetzt, pfiffige neue Frisur und scharlachroter Lippenstift hin oder her, ihr Körper war nicht jünger geworden. Vor ihrem geistigen Auge sah sie die Statistik. Selbst wenn sie in ihrem Alter noch schwanger werden sollte, lag die Wahrscheinlichkeit, dass sie eine Fehlgeburt erlitt, bei 34 Prozent, bei einer Frau Anfang zwanzig hingegen lediglich bei 9 Prozent.

Wie oft sie früher Angst vor einer Schwangerschaft gehabt hatte: zu Collegezeiten, als sie den einen oder anderen One-Night-Stand gehabt hatte, in Beziehungen, die seinerzeit wichtig gewesen, aber zu nichts geführt hatten, und nach einer dämlichen Bettgeschichte mit einem ihrer Dozenten, die sie beide hinterher leugneten. Wäre eine Schwangerschaft damals wirklich so katastrophal gewesen? Hätte sie in jungen Jahren ein Kind bekommen, wäre es mittlerweile erwachsen und sie hätte jemanden, der zu ihr gehörte.

Doch dann wäre sie ein anderer Mensch geworden.
War das nun gut oder schlecht?

Deira hatte angeboten, nach Toledo zu fahren, die Strecke sei kurz und ihre Rippen völlig verheilt, und kutschierte nun durch eine fast durchgehend öde, flache Gegend, in der die Industriegebiete beinahe bis zur Autobahn reichten. In der Ferne waren braune Felder zu sehen.

»Wir umfahren Madrid«, erklärte Grace auf Deiras Bemerkung hin. »Wahrscheinlich konzentriert sich alles auf die Hauptstadt.«

Doch kurz vor Toledo schlängelte sich die Straße in die Berge hoch, so dass sich ihnen vom *parador* aus, in dem Ken für Grace ein Zimmer gebucht hatte (Deira hatte dort gleichfalls ein Zimmer ergattert), ein spektakulärer Blick auf die unter ihnen liegende Altstadt bot.

»Mir war nicht bewusst, dass unser Hotel außerhalb der Stadt liegt, aber der Blick ist es wert«, sagte Grace, nachdem sie eingecheckt hatten und auf der Hotelterrasse standen. »Wenn mir diese Fahrt eines beweist, dann dass es in Spanien einige wirklich schöne Orte gibt und ich es von Herzen bedauere, nie mit Ken gemeinsam hier gewesen zu sein.«

»Du hättest einen Blog über diese Reise führen sollen«, meinte Deira.

»*Wir* hätten einen Blog führen sollen«, erwiderte Grace. »Frauen unterwegs.«

»Wir hätten Kens Schatzsuche integrieren können, dann wäre der Blog noch interessanter geworden.«

»Vielleicht hätten unsere Leser die Hinweise schneller geknackt als wir.«

»Ach, ich weiß nicht. Wir haben doch bisher alle innerhalb des vorgegebenen Rahmens gelöst.«

Grace lächelte und fing an, die in der Ferne liegende Altstadt zu fotografieren. Währenddessen warf Deira einen Blick auf ihr Handy. Immer noch keine Antwort von Bex.

Sie schickte ihr eine Nachricht: *Alles in Ordnung?*

Sorgen machte sie sich nicht, aber angesichts des gestrigen Vorfalls war sie erstaunt, dass Bex sie nicht auf dem Laufenden hielt.

»Ich habe mir überlegt, mich ein bisschen an den Pool zu legen, bevor wir in die Stadt gehen«, sagte Grace. »Die Cervantes-Statue finden wir bestimmt problemlos, und ich würde lieber erst losziehen, wenn es kühler ist.«

»Bin ich sehr einverstanden«, erwiderte Deira, die immer noch müde und nicht ganz fit war. »Außerdem weiß ich schon die Antwort auf den zweiten Teil, also haben wir da keinen Stress.«

»Echt?«

»Du vergisst meine kunsthistorische Vergangenheit.« Deira grinste. »Es handelt sich um den Maler El Greco. Er lebte und arbeitete in Toledo. Ich weiß nicht mehr, wann er starb, aber das lässt sich schnell googeln.«

»Was sind wir für ein tolles Team«, sagte Grace. »Wir haben das echt im Griff. Wir sind so gut unterwegs, dass Ken enttäuscht wäre. Er hätte gewollt, dass ich mich mehr anstrengen muss.«

»Er wäre bestimmt begeistert«, sagte Deira. »Er hätte doch nicht gewollt, dass du den Schatz, was immer es sein mag, nicht findest.«

»Nein«, stimmte Grace zu. »Aber ... wahrscheinlich hat er sich eher eine der Schatzsuchen vorgestellt, die er, wie du erzählt hast, für seine Studenten machte. Keine Handys, kein Google, sondern alles zu Fuß.«

»Gut möglich.« Deira nickte. »Bestimmt war es nicht leicht für ihn, diese Schatzsuche zu organisieren, während er ans Haus gefesselt war.«

»Armer Ken.« Über Grace' Gesicht legte sich ein Schatten. »Bis zu seinem Herzinfarkt verbrachte er die meiste Zeit hinterm Schreibtisch. Dann wurde er geradezu manisch aktiv. Und dann bekam er die Diagnose und wieder war's aus mit Bewegung, diesmal war er nicht an den Schreibtisch gefesselt, sondern ans Bett.«

In Grace' Stimme schwang mehr Mitgefühl mit als bisher, fand Deira. Und es freute sie, dass für ihre Freundin – denn als solche betrachtete sie Grace mittlerweile – die Erinnerungen an ihren Ehemann mittlerweile weniger bitter waren.

»Ich gehe jetzt jedenfalls in mein Zimmer. Bis später am Pool«, sagte Grace.

»Bis später«, bestätigte Deira, und sie gingen auseinander.

Grace war über Deiras Vorschlag, einen Blog zu verfassen, amüsiert gewesen, da sie zwar nichts ins Netz stellte, aber mittlerweile Aline, Fionn und Regan täglich eine Zusammenfassung ihrer Erlebnisse samt einigen Fotos schickte. In Bordeaux hatte sie damit angefangen, und alle drei hatten sie zur Fortsetzung gedrängt. Daher verfasste sie in ihrem Zimmer eine Mail über ihren vergnügten Abend mit Deira in Alcalá de Henares, hängte nicht nur Fotos der wunderbar restaurierten Gebäude und des Hotelinterieurs (mit den Grabsteinen) an, sondern auch jenes, das Deira und sie mit den Unidozenten in der Bar zeigten.

Gestern Abend wurde es später, schloss sie, *aber wir hatten mächtig Spaß.*

Genauso war es gewesen, dachte sie beim Senden der Mail, zum ersten Mal seit Kens Tod war sie nicht von Schuldgefühlen niedergedrückt worden. Als sie mit Deira die Parfümerie betreten und ihr gezeigt hatte, wie man Lippenstift richtig auftrug, war die Last erstmals leichter geworden. Schon immer war Grace der Meinung gewesen, nichts hebe Laune und Moral so sehr wie knallroter Lippenstift und ein Hauch Rouge, egal, wie niedergedrückt man war. Andere mochten es als oberflächlich empfinden, aber etwas Rouge Allure hatte sie jedes Mal aufgemuntert, wenn sie nach Kens Beerdigung das Haus verließ. Allerdings nur vorübergehend. Die jetzige Aufhellung ihres Gemütszustandes ging tiefer.

An der Unterhaltung mit den Dozenten in der Bar hatte sich Grace beteiligt, ohne dass ihr auch nur einmal der Gedanke gekommen war, ob Ken eventuell peinlich berührt gewesen wäre, weil sie nichts über Alcalá de Henares und dessen Kultur wusste. Fröhlich hatten die Männer ihre Fragen beantwortet, fanden diese weder dumm noch flach. Und ebenso fröhlich hatten sie eine Flasche Wein mit Deira und ihr geteilt. Es war aufheiternd und befreiend gewesen und sie schwebte auf einer Wolke des Optimismus ins Hotel.

Und sie war weiterhin positiv gestimmt.

So positiv, dass es ihr nichts ausmachen würde, am Swimmingpool ihre Cellulitis zu enthüllen.

Deira war gerade dabei, nach unten zum Swimmingpool zu gehen, da meldete sich Bex über FaceTime. Normalerweise beschränkte sich Deira bei ihren Anrufen auf Audio, aber wenn sich ihre Nichte tatsächlich zu einem Anruf aufraffte, statt nur zu schreiben, dann immer über FaceTime. Bex saß mit hochgelegten Beinen auf dem Sofa, das Handy an die Oberschenkel gelehnt. Müde sah sie aus, weniger adrett hergerichtet als sonst, das honigblonde Haar wurde von einem Zopfband zusammengehalten. Zu viele lange Dubliner Nächte, mutmaßte Deira.

»Alles in Ordnung?«, fragte sie. »Ist Gavin nochmals aufgetaucht?«

Bex verneinte.

»Gut. Tut mir so leid, dass er dich belästigt hat.«

»Eigentlich nicht. War nicht schlimm.«

»Es war trotzdem nicht richtig von ihm.«

»Vielleicht.«

Deira runzelte die Stirn. Ihre Nichte wirkte zerfahren, verunsichert, dabei hatte sie doch gesagt, alles sei okay. Obwohl, genau genommen hatte sie das nicht. Sie hatte auf die Frage nach Gavin geantwortet. Über sich selbst hatte sie nichts gesagt. »Geht's dir denn gut?«

»Halbwegs.« Bex rieb sich die Augen.

»Wieso halbwegs? Hast du wegen des Praktikums was gehört? Hast du die Stelle bekommen?«

»Da habe ich ... habe ich dich angelogen«, sagte Bex.

»Inwiefern?«

»Es gab kein Vorstellungsgespräch.«

»Aha.« Deira war verblüfft, fand aber, Bex habe ihre Mutter noch mehr belogen, was sie ihr auch klipp und klar sagte.

»Ich musste sie anlügen«, sagte Bex. »Ansonsten hätte sie mich umgebracht.«

»Warum?«, fragte Deira. »Hättest du ohne sie nicht in Dublin bleiben dürfen?«

Wahrscheinlich nicht, beantwortete sie sich die Frage selbst. Gill gehörte zu den Frauen, die sich als beste Freundin der eigenen Tochter sahen, die es spaßig fand, gemeinsam etwas zu unternehmen. Aber Mütter sollten nicht die beste Freundin sein, nicht immer. Manchmal mussten sie Mütter sein.

»Es gab noch einen anderen Grund, weshalb ich nach Dublin wollte«, sagte Bex.

Ein Junge, dachte Deira. Ein Junge war fast immer der Grund, weshalb man seine Mutter anlog.

»Ich konnte es ihr nicht sagen und dir auch nicht«, erklärte Bex weiter. »Aber ich sitze hier in deinem Haus ... und ich muss mit jemandem reden.«

»Natürlich kannst du mit mir reden«, sagte Deira. Bex vertraute sich ihr nur selten an, was sie aber auch gar nicht erwartete.

»Ich bin nach Dublin wegen einem ... einem Eingriff.«

»Was für ein Eingriff? Eine Schönheitsoperation? Deine Nase? Deine Brüste?«

Wie alle jungen Menschen war Bex von ihrem Aussehen besessen. Sie brauchte mindestens eine Stunde im Bad, bis sie das Haus verlassen konnte, trug bei diesem Prozedere Produkte auf, die Deira nicht einmal dem Namen nach kannte. Und abends beim Abschminken verwandte sie ebenfalls mindestens ein halb Dutzend spezieller Präparate und brauchte daher mindestens ebenso lang, bis sie ins Bett kam. Mit besonderer Abscheu jedoch beäugte Bex ihre Körbchengröße B, jammerte, im Vergleich zu ihren Freundinnen sei sie mehr als spärlich ausgestattet. Bei ihrem letzten Besuch in Dublin hatte sie von Schönheitsoperationen gefaselt, und Deira, die sich uralt fühlte, weil sie das für eine blöde Idee hielt, hatte versucht, sie davon abzubringen.

»Nein«, beantwortete Bex ihre Frage. »Das habe ich schon lange abgehakt. Es ging um ...«

»Um was?«

»Kannst du dir's nicht denken?« Bex hörte sich äußerst frustriert an. »Kannst du dir nicht denken, von welchem Eingriff ich meiner Mutter nicht erzählen konnte, weil sie mich sonst umbringt?«

Es dauerte kurz, bis Deira begriff. Sie umklammerte das Handy.

»Eine Abtreibung?« Ihre Stimme war kaum vernehmbar. »War's das? Hast du abgetrieben, Bex?«

»Ich konnte das Baby nicht kriegen. Das ging einfach nicht.« Bex fing an zu weinen.

»Es war die absolut richtige Entscheidung. Ich bin froh, dass ich es gemacht habe. Ich bedauere es nicht. Überhaupt nicht. Aber ich denke die ganze Zeit daran, wie es ist, wenn ich wieder zu Hause bin und Mum nichts davon sagen kann, obwohl ich das gern möchte. Also erzähle ich es stattdessen dir.«

Deira fehlten die Worte. Sie bemühte sich um einen möglichst gleichmütigen Gesichtsausdruck, fand aber keine tröstenden Worte für ihre Nichte im Sinne von »ich stehe hundert Prozent hinter dir«, weil sie ihr am liebsten entgegengebrüllt hätte, »warum hast du dich nicht für das Kind entschieden? Ich hätte mich darum gekümmert, das wäre die beste Lösung für alle gewesen.« Sie konnte ihr nicht sagen, dass ihr Herz gebrochen war. Das war nicht das, was Bex hören wollte. Aber genau das hätte Deira am liebsten gesagt.

»Es war ein One-Night-Stand«, unterbrach Bex ihr Schweigen. »Ich habe in der Nacht nicht nein gesagt, obwohl ich das wollte. Er war nicht ... Wir sind kein ... na ja ... es war einfacher, es zuzulassen, als deswegen herumzudiskutieren. Aber ich nehme die Pille nicht. Ich war mit jemandem zusammen und alles war bestens, wir haben verhütet, aber wir haben uns getrennt und ich zog mit ein paar Freunden los und wir gingen auf eine Party und wir hatten alle etwas viel getrunken und ... Es ist wirklich meine Schuld, echt. Ich hätte ... ich hätte ... Ich habe nicht nein gesagt.« Die Tränen liefen ihr übers Gesicht.

»Es ist überhaupt nicht deine Schuld.« Deira erkannte beinahe ihre eigene Stimme nicht. »Absolut nicht. Das darfst du nicht denken, Bex.«

»Ich konnte es nicht fassen, dass ich schwanger war. Dass mir das passiert«, sagte Bex. »Wer glaubt denn wirklich, dass es beim ersten Mal passiert. Und es war klar, mit dem Typen würde es nur dieses eine Mal geben.«

»Hast du es ihm gesagt?«

»Nein!« Unter den Tränen schimmerte Entsetzen. »Nein. Das ging nicht. Seine Eltern sind ... seine Eltern sind in der Stadt sehr bekannt. Und er ... er ist verlobt.«

»O Bex.«

»Er hätte es mir nicht geglaubt, wenn ich es ihm erzählt hätte, das weiß ich. Er hätte gesagt, es ist nicht von ihm. Und wenn ich etwas anderes behauptet hätte, hätten alle übel über mich hergezogen. Man hätte mir die Schuld gegeben. Immer ist das Mädchen schuld. Immer wird das Mädchen als Schlampe bezeichnet. Sie würden sagen, dass ich betrunken war und gar nicht wusste, mit wem ich Sex gehabt habe. Dass es jeder hätte sein können. Sie hätten alle möglichen fiesen Gerüchte über mich in die Welt gesetzt.«

»Bex, du hast gesagt, es ist nicht deine Schuld und genau so ist es, dich trifft keine Schuld. Aber ich muss dich das fragen – du hast gesagt, es war einfacher, es zuzulassen. Hat er dich vergewaltigt?«

»Nein. Es war ... es war ein Fehler. Und den habe ich beseitigt. Damit hat sich's.«

Deira schloss die Augen. Sie war voller Mitgefühl für ihre Nichte, die tief verletzt worden war, aber völlig recht mit ihrer Einschätzung hatte, was die Leute von ihr halten würden. Sie hätte noch so sehr beteuern können, sie sei zu betrunken für einvernehmlichen Sex gewesen, doch viele würden schon die Nase rümpfen, weil sie überhaupt betrunken gewesen war. Deira verstand die Beweggründe für Bex' Entscheidung nur zu gut. Sie wollte sie trösten, ihr sagen, dass sie sie liebhatte. Doch Bex hatte sich für einen Schwangerschaftsabbruch entschieden, während Deira für ein eigenes Kind alles gegeben hätte.

Sie hatte immer vehement an das Recht jeder Frau geglaubt, über den eigenen Körper entscheiden zu können. Daran hatte sich nichts geändert. Es stand ihr nicht zu, Entscheidungen anderer zu verurteilen. Niemand außer der Betroffenen konnte die Umstände wirklich beurteilen. Aber sie wünschte, Bex hätte sich anders entschieden. Sie wünschte, ihre Nichte hätte sich ihr vor diesem unwiderruflichen Schritt anvertraut.

»Du wirst Mum doch nichts verraten?«, fragte Bex.

»Natürlich nicht.«

»Hältst du mich eigentlich für eine Hure?«

»Nein! Bex, Liebes, natürlich nicht. Wie kommst du bloß auf diese Idee?«

»Ich habe mit jemandem geschlafen, den ich kaum kannte und der eine andere heiraten wird. Und ich bin schwanger geworden. Also bin ich ... bin ich ...«

»*Er* hat mit dir geschlafen, während *er* mit einer anderen verlobt ist. Und er hat dich geschwängert. Er ist genauso daran beteiligt wie du, auch wenn du diejenige bist, die diese schwere Entscheidung treffen und tragen musste«, sagte Deira. »Gib dir nicht die Schuld, nicht eine Sekunde lang.«

»Danke dir.« Bex schniefte. »Danke für deine Worte. Ich wusste, dass du mich verstehst.«

»Bex, hast du den Eingriff gestern vornehmen lassen?«, fragte Deira. »Bist du gerade vom Krankenhaus gekommen, als Gavin auftauchte?«

»Ja«, sagte Bex.

»Es tut mir so leid«, sagte Deira. »Du hättest Ruhe gebraucht, Zeit für dich, ohne dass Gavin durch die Wohnung wütet.«

»Ach, nicht so schlimm«, sagte Bex. »Nachdem er gegangen ist, bin ich ins Bett. Ich ... na ja, deine Bettwäsche muss richtig gereinigt werden. Ich habe sie heute in die Waschmaschine gesteckt, aber sie ist nicht rich –«

»Hörst du auf, dir über so unwichtiges Zeug den Kopf zu zerbrechen!«, rief Deira. »Ich mache mir viel mehr Sorgen um dich, Bex. Ist deine Freundin noch da?«

»Lydia? Ja. Im Moment ist sie draußen.«

»Gut. Ich bin froh, dass jemand für dich da ist. Soll ich heimkommen?«

»O Gott, nein!«, rief Bex. »Ich meine, nein, bitte nicht. Mir geht's gut. Lyds war super. Sie hat alles eingefädelt. Natürlich haben wir nicht damit gerechnet, dass Mum mit nach Dublin kommt. Wir haben gedacht, mit einem zweiten Vorstellungsgespräch wären wir auf der sicheren Seite, aber trotzdem wollten wir doppelt sichergehen, dass sie heimfährt. Daher habe ich, bevor wir los sind, Karten für den neuen Disney-Film gekauft, und Lydia hat gegenüber Lucia so getan, als ob sie die gewonnen hätte. Mum musste zurückfahren, um sie ihr zu geben.«

Lucia war Bex' zwölfjährige Schwester und ein großer Disney-Fan.

»Was für ein Glück, dass Gill darauf eingegangen ist.«

»Ach, du kennst doch Mum«, sagte Bex. »Sie ist doch selbst ganz verrückt nach dem Disney-Kram. Ich wusste, sie will den Film auch sehen.«

»Genial, Respekt«, sagte Deira.

»Ich bin alles andere als genial«, sagte Bex. »Ich bin eine Idiotin. Ich bin nicht das Mädchen, das ich sein möchte. Aber«, fügte sie hinzu, »ich habe die Sache geregelt. Ich weiß, viele Leute werden meine Entscheidung missbilligen und sagen, ich sei egoistisch, ich hätte das Baby bekommen sollen, aber das ging einfach nicht. Im College läuft es richtig gut. Ich habe Pläne. Und ich kann nicht … Ich bin noch nicht bereit dafür.«

Sie hatte recht. Es gab viele Menschen, die gegen Abtreibung waren, ungeachtet der Umstände. Aber das waren nicht diejenigen, die schwanger waren, nicht diejenigen, die mit den Folgen einer ungewollten Schwangerschaft für den Rest ihres Lebens zurechtkommen mussten. Und obwohl sie wusste, dass Bex die für sie richtige Entscheidung getroffen hatte, brach es ihr das Herz.

Sie unterhielt sich noch zwanzig Minuten lang mit ihrer Nichte, versicherte ihr, alles sei gut, sie habe getan, was das Beste für sie sei, und niemand brauche davon zu erfahren. Bex könne so lange in ihrem Haus bleiben, wie sie wolle. Als sie das Gespräch beendeten, wirkte Bex zwar nicht glücklich, aber doch weniger angespannt.

Deira war diejenige, die auf dem Bett lag und weinte.

27. Kapitel

Toledo, Spanien: 39.8581 °N 4.0226 °W

Grace lag entspannt am Pool, der in eine große, von zwei Seiten des Hotels begrenzte Rasenfläche eingelassen war, als ihr auffiel, dass Deira immer noch nicht nach unten gekommen war. Was nicht schlimm war. Zufrieden genoss Grace den sensationellen Ausblick auf die Stadt, las immer wieder einige Seiten (inzwischen führte sie sich eine Joanna Trollope zu Gemüte, die sie auf der Fähre gekauft hatte und höchst vergnüglich fand). Ungefähr ein Dutzend andere Hotelgäste nutzte den sonnigen Nachmittag, darunter ein Vater mit zwei kleinen Kindern, die sich ein Wettschwimmen lieferten. Jedes Mal, wenn sie den Beckenrand erreicht hatten, feuerte er sie an und die beiden schwammen noch eine Länge.

Erinnerungen kamen auf. Ken war im Urlaub oft mit den Kindern schwimmen gegangen und tat sein Bestes, damit sie ausgepowert und zu einer vernünftigen Zeit ins Bett kamen. So hatten Grace und er wenigstens ein, zwei Stündchen Ruhe und Frieden. Manchmal saßen sie schweigend beisammen, manchmal unterhielten sie sich. Ihre Gespräche plätscherten selten einfach nur dahin, Ken war nicht für oberflächliches Geplauder, er wollte über Politik reden, über nationale und internationale, oder über die Vorgänge an der Universität. Er sah sich gern als linksgerichteten Liberalen, aber mit zunehmendem Alter wurden seine Ansichten immer konservativer. Grace, die sich selbst immer für eine recht konservative Frau gehalten hatte – immerhin hatte sie für die Familie ihre Karriere aufgegeben –, wurde mit der Zeit hingegen liberaler. Ihre Ansichten beruhten auf ihren Erfahrungen und ihrem Wunsch, dass die Menschen netter zueinander sein sollten. Und der Erkenntnis, dass das Leben hart sein konnte und ein Lächeln nicht gleichbedeutend mit innerer Ausgeglichenheit. Ken hatte wenig Geduld mit Menschen, die schwer von Kapee waren, und verwies nicht ungern auf seine eigene Jugend, als alles noch viel schwieriger gewesen sei als heutzutage. Und trotzdem hatte er jeden einzelnen seiner Studenten unterstützt, versucht, das Beste aus ihnen herauszuholen, und sich ständig lautstark über Budgetkürzungen im Bildungsbereich und über die mangelnde finanzielle Unterstützung von Kunst und Kultur beschwert. Gespräche mit ihm waren stets eine Herausforderung. Sie fehlten Grace.

Ob Deira mittlerweile andere Pläne hatte? Sollte sie ihr eine Nachricht schreiben? Ach, sie ließ die junge Frau lieber in Ruhe. Sie waren Reisegefährtinnen, keine siamesischen Zwillinge. Trotzdem freute sie sich, dass Deira sie weiterhin begleitete und die Missstimmung zwischen ihnen verflogen war. Grace fand Deiras Plan immer noch falsch, verstand jedoch gut, dass sie mit dem Verhalten ihres ehemaligen Lebensgefährten und ihrer schwindenden Fruchtbarkeit haderte.

Kurz nach Regans Geburt hatte Grace eine Zeitlang den Verdacht gehabt, dass Ken eine Affäre hatte, und dieser Verdacht hatte ihr ganzes Denken beherrscht. Als sie ihn schließlich zur Rede gestellt hatte, hatte er zutiefst betroffen versichert, er sehe andere Frauen nicht einmal an. »Warum wegen eines flüchtigen Vergnügens alles aufs Spiel setzen?«, hatte er gefragt. »Du solltest mich besser kennen, Grace.« Und sie hatte ihm geglaubt, denn er hatte sie Grace genannt, nicht Hippo.

Natürlich war für Deira schwierig, dass Gavin bald Kinder von zwei verschiedenen Frauen haben würde, ihr aber ein Baby verweigert hatte. Grace konnte sich ein Leben ohne Aline, Fionn und Regan nicht vorstellen. Sie waren das Fundament ihrer Existenz und der Trost ihres Lebens. Es spielte keine Rolle, dass die beiden Jüngeren so weit weg waren. Sie spürte ihre Anwesenheit jeden Tag. Und Aline kam immer sofort vorbei, wenn ihre Mutter sie darum bat. Kens Tod zu verkraften, wäre noch viel schwieriger gewesen, wenn die Kinder sie nicht unterstützt hätten. Und umgekehrt. Das bedeutete Familie, dachte sie. Menschen, auf die man sich stützen kann, wenn man ganz unten ist. Und trotzdem hatte sich Ken nicht auf sie gestützt. Bei der wichtigsten Entscheidung seines Lebens hatte sie kein Mitspracherecht gehabt.

Sie schloss die Augen und während sie wegdämmerte, rutschte ihr das Buch aus der Hand. Im Traum fuhr sie mit Ken durch Frankreich, die Kinder auf dem Rücksitz stritten lauthals. Er hatte die Faxen dicke und sagte klipp und klar, wenn sie nicht augenblicklich ruhig wären, falle die geplante nachmittägliche Bootsfahrt ins Wasser. Doch die Kinder stritten immer weiter, bis Ken das Steuer herumriss und das Auto von der Brücke in die Penzé lenkte.

»Nein«, japste Grace, als sie auf die Wasseroberfläche knallten und der Airbag gegen ihre Brust donnerte. Dann japste sie wieder, als sich das Auto allmählich mit Wasser füllte. Die Kinder schrien, sie schluchzte und Ken sah sie an. Es tue ihm leid, es sei ein Unfall gewesen, er habe das nie gewollt …

»Entschuldigen Sie vielmals.«

Eindeutig ein schottischer Akzent. Grace riss die Augen auf und sah am Fußende ihrer Sonnenliege einen grauhaarigen Mann in knallblauen Shorts und weißem T-Shirt stehen. Er schnappte sich den gelben, aufblasbaren Ball, der auf ihr gelandet war.

»Wir haben ihnen mehrmals gesagt, dass sie den Ball nicht herumkicken sollen. Alejandro, Susanna, kommt sofort her!«

Die beiden Kinder, die sie vorhin im Pool hatte toben sehen, flitzten über den Rasen und stellten sich neben den Mann.

»Entschuldigt euch bei der Dame«, sagte er.

Der Junge sagte etwas auf Spanisch. Als er geendet hatte, meinte Grace, leider habe sie nicht alles verstanden – so gut sei ihr Spanisch nicht –, nehme aber seine Entschuldigung an.

»Auf Englisch«, sagte der Mann und Alejandro wiederholte seine Entschuldigung mit schottischem Akzent.

Grace konnte ein Lachen nicht unterdrücken, das sanft gerollte R klang so seltsam aus dem Mund des Jungen, der noch zwei Sekunden zuvor perfekt Spanisch gesprochen hatte.

»Dürfen wir jetzt wieder ins Wasser, Grandad?«, wollte das Mädchen wissen.

»Na, dann flitzt mal los«, sagte er und warf den Ball ins Wasser. »Aber keinen Unsinn machen, hört ihr?«, mahnte er. »Ich habe euch im Auge und wenn ihr euch nicht benehmt, sage ich es eurem Papa.«

»Wir sind ganz brav«, sagte Susanna. »Versprochen.« Und hüpfte, gefolgt von ihrem Bruder, in den Pool.

»Ihnen ist nichts passiert?«, fragte der Mann.

»Ich bin bloß erschrocken«, sagte Grace.

»Eigentlich sind es liebe Kinder. Aber Sie wissen ja, wie das ist, wenn man sie in die Nähe eines Swimmingpools lässt.«

Grace nickte. Der Mann, der eigentlich zu jung für ungefähr sieben-, achtjährige Enkel war, rührte sich nicht vom Fleck.

»Sie sind keine Engländerin«, konstatierte er.

»Irin«, erwiderte sie.

»Hab ich's doch gewusst.«

»Und Sie sind auch nicht von hier.«

»Nein«, sagte er. »Ursprünglich komme ich aus Aberdeen, aber seit zwanzig Jahren lebe ich in Spanien. Meine Tochter hat einen

Hiesigen geheiratet, deshalb bin ich mittlerweile hier verwurzelt.«

Grace nickte. Bei vielen Leuten, die sie in der Nähe ihrer Ferienwohnung kannte, war es ähnlich.

»Jedenfalls entschuldige ich mich nochmals wegen der Kinder.«

»Kein Problem.« Sie lächelte. »Ich hatte einen ziemlich scheußlichen Traum und bin sogar dankbar, dass ich aufgeweckt wurde.«.

»Bei Alpträumen, in denen Sonnenliegen eine Rolle spielen, geht's meistens darum, dass alle schon mit einem Handtuch belegt sind.«

Grace lachte.

»Wir sehen uns«, verabschiedete sich der Mann und wandte sich wieder seinen Enkeln zu.

Grace blieb noch eine Stunde am Pool, ehe sie in ihr Zimmer ging. Jetzt schickte sie doch eine Nachricht an Deira, die antwortete, sie fühle sich nicht besonders und bleibe lieber im Zimmer. Sie schickte einen Nachklapp, dass sie später zum Toledo-Hinweis recherchieren würde, so viel sei aber schon sicher, irgendwo stehe in der Stadt eine Cervantes-Statue. Grace könne ja schon mal das Foto machen.

Offenbar war der Kater doch heftiger, als Deira zugegeben hatte, dachte Grace im Auto und fuhr den steilen Abhang hinunter nach Toledo, das auf der anderen Seite des Flusses lag. Shots hatten immer grässliche Folgen.

Sie fand am Stadtrand einen Parkplatz und ging in Richtung Zentrum. Trotz der Touristenströme vergaß man keinen Augenblick, dass man durch die Geschichte spazierte, hinter jeder Biegung traf man auf uralte Stadtmauern, römische Ruinen, maurische Torbögen, Kirchen, Moscheen und Synagogen. In den Läden der Altstadt wurden überall Messer und Schwerter angeboten. Grace blieb stehen, um sie sich näher anzusehen, und ein Verkäufer erklärte ihr, die Stadt sei berühmt für ihre Stahlwaren. Bessere Messer als die aus Toledo gebe es nicht. Sie investierte in einen Satz Steakmesser samt passenden Gabeln; die Überfahrt mit der Fähre hatte unschlagbare Vorteile, denn dieses Mitbringsel hätte sie nie durch die Gepäckkontrolle am Flughafen gebracht.

Bevor sie vom Hotel aufgebrochen war, hatte sie nach der Statue gegoogelt und zog nun auf dem Weg dorthin ihren Stadtplan zu Rate. Cervantes stand an einem ziemlich merkwürdigen Platz, am Fuße einiger Stufen, die von einer gepflasterten Gasse durch einen Torbogen auf eine Plaza führten. Sie machte ein Foto, schlenderte durch eine Fußgängerzone, über die zum Schutz vor der Sonne buntes Segeltuch gespannt war. Hier gab es noch mehr Messer- und Schwertläden, aber auch Schmuckgeschäfte. Allmählich taten Grace die Füße weh und als sie an einer hübschen kleinen Bar vorbeikam, nahm sie an einem der davorstehenden Tische Platz und studierte die Karte, die in einem Serviettenhalter steckte.

Sie bestellte Wasser und ein Omelett mit Pilzen und Kräutern, das viel fluffiger und leckerer war als vermutet. Von ihrem Tisch aus konnte sie andere Touristen sehen, die eine Kirche mit einer riesigen Holztür fotografierten, alle nahmen davor die gleiche Haltung ein, taten, als würden sie klopfen.

Sind wir tatsächlich alle so vorhersehbar, fragte sie sich, während sie ihr Wasser trank. Halten wir uns alle für einzigartig, tun aber letztlich genau das, was alle anderen auch tun?

Da jeder um sie herum fröhlich Selfies machte, schoss Grace ebenfalls eines und schickte es ihren Kindern. Aline antwortete sofort mit *»Gut siehst du aus«*, und einige Minuten darauf kam von Regan ein Daumen-hoch-Emoji. Von Fionn erwartete Grace keine Reaktion, schließlich war es in Beijing tiefste Nacht.

Zu ihrer Überraschung entdeckte sie den Mann, der am Nachmittag mit Alejandro und Susanna am Pool gespielt hatte. Er schlenderte, den Arm um eine junge Frau im hübschen rosa Sommerkleid gelegt, über die kleine Plaza. Die Kinder waren nirgends zu sehen, also kümmerte sich wohl immer noch der Großvater um sie. Wahrscheinlich war er mitgekommen, damit die Eltern im Urlaub ein wenig verschnaufen konnten, dachte Grace und sah ihnen nach. Das Paar wirkte in sich versunken, und wieder wanderten ihre Gedanken in die Vergangenheit, diesmal in die Zeit, bevor die Kinder auf der Welt waren, als Ken und sie durch fremde Städte schlenderten. Damals hatte sie noch als Flugbegleiterin gearbeitet und als Ehemann durfte er günstig mitfliegen. Es war in der Zeit gewesen, als Flüge noch richtig teuer waren und für die meisten Menschen unerschwinglich. Ken und sie waren gemeinsam nach Amsterdam, Brüssel, Paris und Rom gereist. Damals hatte er sich über die Vergünstigungen gefreut, die ihr Beruf mit sich brachte. Erst als sie nach Alines Geburt ihre Stelle aufgegeben hatte, rümpfte er über Flugreisen die Nase.

Führten wir eine gute Ehe, fragte sie sich. Oder haben wir einander lediglich toleriert? In ihren Augen war es richtig, dass sie in guten wie in schlechten Zeiten zusammengeblieben waren. Oder saß sie da einem Irrtum auf? Wäre sie mit einem anderen Mann, der sie mehr respektiert hätte, glücklicher geworden?

Die Kirschen in Nachbars Garten, das alte Lied.

Kurz nach halb zehn war sie zurück im Hotel, sehr zufrieden mit sich, denn sie hatte nicht nur die Cervantes-Statue fotografiert, sondern auch die Antworten zu El Greco recherchiert. Aber es wäre unfair gewesen, die Lösungen ohne Deira einzugeben, die jedoch nirgendwo zu sehen war.

Allmählich ging die Sonne unter und hinter der Stadt, die von der Hotelterrasse aus wie ein leuchtendes Stecknadelkissen aussah, färbte sich der Himmel flammend orange. Grace bestellte sich wieder ein Wasser und fand einen bequemen Stuhl, von dem aus sie einen guten Blick hatte. Sie saß gerade einmal ein paar Minuten, da hörte sie den unverkennbaren Akzent des Mannes vom Pool.

»Ist hier noch frei?« Er deutete auf den leeren Stuhl neben ihr.

»Ja.« Sie nickte und sah sich um. Innerhalb kürzester Zeit hatte sich die Terrasse gefüllt und der Stuhl war der einzige noch freie Platz.

»Danke.« Er zog den Stuhl etwas von ihr weg und setzte sich. Ein Kellner stellte ihm ein Glas Bier hin und der Mann nahm einen Schluck. Grace betrachtete ihn beiläufig; das hellblaue Hemd trug er über der Jeans, er sah fit und attraktiv aus. Sie war leicht irritiert, dass ihr das überhaupt auffiel.

Der Kellner kam mit Erdnüssen, die er mitten auf den Tisch stellte. Der Mann bot Grace das Schälchen an. Sie nahm eine Handvoll, legte die Nüsschen auf eine Papierserviette.

»Nehmen Sie ruhig den Rest«, sagte sie. »Ich sollte eigentlich gar keine essen. Ich habe vorhin schon viel zu viel in mich reingestopft.«

»Das passiert einem hier gern. Das Essen ist phantastisch.«

»Wo leben Sie?«, fragte Grace.

»In der Nähe von Cartagena«, erwiderte er. »In Playa Blanca, das liegt im Südosten.«

»Sie machen Witze!« Grace stellte ihren Stuhl so, dass sie ihn ansehen konnte. »Dort habe ich eine Wohnung.«

»Echt?« Er lachte. »Die Welt ist klein. Na ja, so klein auch wieder nicht«, fügte er hinzu. »Viele Leute haben sich eine Ferienwohnung in Spanien gekauft, daher ist die Wahrscheinlichkeit relativ groß, dass man jemanden aus der Heimat trifft. Seit wann leben Sie dort?«

»Ich lebe nicht das ganze Jahr über dort«, erklärte Grace. »Mein Mann und ich haben die Wohnung vor ungefähr sechs Jahren gekauft. Wir hatten vor, dort mehr Zeit zu verbringen, vor allem im Winter.«

Er nickte. »Schwalben«, sagte er. »Den Sommer verbringt man zu Hause, den Winter im Zweitwohnsitz.«

»Genau genommen verbrachten wir den Frühsommer hier und kamen im Herbst für einige Monate wieder«, sagte Grace. »Wir haben nie den gesamten Winter hier verbracht. Zu viele Verpflichtungen daheim und dann ...« Sie verstummte. Was ist los mit mir, dass ich anfange, vor Wildfremden mein Privatleben auszubreiten, dachte sie. Zuerst Deira und nun dieser Mann. Das entspricht mir doch überhaupt nicht.

»Duncan«, unterbrach er ihr Schweigen. »Anderson.«

»Grace Garvey.«

»Sind Sie allein hier?«

»Nein, mit meiner Freundin.«

»Ah.«

»Nein, mit einer Freundin, nicht der Freundin. Einfach eine Frau, mit der ich befreundet bin. Herrschaftszeiten!« Sie musterte ihr Wasserglas. »Haben die mir da Gin reingekippt? Was fasele ich nur zusammen?«

Er lachte. »Alles gut, ich habe verstanden, worauf Sie hinauswollen.«

»Am Pool sagten Sie, Sie seien schon lange in Spanien. Arbeiten Sie hier?«

»Ja«, sagte er. »Meine Frau und ich hatten ein Restaurant.«

»Standen Sie schon immer hinterm Herd?«, fragte Grace.

»Wollen Sie damit wissen, ob ich weiß, was ich tue oder ob ich zu den Leuten gehöre, die mal probieren wollten, ob sie ein typisch englisches, irisches oder schottisches Frühstück mit allem Drum und Dran und sonntags den Braten hinkriegen?«

»Ich habe nichts gegen ein typisches Frühstück, auch nichts gegen den Sonntagsbraten, allerdings nicht unbedingt hier in Spanien«, meinte Grace.

»Tut mir leid, wenn ich das persönlich nehme«, sagte Duncan. »Es ist nur so, dass ... ja, ich bin Koch. Keiner von der Sorte, der mit Gordon Ramsay gearbeitet hat, aber auch keiner von denen, auf die er in *Teufels Küche* trifft. Keiner von denen, die sagen, sie kochen bodenständig, oder die alles in Sahne ersäufen, sondern einer, der hoffentlich etwas Gutes zusammenrührt.«

»O weh, da habe ich wohl wirklich einen Nerv getroffen«, konstatierte Grace.

»Ja, da kann ich ziemlich empfindlich sein«, gestand er. »Trotzdem sollten Sie mal vorbeikommen. Ich lade Sie ein.« Er holte aus seinem Geldbeutel eine Visitenkarte. »Das ist unser Restaurant.«

»Flor de la Esquina«, las sie laut. »Die Blume an der Ecke?«

Er nickte. »Klein, aber fein.«

»Arbeitet Ihre Familie mit?« Grace steckte die Karte in ihre Handtasche.

»Nein«, sagte er, »nur ich.«

»Nicht einmal Ihre Frau?«

Wieder verneinte er. »Stellte sich heraus, dass sie andere Träume hatte. Nach zehn Jahren ließen wir uns scheiden, das war bevor ich das *Flor* übernahm.«

»Tut mir leid.«

»Sie hat einen anderen kennengelernt.« Er zuckte die Schultern. »So was kommt vor.«

Doch Grace hörte, dass seine Stimme belegt war.

»Das Restaurant hält mich auf Trab«, sagte er.

»Haben Sie in Schottland auch als Koch gearbeitet?«

»In einem Hotel«, antwortete er. »Und davor auf einem Kreuzfahrtschiff. Aber ich wollte immer ein eigenes Restaurant und dieses Ziel habe ich erreicht. Es war nicht vorgesehen, dass ich dabei meiner Frau verlustig gehe, aber ich ziehe das noch ungefähr fünf Jahre lang durch und dann höre ich auf.«

»Hört sich nach einem guten Plan an.«

»Jeder hat einen Plan, bis einem das Leben ein Bein stellt, stimmt's?«

»So etwas Ähnliches sagte mein Mann auch oft.«

»Sind Sie noch zusammen?«

»Er ist vor kurzem gestorben«, sagte Grace.

»Oh, mein herzliches Beileid.« Seine Stimme wurde leiser.

»Und nachdem einem ein Bein gestellt wurde, macht man neue Pläne.« Sie stand auf. »Es war wirklich nett, mit Ihnen zu plaudern, Duncan, aber ich muss jetzt ins Bett, der Tag war lang. Doch ich statte Ihrem Restaurant ganz bestimmt einen Besuch ab.«

»Ja?«

»Ja.«

Er stand gleichfalls auf.

An der Eingangstür des Hotels drehte sie sich um.

Er stand immer noch da und sah ihr nach.

Als Grace am nächsten Morgen zum Frühstück nach unten kam, war sie erstaunt, dass ihre Reisegefährtin offensichtlich schon länger dasaß, denn eine Bedienung räumte das benutzte Geschirr ab, während Deira einen Kaffee trank.

»Guten Morgen.« Grace nahm auf dem Stuhl gegenüber Platz. »Darf ich mich zu dir setzen?«

»Klar«, sagte Deira.

»Du bist früh auf.« Deira sah müde aus, tiefe Ringe um die rotgeränderten Augen.

»Ich habe schlecht geschlafen«, sagte Deira, »also bin ich vor ungefähr zwei Stunden aufgestanden und habe einen Spaziergang gemacht.«

»Geht's dir gut?«, fragte Grace.

»Alles bestens«, erwiderte Deira.

»Hast du von deiner Versicherung gehört?«

»Noch nicht«, sagte Deira. »Aber sie sind bestimmt dran. Und anschließend muss ich mich mit dem gesamten Trennungskram auseinandersetzen.«

»Besorg dir einen guten Anwalt«, riet Grace. »Das habe ich gemacht, nachdem Ken ... ich hatte Angst, dass sich die Lebensversicherung querstellt, sollte sein Tod als Selbstmord gewertet werden. Ich wollte nicht raffgierig sein, aber er hat sehr viel Geld in diese Versicherung eingezahlt. Wie sich herausstellte, hatte er sie bereits fünf Jahre zuvor abgeschlossen, daher gab es keine Ausschlussklausel. Aber ich wäre nie in der Lage gewesen, die Fragen zu stellen, die der Anwalt stellte.«

»An so was denkt man nie, oder?«, fragte Deira.

Grace schüttelte den Kopf. »Ehrlich gesagt, es war alles ganz furchtbar. In gewisser Weise macht mich genau das besonders wütend. Dass er mich damit sitzenließ und ich alles allein klären musste.«

»Aber du hast es wunderbar geschafft, Grace.« Deira lächelte sie tröstend an. »Ich bewundere dich, Grace. Du hast Furchtbares mitgemacht – die Krankheit, das schreckliche Ende. Und trotzdem bist du hier, reist durch Frankreich und Spanien ... so, ach, ich weiß nicht, unerschütterlich.«

»Ich bin überhaupt nicht unerschütterlich«, protestierte Grace.

»Ich war praktisch katatonisch, als ich seine Leiche identifizieren musste.«

Das entsprach der Wahrheit. Die Erinnerung an diese Ereignisse verschwammen ineinander – wie sie Ken identifizierte und später neben ihm wachte, einzig klar der Augenblick, als sie ihn in der Leichenhalle des Krankenhauses sah. Auf seiner Stirn war ein großer Bluterguss, und sie überlegte, ob der Airbag nicht richtig funktioniert hatte und er gegen das Lenkrad geprallt war, getraute sich aber nicht zu fragen. Er wirkte älter und dünner unter dem Leintuch, und obwohl sie von Leuten oft gehört hatte, die Verstorbenen sähen aus, als schliefen sie, wäre man bei Ken nicht auf diesen Gedanken gekommen. Seine Gesichtsmuskeln waren erschlafft und er war blasser, als sie ihn je gesehen hatte. Als sie ihn berührte, erschrak sie, wie kalt er war. Die Kälte, die von ihm ausging, ließ alles real erscheinen. Und trotzdem konnte sie es nicht begreifen. Noch am Morgen war er quicklebendig gewesen und hatte sich mit ihr unterhalten. Und nun war er tot. Musste, könnte es geplant haben. Diesen Verdacht behielt sie für sich, weil sie ihn nicht belasten wollte, auch wenn Selbstmord mittlerweile kein Verbrechen mehr war.

Ob sie noch etwas tun könne, wollte sie wissen. Natürlich gab es nichts. Brutal gesagt, sie war im Wege.

Das nächste Mal hatte sie ihn im Bestattungsinstitut gesehen. Aline und sie hatten einen Anzug für ihn ausgesucht, der Bestatter hatte die Blessuren in seinem Gesicht überschminkt. Das war nicht mehr ihr Mann, Ken gab es nicht mehr, nur noch seine Hülle war übrig.

Darüber hatte sie mit den Kindern nie gesprochen.

Fionn hatte gemeint, Dad sehe friedlich aus.

Aline und Regan waren der gleichen Meinung.

Alle versicherten einander, bestimmt sei es sehr schnell gegangen, er habe sicher nicht leiden müssen.

Grace hatte auf der Zunge gelegen, dass er gelitten haben musste, dass er ertrunken war, seine letzten Augenblicke nicht einfach gewesen sein konnten. Doch vielleicht war der Großteil seiner Zeit seit der Diagnose viel schlimmer gewesen? Grace überkam das schlechte Gewissen, weil sie immer noch wütend auf ihn war.

Ob das schlechte Gewissen, die Wut sie je verlassen würden?

Deira bemerkte, wie Grace die Luft anhielt, sich ihr Kiefer verkrampfte, und wurde von Gewissensbissen geplagt, weil sie Erinnerungen aufgewühlt hatte, die Grace eindeutig gern vergessen wollte.

»Hast du den Cervantes fotografiert?« Ein arg abrupter Themenwechsel, doch ihr fiel nichts anderes ein.

»Ich ... Ja. Ja, habe ich«, sagte Grace. »Und die Antworten zu El Greco habe ich ebenfalls herausgefunden.«

»Super! Hast du die Zahlen schon eingegeben?«

»Nein«, sagte Grace, »das wollte ich gemeinsam mit dir machen.«

»Letztes Mal hast du auch auf mich gewartet. Aber es ist deine Schatzsuche, Grace. Du kannst die Antworten jederzeit eingeben.«

»Wir haben das von Anfang an gemeinsam gemacht«, sagte Grace. »Ich wollte auf dich warten.«

»Hast du den Laptop dabei?«

Grace nickte und holte ihn aus der Umhängetasche, die sie immer noch über der Schulter trug.

»Ich muss mir zuerst was vom Frühstücksbüfett holen«, sagte sie.

Kurz darauf kam sie mit Obst und Plunderstückchen zum Tisch

zurück, klappte den Laptop auf und lud das Cervantes-Foto hoch. Wie jedes Mal Nervenanspannung, bis die Übereinstimmung geprüft war und sie im Gegenzug die letzte Ziffer erhielt, diesmal eine 3.

»In der Stadt gibt es ein El-Greco-Museum, aber bis ich endlich bei Cervantes war, hatte ich keine Lust mehr auf Museum, vor allem, wenn Google zur Hand ist«, sagte Grace. »Also die Antwort ist 3, dann 7 und 2 für sein hohes Alter und 4 für April, den Monat, in dem er starb. Einverstanden?«

»Einverstanden.«

Grace nahm einen Schluck Kaffee und tippte die Ziffern ein.

»Korrekt«, sagte sie, als der nächste Hinweis aufging. »Und weiter geht's.«

28. Kapitel

Von Toledo nach Sierra de Andújar: 230 km

Einen weiteren Hinweis erfolgreich geknackt, Hippo! Du schlägst Dich wacker durch Spanien. Hoffentlich warst Du im El-Greco-Museum, das ist einen Besuch wert. Oder bist Du schnurstracks zu Cervantes und dann nix wie rüber zur Plaza zu Churros mit heißer Schokolade? Eine Deiner Schwächen, wie ich weiß! In jedem Fall bekommst Du als Belohnung den Buchstaben E. Jetzt zum Hinweis für Granada. Der berühmteste Dichter der Stadt? Wahrscheinlich. Er sitzt allerdings nicht in seinem Park, daher musst Du für das Foto woanders suchen. Sag mir dann, wie viele galizische Gedichte er verfasst hat und wie alt er wurde. Fünf Versuche. Viel Glück!

»Er hat nicht unrecht«, sagte Grace. »Ich denke immer ans Essen. Nach der Cervantes-Statue bin ich sofort in eine kleine Bar, wo es zwar keine Churros gab, dafür aber ein fluffiges Omelett.« Sie grinste und schob sich eines der Plunderstückchen in den Mund.

Deira lachte. Ein herzliches, deftiges Lachen. »Keine Ahnung, wie du so dünn bleibst, bei allem, was du vertilgst«, sagte sie.

»Ich war immer schlank«, erklärte Grace. »Die Leute finden das erstrebenswert, aber es hat auch Nachteile. Guck dir meine Mickerärmchen an.« Sie hielt Deira den ungeliebten Körperteil unter die Nase. »Ich würde viel für kräftigere Arme geben. Und vollere Lippen. Wie gern hätte ich die Lippen von Julia Roberts. Oder von Angelina Jolie. Meine sind ja leider schmal. Meine Kosmetikerin hat mir zu Collagen geraten, aber davor habe ich Angst.«

»Ich habe mich noch nicht aufspritzen lassen«, sagte Deira. »Manche meiner Freundinnen schwören allerdings auf Botox.«

»Dafür bist du doch viel zu jung!«

»Ich bin genau im richtigen Alter«, widersprach Deira. »Sogar ganz junge Frauen lassen sich behandeln.« Sie verzog das Gesicht. »Afton – meine jüngere, hübschere und fruchtbarere Nachfolgerin – bewirbt auf ihrem scheiß Instagram-Account sogar eine bestimmte Fillermarke.« Sie holte ein Taschentuch aus ihrer Handtasche und schnäuzte sich. »Tut mir leid, ich bin momentan etwas heulsusig. Mal wieder.«

»Das ist doch in Ordnung«, sagte Grace.

»Familienprobleme«, erklärte Deira. »Diesmal hat es nichts mit Gavin und mir zu tun.«

»Hättest du gern eine kleine Auszeit?«, fragte Grace. »Um die Batterien aufzuladen.«

»Willst du noch einen Tag hier dranhängen?« Deira sah überrascht aus.

»Nein, ich hatte eher an deinen früheren Vorschlag gedacht. An diese Wellnessoase mitten in der Pampa. Dort, wo sich Charlie Mulholland vielleicht, aber vielleicht auch nicht aufhält.«

»Grace, ich weiß, wie du darüber –«

»Es geht nicht darum, was ich darüber denke. Es ist dein Leben, deine Entscheidung, Deira.«

»Ja, aber –«

»Und vielleicht ist er ja auch gar nicht dort.«

»Er hat mir nicht gesagt, wann er das Interview macht. Es war eine Schnapsidee von mir.«

»Aber das Wellnessoase selbst hörte sich nett an.«

»Ja.«

Grace holte tief Luft. »Ich habe darüber nachgedacht. Ich habe dir jede Menge Ratschläge erteilt, aber meine eigene Einstellung gar nicht hinterfragt.«

»An deiner Einstellung ist nichts auszusetzen«, sagte Deira.

»Ich spreche nicht von meiner Einstellung zu dieser Sache«, erläuterte Grace.

»Worum geht es dann?«

»Darum, dass ich Kens Reiseplan folge. Mache, was er will, wann er will.«

»Du machst das, weil die Schatzsuche eventuell zeitlich begrenzt ist«, sagte Deira. »Weil du den Schatz finden willst. Und weil er sämtliche Hotelzimmer bezahlt.«

»Die Idee, die Schatzsuche könnte zeitlich begrenzt sein, rührt nur daher, *weil* er die Hotels gebucht hat«, erklärte Grace. »Und das bedeutet, dass er mich durch die Gegend hetzt, wie er das seit je getan hat. Diese ganzen Städte zu besuchen, war wunderbar, aber ich möchte selbst die Initiative ergreifen. Mir etwas ansehen, was nicht von ihm bestimmt wurde.«

Deira nickte langsam.

»Und dieser Ort scheint … da kommt man nicht zufällig vorbei, davon muss man gehört haben.«

»Stimmt.«

»Ein Ort, den er nicht für mich vorgesehen hat«, sagte Grace. »Nur einen einzigen.«

»Was, wenn Charlie dort ist?«

»Ja, was dann? Du kannst tun und lassen, was du willst. So wie ich auch.«

Obwohl sie die ganze Zeit den Abstecher nach *El Pozo de la Señora* hatte machen wollen, war sich Deira plötzlich nicht mehr sicher, ob das eine so gute Idee war. Doch wenn sie jetzt Grace' Angebot ablehnte, würde sie es nicht immer bereuen?

»Wenn es für dich okay ist, dann mal los«, sagte sie.

»Genau«, sagte Grace und öffnete den Browser.

Sie ergatterte zwei Zimmer in der Wellnessoase und konnte das Hotel in Granada für den nächsten Tag umbuchen. Also gab Deira, nachdem sie ausgecheckt hatten, die Adresse ins Navi ein. Sie bot an, zu fahren, was Grace sehr gern annahm.

»*El Pozo de la Señora* bedeutet *Lady's Well*, Brunnen oder Quelle Unserer Lieben Frau«, sagte Deira, als sie losfuhren. »Sie sollten eine Partnerschaft mit Galway eingehen.«

»Gibt es denn ein *Lady's Well* in Galway?«, fragte Grace.

»Wahrscheinlich gibt es in Irland jede Menge *Lady's Wells*«, meinte Deira. »Garantiert gibt es eine Menge Grotten, in denen irgendjemand irgendwann einmal eine Marienerscheinung hatte. Meine Großmutter nahm uns öfter zu der in Galway mit, um dort zu beten. Offenbar besitzen sie heilende Kräfte.«

»Du kannst dich nicht an den Sommer der wandernden Marienstatuen erinnern, oder?«, fragte Grace.

»Wie bitte?« Deira warf ihr einen Blick zu.

»Irgendwann in den Achtzigern, ich kann mich nicht mehr erinnern, wo es anfing, behaupteten ein paar Kinder, sie hätten gesehen, wie sich eine Marienstatue bewegt habe. Daraufhin wurde der Ort von Pilgern förmlich überschwemmt. Dann ereignete sich das Gleiche anderswo. Und mehrere Mädchen glaubten, sie hätten Maria am Himmel gesehen.«

»Schräg.«

»Es entwickelte sich zu einem richtigen Phänomen«, versicherte Grace. »Ich bin mir ziemlich sicher, dass die Einheimischen dank der vielen Pilger ordentlich abkassierten, obwohl die meisten Dörfer viel zu klein für die Menschenmassen waren, die dort einfielen. Es waren Zehntausende.«

»Wahnsinn«, sagte Deira. »Und wie ging's weiter?«

»Kann ich mich nicht mehr erinnern«, sagte Grace. »Vielleicht kamen die Menschen zur Vernunft, als es im Herbst zu kalt wurde, um den ganzen Abend lang auf möglicherweise herumwandernde Statuen zu starren.«

»Wahrscheinlich gibt es Zeiten, in denen die Menschen glauben wollen, dass es mehr zwischen Himmel und Erde gibt, als wir wahrnehmen«, sagte Deira. »Meine Freundin Tillie ist ein bisschen so. Sieht in allem eine tiefere Bedeutung. Obwohl ich bezweifle, dass sie mit hüpfenden Statuen viel anfangen könnte.«

»Bestimmt ist diese spanische Quelle bloß eine Quelle«, meinte Grace.

»Da es sich um ein Wellnessoase handelt, nehme ich mal an, dass zumindest das Wasser klar und sauber ist«, sagte Deira. »Wie dem auch sei, auf der Webseite sieht es jedenfalls reizend aus, ideal für einen Ruhetag.«

Schweigend fuhren sie durch die flache, unspektakuläre Landschaft von Kastilien-La Mancha. Nach einer Weile machte die Straße einen Bogen und führte in die Berge an der Grenze zu Andalusien.

»Wow«, entfuhr es Grace, nachdem das Navi sie von der Autobahn auf eine schmale Straße dirigiert hatte, die immer höher hinaufführte. »Die Aussicht ist atemberaubend.«

»Ich konzentriere mich lieber auf den Weg. Ist das aber auch steil hier«, sagte Deira.

Und tatsächlich hätte ein schwächeres Auto als der Lexus mit der Steigung Probleme gehabt, doch sie schnurrten zügig weiter bergauf.

»Hoffentlich kriegen wir keinen Platten«, sagte Grace leise. »Wir sind hier mitten im Nichts. Sind wir auch wirklich auf der richtigen Straße, Deira?«

»Ich habe volles Vertrauen ins Navi«, sagte Deira. »Und ich habe mir die Strecke zusätzlich auf Google Maps angesehen.«

»Das Wunderbare an diesem Lady's Well ist wohl, dass die Leute es überhaupt gefunden haben«, verkündete Grace. »Bevor es Autos gab, muss das eine ordentlich anstrengende Wanderung gewesen sein.«

»Wahrscheinlich hatten sie damals Esel.« Deira steuerte um eine Haarnadelkurve.

»Oder der Aufstieg an sich war schon Teil der Pilgerreise«, sagte Grace.

»Eine Bußübung allemal.«

Sie fuhren weitere dreißig Minuten durch die Einsamkeit, bis ein großes Hinweisschild mit der Aufschrift *»El Pozo de la Señora«* am Straßenrand stand.

»Uff, das Resort gibt es tatsächlich«, sagte Grace.

»Ich hatte ein klein wenig Sorge, es könnte sich lediglich um eine Vision handeln«, gestand Deira, die dem Hinweis folgend auf eine noch schmalere Straße einbog.

»Wahrscheinlich kommt man zu einer Wellnessoase nur abseits ausgetretener Pfa – oh!« Grace schrie entzückt auf, als das einstöckige weiß getünchte Gebäude vor ihnen auftauchte. Leuchtend rosa- und lilafarbene Bougainvilleen ergossen sich vom Terrakottadach über die zurückgesetzten Fenster. Adrett gestutzte Orangenbäume säumten den Weg zu einem überdachten Parkplatz, auf dem bereits einige Autos standen.

Deira parkte den Lexus, und die beiden Frauen stiegen aus. Die Hitze war drückend, kein Laut zu vernehmen.

Sie holten ihr Gepäck aus dem Kofferraum und gingen über die Steinplatten zum Eingang, einer riesigen Holztür, in die eine kleinere Tür eingelassen war. Die kleinere Tür stand offen, und sie traten ein.

Wie im Kloster in Alcalá de Henares gab es in der Mitte des Foyers einen Brunnen, dessen plätscherndes Wasser den Innenraum herunterkühlte. Die Bodenfliesen waren ebenso wie der Empfangstisch aus dunkelgrünem Marmor.

»Hallo und herzlich willkommen.« Eine rotgelockte Frau in den Dreißigern kam sie begrüßen. »Deira und Grace?«

»Ja«, sagte Deira. »Sie müssen Muireann sein.«

Die Frau lächelte. »So ist es. Schön, mal wieder einen irischen Akzent zu hören.«

»Damit hätte ich hier absolut nicht gerechnet«, sagte Grace. »Wie um alles in der Welt haben Sie diesen Ort entdeckt?«

»Mein Vater stammt aus Aljaha, einem Städtchen ganz in der Nähe«, erklärte Muireann. »Ich bin in Cork aufgewachsen, aber immer sehr gern nach Spanien gekommen. Und als sich die Gelegenheit ergab, hier eine Wellnessoaet zu eröffnen, habe ich mich daraufgestürzt.«

»Ganz schön mutig«, sagte Grace.

»Ach, weniger als Sie glauben«, sagte Muireann. »Ich kenne die Gegend.«

»Aber es liegt sehr einsam«, sagte Grace. »Und ist schwer zu erreichen.«

»Ja, wenn man von Norden kommt«, pflichtete Muireann ihr bei, »von Süden her ist es einfacher. Aber jetzt wollen wir Sie mal unterbringen.«

Sie nahm ihre Daten auf und händigte ihnen die Zimmerschlüssel aus.

»Wir sind so naturverbunden wie möglich«, erklärte sie. »Es gibt keinen Fernseher, kein WLAN, außer im WLAN-Raum, der nur eine Stunde täglich geöffnet ist. Wir raten unseren Gästen zum ›Digital Detox‹ – am besten geben Sie für die Dauer Ihres Aufenthalts das Handy ab. Schließlich sollen Sie so gut wie möglich abschalten.«

Deira hatte das bereits auf der Webseite gelesen, aber keineswegs die Absicht gehabt, ihr Mobiltelefon abzugeben. Doch in der stillen Gelassenheit des Resorts fand sie die Idee durchaus reizvoll.

»Der Empfang ist ohnehin nicht besonders gut«, sagte Muireann.

»Wie kommen Sie denn zurecht?«, fragte Grace. »Sie brauchen doch Internet für die Buchungsanfragen, müssen telefonisch erreichbar sein, Leute anrufen und so weiter.«

»Wir haben ein Satellitensystem«, erklärte Muireann. »Wir müssen nicht abschalten, die Gäste schon.«

»Ich nehme an ...« Grace stockte.

»Normalerweise schlagen wir vor, dass Sie Ihr Handy behalten, bis Sie sich im Zimmer eingerichtet, Ihre Behandlungen gebucht, Fotos gemacht haben – die Aussicht von der Rückseite des Hauses ist phänomenal –, und es dann uns geben«, sage Muireann. »Wenn Sie eine Wanderung machen wollen, können Sie es gern wiederhaben. Darf ich noch fragen, ob Sie Behandlungen wünschen? Ihre Buchung war etwas kurzfristig, daher müsste ich das rasch wissen, wir haben nämlich nur begrenzt Anwendungen. Ich möchte Sie nicht unter Druck setzen, den wollen wir Ihnen ja nehmen, aber es wäre schade, wenn Sie zum Beispiel gern eine Massage hätten und dann enttäuscht würden.«

Sie reichte beiden Frauen eine Broschüre. Deira entschied sich für ein Ganzkörperpeeling, Grace für eine Kopfmassage.

»Hervorragend«, sagte Muireann. »Sie sind um halb vier dran, Deira, und Sie, Grace, um vier. Ich bringe Sie jetzt auf Ihre Zimmer. Wie Sie sehen können«, fügte sie hinzu, als sie durch einen spärlich beleuchteten Gang ging, »gibt es überall Wasser. Bitte trinken Sie so viel wie möglich. Es stammt aus unserem eigenen Brunnen, der von einer Quelle gespeist wird, und ist mit Orangen und Zitronen aromatisiert, die auch von uns stammen. Und hier wären wir. Das ist Ihr Zimmer, Deira. Grace, Sie sind noch ein Stück weiter den Gang entlang. Richten Sie sich ein, entspannen Sie sich und wenn Sie irgendwas brauchen, wenden Sie sich einfach an mich.«

Deira öffnete die Tür. Das Zimmer war schlicht eingerichtet, hatte zwar wie angekündigt keinen Fernseher, aber ein digitales Musiksystem mit einer Auswahl entspannender Playlists. Hinter langen Vorhängen befanden sich bodentiefe Fenster, die in einen Zengarten führten und den sensationellen Blick auf das Tal freigaben.

Selbst wenn es nicht läuft wie erhofft, war es das hier wert, dachte sie und trat in den Garten hinaus.

Aber beim Gedanken an Charlie Mulholland schlug ihr Herz schneller.

Während sie auf dem Behandlungstisch lag und sich genießerisch die Schläfen massieren ließ, fand Grace ebenfalls, dass der Schlenker zum Wellnessoase eine gute Entscheidung gewesen war. Sich verwöhnen zu lassen, war nie so ganz ihr Ding gewesen, aber die entspannte Atmosphäre des *El Pozo de la Señora* war einfach verführerisch und es schien widersinnig, sich dem nicht hinzugeben.

Während die Masseurin sanft ihren Nacken knetete, wanderten Grace' Gedanken zur Schatzsuche. Ob Ken wirklich damit gerechnet hatte, dass sie sämtliche Hinweise knacken würde? Mit Deiras Hilfe war es ihr gelungen, aber die Antworten lagen nicht einfach so auf der Hand und sie war überzeugt, dass sie allein länger gebraucht und jeden Passwortversuch benötigt hätte. Durch seine festgelegten Hotelbuchungen hatte er sie unnötigerweise noch zusätzlich unter Druck gesetzt. Hatte er nicht daran gedacht, dass sie vielleicht auch einmal Zeit für sich haben, genießen wollte, dass sie fort von zu Hause war?

Er hatte oft gesagt, beim Reisen gehe es um das Unterwegssein, nicht um das Ziel, aber bei der Schatzsuche drehte sich alles um Etappenziele. Was er wohl dazu sagen würde, dass sie von seinem Plan abgewichen war? Bestimmt würde er ihr nicht übelnehmen, dass sie sich hier verwöhnen ließ. Er hatte oft gesagt, es sei wichtig, das zu tun, was man liebe, und im Moment liebte sie das hier.

Ken hatte sein Leben geliebt. Er war mit sich im Reinen gewesen. Hatte jeden Tag genossen. Vielleicht war er unfähig gewesen, ein Leben mit dieser Krankheit zu ertragen. Vielleicht hatte er es deshalb getan.

Ein tröstlicher Gedanke, dass er den Wagen nicht ins Wasser gelenkt hatte, weil er nicht ertragen konnte, dass sie nun die Stärkere war. Oder weil er sie und die Kinder nicht genug liebte, um für sie weiterzuleben. Vielleicht war es immer nur um ihn gegangen, nie um seine Familie. Und das war eine Erleichterung.

29. Kapitel

El Pozo de la Señora, Spanien: 38.2898°N 4.0287°W

Später, im Ruheraum, räkelten sich Deira und Grace auf ihren gemütlichen Liegen, tranken Zitronenwasser und blickten über den Zengarten Richtung Tal. Sie waren sich einig, dass die Behandlungen hervorragend gewesen waren und sie sich komplett entspannt fühlten.

»Ursprünglich war das Gebäude ein Kloster«, erklärte Grace, die in ihrem Zimmer sämtliche Informationen über das Resort gelesen hatte. »Und du hattest recht, Deira, im Garten gibt es eine Quelle, die früher angeblich mal eine heilige Quelle war.«

»Ich glaube zwar nicht an die Kraft heiliger Quellen, aber über diesem Ort liegt eine unglaubliche Ruhe, so viel ist sicher«, meinte Grace. »Und obwohl Muireann mir erzählte, dass noch zwölf weitere Gäste hier sind, hat man das Gefühl, ganz allein zu sein.«

»Ich habe noch keine Menschenseele gesehen«, pflichtete Grace ihr bei.

»Offenbar kommen die Leute her, um sich von der Welt zurückzuziehen, der Hektik des Lebens zu entfliehen. Und der Technologie«, fügte Deira hinzu. »Normalerweise bleiben sie eine Woche.«

»Das wird dann aber teuer«, bemerkte Grace.

»Wenn man sich anschließend geerdet fühlt, ist es das wahrscheinlich wert«, sagte Deira. »Das nächste Städtchen mit einem Bahnhof ist fünf Kilometer entfernt. So isoliert, wie man denkt, ist das hier gar nicht. Die Leute kommen übrigens auch wegen der Küche her«, fuhr sie fort. »Sie haben veganes Essen.«

»Ich dachte, ich hätte auf der Karte Rind gesehen«, meinte Grace.

»Sie kochen nicht ausschließlich vegan«, beruhigte Deira sie. »Vielleicht esse ich heute Abend vegetarisch. Wenn es eine leckere Alternative gibt, lasse ich gern mal das Fleisch weg.«

Einige Minuten saßen sie schweigend da, dann fragte Grace, ob Deira Charlie Mulholland gesehen habe.

»Bis jetzt nicht«, erwiderte Deira. »Ich wollte mich bei Muireann erkundigen, ob er hier ist, fand die Frage aber zu direkt. Wenn er da ist, werden wir ihn wahrscheinlich beim Abendessen sehen.«

»Und hast du schon einen Plan?«, wollte Grace wissen.

»Bisher sind meine Pläne meistens schiefgegangen«, antwortete Deira.

»Diesmal vielleicht nicht«, meinte Grace aufmunternd, und sie verfielen wieder in Schweigen.

Beim Abendessen war von Charlie nichts zu sehen. Deira wusste nicht, ob sie erleichtert oder enttäuscht sein sollte. Danach entschlossen sich die beiden Frauen zu einem Spaziergang.

»Vielleicht ist es besser so«, sagte Grace.

»Wahrscheinlich«, gab Deira ihr recht. »In den letzten paar Monaten habe ich mich so oft zum Deppen gemacht, da kann ich nicht garantieren, dass ich das hier nicht auch versemmle.«

»Ach, Deira, du hast eine schwere Zeit hinter dir«, sagte Grace. »Sei nicht so streng mit dir.«

»Du bist mir wirklich ein Trost, weißt du das?«

»Das Leben ist schwer genug, da müssen wir es einander nicht noch schwerer machen«, meinte Grace. »Und es tut mir leid, dass ich anfänglich so streng war.«

»Ich brauche Strenge«, sagte Deira. »Ich muss mich damit abfinden, dass ich manches nicht ändern kann.«

Grace lächelte sie mitfühlend an.

Sie setzten ihren Abendspaziergang fort, und nachdem sie einige hundert Meter schweigend zurückgelegt hatten, stieß Deira einen Entzückensschrei aus. »Wie herrlich!«

Sie schauten auf das Tal, das sich vor ihnen ausbreitete, eine unerwartete grüne Oase im Staubgrau der Berge.

»Ungeachtet deiner Hintergedanken bin ich froh, dass du diesen Abstecher vorgeschlagen hast«, meinte Grace, als sie sich auf eine strategisch günstig positionierte Bank setzten. »Ich habe hier wirklich neue Kräfte getankt.«

Deira war sich nicht sicher, ob Kräfte tanken das richtige Wort für ihre Gefühlslage war. Die Massage war entspannend gewesen, das Abendessen hervorragend und der Spaziergang nett, aber sie war doch enttäuscht, dass Charlie Mulholland nicht aufgetaucht war. Natürlich hatte sie nicht erwarten können, dass sein Termin ausgerechnet mit ihrem einen Tag Aufenthalt im Resort zusammenfiel, dennoch fühlte sie sich ihm schicksalhaft verbunden. Die Begegnungen auf der Fähre, in der Raststätte, in Pamplona – das schien mehr als reiner Zufall. Auch wenn sie, anders als Tillie, nicht an Schicksal glaubte.

»Wir sollten umkehren«, sagte sie. »Es wird spät und die Vorstellung, im Dunkeln zurückzutappen, gefällt mir nicht.«

Im Hotel angekommen, verkündete Grace, sie werde früh zu Bett gehen, um die Wirkung der Massage nicht gleich wieder zu torpedieren. Deira war ganz dankbar, einfach nur abhängen zu können. Zwar hatte sie Muireann ihr Handy gegeben, das iPad jedoch behalten und scrollte im Zimmer durch ihre Fotogalerie. Sie sah sich neben Gavin und überlegte, wann wohl seine Liebe so abgekühlt war, dass er mit einer anderen schlafen wollte.

Grace betrachtete in ihrem Zimmer ebenfalls Fotos aus alten Zeiten. Fionn hatte die alten Aufnahmen digitalisiert – fast zehntausend Bilder dokumentierten das Familienleben. Sie scrollte zu den Urlauben in Frankreich, beschwor den Moment herauf, in dem das jeweilige Foto gemacht worden war, und konnte kaum glauben, dass manches zwanzig Jahre zurücklag. Von ihr und Ken gab es nur wenige gemeinsame Bilder, in Vor-Selfie-Zeiten hatte meistens einer von ihnen mit der Kamera hantiert. Sie blieb bei einem Foto hängen, das Aline gemacht hatte. Sie saßen vor einer Raststätte auf der Motorhaube ihres Autos, es war auf dem Weg nach La Rochelle gewesen. Auf dieser Reise hatte sie automatisch an derselben Raststätte gehalten. Auch wenn er gestorben war, war Ken noch immer bei ihr. Auf Schritt und Tritt.

Als Deira aus dem Schlaf hochschreckte, hatte sie keine Ahnung, wie spät es war. Die dunklen Vorhänge ließen kein Fitzelchen Licht durch und es dauerte fast eine Minute, bis sich ihre Augen an die Dunkelheit gewöhnt hatten. Es war noch mitten in der Nacht, stellte sie fest, nachdem sie aus dem Bett gekrabbelt und die schweren Vorhänge auseinandergeschoben hatte. Der Himmel war schwarz, aber mit mehr Sternen bestreut, als sie je gesehen hatte.

Die Infobroschüre über *El Pozo de la Señora*, die auf jedem Zimmer lag, hatte zwar einen spektakulären Nachthimmel versprochen, aber so schön hatte es sich Deira nicht vorgestellt. Statt dem guten Dutzend einzelner Sterne, die sie zu Hause ausmachen konnte, leuchteten nun Hunderte über ihr. Vielleicht sogar Tausende. Oder eventuell Hunderttausende. Sie waren so hell, dass sie ihre Uhr lesen konnte, es war fast vier Uhr dreißig.

Um diese Stunde kroch in Dublin zu dieser Jahreszeit allmählich die Dämmerung am Horizont empor, aber hier weiter im Süden würde es noch zwei Stunden dauern. Sie entriegelte die Tür und trat ins Freie. Trotz der Höhe lag noch die Wärme des Vortages in der Luft, und ihr dünner Schlafanzug war völlig ausreichend. Sie setzte sich in einen Korbsessel und sah in die Ferne. Außer den Sternen gab es nur eine kleine Ansammlung von Lichtpunkten im Tal, das Städtchen mit dem Bahnhof.

Angesichts des riesigen Universums und im Bewusstsein, dass sie auf einem durchs All rasenden Stein saß, kam sie sich klein und unbedeutend vor. Deira hatte etliche populärwissenschaftliche Sendungen gesehen und wusste, dass die Entfernung zu den Sternen enorm war. Wusste auch, dass viele Wissenschaftler an die Existenz anderer Lebensformen dort draußen glaubten. Ob es da in dieser endlosen Weite ein Wesen gab, dessen Leben ebenfalls zerstört worden war, weil es von dem Wesen, dem es am meisten vertraute, verraten worden war?

Sie stand auf und ging barfuß über die glatten Steine des Zengartens, bis sie den verwilderten Teil dahinter erreichte. Als sie um eine Ecke bog, unterdrückte sie einen erstaunten Ausruf, denn vor ihr saß jemand auf einem Felsbrocken und sah, wie sie vorhin, in den Himmel.

Die Gestalt wandte sich ihr zu und ihr Mund formte sich zu einem überraschten und zugleich erfreuten O. Es war Charlie Mulholland.

Sie atmete langsam aus.

Das Schicksal war doch auf ihrer Seite.

Grace war wenige Minuten vor Deira aufgewacht. Auch sie hatte nicht gewusst, wie spät es war und die schweren Vorhänge beiseite gezogen. Und auch sie öffnete die Terrassentür und trat hinaus in die Stille der Nacht. Sie sah Deira aus ihrem Zimmer kommen und durch den Garten gehen, machte sich aber nicht bemerkbar, denn ihre Reisegefährtin schien etwas Zeit für sich zu brauchen. Unter anderen Umständen wäre Grace ihr gefolgt, um sicherzugehen, dass alles in Ordnung war, doch hier im Resort hatte sie das Gefühl, sich keine Sorgen machen zu müssen. Über dem Ort lag eine geradezu überirdische Ruhe. Das lag nicht nur an dem unglaublichen Sternenhimmel, auch nicht am unaufdringlichen Personal, das fast unsichtbar war, nicht einmal daran, dass man hier von der Technologie entkoppelt war, die einen sonst an die Alltagswelt fesselte. Es lag am Ort selbst und was er mit einem machte. Denn gerade jetzt um vier Uhr dreißig in der Früh fühlte Grace eine innere Ruhe, die sie seit Monaten nicht gekannt hatte.

Diese innere Ruhe hatte einen unerwarteten Grund. Erstmals seit Kens Tod war sie an einem Ort, der nicht mit ihm verbunden war. Er war nie hier gewesen, weder mit ihr noch ohne sie. Er war nie die schmale Straße hochgefahren oder hatte wie sie hier gesessen und in die Dunkelheit geschaut. Er hatte nicht im Restaurant gegessen, war nicht den Bergpfad entlanggegangen. Er konnte keine Bemerkungen machen, wie sie ihre Zeit verbringen sollte, oder sie mit Zitaten seiner Lieblingsautoren bombardieren oder ihr die Sternbilder erklären.

Das war keiner seiner Orte.

Das war keiner ihrer gemeinsamen Orte.

Es war ganz allein ihr Ort.

Und das war genau, was sie momentan wollte: allein sein.

»Sie haben eine andere Frisur«, sagte Charlie, als Deira auf ihn zukam, »sieht hübsch aus.«

»Danke.« Deira war geschmeichelt, dass er die Veränderung bemerkt hatte.

»Und Sie haben sich entschieden, hierherzukommen.«

»Wir kamen ohnehin vorbei«, erklärte Deira, »da schien es schade, nicht Halt zu machen. Ich bin froh darüber, denn es ist wunderschön hier.«

»Ich war das erste Mal bei der Eröffnung hier«, sagte Charlie. »Seitdem habe ich das *El Pozo de la Señora* aufmerksam verfolgt. Es war enorm mutig von Muireann und Alfie, in dieser abgelegenen Gegend ein Wellnessoase zu eröffnen.«

»Muireann meinte, so abgelegen sei das hier gar nicht.«

»Egal wie gut die Autobahn ist, der Weg durch Berge ist doch ziemlich anstrengend«, sagte Charlie. »Und das gefällt mir. Ich mag es, wenn ich mich ein bisschen anstrengen muss.«

Deira nickte. »Mir gefiel das auch. Bestimmt kommen durch Ihre Doku viele neue Gäste hierher. Haben Sie die Interviews schon geführt?«

»Wir sind beinahe fertig«, antwortete Charlie. »Wir sind vorgestern angekommen, haben gedreht und gestern die restlichen Interviews geführt.«

»Wie schade, dass Grace und ich Sie gestern nicht gesehen haben. Wir hätten ins Fernsehen kommen können.«

»Das können wir nachholen, wenn Sie wollen.« Er lächelte. »Ein Gast, der unter Sternen relaxt. Hier werden übrigens auch Astronomieseminare angeboten, allerdings hauptsächlich in den Wintermonaten.«

»Vielleicht komme ich ja nochmals her. Bleiben Sie länger?«

»Nein. Wir machen uns am Vormittag vom Acker. Wir müssen nach Frankreich, um das Interview, das nicht zustande kam, nachzuholen.«

»Ihr Job ist bestimmt sehr interessant.«

»Er ist wie andere Jobs auch«, sagte Charlie. »Manchmal ist er toll, manchmal weniger. Die Leute halten ihn für glamouröser, als er ist.« Er grinste. »Amaya sagt das Gleiche über die Galerie. Die Leute glauben, die Zusammenarbeit mit Künstlern sei stets die reine Freude, aber sie meint, es könne auch ganz schön nervig sein. Sie sehen das bestimmt ähnlich.«

»Da ich die Exponate meiner Ausstellungen nicht verkaufen muss, ist es bei mir etwas anders«, sagte Deira.

»Haben Sie je mit dem Gedanken gespielt, eine eigene Galerie zu eröffnen?«

Deira schüttelte den Kopf. »Mir gefällt meine jetzige Arbeit. Die hat sich natürlich im Laufe der Zeit verändert, aber mir macht sie immer noch Spaß.« Was zutraf, auch wenn die Arbeit bei Solas nach der Trennung von Gavin ein Gutteil schwieriger geworden war.

»Vielleicht sollte ich eine Doku über Geschäftsfrauen machen«, überlegte Charlie. »Dann könnte ich Sie interviewen.«

»Geschäftsfrauen sind wie Geschäftsmänner, außer dass sie bei der Arbeit hohe Schuhe tragen.«

Charlie lachte.

»Ganz im Ernst. Wir sind keine andere Spezies. Wir müssen lediglich ein wenig härter arbeiten.«

»Das ist mir klar«, sagte Charlie.

»Und dann verweigert uns ein Typ das, was wir uns am meisten wünschen, ein Typ –« Sie verstummte. »Egal. *Darüber* will ich mit Ihnen nicht reden.«

»Gibt es denn etwas, worüber Sie mit mir reden wollen?«, fragte Charlie.

»Vielleicht.«

Sie sprach nicht weiter, denn in diesem Augenblick zog eine Sternschnuppe über den Himmel.

»Wünschen Sie sich was«, sagte Charlie.

»Zu spät.«

»Es ist nie zu spät, sich etwas zu wünschen«, meinte Charlie.

»Haben Sie sich je ein eigenes Kind gewünscht?«, fragte sie unvermittelt, und er hob überrascht die Augenbrauen. »Denn

Amaya hat ... Iñaki, so heißt er doch? Aber Sie haben kein gemeinsames Kind. War das schwierig für Sie?«

»Ich habe Iñaki vom ersten Augenblick an geliebt«, sagte Charlie. »Bis heute.«

»Aber ein eigenes Kind ist etwas anderes.«

»Für mich eigentlich nicht«, entgegnete Charlie.

»Wollten Sie nie ein eigenes?«

Charlie zögerte. »Es liegt nicht daran, dass –«

»Entschuldigung«, unterbrach Deira ihn. »Es hört sich so an, als wollte ich Sie ins Kreuzverhör nehmen, das war nicht meine Absicht. Zumindest nicht so. Es ist bloß, dass ich –«

»Was?«

Sie holte tief Luft, bevor sie sagte: »Ich möchte ein Kind.«

Charlie war anzusehen, dass ihm das Gesprächsthema unangenehm war. Verständlich, ihr ging es auch nicht anders. Aber sie musste es einfach aussprechen, und zwar jetzt, bevor der Mut sie verließ.

»Ich möchte ein Kind, aber mein langjähriger Lebenspartner und ich haben uns getrennt«, sagte sie rasch. »Ich hätte auf meinem Wunsch beharren sollen, solange in dieser Beziehung die Möglichkeit bestand. Leider war mir das damals nicht bewusst.«

»Das tut mir leid«, sagte Charlie.

»Mir auch«, sagte Deira. »Und natürlich werden meine Chancen immer geringer. Ich hätte, als ich jünger war, meine Eizellen einfrieren lassen sollen. Damit sich meine Chancen erhöhen. Unmöglich ist es aber trotzdem immer noch nicht.«

Eine weitere Sternschnuppe schoss über den Himmel. Diesmal wünschte sie sich etwas.

»Ich habe mir einen guten Mann gewünscht, der gern ein Kind mit mir hätte«, sagte sie zu Charlie.

»Ich wünsche Ihnen, dass Sie ihn finden.«

»Ich glaube, das habe ich bereits.«

»Wie schön.«

»Charlie ...« Sie sah ihn an und es brach aus ihr heraus: »Damit meine ich dich. Ich möchte ein Kind von dir. Du kannst dich an seinem Leben beteiligen oder nicht. Mir ist es gleich. Ich stelle keinerlei Ansprüche. Ich kann allein für ein Kind sorgen. Finanziell stehe ich ziemlich gut da.«

Wortlos starrte er sie an.

»Du hättest keinerlei Verpflichtungen, müsstest dir um nichts Gedanken machen«, ergänzte sie.

»Außer dem Gedanken, dass ich dich nicht kenne, nichts von dir weiß und trotzdem der Vater deines Kindes werden soll«, sagte Charlie.

»Du weißt, dass ich ein einigermaßen vernünftiger Mensch bin«, sagte Deira, »dass ich eine gutbezahlte Arbeitsstelle habe. Dass ich für das Baby sorgen, ihm ein gutes Zuhause und ein schönes Leben bieten kann.«

»Das kann ich nicht beurteilen«, sagte Charlie. »Aber ich weiß, dass du mich aufgrund unserer äußerst flüchtigen Bekanntschaft mehr oder weniger gefragt hast, ob ich als Samenspender fungieren will. Was ein einigermaßen vernünftiger Mensch nicht unbedingt tun würde.«

»Ich ...« Deira schloss die Augen. Als sie diese wieder öffnete, war Charlie mittlerweile aufgestanden und hatte sich einige Schritte von ihr entfernt. »Tut mir leid«, sagte sie. »Da habe ich mich wohl in der Eile nicht richtig ausgedrückt. Ich wollte damit nicht andeuten, dass du lediglich ein Samenspender bist.«

»Du hast es nicht angedeutet, du hast es gesagt.« Charlie war kurz angebunden. »Frauen verlangen verständlicherweise, dass man sie nicht als Objekt betrachtet, aber genau das ist dein Blick auf mich. Bei unseren anderen Begegnungen habe ich mich in deiner Gesellschaft wohlgefühlt und mich gern mit dir unterhalten. Jetzt wird mir klar, dass du die ganze Zeit überlegt hast, wie es um die Qualität meiner Spermien steht und wie groß die Wahrscheinlichkeit ist, dass du an sie rankommst.« Er drehte sich zu ihr um. »Bist du mit der Absicht hergekommen, mir diese Frage zu stellen?«

Sie hätte nicht mit der Wahrheit herausplatzen sollen. Sie hätte es mit Verführung probieren, die Sache anders angehen sollen. Sie war eine Idiotin.

»Tut mir leid, dass du das so empfindest. Ich wollte doch nur –«

»Wie soll ich es sonst empfinden? Für dich bin ich doch nichts anderes als eine Samenbank auf zwei Beinen.«

»Das ist nicht wahr. Du bist freundlich und interessant und –«

»Offenbar eine qualitativ hochwertige Samenbank.«

»Tut mir leid«, sagte Deira. »Und das meine ich auch so. Ich dachte –«

»Was? Dass Männer scharf auf Sex mit wildfremden Frauen sind und auf die möglichen Folgen scheißen?«

»Auf ziemlich viele trifft das zu.«

»Du hast wirklich keine gute Meinung von uns, was?«

»Alles eine Sache der Erfahrung«, sagte Deira.

»Spitze. Du hasst Männer, aber du brauchst trotzdem einen als Kindsvater. Also bist du bereit, uns zu ertragen, als Mittel zum Zweck. Bist bereit, mich zu ertragen.«

»Du verstehst mich falsch«, sagte Deira.

»Keineswegs. Was hier falsch ist, ist deine Denkweise«, sagte Charlie. »Du glaubst, du hast ein Anrecht auf ein Kind, aber ein Kind zu haben, ist ein Privileg, kein Anrecht. Es tut mir wirklich leid, dass du in diese Lage gekommen bist. Das ist jedoch allein dein Problem.«

»Charlie ...«

Er wandte sich ab, sah in die Ferne.

»Ich könnte lügen, sagen, klar, ich mache es, und mit dir schlafen«, sagte er. »Ein geschenkter Augenblick der Lust für mich. Der dir aber nicht garantiert, dass du schwanger wirst.«

»Ich bin bereit, dieses Risiko auf mich zu nehmen.«

Er sagte nichts.

Auch Deira schwieg.

Eine weitere Sternschnuppe schoss übers Firmament. Wieder sprach sie im Stillen ihren Wunsch aus.

Charlie sah sie an.

»Ein hohes Risiko«, sagte er. »Amaya und ich haben versucht, ein Kind zu bekommen. Vergeblich. Da sie schon ein Kind hatte, lag es nicht an ihr. Meine Spermienzahl ist niedrig. Von allen Männern, unter denen du hättest wählen können, bin ich so ziemlich die schlechteste Wahl. Wahrscheinlich Karma.«

Sprachlos sah sie ihn an.

»Immer noch interessiert?«, fragte er.

»O Charlie ...«

»Wohl eher nicht«, sagte er und ging.

30. Kapitel

Von Sierra de Andújar nach Granada: 165 km

Grace machte sich Sorgen. Zwar hatte sie Deira nicht mehr gesehen, seit sie vorhin durch den Zengarten spaziert war, doch das Gespräch war durch die Nacht bis zu ihr gedrungen. Sie konnte die Worte nicht verstehen, wusste auch nicht, mit wem Deira sprach, doch der Tonfall war unmissverständlich. Deira war aufgeregt und der Mann wütend.

Gut möglich, dass Deira doch noch Charlie Mulholland getroffen hatte, der Abstecher nach *El Pozo de la Señora* erfolgreich war. Doch der erregte Ton der Gesprächsfetzen, die zu ihr gedrungen waren, ließ Grace ahnen, dass die Begegnung anders verlaufen war als erhofft. Anderseits konnte Deira ebenso gut unter den anderen Hotelgästen einen potentiellen Kindsvater erspäht haben, mit dem sie sich mitten in der Nacht getroffen hatte. So oder so – es lief nicht gut.

Grace wollte sich nicht in das Leben ihrer Reisegefährtin einmischen, machte sich aber unwillkürlich Sorgen. Und daher begab sie sich, als Deira eine halbe Stunde nachdem das Gespräch versiegt war immer noch nicht aufgetaucht war, auf die Suche.

Jahrelanger Fernsehkrimikonsum bescherte ihr ein nervöses Gefühl in der Magengrube, als sie auf Deiras Spuren durch den Garten lief. Es war so still um sie herum, dass ihr der eigene Atem im Kopf widerhallte. Beklommen war ihr bewusst, dass selbst in den harmlosesten Sonntagabendkrimis Leute, die sich ohne Hilfe der Polizei kriminalistisch betätigten, üblicherweise tot aufgefunden wurden. Mach dich nicht lächerlich, rügte sie sich

(Ken hatte sie gern eine Schwarzseherin genannt, die immer das Schlimmste annahm).

An den Zengarten schloss sich brachliegendes Gelände an; im Sternenlicht konnte Grace Sandboden, Gestrüpp und uralte Olivenbäume erkennen. Während sie sich umsah, kroch die Angst in ihr hoch. Lungerte hinter einem der Bäume etwa ein Mörder, bereit jederzeit zuzuschlagen? Hatte der Kerl in seiner Wut Deira vielleicht schon abgemurkst? Sollte sie lieber zurück ins Hotel und Alarm schlagen?

Als sie näherkommende Schritte hörte, hätte sie beinahe aufgeschrien.

»Was machst du denn hier?« Deira trat aus den Schatten. »Folgst du mir etwa?«

»Nein.« Grace' Herz schlug immer noch wild. »Ich wollte nur sehen, ob alles in Ordnung ist.«

»Woher weißt du, dass ich hier draußen bin?«

»Ich bin aufgewacht und habe dich durch den Garten gehen sehen. Als du nicht zurückgekommen bist, hatte ich Angst, dass dir was zugestoßen ist.«

»Was hätte mir denn hier draußen mitten im Nichts zustoßen sollen?«, wollte Deira wissen.

»Genau weil wir hier mitten im Nichts sind, habe ich mir Sorgen gemacht«, gestand Grace.

»Kein Grund, sich Sorgen zu machen«, sagte Deira. »Mir geht's bestens.« Und dann brach sie in Tränen aus.

Grace legte den Arm um sie, führte sie durch den Garten zurück in ihr Zimmer, wo sie den Wasserkessel anwarf und Deira einen Kamillentee machte.

»Was anderes haben sie leider nicht.« Sie reichte ihr die Tasse. »Aber besser als nichts. Möchtest du dich raussetzen? Da ist es luftiger.«

Deira ließ sich zu der kleinen Terrasse vor ihrem Zimmer führen und sank in einen der bequemen Sessel. Grace setzte sich neben sie. Zarte Lichtstreifen erschienen am Himmel und in die Nachtgeräusche mischte sich Vogelgezwitscher. Deira nippte an ihrem Tee und sah schweigend zum Horizont. Grace schwieg ebenfalls.

Irgendwann stellte Deira die halbleere Tasse auf das Mosaiktischchen, das zwischen ihnen stand, und sah Grace an.

»Wahrscheinlich möchtest du wissen, was ich da draußen gemacht habe«, sagte sie.

»Mir ist egal, was du da gemacht hast«, entgegnete Grace. »Du musst mir nichts erzählen. Ich war nur in Sorge, weil ich dich mit jemandem streiten hörte und dann nichts mehr. Da ist leider meine Phantasie mit mir durchgegangen, aber ...«

»Du bist wirklich ein guter Mensch.« Deira lächelte schwach. »Jemand hätte mir den Schädel einschlagen können, aber du hast mich trotzdem gesucht.«

»Die Befürchtung hatte ich«, gestand Grace. »Ich dachte wirklich, du hättest ein heimliches Treffen mit Charlie geplant. Auch wenn wir ihn bis dahin nicht gesehen hatten, hätte es trotzdem sein können. Ich fragte mich auch, ob vielleicht dein Ex aufgetaucht ist und dir wegen des Autos an den Kragen will. Das ist natürlich lächerlich, denn er weiß nicht, wo du bist, aber trotzdem ...«

»Kein Grund zur Panik.« Deira rieb sich die Augen, nahm dann wieder einen Schluck Tee. »Mit Charlie hattest du allerdings recht, auch wenn unser Treffen Zufall war. Ich habe mich absolut zum Narren gemacht.«

»Wie das?«

Schweigend lauschte Grace Deiras Bericht über ihre Unterhaltung mit Charlie.

»Was für ein absolut schwachsinniger Plan«, endete Deira ihre Schilderung. »Wie konnte ich das jemals für eine gute Idee halten? Ihn anzuflehen, mit mir zu schlafen, damit ich schwanger werde. Als wäre es ein Geschäftsvorgang. Als wäre er eine Ware, die ich aus dem Regal nehme! Habe ich wirklich erwartet, dass ihm die Konsequenzen egal sind und er mit mir in die Kiste springt?«

»Du bist momentan nicht du selbst«, sagte Grace. »Die Sache mit deinem Ex, mit dem Auto, das wühlt dich natürlich auf.«

»Ehrlich gesagt, diesmal war ich wegen Bex aufgewühlt«, sagte Deira.

»Deine Nichte? Inwiefern?«

Deira erzählte von Bex' Abtreibung und der Verzweiflung, die die Beichte in ihr ausgelöst hatte. »Das hat mich aus der Bahn geworfen«, sagte sie. »Ich hatte das Gefühl, ich müsste umgehend handeln, um jetzt und gleich selbst schwanger zu werden. Als Ersatz für das Kind, das Bex ... Ich kann ihre Entscheidung nachvollziehen. Ehrlich. Und ich respektiere ihr Recht auf diese Entscheidung. Ich wünschte nur ... ich wünschte, es wäre anders gelaufen.«

»Das tut mir entsetzlich leid«, sagte Grace. »Du machst gerade viel durch.«

»Ich glaube, ich werde verrückt.« Zitternd stellte Deira die Tasse auf den Tisch. »Momentan stehe ich neben mir, mein Leben läuft völlig aus dem Ruder. Ich komme mir vor, als hätte man mir die Haut abgezogen, alles womit ich in Berührung komme, verletzt mich und ich verletze wiederum jeden, der mit mir in Kontakt kommt.«

»Nach jedem von uns greift mal der Wahnsinn«, sagte Grace beschwichtigend. »Du wirst diese Phase hinter dir lassen, Deira. Ganz bestimmt.«

»Ich habe mich freiwillig vor einem wirklich netten Kerl gedemütigt. Und ihn habe ich auch gedemütigt, weil ich ihn gezwungen habe, mir etwas überaus Persönliches zu verraten, was er normalerweise nie getan hätte. Ich schäme mich so.«

Grace starb beinahe vor Neugier, hakte aber nicht nach. Stattdessen sagte sie beruhigend, Charlie werde diesen Vorfall überwinden und Deira ebenso.

»Hoffentlich. Wahrscheinlich führt er mich bei seinen Kumpels als abschreckendes Beispiel an«, befürchtete Deira. »Die durchgeknallte Samenjägerin. O Gott, was ist bloß aus mir geworden.« Sie vergrub den Kopf in den Händen.

»Du hast einen Fehler gemacht, aber du wirst den Mann nie wieder im Leben sehen. Kein Grund, sich deshalb ewig zu grämen«, sagte Grace. »Vergiss es einfach.«

Deira sah zu ihr hoch. »Ich müsste so vieles vergessen. So viele Situationen, in denen ich mich zum Narren gemacht habe. Warum ist das Leben kein Film, in dem am Schluss alle glücklich sind?«

»Nicht jeder Film hat ein Happyend«, bemerkte Grace.

»Ich schau mir nur solche mit Happyend an«, sagte Deira. »Das Leben ist schon scheiße genug.«

»Ich weiß«, Grace zuckte die Schultern. »Aber selbst ein Happyend dauert nicht ewig.«

»Wahrscheinlich hätte ich gern geglaubt ... Gavin hat für mich seine Frau verlassen und seine Kinder hassten mich deswegen. Ich redete mir ein, dass sie mich irgendwann respektieren würden, weil ihr Dad und ich eine so wunderbare Beziehung führen. Ich redete mir ein, dass es für uns ein Happyend geben würde. Aber es kam anders. Wozu das eigentlich alles? Der Schmerz, das Leid und alle gaben uns die Schuld. Mir.« Deira griff nach ihrer Tasse und trank den Tee aus. »Charlie hat etwas gesagt, was mich ins Grübeln brachte«, fügte sie hinzu. »Wer ich bin und was ich vom Leben will.«

»Was hat er denn gesagt?«

»Dass ein Kind zu bekommen ein Privileg, kein Recht sei. Viele von uns haben diesen Wunsch, aber deshalb muss er noch lange nicht in Erfüllung gehen.« Sie atmete langsam aus. »Vielleicht gibt es einen Grund für meine Kinderlosigkeit. Als meine Mum starb, wünschte ich oft, ich wäre gar nicht geboren. Ich fand es egoistisch von ihr, Kinder zu bekommen, obwohl sie sich nicht lange um uns kümmern konnte – das war natürlich Quatsch, denn sie hatte ja nicht vorgehabt, so jung zu sterben, aber ich warf es ihr trotzdem vor. Vor allem, weil ich Gill am Hals hatte, die mich erziehen wollte, und Gill ist im Grunde genommen eine Tyrannin reinsten Wassers.«

»Ist das nicht etwas übertrieben?« Grace hob eine Augenbraue.

»Also gut, sagen wir, sie ist herrschsüchtig«, korrigierte sich Deira. »Sie hat gern das Sagen. Sie kommandiert die Leute gern herum. Das ist jedoch völlig nebensächlich, im Vergleich zu dem Gefühl, meine Existenz sei in den Augen meiner Eltern ein Fehler.«

»Deira!«

»Nicht nur ich, wir alle. Meine Eltern führten keine besonders gute Ehe, das war uns Kindern bewusst. Natürlich hatten sie nicht gewollt, dass ihre Ehe immer schlechter wurde, aber als es ihnen klar wurde – als es meiner Mutter klar wurde –, warum setzten sie dann noch mehr Kinder in die Welt? Unter diesen Umständen war das sehr egoistisch. Spätestens nach Gill hätte Schluss sein sollen. Ich fände es furchtbar, wenn mein Kind das Gefühl hätte, ich hätte es aus reinem Egoismus in die Welt gesetzt. Natürlich würde ich mein Kind lieben – auch unsere Mutter hat uns bestimmt geliebt –, könnte ihm aber womöglich nicht das Leben ermöglichen, das es verdient. Ein glückliches Leben.«

»Geliebt zu werden, macht aus Kindern glückliche Menschen«, sagte Grace. »Der tragische Verlust deiner Mutter hat eindeutig Spuren bei dir hinterlassen. Aber das bedeutet noch lange nicht, dass du dein eigenes Kind nicht lieben kannst oder lieben wirst. Oder dass es dich nicht liebt.«

»Damit hast du wahrscheinlich recht«, stimmte Deira ihr zu. »Doch egal wie sehr man jemanden liebt, es braucht einen Plan. Und mein Plan, alleinerziehende Mutter zu werden, ist eher suboptimal. Manchmal braucht es mehr als Liebe.«

»Zu allen Zeiten haben Menschen unter schwierigen Bedingungen Kinder bekommen«, widersprach Grace. »Elternschaft ist kein Bürojob, bei dem sich alles planen lässt, Deira.«

»Schon klar«, sagte Deira. »Aber ich habe den dumpfen Verdacht, dass mein Kind und ich zu den Fällen gehören könnten, bei denen alles schiefläuft. Die Mutter permanent erschöpft und das Kind totunglücklich. Als ich mit Gavin zusammen war, war ich mit unserem Leben glücklich, auch ohne Kinder. Wenn er mich für eine Frau verlassen hätte, die nicht schwanger gewesen wäre, hätte mich das wahrscheinlich nicht so aus der Bahn geworfen. Aber …« Sie runzelte die Stirn. »Aber jetzt ist es so, als hätte mein Körper das Kommando übernommen. Meine Gebärmutter krampft förmlich vor Verlangen nach einem Kind. Mir geht es nicht darum, einen Mann zu finden, mit dem ich eine Beziehung aufbauen kann. Ich will einfach nur ein Baby.«

»Das kann ein sehr starkes Bedürfnis sein«, sagte Grace.

»Das ich bisher nicht verspürte«, sagte Deira. »Ich war keineswegs am Boden zerstört, als Gavin nein sagte. Ich war traurig, aber ich kam darüber hinweg. Es liegt an Afton, dass ich so aus der Fassung bin. Ich wollte, was sie hat. Und wenn ich das nicht mit dem Mann haben konnte, den ich für meine große Liebe hielt, dann wollte ich zumindest ein Kind. Meine Motive waren von Grund auf falsch.«

»Sei nicht so streng mit dir«, meinte Grace. »Jeder von uns dreht gelegentlich am Rad. Vielleicht kommen dir die Beweggründe für deinen Kinderwunsch momentan oberflächlich vor, Deira, aber vielleicht geht es doch tiefer. Möglicherweise wolltest du schon immer ein Kind.«

»Wenn, dann habe ich es zu lange aufgeschoben.«

»Nicht unbedingt.«

»Ich glaube schon«, sagte Deira. »Und dem muss ich mich stellen. Um meinetwillen. Aber jetzt bin ich viel zu müde dazu.«

Sie schloss die Augen. Und als der Morgen über den Bergen dämmerte, schlief sie ein.

Als Grace einige Stunden später aus unruhigem Schlaf erwachte, schlief Deira draußen auf der Liege den Schlaf der Erschöpften, durch die breite Terrassenüberdachung vor der Sonne geschützt. Grace sprang unter die Dusche, zog sich an und ging allein zum Frühstück.

Als sie den Speisesaal betrat, saß Charlie Mulholland mit zwei Männern an einem Tisch. Er sah auf und erkannte sie, grüßte mit einem fast unmerklichen Nicken. Grace bemerkte, dass er an ihr vorbeisah, wahrscheinlich weil er Deira hinter ihr vermutete. Bestimmt war er erleichtert, dass sie allein war.

Sie nahm sich Obst und Joghurt vom Büfett und setzte sich an einen kleinen Tisch in einer Ecke. Während sie eine Orange schälte, ging ihr durch den Kopf, dass die vergangenen Monate ungewöhnlich dramatisch gewesen waren, ganz ungewöhnlich für eine Frau wie sie. Eine Mutter und Großmutter, die ruhig und gelassen in einem Vorort lebte. Eine Frau, die an sich selbst immer zuletzt dachte. Obwohl es sie sehr geschmerzt hatte, ihre

Arbeit aufzugeben, war sie doch immer davon ausgegangen, dass ihr ein Leben als Ehefrau und Mutter bestimmt war. Und sie war meistens glücklich gewesen. Aber jetzt war sie Witwe, ihre Kinder erwachsen und ihr Mann, der so viele Jahre lang die Weichen ihres gemeinsamen Lebens gestellt hatte, hatte nichts mehr zu bestimmen. Wenn die große Hochzeitstagsschatzsuche vorbei war, würde Ken ihr nie wieder sagen, was sie tun sollte. War es falsch, dass sie dieser Zukunft mit einer gewissen Vorfreude entgegensah? War die Annahme falsch, dass unbekannte Möglichkeiten vor ihr lagen? Ein neues Leben?

»Hi.«

Charlie war an ihren Tisch gekommen. Ihr fiel ein, wie eifersüchtig sie gewesen war, als er so offenkundig an Deira und nicht an ihr interessiert gewesen war. Ob es wohl einmal eine Zeit geben würde, in der die Menschen weder törichte Gedanken hegten noch töricht handelten oder übersteigerte Hoffnungen hatten? So allmählich hatte sie daran ihre Zweifel.

»Hi«, antwortete sie.

»Ist Deira in der Nähe?«, fragte er.

»Sie schläft noch«, sagte Grace. »Sie hatte eine lange Nacht.«

»Ja –«

»Ich hab's gehört«, unterbrach Grace ihn. »Sie schämt sich wegen ihrer Worte in Grund und Boden.«

»Mit Recht.«

»Sie hat in letzter Zeit Schweres durchgemacht.«

»Trotzdem.«

»Darf ich ihr ausrichten, dass Sie sie nicht für eine durchgeknallte Samenjägerin halten?«

Charlie verzog das Gesicht. »Keine schlechte Beschreibung.«

»Ihre eigenen Worte«, sagte Grace.

»Sagen Sie ihr, was Sie wollen. Wir werden uns nie wieder begegnen. Für mich geht's gleich weiter nach Frankreich, aber ich wollte nicht abreisen, ohne mich von Ihnen zu verabschieden.«

»Das ist nett von Ihnen«, sagte Grace. »Viel Erfolg in Frankreich. Ich werde die Augen nach Ihrer Doku offen halten, vor allem nach dem Teil, den Sie hier gedreht haben.«

»Sie wird im November oder Dezember ausgestrahlt«, erklärte er. »So bekommen die Zuschauer mitten im Winter einen Hauch von Wärme und Sonnenschein ins Haus geliefert.«

»Sehr schön.«

»Dann also – leben Sie wohl«, sagte Charlie.

»Sie haben sich gut mit ihr verstanden«, sagte Grace. »Mit Deira, meine ich.«

»Ich mag sie«, gestand Charlie. »Aber –«

»Verurteilen Sie sie nicht«, sagte Grace. »Wir wissen doch gar nicht, wie es im Leben des anderen aussieht.«

»Ich bemühe mich.« Charlie lächelte kurz. »Aber durchgeknallte Samenjägerin ist eine treffende Einschätzung.« Damit drehte er sich um und verließ mit seinen beiden Kollegen den Speisesaal.

Grace schenkte sich Tee nach und wartete auf Deira.

Sie tauchte kurz vor dem Abräumen des Büfetts auf, schnappte sich mehrere Plunderstückchen und eine große Tasse Kaffee.

»Wahrscheinlich würde ich immer noch draußen liegen, wenn sich nicht eine Fliege meine Nase als Landeplatz ausgesucht hätte«, gestand sie. »Es hätte eigentlich der ungemütlichste Schlaf aller Zeiten sein müssen, war's aber nicht. Wahrscheinlich weil ich überhaupt nicht geträumt habe.«

»Ken hat mir einmal erklärt, dass kein Schlaf je traumlos ist«, sagte Grace. »Wir erinnern uns bloß nicht daran.«

»So oder so, es tat gut«, erwiderte Deira. »Nochmals lieben

Dank, Grace, dass du dich mitten in der Nacht auf die Suche nach mir gemacht hast. Mir ist nichts passiert, aber es hätte ja auch anders sein können. Es tut gut zu wissen, dass du auf mich aufpasst.«

»Hey, wir sind doch ein Team. Da passt man aufeinander auf. Wie geht's dir jetzt?«

»Ich muss etliche meiner Einstellungen hinterfragen. Aber ansonsten gut.«

»Ganz bestimmt?«

»Na ja, vielleicht nicht richtig gut, aber es wird.« Sie sah sich verstohlen um. »Hoffentlich ist Charlie bereits abgereist, damit er mir nicht nochmals über den Weg läuft.«

Grace erwähnte nicht, dass sie sich mit ihm unterhalten hatte.

»Ich bin ganz wild darauf, dass wir uns wieder der Schatzsuche widmen«, fuhr Deira fort. »Hast du deinen Laptop dabei?«

Grace schüttelte den Kopf. »Ich nehme die ›Digital-Detox‹-Regel sehr ernst. Wir schauen uns die Sache an, bevor wir abfahren. Es ging um einen Dichter, stimmt's?«

»Federico García Lorca«, sagte Deira. »Ich habe über ihn recherchiert, bevor wir unsere Handys abgaben. Offenbar gibt es eine Art Denkmal in Granada, das wir finden müssen. Die Anzahl Gedichte, die er schrieb, können wir googeln. Bei der letzten Frage ging es darum, in welchem Alter er starb.«

»Also auch diesmal relativ einfach?«

»Ich glaube schon.«

Deira trank aus und stand auf. »Willst du gleich los?«

»Wir haben jede Menge Zeit«, entgegnete Grace. »Heute Vormittag gab es noch einige freie Termine, deshalb habe ich für uns noch zwei Anwendungen gebucht.«

»Echt?« Überrascht sah Deira sie an.

»Ich dachte, nach dieser Nacht haben wir das nötig. Ich habe mich für eine Massage entschieden und du kannst dir aussuchen, was du magst. Du bist eingeladen«, fügte sie hinzu.

»Oh, aber –«

»Keine Widerrede, Deira.«

»Na gut … Vielen Dank.«

»Der Termin ist um halb zwölf. Bis dahin kannst du dich ausruhen«, sagte Grace. »Bis später also.«

»Ich bin so froh, dass ich dich getroffen habe«, sagte Deira und ging auf ihr Zimmer.

Sie fuhren um zwei Uhr los, beide ganz entspannt und brannten darauf, weiterzukommen. Grace hatte sich den Hinweis auf ihrem Laptop angesehen. Die Fragen gehörten garantiert zu den einfacheren, sagte sie zu Deira, als sie ihr Gepäck im Kofferraum des Lexus verstauten.

»Und dann haben wir's geschafft«, fuhr sie fort. »Es sei denn, Ken hat noch einen im Cartagena-Dokument versteckt. Was ich nicht hoffe.«

»Bist du froh, dass die Schatzsuche demnächst vorbei ist?«, wollte Deira wissen.

»Ja«, sagte Grace, ohne zu zögern. »Natürlich wurde die Reise dadurch interessanter – das könnte allerdings auch an dir gelegen haben, Deira, doch ich möchte nicht auf ewig nach seiner Pfeife tanzen.«

Deira schwieg. Sie fand erstaunlich, wie rasch Grace sich von einer trauernden Witwe – deren Mann obendrein unter schrecklichen Umständen gestorben war – in eine Frau verwandelt hatte, die frohgemut in die Zukunft blickte. Das wurde nicht nur deutlich durch das, was sie sagte, sondern auch durch ihre Körpersprache. Ihre Bewegungen, stets gelassen und graziös, waren mittlerweile energischer, gebieterischer. Bisher hatte sie sich im Griff gehabt, nun schien sie das Leben selbst im Griff zu haben.

Grace rutschte hinters Lenkrad, setzte langsam das Auto zurück und fuhr vom Parkplatz, während Deira das Navi mit der Adresse des Hotels in Granada fütterte. Dann schaltete sie zum ersten Mal, seit sie es Muireann am Vortag ausgehändigt hatte, ihr Mobiltelefon ein.

Es waren eine ganze Menge Nachrichten aufgelaufen: zwei von Tillie, die wissen wollte, wie es ihr ging, drei von Kollegen bei Solas hinsichtlich der Ausstellung, die gerade vorbereitet wurde, eine von Gavin wegen der Autoversicherung und die letzte, sie stammte vom Vorabend, von Bex, die mitteilte, sie steige am nächsten Morgen in den Zug. Sofort antwortete Deira ihr, sie sei eine Weile nicht erreichbar gewesen, Bex solle sich aber jederzeit melden, wenn sie das Bedürfnis habe. Fast umgehend antwortete ihre Nichte mit einem Daumen-hoch-Emoji. Sie fühle sich ganz gut, schrieb sie dazu, zwar noch etwas wacklig, aber wenn sie daheim sei, sei alles gut. *Danke nochmals, dass wir bei dir wohnen durften*, schloss sie. *Das werde ich Dir nie vergessen.* Deira kam sich fast wie eine Heuchlerin vor, angesichts ihrer Wut auf Gills diesbezügliche Übergriffigkeit, war aber froh, dass Bex in dieser schwierigen Phase einen Ort gehabt hatte, an dem sie sich geborgen fühlte. *Immer gerne,* antwortete sie, über sich selbst überrascht, dass sie es wirklich so meinte. Dann schrieb sie Gavin, sie werde sich schnellstmöglich wegen der Versicherung melden, und Tillie, die bestimmt begeistert war, dass ihre Freundin einen Abstecher zu einer abgelegenen Wellnessoase gemacht hatte, um ihrer Seele etwas Gutes zu tun.

Hat's funktioniert, fragte Tillie.

Nicht unbedingt wie geplant, antwortete Deira. *Aber es war die Sache wert.*

Die Nachricht von ihrer Kollegin Karen ignorierte sie, schließlich war Samstag.

Die vom *El Pozo de la Señora* nach Süden führende Straße war weniger furchteinflößend als der Hinweg, obwohl es genügend Haarnadelkurven gab, spektakuläre Ausblicke auf Berge und Täler sowieso.

»Es wäre nett gewesen, die Fahrt mit dem Cabrio zu machen«, meinte Deira. »Andererseits wäre ich, wenn es nicht verkohlt wäre, irgendwo in Frankreich gelandet und hätte das hier verpasst.«

Grace grinste sie an und schaltete das Radio ein. Sie wählte die Playlist mit klassischer Gitarrenmusik, die Ken anlässlich der ersten Fahrt in ihre Ferienwohnung zusammengestellt hatte. Ruckzuck waren die beiden Frauen am Stadtrand von Granada angelangt, und Grace machte die Musik aus, damit sie die Anweisungen des Navis hören konnte.

Ihr Hotel lag am Rande der Altstadt, daher mussten sie wie in Pamplona durch schmale, für Autos wenig geeignete Straßen fahren. Doch Grace behielt die Nerven, selbst als sie durch eine Gasse kamen, die so schmal war, dass hüben und drüben gerade mal zwei Zentimeter Platz neben den Außenspiegeln war. Beide waren erleichtert, als sich das Sträßchen verbreiterte und in die Plaza mündete, an der sich ihr Hotel befand.

»Toll gemacht«, sagte Deira aufatmend.

»Danke.« Grace schaltete den Motor aus und stieg aus. Warme Luft umfing die beiden. »Schnell einchecken und dann geht's weiter mit der Schatzsuche«, sagte sie.

31. Kapitel

Granada, Spanien: 37.1773 °N 3.5986 °W

Ihr Plan, sich sofort auf die Suche nach der Lorca-Statue zu machen, scheiterte, denn die Nachmittagssonne war viel zu heiß. Stattdessen saßen sie in der schattigen Hotelkolonnade und schlürften unter sich gemächlich drehenden Deckenventilatoren Eiswasser. Grace klappte den Laptop auf und fand heraus, dass Lorca einer einflussreichen Gruppe spanischer Dichter angehört hatte, der *Generación del 27*, und 1936 zu Anfang des Bürgerkriegs von Nationalisten auf abscheulichste Art hingerichtet worden war.

»Europa war damals ein Hexenkessel«, bemerkte Deira, als sie sich durch die Informationen scrollten. »Nationalisten, Sozialisten, Bolschewisten, Faschisten ... und dann kamen natürlich die Nazis. Als Lorca erschossen wurde, war er ein Jahr jünger als ich. Das ist schwer zu verdauen.«

»Ich kann mir nicht helfen, aber ich habe das Gefühl, dass die Welt immer kurz vor dem Abgrund steht«, sagte Grace. »Es ist wie ein Kampf gegen die Hydra. Ein Krieg ist zu Ende und ein anderer bricht aus. Die Fähigkeit der Menschen, einander auszubeuten, zu hassen oder sich nicht einigen zu wollen, ist unerschöpflich. Das ist dermaßen verrückt und doch verstehe ich, dass man nicht vergeben und vergessen kann.«

»Wem sagst du das.« Deira machte sich auf einem Stück Papier eine Notiz. »Schau mich mal an. Vergeben und vergessen steht nicht gerade ganz oben auf meiner Prioritätenliste. Gavin hat mich verletzt und ich wollte ihm Gleiches mit Gleichem vergelten.«

»Das gehörte zum Schwierigsten für uns Hinterbliebene. Ken

hat uns verletzt und wir konnten es ihm nicht mehr heimzahlen«, sagte Grace. »Möglicherweise wollte er uns die unschöne Endphase seiner Krankheit ersparen, aber darauf waren wir vorbereitet. Auf das, was er getan hat, waren wir es nicht. Zwar habe ich mittlerweile seine Entscheidung akzeptiert, aber mit meiner Wut habe ich immer noch zu kämpfen.«

»Ich wäre auch mordswütend«, sagte Deira. »Wie immer man die Sache auch betrachtet, du hast viel durchgemacht. Und weißt du was – du schlägst dich hervorragend!«

Grace lächelte schwach. »Ich möchte mir gern einreden, dass ich seinen Entschluss inzwischen besser verstehe. Wenn die Schatzsuche beendet ist, ist das vielleicht tatsächlich der Fall.«

Deira nickte und hielt ihr das Stück Papier hin. »Hier, sieh mal. Lorca schrieb sechs galizische Gedichte. Unsere letzten drei Ziffern lauten also 638. Wir müssen nur noch die Statue finden und das Foto hochladen, damit wir die erste Ziffer bekommen und dann haben wir's.«

Grace zog wieder Google Maps zu Rate. Es dauerte eine Weile, doch dann rief sie zufrieden aus: »Nicht einmal einen Kilometer entfernt. Am besten, wir ziehen gleich los. Es scheint kühler geworden zu sein.«

Deira war einverstanden, und Grace brachte den Laptop auf ihr Zimmer, ehe sie aufbrachen.

Mittlerweile knallte die Sonne nicht mehr ganz so heiß herunter, doch es war noch immer sehr warm und daher waren nicht allzu viele Menschen unterwegs. Sie folgten dem Stadtplan zur Avenida de la Constitución, einer breiten, von Blumenbeeten und Bäumen gesäumten Straße im Stadtzentrum. Nachdem sie ein paar Minuten herumgeschlendert waren, fanden sie die Bronzeskulptur von Lorca, die auf einer Bank saß.

»Soll ich ein Bild von Lorca und dir machen?«, fragte Deira, nachdem Grace den berühmten Dichter mehrmals fotografiert hatte.

»Könnten wir wieder ein Selfie machen? Mittlerweile warten meine Kinder darauf.«

Also nahmen sie links und rechts vom Dichter Platz, schlugen wie er die Beine übereinander und versuchten, wie Grace es formulierte, möglichst ernsthaft und literarisch dreinzusehen. Sie schickte Aline das Foto und bekam sofort die Reaktion, sie beide sähen so aus, als hätten sie es lustig. »Und Deira sieht phantastisch aus, eine Frau, die weiß, was sie will«, las Grace vor.

Deira lachte. »Wenn sie wüsste.«

»Aber sie hat recht«, sagte Grace. »Egal, wie du dich momentan fühlst, du bist stark, Deira. Und genauso siehst du auf diesem Foto auch aus.«

»Das liegt an der Frisur und dem roten Lippenstift«, konstatierte Deira, die mit einer gewissen Begeisterung fand, sie sehe tatsächlich ein wenig der jungen Katherine Hepburn zu Beginn ihrer Hollywood-Karriere ähnlich.

Grace schüttelte den Kopf. »Das ist nur das i-Tüpfelchen. Es ist deine Persönlichkeit, die auf dem Foto rüberkommt. Ich weiß, du tust dich schwer mit deinem unerfüllten Kinderwunsch«, fuhr sie fort. »Ich verstehe, wie wichtig das für dich ist. Aber das macht dich nicht aus. Ich finde es bewundernswert, dass du eine so tolle Karriere gemacht hast. Du hast zwar einige Rückschläge erlitten, aber du blickst in die Zukunft. Und du wirst deinen Weg finden, das weiß ich.«

»Dein Vertrauen in mich ist sehr rührend«, sagte Deira leichthin, aber sie hatte einen Kloß im Hals und Grace' Zuversichtlichkeit wirkte anspornend.

»Es ist mein Ernst«, sagte Grace. »Jetzt aber los, gehen wir was Kaltes trinken. Ich zerfließe geradezu.«

Auf dem Weg zurück zum Hotel kehrten sie in einer kleinen Bar ein, deren Außentische von Sonnenschirmen beschattet wurden. Der junge Barkeeper fand, sie hätten zur Abkühlung dringend einen Mojito nötig.

»Warum nicht«, meinte Grace. Bald nippten sie an ihrem minzigen Getränk und waren sich einig, dass der Barkeeper völlig recht gehabt hatte.

Jede hatte noch ein zweites Glas, ehe sie zum Hotel zurückkehrten und das Foto hochluden. Wieder einmal war das Warten nervenzermürbend, bis die frohe Botschaft *»Foto stimmt überein«* erschien und sie die Ziffer 9 für den nächsten Hinweis bekamen.

»Oder für das Lösungswort der gesamten Schatzsuche«, sagte Grace. »Weißt du, Deira, dazu bin ich noch nicht bereit. Können wir das auf später verschieben?«

Deira betrachtete sie nachdenklich. »Hast du Angst vor dem Ausgang? Herauszufinden, was der Professor für deine Zukunft wichtig findet?«

»Ein bisschen«, gestand Grace. »Er hat die ganze Zeit über im Hintergrund die Fäden gezogen. Keine Ahnung, welcher Schatz auf mich wartet, aber ich möchte mir den Abend nicht verderben.«

»Ganz wie du möchtest«, sagte Deira. »Ich spiele mit dem Gedanken, morgen früh eine Tour durch die Alhambra zu machen. Ich habe im Internet gesehen, dass es noch Tickets für die um halb neun gibt. Möchtest du mitkommen?«

»Ken und ich waren vor einigen Jahren dort«, sagte Grace. »Die Alhambra ist großartig, aber einmal reicht mir. Wir haben es morgen nicht eilig, also lass dir Zeit und genieß es. Die Fahrt zu unserer Wohnung dauert ungefähr dreieinhalb Stunden, aber es spielt ja keine Rolle, wann wir ankommen. Selbst wenn Ken dort noch einen Hinweis untergebracht hat, kenne ich die Gegend so gut, dass wir ihn ruckzuck geknackt haben.«

»Alles klar«, sagte Deira.

»Wir sind das ideale Reisegespann«, bemerkte Grace. »Wir machen gern Sachen zusammen, aber genauso gern allein.«

»Und retten einander vor nächtlichen Begegnungen im Nirgendwo«, lächelte Deira.

»Und lösen gegenseitig unsere Probleme«, ergänzte Grace.

»Und teilen uns das Fahren – ich übernehme morgen«, sagte Deira.

»Super.« Grace lächelte. »Sollen wir heute Abend gemeinsam essen gehen oder lieber getrennte Wege gehen?«

»Gemeinsam, würde ich sagen. In einer Stadt wie dieser ist Gemeinsamkeit schöner.«

Granada würde immer einen Platz in ihrem Herzen haben, dachte Deira, als sie sich am nächsten Vormittag zur Abreise fertig machte. Am Vorabend war sie ganz verzaubert gewesen vom lebendigen Altstadtviertel, in dessen Gassen die maurische Kultur so präsent war, in dem die Läden duftende Kräuter und Gewürze anboten und einen mit ihren bunten Lampen nach drinnen lockten, wo es noch mehr Schätze zu bestaunen gab. Auch das Feuer Andalusiens war spürbar – Flamencokleider in den Schaufenstern, Fächer, die die einheimischen Frauen beim Abendessen im Familienkreis vor den Restaurants auf- und zuschnappen ließen, Kinder, die noch um zehn Uhr abends vor mit Calamares und Tortillas gefüllten Tellern saßen. Granada war ihr unter die Haut gegangen wie bisher noch keine andere Stadt, und sie würde ganz bestimmt wiederkommen.

So lustig der Abend auch gewesen war, der Besuch in der Alhambra hatte sie tief berührt. Sie war durch die Palasträume gegangen, hatte die herrlichen Mosaiken bewundert, die eleganten Stützpfeiler, die sich zu Bögen verbreiterten, die würdevolle

Ruhe genossen, die selbst große Touristengruppen nicht zerstören konnten. Sie dachte an die Menschen, die vor ihr durch diese Räume geschritten waren, an die Menschen, die in diesem Palast gelebt hatten, mit ihren Gedanken, Träumen und Hoffnungen, von denen manche in Erfüllung gingen, manche nicht. »Wir sind alle nur auf der Durchreise«, sagte sie beim Verlassen des Geländes vor sich hin. »Wir sind nicht mehr als ein Flüstern in der Geschichte.« Ein seltsam befreiender Gedanke.

Das Gefühl der Ruhe, der Befreiung blieb. Gleich nach ihrem Alhambra-Besuch schickte sie Bex eine Nachricht, wollte wissen, wie es ihr ging.

Ihre Nichte antwortete über FaceTime.

»Mir geht's gut«, sagte sie. »Es ziept noch, aber ansonsten keine Probleme. Es war die richtige Entscheidung, Tantchen.«

Bex hatte sie schon lange nicht mehr Tantchen genannt. Deira lächelte. »Gut schaust du aus.«

»Ich war beim Friseur, bevor ich heimgefahren bin«, sagte Bex. »Bei dir in der Nähe gibt es einen Friseur. Die Friseurin hat die Strähnchen supergut hingekriegt.« Sie fuhr sich durchs Haar.

»Absolut«, pflichtete Deira ihr bei, die sowohl den Laden als auch die Friseurin kannte. »Hast du deiner Mum etwas gesagt?«

»Nein. Und das werde ich auch nienienie. Du musst mir versprechen, dass du auch nichts sagst.«

»Natürlich nicht«, sagte Deira. »Ich möchte einfach nur, dass es dir gutgeht, Bex.«

»Tut es«, sagte Bex. »Nochmals lieben Dank für alles.«

»Du brauchst dich nicht zu bedanken, ich habe doch gar nichts getan.«

»Erstens durfte ich bei dir wohnen«, sagte Bex. »Ich wusste also, wo ich mich anschließend verkriechen kann. Und zweitens, als ich dir gesagt habe ...« Sie atmete langsam aus. »Ich musste mit jemandem reden, ich konnte es nicht für mich behalten. Aber ich wusste, dass du damit kein Problem hast. Du bist immer so relaxed. Du bist mein Vorbild.«

»Ich finde nicht, dass ich mich besonders gut zum Vorbild eigne.«

»Doch, doch«, beharrte Bex. »Du führst ein supertolles Leben. Mit Gavin ist es vielleicht nicht optimal gelaufen, aber du hast dich nicht wie ein Häufchen Elend verkrochen und Rotz und Wasser geheult, wie ich das gemacht hätte. Du bist los, um allein durch Frankreich zu fahren. Das ist so cool.«

Deira hatte weder Gill noch Bex vom verkokelten Audi oder ihrer Reisegemeinschaft mit Grace erzählt. Ihre Nichte sah nur die Oberfläche.

»Du bist in eine schwierige Situation geraten und hast eine schwerwiegende Entscheidung treffen müssen. Du bist auch nicht zum heulenden Elend mutiert«, sagte sie. »Du bist auch ziemlich cool. Und ich bin alles andere als perfekt.«

»Das meine ich ja«, sagte Bex. »Du bist nicht perfekt, aber du weißt trotzdem, was du tust. Deshalb habe ich auch gedacht, es ist okay, wenn ich bei dir unterkomme.«

»Darüber bin ich sehr froh.« Deira würde Bex' Illusionen über ihre Person nicht zerstören. »Was erzählst du deiner Mutter wegen des Jobs?«

»Ich habe einen in Galway.« Bex lächelte. »Genau genommen hatte ich den schon, bevor ich nach Dublin bin. Bei einem Tonstudio.«

»Aha.«

»Mich schwängern zu lassen, war ein krasser Fehler«, sagte Bex. »Aber die Abtreibung bedaure ich nicht.«

»Du hast eine Entscheidung getroffen, die nur du treffen konntest«, sagte Deira. »Ich möchte nur, dass du das im Leben erreichst, was du dir vornimmst.«

»Ich strenge mich an«, versprach Bex. »Übrigens siehst du voll gut aus. Das Haar, der Lippenstift.«

Deira lachte. »Mein Kontinental-Look.«

»Behalt den bei«, riet Bex.

»Mach ich. Pass auf dich auf.«

»Du auch. Bye, Deira.« Bex beendete das Gespräch.

Deira war immer noch traurig über die Entscheidung ihrer Nichte. Die Trauer galt ihr selbst und der Zukunft, die sie sich für Bex' Baby vorgestellt hatte. Eine Zukunft, die es nicht geben würde.

»Ich muss an mir arbeiten, das ist meine Zukunft«, sagte sie leise vor sich hin, als sie das Handy einsteckte.

Später am Abend gaben Grace und sie das Passwort für das letzte Dokument ein. Diesmal war die Nachricht kurz und bündig.

Und damit ist die Schatzsuche beendet. Ich habe nie an Dir gezweifelt, Hippo. Und wenn, nur ein winziges bisschen. Ich bin froh, dass Du es geschafft hast. Als Belohnung winkt der Buchstabe C. Und hier der Link zu einem Video, das die letzten Schritte erklärt.

»Noch ein Video?« Grace atmete langsam aus und sah Deira an. »Warum glaubt er …?« Sie wurde immer leiser.

»Du musst es dir nicht ansehen«, sagte Deira, die eifrig auf ein Stück Papier kritzelte. »Ignorier's einfach, wenn du möchtest.«

»Das geht nicht«, sagte Grace. »Aber ich warte damit, bis wir in der Wohnung sind.«

Deira schenkte ihr ein mitfühlendes Lächeln, klopfte dann mit ihrem Stift auf den Tisch.

»I-R-P-A-T-E-C«, las sie vor. »Rückwärts wäre das C-E-T-A-P-I-R. Sagt dir das was?«

»Nicht die Bohne«, erklärte Grace. »Vielleicht finden wir die Antwort in Cartagena.«

»Möchtest du denn, dass ich mitkomme?«, fragte Deira.

Grace sah sie erstaunt an. »Davon bin ich ausgegangen. Wolltest du lieber hierbleiben?«

»Ich möchte schon gern wissen, wie des Rätsels Lösung lautet«, gestand Deira. »Aber ich möchte nicht im Weg sein ... wer weiß, was sich der Professor für dich ausgedacht hat.«

»Du hast mich die gesamte Schatzsuche über begleitet«, sagte Grace. »Du musst mitkommen. Und natürlich auch bei mir wohnen«, ergänzte sie. »Falls du vorhattest, in ein Hotel zu gehen.«

»Bist du dir sicher?«

»Aber natürlich«, antwortete Grace. Sie klappte den Laptop zu. »Na dann, auf nach Cartagena.«

32. Kapitel

Von Granada nach Cartagena: 294 km

Nachdem sie Granada hinter sich gelassen hatten, machte der Lexus kurzen Prozess mit dem steilen Vorgebirge der Sierra Nevada. Vor ihnen schimmerten die Berge in den verschiedensten Grüntönen, darüber strahlte blau der Himmel. Es war nur wenig Verkehr, die Fahrt entspannt.

Genau dreieinhalb Stunden nachdem sie aufgebrochen waren, hielt Grace vor einem niedrigen Wohnblock, von dem aus man das Meer sehen konnte. Orangenbäume säumten die schmale Anliegerstraße, wo die traditionell weißgetünchten Häuser sämtlich große Balkons hatten, auf denen Blumenampeln hübsche Farbtupfer bildeten.

»Home, sweet home«, sagte Grace und stellte den Motor ab.

»Entzückend.« Deira stieg aus und sah sich um. »So friedlich.«

»Genau deshalb hat Ken diese Wohnung ausgesucht«, sagte Grace. »Sie war als Rückzugsort geplant. Wir waren hier glücklich.«

Sie öffnete den Kofferraum, hievte ihre kleine Reisetasche und den Koffer heraus. Deira nahm ebenfalls ihr Gepäck an sich und folgte ihr ins Gebäude.

»Zum Glück sind wir im zweiten Stock«, sagte Grace, »daher können wir von unserem Balkon das Meer sehen.«

Deira betrat die unerwartet große Wohnung. An eine langgestreckte Einbauküche schloss sich ein quadratischer Wohnraum an, vor dem der Balkon lag. Hinter den sanft wedelnden Palmen konnte man das leuchtend blaue Mittelmeer sehen.

»Es gibt auch ein Gästezimmer«, verkündete Grace. »Leider

hat es kein eigenes Bad, im Gegensatz zum Schlafzimmer, deshalb bekommst du das.«

»Das ist sehr lieb. Vielen, vielen Dank.«

»Sehr gern«, erwiderte Grace. »Es war wunderbar, dass du mich auf dieser Reise begleitet hast, Deira. Natürlich sollte ich mich nicht über deine Automisere freuen, aber mir kam sie sehr zugute.«

»Es hat wirklich Spaß gemacht«, bestätigte Deira.

Nachdem sie ausgepackt hatten, bot Grace Deira eine Tasse Tee an, bevor es an Kens Video ging.

»Danke, ich brauche nichts«, erwiderte Deira. »Ich gehe raus, während du es ansiehst.«

»Da wird nichts Wichtiges zu sehen sein«, sagte Grace. »Bei allem anderen warst du auch dabei, also auch hier.«

»Grace, hier spricht dein Mann wahrscheinlich zum letzten Mal zu dir. Dazu musst du allein sein. Ich mache einen Spaziergang und trinke was in einer der Bars am Strand. Wenn du fertig bist, melde dich einfach und ich komme zurück.«

»Bist du sicher?«

»Aber so was von«, sagte Deira. »Gib mir eine Minute und dann lasse ich dich allein.«

Kaum hatte Deira die Wohnung verlassen, machte Grace eine Flasche Rotwein auf, schenkte sich ein Glas ein und setzte sich mit Kens Laptop an den hohen Küchentisch. Sie öffnete die E-Mail und betrachtete den Link zu Kens Video. Erst als sie das Glas zu einem Drittel geleert hatte, klickte sie schließlich darauf.

»Aha«, sagte er mit einer Stimme, die kräftiger klang, als sein Aussehen vermuten ließ. »Du hast es geschafft, Hippolyta. Du hast das Rätsel der Schatzsuche gelöst und du hörst mich aus dem Jenseits zu dir sprechen. Entschuldige, aber die Floskel ›aus dem Jenseits‹ konnte ich mir nicht verkneifen. Es ist sowohl eine makabre als auch eine berührende Vorstellung, dass ich tot bin, meine Worte und mein Bild aber weiterleben. Nicht in gedruckter Form, in Büchern, Briefen oder auf Fotos, sondern in bewegten Bildern, im Virtuellen. Vielleicht ist das heutzutage mit ewigem Leben gemeint. Da gibt es Zeug von uns, das nie mehr weggeht. Ein ziemlich furchterregender Gedanke. Du weißt, dass ich tot bin, und trotzdem rede ich immer noch mit dir.

Zurück zur Schatzsuche. Der Schatz ist zum Greifen nah, nur ein letztes Rätsel noch. Sämtliche ominösen Buchstaben müssen richtig zusammengesetzt werden, damit du an den USB-Stick herankommst, auf dem sich die letzte, fehlende Information befindet. Da du es bis hierher geschafft hast, kriegst du das bestimmt ebenfalls raus. Trotzdem ein kleiner Hinweis. Gesucht ist kein Ortsname, nur ein Name.

Ich bin wahrlich beeindruckt und ziehe meinen Hut vor dir. Wenn ich denn einen hätte. Und an einem Ort wäre, wo ich denselben lüpfen könnte. Viel Glück. *Over and out.*«

Das Video war zu Ende und einen Moment lang starrte Grace auf den leeren Bildschirm. Dann holte sie ihr Handy heraus.

Als Grace' Nachricht ihr Mobiltelefon piepsen ließ, spazierte Deira am Strand entlang. Es war beinahe eine Stunde her, dass sie die Wohnung verlassen hatte, und allmählich machte sie sich Sorgen. Vielleicht war Grace von Kens letzten Worten überwältigt worden. Doch als sie die Wohnung betrat, war Grace gelassen wie immer.

»Wenn das seine letzte Botschaft war, dann war sie typisch Ken – kurz, bündig und auf den Punkt gebracht«, sagte sie. »Kein Abschiedsgesäusel, kein Wort davon, dass er mich liebt. Auch keine Entschuldigung für die Art, wie er kurz danach abtreten wird. Nur weitere Anweisungen. Die Buchstaben würden mich zum allerletzten Hinweis führen. Aber einen Tipp gab er mir: Es handelt sich nicht um einen Ort, sondern einen Namen. Seltsamerweise fallen mir momentan nur Ortsnamen ein. Von denen allerdings kein einziger zu den Buchstaben passt.«

»Vielleicht der Name einer Person?« Auch wenn Deira so gelassen zu klingen versuchte wie Grace, war sie doch traurig, dass Professor Harringtons letzte Botschaft für seine Frau nicht liebevoller gewesen war. »Oder möglicherweise ein Firmenname?« Sie nahm Stift und Papier und fing zu rätseln an. »EPIC ART. Könnte er dir ein Gemälde hinterlassen haben?«

»Eventuell.« Grace sah zweifelnd drein. »Er kannte sich mit Kunst aus, zumindest hatte er etliche Bücher zu diesem Thema, das allerdings nicht zu seinen Schwerpunkten gehörte. Du bist diejenige, die sich bei Kunst auskennt. Gibt es in Dublin eine Galerie namens Epic Art?«

»Nicht dass ich wüsste.« Deira spielte weitere Möglichkeiten durch. »Könnte aber sein. Oder vielleicht gibt es eine namens Pic Rate.«

»Ein Fotostudio?«, schlug Grace vor.

»Oder ein Buch!«, rief Deira aus. »Es muss ein Buch sein. Obwohl mit diesen Buchstaben ...« Sie ordnete die Buchstaben neu. »Ich komme allerdings nur auf RICE PAT, was sich eher wie eine chinesische Imbissbude anhört. Sagt dir –«

»Oh!« Grace' Augen wurden groß und sie schlug leicht mit der Faust auf den Tisch. »Nicht Rice Pat, sondern Pat Rice. Weshalb bin ich da nicht schon früher draufgekommen! Er gehört zu Kens ältesten Freunden. Ken muss sich ihm anvertraut und ihm den USB-Stick gegeben haben. Aber warum in drei Teufels Namen hat Pat bei der Beerdigung kein Wort davon gesagt?«

»Vielleicht fand er es unpassend. Oder der Professor hat es ihm untersagt.«

»Herrgott nochmal!« Echte Wut schwang in Grace' Stimme mit. »Diese alten Knacker mit ihren Geheimnissen und Codes, ihren Plänen. Wenn mir jemand einen USB-Stick für den Witwer oder die Witwe gegeben hätte, dann würde ich nicht darauf warten, bis der Hinterbliebene angetrabt kommt und mir Geheimcodes ins Ohr wispert. Ich würde ihm das Teil einfach mit einer entsprechenden Erklärung in die Hand drücken.«

»Ich auch«, sagte Deira. »Aber nun denn – Männer. Im tiefsten Inneren wollen sie doch alle Superhelden sein. Oder was anderes höchst Beeindruckendes.«

Grace lachte.

»Lebt dieser Pat Rice auch in Spanien?«, wollte Deira wissen.

»Ich glaube nicht.« Grace nahm den Laptop und ging zu Kens Kontakten. »Da ist er ja. Professor Patrick J. Rice, 18 Lindendale Avenue, Blackrock.« Handynummer und E-Mail-Adresse waren ebenfalls vorhanden.

»Wirst du ihn anrufen?«

»Mir will kein Gesprächseinstieg einfallen«, erwiderte Grace. »Ich schreibe ihm und warte, wie er reagiert.«

»Eventuell weiß er, was der Professor dir hinterlassen hat.«

»Einen USB-Stick«, antwortete Grace. »Mehr hat Ken nicht verraten.«

»Darauf müssen sich weitere Informationen zum Schatz befinden«, sagte Deira. »Hoffentlich handelt es sich um ein schönes Schmuckstück.«

»Darauf versteife ich mich lieber nicht.« Grace klappte den Laptop zu. »Gehen wir was essen.«

Nach einem entspannten Abendessen in einem Lokal um die Ecke gingen sie zurück in die Wohnung, wo Grace ihnen zwei solide Gin Tonics einschenkte. Sie setzten sich auf den Balkon und plauderten entspannt.

»Wie ich Ken kenne, handelt es sich beim Schatz bestimmt um ein Abo für eine Online-Bibliothek oder etwas Ähnliches«, mutmaßte Grace, nachdem Deira wieder aufs Thema kam. »Oder für das *Times Literary Supplement*.«

»O Grace.« Deira lachte. »Da irrst du dich bestimmt. Es wird was ganz Wunderbares sein.«

Ein hübsches Schmuckstück wäre fein, dachte Grace, als sie später im Bett lag, aber für Ken war der Schatz sicher weniger interessant gewesen als das Aushecken der Hinweise. Wenn er hier wäre, würde er ihr sagen, der wahre Schatz liege darin, dass sie die Lösung gefunden habe.

Und eigentlich war es ihr egal. Die Schatzsuche war vorbei. Morgen würde sie seine restliche Asche verstreuen.

Damit wäre der letzte seiner Wünsche erfüllt.

33. Kapitel

Cartagena, Spanien: 37.6257 °N 0.9966 °W

Am nächsten Morgen erinnerte die Versicherung Deira daran, dass sie noch die unterschriebenen Formulare zurückschicken müsse.

»Das habe ich bereits«, erklärte sie. »Ich habe sie Ihnen sofort per Mail geschickt.«

»Ja, mit einer digitalen Signatur, aber wir brauchen den Ausdruck«, sagte der Versicherungsmensch.

»Können Sie die Formulare denn nicht selbst ausdrucken?«

»Leider benötigen wir Ihre Originalunterschrift. Sobald uns die Formulare vorliegen, überweisen wir die Ausgleichssumme sofort auf Ihr Konto.«

Deira beharrte, ihre digitale Signatur sei doch ausreichend, aber der Versicherungsmensch wich keinen Millimeter von seiner Forderung ab. Entweder die Originalunterschrift, oder es rühre sich nichts.

»Ich habe einen Drucker«, sagte Grace, als Deira ihr Problem schilderte. »Du kannst die Formulare unterschreiben und hier aufgeben.«

»Es wird einige Tage dauern, bis sie bei der Versicherung ankommen. Und weiß der Himmel, wie lange dann die Bearbeitung dauert«, seufzte Deira. »Ich fahre lieber heim und erledige die Sache.«

»Was für ein Zeitaufwand!«, echauffierte sich Grace. »Das lässt sich doch problemlos von hier regeln. Bleib noch ein paar Tage.«

»Würde ich sehr gerne«, sagte Deira. »Aber Gavin bekommt einen Herzkasper, wenn er das Gefühl hat, ich ziehe die Sache absichtlich in die Länge. Außerdem ... ich muss nach Hause und mein Leben in den Griff bekommen. Diese Reise war wie eine Auszeit davon. Genau genommen habe ich das Gefühl, ich hätte hundert verschiedene Leben gelebt, seit ich auf die Fähre gefahren bin. Aber alles hat wohl mal ein Ende. Gibt es hier in der Nähe einen Flughafen?«

»Murcia«, sagte Grace. »Von dort gehen regelmäßig Maschinen nach Dublin.« Nachdenklich betrachtete sie Deira. »Wir könnten gemeinsam heimfliegen.«

»Warum solltest du das tun?«, fragte Deira. »Du hast die Rückfahrt mit der Fähre schon gebucht. Du kannst das Auto doch nicht hierlassen.«

»Das ist noch ewig hin«, protestierte Grace. »Eigentlich wollte ich Pat Rice mailen, er soll mir den USB-Stick schicken, aber wahrscheinlich wäre es besser, ihn persönlich abzuholen. Der Schatz befindet sich wahrscheinlich ohnehin in Dublin. Wir könnten also gemeinsam heimfliegen und ich komme dann wieder her und fahre zum ursprünglich geplanten Zeitpunkt nach Hause.«

»Bist du sicher?«

Grace nickte und die beiden schauten im Internet nach Flügen. Der früheste war in einigen Tagen; Deira buchte einen Hinflug, Grace zusätzlich den Rückflug eine Woche später.

Anschließend schickte Deira Gavin eine Nachricht in Sachen Audi. Der Betrag, den die Versicherung zahlen wollte, lag unter ihrer Forderung, denn man weigerte sich, die Extras einzukalkulieren, mit denen der Audi ausgestattet gewesen war. Da Deira die Begründung schlüssig fand, legte sie keinen Widerspruch ein, sondern akzeptierte die Summe.

Du glaubst ja wohl nicht, dass ich mit diesem Betrag das gleiche Auto kaufen kann. Du schuldest mir einen Haufen Geld, antwortete er.

Wenn Du Dir einen Anwalt nehmen willst, nur zu, schrieb sie. *Aber die Ausgleichssumme steht fest und damit hat sich's. Ich überweise Dir das Geld, sobald es auf meinem Konto ist.*

Sie wartete einige Minuten, ob noch eine Reaktion käme, ließ dann das Mobiltelefon in ihre Handtasche fallen. Kurz darauf klingelte es, die Nummer befand sich nicht in ihrer Kontaktliste.

»Hallo?«, meldete sie sich.

»Deira O'Brien?«, fragte eine Frauenstimme.

»Ja.«

»Hi, ich bin Bethany Burke, die Inhaberin von Executive Placements.«

Executive Placements war eine erstklassige Arbeitsvermittlung, deren Dienste Solas Life and Pensions gelegentlich in Anspruch nahm. Sie hatten beispielsweise Deiras derzeitige Assistentin für sie gefunden.

»Zu unseren Kunden gehört ein namhaftes Technologieunternehmen«, erklärte Bethany. »Sie evaluieren gerade ihr soziales Engagement und prüfen, wie sie sich besser in der Stadt einbringen können. Sie interessieren sich für das kulturelle Erbe Irlands und obwohl ihr Unternehmen technologie- und zukunftsorientiert ist, sind sie der Meinung, auch andere Gebiete sollten berücksichtigt werden.«

»Freut mich zu hören«, sagte Deira.

»Sie wollen in ihrem Hauptsitz ein Visitor Centre einrichten«, führte Bethany weiter aus, »und das soll richtig groß werden. In den Räumlichkeiten sollen Ausstellungen, Lesungen und Konzerte stattfinden. Sie brauchen jemanden, der dieses Visitor Centre leitet. Sie brauchen Sie, Deira.«

»Das ... hört sich interessant an.«

»Der CEO war bei mehreren Solas-Ausstellungen«, sagte Bethany, »und sehr beeindruckt. Er hat sich Ihr Profil auf der

Firmenwebseite sowie bei LinkedIn angesehen und mich kontaktiert. Wir suchen die geeigneten Kandidaten für sämtliche ihrer Führungspositionen.«

»Ich hatte momentan nicht daran gedacht, mich zu verändern«, sagte Deira, doch schon während sie sprach, lockte die Vorstellung, Abstand von Gavin zu gewinnen. Allerdings wollte sie nicht diejenige sein, die das Feld räumte. Das hätte so ausgesehen, als wäre sie durch die Trennung so tief getroffen, dass ihr ein Verbleiben in der Firma unmöglich wäre. Obwohl ihr Verhalten in den letzten paar Monaten die Kollegen durchaus auf diesen Gedanken hätte kommen lassen können.

»Es wäre wirklich schön, wenn Sie zu einem Gespräch bereit wären«, sagte Bethany. »Das Angebot ist wie maßgeschneidert für jemanden mit Ihrer Erfahrung, von Ihrem Kaliber. Das Gesamtpaket ist sehr attraktiv.«

Deira wusste, dass ihre derzeitige Vergütung gut war. Würde ein Technologieunternehmen mehr zahlen? Doch wollte sie tatsächlich für ein Unternehmen arbeiten, für das soziale Verantwortung ein bloßes Schlagwort war? Würde sie damit nicht ihre Ideale verraten? Andererseits, dachte sie, was habe ich zu verlieren?

Sie sei für einige Tage verreist, erklärte sie Bethany.

»Sind Sie am Freitag wieder zurück?«, fragte Bethany. »Ich hatte gehofft, für diesen Tag einen Termin vereinbaren zu können.«

»Das passt«, sagte Deira.

»Ich maile Ihnen die Bestätigung, sobald das Meeting festgezurrt ist, sowie sämtliche Informationen über die Stelle, soweit ich sie zur Verfügung habe«, sagte Bethany. »Danke für das nette Gespräch.«

»Gleichfalls«, sagte Deira und packte das Handy zurück in ihre Tasche.

Sie war durch diese unerwartete Wendung etwas verdattert, aber auch beschwingt. Und in Gedanken beschäftigte sie sich schon mit der Frage, was sie zu ihrem ersten Vorstellungsgespräch seit über zehn Jahren anziehen sollte.

An ihrem letzten Abend in Spanien könnten sie im *Flor de La Esquina* zu Abend essen, meinte Grace.

»Bisher schmeckte es überall ziemlich gut«, sagte Deira. »Was immer du vorschlägst, ich bin einverstanden.«

Sie hatte den Großteil ihrer Kleidung bereits gepackt, aber eine weite weiße Hose und ein schwarzes Oberteil mit weißen Tupfen für den Abend beiseitegelegt. Sie fuhr sich mit der Bürste durchs Haar und legte dann den Lippenstift auf, in dessen intensives Rot sie sich richtiggehend verliebt hatte. Hätte sie diesen Farbton doch nur schon früher entdeckt.

Grace, die bereits fertig im Wohnzimmer saß, trug ein kirschrotes Kleid und sah umwerfend aus.

»Wow«, sagte Deira. »Du stellst mich ja immer in den Schatten, aber heute Abend siehst du sensationell aus. Und ich weiß, es ist abgedroschen und irgendwie auch herablassend, wenn man jemandem sagt, man sähe ihr oder ihm das Alter nicht an, aber Grace, du siehst aus wie ... wie Juliette Binoche! Diese Frau wird nicht älter, genauso wenig wie du.«

»Sie ist jünger als ich!« Aber Grace lächelte. »Auf geht's.«

Sie ging voran zum Restaurant, das zwei Straßen von der Strandpromenade entfernt lag. Auf dem Gehweg standen sechs Tische, sechs weitere auf einer überdachten Terrasse und ebenso viele im Innenraum. Sie hatten Glück, obwohl sie nicht reserviert hatten, ergatterten sie den letzten freien Tisch auf der überdachten Terrasse.

»Hübsch ist es hier.« Deira sah sich um. Die Dekoration war in

Creme und Blassgrün gehalten, schablonierte Blumen zierten die Wände. »Bist du oft mit dem Professor hergekommen?«

»Nein«, sagte Grace. »Er aß lieber am anderen Ende der Stadt. Ich bin zum ersten Mal hier. Hoffentlich ist das Essen gut.«

Diese Hoffnung erfüllte sich. Bei Hummer sprachen sie über das bevorstehende Vorstellungsgespräch und Deira vertraute Grace ihre Befürchtung an, sollte sie die Stelle annehmen, hinterlasse das den Eindruck, sie hätte Solas verlassen, weil sie die Zusammenarbeit mit Gavin nicht mehr ertrüge.

»Wen kümmert's, was die glauben?«, fragte Grace. »Du kennst den wahren Grund.«

»Ich weiß. Aber …« Deira nahm sich eine der letzten Brotstangen aus dem Korb. »Mein ganzes Berufsleben lang war mir wichtig, wie ich wahrgenommen werde. Das hat mich zu dem gemacht, was ich bin. Eine Frau in einer Führungsposition. Eine Frau mit Verantwortung.«

»In einer neuen Firma würde sich daran nichts ändern«, betonte Grace. »Im Übrigen werden Führungspositionen sehr überschätzt. Ken war immer ganz scharf darauf und als er die Position aufgrund seiner Krankheit aufgeben musste, kam er mit diesem Verlust nicht zurecht. Wie schon erwähnt, er tat sich schwer, dass meine Position in der Beziehung stärker wurde. Das war nicht gut, Deira. Das war gar nicht gut.«

»Ich rede von der Arbeit«, sagte Deira. »Ich rede nicht über die persönliche Beziehung zwischen Gavin und mir.«

»Aber das alles ist doch zutiefst persönlich«, sagte Grace. »Auch dein Gefühl, dass er etwas hat, was du nicht hast. Und das soll den Alltag im Büro nicht auch noch bestimmen.«

Schweigend sah Deira sie an. Grace hatte vieles, was ihr durch den Kopf gegangen war, seit Gavin sie verlassen hatte, in Worte gefasst.

»Du hast recht«, gab sie zu. »Ich will nicht, dass die mich bemitleiden und glauben, dass er der starke, potente Macher ist, der Frauen am laufenden Band schwängert, während ich eine traurige alte Jungfer bin, die seinetwegen kündigt und nicht mal das hinkriegt, was eigentlich die Bestimmung einer Frau ist.«

»Frauen sind nicht nur zum Kinderkriegen auf der Welt«, protestierte Grace.

»Ich weiß. Das war auch immer meine Meinung. Es ist nur, wenn man nicht ... wenn du beschlossen hast, du solltest ... wenn du dich deswegen vor einem Mann zur Idiotin gemacht hast ...«

»Welchem Mann?«, fragte Grace. »Gavin oder Charlie?«

»O Gott«, seufzte Deira, »vor beiden.« Sie schlug die Hände vors Gesicht, um ihr Erröten zu verbergen.

»Aber wie siehst du das mittlerweile?«, fragte Grace. »Hast du dich von der IVF-Idee verabschiedet, von deinem Vorhaben, die Sache allein durchzuziehen?«

Deira legte die Hände in den Schoß. »Die Erfolgschancen sind verschwindend«, sagte sie. »Und nur knapp über drei Prozent der Frauen meiner Altersgruppe haben eine Lebendgeburt. Das sind nicht mal Minimalchancen, das ist die reine Unmöglichkeit.«

»Aber viele Frauen über vierzig bekommen Kinder. Du könntest zu den Glücklichen gehören.«

Deira legte die Gabel weg und sah Grace nachdenklich an. »Ich weiß ganz ehrlich nicht, ob ich nur den Gedanken nicht ertrage, dass ich die einzige von Gavins Frauen bin, die kein Kind hat, oder ob ich unterbewusst, während wir ein Paar waren, meinen Kinderwunsch unterdrückt habe und mich tief im Innersten ohne Kind unvollständig fühle. Wenn ich mir nicht sicher bin, weshalb ich mir etwas so unbedingt wünsche, wie meschugge ist es da, mir zu überlegen, wie sich dieser Wunsch erfüllen lässt.«

»Du solltest auf dein Herz hören, Deira,« sagte Grace.

»Genau deswegen habe ich Charlie diesen bescheuerten Vorschlag gemacht«, sagte Deira. »Oder genau genommen, weil ich auf meine scheiß Hormone gehört habe! Ein Teil von mir denkt, ich will ein Kind, weil ich eines wollen sollte. Und ein anderer Teil sehnt sich nach einem eigenen Kind, das ich liebhaben kann. Ist das möglicherweise einfach nur das Gleiche wie damals, als ich mir als Kind die Puppe gewünscht habe, die meine Mutter Gill geschenkt hat? Ich weiß es wirklich nicht. Und Zeit, in Ruhe darüber nachzudenken, habe ich nicht, denn meine verbliebenen restlichen Eizellen nähern sich sekündlich ihrem Verfallsdatum.«

»Wenn ich dir doch nur einen Rat geben könnte.« Grace' Worte kamen von Herzen. »Ich weiß, meine Kinder sind mein größter Erfolg«, fuhr sie fort, »aber manchmal frage ich mich, ob ich nur durch sie gelebt habe, statt etwas für mich zu machen. Ich habe meine sämtlichen Träume auf sie projiziert. Ich hatte mich entschieden, eine so gute Ehefrau und Mutter zu sein, wie mir möglich war, aber das machte mich nicht immer glücklich. Dann tröstete ich mich mit dem, was mein Mann und meine Kinder alles erreicht hatten. Doch seit dieser Reise, die ich allein – oder vielmehr mit dir – gemacht habe, habe ich mir gewünscht, ich hätte in jüngeren Jahren mehr für mich selbst getan, mehr allein unternommen.« Sie sah Deira reumütig an. »Wahrscheinlich spielt es keine Rolle, wie wir gelebt haben, rückblickend meint man immer, es hätte besser laufen können. Oder anders. Oder man hätte einen anderen Weg wählen sollen.«

»Wünschst du dir das?«, fragte Deira.

»Manchmal«, gestand Grace. »Meine Kinder würde ich um nichts in der Welt anders haben wollen, aber die Frau, die ich heute bin, hätte sich von Kens Antrag nicht so himmelhoch geschmeichelt gefühlt. Und sie hätte sich nicht so geringgeschätzt, dass sie gleich den Erstbesten geheiratet hätte, der sie fragte.«

»Bekommen wir je etwas richtig hin?«, überlegte Deira laut.

»Alles nie«, sagte Grace. »Aber man kann sich anpassen. Muss sich anpassen.«

Schweigend hingen die beiden Frauen ihrem Gespräch nach, da trat Duncan Anderson mit einem breiten Lächeln an ihren Tisch.

»Sie sind gekommen«, sagte er zu Grace. »Wie schön, Sie zu sehen.«

Deira sah von einem zur anderen.

»Wie denn auch nicht«, sagte Grace. »Ich wohne ja nur ein paar Schritte entfernt.«

»Hat es Ihnen geschmeckt?«

»Köstlich«, versicherte sie ihm. »Duncan, das ist meine Freundin Deira.«

»Freut mich, Sie kennenzulernen.« Er lächelte sie an und fragte dann, ob sie gern einen Nachtisch hätten.

»Bei mir passt leider nichts mehr rein«, sagte Grace. »Aber bitte einen Kaffee. Einen koffeinfreien Americano.«

»Für mich bitte auch«, sagte Deira.

»Kommt sofort.« Duncan ging in die Küche zurück.

»Ich dachte, du bist zum ersten Mal hier«, sagte Deira. »Aber ihr scheint euch gut zu kennen.«

»Bin ich auch«, erklärte Grace. »Lustigerweise haben wir uns in Toledo kennengelernt, und ich konnte es nicht fassen, dass er in der Nähe wohnt, was für ein Zufall. Wir kamen an dem Abend ins Plaudern, an dem du im Zimmer geblieben bist. Ich hielt es für eine nette Idee, wenn wir uns sein Restaurant ansehen.«

Deira musterte sie versonnen und meinte, Duncan hätte bei Grace' Anblick höchst erfreut gewirkt.

»Natürlich«, sagte Grace, »alle Restaurantbesitzer umgurren ihre Stammgäste.«

»Aber du bist kein Stammgast«, erinnerte Deira sie.

»Na gut, nein. Aber darauf hofft er bestimmt.«

»Gast, soso. Glaubst du, das ist alles, worauf er hofft?«

»Da bin ich mir sicher.« Grace spürte, wie ihr die Röte in die Wangen stieg. »Ich dachte nur –« Sie verstummte, als Duncan mit zwei Tassen an ihren Tisch kam.

»Da ist was zwischen euch«, sagt Deira, als er verschwunden war. »Ich spür's.«

»Das ist doch albern.«

»Absolut nicht.«

Als sie um die Rechnung baten und Duncan sagte, das gehe aufs Haus, warf Deira Grace einen weiteren vielsagenden Blick zu, der geflissentlich ignoriert wurde. Und als Duncan sie beide zum Abschied auf beide Wangen küsste, fiel ihr auf, dass er Grace etwas länger als nötig umarmte.

»Ich finde ihn sympathisch«, sagte Grace abwehrend, als sie wenig später mit einem Drink auf ihrem Balkon saßen. »Aber damit hat sich's auch schon. Ich bin nicht auf der Suche nach einem Mann, Deira. Egal, was du denkst.«

Deira schwieg.

Aber sie lächelte in die Dunkelheit hinaus.

34. Kapitel

Von Cartagena nach Dublin: 2.729 km

Und sie war immer noch nicht in einem Sportwagen durch Paris gebraust, während ihr Haar im warmen Wind wehte, ging Deira durch den Kopf, als sie auf dem Dubliner Flughafen aus der Maschine stieg, wo sie ein böiger Wind und zehn Grad weniger als in Südspanien empfingen. Aber das spielte keine Rolle. Eines Tages würde sie das nachholen. Doch ein Kind – würde sie je eines haben? Das wusste sie immer noch nicht. In den letzten paar Tagen hatte sie sich allerdings bei keinem einzigen Mann gefragt, ob er der potentielle Kindsvater sein könnte. Sie hatte sich nicht vor Schmerzen gekrümmt, wenn sie eine Mutter mit einem Baby sah. Was nicht heißen musste, dass dies nicht wieder passieren konnte. Es bedeutete lediglich, dass es ihr gelungen war, diese Sehnsucht in einen vorübergehend unzugänglichen Raum ihres Kopfes zu verbannen. Und in den nächsten paar Wochen würde sie diesen, ungeachtet des heiklen Zustands ihrer Eizellen, auch nicht betreten.

»Ein komisches Gefühl, früher als erwartet heimzukommen«, meinte Grace, nachdem sie ihr Gepäck eingesammelt hatten und durch die Passkontrolle gegangen waren. »Das beweist mal wieder, dass man Pläne schmieden kann so viel man will und dann doch alles anders kommt.«

Deira nickte und folgte ihr in die Ankunftshalle, wo Grace einen Freudenschrei ausstieß und einer großen Frau zuwinkte, die ein Kleinkind auf dem Arm trug. Die Frau war eine jüngere Ausgabe von Grace. Weniger elegant, aber die gleichen feinen Gesichtszüge und blauen Augen. Der Kleine sah Grace, zappelte und streckte die Arme nach seiner Großmutter aus.

»Wer ist meine Zuckerschnute!« Grace nahm ihren Enkel in die Arme und überschüttete ihn mit Küssen. »Wer hat mir ganz doll gefehlt?«

»Ich wohl nicht.« Die junge Frau warf ihr einen belustigten Blick zu. »Hallo, Mum.«

»Aline, Süße, wie schön, dich zu sehen. Danke, dass du mich abholst. Das ist meine Freundin Deira.«

Aline streckte ihr die Hand hin. »Schön, Sie kennenzulernen«, sagte sie. »Mum hat viel von Ihnen erzählt.«

»Von Ihnen auch«, erwiderte Deira. »Freut mich, Sie endlich kennenzulernen.«

»Danke, dass Sie meine Mutter auf ihrer Reise begleitet haben«, sagte Aline.

»Ich hatte Glück, dass sie mich gefragt hat«, entgegnete Deira. »Andernfalls hätte ich die ganze Zeit in Nantes festgehangen. Aber so hatten wir eine tolle Reise.«

»Die du vorzeitig abgebrochen hast, Mum.« Aline runzelte die Stirn. »Am Telefon war mir nicht ganz klar, warum. Außerdem musst du nochmals zurück, das Auto holen.«

»Weiß ich doch«, sagte Grace. »Aber die Fähre geht erst in gut einem Monat. In der Zwischenzeit kann ich ein paar Tage daheim verbringen.«

»Natürlich«, sagte Aline. »Es ist bloß –«

»Darüber können wir später reden«, sagte Grace. »Jetzt sollten wir uns in Bewegung setzen.« Sie wandte sich an Deira. »Bist du sicher, dass du dir ein Taxi nehmen willst? Wir können dich gern heimfahren.«

»Schon der Gedanke ist Wahnsinn«, sagte Deira. »Gleich geht der Feierabendverkehr los und ich wohne auf der anderen Seite der Stadt. Fahr mit deiner Familie heim und wir telefonieren.«

»Definitiv«, sagte Grace. »Pass auf dich auf.« Sie reichte Declan seiner Mutter und umarmte Deira. »Sobald ich den USB-Stick habe, melde ich mich bei dir.«

»Sehr gut.«

»Du kommst doch klar?«

»Aber sicher.«

»Wir hören uns bald.« Grace umarmte sie nochmals und nahm dann wieder ihren Enkel auf den Arm. »Meine Güte, du wirst allmählich ein großer Junge«, sagte sie. »Bald kann ich dich nicht mehr hochheben.«

Deira sah ihnen nach und steuerte dann den Taxistand an.

Der Taxifahrer wollte lediglich ihre Adresse wissen und verfiel dann in Schweigen. Dankbar für die Ruhe gab ihm Deira ein großzügiges Trinkgeld, als er vor ihrem Haus hielt. Bevor sie hineinging, holte sie die Post aus dem Briefkasten. Viel war es nicht – die meisten Rechnungen kamen per Mail und heutzutage schrieb kaum noch jemand Briefe. Der Umschlag der Versicherung fiel ihr sofort ins Auge.

Sie schloss auf und trat ein und ging, vorbei an dem zugeknoteten Müllsack, den Bex im Flur hatte stehen lassen, die Treppe hoch. Normalerweise hätte sie sich aufgeregt, weil ihre Nichte den Müll nicht rausgebracht hatte, aber jetzt war es ihr egal.

Ihre Schlafzimmertür stand offen und das Parfum, das noch hauchzart in der Luft lag, war Gillians. Ihre Schwester hatte schon immer eine Vorliebe für schwere Düfte gehabt. Außer der Spur Black Opium war jedoch alles so, wie sie es verlassen hatte, es gab keine weiteren Anzeichen, dass jemand anders in ihrem Schlafzimmer genächtigt hatte. Selbst das Sexspielzeug, über das Gillian eine Bemerkung hatte fallenlassen, lag an seinem gewohnten Platz. Allerdings hatte Deira plötzlich eine sehr lebhafte Vision, wie ihre Schwester einen der Vibratoren ausprobiert hatte. Sofort verdrängte sie diesen Gedanken und beschloss, keines der Spielzeuge je wieder zu benutzen.

Bevor sie sich ans Auspacken machte, bestellte sie sich beim Thailänder um die Ecke etwas zu essen. Danach öffnete sie den Umschlag der Versicherung, zog die Formulare heraus und unterschrieb.

Unglaublich, dass es nicht einmal vierzehn Tage her war, als sie in die Garage von Gavins Apartmentblock geschlichen und in den Audi gestiegen war. Wie eine Spionin war sie sich damals vorgekommen. Und was war sie jetzt?

Eine alleinstehende Frau, die Entscheidungen fällen musste.

Grace hatte es mit Fassung getragen, dass ihr das Haus nach Kens Tod groß und leer erschienen war. Doch heute, nachdem Aline ihr einen Abschiedskuss gegeben und heimgefahren war, wurde sie von der Stille überwältigt. Zum ersten Mal kam ihr der Tod ihres Mannes real vor, sie akzeptierte, dass er gestorben war und nicht wieder zurückkommen würde.

Grace stieß die Tür zu Kens Büro auf. An den Wänden standen mit Büchern vollgestopfte Regale. Auf seinem Schreibtisch stapelte sich Papier. Auf dem Boden stapelten sich Kartons, aus denen noch mehr Papier quoll. Alles in diesem Zimmer trug Kens Handschrift.

Sie setzte sich auf den Drehstuhl hinter dem Schreibtisch, zum ersten Mal überhaupt, der bequemer war als erwartet. Ob Ken wohl in der Zeit, in der er sich angeblich zum Arbeiten hier verbarrikadierte, genau das Gleiche getan hatte wie sie jetzt: sich auf dem bequemen Stuhl zurückgelehnt, die Augen geschlossen und die Füße auf den Tisch gelegt?

»Ich bin beschäftigt!« Sie konnte genau seinen kurz angebundenen Ton hören. »Stör mich nicht.«

Doch vielleicht war er damit beschäftigt, die Ruhe und den Frieden seines Arbeitszimmers zu genießen, während sie sich mit den unterschiedlichen Wünschen von Aline, Fionn und Regan und allen möglichen sich anbahnenden Krisen herumschlug. Sollte dies der Fall gewesen sein, konnte sie es ihm nicht verübeln. Wie oft hatte sie sich ein Zimmer für sich allein gewünscht.

Sie würde das Haus umgehend zum Verkauf anbieten.

Auf dem Weg zu ihrem Vorstellungsgespräch mit dem CEO des Technologieunternehmens brachte Deira die Unterlagen bei der Versicherung vorbei. Sollte sie den neuen Job antreten, konnte sie dorthin ebenfalls zu Fuß gehen, ein Vorteil, wenn man nahe der Innenstadt wohnte. Das hing jedoch davon ab, ob sie weiterhin im Haus am Grand Canal wohnen konnte, was eher fraglich war, sollte Gavin sich weiterhin gegen eine gütliche Einigung sperren. Über solche Dinge hatte sie sich nie Gedanken gemacht. Gills gelegentliche Kommentare, für Deiras rechtliche Position sei eine Heirat von Vorteil, hatte sie nur als weitere Einmischung in ihr Leben abgetan. Aber vielleicht hatte sie ihre Schwester falsch eingeschätzt, und es war dumm von ihr gewesen, nicht auf sie zu hören.

Sie ging Richtung Hanover Quay, wo mittlerweile sehr viele Technologieunternehmen residierten. Bis auf den einen oder anderen Besuch im nahegelegenen Theater kam sie nur selten in diesen Teil der Stadt, war erstaunt, welche Energie die Gebäude aus Chrom und Glas ausstrahlten, dynamischer wirkten sie, unversöhnlicher als das Gebäude der Solas Life and Pensions mit seinem warmen Terrakotta-Ton.

Bin ich dynamisch und modern genug, überlegte sie, während sie die Treppe zu Arc Tech hinaufging. Oder habe ich wie meine blöden Eizellen beinahe schon das Verfallsdatum erreicht?

Doch der riesige Raum, der ihr vom jungen CEO als Bereich für das vorgesehene Visitor Centre präsentiert wurde, wirkte tatsächlich eher anregend als entmutigend auf sie, und Deira sah sich im Geist schon bei der Arbeit.

»Das Centre soll zugänglich wirken, einladend«, sagte Ardal Crane. »Wir wollen dort Kunst und Kultur präsentieren. Die Leute sollen das Gefühl bekommen, dass wir uns in Dublin einbringen, die Stadt aktiv mitgestalten wollen.«

Deira stellte ein paar allgemeine Fragen zum Unternehmen, erkundigte sich, welche Ideen er bereits hatte, und machte selbst Vorschläge. Er war genauso interessiert daran wie sie, die Möglichkeiten des Vorhabens auszuloten, und irgendwann stellte sie erstaunt fest, dass sie sich mehr als eine Stunde lang unterhalten hatten.

»Sie würden hervorragend in unser Team passen«, sagte Ardal. »Wenn es Ihnen recht ist, würde ich mit Bethany über ein Angebot reden, dem Sie hoffentlich nicht widerstehen können.«

»Hört sich gut an.« Deira gab ihm die Hand.

Erst als sie das Gebäude verließ, schoss ihr durch den Kopf, ob er eventuell derjenige, welcher war.

Doch sie verwarf den Gedanken umgehend.

Da Pat Rice am anderen Ende der Stadt wohnte, hatte Grace seinem Vorschlag zugestimmt, sich am Samstagmorgen in der Innenstadt zu treffen. Beide trafen genau zur selben Zeit beim Starbucks in College Green ein, was Pat zur Bemerkung veranlasste, sie gehöre zu den wenigen pünktlichen Frauen, die er in seinem Leben kennengelernt habe.

Grace wusste, dass er geschieden war, zwei Kinder hatte und seit fünf Jahren allein lebte. Ken hatte ihn bedauert, behauptet, die meisten Männer zögen bei einer Scheidung den Kürzeren, denn sie müssten meistens aus dem gemeinsamen Heim ausziehen und trotzdem das Darlehen abstottern. Über Pats Scheidung wusste Grace allerdings nichts Näheres, auch nicht, wie alt seine Kinder waren.

»Fünfundzwanzig und zweiundzwanzig«, verriet er, nachdem sie sich an einem Tisch am Fenster niedergelassen hatten und höflich Smalltalk machten. »Michael ist Psychotherapeut und Angelique studiert Maschinenbau. Und wie geht es deinen Sprösslingen?«, wollte er wissen. »Ken war sehr stolz auf die drei.«

Lächelnd erklärte Grace, es gehe ihnen prächtig. Dann hatte sie genug von Oberflächlichkeiten und fragte direkt nach dem USB-Stick, den Pat unverzüglich aus seiner Sakkotasche holte und mitten auf den Tisch legte.

»Ich bin erstaunt, dass du dich deswegen jetzt schon gemeldet hast«, bemerkte er. »Ken meinte, es könne dauern. Wenn du dich überhaupt rühren würdest.«

»Hat er dir Anweisungen hinterlassen für den Fall, dass ich mich nicht melde?«, wollte sie wissen.

Zum ersten Mal schien sich Pat, der bis dato einen gewissen weltmännischen Charme ausgestrahlt hatte, nicht recht wohl in seiner Haut zu fühlen.

»Na, was ist?«, hakte sie nach.

»Wenn du dich nicht bis Ende Juli gemeldet hättest, sollte ich mich mit dir in Verbindung setzen und mich erkundigen, was los ist. Und wenn du gesagt hättest, du hättest die Reise nicht gemacht oder das Rätsel der Schatzsuche nicht gelöst, hätte ich dir einen anderen USB-Stick geben sollen.«

»Es gibt einen zweiten USB-Stick?« Verblüfft sah sie ihn an.

»Gab«, sagte er, »ich habe ihn weggeworfen.«

Wieder ein verblüffter Blick.

»So lautete meine Anweisung, wenn du dich bei mir meldest«, erklärte er.

»Und du hast ihn tatsächlich weggeworfen?«

»Was hätte ich sonst tun sollen?«

Was für eine Frage! Grace wusste genau, dass sie – und jede andere Frau, die sie kannte – den USB-Stick demjenigen ausgehändigt hätte, für den er bestimmt gewesen war. War dieser Mangel an Neugier etwas typisch Männliches? Oder lag es daran, dass Akademiker ein besonderer Menschenschlag waren?

»Ken wäre begeistert, dass du dich gemeldet hast«, sagte Pat. »Er war ganz aufgeregt wegen der Schatzsuche.«

»Soso.«

»Er sagte, sie solle dich zum Denken anregen«, erklärte er. »Und dir klarmachen, dass du auch ohne ihn zurechtkommst.«

»Das wusste ich auch vorher schon«, sagte Grace.

»Ken meinte, du seiest sehr fähig und kompetent, aber er sei nicht sicher, ob du auch um die Ecke denken könntest.«

»Ihr habt euch ja des Langen und Breiten über mich unterhalten.«

»Gelegentlich sprachen wir über unsere Frauen. Nach meiner Scheidung riet er mir, ich solle mir jemanden wie dich suchen.«

Grace war erstaunt. »Tatsächlich?«

»Ja. Er sagte, jeder Mann sollte eine Frau wie dich haben.«

»Ich bin mir nicht sicher, ob das als Kompliment zu werten ist«, meinte Grace. »Es hört sich eher an, als wäre ich ein Fußabtreter. Was ich«, fügte sie hinzu, »wohl auch war.«

»Das bezweifle ich doch sehr«, widersprach Pat. »Ich bezweifle, dass du anders als ganz und gar wunderbar sein kannst.«

»Wie bitte?«

»Du bist eine wunderbare Frau«, bestätigte Pat. »Elegant, attraktiv, klug – Ken hatte mit allem, was er von dir erzählte, recht.«

Grace spürte, wie sie rot wurde.

»Außerdem bat er mich, ein Auge auf dich zu haben«, sagte Pat. »Du weißt schon, wenn du im Haus Hilfe brauchst, zum Beispiel bei … na ja, bei allem, wozu du die Unterstützung eines Mannes brauchen könntest. Ratschläge oder so.«

»Trotz meiner Eleganz, Attraktivität und Klugheit fand mein verstorbener Mann also, ich hätte einen Mann nötig, der mein Leben organisiert?«

»Ganz und gar nicht«, sagte Pat. »Er hat betont, wie sehr du alles im Griff hättest. Aber er wollte nicht, dass du alles allein stemmen musst.«

Grace schwieg.

»Er wollte sicherstellen, dass es dir gut geht, wenn er nicht mehr da ist«, sagte Pat.

»Ja. Ja, ich verstehe.«

»Wenn ich also irgendetwas tun kann …«

»Das ist sehr freundlich von dir«, sagte Grace. »Aber um brutal ehrlich zu sein: Ich war diejenige, die im Haus alles am Laufen hielt. Und wenn jemand einen Rat brauchte, war ich diejenige, die ihn gab.«

»Ich hatte schon so einen Verdacht«, meinte Pat. »Schließlich kenne ich Ken.« Er lächelte Grace an, die unwillkürlich zurücklächelte.

»Nett, dass wir uns einmal wiedergesehen haben«, sagte sie, nachdem sie ihren Kaffee ausgetrunken hatte. »Und vielen Dank, dass du die dir übertragene Aufgabe so gewissenhaft erfüllt hast.«

»Gern geschehen.« Er stand auf, und Grace erhob sich gleichfalls.

»Mir ist völlig klar, dass du bestens allein zurechtkommst. Aber ich weiß auch, dass es im Leben mehr geben sollte, als nur zurechtzukommen. Das ist mir in den letzten Jahren klargeworden. Man muss raus und das Leben genießen. Mir würde es viel bedeuten, wenn wir in Verbindung blieben. Uns gelegentlich treffen. Beispielsweise essen gehen. Oder ins Theater.«

»Vielleicht.« Sollte sie sich geschmcichelt fühlen, weil Kens Freund Interesse an ihr zeigte? Es sei denn, Ken hätte ihn darum gebeten, was einigermaßen kränkend wäre.

»Ich könnte dich nächste Woche anrufen«, schlug er vor.

»Momentan bin ich zu so etwas eher nicht aufgelegt«, entgegnete Grace. »Zudem werde ich noch eine Weile in Spanien sein.«

Pat sah enttäuscht aus. »Machen wir's so: Wenn ich ein Theaterstück oder Konzert entdecke, das dir gefallen könnte, melde ich mich. Wenn du in Irland bist, kannst du dir's ja überlegen. Keinerlei Verpflichtung.«

»Alles klar«, sagte Grace. Sie gab ihm die Hand und verließ das Café. Pat Rice war ein anständiger Mann, so viel war sicher. Aber eine weitere Beziehung zu einem Akademiker, mochte er noch so anständig sein, wollte sie nicht. Das hatte sie hinter sich.

Außerdem kam gar nicht in Frage, dass Ken über ihre zukünftigen Beziehungen bestimmte.

Das konnte sie sehr gut allein.

35. Kapitel

Sutton, Dublin, Irland: 53.3890 °N 6.1103 °W

Kaum war sie wieder zu Hause, setzte sich Grace an den Küchentisch und steckte den USB-Stick in den Laptop.

Es dauerte, während sich das kleine bunte Rädchen drehte, und sie hatte Sorge, Ken könnte ein allerletztes Passworträtsel vergessen haben. Doch schließlich ging ein Fenster auf – abermals ein Video-Link.

Wieder schien das Licht die Falten in Kens Gesicht zu betonen, er wirkte noch abgezehrter als bei der letzten Aufnahme. Ernst sah er aus. Sie klickte auf Pause und holte sich aus dem Kühlschrank eine Flasche Wein, entkorkte sie, schenkte sich ein großes Glas ein und nahm einen Schluck, ehe sie auf Play klickte.

»Hier wären wir also ein letztes Mal, Hippo«, sagte Ken. »Du und ich. Von Angesicht zu Angesicht gewissermaßen. Ich hoffe, du hast nicht allzu lange gebraucht, um die Rätsel zu lösen. Du hattest bis Juli Zeit. Bist du früher fertig geworden? Es macht mich rasend, dass ich das nicht weiß. Nie wissen werde. Aber ich bin nun nicht mehr da und du bist hoffentlich schon ein wenig darüber hinweg. Hoffentlich vergisst du mich nicht. Hoffentlich vergisst du nie die guten Zeiten, die wir hatten. Ich möchte der wichtigste Mann in deinem Leben gewesen sein.

Wenn ich die Bilanz meines Lebens ziehen müsste, Hippo – es war ein gutes.

Deshalb macht mich diese Krankheit so fertig. Ich hätte noch so viel zu geben und diese Möglichkeit wird mir genommen. Ich bin auf vieles, was ich geleistet habe, stolz. Ich hatte eine erfolgreiche Karriere. Ich habe auf der halben Welt Vorträge gehalten.

Ich bin ein von der Kritik gefeierter Autor. Und ich habe eine wunderbare Familie.

Vieles davon verdanke ich dir. Das war mir immer bewusst, aber ich habe mich nie dafür bei dir bedankt, dass alles so gelaufen ist, wie es gelaufen ist. Wahrscheinlich hätte ich das tun sollen. Aber danke sagen lag mir nie.

Daher bedanke ich mich, spät zwar, aber immerhin, dafür, dass du so bist, wie du bist. Ein Mensch, der die Bedürfnisse anderer vor seine eigenen stellt. Meine, die der Kinder, selbst Bretts – des Hundes, den du, das weiß ich wohl, nie wolltest und um den du dich kümmern musstest. Was immer wir wollten, hatte stets Vorrang vor dem, was du wolltest. Du hast mich den Mann sein lassen, der ich sein wollte, und du hast unsere Kinder zur Eigenständigkeit erzogen. Und keiner von uns hat es dir je genug gedankt.«

Ken fing an zu husten und griff nach der kleinen Flasche Wasser, die vor ihm auf dem Schreibtisch stand. Er führte sie mühsam an die Lippen, und betroffen sah Grace zu, wie ihm das Wasser übers Kinn tropfte. Unbeholfen wischte er es ab.

»Wahrscheinlich habe ich mich so selten bedankt, weil ich kein gefühlsbetonter Mensch bin. Das war dir natürlich von Anfang an klar, auch wenn es dir manchmal zu schaffen machte, das weiß ich. Ich hätte mich mehr anstrengen sollen, aber dazu hätte ich mich verbiegen müssen. Ich bin ein Denker, kein Gefühlsmensch. Ich bin nicht für Sentimentalitäten. Selbst jetzt, obwohl ich weiß, dass mir nicht mehr viel Zeit bleibt, fällt es mir schwer, diese Emotionen zuzulassen. Natürlich bin ich wütend, Wut kann ich zeigen. Ich habe deswegen mehrmals die Fassung verloren und bitte dich um Entschuldigung, falls ich dich gekränkt habe. Du hast dir gewünscht, dass ich meine Zuneigung direkter zeigen würde. Öfter ›ich liebe dich‹ gesagt hätte. In der Öffentlichkeit Händchen gehalten hätte. Das habe ich nicht fertiggebracht, Hippo. Nicht einmal für dich.

Aber«, er holte tief Luft, »aber ich liebe dich wirklich. Ich liebe dich, seit ich dich an der Flugzeugtür gesehen habe. Ich konnte den Blick nicht von dir abwenden, obwohl ich mich eigentlich mit meinem Vortrag hätte befassen sollen. Meine Überarbeitung geriet völlig daneben, so dass ich am nächsten Tag nochmals drübergehen musste. Ich wusste, du gehörst zu mir. Es war Schicksal. Heutzutage würde man eine solche Denkweise als arrogant, als chauvinistisch bezeichnen, was ich durchaus nachvollziehen kann. Aber ich empfand das nur deshalb so, weil du so überaus wichtig warst. Ich wusste, dass du die richtige Frau für mich warst. Ich wusste, mit dir würde ich ein besseres, schöneres Leben haben. Ich wusste, du würdest eine wunderbare Ehefrau sein.«

Grace hielt das Video an und stand auf, nahm ihr Weinglas mit. Sie betrat den langgezogenen Garten, in dem überall Blumen blühten, und atmete mehrmals tief durch, ehe sie am Wein nippte. Als sie sich einigermaßen gefangen hatte, ging sie zurück ins Haus und klickte wieder auf Play.

»Ich erinnere mich, wie ich zu dir sagte, dass schöne Frauen alle Macht haben«, fuhr Ken fort, aber es war eindeutig spürbar, dass ihm das Sprechen immer schwerer fiel. »Das meinte ich ernst. Dir war nie bewusst, welche Macht du über mich hast. Nicht nur, weil du schön bist, sondern weil du über eine enorme innere Stärke verfügst. Du hast diese Macht nie ausgenutzt, warum, weiß ich nicht. Du hättest mich in die Knie zwingen können, hast es aber nie versucht.

Und manchmal fragte ich mich, ob du mich genauso liebst wie ich dich. Aus Angst vor der Antwort habe ich dir diese Frage nie gestellt. Ich hatte Angst, dass ich eventuell nicht so wichtig für dich war, wie ich es sein wollte. Trotzdem war dieses Nichtfragen auch eine Form der Arroganz. Ich hätte ein besserer Ehemann sein können. Dass ich es nicht war, tut mir leid. Ebenso, dass mir das erst jetzt bewusst wird.

Wenn du dies siehst, hast du die von mir gestellte Aufgabe bewältigt. Du hast etwas meinetwegen getan, obwohl du es nicht hättest tun müssen, denn ich bekomme es ja nicht mehr mit. Aber so bist du. Loyal und zuverlässig. Du warst meine Stütze. Hast du meine Asche verstreut? Ich sehe förmlich vor mir, wie du sie auf dem Balkon deiner Fährkabine auskippst. Bestimmt fandest du das keine gute Idee. Bestimmt hattest du Schiss, dass dich jemand ertappt, wie du Müll ins Meer wirfst. Aber ich bin mir sicher, du hast es trotzdem getan – für mich. Was den Rest betrifft, hoffentlich hast du meinem Wunsch entsprochen und einen Rest behalten, den ich sehr gern in Cartagena verstreut hätte. Du weißt, wie gern ich zum römischen Theater dort gegangen bin. Wahrscheinlich darfst du den Rest nicht in einem historischen Baudenkmal auskippen, aber vielleicht gelingt es dir ja, irgendwo ein Häufchen zu verlieren. Was du mit der dann noch verbliebenen Asche anstellst, ist mir egal. Überlasse ich dir, Hippo. Du entscheidest.«

Er nippte nochmals unbeholfen an seinem Wasser. Grace ihrerseits nahm einen Riesenschluck Wein.

»Okay, kommen wir jetzt zur Schatzsuche«, sagte Ken. »Der Gedanke dazu kam mir zum ersten Mal, als du vorgeschlagen hast, wir sollten mit der Fähre nach Frankreich und von dort nach Spanien fahren. Mir war klar, weshalb du diese Reise machen wolltest, aber je mehr ich darüber grübelte, desto sicherer war ich mir, dass ich sie nicht machen wollte – denn es würde das letzte Mal sein. Ich wollte nicht zu Lieblingsorten zurückkehren, im Bewusstsein, diese nie wiederzusehen. Und als sich mein Zustand verschlechterte und du sagtest, du würdest die gesamte Strecke fahren, ertrug ich den Gedanken nicht, dass du das Kommando übernehmen würdest. Ich kam mir nutzlos vor. Und dann hast du gesagt, wenn ich nicht mitkäme, würdest du die Reise eben allein machen. Erinnerst du dich?

Damals war ich mir nicht sicher, ob du es ernst meintest, aber plötzlich hielt ich diese Reise für eine gute Idee. Ich dachte an dein Leben ohne mich, in dem du so vieles allein würdest bewältigen müssen. Es wäre doch schön, wenn diese neue Zeit mit etwas Außergewöhnlichem losginge. Deshalb kam ich auf die Schatzsuche und deshalb habe ich so viel Zeit in meinem Arbeitszimmer verbracht. Du bist der Meinung, dass ich meine Sachen ordne. Ja, das tue ich, allerdings anders, als du glaubst.

Letztlich würdest du die Reise antreten, habe ich mir ausgerechnet, denn du würdest weder Tickets für die Fähre noch die Hotelzimmer verfallen lassen wollen. Du bist keine Frau, die etwas verfallen lässt. Sogar jetzt noch muss ich grinsen, wenn ich daran denke, wie du den Kindern Essen vorgesetzt hast, dessen Mindesthaltbarkeitsdatum schon abgelaufen war. Was hat Aline aber auch immer für ein Theater gemacht, dieses Geheule, sie werde an Lebensmittelvergiftung sterben. Und du hast sie ausgelacht und gesagt, wenn sie sterbe, dann hungers, denn es gebe entweder das abgelaufene Zeug oder gar nichts. Du warst immer so bestimmt mit ihnen. Du hast unsere Kinder gut erzogen.

Zurück zum Thema, Hippo. Nachdem ich wusste, du würdest die Reise antreten, solltest du währenddessen auch was zu tun haben. Etwas, was dir Halt gibt. Ist das auch sehr arrogant von mir? Ich habe es jedenfalls nicht aus Arroganz, sondern für dich getan.

Ich wollte, dass du die Orte, die wir gemeinsam besucht haben, durch meine Augen siehst. Dinge, die mir aufgefallen waren, dir aber nicht. Ich wollte meine Entdeckungen mit dir teilen. Meine Gedanken darüber. Deshalb habe ich dich in Nantes ins Jules-Verne-Museum gejagt. Ich habe es in dem Jahr besucht, als wir in Saint-Nazaire waren. Damals als Fionn auf dem Campingplatz vom Baum fiel und sich das Bein verletzte, erinnerst du dich? Nach der ganzen Aufregung, nachdem er im Krankenhaus genäht worden war, brauchte ich etwas Zeit für mich, daher fuhr ich in die Stadt und entdeckte das Museum. Ich habe dir nie davon erzählt. Warum, weiß ich nicht. Aber jetzt warst du selbst dort, was mich freut, denn mir hat es sehr gut gefallen – dir hoffentlich auch.

Wir hatten uns beide in La Rochelle verliebt, stimmt's? Tut mir leid, dass ich mich so oft allein davongemacht habe. Vor allem an dem Abend, als wir mit den Kindern in der Stadt zum Abendessen gingen. Ich ertrug ihr Theater nicht mehr und machte einen Spaziergang. Ich erinnere mich, dass ich dich mit ihnen an einem der Tische vor dem Lokal sitzen ließ und du dich mit ihnen herumschlagen musstest, während ich zwischen den Bücherständen in der Nähe des Hafens herumschlenderte. Ich hätte dich nicht allein lassen sollen, aber die Bücherstände waren um einiges verlockender, als Kinder zur Raison zu bringen. Ich fand immer, diese Gegend würde sich bestens als Schauplatz für einen Krimi eignen, weshalb ich bei jedem unserer Aufenthalte in La Rochelle an Mord, Geheimnis und Simenon denken musste. Weißt du übrigens, dass ich, wenn du mich fragtest, woran ich dächte, in Wahrheit am Plot meines eigenen Krimis herumbosselte? Wurde natürlich nie was draus. Ich habe es immer auf später verschoben. Aus später wird nun nichts mehr. Das bedauere ich, Hippo. Und ich möchte nicht, dass du zukünftig etwas bedauern musst.

Beim *Fleur d'Île* bin ich bei unserem letzten Aufenthalt in La Rochelle nach einem Spaziergang eingekehrt. Ich habe dort etwas getrunken und die Hündin entdeckt. Ist sie nicht ein Prachtexemplar? Zumindest hoffe ich, dass sie noch immer dort herumspringt und du sie gesehen hast. Vielleicht hängt ihr Schild noch dort – nein, nicht vielleicht, sondern ganz bestimmt, denn sonst würdest du mich jetzt nicht gerade ansehen.

Ich bedauere, dass wir nicht mehr Zeit in Bordeaux verbracht haben. Ich wollte immer nochmals hin und die Stadt gründlich erkunden, doch dazu ist es jetzt ebenfalls zu spät. Der spanische Teil der Reise – Pamplona, Alcalá de Henares und Toledo, alles Neuland für dich – hat sich auf ewig meinem Gedächtnis eingebrannt, und es ist mein größter Wunsch, dass du diese Städte so erlebst, wie ich sie erlebt habe. Denn natürlich hätte ich diese erste Vortragsreise ohne dein Zureden nie angetreten.

Kannst du dich an den Abend im College erinnern, als uns der Dekan den spanischen Professor vorstellte? Nie warst du schöner als an diesem Abend, Hippo. Du hattest das Haar hochgesteckt, was ich immer geliebt habe, du sahst so elegant aus – und du trugst das hellgelbe Kleid mit den Perlen am Kragen. Du hattest dir dazu passende hochhackige Schuhe gekauft, mit denen du größer warst als ich. Ich versuchte immer, jemanden zwischen uns zu bugsieren, damit du mich nicht direkt überragtest. An diesem Abend sahst du aus wie eine echte Amazone. Und du hast dich ewig mit Professor Rodriguez unterhalten. Ich war ziemlich eifersüchtig. Aber hinterher erzählte er mir, du hättest über meine Arbeit über den Einfluss amerikanischer Schriftsteller auf Europa gesprochen. Und dass ich fände, der kulturelle Einfluss, den Autoren aus verschiedenen Ländern auf die USA hätten, müsse unbedingt untersucht werden. Du hast ihn sehr beeindruckt, was ich dir natürlich nicht sagte. Wollte nicht, dass dir so was zu Kopf steigt.

An dem Abend jedenfalls wurde die Idee der Vortragsreise geboren. Und damit fing auch meine Liebe zu Pamplona an. Wahrscheinlich sah ich mich als moderne Ausgabe von Hemingway – ungeachtet der Tatsache, dass ich das nicht war, auch wenn die Kritiker mein Buch mochten. Jedenfalls ging ich sehr gern nach Pamplona und obwohl sich alles dir verdankte, schlug ich dir deinen Wunsch ab, mitzukommen, denn diese Stadt gehörte mir. Ausschließlich mir. Dort fühlte ich mich immer unglaublich wohl. In Alcalá de Henares und Toledo ebenfalls. Wärst du mitgekommen, hätte ich nicht so tun können, als wäre ich ein akademisches Genie, denn du hättest über Alltägliches geredet und mir damit klargemacht, dass ich keines bin.

Gott, Hippo, wenn ich so darüber nachdenke, habe ich das Gefühl, ich wäre der egoistischste Ehemann gewesen, der je auf Erden weilte. Stimmt das? Wenn ich dich das doch nur von Angesicht zu Angesicht fragen könnte. Wenn wir diese Unterhaltung doch nur von Angesicht zu Angesicht führen könnten. Aber das kann ich nicht. Ich möchte nicht, dass ... ach, es ist schon schlimm genug, dass dir mein kaputter Körper in Erinnerung bleibt. Wenigstens meinen Verstand sollst du als den alten in Erinnerung behalten.«

Grace hielt das Video abermals an. Sie schloss die Augen, schlang die Arme um den Oberkörper, erinnerte sich an das letzte Mal, als sie ihn gesehen hatte, dort beim Bestattungsunternehmen. Es war immer noch Ken, gleichzeitig aber auch nicht. Der arrogante Gesichtsausdruck, der zu ihm gehört hatte, war verschwunden. Er war nicht mehr der Mann, den sie gekannt hatte. Kens Körper, ohne Kens messerscharfen Verstand, war nicht mehr Ken.

Sie ließ das Video weiterlaufen. Er sprach jetzt langsamer, formte die Worte sorgfältig, achtete auf eine deutliche Aussprache. Es war herzzerreißend.

»Granada, da hatten wir es doch einige Male sehr schön. Am

besten hat mir bei unserem ersten Aufenthalt der Besuch der Alhambra gefallen, mit dir durch die Anlage zu streifen. Ich glaube, wir waren beide gleichermaßen entzückt.

Was nun Lorca betrifft, für dessen Werk hast du dich logischerweise nicht interessiert. Mir gefällt, dass er sich als Dichter und Dramatiker nicht festlegen lassen wollte. Was am Ende dann doch geschah. Haben wir davor nicht alle Angst? Dass die Leute ein festgefügtes, eindimensionales Bild von uns haben?

Wahrscheinlich habe ich dich nicht alle meine Facetten sehen lassen, warum, weiß ich nicht. Wenn man jemanden liebt, sollte man sich bei ihm fallen lassen können, sich so geben, wie man ist. Ein wenig ist mir das bei dir gelungen, aber nie ganz. Ich hatte immer Angst, wenn du den wahren Ken siehst, liebst du mich nicht mehr.

Ich war ein Idiot. Bin es immer noch. Ein sterbender Idiot, der seiner Frau nicht sagen kann, wie sehr er sie liebt, außer wenn er durch einen Bildschirm von ihr getrennt ist.

Und der es ihr sagt, nachdem er gestorben ist. Ein Teil von mir will immer noch furchtbar gern diese Reise mit dir machen, Hippo. Ein Teil von mir redet sich ein, wenn ich zumindest einen Teil der Strecke fahren könnte, würde ich dir nicht völlig zur Last fallen. Vielleicht sollte ich es probieren. Mit dem Auto kurz um den Block fahren. Das Einparken üben. Solche Sachen.

Aber wenn ich mitkomme, wirst du dieses Video nicht sehen. Und du wirst nicht hören, wie ich ›ich liebe dich‹ sage. Dass ich dich immer geliebt habe. Immer lieben werden. Denn ich bringe es immer noch nicht fertig, vor dir gefühlsduselig zu werden. Ich weiß gar nicht, ob du das überhaupt möchtest, Hippo. Frauen sagen zwar, dass sie Männer mögen, die weinen können, aber stimmt das tatsächlich?

Daher weiter im Text.

Eine Sache gibt es noch, das ist der Schatz der Schatzsuche. Dazu musst du zur Safe Storage Company in Dundrum. Die Adresse findest du in meinen Kontakten. Ich hoffe, er gefällt dir. Und zeigt dir, wie sehr ich dich liebe. Die Zahlenkombination für das Schließfach besteht aus den Geburtsdaten unserer Kinder. Ausnahmsweise mal was Persönliches.

Übrigens war mir Pat Rice ein guter Freund und ich habe mich ihm häufig anvertraut. Vielleicht kommt ihr euch näher. Ich hätte nichts dagegen. Du hast immer wieder bewiesen, dass du auf dich aufpassen kannst und dein Leben im Griff hast, aber du verdienst es, dass sich jemand um dich kümmert. Darin war ich nicht besonders gut. Vielleicht gelingt es ihm ja. Das würde mir gefallen. Es würde mir gefallen, dass du jemanden an deiner Seite hast.

Und nun bin ich fertig, Hippo. Fix und fertig. Zum Abschied ein wenig Lorca. Das Gedicht heißt ›*Es Verdad*‹ – ›Es ist wahr‹. Es handelt sich um meine eigene Übersetzung aus dem Spanischen, eigens für dich. Hoffentlich gefällt dir das Gedicht. Lyrik kommt in der Übersetzung zwar nie so gut wie im Original rüber, aber der Gedanke zählt hoffentlich.

Ach, was für eine Arbeit,
dich zu lieben, wie ich dich liebe.
Vor lauter Liebe
schmerzt mich die Luft,
das Herz
und der Hut.

Lebwohl, meine Grace. Ich liebe dich.«

Das Video war zu Ende.

Grace starrte weiterhin auf den Bildschirm.

Und dann weinte sie zum ersten Mal seit Kens Beerdigung.

36. Kapitel

Grand Canal, Dublin, Irland: 53.3309 °N 6.2588 °W

Zur selben Zeit, als sich Grace Kens allerletztes Video ansah, informierte sich Deira ausgiebig über In-vitro und schaute sich diverse Statistiken an. Sie hatte Grace gesagt, in ihrem Alter liege die Wahrscheinlichkeit für eine erfolgreiche Schwangerschaft bei drei Prozent, aber die Webseite, die sie sich momentan ansah, verkündete optimistisch, dank des ständigen medizinischen Fortschritts auf diesem Gebiet, wären es sogar zwölf Prozent. Trotzdem eine höchst deprimierende Aussicht.

War sie von allen guten Geistern verlassen, dass sie diese Möglichkeit überhaupt in Betracht zog?

War sie unglaublich egoistisch?

Warum wollte sie ein Kind?

Die letzte Frage war die einzig wichtige, der Rest spielte keine Rolle. Aber genau das war die Frage, auf die sie keine Antwort wusste.

Es klingelte und sie ging zur Haustür.

»Oh«, entfuhr es ihr.

»Hallo«, sagte Gavin.

»Mit dir habe ich nicht gerechnet.«

»Du hast geschrieben, du hättest gestern die Formulare bei der Versicherung vorbeigebracht, deshalb wusste ich, dass du wieder zu Hause bist. Ich bin einfach auf Verdacht hergekommen, in der Hoffnung, du bist daheim. Denn wir müssen uns über die Zukunft unterhalten – und zwar nicht am Telefon.«

»Du hättest vorher anrufen sollen«, sagte Deira. »Ich bin nicht –«

»Wie oft bist du bei mir einfach und ohne zu fragen reingeplatzt?«, schnaubte er. »Jetzt bin ich hier und ich will die Sache hinter mich bringen.«

Deira trat beiseite, und er stiefelte ins Wohnzimmer, wo er sich auf die Armlehne des Sofas setzte. Als Erstes wollte er wissen, wann er das Versicherungsgeld bekomme.

»Ich hoffe, dass sie die Summe bis Ende nächster Woche überweisen«, erwiderte sie. »Sie sind tatsächlich ziemlich effizient.«

»Was hast du dir nur dabei gedacht?« Er klang auf einmal weniger aggressiv und sah ihr mit echtem Erstaunen in die Augen. »Was ist bloß in dich gefahren, dass du eingebrochen bist und das Auto genommen hast?«

»Weiß ich selbst nicht recht«, gestand sie. »Ich musste weg und die Reise war bereits gebucht. Es schien eine gute Idee zu sein.«

»Dir war aber schon klar, dass ich dahinterkommen würde«, sagte Gavin. »Die ursprünglich geplante Reise hätte knapp drei Wochen gedauert. Du hast doch nicht ernsthaft geglaubt, mir würde drei Wochen lang nicht auffallen, dass das Auto fehlt.«

»Natürlich nicht«, sagte sie. »Ich habe angenommen, du würdest draufkommen, dass ich es war.«

»Und ich hätte hier danach gesucht und du wärst nicht da gewesen.«

Sie zuckte die Schultern.

»Ich mache mir Sorgen um deinen Verstand«, sagte Gavin.

»Ich ebenfalls.«

»Du hattest immer einen so glasklaren Verstand, warst so voller Optimismus«, wunderte sich Gavin. »Ich weiß nicht, was mit dir passiert ist.«

»Du bist mir passiert«, erwiderte sie. »Du bist mir passiert und hast über lange Zeit das Beste in mir hervorgebracht, bis du mir diesen Mörderschlag versetzt und das Schlechteste in mir hervorgebracht hast.«

»Ich hätte nie gedacht, dass du so dermaßen durchdrehst«, sagte Gavin.

»Ich auch nicht. Aber ich hätte auch nie gedacht, dass du eine andere schwängern würdest.«

»Was stört dich mehr – dass ich mit ihr zusammen bin oder dass sie schwanger ist?«, wollte Gavin wissen.

»Dass du, was ich für unser gemeinsames Leben hielt, in Schutt und Asche gelegt hast«, antwortete sie.

Schweigend sahen sie sich an.

»Es tut mir leid, dass es so gelaufen ist«, sagte Gavin.

»Warum hast du mir denn nicht gesagt, dass du mich nicht mehr liebst? Warum hast du uns die Möglichkeit genommen, darüber zu reden?«

»Weil ich das alles schon mit Marilyn durchgemacht hatte und ein zweites Mal wollte ich mir das nicht antun.«

»Das war grausam. Grausam und herzlos.«

»Das war nicht meine Absicht. Ich dachte, so wäre es am einfachsten für alle Beteiligten. Ich konnte ja nicht wissen, dass du so dermaßen am Rad drehst.«

»Du weißt vieles nicht über mich, trotz der dreizehn gemeinsamen Jahre.«

»Ich habe schon gesagt, dass es mir leidtut, und das meine ich ernst«, sagte Gavin. »Aber wir müssen das jetzt abschließen. Wir müssen darüber sprechen, wie wir unser Vermögen aufteilen. Ich habe Anrecht auf einen Anteil am Haus.«

»Obwohl es kein Familienheim war. Denn du hast uns nie als Familie gesehen.«

»Fängt das jetzt wieder an?« Seinem Tonfall war anzuhören, wie genervt er war. »Du bist eifersüchtig, weil Afton schwanger ist.«

»Eifersüchtig ist nicht das richtige Wort«, erwiderte sie. »Ich bin enttäuscht, weil du mir ein Kind verwehrt hast, dann aber die andere, mit der du mich betrogen hast, wohlgemerkt, geschwängert hast.«

»Ich habe dir nie ein Kind verwehrt«, sagte Gavin. »Wenn wir immer noch zusammen wären, würdest du daran doch nicht mal einen Gedanken verschwenden.«

»Ich weiß es nicht«, sagte sie.

»Ich schon. Mir sind unsere Gespräche noch gut in Erinnerung. Du wolltest das Leben genießen, Erfolg haben. Da kamen Kinder nicht vor. Die seien im Weg, hast du gesagt. Die würden nicht zu unserem Lebensstil passen.«

»Natürlich habe ich das gesagt, denn auf unser damaliges Leben traf das auch zu. Denn du hattest gesagt, mit Kindern wärst du durch. Du wolltest nicht, dass sich Mae und Suzy durch ein weiteres Kind ausgegrenzt fühlen.«

»Du hast mir recht gegeben.«

»Weil du es mir eingeredet hast!«, rief Deira. »Ich glaubte, du hättest recht.«

»Hatte ich auch«, sagte Gavin. »Für unsere Beziehung war diese Entscheidung goldrichtig. Aber mit Afton ist es anders.«

»Es macht dir also nichts aus, wenn sich Mae und Suzy durch Aftons Baby ausgegrenzt fühlen, bei unserem wäre das aber der Fall gewesen?«

»Mittlerweile sind sie älter, sind erwachsen, sie verkraften das.«

»Ich bin auch älter«, sagte Deira. »Vielleicht zu alt, um ein eigenes Kind zu bekommen. Und daran bist du schuld.«

»Du wärst eine miserable Mutter«, sagte Gavin. »Du bist durch und durch Karrierefrau.«

»Die Karriere hätte mich nicht vom Muttersein abgehalten.«

»Rede dir doch nichts ein«, sagte Gavin. »Niemand kann alles haben. Nicht mal du.«

»Ich wollte nie alles.«

»Deira ...« Seine Stimme wurde weich. »Es tut mir wirklich sehr leid. Ich dachte, wir wären ein gutes Team. Das mit Afton war so nicht geplant.«

»Aber du konntest nicht anders.«

»Ganz genau«, sagte er. »Ich habe Afton kennengelernt und ich wusste, wir gehören zusammen.«

»So wie du mich kennengelernt und gewusst hast, wir gehören zusammen.«

»Außer, dass wir uns jetzt in einer anderen Lebensphase befinden.«

»Ich war jünger als Marilyn. Afton ist jünger als ich.«

»Das hat nichts damit zu tun.«

»Tatsächlich?«

»Nein, sondern damit, dass man jemanden braucht. Und weiß, dass diese Person die Richtige ist.«

»Und die Vergangenheit über Bord wirft.«

»Als wir zusammen waren, habe ich meine Vergangenheit nicht über Bord geworfen, ich habe mich um meine Familie gekümmert.«

»Aber da ich nicht deine Familie bin, musst du dich auch nicht um mich kümmern, was?«

»Was willst du von mir, Deira?«, fragte er. »Was muss ich tun, damit du mich dieses Kapitel abschließen lässt?«

Sie schwieg.

Gavin stand auf und ging in die Küche. Es dauerte kurz, bis Deira einfiel, dass sie ihren Laptop auf dem Küchentisch hatte stehen lassen. Sie sprang auf; er sollte nicht sehen, dass sie über In-vitro recherchierte, sonst hielt er sie womöglich für völlig besessen von diesem Thema.

Aber sie kam zu spät, er hatte schon einen Blick auf die geöffnete Webseite geworfen.

»Ziehst du das in Erwägung?«, fragte er. »Ganz im Ernst?«

»Das ist die einzige Möglichkeit, die mir noch bleibt. Außer, einen Wildfremden von der Straße in mein Bett zu zerren. Woran ich auch schon gedacht habe.«

»Du bist verrückt.«

»Du hast zwei Kinder und bekommst von einer anderen Frau das dritte«, sagte sie. »Was ist so verrückt daran, dass auch ich mir ein eigenes Kind wünsche?«

Er sah sie an, dann wanderte sein Blick zum Laptop zurück.

»Du wärst Anfang vierzig, wenn das Kind auf die Welt kommt. Wenn es überhaupt klappt.«

»Ich weiß.«

»Und trotzdem würdest du es machen?«

»Was bleibt mir anderes übrig?«

»Gehen wir rauf«, sagte er unvermittelt. »Gehen wir rauf und tun's ein einziges Mal. Wenn es klappt, klappt es und du müsstest dich dieser ganzen Tortur nicht unterziehen.«

Sie starrte ihn an.

»Los, bevor ich's mir anders überlege«, sagte er.

»Du bietest mir Sex an?«

»Mir lag auf der Zunge, dass dies der einzige Weg für dich ist, schwanger zu werden, aber das stimmt so nicht«, sagte Gavin. »Aber der schnellste.«

»Und wenn ich tatsächlich schwanger werden sollte?«

»Wie du vorhin gesagt hast, ich habe bereits Kinder. Ich würde mich nicht einmischen.«

»Wirklich wahr?«

»Deira, dir liegt offensichtlich enorm viel daran, und weil wir einmal ein gemeinsames Leben hatten und ich kein schlechter Mensch bin, versuche ich, dir deinen Herzenswunsch zu erfüllen. Wenn's nicht klappt, ist das nicht meine Schuld.«

»Ich habe dich schon einmal darum gebeten«, sagte sie. »Du hast dich geweigert.«

»Du bist ohne Vorwarnung mit dieser Forderung in mein Büro gerauscht!«, rief er. »Natürlich habe ich mich geweigert. Das ist jetzt deine Chance. Haben wir jetzt Sex, ja oder nein?«

Langsam durchquerte Deira das Wohnzimmer und stieg die Treppe hoch, öffnete die Schlafzimmertür. Sie setzte sich auf das Doppelbett, das sie früher geteilt hatten, und zog sich unter Gavins Blicken das T-Shirt über den Kopf.

Ich habe ihn einmal geliebt, ging ihr durch den Kopf. während sie den Plisseerock abstreifte. Vielleicht liebe ich ihn immer noch. Aber er liebt mich nicht – was mit einem Mal unwichtig ist. Wichtig hingegen ist, wie ich mich selbst wahrnehme und was ich will. Und ich möchte ein Kind, und zwar jetzt, denn wenn ich jetzt keines bekomme, werde ich nie eines haben. Und ich möchte nicht zu den Frauen gehören, die kinderlos bleiben.

Er ist derjenige, welcher. War es schon immer.

Und jetzt bekomme ich von ihm, worauf ich ein Anrecht habe.

Gavin trat zu ihr, öffnete dabei den Hosengürtel, wie er es schon tausendmal zuvor getan hatte.

»Weiß Afton, dass du hier bist?«, wollte sie wissen.

Er nickte und schubste Deira sanft auf den Rücken. »Ich habe ihr gesagt, wir hätten noch ein paar Dinge zu regeln.«

»Dass es sich darum handeln könnte, war ihr bestimmt nicht bewusst.«

»Jetzt ist nicht die Zeit für Geschwafel.« Er fing an, sein Hemd aufzuknöpfen.

Sie sah zu ihm hoch, atmete seinen Geruch ein. Wie vertraut er war. Deira schloss die Augen, spürte sein Gewicht. Seine Wärme. Seine Männlichkeit. Sie spürte, wie ihr Körper bereit für ihn war.

Sie öffnete die Augen und sah ihn an.

Er bewegte sich auf ihr.

»Ach, verdammt«, sagte sie und schob ihn weg.

»Was –«

»Tut mir leid«, sagte sie. »Mein Fehler. Ich möchte das nicht.«

»Scheiße, Deira.« Er starrte sie an. »Was ist denn bloß los mit dir. Du willst ein Baby. Ich gebe dir dazu die Möglichkeit.«

»Ich weiß. Aber ... ich will nicht.«

»Was?«

»Ich will nicht mir dir schlafen«, sagte sie. »Denn so möchte ich das nicht. Ich möchte kein Kind von einem Mann, der mich betrogen hat. Der mich nicht liebt. Ich möchte kein Kind von dir.«

»Du machst jetzt Witze, oder?« Er starrte sie an. »Seit der Sekunde, als du das mit Afton herausgefunden hast, warst du besessen davon, ein Kind zu kriegen. Du hast mich deswegen drangsaliert und ja, ich war sauer, als du dich im Büro wie eine Irre aufgeführt hast und auch wegen des Autos, aber ich bin heute hergekommen, damit wir reinen Tisch machen. Als ich vorhin deinen Laptop gesehen habe, hatte ich ein schlechtes Gewissen. Ich dachte, wenn ich das dir zuliebe mache, hilft dir das. Und jetzt sagst du nein?«

»Tut mir leid«, wiederholte sie. »Aber du hast es erfasst: Ich sage nein.«

»In dem Fall will ich nie wieder ein Wort über dieses Thema hören«, er knöpfte sich das Hemd zu. »Keine Nachrichten mehr aufs Handy und im Büro rückst du mir auch nicht mehr auf die Pelle.«

»Da kannst du ganz beruhigt sein«, erklärte sie. »Ich habe mich entschieden und dabei bleibt es.«

»Ich habe dich mal geliebt«, sagte er, »aber jetzt tust du mir nur noch leid. Aber nicht so leid, dass ich mir hinsichtlich unserer Trennung keinen Anwalt nehme.«

»Na dann.«

Er hob seine Jacke auf und verließ das Schlafzimmer.

Gleich darauf schlug die Haustür zu.

Deira blieb auf dem Bett sitzen und fragte sich, ob sie den größten Fehler ihres Lebens begangen hatte. Sie hatte eine Chance gehabt (nun gut, eine fünfprozentige Chance jeden Monat) und diese ausgeschlagen. Nicht nur das, sie hatte die Möglichkeit ausgeschlagen, von einem Mann schwanger zu werden, den sie mehr als ein Jahrzehnt lang geliebt hatte. Er hatte völlig recht: Sie war nicht ganz bei Trost. Nie würde sich eine bessere Gelegenheit ergeben. Wie standen die Chancen jetzt, dass sie jemals das so sehnlich gewünschte Kind bekäme?

Sie legte die Hände auf den Bauch.

Er hätte mich geschwängert. Es hätte geklappt.

Sie war eine Idiotin.

Mal wieder hatte sie alles vermasselt.

Es dauerte fast eine Stunde, bis sie aufstand und sich anzog, Leggings und ein Sweatshirt. Sie schlüpfte in ihre Laufschuhe und joggte los, immer den Canal entlang, bis sie Hanover Quay erreichte. Sie sah hoch zum Arc-Tech-Gebäude, in dem unzählige junge Menschen auf eine tolle Karriere und ein schönes Leben hofften. Würden sie ihr die Stelle anbieten? Und wenn ja, wäre das eine Entschädigung dafür, dass sie eine lebensverändernde Chance ausgeschlagen hatte?

»He, Deira.« Der Mann, der die Treppe hinunterging, winkte ihr zu. »Wollen Sie uns ausspionieren?«

»Ardal.« Sie lächelte den CEO an. »Vielleicht. Ich war eine Runde laufen und bin hier gelandet.«

»Gestern Nachmittag habe ich mit Bethany gesprochen. Wir schnüren gerade ein verlockendes Gehaltspaket für Sie, denn wir wollen Sie unbedingt in unserem Team haben.« Auch Ardal lächelte. »Möchten Sie den Raum nochmals sehen?«

Deira nickte und ging hinter ihm die Treppe hoch.

»Da heute Samstag ist, ist natürlich nichts los«, sagte der CEO. »Aber wir könnten diesen Bereich auch samstags öffnen. Konkretere Gedanken habe ich mir darüber noch nicht gemacht. Wir könnten ein Café integrieren. Einen Treffpunkt daraus machen.«

Deira schritt durch den Raum, genoss die Sonne, die durch die Glaswände fiel, dachte gleichzeitig, dass sämtliche Gemälde vor dem Lichteinfall geschützt werden müssten. Und an die Installationen, die sie ausgestellt hatte, und wie viel besser die Exponate hier zur Wirkung kämen.

»Es gefällt mir sehr«, sagte sie. »Es fühlt sich richtig an.«

»Das empfinde ich auch so.« Ardal nickte. »Ich habe mit Kunst nicht viel am Hut. Mikroprozessoren bringen mein Blut in Wallung. Aber ich möchte nicht, dass unser Unternehmen nur in eine Richtung denkt.«

»Das wird nicht der Fall sein, nicht wenn Sie das hier realisieren.«

»Es soll ein toller Treffpunkt werden, wo die Leute gern hingehen«, sagte er. »Und ich hoffe, den können Sie schaffen.«

»Das hoffe ich auch«, sagte sie. »Vielmehr, ich weiß, dass ich es kann.«

Gegen Abend kam Tillie und brachte zwei Duftkerzen mit, die sie auf den Couchtisch im Wohnzimmer stellte. Beruhigend die eine, anregend die andere. Welche Deira zuerst anzünden wolle?

»Ich bin mir nicht sicher, was ich nötiger habe.«

»Beruhigend, sag ich mal«, meinte Tillie. »Du hast heute die richtige Entscheidung getroffen, Deira.«

Zweifelnd sah Deira ihre Freundin an, der sie nach dem Joggen am Telefon die ganze Geschichte anvertraut hatte.

»Doch, absolut«, Tillie beharrte auf ihrer Meinung. Jasminduft verbreitete sich im Zimmer.

»Ich habe die Chance auf meinen größten Wunsch vertan«, sagte Deira. »Nicht besonders schlau.«

»Ich glaube wirklich, wenn dir das bestimmt ist, findest du einen Weg. Und der heißt garantiert nicht Gavin. So einfach ist das.«

»Schon komisch«, sinnierte Deira. »Die meisten wollen bei einem kurzen Sprung in die Kiste absolut kein Kind produzieren, und er tat, als wäre es eine Art Geschäftsvorgang. Ich konnte mir das nicht antun. Auch keinem Kind, das daraus hätte entstehen können. Was dann sicherlich bedeutet, dass ich mir ein Kind doch nicht so sehr wünsche, denn die meisten Frauen, die sich verzweifelt nach einem Kind sehnen, würden alles tun, um schwanger zu werden.«

»Und bist du immer noch verzweifelt?«

»Ich weiß nicht«, gestand Deira. »Wenn ich ehrlich bin, muss ich zugeben, dass meine Gebärmutter weniger zwickt und zwackt als noch vor einigen Wochen. Das könnte allerdings auch daran liegen, dass ich, bevor Gavin kam, nochmals die Statistiken studiert habe und gesehen habe, wie aussichtslos es ist. Mir ging auch durch den Kopf, wenn es mir wirklich so wichtig wäre, würde ich auf die Aussichtslosigkeit pfeifen und die In-vitro-Sache trotzdem in Angriff nehmen. Nein zu sagen, fühlte sich richtig an und trotzdem fürchte ich, dass ich es bereuen werde.«

»Jeder von uns bereut etwas«, beruhigte Tillie sie. »Wichtig ist, dass man sich von diesem Gefühl nicht beherrschen lässt.«

Deira schwieg.

»Und wer weiß, vielleicht klappt's doch noch«, fügte Tillie hinzu.

»Da mache ich mir keine allzu großen Hoffnungen«, bremste Deira. »Ich will ... halt, nein, ich will momentan nicht darüber nachdenken. Vielleicht nie wieder.«

»Gut«, sagte Tillie. »Dann reden wir über was anderes. Erzähl mir von deiner Reise – ich möchte sämtliche Details wissen.«

Obwohl sie sich Tillie mehr verbunden fühlte als sonst einem Menschen, war Deira nicht bereit, ihr alles zu erzählen. Sie verschwieg ihre nächtliche Begegnung mit Charlie Mulholland, ja, sie erwähnte ihn nur nebenbei. Stattdessen konzentrierte sie sich auf Grace und deren Schatzsuche. Ihre Freundin war fasziniert.

»Die Arme«, sagte Tillie. »Den Mann auf diese Art und Weise zu verlieren, muss schrecklich sein. Und dann hat er ihr auch noch diese Aufgabe hinterlassen ...«

»Grace nimmt das Leben, wie es ist«, sagte Deira. »Sie ist immer gelassen und entspannt, als könnte sie nichts aus der Ruhe bringen. Selbst als sie mir den herzzerbrechendsten Teil ihrer Geschichte erzählte, hatte sie sich völlig unter Kontrolle.«

»Was nicht heißt, dass dem auch so war«, betonte Tillie.

»Schon klar. Aber manchmal kam ich mir durch ihre Selbstbeherrschung absolut unfähig vor. Als wäre ich der Aufgabe nicht gewachsen, weil ich viel zu emotional bin. Wir haben unsere Probleme wohl unterschiedlich angepackt. Sie hat mich wirklich sehr unterstützt und ich konnte ihr hoffentlich auch helfen.«

»Bestimmt. Frauen sind oft viel zu selbstkritisch«, konstatierte Tillie. »Wir glauben, wir sind der Aufgabe nicht gewachsen, obwohl das meistens der Fall ist. Du sowieso.«

»Hängt von der Aufgabe ab.« Deira sah nachdenklich aus. »Was mein derzeitiges Privatleben betrifft, bin ich ein hoffnungsloser

Fall, aber ich bin wirklich überzeugt, dass ich für Arc Tech Großartiges leisten kann. Vorausgesetzt, deren Angebot ist reizvoll.«

»Du wirst, wenn die Parameter stimmen, den Arbeitsplatz tatsächlich wechseln?«

Sie nickte. »Ursprünglich hielt ich es für eine Flucht vor Gavin und Solas, aber der Job wäre eine tolle Herausforderung. Und ein neues Umfeld täte mir gut.«

»Das finde ich auch. Zumindest läuft er dir dann nicht täglich über den Weg und erinnert dich daran, dass er angeboten hat, dich zu schwängern, damit du endlich ihn und seine neue Freundin in Ruhe lässt.«

»Tillie!«

Doch dann lächelte Deira unvermittelt.

Denn Tillie hatte recht – wie immer.

37. Kapitel

Dundrum, Dublin, Irland: 53.2932 °N 6.2462 °W

Zwei Tage später standen Grace und Deira in dem Lagerhaus und betrachteten das Schließfach, das Ken sozusagen als Schatztruhe angemietet hatte.

»Du hast es wirklich und wahrhaftig geschafft«, sagte Deira.

»Ende Gelände«, stimmte Grace zu. »Wenn ich es mir so überlege, hatte er wirklich nicht mehr alle Tassen im Schrank. Mich quer durch Frankreich und Spanien zu jagen, bloß damit ich wieder auf der anderen Seite Dublins rauskomme. Er hätte mir von Anfang an gleich den Code für das Schließfach geben können.«

»Gab es dafür noch ein allerletztes Rätsel?«, wollte Deira wissen.

»Eigentlich nicht«, antwortete Grace. »Es sind die Geburtstage unserer Kinder. Also …«, sie drückte auf das in der Tür eingelassene Tastenfeld, »3 für Aline, 9 für Fionn und 21 für Regan.« Beim letzten Wort schwang die Tür auf, und die beiden Frauen sahen ins Schließfach.

Vor ihnen befand sich ein Stapel alter Bücher. Dahinter ein Stapel ähnlich alter Taschenbücher. Auf den gebundenen Büchern lehnten vier Kuverts an einem pflaumenfarbenen Schmuckschächtelchen. Drei waren an die Kinder adressiert, eines an Grace. Die Umschläge für die Kinder steckte sie in ihre Tasche, den an sie gerichteten Brief öffnete sie. Darin befand sich eine Doppelkarte.

Darauf war eine Frau zu sehen, die lesend in einem Garten saß. Langes Blondhaar verdeckte ihr Gesicht und sie war völlig in ihr

Buch vertieft. Die Schrift innen war zittrig, aber als Kens zu erkennen. Grace las laut vor.

»Ich habe Dich nie für meine Lieblingsschriftsteller begeistern können«, hatte er geschrieben. »Aber hoffentlich gefällt Dir diese Sammlung Deiner Autoren. Vielleicht werden diese Bücher eines Tages ebenso gefragt sein wie die anderen Ausgaben, die sich in diesem Schließfach befinden. Wie dem auch sei, ich habe sie gekauft, damit Du Dich daran erfreust. Ach, und in dem Schächtelchen ist auch noch eine Kleinigkeit. In Liebe, Ken.«

»Bücher.« Grace lachte. »Ich hätte mir denken können, dass in seinen Augen Bücher der wahre Schatz sind.«

»Und die Kleinigkeit in der Schmuckschachtel«, erinnerte Deira sie. »Mach auf.«

Grace schob die Karte in ihre Handtasche und machte die Schachtel auf. Auf violettem Samt funkelte ein Rubin.

»Wahnsinn, das ist ein Adele Dahlia«, keuchte Deira, als Grace den Ring herausnahm. »Ein klassischer Rubinring. Wir haben ihn bei einer unserer Ausstellungen über irische Goldschmiede gezeigt. Ich habe damals nicht damit gerechnet, dass wir was von Warren bekommen, weil sie so hochpreisig sind, aber die Inhaberin lieh uns netterweise für die Vernissage Stücke aus der Dahlia-, der Snowdrop- und der Ice-Dragon-Kollektion. Wir brauchten ein Alarmsystem, mehr Security-Personal und so weiter.«

Grace nickte und schob sich den Ring über den Finger. Er passte wie angegossen.

»Wir kamen einmal in der Adventszeit an Warrens vorbei, und ich entdeckte den Ring im Schaufenster«, erzählte sie. »Es war der schönste Ring, den ich je gesehen hatte, und ich sagte, wenn ich je das Geld hätte, würde ich ihn mir kaufen. Das ist aber Jahre her!«

»Offensichtlich hat er sich das gemerkt.«

»O Deira.« In Grace' Augen glitzerten Tränen. »Ich habe ihn in so vielerlei Hinsicht falsch eingeschätzt. Ich glaubte immer, er hört mir nicht zu, aber er hat mir zugehört. Ich glaubte, er sehe auf mich hinab, aber das war nicht der Fall ... Ein kleines bisschen vielleicht ... Wenn er doch nur zu Lebzeiten so lieb zu mir gewesen wäre wie seit seinem Tod. Wenn er es nicht hinausgeschoben hätte, bis es zu spät war.«

Deira umarmte sie. »Du wirst immer voller Liebe an ihn denken, Grace. Das ist wichtig.«

Grace schniefte ein paar Mal und lächelte schwach, bevor sie ein Taschentuch herauszog und sich die Nase putzte.

Deira ließ ihr Zeit, sich zu sammeln, bevor sie eines der Bücher in die Hand nahm. »Eine frühe Maeve Binchy«, sagte sie. »Und Grace – sie ist signiert.«

»Tatsächlich?« Grace nahm ihr das Buch aus der Hand. *Irische Freundschaften* aus dem Jahr 1982 war tatsächlich von der Autorin signiert.

»Das von Rosamunde Pilcher hier auch«, sagte Deira. »*Die Muschelsucher*. Davon habe ich gehört, hab's allerdings nicht gelesen.«

»Eines meiner absoluten Lieblingsbücher«, sagte Grace. »Und die anderen, was gibt es noch?«

Es gab zwei weitere Maeve Binchys, noch eine Rosamunde Pilcher sowie Edna O'Briens *Country-Girls-Trilogie* und Joanna Trollopes *Herbstlichter* – alle signiert.

»Ich habe *Herbstlichter* gleich bei Erscheinen gelesen und fand es grandios«, sagte Grace. »Als ich dann darauf bestand, dass Ken es las, tat er es als sentimental ab.«

»Schwer vorstellbar in diesem Moment, dass es jemanden gibt, der sentimentaler ist als der Professor.«

»Wie ist er bloß an all die signierten Ausgaben gekommen?«,

fragte Grace verwundert. »Wie lange er wohl dazu gebraucht hat?«

»Ich will dir deine Illusionen nicht nehmen, aber es gibt fast nichts, was es auf Ebay nicht gibt«, erklärte Deira. »Trotzdem hat er sich wahnsinnig viel Mühe gegeben. Was nur beweist, wie sehr er dich geliebt hat, Grace. Ich kann mir nicht helfen, ich glaube, als er damals das Auto ins Wasser lenkte, wollte er dir die schlimme Endphase seiner Krankheit ersparen. Möglicherweise dachte er, er tue das Richtige – für dich.«

Grace holte tief Luft. »Vielleicht. Aber vielleicht, so unwahrscheinlich das auch ist, war das gar nicht sein Plan.«

»Wie kommst du auf die Idee?«

»Etwas, was er im Video erwähnte«, erwiderte Grace. »Er sprach davon, dass er die Reise nicht mitmachen wollte, weil wir beide wüssten, es sei seine letzte und er wollte nichts bewusst zum letzten Mal tun. Aber dann sagte er auch, dass er andererseits schon gerne mitkäme. Er könnte ja einen Teil der Fahrerei übernehmen, damit er keine Last sei. Er sagte, vielleicht werde er üben. Was, wenn er sich an dem Abend zum Üben hinters Steuer setzte und dann ein Unfall passierte?«

Deira zögerte. Möglicherweise versuchte Grace aufgrund der zusammengetragenen Bücher, des wunderschönen Schmuckstücks, die Geschichte umzuschreiben. Wenn sie daran glauben wollte, was gab Deira das Recht, ihr diese Illusion zu nehmen. Also meinte sie, so etwas sei durchaus möglich.

»Du solltest dir das Video ansehen«, sagte Grace.

»Das kann ich unmöglich tun«, wandte Deira ein. »Das ist viel zu persönlich.«

»Du hast mich die letzten Wochen auf einer sehr persönlichen Reise begleitet«, widersprach Grace. »Ich möchte, dass du es dir ansiehst.«

»Wenn du dir sicher bist.« Aber Deira hatte ihre Zweifel. Grace mochte über große innere Stärke verfügen, aber bestimmt hatten Kens letzte Botschaft und seine Geschenke sie erschüttert. »Was ist mit den anderen Büchern?«, lenkte sie ab. »Den Taschenbüchern?«

»Ach Gott, ja.« Grace holte eines aus dem Schließfach heraus. »Oh«, machte sie. »Wieder ein Hemingway. Ebenfalls eine frühe Ausgabe. Genau genommen«, fügte sie hinzu, »halte ich das für eine Erstausgabe und, oh wow, die ist auch signiert.«

»Ist das dein Ernst?« Deira sah ihr über die Schulter.

»Ich wusste gar nicht, dass er diese Bücher überhaupt hatte.« Grace nahm das nächste Buch heraus. »Steinbeck. *Früchte des Zorns*. Auch signiert.«

»Grace, das ist wirklich ein Schatz.«

»Die hat er wahrscheinlich gefunden, als er in den USA war«, schlussfolgerte Grace. »Es gibt auch einen F. Scott Fitzgerald. Meine Güte, hier ist ein Salinger – und ein früher Norman Mailer.«

»Ein Sammler würde die bestimmt sehr schätzen«, meinte Deira.

Grace lachte. »Ken war Sammler. Sein Arbeitszimmer quillt über von Büchern. Vielleicht wollte er die wertvollsten hier an einem sicheren Ort unterbringen.«

»Willst du sie unter diesen Umständen bei euch zu Hause aufbewahren?«

»Ich weiß nicht«, sagte Grace. »Darüber muss ich nachdenken. Mit den Kindern reden, was sie damit machen wollen.«

»Hier kannst du sie aber nicht lassen.«

»Momentan ist dieser Ort genauso sicher wie jeder andere«, sagte Grace resolut. »Ich werde sein Arbeitszimmer ausmisten und so viel wie möglich weggeben, aber diese Ausgaben vielleicht mit heimnehmen. Schließlich bedeuteten sie ihm sehr viel. Sie sollten im Regal stehen, nicht in einem Lagerhaus vergammeln.«

»Gute Idee«, sagte Deira. »Oh!«

»Oh?«

»Wenn du damit einverstanden wärst, könnten sie Teil meiner ersten Ausstellung bei Arc sein«, sprudelte es begeistert aus ihr heraus. »Vorausgesetzt natürlich, ich bekomme den Job. Es könnte darum gehen, wie sich das Geschichtenerzählen verändert hat. Alte Bücher und moderne Technologie. Es könnte ...« Ihre Stimme wurde immer leiser. Sie sah die Ausstellung schon förmlich vor sich. Es könnte ein Geniestreich werden. Interaktiv. Man könnte Lesungen integrieren ...

»Erde an Deira.« Grace stupste sie.

»Entschuldige.« Deira lächelte. »Ich war gerade woanders.«

»Komm doch mit zu mir«, sagte Grace. »Schau dir die Bücher in Kens Arbeitszimmer an. Vielleicht kannst du damit etwas anfangen.«

»Liebend gern.«

»Dann Klappe zu und heimwärts.«

Grace streckte die Hand aus und betrachtete den tiefroten Rubin an ihrem Finger. Dann nahm sie eine der signierten Maeve Binchys heraus und sperrte das Schließfach zu.

Bei Grace zu Hause starrte Deira auf die Bücherberge im Arbeitszimmer des Professors.

»Du liebes bisschen«, sagte sie, »weniger Sammler, eher Hamsterer.«

»Ich weiß.« Grace quetschte sich am Schreibtisch vorbei. »Es wird dauern, alles durchzusehen und herauszufinden, was es wert ist, aufgehoben zu werden.«

»Da brauchst du einen Experten«, sagte Deira. »Ich kann dir leider nicht helfen. Kennst du jemanden?«

»Ich nehme an, Pat Rice könnte mir behilflich sein«, sagte Grace langsam.

»Vielleicht hatte der Professor das die ganze Zeit im Sinn«, sagte Deira. »Nachdem du von ihm den USB-Stick bekommen hättest, würde dir klar, dass was mit den Büchern geschehen muss. Und dann würdest du ihn fragen und eins führt zum anderen.«

»Tatsächlich hat Ken in seinem Video erwähnt, er hätte kein Problem, wenn Pat und ich uns näherkämen«, gab Grace zu. »Schon merkwürdig – einerseits sah er, dass ich ein eigenständiger Mensch mit persönlichen Vorlieben und Abneigungen bin, und andererseits erschreckte ihn die Vorstellung, ich müsste allein zurechtkommen, so sehr, dass er gerne seinen Nachfolger aussuchen wollte.«

»Du kommst bestimmt bestens zurecht«, sagte Deira. »Und auch wenn der Professor offenbar ein kleiner Kontrollfreak war, glaube ich wirklich, dass er das aus Sorge um dich einfädeln wollte.«

»Er hatte gern alles unter Kontrolle und das Kommando«, pflichtete Grace ihr bei. »Wahrscheinlich war ich viel zu nachgiebig.« Fragend sah sie Deira an. »Möchtest du das Video jetzt gern sehen?«

»Wenn du dir ganz sicher bist ...«

Grace holte den USB-Stick aus einer Schublade in Kens Schreibtisch und steckte ihn ins Laptop. Schweigend sahen die beiden Frauen zu, als Ken abermals zu seiner Frau sprach.

Hinterher wischte sich Deira die Tränen ab.

»Er hat dich sehr geliebt«, sagte sie.

»Und trotzdem hat er es mir hier zum ersten Mal gesagt«, konstatierte Grace.

»Bestimmt hat er es doch hin und wieder gesagt.«

Grace schüttelte den Kopf. »Na gut, ja, aber eher selten. An unserem Jahrestag und an meinem Geburtstag – solche wichtigen Daten vergaß er nie. Aber im Alltag ... fast nie. Normalerweise nur als Antwort, wenn ich sagte, ›ich liebe dich‹. Und selbst dann nicht immer.«

»Aber er hat doch ein Gedicht für dich rezitiert. Ich war noch nie mit einem Mann zusammen, der Gedichte kannte. Gavin jedenfalls nicht, er mag Lyrik nicht.« Auch wenn er für eine ihrer Ausstellungen, die sich um irische Dichter drehte, grünes Licht gegeben hatte.

»Aber hat er gesagt, dass er dich liebt?«

»Ich liebe dich, Dee.« Wenn er ihr eine Liebeserklärung machte, hatte er sie stets Dee genannt. Er hatte es oft gesagt. Und auf einmal nicht mehr. Da hätte sie spüren müssen, dass etwas nicht stimmte. Doch es war ihr nicht aufgefallen, so sehr war sie mit ihrer Arbeit beschäftigt.

»Worte zählen nicht, wenn sie nicht ehrlich gemeint sind«, sagte sie. »Ich wäre lieber mit einem Mann zusammen, der es nie sagt, mich aber wirklich liebt, als mit einem, der es ständig auf den Lippen führt, aber nicht so meint.«

»Aber es gehört dazu, wenn man jemanden liebt«, sagte Grace. »Er hat es nicht gesagt und mir nicht gezeigt und ich habe deswegen den Großteil meines Lebens geglaubt, ich wäre nicht gut genug für ihn. Und irgendwann habe ich dann auch aufgehört, ›ich liebe dich‹ zu sagen. Das bedauere ich, Deira. Denn wenn wir mehr miteinander geredet, einander gesagt hätten, wie wichtig der andere ist, wäre ich mir nicht wie der unterlegene Teil unserer Beziehung vorgekommen. Und vielleicht hätte er mit seiner Krankheit besser umgehen können.«

»Es richtig zu machen, ist verdammt schwierig«, sagte Deira.

»Jemandem zu sagen, dass man ihn liebt, oder es nicht zu sagen. Das Richtige zu tun, es nicht zu tun. Wie soll man wissen, was richtig ist?«

»Gar nicht.« Grace lächelte schief. »Deshalb ächzen die Regale in den Buchhandlungen unter Ratgeberliteratur. Wir wissen eigentlich nie, was das Richtige ist. Wir alle tun nur so, als wüssten wir's. Selbst die Besten unter uns.«

»Ken hat dir nicht nur die Bücher und den Ring geschenkt«, meinte Deira nachdenklich. »Er hat dir die Möglichkeit geschenkt, neue Freundschaften zu schließen. Ich hoffe, dass wir immer befreundet bleiben, Grace. Ich finde es nämlich wunderbar, dass wir uns getroffen und gemeinsam diese Reise unternommen, einander unsere Probleme anvertraut haben und auch wenn nicht alles so gekommen ist, wie wir uns das wünschten, so geht es uns danach doch ... zumindest in meinem Fall um Längen besser. In deinem Fall ...«

»Mir geht's definitiv viel besser als vor der Reise«, gab Grace zurück. »Ich kenne meinen Mann besser, auch wenn ich es natürlich sehr bedauere, dass wir über manche Dinge nicht zu seinen Lebzeiten gesprochen haben. Ich bin froh, dass ich weiß, wie sehr er mich geliebt hat. Ich bin auch froh, dass du dabei warst, denn ohne dich wäre ich wahrscheinlich nicht über Nantes hinausgekommen!«

»Freundinnen auf immer und ewig.« Deira grinste.

»Das hoffe ich doch schwer«, sagte Grace. »Wie wär's jetzt mit einem Tee. Oder«, fiel ihr ein, »mit Champagner? Im Kühlschrank steht seit fast einem Jahr eine Flasche. Das wäre doch der richtige Zeitpunkt, sie aufzumachen.«

»Champagner? Aber immer«, sagte Deira und folgte ihr in die Küche.

38. Kapitel

Hanover Quay, Dublin, Irland: 53.2038 °N 6.1408 °W

Deira stand im neuen Besucherbereich von Arc Tech und seufzte voller Befriedigung. Ihr erstes Projekt, eine Ausstellung über alte Bücher, inspiriert von Professor Kenneth Harringtons Sammlung, würde demnächst vom kürzlich ernannten neuen Minister of Arts and Heritage eröffnet werden und die Gästeliste für die Vernissage war höchst beeindruckend. Abgesehen von Vertretern verschiedener Kunst- und Kulturorganisationen standen auch Grace Garvey und ihre drei Kinder darauf sowie Pat Rice, Gill, Bex und Tillie. Deira hatte auch Leute eingeladen, mit denen sie bei früheren Ausstellungen zusammengearbeitet hatte, beispielsweise Jennifer, Thelma Roaches Nichte. Sie hatte Jennifer angerufen und ihr zu der Ausstellung in Amayas Galerie gratuliert, und Jennifer hatte selig verkündet, sechs ihrer Gemälde seien verkauft worden. Deira freute sich für sie und auch darüber, dass die Verbindung zu dieser Künstlerin weiterhin bestand.

Jetzt jedoch, kurz bevor die Öffentlichkeit Zutritt zur Ausstellung bekam, betrachtete Deira den Raum mit den Augen einer Besucherin und nicht als Kuratorin. Das Ausmaß von Kens Sammlung hatte sie fast überwältigt, mehr aber noch die Qualität, denn es gab viele Erstausgaben berühmter Werke von bedeutenden irischen Schriftstellern. Sie hatte die Ausstellung in verschiedene Epochen unterteilt, schlug den Bogen von der Vergangenheit bis in die Gegenwart. Viele der Bücher hatte sie als Studentin gelesen, aber sie kannte nicht alle und war dankbar für die Entdeckungen, die sie auf ihre Leseliste setzte.

In den letzten vier Monaten hatte sie allerdings keine Zeit zum

Lesen gehabt. Nachdem sie bei Solas Life and Pensions gekündigt hatte, musste sie eine vertraglich vorgeschriebene Auszeit nehmen, bevor sie bei Arc ihre neue Stelle antreten durfte. Gemeinsam mit Bex war sie nach Paris geflogen, hatte sich ein Cabrio gemietet, das Dach geöffnet und war um den Arc de Triomphe herumgekurvt, während aus der Anlage »The Ballad of Lucy Jordan« wummerte. Es war kein völlig entspanntes Erlebnis gewesen, denn der Pariser Verkehr war genauso furchteinflößend, wie Grace es vorhergesagt hatte, aber dennoch erhebend.

Bex erklärte, das wäre eines der Highlights ihres Lebens. Während des gesamten Aufenthalts war sie fröhlich und gutgelaunt gewesen und selbst als sie über ihre Abtreibung sprachen, war sie gelassen geblieben.

»Du magst anders darüber denken«, sagte sie an dem Abend, »aber es ist mein Körper, meine Entscheidung und ich hatte das Recht, sie zu treffen.«

Deira hatte mit keiner Silbe erwähnt, dass sie sich einen anderen Ausgang gewünscht hätte. Denn selbst wenn ihre Vorstellung, Bex' Kind aufzuziehen, umsetzbar gewesen wäre, hätte sich das Leben ihrer Patentochter auf unvorhersehbare Weise geändert. Deshalb sagte sie nur, sie liebe und unterstütze Bex und würde sie immer lieben und unterstützen, worauf der jungen Frau doch die Tränen kamen und sie sagte, sie werde Deira auch immer lieben.

Die Reise hatte sie einander sehr nahegebracht, und Deira stellte fest, dass Bex mit ihrem schrägen Humor und ihrer Entschlossenheit, ihr Leben nach ihren eigenen Vorstellungen zu gestalten, ihr sehr ähnlich war. Sie könne jederzeit zu ihr nach Dublin kommen, sagte sie, worauf Bex meinte, sie werde sie beim Wort nehmen, denn es gebe dieses Jahr einige Konzerte, die sie besuchen wolle, und natürlich sei das Shoppen dort immer höchst verlockend – und dann lachte sie und meinte, sie müsse sich keine Sorgen machen, sie werde keinesfalls unangekündigt vor Deiras Tür stehen.

Anlässlich der Vernissage wohnten weder Gill noch Bex bei ihr, denn obwohl das ursprünglich Gills Plan gewesen war, hatte sie Deira mitgeteilt, sie hätte ein super Angebot für zwei Übernachtungen im *Clayton* ergattert, was die bessere Lösung sei, da Deira sicher mit der Ausstellung alle Hände voll zu tun habe und keine Zeit, sich um sie zu kümmern.

Deira war erstaunt, aber auch erleichtert. Zumindest aber hatte sie eingeplant, am nächsten Tag mit Schwester und Nichte essen zu gehen. Wenn man zu etwas nicht verpflichtet war, tat man es aus freien Stücken richtig gern, dachte sie.

»Deira. Es sieht phantastisch aus.« Ardal sprang dynamisch die Treppe herunter. »Ich bin mehr als glücklich.«

»Ich auch«, gestand sie. »Genauso hatte ich es mir vorgestellt.«

»Mir gefällt die Ausstellung wahnsinnig gut, aber dass wir unser Unternehmen so als Teil der Stadt präsentieren können, finde ich ebenfalls grandios«, sagte Ardal. »Und natürlich weiß ich, dass auch unternehmerische Aspekte eine Rolle spielen, aber mir persönlich bedeutet dieses Engagement für Dublin sehr viel.«

»Das freut mich«, sagte Deira. »Mir hat die Arbeit einen Riesenspaß gemacht.«

»Und ich freue mich schon auf die vielen weiteren Projekte, die du aushecken wirst«, sagte Ardal.

»Ich auch.«

»Aha.« Ardal nickte mit Blick auf die Glastür. »Unsere ersten Gäste sind da. Es geht los.«

Grace war vollkommen begeistert von der Ausstellung, die viel größer war, als sie es sich je erträumt hatte. Wenn doch nur Ken hier sein und miterleben könnte, wie die Leute seine Sammlung bestaunten und voller Euphorie und Eifer über die Bücher sprachen. Wenn er doch nur die Reden des Ministers und des Lord Mayors, von Ardal und schließlich von Deira hätte hören können, die ihn als einen Dozenten in Erinnerung rief, der voller Leidenschaft für Worte und Literatur gewesen war, der in seinen Studierenden die Wertschätzung für das gesprochene und geschriebene Wort hatte wecken wollen.

»Unausgesetzt versuchte er, uns den präzisen Umgang mit dem Wort, die Feinheiten der Sprache beizubringen und uns das Glück zu lehren, das ein gutes Buch bedeutet«, sagte sie. »Er forderte uns gern heraus und wurde gern herausgefordert, und das blieb so bis zum Schluss. Ich fühle mich sehr geehrt und bin stolz, seine außergewöhnliche Sammlung der Öffentlichkeit vorstellen zu dürfen, und möchte mich besonders bei seiner Frau Grace und ihren gemeinsamen Kindern Aline, Fionn und Regan bedanken, dass sie heute anwesend sind.«

Grace war ganz gerührt von Deiras Ansprache. Nach den Reden wurde sie aber angesichts der innovativ präsentierten Bücher, die Deira mit Plakaten und Kunstwerken kombiniert hatte, wieder fröhlich.

»Hoffentlich macht es dir nichts aus«, sagte Grace, als sie Deira endlich zu fassen bekam. »Aber ich habe noch jemanden eingeladen. Er ist gerade erst angekommen.«

»Natürlich nicht. Ich hatte dir ja gesagt, du kannst so viele Gäste mitbringen, wie du magst.«

»Duncan«, sagte Grace.

Deira runzelte die Stirn. »Duncan?«

»Vom Restaurant in Spanien«, erklärte Grace. »Duncan Anderson.«

»Grace!« Deira sah sie verblüfft an. »Bist du jetzt mit Duncan zusammen?«

Grace lächelte verschmitzt.

»Ich glaub's ja nicht!«, jubelte Deira. »Oder vielmehr, ich glaub's sehr wohl, ich dachte ja schon früher, dass er was für dich übrighat, aber ... ach, Grace!«

»Auf dem Heimweg hat er mich ein Stück begleitet«, erklärte Grace. »Er musste für einige Wochen nach Großbritannien und Santander war für ihn als Abfahrtsort mit der Fähre ganz praktisch. Also sind wir gemeinsam durch Spanien gefahren und ich war zum ersten Mal in Santander. Und dann bin ich allein zurück durch Frankreich gegondelt.«

»Davon hast du keinen Ton gesagt! Du bist ein stilles Wasser und die sind bekanntlich tief. Was bist du für eine erstaunliche Frau, Grace Garvey«, sagte Deira. »Da bleibt mir echt die Spucke weg.«

»Wir stehen noch ganz am Anfang unserer Fernbeziehung. Warten wir's ab, wie sich das Ganze entwickelt.« Grace schob sich eine Haarsträhne aus dem Gesicht, ihr riesiger Adele-Dahlia-Ring funkelte. »Ich suche keinen Ersatz für Ken, doch auch wenn wir momentan in verschiedenen Ländern leben, ist es schön, einen Partner zu haben. Duncan ist ein wunderbarer Mensch.«

»Ich freue mich so für dich«, sagt Deira. »Was ist eigentlich mit Pat?«

Pat hatte sie sehr bei der Durchsicht von Kens Sammlung unterstützt, und Deira hatte ihn in den letzten Monaten in ihr Herz geschlossen.

»Er ist ein anständiger Kerl, aber Ken in vielerlei Hinsicht ähnlich und ich möchte keinen Ken 2.0«, erklärte Grace. »Duncan ist anders. Anders gefällt mir.«

Deira umarmte sie und lächelte, als Duncan sein Gespräch mit Fionn beendete und zu ihnen kam.

»Gratulation«, sagte er, »einfach klasse.«

»Vielen Dank.«

Sie unterhielten sich über die Ausstellung und über das Restaurant, dann wurde Deira von Ardal beiseitegenommen – die PR-Abteilung wolle unbedingt ein kurzes Video über die Ausstellung drehen, der Termin sei morgen.

»Echt schade, dass wir da nicht früher daran gedacht haben«, sagte er. »Wir hätten filmen können, wie du dich bei Grace zu Hause durch die Bücher wühlst. Mal abwarten, welche Ideen sie haben.«

»Wird schon werden«, meinte sie und ging Gill und Bex suchen.

Es war schon nach Mitternacht, als sie endlich heimkam.

Deira streifte die Schuhe ab, ließ sich aufs Sofa fallen und war eingeschlafen, noch ehe sie Tillies Mitbringsel zur Vernissage, eine Kerze mit Entspannungsduft, anzünden konnte.

Kurz vor Tagesanbruch wachte sie mit Nackenschmerzen auf, denn sie hatte schief gelegen. Doch nachdem sie geduscht und sich in frische Kleider geworfen hatte, fühlte sie sich erstaunlich fit. Der Dresscode bei Arc Tech war eher leger, aber Deira trug gern die eleganten Kostüme, Hosenanzüge und Kleider, die sie sich während ihrer Zeit bei Solas angeschafft hatte. Da sie an diesem Morgen den Videoproduzenten treffen würde und für den Fall, dass sie sofort ein paar Aufnahmen machen wollten, wählte sie ein rotes Shiftkleid samt passender Jacke, das ihrem Hautton schmeichelte und ihren grünen Augen Tiefe verlieh. Sie fuhr sich mit den Fingern durchs Haar und trug ihren neuen roten Lippenstift auf. Dann packte sie ihre hochhackigen Kurt-Geiger-Schuhe in eine Tüte und schlüpfte für den Weg ins Büro in ein Paar Sneakers. Als sie die Haustür verschloss, überkam sie große Dankbarkeit gegenüber ihrem neuen Arbeitgeber. Die neue Aufgabe war mit einer beträchtlichen Gehaltserhöhung verbunden. Als Bethany Burke sie angerufen und das Gehalt sowie die weiteren finanziellen Vorteile verkündet hatte, die Arc Tech ihr anbot, wäre sie beinahe vom Stuhl gefallen und hatte schwer an sich halten müssen, um nicht sofort zuzusagen. Aber sie war äußerlich gefasst geblieben und hatte auf der Änderung von ein, zwei (aus ihrer Warte) Kleinigkeiten bestanden, woraufhin die Headhunterin ihr kurz darauf ein angepasstes und noch besseres Angebot vorgelegt hatte.

Mit dieser Sicherheit im Rücken war ein Kredit, mit dem sie Gavin seinen Anteil am Haus auszahlen konnte, kein Problem gewesen. Bei der Erinnerung an seine Reaktion, als sie bei Solas ihre Kündigung eingereicht hatte, musste sie lächeln. Er hatte sie angerufen und in sein Büro gebeten, wo er sie nach ihren Plänen gefragt hatte.

»Das geht dich eigentlich nichts mehr an«, meinte sie.

»Ich bin besorgt«, erklärte er, »besorgt, dass du, wenn du das Unternehmen verlässt, deinen Verbindlichkeiten nicht mehr nachkommen kannst.«

»Um mich musst du dir keinerlei Sorgen machen.« Ihre Stimme klang ruhig und gelassen. »Nur so viel: Ich habe eine neue Stelle. Mir geht's prima und in finanzieller Hinsicht steht ebenfalls alles bestens. Wir lassen das Haus schätzen und dann sehen wir, wie wir die Auszahlung deines Anteils regeln.«

»Okay.« Ihr neugewonnener Optimismus verunsicherte ihn eindeutig. »Und dir geht's wirklich gut?«

»Ja, und es tut mir leid, dass ich dir das Leben schwergemacht habe – auch wenn du es verdient hast. Es tut mir leid, dass ich, ohne einen Ton zu sagen, das Auto genommen habe. Genauer genommen tut mir vieles leid. Ich war nicht ich selbst. Jetzt schon.«

»Ah. Danke.« Er war zunehmend verunsichert.

»Ich hoffe, bei dir ist alles in Ordnung«, sagte sie. »Du siehst nämlich ein wenig müde aus.«

»Letzte Nacht habe ich nicht viel geschlafen«, sagte er. »Afton ist –« Er verstummte und betrachtete sie. »Alles gut«, sagte er. »Mir geht's gut.«

Eine Woche später brachte Afton ein Mädchen zur Welt, das den Namen Jewel bekam. Als Deira davon erfuhr, war sie anfänglich zwar durcheinander, doch nicht so abgrundtief verzweifelt und verbittert, wie sie befürchtet hatte. Freilich schickte sie den frischgebackenen Eltern keine Karte (was diese sicherlich sowohl unpassend als auch ein wenig verstörend gefunden hätten), ließ Gavin allerdings über ihren Rechtsanwalt Glückwünsche ausrichten.

Als sie zum Hanover Quay ging, fiel die frühe Morgensonne durch die Bäume, die den Canal säumten. Die Ruhe, die um diese Tageszeit herrschte, tat ihr gut, ebenso das Wissen, dass die kommenden Stunden Spannendes bereithalten könnten (natürlich auch Langweiliges, aber im Licht der Morgensonne neigte sich ihre innere Waagschale zugunsten spannender Ereignisse).

Obwohl sie früh dran war, war sie nicht die Erste im Büro. Je nach Aufgabengebiet hatten die Angestellten von Arc Tech Gleitzeit, konnten sich ihre Arbeit zwischen halb sechs und Mitternacht einteilen. Deira hatte das Gebäude zwar nie um halb sechs betreten, aber in den Tagen vor der Vernissage hatte sie oft bis kurz vor Mitternacht gearbeitet.

Der Besucherbereich, von sämtlichen Spuren des Vorabends gereinigt, war wieder makellos und einladend. Sie schlenderte durch die Ausstellung, freute sich, dass jedes Buch bestmöglich präsentiert wurde, und war immer noch voller Ehrfurcht, welche Sammlung der Professor zusammengetragen hatte. Manche Stücke waren enorm wertvoll und daher ein viel größerer Schatz, als Grace je vermutet hatte.

Deira blieb vor der ziemlich eselsohrigen Ausgabe von *Fiesta* stehen, die sich im Schließfach befunden hatte. Die vergilbten Seiten waren abgegriffen und hatten Stockflecken, aber das Buch war immer noch lesbar. Als die Ausstellung genehmigt worden war, hatte sie sich den Hemingway noch einmal zu Gemüte geführt, musste aber gestehen, dass ihr die Lektüre genauso wenig Spaß machte wie beim ersten Mal. Ebenfalls ausgestellt waren Grace' signierte Maeve-Binchy-Romane. Deira gefiel, wie deren fröhliche Umschläge hervorleuchteten. Licht und Schatten, dachte sie. Ganz wichtig.

Sie nahm den Aufzug in den vierten Stock. Obwohl bei Arc Tech hauptsächlich in Großraumbüros gearbeitet wurde, hatte Deira ein eigenes großzügiges Büro mit deckenhohen Fenstern, von denen aus man einen wunderbaren Blick auf die Docks hatte. Es war größer als Gavins, was ihr jedes Mal, wenn sie daran dachte, ein Lächeln entlockte.

Es war kurz vor elf, als Rhona Maguire, die PR-Chefin, hereinkam und ihr mitteilte, der Videoproduzent warte auf sie.

»Dann gehe ich gleich runter.« Deira schlüpfte in ihre Highheels, überprüfte im Taschenspiegel ihr Make-up, und fuhr sich ordnend durchs Haar, bevor sie zum Aufzug ging.

Er hatte ihr den Rücken zugewandt und betrachtete die Ausgabe von James Plunketts *Manche, sagt man, sind verdammt*, als sie den Visitor Space betrat. Doch sie erkannte ihn sofort und die höfliche Begrüßung erstarb ihr auf den Lippen, so dass er erst durch das Klacken ihrer Absätze auf dem Fliesenboden auf sie aufmerksam wurde. Er drehte sich um.

»Hallo, Deira.«

»Charlie«, krächzte sie. »Rhona hat nicht gesagt ... Sie meinte, es wäre eine ... mit dir hatte ich nicht gerechnet.«

»Ich mache nicht nur spannende Interviews in Frankreich

und Spanien«, sagte er. »Oftmals sind die Aufträge für Unternehmen lukrativer.«

Noch immer sprachlos, nickte sie.

»Sie möchte, dass du darüber sprichst, wie du auf die Idee zu dieser Ausstellung gekommen bist. Vielleicht ein, zwei Bücher zeigst. Erklärst, wie sich Arc Tech ins Stadtleben einbringt. Das Interview mit Ardal mache ich später. Noch vor Ende der Woche ist alles im Kasten.«

»Gut«, sagte sie.

»Du siehst klasse aus«, meinte er. »Und sehr *businesslike.*«

»Du siehst auch gut aus.«

»Ich stehe hinter der Kamera, wie ich aussehe, spielt keine Rolle.« Er schenkte ihr ein kleines Lächeln. »Es läuft folgendermaßen ab: Rhona hat mir eine Liste mit Fragen gegeben. Ich stelle die Fragen, aber im Gegensatz zu dir sieht man mich nicht. Du wirst gefilmt, während du sie beantwortest. Ich habe mir die Lichtverhältnisse angesehen, wir sollten uns dort positionieren.« Er deutete auf eine Ecke des Visitor Space. »Natürlich werde ich auch die Ausstellung selbst ausgiebig abfilmen. Einverstanden?«

Sein geschäftsmäßiges Auftreten brachte sie aus der Fassung. Offenbar wollte er ihre letzte Begegnung, bei der sie sich bis auf die Knochen blamiert hatte und ihn zu persönlichen Geständnissen gezwungen hatte, vollständig negieren. Er benahm sich, als wäre nie etwas vorgefallen. Als träfen sie sich zum ersten Mal.

»Einverstanden?«, wiederholte er.

Er hatte sich nicht verändert, wie sollte auch innerhalb weniger Monate eine Transformation stattfinden? Immer noch die alte abgeschabte Lederjacke, die er auf der Fähre getragen hatte, bequeme Schuhe, verwaschene Jeans. Immer noch waren seine Haare ein klein wenig länger als die derzeitige Mode.

»Ja«, antwortete sie. »Bestens.«

»Schön.«

Hatte er die Nacht tatsächlich vergessen oder ignorierte er sie bewusst? Damals war sie zwar im Unrecht gewesen, aber jetzt war sie seine Kundin. Daher konnte er sich nicht leisten, gekränkt zu sein. Er konnte es sich nicht leisten, zu zeigen, dass er möglicherweise immer noch verletzt war. Die Macht, die sie damit über ihn hatte, missfiel ihr. Sie wollte etwas sagen, doch er bugsierte sie bereits auf eine bestimmte Sitzgelegenheit, ging um sie herum, prüfte den Lichteinfall und den Ausschnitt der Ausstellung, der zu sehen sein würde.

Sein Handy klingelte und er führte ein kurzes Gespräch.

»Der Tontechniker«, sagte er, nachdem er aufgelegt hatte. »Er kommt gleich.«

»Möchtest du so lange einen Kaffee oder etwas anderes?«, fragte sie.

»Danke, nein. Es gibt genug zu tun. Bleib bitte da sitzen.« Er ging durch die Ausstellung, fotografierte das eine oder andere Buch. Dann tauchte ein jüngerer Mann auf, die beiden unterhielten sich und kamen dann zu Deira herüber.

»Ich bin Jonah«, sagte der Mann. »Ich werde Sie für den Ton verkabeln. Macht es Ihnen was aus, wenn das Kabel unter Ihrem Kleid durchgeführt wird? Den Sender verstecken wir hinter Ihrem Rücken. Erzählen Sie mir mal, was Sie zum Frühstück hatten.«

Verblüfft sah sie ihn an.

»Für die Tonprobe«, stellte er klar.

»Eigentlich nichts.«

»Das reicht nicht.« Charlie zog eine Augenbraue hoch. »Du musst was zusammenphantasieren. Cornflakes, Toast?«

»Äh ... Cornflakes, Toast«, sagte sie, während Jonah an seinen

Reglern herumhantierte. »Eigentlich hasse ich beides. Wenn ich frühstücke, dann Obst.«

»Irgendwer hat mir mal erzählt, dass Obst auf leeren Magen nicht gut ist«, bemerkte Charlie. »Zu viel Säure. Ich persönlich mag Toast. Unter haufenweise Marmelade.«

»Für mich gibt's nur Avocadotoast«, klinkte sich Jonah ein. »Okay, Deira. Jetzt passt alles, von mir aus kann's losgehen.«

»Gut«, sagte Charlie. »Zuerst ein paar Fragen, während du sitzt, dann gehen wir durch die Ausstellung und ich stelle weitere Fragen. Übrigens wird es nicht alles ins Video schaffen. Und mach dir keine Sorgen, wenn du dich verhaspelst, wir können so viele Takes machen wie nötig. Vergiss nicht, im Video werden meine Fragen nicht zu hören sein, also musst du möglichst viele Informationen in das, was du sagst, reinpacken. Bereit?«

Deira nickte.

»Dann los. Erste Frage. Wie kamen Sie auf die Idee für *Written Words* und warum fanden Sie, dies hier wäre der geeignete Rahmen für die Ausstellung?«

Rhona hatte Deira am vorigen Abend die Fragen gemailt, daher hatte sie halbwegs Zeit gehabt, sich ihre Antworten zurechtzulegen, doch obwohl sie genau wusste, was sie sagen wollte, war ihr Mund vor Nervosität völlig ausgetrocknet.

Charlie holte aus seinem Rucksack eine kleine Flasche Wasser, sie solle sich die Kehle befeuchten. »Nur mit der Ruhe«, sagte er. »Wir haben's nicht eilig.«

Nachdem sie sich gesammelt hatte, stellte er ihr die Frage erneut. Diesmal war ihre Antwort zusammenhängend und stimmig, so hoffte sie jedenfalls.

»Wunderbar«, lobte er. »Okay, hier kommt die nächste. Woher haben Sie die Bücher?«

Deira erzählte von der Sammlung des verstorbenen Professors Kenneth Harrington, wie großherzig Grace ihr Zugang zu seiner Bibliothek gewährt hatte.

»Wie haben Sie beiden sich kennengelernt?«, fragte Charlie.

»Wir haben uns spontan zusammengetan und sind durch Frankreich und Spanien gereist«, antwortete Deira. »Es war herrlich.«

»Würden Sie mir die Sammlung zeigen?«

Deira führte ihn mit wachsendem Selbstbewusstsein durch die Ausstellung, teilte ihre Kenntnisse über die Bücher und die Kunstwerke.

»Hört sich an, als hätten Sie viel Spaß beim Kuratieren gehabt«, sagte Charlie.

»Enorm«, bestätigte Deira. »Ich bin sehr glücklich, dass ich die Möglichkeit habe, der Öffentlichkeit diese unglaubliche Sammlung zu präsentieren.«

Irgendwann erklärte Charlie, sie hätten genug Material beisammen, und bedankte sich für ihre Kooperation.

Er sah zu Jonah hinüber, der den Daumen hob und seine Aufnahme überprüfte und sich anschließend verabschiedete, weil er zum nächsten Einsatz musste.

»Hast du alles im Kasten?«, fragte Deira.

»Danke, ja.«

Unbeholfen stand sie neben ihm. Sollte sie etwas sagen? Und wenn ja, was? Er ignorierte sie, sah sich das gedrehte Material an.

»Es tut mir leid«, platzte es aus ihr heraus. Er unterbrach die Wiedergabe und sah sie an. »Wegen damals. Es tut mir entsetzlich leid. Diese Nacht nagt unentwegt an mir.«

»Vergiss es einfach.«

»Das kann ich nicht«, sagte sie. »Schon klar, dass dir dieses unverhoffte Zusammentreffen wahrscheinlich nicht recht ist und du es dir auch nicht anhören magst, aber ich … eigentlich bin ich ganz anders. Ich bin nicht der Mensch, den du kennenge –«

»Du hast einen Fehler gemacht. Das ist doch nicht so tragisch.«

»Nein.« Sie schüttelte den Kopf. »Du hattest völlig recht. Ich habe dich als Mittel zum Zweck gesehen. Es ging mir nur um deinen Körper, nicht um dich als Mensch. Und du bist ein guter Mensch, das weiß ich. Ich wollte dich ausnutzen. Dafür kann ich mich gar nicht genug entschuldigen.«

Ihre Blicke trafen sich kurz.

»Entschuldigung angenommen«, sagte er.

»Ich habe das Gefühl, mich rechtfertigen zu müssen, obwohl es keine Rechtfertigung für mein damaliges Verhalten gibt.«

»Musst du nicht. Nicht mir gegenüber.«

»Charlie. Ich weiß, auch das ist wieder egoistisch, um mein schlechtes Gewissen zu beruhigen, aber könnte ich dich als winzigste Wiedergutmachung auf einen Kaffee einladen?«

»Jetzt?«, fragte er.

»Ja, wenn es dir reinpasst.«

»Okay.«

Sie war erstaunt, dass er die Einladung ohne Wenn und Aber annahm. »Es gibt ein nettes Café um die Ecke«, sagte sie. »Gib mir fünf Minuten. Ich muss nur meine Tasche holen.«

»Okay«, sagte er erneut.

Sie sauste rasch in ihr Büro, schnappte ihre Tasche und stand kurz darauf unten im Foyer. Charlie hatte seine Ausrüstung bereits zusammengepackt und wartete auf sie.

»Hier entlang.« Sie ging voran.

Das Café war fast leer, nur wenige Gäste saßen dort mit aufgeklappten Laptops. Deira ging die Getränke holen, während Charlie einen Tisch aussuchte.

»Wie geht es eigentlich deinen Rippen?«, erkundigte er sich, als sie ihm seinen Americano hinstellte.

»So gut wie neu.«

»Das freut mich«, sagte er. »Dich hat's an der Raststätte echt richtig hingehauen.«

»Ich hatte höllische Schmerzen«, gestand sie. »Aber ich wollte es mir keinesfalls anmerken lassen.«

»Ich habe es trotzdem bemerkt und fand die Fahrt nach Bordeaux keine gute Idee.«

»So weit kam ich gar nicht.«

»Aber nach Pamplona. Und nach *El Pozo de la Señora*. Ich fühlte mich geschmeichelt, als ich dich dort gesehen habe. Allerdings wohl aus den falschen Gründen.«

»Also«, sagte sie. »Anhand meines Geschwafels in jener Nacht weißt du, dass ich damals psychisch gar nicht gut drauf war. Besessen davon, dass mein Lebensgefährte eine neue Freundin hat, besessen davon, wie du weißt, dass sie halb so alt ist wie ich und ein Kind erwartet und was das für mich bedeutete.

Und ich war besessen von dem Gedanken, dass ich möglicherweise nie Mutter werde. Eine geradezu körperliche Obsession hatte von mir Besitz ergriffen.«

»Das kam mir in Pamplona gar nicht so vor.«

»Sie kam in Wellen«, erklärte sie. »Aber sie war immer vorhanden. Brodelte unter der Oberfläche, konnte jederzeit ausbrechen. Und als das passierte, standest du leider in der Schusslinie.«

»Ich hatte das Gefühl, dass du mich geradezu in diese Schusslinie bugsiert hast«, meinte er.

»Ja, stimmt, und es tut mir unendlich leid. Besonders leid tut es mir, dass ich dich dazu getrieben habe, mir sehr persönliche Dinge zu offenbaren, die du sicher lieber für dich behalten hättest. Ich habe dich genauso gedemütigt wie mich selbst und ja, dieses Treffen dient nur dazu, mein schlechtes Gewissen ein klein wenig zu beruhigen, aber du sollst wissen, dass ich damals in jedem Mann einen potentiellen Vater für mein Kind sah. Jeden, der nicht wie ein Psychopath aussah. Egal wer, egal wo. Ich war ein weibliches Raubtier, das auf Samenjagd das Land durchstreifte.«

»Und aktuell?«

»Mein Ex und seine Lebensgefährtin sind Eltern geworden. Wir sind zu einer finanziellen Einigung hinsichtlich des Hauses gekommen. Ich habe den Arbeitsplatz gewechselt. Ich war ...«, sie sah von der Tasse hoch, in die sie bisher unverwandt gestarrt hatte, »ich war beim Psychologen.«

»Hat es geholfen?«

»O ja«, sagte Deira. »Alle Veränderungen waren hilfreich. Zu behaupten, ich wäre mit sämtlichen meiner früheren Entscheidungen glücklich, wäre allerdings zu viel gesagt. Es könnte durchaus sein, dass es mich irgendwann einholt, obwohl ich weiß, dass die Wahrscheinlichkeit mit jedem Tag, der ins Land geht, sinkt. Aber es ist kein Wunsch mehr, der wie früher alles andere bestimmt. Und vielleicht verschwindet er irgendwann ganz. Ich weiß es nicht. Was ich aber weiß: Ich habe mein seelisches Gleichgewicht wiedergefunden.«

»Das freut mich«, sagte Charlie. »Und es freut mich, dass du dir Hilfe geholt hast.«

»Ich erwartete nicht, dass du mich wirklich verstehst«, sagte sie, »aber solche Entscheidungen sind ziemlich schwierig. Vor allem, wenn einem plötzlich klar wird, dass es nicht nur graue Theorie ist, sondern manche Entscheidungen bewusst getroffen werden müssen. Es ist ein Schock, wenn man das Gefühl hat, der eigene Körper hätte einen verraten. Das ist beileibe keine Entschuldigung dafür, wie ich mit dir umgesprungen bin, aber zumindest in Ansätzen eine Erklärung.«

»Ich kenne das Gefühl, vom eigenen Körper verraten zu werden, nur allzu gut«, sagte Charlie.

»O Gott. Natürlich. Ich –«

Er unterbrach sie. »Hast du dir wirklich die ganze Zeit seit unserer letzten Begegnung Vorwürfe gemacht?«

»Ja.«

Er holte tief Luft. »Ich bin einmal mit einer Frau ausgegangen, habe ihr gesagt, dass ich sie liebe und alles für sie tun würde, sie der wunderbarste Mensch auf Erden sei. Wir schliefen miteinander und am nächsten Tag löschte ich meine sämtlichen Daten aus ihren Kontakten, bevor ich mich aus ihrer Wohnung schlich und sie nie wiedersah. Was du getan hast, geschah aus einem großen Bedürfnis heraus, Deira. Zumindest warst du ehrlich und hast gesagt, was du willst.«

»Trotzdem ...«

»Nichts trotzdem«, sagte er. »Ja, ich kam mir benutzt vor. Aber wenn es darum geht, wer den ersten Stein wirft, da stehen wir in derselben Reihe. Alles, was du gesagt hast, zeigt mir, dass Frauen sich mit viel mehr Schuldgefühlen als nötig belasten.«

»Heißt das, dich belastet der nächtliche Vorfall nicht mehr?«

»Nach ungefähr vierundzwanzig Stunden war ich darüber hinweg«, sagte Charlie. »Und ich wünschte, das Temperament wäre da nicht mit mir durchgegangen, denn ich fand, dass wir uns gut verstanden, und ich mochte dich. Aber ich wusste auch, dass du vom Leben etwas anderes willst als ich, also wäre ein Versuch, mich bei dir zu melden, wenig sinnvoll gewesen.«

»Also Schwamm drüber?«

»Absolut.«

»Und du lässt mich im Video nicht wie den letzten Deppen aussehen?«

»Geht's dir darum?«, fragte Charlie. »Lädst mich auf einen Kaffee ein, weil du Angst hast, ich könnte dich schlecht aussehen lassen?«

»Nein, aber ich rechne damit.«

»Du wirst großartig rüberkommen. Und ich tue, was ich kann, damit du noch besser rüberkommst, ehrlich.«

»Ich danke dir.«

Sie saßen einen Moment lang schweigend da, dann meinte Deira, sie müsse jetzt ins Büro zurück, und Charlie erklärte, er habe ebenfalls jede Menge zu tun. Unter anderem sie großartig rüberkommen zu lassen, ergänzte er lächelnd. Sie lachte.

Gemeinsam verließen sie das Café. Mittlerweile stand die Sonne hoch am Himmel, spiegelte sich so grell im Hafenwasser, dass sie in den Schatten flüchteten.

»Ich schicke Rhona das fertige Video so schnell wie möglich«, sagte Charlie.

»Wunderbar.«

»Es sei denn, du möchtest vorher einen Blick drauf werfen.«

Sie sah ihn an.

»Falls du gern Änderungen hättest.«

»Das kann gut möglich sein«, sagte sie.

»Du könntest zu mir kommen«, schlug er vor. »Morgen? So gegen sieben? Ich könnte kochen.«

»Du kannst kochen?«

»Amaya hat's mir beigebracht. Sie bestand darauf, dass ich mich selbst versorgen kann. Ich sollte nicht verhungern, wenn sie zu viel Arbeit hatte. Ihrer Meinung nach sollte sich jeder selbst versorgen können und damit meinte sie nicht, das Handy ergreifen und bei Deliveroo anrufen.«

»Und was machst du so?«

»Paella, wenn du das magst«, sagte er. »Mein Steak ist ebenfalls durchaus essbar. Und eine Seezunge kriege ich auch ganz passabel hin.«

»Habe ich alles noch nie gemacht«, sagte sie. »Als Gavin und ich zusammen waren, gingen wir entweder essen, haben uns was kommen lassen oder Sandwiches gefuttert.«

»Also überlässt du mir die Entscheidung?«

»Absolut.«

»Ich schick dir meine Adresse.«

Er holte sein Handy heraus.

»Ohne Verpflichtung, ohne Hintergedanken«, sagte er. »Nur zwei Menschen, die sich näher kennenlernen.«

»Ohne Verpflichtung«, bestätigte Deira.

Mit einem Nicken ging er.

Sie kehrte in ihr Büro zurück.

Als sie wieder hinter ihrem Schreibtisch saß, rief sie Grace an.

»Offenbar haben wir beide dank Ken einen Schatz gefunden«, sagte Grace, nachdem Deira von ihrer Wiederbegegnung mit Charlie erzählt hatte.

»Vielleicht«, meinte Deira. »Keine Ahnung, wie es weitergeht. Wenn es denn weitergeht. Ob ich das überhaupt will.«

»Manchmal passieren die unglaublichsten Dinge, wenn man alles den Göttern überlässt«, sagte Grace. »Manchmal spielt der Zufall in unserem Leben eine größere Rolle, als wir glauben.«

Grace hatte recht, dachte Deira, so wie oftmals Tillie. Der Zufall hatte sie zusammengeführt und ihnen beiden einen unerwarteten Ausgang ihrer Reise beschert, einen Ausgang, der sie offenbar beide auf neue Wege führte.

Die Zukunft ist nicht in Stein gemeißelt, dachte sie, zog ihre Tastatur näher heran und fing an zu tippen. Aber ob sie sich auch nach meinen Wünschen formen lässt? Ich kann mich nur darauf einlassen und alle Möglichkeiten ergreifen, die sich mir bieten.

Ohne Bedauern.

Danksagung

Es braucht mehr als nur die Autorin, damit aus einer Idee ein fertiger Roman wird, den die Leute vielleicht lesen mögen. Dass es die Geschichte von Deira und Grace in die Bücherregale (und auf die E-Reader) geschafft hat, liegt auch an den wunderbaren Menschen, die mich dabei begleitet haben.

Ein dickes Dankeschön an Marion Donaldson für ihre stets wohlüberlegten Lektoratsvorschläge. Wir arbeiten seit vielen Jahren zusammen und der technologische Fortschritt hat dazu geführt, dass wir nicht mehr mit Zettelbergen arbeiten, sondern mit farblich kodierten Fragelisten. Welche Form sie auch annehmen, Marions Anmerkungen und Vorschläge sind stets voller Humor und Zuneigung und ich bin höchst dankbar, dass sie immer weiß, was ich zu sagen versuche, wie ungelenk meine Formulierungen manchmal auch sein mögen.

Auch mit den anderen Büchernarren bei Headline und Hachette ist die Arbeit das reinste Vergnügen. Ein besonderer Dank geht an Ellie, Katie, Yeti und Alara in London sowie ans gesamte Dubliner Team – Breda, Jim, Ruth, Elaine, Siobhan, Bernard, Joanna und die beiden Ciaras.

Meine Agentin Isobel Dixon und ihre phantastischen KollegInnen bei Blake Friedman kümmern sich wunderbar um mich und meine Bücher. Euch allen nochmals ein herzliches Dankeschön für Euren Einsatz.

Ein besonderer Dank geht an Daisy, Sian, James und Resham, die mir immer hilfreich zur Seite stehen, selbst wenn ich ein besonders dickes Brett vorm Kopf habe.

Meine Lektorin Jane Selley hat mich mehr als einmal vor groben Schnitzern bewahrt, so auch bei diesem Roman, großen

Dank. Dank geht auch an meine Korrektorin Kate Truman für die Arbeit am fertigen Manuskript.

Colm kann ich gar nicht genug dafür danken, dass er mit mir eine literarische Reise durch Frankreich und Spanien unternommen hat, den Großteil der Strecke gefahren ist, in den unmöglichsten Parkhäusern sicher eingeparkt, Hotelgeheimtipps und bezaubernde Ecken entdeckt sowie den ersten Entwurf der Karte gezeichnet und mir die eher unfreiwilligen Fehler im Manuskript aufgezeigt hat.

Wie immer bedanke ich mich herzlich bei meiner Familie, die immer und überall für meine Bücher eine Lanze bricht.

Und schließlich bedanke ich mich bei Ihnen, der Leserin, ob das nun für Sie das erste meiner Bücher ist oder Sie mich schon länger begleiten, dass Sie die *Sommerreise ins Glück* als Lektüre gewählt haben. Hoffentlich hat Ihnen die Geschichte von Deira und Grace beim Lesen so viel Spaß gemacht wie mir beim Schreiben.

NF 236/1/11.14

»Liebe, Krieg, Leidenschaft und Kunst – es ist alles da. Mein Buch des Sommers.«
Elle

Zwischen dem Swinging London der 60er Jahre und dem schwülheißen Andalusien am Vorabend der Spanischen Revolution entspinnt sich diese fesselnde Geschichte zweier junger Frauen, die durch ein Gemälde schicksalhaft miteinander verwoben sind. London, 1967. Odelle Bastien, aus Trinidad nach England gekommen, um ihren Traum vom Schreiben zu verwirklichen, ergattert einen Job in der renommierten Kunstgalerie Skelton. Durch einen sensationellen Fund – ein Gemälde des seit dem Spanischen Bürgerkrieg verschollenen Künstlers Isaac Robles – wird Odelle in eine Geschichte verstrickt, die ihr Leben völlig auf den Kopf stellt. Denn um das Gemälde rankt sich ein folgenschweres Geheimnis, das ins Jahr 1936 zurückreicht.

Jessie Burton, Das Geheimnis der Muse. Roman. Aus dem Englischen von Peter Knecht. insel taschenbuch 4704. 461 Seiten.

NF 460/1/3.19

NF 441/1/12.18

NF 492/1/7.20

NF 493/1/7.20